Thomas Mann

Königliche Hoheit

Roman

S. Fischer

Der Text wurde anhand der Erstausgabe,
S. Fischer Verlag, Berlin 1909,
neu durchgesehen

Einbandgestaltung: Raphie Etgar
Gesamtherstellung: Clausen & Bosse, Leck
Printed in Germany 1997
ISBN 3-10-048300-6 (Kassette)

Inhalt

Vorspiel

Es ist auf der Albrechtsstraße, jener Verkehrsader der Residenz, die den Albrechtsplatz und das Alte Schloß mit der Kaserne der Garde-Füsiliere verbindet, – um Mittag, wochentags, zu einer gleichgültigen Jahreszeit. Das Wetter ist mäßig gut, indifferent. Es regnet nicht, aber der Himmel ist auch nicht klar; er ist gleichmäßig weißgrau, gewöhnlich, unfestlich, und die Straße liegt in einer stumpfen und nüchternen Beleuchtung, die alles Geheimnisvolle, jede Absonderlichkeit der Stimmung ausschließt. Es herrscht ein Verkehr von mittlerer Regsamkeit, ohne viel Lärm und Gedränge, entsprechend dem nicht sehr geschäftigen Charakter der Stadt. Trambahnwagen gleiten dahin, ein paar Droschken rollen vorbei, auf den Bürgersteigen bewegt sich Einwohnerschaft, farbloses Volk, Passanten, Publikum, Leute. – Zwei Offiziere, die Hände in den Schrägtaschen ihrer grauen Paletots, kommen einander entgegen: ein General und ein Leutnant. Der General nähert sich von der Schloß-, der Leutnant von der Kasernenseite her. Der Leutnant ist blutjung, ein Milchbart, ein halbes Kind. Er hat schmale Schultern, dunkles Haar und so breite Wangenknochen, wie viele Leute hierzulande sie haben, blaue, ein wenig müde blickende Augen und ein Knabengesicht von freundlich verschlossenem Ausdruck. Der General ist schlohweiß, hoch und breit gepolstert, eine überaus gebietende Erscheinung. Seine Augenbrauen sind wie aus Watte, und sein Schnurrbart überbuscht sowohl Mund als Kinn. Er geht mit langsamer Wucht, sein Säbel klirrt auf dem Asphalt, sein Federbusch flattert im Winde, und langsam schwappt bei jedem Schritte der große rote Brustaufschlag seines Mantels auf und nieder. So kommen sie aufeinander zu. – Kann dies zu Verwickelungen führen? Unmöglich. Jedem Beobachter steht der naturgemäße Verlauf dieses Zusammentreffens klar vor Augen. Hier ist das Verhältnis von Alt und Jung, von Befehl und Gehorsam, von betagtem Verdienst und zartem Anfängertum, hier ist ein gewaltiger hierarchischer Abstand, hier gibt es Vorschriften. Natürliche Ordnung, nimm deinen Lauf! – Und was, statt dessen, geschieht? Statt dessen vollzieht sich das folgende überraschende, peinliche, entzückende und verkehrte Schauspiel. Der General, des jungen Leutnants ansichtig werdend, verändert auf seltsame Art seine Haltung. Er nimmt sich zusammen und wird doch gleichsam kleiner. Er dämpft sozusagen mit einem Ruck den Prunk seines Auftretens, er tut dem Lärm seines Säbels Einhalt, und während sein Gesicht einen bärbeißigen und verlegenen Ausdruck annimmt, ist er ersichtlich nicht einig mit sich, wohin er blicken soll, was er so zu verbergen sucht, daß er unter seinen Wattebrauen hinweg schräg vor sich hin auf den Asphalt starrt. Auch der junge Leutnant verrät, genau beobachtet, eine leichte Befangenheit, die aber seltsamerweise bei ihm in höherem Grade, als bei dem greisen Befehlshaber, von einer gewissen Grazie und Disziplin bemeistert scheint. Die Spannung seines Mundes wird zu einem Lächeln von zugleich bescheidener und gütiger Art, und seine Augen blicken vorläufig mit einer stillen und beherrschten Ruhe, die den Anschein der Mühelosigkeit hat, an dem General vorbei und ins Weite. Nun sind sie auf drei Schritt aneinander. Und statt die vorschriftsmäßige Ehrenbezeigung auszuführen, legt der blutjunge Leutnant ein wenig den Kopf zurück, zieht gleichzeitig seine rechte Hand – nur die rechte, das ist auffallend – aus der Manteltasche und beschreibt mit eben dieser weißbehandschuhten Rechten eine kleine ermunternde und verbindliche Bewegung, nicht stärker, als daß er, die Handfläche nach oben, die Finger öffnet; aber der General, der dieses Zeichen mit hängenden Armen erwartet hat, fährt an den Helm, biegt aus, gibt in halber Verbeugung sozusagen den Bürgersteig frei und grüßt den Leutnant von unten herauf aus rotem Gesicht mit frommen und wässerigen Augen: Da erwidert der Leutnant, die Hand an der Mütze, das Honneur seines Vorgesetzten, erwidert es, indem eine kindliche Freundlichkeit sein ganzes Gesicht bewegt, erwidert es – und geht weiter.

Ein Wunder! Ein phantastischer Auftritt! Er geht weiter. Man sieht ihn an, aber er sieht niemanden an, er sieht zwischen den

Leuten hindurch geradeaus, ein wenig mit dem Blick einer Dame, die sich beobachtet weiß. Man grüßt ihn: dann grüßt er zurück, fast herzlich und dennoch aus einer Ferne. Wie es scheint, so geht er nicht gut; es ist, als sei er des Gebrauches seiner Beine nicht sehr gewohnt oder als behindere ihn die allgemeine Aufmerksamkeit, so ungleichmäßig und zögernd ist sein Schritt, ja, bisweilen scheint er zu hinken. Ein Schutzmann macht Front, eine elegante Frau, aus einem Laden tretend, sinkt lächelnd ins Knie. Man blickt nach ihm um, man weist mit dem Kopfe nach ihm, man zieht die Brauen empor und nennt gedämpft seinen Namen...

Es ist Klaus Heinrich, der jüngere Bruder Albrechts II. und nächster Agnat am Throne. Dort geht er, man kann ihn noch sehen. Gekannt und doch fremd bewegt er sich unter den Leuten, geht im Gemenge und gleichsam doch von einer Leere umgeben, geht einsam dahin und trägt auf seinen schmalen Schultern die Last seiner Hoheit.

Schüsse wurden gelöst, als auf den verschiedenen Verständigungswegen der Neuzeit in die Residenz die Nachricht gelangte, daß auf Grimmburg die Großherzogin Dorothea zum zweiten Male von einem Prinzen entbunden sei. Es waren zweiundsiebzig Schüsse, die über Stadt und Land hinrollten, abgefeuert von militärischer Seite auf dem Wall der »Zitadelle«. Gleich darauf kanonierte auch die Feuerwehr mit den städtischen Salutgeschützen, um nicht zurückzustehen; aber es entstanden lange Pausen dabei zwischen einzelnen Detonationen, was viel Heiterkeit in der Bevölkerung erregte.

Die Grimmburg beherrschte von einem buschigen Hügel das malerische Städtchen des gleichen Namens, das seine grauen Schrägdächer in dem vorüberfließenden Stromarm spiegelte und von der Hauptstadt in halbstündiger Fahrt mit einer unrentablen Lokalbahn zu erreichen war. Sie stand dort oben, die Burg, in grauen Tagen vom Markgrafen Klaus Grimmbart, dem Ahnherrn des Fürstengeschlechts, trotzig erbaut, mehrmals seither verjüngt und instand gesetzt, mit den Bequemlichkeiten der wechselnden Zeiten versehen, stets wohnlich gehalten und als Stammsitz des Herrscherhauses, als Wiege der Dynastenfamilie auf eine besondere Weise geehrt. Denn das Hausgesetz und Herkommen bestand, daß alle direkten Nachkommen des Grimmbartes, alle Kinder des jeweils regierenden Paares hier geboren werden mußten. Diese Überlieferung war nicht wohl außer acht zu lassen. Das Land hatte geistesklare und leugnerische Souveräne gesehen, die ihren Spott daran geübt hatten, und dennoch hatten sie sich ihr achselzuckend gefügt. Nun war es längst zu spät geworden, noch davon abzugehen. Vernünftig und zeitgemäß oder nicht – warum denn ohne Not mit einer ehrwürdigen Gepflogenheit brechen, die sich gewissermaßen bewährt hatte? Im Volke stand fest, daß etwas daran sei. Zweimal im Wandel von fünfzehn Generationen hatten Kinder regierender Herren infolge irgendwelcher Zufälligkeiten auf anderen Schlössern das Licht erblickt: mit beiden hatte es ein unnatürliches und nichtswürdiges Ende genommen. Aber von Heinrich dem Bußfertigen und Johann dem Gewalttätigen nebst ihren lieblichen und stolzen Schwestern bis auf Albrecht, den Vater des Großherzogs, und diesen selbst, Johann Albrecht III., waren alle Souveräne des Landes und ihre Geschwister hier zur Welt gebracht worden; und vor sechs Jahren war Dorothea mit ihrem ersten Sohne, dem Erbgroßherzog, hier niedergekommen...

Übrigens war das Stammschloß ein Zufluchtsort, so würdig als friedevoll. Als Sommersitz mochte man ihm, der Kühle seiner Gemächer, des schattigen Reizes seiner Umgebung wegen, sogar vor dem steif-lieblichen Hollerbrunn den Vorzug geben. Der Aufstieg vom Städtchen, jene ein wenig grausam gepflasterte Gasse zwischen ärmlichen Heimstätten und einer geborstenen Mauerbrüstung, durch massige Torwege bis zu der uralten Schenke und Fremdenherberge am Eingang zum Burghof, in dessen Mitte das Steinbild Klaus Grimmbarts, des Erbauers, stand, war pittoresk, ohne bequem zu sein. Aber ein ansehnlicher Parkbesitz bedeckte den Rücken des Schloßberges und leitete auf gemächlichen Wegen hinab in das waldige und sanft gewellte Gelände, das voller Gelegenheit zu Wagenfahrten und stillem Lustwandeln war.

Das Innere der Burg angehend, so war es zuletzt noch zu Beginn der Regierung Johann Albrechts III. einer umfassenden Auffrischung und Verschönerung unterzogen worden – mit einem Kostenaufwand, der viel Gerede hervorgerufen hatte. Die Einrichtung der Wohngemächer war in einem zugleich ritterlichen und behaglichen Stil ergänzt und erneuert, die Wappenfliesen des »Gerichtssaales« waren genau nach dem Muster der alten wiederhergestellt worden. Die Vergoldung der verschmitzten, in vielfachen Spielarten wechselnden Kreuzbogengewölbe zeigte sich glänzend aufgemuntert, alle Gemächer waren mit Parkett ausgestattet, und der große sowohl wie der kleine Bankettsaal war durch die Künstlerhand des Professors von Lindemann, eines hervorragenden Akademikers, mit großen Wandmalereien geschmückt worden, Darstellungen aus der Geschichte des landesherrlichen Hauses, angefertigt in einer leuchtenden und glatten Manier, die fernab und ohne Ahnung von den unruhigen Bedürfnissen jüngerer Schulen war. Es fehlte an nichts. Da die alten Kamine und seltsam bunten, in runden Terrassen sich deckenhoch aufbauenden Öfen der Burg nicht wohl verwendbar waren, so hatte man, im Hinblick auf die Möglichkeit eines winterlichen Aufenthaltes, sogar Anthrazitöfen gesetzt.

Aber am Tage der zweiundsiebzig Schüsse war beste Jahreszeit, Spätfrühling, Frühsommer, Juni-Anfang, ein Tag nach Pfingsten. Johann Albrecht, in aller Frühe telegraphisch benachrichtigt, daß gegen Morgen die Geburt begonnen habe, traf um acht mit der unrentablen Lokalbahn auf Station Grimmburg ein, von drei oder vier offiziellen Persönlichkeiten, dem Bürgermeister, dem Amtsrichter, dem Pastor, dem Arzt des Städtchens, mit Segenswünschen empfangen, und begab sich sofort zu Wagen auf die Burg. In der Begleitung des Großherzogs langten die Staatsminister Dr. Baron Knobelsdorff und der Generaladjutant General der Infanterie Graf Schmettern an. Ein wenig später fanden sich noch zwei oder drei Minister, der Hofprediger Oberkirchenratspräsident D. Wislizenus, ein paar Herren mit Hof- und Oberhofchargen und ein noch jugendlicher Adjutant, Hauptmann von Lichterloh, auf dem Stammschloß ein. Obwohl der großherzogliche Leibarzt, Generalarzt Dr. Eschrich, sich bei der Wöchnerin befand, hatte Johann Albrecht die Laune, den jungen Ortsarzt, einen Dr. Sammet, der obendrein jüdischer Abstammung war, aufzufordern, ihn auf die Burg zu begleiten. Der schlichte, arbeitsame und ernste Mann, der alle Hände voll zu tun hatte und sich solche Auszeichnung nicht vermutend gewesen war, stammelte mehrmals: »Ganz gern... ganz gern...«, was einiges Lächeln hervorrief.

Der Großherzogin diente als Schlafzimmer die »Brautkemenate«, ein fünfeckiges, sehr bunt ausgemaltes Gemach, welches, im ersten Stockwerk gelegen, durch sein feierliches Fenster eine prangende Fernsicht über Wälder, Hügel und die Windungen des Stromes bot und rings mit einem Fries von medaillonförmigen Porträts geziert war, Bildnissen fürstlicher Bräute, die hier in alten Tagen des Gebieters geharrt hatten. Dort lag Dorothea; ein breites und starkes Band war um das Fußende ihres Bettes geschlungen, daran sie sich hielt wie ein Kind, das Kutschieren spielt, und ihr schöner, üppiger Körper tat harte Arbeit. Doktorin Gnadebusch, die Hebamme, eine sanfte und gelehrte Frau mit kleinen feinen Händen und braunen Augen, die durch runde und dicke Brillengläser einen mysteriösen Glanz erhielten, unterstützte die Fürstin, indem sie sagte:

»Nur fest, nur fest, Königliche Hoheit... Es geht geschwinde... Es geht ganz leicht... Das zweite Mal... das ist nichts... Geruhen: die Knie auseinander... Und stets das Kinn auf die Brust...«

Eine Wärterin, gleich ihr in ein weißes Leinen gekleidet, half ebenfalls und ging in den Pausen auf leisen Sohlen mit Gefäßen und Binden umher. Der Leibarzt, ein finsterer, schwarz-graubärtiger Mann, dessen linkes Augenlid gelähmt schien, überwachte die Geburt. Er trug den Operationsmantel über seiner Generalarzt-Uniform. Zuweilen erschien in der Kemenate, um sich vom Fortschreiten der Entbindung zu überzeugen, Dorotheas vertraute Oberhofmeisterin, Freifrau von Schulenburg-Tressen, eine beleibte und asthmatische Dame von unterstrichen spießbürgerlichem Äußern, die jedoch auf den Hofbällen eine Welt von Busen zu entblößen pflegte. Sie küßte ihrer Herrin die Hand und kehrte zurück in ein entlegenes Gemach, wo ein paar magere Schlüsseldamen mit dem diensttuenden Kammerherrn der Großherzogin, einem Grafen Windisch, plauderten. – Dr. Sammet, der das Linnengewand wie einen Domino über seinen Frack gezogen hatte, verharrte in bescheidener und aufmerksamer Haltung am Waschtisch.

Johann Albrecht hielt sich in einem zur Arbeit und Kontemplation einladenden Gewölbe auf, das von der »Brautkemenate« nur durch das sogenannte Frisierkabinett und einen Durchgangsraum getrennt war. Es führte den Namen einer Bibliothek, im Hinblick auf mehrere handschriftliche Folianten, die schräg auf dem wuchtigen Schranke lehnten und die Geschichte der Burg enthielten. Das Gemach war als Schreibzimmer eingerichtet. Globen schmückten die Wandborde. Durch das Bogenfenster, das geöffnet stand, wehte der starke Wind der Höhe. Der Großherzog hatte sich Tee servieren lassen, Kammerdiener Prahl hatte selbst das Geschirr gebracht; aber es stand vergessen auf der Platte des Sekretärs, und Johann Albrecht schritt in einem rastlosen, unangenehm angespannten Zustande von einem Winkel in den anderen. Sein Gang war vom unaufhörlichen Knarren seiner Lackstiefel begleitet. – Flügeladjutant von Lichterloh horchte darauf, indem er sich in dem beinahe leeren Durchgangszimmer langweilte.

Die Minister, der Generaladjutant, der Hofprediger und die Hofchargen, neun oder zehn Herren, warteten in den Repräsentationsräumen des Hoch-Erdgeschosses. Sie wanderten durch den großen und den kleinen Bankettsaal, wo zwischen den Lindemannschen Gemälden Arrangements von Fahnen und Waffen hingen; sie lehnten an den schaftartigen Pfeilern, die sich über ihnen zu bunten Gewölben entfalteten; sie standen vor den dekkenhohen und schmalen Fenstern und blickten durch die in Blei gefaßten Scheibchen hinab über Fluß und Städtchen; sie saßen auf den Steinbänken, die um die Wände liefen, oder auf Sesseln vor den Kaminen, deren gotische Dächer von lächerlich kleinen, gebückt schwebenden und fratzenhaften Kerlchen aus Stein getragen wurden. Der heitere Tag machte den Tressenbesatz der Uniformen, die Ordenssterne auf den wattierten Brustwölbungen, die breiten Goldstreifen an den Beinkleidern der Würdenträger erglitzern.

Man unterhielt sich schlecht. Beständig hoben sich Dreimaster und weißbekleidete Hände vor Münder, die sich krampfhaft öffneten. Fast alle Herren hatten Tränen in den Augen. Mehrere hatten nicht Zeit gefunden zu frühstücken. Einige suchten Zerstreuung, indem sie das Operationsbesteck und das kugelförmige, in Leder gehüllte Chloroformgefäß, das Generalarzt Eschrich hier für alle Fälle niedergelegt hatte, einem furchtsamen Studium unterzogen. Nachdem Oberhofmarschall von Bühl zu Bühl, ein starker Mann mit schwänzelnden Bewegungen, einem braunen Toupee, goldenem Zwicker und langen, gelben Fingernägeln, in seiner abgerissen plappernden Art mehrere Geschichten erzählt hatte, machte er in einem Lehnstuhl von seiner Gabe Gebrauch, mit offenen Augen zu schlafen, – reglosen Blicks und in bester Haltung das Bewußtsein von Zeit und Raum zu verlieren, ohne die Würde des Ortes im mindesten zu verletzen.

Dr. von Schröder, Minister der Finanzen und der Landwirtschaft, hatte an diesem Tage ein Gespräch mit dem Staatsminister Dr. Baron Knobelsdorff, Minister des Inneren, des Äußeren und des Großherzoglichen Hauses. Es war eine sprunghafte Plauderei, die mit einer Kunstbetrachtung anhob, zu finanziellen und ökonomischen Fragen überging, eines hohen Hofbeamten in ziemlich abfälligem Sinne gedachte und sich auch mit den Personen der allerhöchsten Herrschaften beschäftigte. Sie begann, als die Herren, die Hände mit ihren Hüten auf dem Rücken, vor einem der Gemälde im Großen Bankettsaal standen, und beide dachten mehr dabei, als sie aussprachen. Der Finanzminister sagte: »Und dies? Was ist dies? Was passiert da? Exzellenz sind so orientiert...«

»Oberflächlich. Es ist die Belehnung zweier jugendlicher Prinzen des Hauses durch ihren Oheim, den römischen Kaiser. Exzellenz sehen da die beiden jungen Herren knieen und in großer Zeremonie ihren Eid auf das Schwert des Kaisers leisten...«

»Schön, ungewöhnlich schön! Welche Farben! Blendend. Was für reizende goldene Locken die Prinzen haben! Und der Kaiser... es ist der Kaiser wie er im Buche steht! Ja, dieser Lindemann verdient die Auszeichnungen, die ihm zuteil geworden sind.«

»Durchaus. Die ihm zuteil geworden sind; die verdient er.«

Dr. von Schröder, ein langer Mann mit weißem Bart, einer zart gebauten goldenen Brille auf der weißen Nase, einem kleinen Bauch, der sich unvermittelt unter dem Magen erhob, und einem Wulstnacken, der den gestickten Stehkragen seines

Fracks überquoll, blickte, ohne die Augen von dem Bilde zu wenden, ein wenig zweifelhaft drein, von einem Mißtrauen berührt, das ihn zuzeiten im Gespräch mit dem Baron überkam. Dieser Knobelsdorff, dieser Günstling und höchste Beamte war so vieldeutig... Zuweilen waren seine Äußerungen, seine Erwiderungen von einem ungreifbaren Spott umspielt. Er war weit gereist, er kannte den Erdball, er war so mannigfach unterrichtet, auf eine befremdende und freie Art interessiert. Dennoch war er korrekt... Herr von Schröder verstand sich nicht völlig auf ihn. Bei aller Übereinstimmung war es nicht möglich, sich ganz im Einverständnis mit ihm zu fühlen. Seine Meinungen waren voll heimlicher Reserve, seine Urteile von einer Duldsamkeit, die in Unruhe ließ, ob sie Gerechtigkeit oder Geringschätzung bedeute. Aber das Verdächtigste war sein Lächeln, ein Augenlächeln ohne Anteil des Mundes, das vermöge strahlenförmig an den äußeren Augenwinkeln angeordneter Fältchen zu entstehen schien oder umgekehrt mit der Zeit diese Fältchen hervorgerufen hatte... Baron Knobelsdorff war jünger, als der Finanzminister, ein Mann in den besten Jahren damals, obwohl sein gestutzter Schnurrbart und sein glatt in der Mitte gescheiteltes Haupthaar schon leicht ergraut waren, – untersetzt übrigens, kurzhalsig und von dem Kragen seines bis zum Saume betreßten Hofkleides sichtlich beengt. Er überließ Herrn von Schröder einen Augenblick seiner Ratlosigkeit und fuhr dann fort: »Nur wäre vielleicht im Interesse einer löblichen Hof-Finanz-Direktion zu wünschen, daß der berühmte Mann sich ein wenig mehr mit Sternen und Titeln begnügte und... roh gesprochen, was mag dieses gefällige Bildwerk gekostet haben?«

Herr von Schröder gewann wieder Leben. Der Wunsch, die Hoffnung, sich mit dem Baron zu verständigen, dennoch zur Intimität und vertraulichen Einhelligkeit mit ihm zu gelangen, machte ihn eifrig.

»Genau mein Gedanke!« sagte er, indem er sich wandte, um den Gang durch die Säle wieder aufzunehmen. »Exzellenz nehmen mir die Frage vom Munde. Was mag für diese ›Belehnung‹ bezahlt worden sein? Was für die übrige Farbenpracht hier an den Wänden? Denn in summa hat die Restauration der Burg vor sechs Jahren eine Million gekostet.«

»Schlecht gerechnet.«

»Rund und nett! Und diese summa geprüft und genehmigt vom Ober-Hofmarschall von Bühl zu Bühl, der sich dort hinten seiner angenehmen Katalepsie überläßt, geprüft, genehmigt und ausgekehrt vom Hof-Finanzdirektor Grafen Trümmerhauff...«

»Ausgekehrt oder schuldig geblieben.«

»Eins von beidem!... Diese summa, sage ich, auferlegt und zugemutet einer Kasse, einer Kasse...«

»Mit einem Worte: der Kasse der Großherzoglichen Vermögensverwaltung.«

»Exzellenz wissen so gut wie ich, was Sie damit sagen. Nein, mir wird kalt... ich beschwöre, daß ich weder ein Knicker noch ein Hypochonder bin, aber mir wird kalt in der Herzgrube bei der Vorstellung, daß man im Angesicht der waltenden Verhältnisse gelassenen Sinnes eine Million hinwirft – wofür? für ein Nichts, eine hübsche Grille, für die glänzende Instandsetzung des Stammschlosses, auf dem geboren werden muß...«

Herr von Knobelsdorff lachte: »Ja, mein Gott, die Romantik ist ein Luxus, ein kostspieliger! Exzellenz, ich bin Ihrer Meinung – selbstverständlich. Aber bedenken Sie, daß zuletzt der ganze Mißstand fürstlicher Wirtschaft in diesem romantischen Luxus seinen Grund hat. Das Übel fängt an damit, daß die Fürsten Bauern sind; ihre Vermögen bestehen aus Grund und Boden, ihre Einkünfte aus landwirtschaftlichen Erträgnissen. Heutzutage... Sie haben sich bis zum heutigen Tage noch nicht entschließen können, Industrielle und Finanzleute zu werden. Sie lassen sich mit bedauerlicher Hartnäckigkeit von gewissen obsoleten und ideologischen Grundbegriffen leiten wie zum Beispiel den Begriffen der Treue und Würde. Der fürstliche Besitz ist durch Treue – fideikommissarisch – gebunden. Vorteilhafte Veräußerungen sind ausgeschlossen. Hypothekarische Verpfändung, Kreditbeschaffung zum Zwecke wirtschaftlicher Verbesserungen scheint ihnen unzulässig. Die Administration ist in der freien Ausnutzung geschäftlicher Konjunkturen streng gehindert – durch Würde. Verzeihung, nicht wahr! Ich sage Ihnen Fibelwahrheiten. Wer so sehr, wie diese Menschenart auf gute Haltung sieht, kann und will mit der Freizügigkeit und ungehemmten Initiative minder eigensinniger und ideell verpflichteter Geschäftsleute natürlich nicht Schritt halten. Nun denn, was will gegenüber diesem negativen Luxus die positive Million bedeuten, die man einer hübschen Grille wegen, um Eurer Exzellenz Ausdruck zu wiederholen, geopfert hat? Wenn es mit dieser einen sein Bewenden hätte! Aber da haben wir die regelmäßige Kostenlast einer leidlich würdigen Hofhaltung. Da sind die Schlösser und ihre Parks zu unterhalten, Hollerbrunn, Monbrillant, Jägerpreis, nichtwahr... Eremitage, Delphinenort, Fasanerie und die anderen... ich vergesse Schloß Segenhaus und die Ruine Haderstein... vom Alten Schlosse zu schweigen... Sie werden schlecht unterhalten, aber es ist ein Posten... Da ist das Hoftheater, die Galerie, die Bibliothek zu unterstützen. Da sind hundert Ruhegehälter zu zahlen, – auch ohne Rechtspflicht, aus Treue und Würde. Und auf welch fürstliche Art der Großherzog bei der letzten Überschwemmung eingesprungen ist... Aber das ist eine Rede, die ich da halte!«

»Eine Rede«, sagte der Finanzminister, »mit der Eure Exzellenz mir zu opponieren gedachten, während Sie mich damit unterstützen. – Teuerster Baron« – und hierbei legte Herr von Schröder die Hand aufs Herz – »ich gebe mich der Sicherheit hin, daß über meine Gesinnung, meine l o y a l e Gesinnung zwischen Ihnen und mir jedes Mißverständnis ausgeschlossen ist. Der König kann nicht unrecht tun... Die höchste Person ist über jeden Vorwurf erhaben. Aber eine Schuld... ach, ein doppelsinniges Wort!... eine Schuld ist vorhanden, und ich wälze sie ohne Zögern auf den Grafen Trümmerhauff. Daß die früheren Inhaber seines Postens ihre Souveräne über die materielle Lage des Hofes hinwegtäuschten, lag im Geiste der Zeiten und war verzeihlich. Das Verhalten des Grafen Trümmerhauff ist es nicht mehr. Ihm, in seiner Eigenschaft als Hof-Finanzdirektor, hätte es obgelegen, der herrschenden... Sorglosigkeit Einhalt zu tun, ihm würde es heute noch obliegen, Seine Königliche Hoheit rückhaltlos zu belehren ...«

Herr von Knobelsdorff lächelte mit emporgezogenen Brauen.

»Wirklich?« sagte er. »Es ist also Euerer Exzellenz Anschauung, daß die Ernennung des Grafen zu diesem Ende erfolgt ist? Und ich, ich male mir das berechtigte Erstaunen dieses Edelmannes aus, wenn Sie ihm Ihre Auffassung der Dinge darlegten. Nein, nein ... Exzellenz dürfen sich nicht darüber täuschen, daß diese Ernennung eine ganz gemessene Willensäußerung Seiner Königlichen Hoheit in sich schloß, die der Ernannte als Erster zu achten hatte. Sie bedeutet nicht nur ein Ich weiß nichts, sondern auch ein Ich will nichts wissen. Man kann eine ausschließlich dekorative Persönlichkeit und dennoch befähigt sein, dies zu begreifen ... Im übrigen ... aufrichtig ... wir alle haben es begriffen. Und für uns alle gilt zuletzt nur ein mildernder Umstand: dieser, daß in der Welt kein Fürst lebt, zu dem von seinen Schulden zu sprechen eine fatalere Sache wäre, als zu Seiner Königlichen Hoheit. Unser Herr hat in seinem Wesen ein Etwas, das einem solche Mesquinerien auf der Lippe ersterben läßt ...«

»Sehr wahr. Sehr wahr«, sagte Herr von Schröder. Er seufzte und streichelte gedankenvoll den Schwanbesatz seines Hutes. Die beiden Herren saßen, einander halb zugewandt, an erhöhtem Ort, einem Fensterplatz in geräumiger Nische, an welcher draußen ein schmaler Steingang vorbeilief, eine Art Galerie, die durch spitze Bögen den Blick auf das Städtchen freigab. Herr von Schröder sagte wieder:

»Sie antworten mir, Baron, Sie scheinen mir zu widersprechen, und Ihre Worte sind im Inneren ungläubiger und bitterer als die meinen.«

Herr von Knobelsdorff schwieg mit einer vagen und anheimgebenden Geste.

»Es mag sein«, sagte der Finanzminister und nickte trübe auf seinen Hut hinunter. »Exzellenz mögen recht haben. Vielleicht sind wir alle schuldig, wir und unsere Vorgänger. Was hätte nicht alles verhindert werden müssen! Sehen Sie, Baron, einmal, es ist zehn Jahre her, bot sich eine Gelegenheit, die Finanzen des

Hofes zu sanieren, zu bessern auch nur, wenn Sie wollen. Sie ist versäumt worden. Wir verstehen einander. Der Großherzog hatte es damals, bestrickender Mann, der er ist, in der Hand, die Verhältnisse durch eine Heirat, die von einem gesunden Standpunkt hätte glänzend genannt werden können, zu rangieren. Statt dessen... meine persönlichen Empfindungen beiseite... aber ich vergesse niemals die Jammermiene, mit der man im ganzen Lande die Ziffer der Mitgift nannte...«

»Die Großherzogin«, sagte Herr von Knobelsdorff, und die Fältchen an seinen Augenwinkeln verschwanden fast ganz, »ist eine der schönsten Frauen, die ich je gesehen habe.«

»Eine Erwiderung, die Euerer Exzellenz zu Gesichte steht. Eine ästhetische Erwiderung. Eine Erwiderung, die Stich halten würde, auch wenn die Wahl Seiner Königlichen Hoheit, wie die seines Bruders Lambert auf ein Mitglied des Hofballetts gefallen wäre...«

»O, da bestand keine Gefahr. Der Geschmack des Herrn ist schwer zu befriedigen, er hat es gezeigt. Seine Bedürfnisse haben immer das Gegenstück zu jenem Mangel an Wahl gebildet, den Prinz Lambert zeit seines Lebens an den Tag gelegt hat. Er hat sich spät zur Ehe entschlossen. Man hatte die Hoffnung auf direkte Nachkommenschaft nachgerade aufgegeben. Man bequemte sich wohl oder übel, in dem Prinzen Lambert, über dessen... Indisponiertheit wir einig sein werden, den Thronerben zu sehen. Da, wenige Wochen nach seiner Thronbesteigung, lernt Johann Albrecht die Prinzessin Dorothea kennen, er ruft aus: Diese oder keine! und das Großherzogtum hat eine Landesmutter. Exzellenz erwähnten der bedenklichen Mienen, die entstanden, als die Ziffer der Mitgift bekannt wurde, – Sie erwähnten nicht des Jubels, der gleichwohl herrschte. Eine arme Prinzessin, allerdings. Aber ist die Schönheit, solche Schönheit, eine beglückende Macht oder nicht? Unvergeßlich ihr Einzug! Sie war geliebt, als ihr erstes Lächeln über das schauende Volk hinflog. Exzellenz müssen mir gestatten, mich wieder einmal zu dem Glauben an den Idealismus des Volkes zu bekennen. Das Volk will sein Bestes, sein Höheres, seinen Traum, will irgend etwas wie seine Seele in seinen Fürsten dargestellt sehen – nicht seinen Geldbeutel. Den zu repräsentieren sind andere Leute da...«

»Sie sind nicht da. Bei uns nicht da.«

»Ein bedauerliches Faktum für sich. Die Hauptsache: Dorothea hat uns einen Thronfolger beschert...«

»In dem der Himmel einigen Zahlensinn entwickeln möge!«

»Einverstanden...«

Hier endete das Gespräch der beiden Minister. Es brach ab, es wurde unterbrochen und zwar dadurch, daß Flügeladjutant von Lichterloh die glücklich vollzogene Entbindung meldete. Eine Bewegung entstand im kleinen Bankettsaal, und alle Herren fanden sich plötzlich dort zusammen. Die eine der großen, geschnitzten Türen war lebhaft geöffnet worden, und der Adjutant stand im Saale. Er hatte ein gerötetes Gesicht, blaue Soldatenaugen, einen flächsernen, gesträubten Schnurrbart und silberne Gardetressen an seinem Kragen. Bewegt und ein wenig außer sich, wie ein Mann, der von tödlicher Langeweile erlöst und einer freudigen Nachricht voll ist, setzte er sich im Gefühl des außerordentlichen Augenblicks keck über Form und Vorschrift hinweg. Er salutierte lustig, indem er mit gespreiztem Ellenbogen den Griff seines Säbels beinahe zur Brusthöhe hinaufzog und rief mit übermütigem Schnarren: »Melde gehorsamst: Ein Prinz!«

»A la bonne heure«, sagte Generaladjutant Graf Schmettern.

»Erfreulich, sehr erfreulich, das nenne ich höchst erfreulich!« sagte Oberhofmarschall von Bühl zu Bühl in seiner plappernden Art; er war sofort ins Bewußtsein zurückgekehrt.

Oberkirchenratspräsident D. Wislizenus, ein glattgesichtiger Herr von schöner Tournüre, der als Sohn eines Generals und dank seiner persönlichen Distinktion in verhältnismäßig jungen Jahren zu seiner hohen Würde gelangt war, und auf dessen seidigem schwarzen Rock sich ein Ordensstern wölbte, faltete seine weißen Hände unterhalb der Brust und sagte mit wohllautender Stimme: »Gott segne Seine Großherzogliche Hoheit!«

»Sie vergessen, Herr Hauptmann«, sagte Herr von Knobelsdorff lächelnd, »daß Sie mit Ihren Konstatierungen in meine Rechte und Pflichten eingreifen. Bevor ich nicht über die Sachlage gründlichste Erhebungen angestellt, bleibt die Frage, ob Prinz oder Prinzessin, durchaus unentschieden...«

Man lachte hierüber, und Herr von Lichterloh antwortete: »Zu Befehl, Exzellenz! Ich habe denn auch die Ehre, Euere Exzellenz in höchstem Auftrage zu ersuchen...«

Diese Wechselrede bezog sich auf des Staatsministers Eigenschaft als Standesbeamter des großherzoglichen Hauses, in welcher Eigenschaft er berufen und gehalten war, das Geschlecht des fürstlichen Kindes nach eigenem Augenschein festzustellen und amtlich aufzunehmen. Herr von Knobelsdorff erledigte diese Formalität in dem sogenannten Frisierkabinett, wo das Neugeborene gebadet worden war, verweilte sich aber länger dort, als er selbst erwartet hatte, nachträglich stutzig gemacht und angehalten durch eine peinliche Beobachtung, über die er zunächst gegen jedermann, ausgenommen gegen die Hebamme, Stillschweigen bewahrte.

Die Doktorin Gnadebusch enthüllte ihm das Kind, und ihre hinter den dicken Brillengläsern geheimnisvoll glänzenden Augen gingen zwischen dem Staatsminister und dem kleinen, kupferfarbenen und mit einem – nur einem – Händchen blindlings greifenden Wesen hin und her, als wollte sie fragen: »Stimmt es?« – Es stimmte, Herr von Knobelsdorff war befriedigt, und die weise Frau hüllte das Kind wieder ein. Aber auch dann noch ließ sie nicht ab, auf den Prinzen nieder und zu dem Baron emporzublicken, bis sie seine Augen dorthin gelenkt hatte, wo sie sie haben wollte. Die Fältchen an seinen Augenwinkeln verschwanden, er zog die Brauen zusammen, prüfte, verglich, betastete, untersuchte den Fall zwei, drei Minuten lang und frage schließlich: »Hat der Großherzog das schon gesehen?«

»Nein, Exzellenz.«

»Wenn der Großherzog das sieht«, sprach Herr von Knobelsdorff, »so sagen Sie ihm, daß es sich auswächst.«

Und den Herren im Hoch-Erdgeschoß berichtete er: »Ein kräftiger Prinz!«

Aber zehn oder fünfzehn Minuten nach ihm machte auch der Großherzog die mißliche Entdeckung, – das war unvermeidlich und hatte für Generalarzt Eschrich eine kurze, außerordentlich unangenehme Szene zur Folge, für den Grimmburger Doktor Sammet aber eine Unterredung mit dem Großherzog, die ihn sehr in dessen Achtung steigen ließ und ihm in seiner späteren Laufbahn von Nutzen war. Kurz zusammengefaßt, ging dies alles vor sich wie folgt.

Während der Nachgeburt hatte Johann Albrecht sich wieder in der »Bibliothek« aufgehalten und sich dann einige Zeit, Hand in Hand mit seiner Gemahlin, am Wochenbette verweilt. Hierauf begab er sich in das »Frisierkabinett«, wo der Säugling nun in seinem hohen, zierlich vergoldeten und halb von einer blauseidenen Gardine umhüllten Bettchen lag, und ließ sich in einem rasch herzugezogenen Armstuhl zur Seite seines kleinen Sohnes nieder. Aber während er saß und das schlummernde Kind betrachtete, geschah es, daß er wahrnahm, was man ihm gern noch verhehlt hätte. Er zog die Decke weiter zurück, verfinsterte sich und tat dann alles, was vor ihm Herr von Knobelsdorff getan hatte, sah nacheinander die Doktorin Gnadebusch und die Wärterin an, die verstummten, warf einen Blick auf die angelehnte Tür zur Kemenate und kehrte erregten Schrittes in die Bibliothek zurück.

Hier ließ er sofort die silberne, mit einem Adler geschmückte Druckglocke ertönen, die auf dem Schreibtisch stand, und sagte zu Herrn von Lichterloh, der klirrend eintrat, sehr kurz und kalt: »Ich ersuche Herrn Eschrich.«

Wenn der Großherzog auf eine Person seiner Umgebung zornig war, so pflegte er den Betreffenden für den Augenblick all seiner Titel und Würden zu entkleiden und ihm nichts als seinen nackten Namen zu lassen.

Der Flügeladjutant klirrte aufs neue mit seinen Sporen und zog sich zurück. Johann Albrecht schritt ein paarmal heftig knarrend durch das Gemach und nahm dann, als er hörte, daß Herr von Lichterloh den Befohlenen in das Vorzimmer einführte, am Schreibtisch Audienzhaltung an.

Wie er da stand, den Kopf herrisch ins Halbprofil gewandt, die Linke, die den mit Atlas ausgeschlagenen Gehrock von der weißen Weste hinwegraffte, fest in die Hüfte gestemmt, glich er genau seinem Porträt von der Hand des Professors von Lindemann, welches, als Gegenstück zu dem Dorotheas, im Residenzschloß, im »Saal der zwölf Monate« zur Seite des großen Spiegels über dem Kamine hing und von dem zahllose Nachbildungen, Photographien und illustrierte Postkarten, im Publikum verbreitet waren. Der Unterschied war nur der, daß Johann Albrecht auf jenem Bildnis von heldischer Figur erschien, während er in Wirklichkeit kaum mittelgroß war. Seine Stirn war hoch vor Kahlheit, und unter ergrauten Brauen blickten seine blauen Augen, matt umschattet, mit einem müden Hochmut ins Weite. Er hatte die breiten, ein wenig zu hoch sitzenden Wangenknochen, die ein Merkmal seines Volkes waren. Sein Backenbart und das Bärtchen an der Unterlippe waren grau, der gedrehte Schnurrbart beinahe schon weiß. Von den geblähten Flügeln seiner gedrungenen, aber vornehm gebogenen Nase liefen zwei ungewöhnlich tief schürfende Furchen schräg in den Bart hinab. In dem Ausschnitt seiner Pikeeweste leuchtete das zitronengelbe Band des Hausordens zur Beständigkeit. Im Knopfloch trug der Großherzog ein Nelkensträußchen.

Generalarzt Eschrich war mit tiefer Verbeugung eingetreten. Er hatte sein Operationsgewand abgelegt. Sein gelähmtes Augenlid hing schwerer, als sonst, über den Augapfel hinab. Er machte einen finsteren und unseligen Eindruck.

Der Großherzog, die Linke in der Hüfte, warf den Kopf zurück, streckte die Rechte aus und bewegte sie, die Handfläche nach oben, mehrmals kurz und ungeduldig in der Luft hin und her.

»Ich erwarte eine Erklärung, eine Rechtfertigung, Herr Generalarzt«, sagte er mit vor Gereiztheit schwankender Stimme. »Sie werden die Güte haben, mir Rede zu stehen. Was ist das mit dem Arm des Kindes?«

Der Leibarzt hob ein wenig die Arme – eine schwache Geste der Ohnmacht und der Schuldlosigkeit. Er sagte:

»Geruhen Königliche Hoheit... Ein unglücklicher Zufall. Ungünstige Umstände während der Schwangerschaft Ihrer Königlichen Hoheit...«

»Das sind Phrasen!« Der Großherzog war so erregt, daß er eine Rechtfertigung nicht einmal wünschte, sie geradezu verhinderte. »Ich bemerke Ihnen, mein Herr, daß ich außer mir bin. Unglücklicher Zufall! Sie hatten unglückliche Zufälle hintanzuhalten...«

Der Generalarzt stand in halber Verneigung da und sprach mit unterwürfig gesenkter Stimme auf den Fußboden hinab.

»Ich bitte gehorsamst, erinnern zu dürfen, daß ich zum wenigsten nicht allein die Verantwortung trage. Geheimrat Grasanger hat Ihre Königliche Hoheit untersucht – eine gynäkologische Autorität... Aber niemanden kann in diesem Falle Verantwortung treffen...«

»Niemanden... Ah! Ich erlaube mir, Sie verantwortlich zu machen... Sie stehen mir ein... Sie haben die Schwangerschaft überwacht, die Entbindung geleitet. Ich habe auf die Kenntnisse gebaut, die Ihrem Range entsprechen, Herr Generalarzt, ich habe in Ihre Erfahrung Vertrauen gesetzt. Ich bin schwer getäuscht, schwer enttäuscht. Der Erfolg Ihrer Gewissenhaftigkeit besteht darin, daß ein... krüppelhaftes Kind ins Leben tritt...«

»Wollen Königliche Hoheit allergnädigst erwägen...«

»Ich habe erwogen. Ich habe gewogen und zu leicht befunden. Ich danke!«

Generalarzt Eschrich entfernte sich rückwärts, in gebeugter Haltung. Im Vorzimmer zuckte er die Achseln, sehr rot im Gesicht. Der Großherzog schritt wieder in der »Bibliothek« auf und ab, knarrend in seinem fürstlichen Zorn, unbillig, unbelehrt und töricht in seiner Einsamkeit. Sei es aber, daß er den Leibarzt noch weiter zu kränken wünschte oder daß er es bereute, sich selbst um jede Aufklärung gebracht zu haben, – nach zehn Minuten trat das Unerwartete ein, daß der Großherzog durch Herrn von Lichterloh den jungen Doktor Sammet zu sich in die »Bibliothek« befehlen ließ.

Der Doktor, als er die Nachricht empfing, sagte wieder:

»Ganz gern... ganz gern...« und verfärbte sich sogar ein wenig, benahm sich dann aber ausgezeichnet. Zwar beherrschte er die Form nicht völlig und verbeugte sich zu früh, schon in der Tür, so daß der Adjutant diese nicht hinter ihm schließen konnte und ihm die Bitte zuraunen mußte, weiter vorzutreten; dann aber stand er frei und angenehm da und antwortete befriedigend, obgleich er die Gewohnheit zeigte, beim Sprechen ein wenig schwer, mit zögernden Vorlauten anzusetzen und häufig, wie zu schlichter Bekräftigung, ein »Ja« zwischen seinen Sätzen einzuschalten. Er trug sein dunkelblondes Haar bürstenartig beschnitten und den Schnurrbart sorglos hängend. Kinn und Wangen waren sauber rasiert und ein wenig wund davon. Er hielt den Kopf leicht seitwärts geneigt, und der Blick seiner grauen Augen sprach von Klugheit und tätiger Sanftmut. Seine Nase, zu flach auf den Schnurrbart abfallend, deutete auf seine Herkunft hin. Er hatte zum Frack eine schwarze Halsbinde angelegt, und seine gewichsten Stiefel waren von ländlichem Zuschnitt. Eine Hand an seiner silbernen Uhrkette, hielt er den Ellenbogen dicht am Oberkörper. Redlichkeit und Sachlichkeit waren in seiner Erscheinung ausgedrückt; sie erweckte Vertrauen.

Der Großherzog redete ihn ungewöhnlich gnädig an, ein wenig in der Art eines Lehrers, der einen schlechten Schüler gescholten hat und sich mit plötzlicher Milde zu einem anderen wendet.

»Herr Doktor, ich habe Sie bitten lassen... Ich wünsche Auskunft von Ihnen in betreff dieser Erscheinung an dem Körper des neugeborenen Prinzen... Ich nehme an, daß sie Ihnen nicht entgangen ist... Ich stehe vor einem Rätsel... einem äußerst schmerzlichen Rätsel... Mit einem Wort, ich bitte um Ihre Ansicht.« Und der Großherzog, die Stellung wechselnd, endete mit einer vollkommen schönen Handbewegung, die dem Doktor das Wort ließ.

Dr. Sammet sah ihm still und aufmerksam zu, wartete gleichsam ab, bis der Großherzog mit seinem ganzen fürstlichen Benehmen fertig war. Dann sagte er: »Ja. – Es handelt sich also um einen Fall, der zwar nicht allzuhäufig eintritt, der uns aber doch wohlbekannt und vertraut ist. Es ist im wesentlichen ein Fall von Atrophie...«

»Ich muß bitten... ›Atrophie‹...«

»Verzeihung, Königliche Hoheit. Ich meine von Verkümmerung. Ja.«

»Sehr richtig. Verkümmerung. Das trifft zu. Die linke Hand ist verkümmert. Aber das ist unerhört! Ich begreife das nicht! Niemals ist dergleichen in meiner Familie vorgekommen! Man spricht neuerdings von Vererbung...«

Wieder betrachtete der Doktor still und aufmerksam diesen entrückten und gebietenden Herrn, zu dem ganz kürzlich die Kunde gedrungen war, daß man neuerdings von Vererbung spreche. Er antwortete einfach: »Verzeihung, Königliche Hoheit; aber von Vererbung kann in dem vorliegenden Fall auch gar nicht die Rede sein.«

»Ach! Wirklich nicht!« sagte der Großherzog ein wenig spöttisch. »Ich empfinde das als Genugtuung. Aber wollen Sie mir freundlichst sagen, wovon denn eigentlich die Rede sein kann.«

»Ganz gern, Königliche Hoheit. Die Mißbildung hat eine rein mechanische Ursache, ja. Sie ist bewirkt worden durch eine mechanische Hemmung während der Entwicklung des Fruchtkeimes. Solche Mißbildungen nennen wir Hemmungsbildungen, ja.«

Der Großherzog horchte mit einem ängstlichen Ekel; er fürchtete sichtlich die Wirkung jedes neuen Wortes auf seine Empfindlichkeit. Er hielt die Brauen zusammengezogen und den Mund geöffnet; seine beiden in den Bart verlaufenden Furchen schienen noch tiefer dadurch. Er sagte: »Hemmungsbildungen... Aber wie in aller Welt... ich kann nicht zweifeln, daß jede Sorgfalt angewandt worden ist...«

»Hemmungsbildungen«, antwortete Dr. Sammet, »können auf verschiedene Weise entstehen. Aber man kann mit ziemlicher Gewißheit sagen, daß in unserem Falle... in diesem Falle das Amnion die Schuld trägt.«

»Ich muß bitten... ›Das Amnion‹...«

»Das ist eine der Eihäute, Königliche Hoheit. Ja. Und unter gewissen Umständen kann sich die Abhebung dieser Eihaut vom Embryo verzögern und so schwerfällig vor sich gehen, daß sich Fäden und Stränge zwischen beiden ausziehen... amniotische Fäden, wie wir sie nennen, ja. Diese Fäden können gefährlich werden, denn sie können ganze Gliedmaßen des Kindes umschlingen und umschnüren, können zum Beispiel einer Hand völlig die Lebenswege unterbinden und sie allenfalls amputieren, ja.«

»Mein Gott... amputieren. Man muß also noch dankbar sein, daß es nicht zu einer Amputation der Hand gekommen ist?«

»Das hätte geschehen können. Ja. Aber es hat mit einer Abschnürung und infolge davon mit einer Atrophie sein Bewenden gehabt.«

»Und das war nicht zu erkennen, nicht vorauszusehen, nicht zu verhindern?«

»Nein, Königliche Hoheit. Durchaus nicht. Es steht ganz fest, daß niemanden irgendwelches Verschulden trifft. Solche Hemmungen tun im Verborgenen ihr Werk. Wir sind ohnmächtig ihnen gegenüber. Ja.«

»Und die Mißbildung ist unheilbar? Die Hand wird verkümmert bleiben?«

Dr. Sammet zögerte, er sah den Großherzog gütig an.

»Ein völliger Ausgleich wird sich nicht herstellen, das nicht«, sagte er behutsam. »Aber auch die verkümmerte Hand wird sich doch verhältnismäßig ein wenig entwickeln, o ja, das immerhin...«

»Wird sie brauchbar sein? Gebrauchsfähig? Beispielsweise... zum Halten des Zügels oder zu Handbewegungen, wie man sie macht...«

»Brauchbar... ein wenig... Vielleicht nicht sehr. Auch ist ja die rechte Hand da, die ganz gesund ist.«

»Wird es sehr sichtbar sein?« fragte der Großherzog und forschte sorgenvoll in Dr. Sammets Gesicht... »Sehr auffällig? Wird es die Gesamterscheinung sehr beeinträchtigen, meinen Sie?«

»Viele Leute«, antwortete Dr. Sammet ausweichend, »leben und wirken unter schwereren Beeinträchtigungen. Ja.«

Der Großherzog wandte sich ab und tat einen Gang durch das Gemach. Dr. Sammet machte ihm ehrerbietig Platz dazu, indem er sich bis zur Tür zurückzog. Schließlich nahm der Großherzog wieder am Schreibtisch Stellung und sagte:

»Ich bin nun unterrichtet, Herr Doktor; ich danke für Ihren Vortrag. Sie verstehen Ihre Sache, das ist keine Frage. Warum leben Sie in Grimmburg? Warum praktizieren Sie nicht in der Residenz?«

»Ich bin noch jung, Königliche Hoheit, und bevor ich mich in der Hauptstadt einer Spezialpraxis widme, möchte ich mich einige Jahre lang recht vielseitig beschäftigen, auf alle Weise üben und umtun. Dazu bietet ein Landstädtchen wie Grimmburg die beste Gelegenheit. Ja.«

»Sehr ernst, sehr respektabel. Welchem Spezialgebiet denken Sie sich später zuzuwenden?«

»Den Kinderkrankheiten, Königliche Hoheit. Ich beabsichtige, Kinderarzt zu werden. Ja.«

»Sie sind Jude?« fragte der Großherzog, indem er den Kopf zurückwarf und die Augen zusammenkniff...

»Ja, Königliche Hoheit.«

»Ah. – Wollen Sie mir noch die Frage beantworten... Haben Sie Ihre Herkunft je als ein Hindernis auf Ihrem Wege, als Nachteil im beruflichen Wettstreit empfunden? Ich frage als Landesherr, dem die bedingungslose und private, nicht nur amtliche, Geltung des paritätischen Prinzips besonders am Herzen liegt.«

»Jedermann im Großherzogtum«, antwortete Dr. Sammet, »hat das Recht, zu arbeiten.« Aber dann sagte er noch mehr, setzte beschwerlich an, ließ ein paar zögernde Vorlaute vernehmen, indem er auf eine linkisch leidenschaftliche Art seinen Ellenbogen wie einen kurzen Flügel bewegte und fügte mit gedämpfter, aber innerlich eifriger und bedrängter Stimme hinzu: »Kein gleichstellendes Prinzip, wenn ich mir diese Bemerkung erlauben darf, wird je verhindern können, daß sich inmitten des gemeinsamen Lebens Ausnahmen und Sonderformen erhalten, die in einem erhabenen oder anrüchigen Sinne vor der bürgerlichen Norm ausgezeichnet sind. Der Einzelne wird gut tun, nicht nach der Art seiner Sonderstellung zu fragen, sondern in der Auszeichnung das Wesentliche zu sehen und jedenfalls eine außerordentliche Verpflichtung daraus abzuleiten. Man ist gegen die regelrechte und darum bequeme Mehrzahl nicht im Nachteil, sondern im Vorteil, wenn man eine Veranlassung mehr, als sie, zu ungewöhnlichen Leistungen hat. Ja. Ja«, wiederholte Dr. Sammet. Es war die Antwort, die er mit zweimaligem Ja bekräftigte.

»Gut... nicht übel, sehr bemerkenswert wenigstens«, sagte der Großherzog abwägend. Etwas Vertrautes, aber auch etwas wie eine Ausschreitung schien ihm in Dr. Sammets Worten zu liegen. Er verabschiedete den jungen Mann mit den Worten: »Lieber Doktor, meine Zeit ist gemessen. Ich danke Ihnen. Diese Unterredung – von ihrer peinlichen Veranlassung abgesehen – hat mich sehr befriedigt. Ich mache mir das Vergnügen, Ihnen das Albrechtskreuz dritter Klasse mit der Krone zu verleihen. Ich werde mich Ihrer erinnern. Ich danke.«

Dies war das Gespräch des Grimmburger Arztes mit dem Großherzog. Ganz kurz darauf verließ Johann Albrecht die Burg und kehrte mit Extrazug in die Residenz zurück, hauptsächlich um sich der festlich bewegten Bevölkerung zu zeigen, dann aber auch, um im Stadtschloß mehrere Audienzen zu erteilen. Es stand fest, daß er abends auf die Stammburg zurückkehren und für die nächsten Wochen dort Wohnung nehmen würde.

Alle Herren, welche sich zu der Entbindung auf Grimmburg eingefunden hatten und nicht zum Hofstaat der Großherzogin gehörten, wurden ebenfalls von dem Extrazuge der unrentablen Lokalbahn aufgenommen und fuhren zum Teil in unmittelbarer Gesellschaft des Monarchen. Aber den Weg von der Burg zur Station legte der Großherzog allein mit dem Staatsminister von Knobelsdorff im offenen Landauer zurück, einem der braun lackierten Hofwagen mit der kleinen goldenen Krone am Schlage. Die weißen Federn auf dem Hute des Leibjägers vorn flatterten im Sommerwinde. Johann Albrecht war ernst und stumm auf dieser Fahrt, zeigte sich bedrückt und grämlich; und obgleich Herr von Knobelsdorff wußte, daß der Großherzog es auch im intimen Verkehr schlecht ertrug, daß man ungefragt und ohne Aufforderung das Wort an ihn richte, so unternahm er es endlich doch, das Schweigen zu brechen.

»Königliche Hoheit«, sagte er bittend, »scheinen sich die kleine Anomalie, die man am Körper des Prinzen ausfindig gemacht, so sehr zu Herzen zu nehmen... Dennoch sollte man glauben, daß an diesem Tage die Beweggründe zur Freude und stolzen Dankbarkeit so sehr überwiegen...«

»Ach lieber Knobelsdorff«, antwortete Johann Albrecht gereizt und beinahe weinerlich, »Sie werden mir meine Verstimmung nachsehen, Sie werden nicht geradezu verlangen, daß ich trällere. Ich sehe keinerlei Veranlassung dazu. Die Großherzogin befindet sich wohl – nun gewiß. Und das Kind ist ein Knabe – nochmals gut. Aber da kommt es nun mit einer Atrophie zur Welt, einer Hemmungsbildung, veranlaßt durch amniotische Fäden. Niemand hat Schuld daran, es ist ein Unglück. Aber die Unglücksfälle, an denen niemand schuld ist, das sind die eigentlich schrecklichen Unglücksfälle, und der Anblick des Fürsten soll seinem Volke andere Empfindungen erwecken, als Mitleid. Der Erbgroßherzog ist zart, man muß beständig für ihn fürchten. Es war ein Wunder, daß er vor zwei Jahren die Rippenfellentzündung überstand, und es wird nicht viel weniger als ein Wunder sein, wenn er zu Jahren gelangt. Nun schenkt mir der Himmel einen zweiten Sohn, – er scheint kräftig, aber er kommt mit einer Hand zur Welt. Die andere ist verkümmert, unbrauchbar, eine Mißbildung, er muß sie verstecken. Welche Erschwerung! Welch Hindernis! Er muß es beständig vor der Welt bravieren. Man wird es allmählich bekannt machen müssen, damit es bei seinem ersten öffentlichen Hervortreten nicht allzu anstößig wirkt. Nein, ich komme noch nicht hinweg darüber. Ein Prinz mit einer Hand...«

»Mit einer Hand«, sagte Herr von Knobelsdorff. »Sollten Königliche Hoheit diese Wendung mit Absicht wiederholen?«

»Mit Absicht?«

»Also nicht? ... Denn der Prinz hat ja zwei Hände, nur daß die eine verkümmert ist und daß man, wenn man will, also sagen kann, es sei ein Prinz mit einer Hand.«

»Nun also?«

»Und daß man also fast wünschen müßte, nicht Eurer Königlichen Hoheit zweiter Sohn, sondern der unter der Krone Geborene möchte der Träger dieser kleinen Mißgestaltung sein.«

»Was sagen Sie da?«

»Nun, Königliche Hoheit werden mich auslachen; aber ich denke an die Zigeunerin.«

»Die Zigeunerin? Ich bin geduldig, lieber Baron!«

»An die Zigeunerin – Verzeihung! – die das Erscheinen eines Fürsten aus Eurer Königlichen Hoheit Haus – eines Fürsten ›mit einer Hand‹ – das ist die überlieferte Wendung – vor hundert Jahren geweissagt und an das Erscheinen dieses Fürsten eine gewisse, sonderbar formulierte Verheißung geknüpft hat.«

Der Großherzog wandte sich im Fond und blickte stumm in Herrn von Knobelsdorffs Augen, an deren äußeren Winkeln die strahlenförmigen Fältchen spielten.

»Sehr unterhaltend!« sagte er dann und setzte sich wieder zurecht.

»Prophezeiungen«, fuhr Herr von Knobelsdorff fort, »pflegen sich in der Weise zu erfüllen, daß Umstände eintreten, die man, einigen guten Willen vorausgesetzt, in ihrem Sinne deuten kann. Und gerade durch die großzügige Fassung jeder rechten Weissagung wird das sehr erleichtert. ›Mit einer Hand‹, – das ist guter Orakelstil. Die Wirklichkeit bringt einen mäßigen Fall von Atrophie. Aber damit, daß sie das tut, ist viel geschehen, denn wer hindert mich, wer hindert das Volk, die Andeutung für das Ganze zu nehmen und den bedingenden Teil der Weissagung für erfüllt zu erklären? Das Volk wird es tun und zwar spätestens dann, wenn auch das Weitere, die eigentliche Verheißung sich irgend bewahrheiten sollte, es wird reimen und deuten, wie es das immer getan hat, um erfüllt zu sehen, was geschrieben steht. Ich sehe nicht klar, – der Prinz ist zweitgeboren, er wird nicht regieren, die Meinung des Schicksals ist dunkel.

Aber der einhändige Prinz ist da – und so möge er uns denn geben, so viel er vermag.«

Der Großherzog schwieg, im Innern durchschauert von dynastischen Träumereien.

»Nun, Knobelsdorff, ich will Ihnen nicht böse sein. Sie wollen mich trösten, und Sie machen Ihre Sache nicht übel. Aber man nimmt uns in Anspruch...«

Die Luft schwang von entferntem, vielstimmigem Hochgeschrei. Grimmburger Publikum staute sich schwärzlich an der Station hinter dem Kordon. Amtliche Personen standen in Erwartung der Equipagen einzeln davor. Man bemerkte den Bürgermeister, wie er den Zylinder lüftete, sich mit einem bedruckten Schnupftuch die Stirn trocknete und einen Zettel vor die Augen führte, dessen Inhalt er memorierte. Johann Albrecht nahm die Miene an, mit der er die schlichte Ansprache entgegennehmen und kurz und gnädig beantworten würde: »Mein lieber Herr Bürgermeister...« Das Städtchen war beflaggt; seine Glocken läuteten.

Alle Glocken der Hauptstadt läuteten. Und abends war Freudenbeleuchtung dort, ohne besondere Aufforderung von seiten des Magistrats, aus freien Stücken, – große Illumination in allen Bezirken der Stadt.

Das Land

Das Land maß achttausend Quadratkilometer und zählte eine Million Einwohner.

Ein schönes, stilles, unhastiges Land. Die Wipfel seiner Wälder rauschten verträumt; seine Äcker dehnten und breiteten sich, treu bestellt; sein Gewerbewesen war unentwickelt bis zur Dürftigkeit.

Es besaß Ziegeleien, es besaß ein wenig Salz- und Silberbergbau – das war fast alles. Man konnte allenfalls noch von einer Fremdenindustrie reden, aber sie schwunghaft zu nennen, wäre kühn gewesen. Die alkalischen Heilquellen, die in unmittelbarer Nähe der Hauptstadt dem Boden entsprangen und den Mittelpunkt freundlicher Badeanlagen bildeten, machten die Residenz zum Kurort. Aber während das Bad um den Ausgang des Mittelalters von weither besucht gewesen war, hatte sich später sein Ruf verloren, war von den Namen anderer übertönt und in Vergessenheit gebracht worden. Die gehaltvollste seiner Quellen, Ditlindenquelle genannt, ungewöhnlich reich an Lithiumsalzen, hatte man erst kürzlich, unter der Regierung Johann Albrechts III., erschürft. Und da es an einem nachdrücklichen und hinlänglich marktschreierischen Betriebe fehlte, war es noch nicht gelungen, ihr Wasser in der Welt zu Ehren zu bringen. Man versandte hunderttausend Flaschen davon im Jahr, – eher weniger als mehr. Und nicht viele Fremde reisten herbei, um es an Ort und Stelle zu trinken...

Alljährlich war im Landtage von »wenig« günstigen finanziellen Ergebnissen der Verkehrsanstalten die Rede, womit ein durchaus und vollständig ungünstiges Ergebnis bezeichnet und festgestellt werden sollte, daß die Lokalbahnen sich nicht rentierten und die Eisenbahnen nichts abwarfen, – betrübende, aber unabänderliche und eingewurzelte Tatsachen, die der Verkehrsminister in lichtvollen, aber immer wiederkehrenden Ausführungen mit den friedlichen kommerziellen und gewerblichen

Verhältnissen des Landes, sowie mit der Unzulänglichkeit der heimischen Kohlenlager erklärte. Krittler fügten dem etwas von mangelhaft organisierter Verwaltung der staatlichen Verkehrsanstalten hinzu. Aber Widerspruchsgeist und Verneinung waren nicht stark im Landtage; eine schwerfällige und treuherzige Loyalität war unter den Volksvertretern die vorherrschende Stimmung.

Die Eisenbahnrente stand also unter den Staatseinkünften privatwirtschaftlicher Natur keineswegs an erster Stelle; an erster Stelle stand in diesem Wald- und Ackerlande seit alters die Forstrente. Daß auch sie gesunken, in einem erschreckenden Maße zurückgegangen war, das zu rechtfertigen hatte größere Schwierigkeiten, wiewohl nur zu ausreichende Gründe dafür vorhanden waren.

Das Volk liebte seinen Wald. Es war ein blonder und gedrungener Typ mit blauen, grübelnden Augen und breiten, ein wenig zu hoch sitzenden Backenknochen, ein Menschenschlag, sinnig und bieder, gesund und rückständig. Es hing an dem Wald seines Landes mit den Kräften seines Gemütes, er lebte in seinen Liedern, er war den Künstlern, die es hervorbrachte, Ursprung und Heimat ihrer Eingebungen, und nicht nur im Hinblick auf Gaben des Geistes und der Seele, die er spendete, war er füglich der Gegenstand volkstümlicher Dankbarkeit. Die Armen lasen ihr Brennholz im Walde, er schenkte es ihnen, sie hatten es frei. Sie gingen gebückt, sie sammelten allerlei Beeren und Pilze zwischen seinen Stämmen und hatten ein wenig Verdienst davon. Das war nicht alles. Das Volk sah ein, daß sein Wald auf die Witterungsbeschaffenheit und gesundheitlichen Verhältnisse des Landes vom entscheidendsten günstigen Einfluß war; es wußte wohl, daß ohne den prächtigen Wald in der Umgebung der Residenz der Quellengarten dort draußen sich nie mit zahlenden Fremden füllen würde; und kurz, dies nicht sehr betriebsame und fortgeschrittene Volk hätte begreifen müssen, daß der Wald den wichtigsten Vorzug, den auf jede Art ergiebigsten Stammbesitz des Landes bedeutete.

Dennoch hatte man sich am Walde versündigt, gefrevelt

daran seit Jahren und Menschenaltern. Der Großherzoglichen Staatsforstverwaltung waren die schwersten Vorwürfe nicht zu ersparen. Dieser Behörde gebrach es an der politischen Einsicht, daß der Wald als ein unveräußerliches Gemeingut erhalten und bewahrt werden mußte, wenn er nicht nur den gegenwärtigen, sondern auch den kommenden Geschlechtern Nutzen gewähren sollte, und daß es sich rächen mußte, wenn man ihn, uneingedenk der Zukunft, zugunsten der Gegenwart maßlos und kurzsichtig ausbeutete.

Das war geschehen und geschah noch immer. Erstens hatte man große Flächen des Waldbodens in ihrer Fruchtbarkeit erschöpft, indem man sie beständig in übertriebener und planloser Weise ihres Streudüngers beraubt hatte. Man war darin wiederholt so weit gegangen, daß man da und dort nicht nur die jüngst gefallene Nadel- und Laubdecke, sondern den größten Teil des Abfalls von Jahren teils als Streu, teils als Humus entfernt und der Landwirtschaft überliefert hatte. Es gab viele Forsten, die von aller Fruchterde entblößt waren; es gab solche, die infolge Streurechens zu Krüppelbeständen entartet waren; und das war bei Gemeindewaldungen sowohl wie bei Staatswaldungen zu beobachten.

Wenn man diese Nutzungen vorgenommen hatte, um einem augenblicklichen Notstand der Landwirtschaft abzuhelfen, so waren sie schlecht und recht zu entschuldigen gewesen. Aber obgleich es nicht an Stimmen fehlte, die einen auf die Verwendung von Waldstreu gegründeten Ackerbau für unratsam, ja gefährlich erklärten, so trieb man den Streuhandel auch ohne besonderen Anlaß aus rein fiskalischen Gründen, wie man sagte, aus Gründen also, die bei Lichte betrachtet nur ein Grund und Zweck waren, der nämlich, Geld zu machen. Denn das Geld war's, woran es fehlte. Aber um welches zu schaffen, vergriff man sich unablässig am Kapital, bis der Tag kam, da man mit Schrecken ersah, daß eine ungeahnte Entwertung dieses Kapitales eingetreten sei.

Man war ein Bauernvolk, und in einem verkehrten, künstlichen und unangemessenen Eifer glaubte man zeitgemäß sein und rücksichtslosen Geschäftsgeist an den Tag legen zu müssen. Ein Merkmal war die Milchwirtschaft... es ist hier ein Wort darüber zu sagen. Klage ward laut, zumal in den amtsärztlichen Jahresberichten, daß ein Rückgang in der Ernährungsweise und also in der Entwicklung der ländlichen Bevölkerung zu beobachten sei. Wie das? Die Viehbesitzer waren versessen darauf, alle verfügbare Vollmilch zu Gelde zu machen. Die gewerbliche Ausbildung der Milchverwertung, die Entwicklung und Ergiebigkeit des Molkereiwesens verlockte sie, das Bedürfnis des eigenen Haushaltes hintanzustellen. Die kräftige Milchnahrung ward selten auf dem Lande, und an ihre Stelle trat mehr und mehr der Genuß von gehaltarmer Magermilch, von minderwertigen Ersatzmitteln, Pflanzenfetten und leider auch von weingeisthaltigen Getränken. Die Krittler sprachen von einer Unterernährung, ja geradezu von einer körperlichen und sittlichen Entkräftung der Landbevölkerung, sie brachten die Tatsachen vor die Kammer, und die Regierung versprach, der Sache ernste Aufmerksamkeit zuzuwenden.

Aber es war allzu klar, daß die Regierung im Grunde von demselben Geiste beseelt war, wie die irregeführten Viehbesitzer. Im Staatswalde nahmen die Überhauungen kein Ende, sie waren nicht wieder einzubringen und bedeuteten eine fortschreitende Minderung des öffentlichen Besitzstandes. Sie mochten zuweilen nötig gewesen sein, wenn Schädlinge den Wald heimgesucht hatten, aber oft genug waren sie einzig und allein aus den angeführten fiskalischen Gründen verfügt worden, und statt die aus den Fällungen erzielten Einnahmen zum Ankaufe neuer Forstgrundstücke zu benutzen; statt auch nur die abgehauenen Flächen so rasch als möglich wieder aufzuforsten; statt, mit einem Worte, den Schaden, der dem Staatswalde an seinem Kapitalwert erwachsen war, auch an seinem Kapitalwerte wieder gut zu machen, hatte man die flüssig gemachten Gelder zur Deckung laufender Ausgaben und zur Einlösung von Schuldverschreibungen verbraucht. Nun schien gewiß, daß eine Verringerung der Staatsschuld nur zu wünschenswert sei; aber die Krittler meinten, die Zeiten seien nicht danach angetan, daß man außerordentliche Einkünfte zur Speisung der Tilgungskasse verwenden dürfe.

Wer kein Interesse daran hatte, die Dinge zu beschönigen, mußte die Staatsfinanzen zerrüttet nennen. Das Land trug sechshundert Millionen Schulden, – es schleppte daran mit Geduld, mit Opfermut, aber mit innerlichem Seufzen. Denn die Bürde, an sich viel zu schwer, wurde verdreifacht durch eine Höhe des Zinsfußes und durch Rückzahlungsbedingungen, wie sie einem Lande mit erschüttertem Kredit vorgeschrieben werden, dessen Obligationen tief, tief im Kurse stehen, und das in der Welt der Geldgeber beinahe schon unter die »interessanten« Länder gerechnet wird.

Die Reihe der schlechten Finanzperioden war unabsehbar. Die Ära der Fehlbeträge schien ohne Anfang und Ende. Und eine Mißwirtschaft, an der durch häufigen Personenwechsel nichts gebessert wurde, sah im Borgen die alleinige Heilmethode gegen das schleichende Leiden. Noch Finanzminister von Schröder, dessen reiner Charakter und edle Absichten nicht in Zweifel gezogen werden sollen, erhielt vom Großherzog dafür den persönlichen Adel, daß er unter den schwierigsten Umständen eine neue hochverzinsliche Anleihe zu plazieren gewußt hatte. Er war von Herzen auf eine Hebung des Staatskredits bedacht; aber da er sich nicht anders zu helfen wußte, als indem er neue Schulden machte, während er alte tilgte, so erwies sich sein Verfahren als ein wohlgemeintes aber kostspieliges Blendwerk. Denn beim gleichzeitigen Aufkauf und Verkauf von Schuldscheinen zahlte man einen höheren Preis als man erhielt, und dabei gingen Millionen verloren.

Es war, als ob dies Volk nicht imstande sei, einen Finanzmann von irgend zulänglicher Begabung aus seiner Mitte emporzuheben. Anstößige Praktiken und Vertuschungsmittelchen waren zuzeiten im Schwange. In der Aufstellung des Budgets war der ordentliche vom außerordentlichen Staatsbedarf nicht mehr klar zu unterscheiden. Man spielte ordentliche Posten unter die außerordentlichen und täuschte sich selbst und die Welt über den wahren Stand der Dinge, indem man Anleihen, die vorgeblich für außerordentliche Zwecke gemacht waren, zur Deckung eines Defizits im ordentlichen Etat verwandte... Eine Zeitlang war tatsächlich der Inhaber des Finanz-Portefeuilles ein ehemaliger Hofmarschall.

Dr. Krippenreuther, der gegen Ende der Regierung Johann Albrechts des Dritten ans Ruder kam, war derjenige Minister, welcher, gleich Herrn von Schröder, von der Notwendigkeit eifriger Schuldentilgung überzeugt, im Parlament eine letzte und äußerste Anspannung des Steuerdruckes durchsetzte. Aber das Land, steueruntüchtig von Natur, stand an der Grenze seiner Leistungsfähigkeit, und Krippenreuther erntete lediglich Haß. Was er vornahm, war nichts als eine Vermögensübertragung von einer Hand in die andere, die sich obendrein mit Verlust vollzog; denn mit der Steuererhöhung lud man der heimischen Volkswirtschaft eine Last auf, die schwerer und unmittelbarer drückte, als jene, die man ihr durch die Schuldentilgung abnahm...

Wo also war Abhilfe und Heilung? Ein Wunder, schien es, sei nötig – und, bis es geschähe, die unerbittlichste Sparsamkeit. Das Volk war fromm und treu, es liebte seine Fürsten wie sich selbst, es war von der Erhabenheit der monarchischen Idee durchdrungen, es sah einen Gottesgedanken darin. Aber die wirtschaftliche Beklemmung war zu peinlich, zu allgemein fühlbar. Zum Unbelehrtesten redeten die abgeholzten und verkrüppelten Waldbestände eine klägliche Sprache. Und so hatte es geschehen können, daß im Landtage wiederholt auf Abstriche an der Zivilliste, auf Verkürzung der Apanagen und der Krondotation gedrungen worden war.

Die Zivilliste betrug eine halbe Million, die Einkünfte aus dem der Krone zu eigen gebliebenen Domanialbesitz beliefen sich auf siebenhundertundfünfzigtausend Mark. Das war alles. Und der Hof war verschuldet, – in welchem Maße, das wußte vielleicht Graf Trümmerhauff, der großherzogliche Finanzdirektor, ein formvoller, aber für geschäftliche Dinge ganz und gar unbegabter Herr. Johann Albrecht wußte es nicht, gab sich wenigstens den Anschein, es nicht zu wissen und befolgte darin genau das Beispiel seiner Vorfahren, die ihre Schulden selten einer mehr als flüchtigen Aufmerksamkeit gewürdigt hatten.

Der ehrfürchtigen Gesinnung des Volkes entsprach ein außerordentliches Hoheitsgefühl seiner Fürsten, das zuweilen schwärmerische, ja überreizte Formen angenommen und sich am sichtbarsten und – bedenklichsten zu allen Zeiten als ein Hang zum Aufwand und zur rücksichtslosen, die Hoheit sinnfällig darstellenden Prunkentfaltung geäußert hatte. Ein Grimmburger hatte ausdrücklich den Beinamen des »Üppigen« geführt, – verdient hätten ihn fast alle. Und so war die Verschuldung des Hauses eine geschichtliche und altüberlieferte Verschuldung, die in jene Zeiten zurückwies, wo noch alle Anleihen Privatangelegenheiten der Souveräne gewesen waren, und wo Johann der Gewalttätige, um ein Darlehen zu erhalten, die Freiheit angesehener Untertanen verpfändet hatte.

Das war vorbei; und Johann Albrecht III., seinen Trieben nach ein echtgeborener Grimmburger, war schlechterdings nicht mehr in der Lage, diesen Trieben freien Lauf zu lassen. Seine Väter hatten mit dem Familienvermögen gründlich aufgeräumt, es war gleich Null oder glich nicht viel mehr, es war für den Bau von Lustschlössern, mit französischen Namen und Marmorkolonnaden, für Parks mit Wasserkünsten, für pomphafte Oper und jederlei goldene Schaustellung aufgegangen. Man mußte rechnen, und sehr gegen die Neigung des Großherzogs, ja ohne sein Zutun, war die Hofhaltung allmählich auf kleineren Fuß gesetzt worden.

Über die Lebensführung der Prinzessin Katharina, der Schwester des Großherzogs, sprach man in der Residenz in gerührtem Tone. Sie war mit einem Cognaten des im Nachbarlande regierenden Hauses vermählt gewesen, war, verwitwet, in die Hauptstadt ihres Bruders zurückgekehrt und bewohnte mit ihren rotköpfigen Kindern das ehemalige erbgroßherzogliche Palais an der Albrechtsstraße, vor dessen Portal den ganzen Tag mit Kugelstab und Bandelier ein riesiger Türhüter in prahlerischer Haltung stand, und in dessen Innerem es so außerordentlich gemäßigt zuging...

Prinz Lambert, des Großherzogs Bruder, kam wenig in Betracht. Er lag mit seinen Geschwistern, die ihm seine Mißheirat nicht verziehen, in Unfrieden und ging kaum zu Hofe. Mit seiner Gemahlin, die ehemals ihre Pas auf der Bühne des Hoftheaters vollführt hatte und, nach dem Namen eines Gutes, das der Prinz besaß, den Titel einer Freifrau von Rohrdorf führte, lebte er in seiner Villa am Stadtgarten, und dem hageren Sportsmann und Theaterhabitué standen seine Schulden zu Gesichte. Er hatte sich seines Hoheitsscheines begeben, trat ganz als Privatmann auf, und wenn sein Hauswesen im Rufe einer liederlichen Dürftigkeit stand, so erregte das nicht viel Teilnahme.

Aber im Alten Schlosse selbst hatten Veränderungen stattgefunden, Einschränkungen, die in Stadt und Land besprochen wurden und zwar zumeist in einem ergriffenen und schmerzlichen Sinne, denn im Grunde wünschte das Volk, sich stolz und herrlich dargestellt zu sehen. Man hatte um der Ersparnis willen verschiedene Oberhofämter in eines zusammengezogen, und seit mehreren Jahren war Herr von Bühl zu Bühl Oberhofmarschall, Oberzeremonienmeister und Hausmarschall in einer Person. Man hatte weitgehende Entlassungen im Offizendienst und der Hoflivree, unter den Fourieren, Büchsenspannern und Bereitern, den Hofköchen und Konfektmeistern, den Kammer- und Hoflakaien vorgenommen. Man hatte den Bestand des Marstalles auf das Notwendigste herabgesetzt... Was verschlug das? Des Großherzogs Geldverachtung empörte sich gegen den Zwang in plötzlichen Ausbrüchen, und während die Bewirtung bei den Hoffestlichkeiten die äußerste Grenze erlaubter Einfachheit erreichte, während zum Souper am Schlusse der Donnerstag-Konzerte im Marmorsaal ohne Abwechslung nichts als Roastbeef in Remouladensauce und Gefrorenes auf den roten Sammetdecken der goldbeinigen Tischchen serviert wurde, während an des Großherzogs eigener von Wachskerzen strotzender Tafel alltäglich gespeist wurde wie in einer mittleren Beamtenfamilie, warf er trotzig die Einkunft eines Jahres für die Wiederherstellung der Grimmburg hin.

Aber unterdessen verfielen seine übrigen Schlösser. Herrn

von Bühl standen einfach nicht die Mittel zur Verfügung, ihre Verwahrlosung zu hindern. Und doch war es schade um manche davon. Die, welche in der weiteren Umgebung der Residenz und draußen im Lande gelegen waren, diese zierlich üppigen, in Naturschönheit eingebetteten Refugien, deren kokette Namen auf Ruhe, Einsamkeit, Vergnügen, Zeitvertreib und Sorglosigkeit hindeuteten oder eine Blume, ein Kleinod bezeichneten, bildeten Ausflugsorte für die Residenzler und die Fremden, und warfen an Eintrittsgeldern dies und jenes ab, was zuweilen – nicht immer – für ihre Instandhaltung benutzt wurde. Bei denen jedoch, die in unmittelbarer Nähe der Hauptstadt lagen, war das kaum der Fall. Da war das Empire-Schlößchen Eremitage, das am Rande der nördlichen Vorstadt so verschwiegen und anmutig-streng, aber längst unbewohnt und vernachlässigt inmitten seines wuchernden Parkes, der in den Stadtgarten überging, zu seinem kleinen, von Schlamm starrenden Teich hinüberblickte. Da war Schloß Delphinenort, welches, nur eine Viertelstunde Weges von dort, im nördlichen Teile des Stadtgartens selbst, der ehemals ganz der Krone gehört hatte, seine Ungepflegtheit, in einem ungeheuren, viereckigen Springbrunnenbecken spiegelte: mit beiden stand es bejammernswert. Daß namentlich Delphinenort, dieses erlauchte Bauwerk, Frühbarock im Geschmack, mit dem vornehmen Säulenaufbau seines Portals, seinen hohen, in kleine, weiß gerahmte Scheiben geteilten Fenstern, seinen gemetzten Laubgewinden, seinen römischen Büsten in den Nischen, seinem splendiden Treppenaufgang, seiner ganzen gehaltenen Pracht auf immer, wie es schien, dem Verfall überlassen bleiben sollte, war der Schmerz aller Liebhaber baukünstlerischer Schönheit, und als es eines Tages infolge unvorhergesehener, ja abenteuerlicher Umstände wieder zu Ehren und Jugend gelangte, erweckte das in diesen Kreisen jedenfalls allgemeine Genugtuung... Übrigens war von Delphinenort in fünfzehn oder zwanzig Minuten der Quellengarten zu erreichen, der ein wenig nordwestlich zur Stadt gelegen und mit ihrem Zentrum durch eine direkte Trambahnlinie verbunden war.

In der Benutzung der großherzoglichen Familie standen allein

Schloß Hollerbrunn, die Sommerresidenz, ein Trakt von weißen Gebäuden mit chinesischen Dächern, jenseits der Hügelkette, welche die Hauptstadt umringte, kühl und angenehm am Flusse gelegen und berühmt durch die Fliederhecken seines Parks; ferner Schloß Jägerpreis, das völlig in Efeu gehüllte Jagdhaus inmitten der westlichen Waldungen; und endlich das Stadtschloß selbst, das »Alte« genannt, obgleich es durchaus kein neues gab.

Es hieß so, ohne Vergleich, nur eben um seines Alters willen, und die Krittler fanden, daß seine Auffrischung dringlicher gewesen wäre, als die der Grimmburg. Verblichenheit und Zerschlissenheit herrschte bis in die Räume hinein, die unmittelbar der Repräsentation und der hohen Familie zum Aufenthalt dienten, zu schweigen von den vielen unbewohnten und unbenutzten, die in den ältesten Gegenden des vielfältigen Gebäudes lagen und in denen es nichts als Erblindung und Fliegenschmutz gab. Seit einiger Zeit war dem Publikum der Zutritt versagt, – eine Maßnahme, die offenbar in Hinsicht auf den anstößigen Zustand des Schlosses getroffen war. Aber Leute, die Einblick hatten, Lieferanten und Personal, gaben an, daß aus mehr als einem stolzen und steifen Möbelstück das Seegras hervorgucke.

Das Schloß bildete zusammen mit der Hofkirche einen grauen, unregelmäßigen und unübersichtlichen Komplex mit Türmen, Galerien und Torwegen, halb Festung, halb Prunkgebäude. Verschiedene Zeitalter hatten an seiner Ausgestaltung gearbeitet, und große Partien waren baufällig, verwittert, schadhaft, zum Bröckeln geneigt. Es fiel steil ab zum westlichen, tiefer gelegenen Stadtteil, zugänglich von dort auf brüchigen, von rostigen Eisenstangen zusammengehaltenen Stufen. Aber dem Albrechtsplatz war das gewaltige, von kauernden Löwen bewachte Hauptportal zugewandt, zu dessen Häupten ein frommes, trotziges Wort: »Turris fortissima nomen Domini«, halb nur noch leserlich, eingemeißelt stand. Hier war Wache und Schilderhaus, Ablösung, Trommeln, Parade und Auflauf von Gassenbuben...

Das Alte Schloß besaß drei Höfe, in deren Ecken sich schöne

Treppentürme erhoben und zwischen deren Basaltfliesen übrigens meistens allzuviel Unkraut sproß. Aber inmitten des einen Hofes stand der Rosenstock, – stand dort von jeher in einem Beet, obgleich sonst keine gärtnerischen Anlagen vorhanden waren. Es war ein Rosenstock wie andere mehr, ein Kastellan wartete ihn, er ruhte im Schnee, er empfing Regen und Sonnenschein, und kam die Zeit, so trieb er Rosen. Es waren außerordentlich herrliche Rosen, edel geformt, mit dunkelrotsamtenen Blättern, eine Lust zu sehen und wahre Kunstwerke der Natur. Aber diese Rosen besaßen eine seltsame und schauerliche Eigentümlichkeit: sie dufteten nicht! Sie dufteten dennoch, aber aus unbekannten Gründen war es nicht Rosenduft, was sie ausströmten, sondern Moderduft, – ein leiser, aber vollkommen deutlicher Duft nach Moder. Jedermann wußte das, es stand im Reiseführer, und die Fremden kamen in den Schloßhof, um sich mit eigener Nase davon zu überzeugen. Auch ging ein populäres Gerede, da oder dort stehe geschrieben, daß irgendwann einmal, an einem Tage der Freude und der öffentlichen Glückseligkeit, die Blüten des Rosenstockes auf die natürlichste und lieblichste Art zu duften beginnen würden.

Übrigens war es begreiflich und unvermeidlich, daß die Einbildungskraft des Volkes durch den sonderbaren Rosenstock gereizt wurde. Sie wurde es auf ähnliche Art durch die »Eulenkammer« im Alten Schlosse, die eine Polterkammer sein sollte. Sie lag an gänzlich unverfänglicher Stelle, nicht weit von den »Schönen Zimmern« und dem »Rittersaal«, wo die Herren des Hofes sich zur großen Cour zu versammeln pflegten, und also in einem vergleichsweise neuen Teil des Gebäudes. Aber es sollte nicht geheuer dort sein und zwar insofern, als zuweilen ein Rumoren und Lärmen darin entstand, das außerhalb des Gemaches nicht zu vernehmen und dessen Ursprung unerfindlich war. Man schwor, daß es spukhafter Herkunft sei, und viele behaupteten, daß es sich vornehmlich vor wichtigen und entscheidenden Ereignissen in der großherzoglichen Familie bemerkbar mache, – ein ziemlich unbewiesenes Gemunkel, das selbstverständlich nicht ernster zu nehmen war, als andere volkstümliche

Erzeugnisse einer historischen und dynastischen Stimmung, wie zum Beispiel eine gewisse dunkle Prophezeiung, die über hundert Jahre hinweg überliefert worden war und die in diesem Zusammenhange Erwähnung finden mag. Sie war von einer alten Zigeunerin ausgegangen und lautete dahin, daß durch einen Fürsten »mit einer Hand« dem Lande das größte Glück zuteil werden werde. »Er wird«, hatte dies zottige Weib gesagt, »dem Land mit einer Hand mehr geben, als andere mit zweien nicht vermöchten.« – So stand der Ausspruch aufgezeichnet, und so wurde er gelegentlich angeführt.

Aber um das Alte Schloß lag die Residenz, bestehend aus Altstadt und Neustadt, mit ihren öffentlichen Gebäuden, Monumenten, Brunnen und Anlagen, ihren Straßen und Plätzen, welche die Namen von Fürsten, Künstlern, verdienten Staatsmännern und ausgezeichneten Bürgern trugen, in zwei sehr sehr ungleiche Hälften geteilt durch den mehrfach überbrückten Fluß, der in großer Schleife das südliche Ende des Stadtgartens umging und sich zwischen den umringenden Hügeln verlor... Die Stadt war Universität, sie besaß eine Hochschule, die nicht sehr besucht war und an der ein beschauliches und ein wenig altmodisches Gelehrtentum herrschte; – einzig der Professor für Mathematik, Geheimrat Klinghammer, genoß in der Welt der Wissenschaft bedeutenden Ruf... Das Hoftheater, wiewohl kärglich dotiert, hielt sich auf anständiger Höhe der Leistung... Es gab ein wenig musikalisches, literarisches und künstlerisches Leben... Einiger Zuzug von Fremden fand statt, die an der gemessenen Lebensführung, den geistigen Darbietungen der Residenz teilzunehmen wünschten, begüterte Kranke darunter, die dauernd die Villen in der Umgebung des Quellengartens bewohnten und als fähige Steuerzahler von Staat und Gemeinde in Ehre gehalten wurden...

Das war die Stadt; das war das Land. Das war die Lage.

Des Großherzogs zweiter Sohn trat öffentlich zum ersten Male hervor, als er getauft wurde. Diese Feierlichkeit erregte im Lande die ganze Teilnahme, die man allen Geschehnissen innerhalb der hohen Familie entgegenzubringen pflegte. Sie fand statt, nachdem man mehrere Wochen lang über die Art ihrer Anordnung hin und her gesprochen und gelesen hatte, ward abgehalten in der Hofkirche durch den Oberkirchenratspräsidenten D. Wislizenus, mit aller Umständlichkeit und öffentlich insofern, als das Oberhofmarschallamt Einladungen dazu auf höchsten Befehl in alle Gesellschaftsklassen hatte ergehen lassen.

Herr von Bühl zu Bühl, ein höfischer Ritualist von höchster Umsicht und Akribie, überwachte in großer Uniform und mit Hilfe von zwei Zeremonienmeistern den ganzen verwickelten Vorgang: die Versammlung der fürstlichen Gäste in den Schönen Zimmern, den feierlichen Zug, in welchem sie sich, geführt von Pagen und Kammerherren, über die Treppe Heinrichs des Üppigen und durch einen gedeckten Gang in die Kirche begaben, den Zutritt des Publikums bis zu demjenigen der höchsten Herrschaften, die Verteilung der Plätze, die Wahrung aller äußeren Gebräuche während der religiösen Handlung selbst, die Reihenfolge und Rangordnung bei der Gratulation, die sich unmittelbar an den vollendeten Gottesdienst schloß... Er atmete abgerissen, schwänzelte, hob seinen Stab, lächelte leidenschaftlich und verbeugte sich, indem er rückwärts ging.

Die Hofkirche war mit Pflanzen und Draperien ausgestattet. Neben den Vertretern des Hof- und Landadels und des hohen und niederen Beamtentums füllten Handeltreibende, Landleute und schlichte Handwerker erhobenen Herzens das Gestühl. Aber vorn am Altar saßen im Halbkreise auf rotsamtenen Armstühlen die Anverwandten des Täuflings, fremde Hoheiten als Paten und betraute Vertreter solcher, die selbst nicht gekommen waren. Vor sechs Jahren, bei des Erbgroßherzogs Taufe, war die

Versammlung nicht glänzender gewesen. Denn bei Albrechts Zartheit, bei des Großherzogs vorgerückten Jahren, bei dem Mangel an Grimmburger Agnaten galt die Person des zweitgeborenen Prinzen sogleich als wichtige Gewähr für die Zukunft der Dynastie... Der kleine Albrecht nahm an der Feier nicht teil; mit einer Unpäßlichkeit lag er im Bette, die nach Generalarzt Eschrichs Erklärung nervöser Natur war.

D. Wislizenus predigte über ein Schriftwort, das der Großherzog selbst bestimmt hatte. Der »Eilbote«, ein schwatzhaft abgefaßtes hauptstädtisches Journal, hatte genau zu berichten gewußt, wie der Großherzog sich eines Tages ganz persönlich aus dem selten betretenen Büchersaal die enorme, mit Metallspangen verschlossene Hausbibel geholt, sich damit in seinem Kabinett eingeschlossen, wohl eine Stunde darin gesucht, schließlich das erwählte Wort mit seinem Taschenbleistift auf ein Blatt Papier exzerpiert, es »Johann Albrecht« unterzeichnet und dem Hofprediger übersandt habe. D. Wislizenus behandelte es motivisch und sozusagen auf musikalische Art. Er wandte es hin und her, wies es in verschiedener Beleuchtung auf und erschöpfte es in allen Beziehungen; er ließ es mit säuselnder Stimme und mit der ganzen Kraft seiner Brust ertönen, und während es zu Beginn seiner Kunstleistung, leise und sinnend ausgesprochen, nur ein dünnes, fast körperloses Thema gewesen war, erschien es am Schluß, als er es der Menge zum letztenmal vorführte, reich instrumentiert, voll ausgedeutet und tief belebt. Dann ging er zum eigentlichen Taufakt über, und er nahm ihn ausführlich vor, sichtbar für Alle und unter Betonung jeder Einzelheit.

An diesem Tage also repräsentierte der Prinz zum erstenmal, und daß er im Vordergrunde der Handlung stand, fand Ausdruck schon darin, daß er zuletzt und in Abstand von aller Welt auf dem Schauplatze eintraf. Langsam erschien er, unter Vorantritt des Herrn von Bühl, auf den Armen der Oberhofmeisterin Freifrau von Schulenburg-Tressen, und Aller Augen waren auf ihn gerichtet. Er schlief, in seinen Spitzen, seinen Schleifen und seiner weißen Seide. Das eine seiner Händchen war zufällig verdeckt. Er erfreute, rührte und gefiel ungemein. Mittelpunkt des Ganzen und Gegenstand jeder Aufmerksamkeit, verhielt er sich ruhig, persönlich anspruchslos und naturgemäß noch völlig duldend. Sein Verdienst war, daß er nicht störte, nicht eingriff, nicht widerstand, sondern, zweifellos aus eingeborener Vertrautheit, sich still der Form überließ, die um ihn waltete, ihn trug, ihn heute noch jeder eigenen Anspannung überhob...

Häufig, an bestimmten Punkten der Zeremonie, wechselten die Arme, in denen er ruhte. Freifrau von Schulenburg überreichte ihn mit Verneigung seiner Tante Katharina, die mit strengem Gesichtsausdruck ein neuerlich umgearbeitetes lila gefärbtes Seidenkleid trug und mit Kronjuwelen frisiert war. Sie legte ihn, als der Augenblick kam, feierlich in die Arme Dorotheas, seiner Mutter, die ihn, hoch und schön, mit einem Lächeln ihres stolzen und lieblichen Mundes, eine gemessene Weile den Segnungen darbot und ihn dann weitergab. Ein paar Minuten lang hielt ihn eine Cousine, ein elf- oder zwölfjähriges Kind mit blonder Lockenfrisur, stockdünnen Beinchen, bloßen, fröstelnden Ärmchen und einer breiten rotseidenen Schärpe, die hinten in kolossaler Schleife von ihrem weißen Kleidchen abstand. Ihr spitzes Gesichtchen war ängstlich dem Zeremonienmeister zugewandt...

Vorübergehend erwachte der Prinz; aber die flimmernden Flämmchen der Altarkerzen und eine farbige Säule durchsonnten Staubes blendeten ihn, so daß er die Augen wieder schloß. Und da keine Gedanken, sondern nur sanfte, gegenstandslose Träume in seinem Kopfe waren, da er auch im Augenblick keinerlei Schmerz empfand, so schlief er sofort wieder ein.

Er erhielt eine Menge Namen, während er schlief; aber die Hauptnamen waren: Klaus Heinrich.

Und er schlief, in seinem Bettchen mit Goldleisten und blauseidener Gardine, noch fort, während ihm zu Ehren im Marmorsaale Familientafel und im Rittersaale Tafel für die übrigen Taufgäste stattfand.

Die Zeitungen besprachen sein erstes Auftreten; sie schilderten sein Äußeres und seine Toilette, sie stellten fest, daß er sich wahrhaft prinzlich benommen habe und kleideten die rührende und erhebende Wirkung in Worte, die seine Erscheinung ausgeübt hatte. Dann hörte die Öffentlichkeit längere Zeit wenig von ihm und er nichts von ihr.

Er wußte noch nichts, begriff noch nichts, nichts ahnte ihm von der Schwierigkeit, Gefährlichkeit und Strenge des Lebens, das ihm vorgeschrieben war; seine Lebensäußerungen ließen nicht die Vermutung zu, daß er sich in irgendeinem Gegensatz zur großen Menge fühle. Sein kleines Dasein war ein verantwortungsloser, von außen sorgfältig geleiteter Traum, der sich auf einem schwer übersichtlichen Schauplatze abspielte; und dieser Schauplatz war von überaus zahlreichen und farbigen Erscheinungen, statierenden und agierenden, bevölkert, flüchtig auftauchenden und solchen, die beharrten.

Unter den beharrenden waren die Eltern fern, recht fern und nicht vollkommen deutlich. Sie waren seine Eltern, das war gewiß, und sie waren erhaben und freundlich. Nahten sie sich, so war der Eindruck dieser, als ob alles Übrige nach beiden Seiten zurückwiche und eine Gasse der Ehrfurcht bildete, durch die sie zu ihm schritten, um ihm einen Augenblick Zärtlichkeit zu erweisen... Am nächsten und deutlichsten waren zwei Frauen mit weißen Hauben und Schürzen, zwei vollkommen gute, reine und liebevolle Wesen augenscheinlich, die seinen kleinen Leib auf jede Art pflegten und sich sehr um sein Weinen kümmerten... Ein naher Teilnehmer am Leben war auch Albrecht, sein Bruder; aber er war ernst, ablehnend und weit vorgeschritten.

Als Klaus Heinrich zwei Jahre alt war, fand nochmals Geburt auf Grimmburg statt, und eine Prinzessin kam zur Welt. Sechsunddreißig Schüsse wurden ihr zugemessen, weil sie weiblichen Geschlechts war, und in der Taufe ward sie Ditlinde genannt. Das war Klaus Heinrichs Schwester, und daß sie erschien, war ein Glück für ihn. Sie war anfangs befremdend klein und verletzlich, aber bald ward sie ihm gleich, holte ihn ein und war bei ihm den ganzen Tag. Mit ihr lebte er, mit ihr schaute, erfuhr, begriff er, im Zwiegefühl mit ihr empfing er die gemeinsame Welt.

Es war eine Welt, es waren Erfahrungen, danach angetan, nachdenklich zu stimmen. Wo sie im Winter wohnten, war das Alte Schloß. Wo sie im Sommer wohnten, am Fluß, in der Kühle, im Duft der violetten Hecken, zwischen denen weiße Statuen standen, war Hollerbrunn, die Sommerresidenz. Auf dem Wege dorthin, oder wenn sonst Papa oder Mama sie mit sich in einen der braunlackierten Wagen mit der kleinen goldenen Krone am Schlage nahmen, standen die übrigen Menschen, riefen und grüßten; denn Papa war Fürst und Herr über das Land, und folglich waren sie selbst ein Prinz und eine Prinzessin, – bestätigtermaßen durchaus in demselben Sinne, in welchem die Prinzen und Prinzessinnen in den französischen Märchen es waren, die Madame aus der Schweiz ihnen vorlas. Dies war des Verweilens wert und ohne Frage ein Sonderfall. Wenn andere Kinder die Märchen hörten, so blickten sie auf die Prinzen, von denen sie handelten, notwendig aus großem Abstand und wie auf festliche Wesen, deren Rang eine Verherrlichung der Wirklichkeit war und mit denen sich zu beschäftigen ihnen zweifellos eine Verschönerung der Gedanken und Erhebung über den Wochentag bedeutete. Aber Klaus Heinrich und Ditlind blickten auf jene Gestalten als auf ihresgleichen und in gelassener Ebenbürtigkeit, sie atmeten dieselbe Luft wie sie, sie wohnten in einem Schlosse gleich ihnen, sie standen mit ihnen auf brüderlichem Fuße und erhoben sich nicht über das Wirkliche, wenn sie lauschend eins mit ihnen wurden. Lebten sie also beständig und immerdar auf jener Höhe, zu welcher andere nur aufstiegen, wenn sie Märchen hörten? Madame aus der Schweiz hätte es ihrem ganzen Verhalten gemäß nicht leugnen können, wenn die Frage in Worte zu bringen gewesen wäre.

Madame aus der Schweiz war eine calvinistische Pfarrerswitwe, die für sie beide da war, während jedes von ihnen zwei besondere Kammerfrauen hatte. Madame war ganz schwarz und weiß: ihr Häubchen war weiß und schwarz ihr Kleid, weiß war ihr Antlitz mit der ebenfalls weißen Warze auf einer Wange und schwarzweiß gemischt ihr metallisch glattes Haar. Sie war sehr genau und leicht zu entsetzen. Sie blickte zu Gott empor und schlug ihre weißen Hände zusammen bei Dingen, die ohne Gefahr und dennoch unzulässig waren. Aber ihr stillstes und schwerstes Zuchtmittel für ernste Fälle war dies, daß sie die Kinder »traurig ansah«... man hatte sich vergessen. Von einem bestimmten Tage an begann sie, auf eine Weisung hin, Klaus Heinrich und Ditlind »Großherzogliche Hoheit« zu nennen und war nun noch leichter entsetzt...

Jedoch Albrecht hieß »Königliche Hoheit«. – Tante Katharinens Kinder gehörten nicht zum Mannesstamm der Familie, wie sich erwies, und waren also von minderer Bedeutung. Aber Albrecht war Erbgroßherzog und Thronfolger, womit nicht schlecht übereinstimmte, daß er so blaß und abweisend schien und viel im Bette lag. Er trug österreichische Joppen mit Klappentaschen und Rückenzug. Er hatte einen nach hinten ausladenden Schädel mit schmalen Schläfen und ein längliches kluges Gesicht. Sehr klein noch hatte er eine schwere Krankheit zu bestehen gehabt, gelegentlich welcher, nach Generalarzt Eschrichs Behauptung, sein Herz vorübergehend »auf die rechte Seite gewandert« war. Auf jeden Fall hatte er den Tod von Angesicht zu Angesicht gesehen, und das mochte die scheue Würde, die ihm eigen war, wohl sehr verstärkt haben. Er schien von äußerster Zurückhaltung, kalt aus Befangenheit und stolz aus Mangel an Anmut. Er lispelte ein wenig und errötete dann darüber, da er sich scharf in Obacht hielt. Seine Schulterblätter waren ein wenig ungleichmäßig gestellt. Sein eines Auge war mit einer Schwäche behaftet, und so bediente er sich beim Anfertigen seiner Aufgaben einer Brille, die dazu beitrug, ihn alt und klug zu machen... Unverbrüchlich hielt sich an Albrechts linker Seite sein Erzieher, der Doktor Veit, ein Mann mit hängendem, lehmfarbenen Schnurrbart, hohlen Wangen und blassen, unnatürlich erweiterten Augen. Zu jeder Stunde war Doktor Veit in Schwarz gekleidet, indem er ein Buch, zwischen dessen Blättern sein Zeigefinger steckte, an seinem Oberschenkel herniederhängen ließ.

Klaus Heinrich fühlte sich von Albrecht gering geschätzt, und er sah ein, daß es nicht nur wegen seiner Rückständigkeit an

Jahren so war. Er selbst war weichmütig und zu Tränen geneigt, das war seine Natur. Er weinte, wenn man ihn »traurig ansah«, und als er sich an einer Ecke des großen Spieltisches die Stirn so stieß, daß es blutete, klagte er laut aus Mitleid mit seiner Stirn. Aber Albrecht hatte den Tod gesehen und weinte doch unter keiner Bedingung. Er schob ein wenig seine kurze, gerundete Unterlippe empor, indem er leicht damit an der oberen sog, – das war alles. Er war vornehm. Madame aus der Schweiz wies in Fragen des comme il faut ausdrücklich auf ihn als Muster hin. Nie hätte er sich mit den prächtig aufgeschirrten Zierleuten, die zum Schlosse gehörten und nicht eigentlich Männer und Menschen, sondern Lakaien waren, in ein Gespräch eingelassen, wie Klaus Heinrich es damals in unbewachten Augenblicken zuweilen tat. Denn Albrecht war nicht neugierig. Seine Augen blickten einsam und ohne Verlangen, die Welt zu sich einzulassen. Klaus Heinrich dagegen plauderte mit den Lakaien aus diesem Verlangen und aus einem drängenden, wenn auch vielleicht gefährlichen und ungehörigen Wunsche, sein Herz berühren zu lassen von dem, was etwa jenseits der Grenzen war. Aber die Lakaien, die alten und jungen, an den Türen, auf den Korridoren und in den Durchgangszimmern, mit ihren sandfarbenen Gamaschen und braunen Fräcken, auf deren rötlich-goldenen Tressen sich viele Male die kleine Krone vom Wagenschlag wiederholte, – sie machten die Knie fest, wenn Klaus Heinrich mit ihnen plauderte, legten die großen Hände an die Nähte ihrer dikken Sammethosen, ließen sich dabei ein wenig zu ihm herab, daß die Fangschnüre ihnen von den Schultern baumelten, und gaben leere, geziemende Antworten, an denen die Anrede »Großherzogliche Hoheit« das Gewichtigste war und zu denen sie lächelten, mit einem mitleidig behutsamen Ausdruck, als wollten sie sagen: »Du Reiner, du Feiner!« ... Zuweilen, wenn es sich möglich machte, unternahm Klaus Heinrich Forschungszüge in unbewohnte Gegenden des Schlosses, mit Ditlind, seiner Schwester, als sie groß genug war.

Damals hatte er Unterricht bei Schulrat Dröge, Rektor der städtischen Schulen, der zu seinem ersten Lehrer bestellt war.

Schulrat Dröge war sachlich von Natur. Sein Zeigefinger, faltig von trockener Haut und geschmückt mit einem goldenen Siegelring ohne Stein, verfolgte die gedruckten Zeilen, wenn Klaus Heinrich las, und rückte nicht eher von der Stelle, als bis das Wort gelesen war. Er kam in Gehrock und weißer Weste, das Band eines untergeordneten Ordens im Knopfloch, und in breiten, blankgewichsten Stiefeln, deren Schäfte naturfarben waren. Er trug einen ergrauten, kegelförmigen Bart, und aus seinen großen und flachen Ohren wuchs graues Gestrüpp. Sein braunes Haar war in Form von aufwärtsstrebenden Spitzen in die Schläfen gebürstet und scharf gescheitelt, so daß man deutlich die gelbliche, trockene Kopfhaut sah, die porös war wie Stramin. Aber hinten und an den Seiten kam unter dem festen, braunen Haar dünnes, graues hervor. Er neigte den Kopf ein wenig gegen den Lakaien, der ihm die Tür zu dem großen, getäfelten Schulzimmer öffnete, wo Klaus Heinrich ihn erwartete. Jedoch gegen Klaus Heinrich verbeugte er sich, nicht im Hereinkommen und obenhin, sondern ausdrücklich und mit Überlegung, indem er vor ihn hintrat und wartete, daß sein erlauchter Schüler ihm die Hand reichte. Das tat Klaus Heinrich, und daß er es beide Male, bei der Begrüßung sowohl wie beim Abschied, in hübscher, gewinnender und gerundeter Weise tat, so, wie er es gesehen hatte, daß sein Vater den Herren die Hand reichte, die darauf warteten, das schien ihm wichtiger und wesentlicher, als aller Unterricht, der dazwischen lag.

Als Schulrat Dröge unzähligemal gekommen und gegangen war, hatte Klaus Heinrich unvermerkt allerlei Anwendbares gelernt, fand sich wider Erwarten und Absicht zu Hause in den Fächern des Lesens, Schreibens und Rechnens und wußte auf Verlangen die Ortschaften des Großherzogtums ziemlich lückenlos aufzuzählen. Aber es war, wie erwähnt, nicht eigentlich dies, was ihm nötig und wesentlich schien. Zuweilen, wenn er beim Unterricht unachtsam war, ermahnte der Schulrat ihn mit dem Hinweis auf seinen hohen Beruf. »Ihr hoher Beruf verpflichtet Sie...« sagte er, oder: »Sie schulden es Ihrem hohen Beruf...« Was war sein Beruf und worin bestand die Höhe desselben? Warum lächelten die Lakaien »Du Reiner, du Feiner« und warum war Madame so heftig entsetzt, wenn er sich in Rede und Tun nur ein wenig fahren ließ? Er blickte um sich in seinem Gesichtskreis, und zuweilen, wenn er fest und lange hinsah und seinen Blick in das innere Wesen der Erscheinungen einzudringen zwang, fühlte er eine Ahnung von dem »Eigentlichen« in sich aufsteigen, um das es sich für ihn handelte.

Er stand in einem Saal, der zu den Schönen Zimmern gehörte, dem Silbersaal, worin, wie er wußte, sein Vater, der Großherzog, feierliche Gruppenempfänge vornahm, – er war gelegentlich allein in den leeren Raum getreten und sah ihn sich an.

Es war Winter und kalt, seine kleinen Schuhe spiegelten sich in dem glasig hellen, durch gelbliche Einlagen in große Vierecke geteilten Parkett, das sich wie eine Eisfläche vor ihm ausbreitete. Die Decke, mit versilbertem Arabeskenwerk überzogen, war so hoch, daß eine lange, lange Metallstange nötig war, um den vielarmigen, dicht mit hohen, weißen Kerzen besteckten silbernen Kronleuchter in der Mitte der ganzen Weite schweben zu lassen. Silbern gerahmte Felder mit blassen Malereien zogen sich unterhalb der Decke hin. Die Wände, von silbernen Leisten eingefaßt, waren mit weißer, hier und da gelbfleckiger und eingerissener Seide bekleidet. Eine Art monumentalen Baldachins, auf zwei starken silbernen Säulen ruhend und vorn mit einer zweimal gerafften Silbergirlande geschmückt, von dessen Höhe das Bildnis einer toten, gepuderten Vorfahrin inmitten einer nachgeahmten Hermelin-Draperie herniederblickte, gliederte den Kaminraum vom Ganzen ab. Breite, versilberte, mit weißer, zerschlissener Seide bespannte Armstühle umgaben dort hinten die kalte Feuerstelle. An den Seitenwänden, einander gegenüber, ragten enorme, silbern gerahmte Spiegel empor, deren Glas blinde Flecken zeigte und auf deren breiten, weißen Marmorkonsolen Armleuchter standen, je rechts zwei und links zwei, die niedrigen vor den höhern, mit langen, weißen Kerzen besteckt, wie die Wandleuchter rings umher, wie die vier silbernen Schaft-Kandelaber in den Ecken. Vor den hohen Fenstern zur Rechten, die auf den Albrechtsplatz blickten und auf deren äußeren Bänken Kissen von Schnee lagen, fielen weißseidene Vorhänge, gelbfleckig, mit silbernen Schnüren gerafft und mit Spitzen unterlegt, schwer und reichlich auf das Parkett hinab. In der Mitte des Raums, unter dem Kronleuchter, stand ein Tisch von mäßiger Größe, dessen Untersatz wie ein knorriger silberner Baumstumpf war und dessen achteckige Platte aus milchiger Perlmutter bestand, – stand unnütz und ohne Stühle dort, bestimmt und geeignet höchstens dazu, dir als Halt und Stützpunkt zu dienen, wenn die Lakaien die Flügeltür öffneten und diejenigen einließen, die in Gala auf eine festlich gemessene Weise vor dich traten...

Klaus Heinrich sah in den Saal, und deutlich sah er, daß nichts hier von der Sachlichkeit wußte, die Schulrat Dröge trotz seiner Verbeugungen ihm auferlegte. Hier herrschte Sonntag und Feierernst, ganz ähnlich wie in der Kirche, wo des Schulrats Forderungen gleichfalls verfehlt gewesen wären. Strenger und leerer Prunk herrschte hier und ein förmliches Gleichmaß der Anordnung, das rein von Zweck und Bequemlichkeit sich selbstgenügsam darstellte... ein hoher und angespannter Dienst, ohne Zweifel, der weit entfernt schien, leicht und behaglich zu sein, der dich auf Haltung und Zucht und beherrschte Entsagung verpflichtete, doch dessen Gegenstand ohne Namen war. Und es war kalt in dem silbernen Kerzensaal, wie in dem der Schneekönigin, wo die Herzen der Kinder erstarren.

Klaus Heinrich ging über die spiegelnde Fläche und stellte sich an den Tisch in der Mitte. Er stützte die rechte Hand leicht auf die Perlmutter-Platte und stemmte die linke so in die Hüfte, daß sie weit hinten, fast schon im Rücken saß und von vorn nicht sichtbar war; denn sie war unschön: bräunlich und runzlig und hatte mit der rechten im Wachstum nicht Schritt gehalten. Er ließ sich auf einem Beine ruhen, stellte das andere ein wenig vor und hielt den Blick auf die silbernen Ornamente der Tür gerichtet. Es war kein Standort zum Träumen und nicht die Haltung dazu; und dennoch träumte er.

Er sah seinen Vater und sah ihn an, wie den Saal, um zu begreifen. Er sah den matten Hochmut seiner blauen Augen, die

Furchen, die stolz und grämlich von den Flügeln seiner Nase in den Bart verliefen und die manchmal von einem Überdruß, einer Langenweile vertieft und nachgezogen wurden... Man durfte ihn nicht anreden, nicht freierdings sich ihm nähern und ungefragt das Wort an ihn richten – auch die Kinder nicht, es verbot sich, es war gefährlich. Er antwortete wohl, doch fremd und kalt, und eine Ratlosigkeit entstand auf seinem Gesicht, eine kurze Verstörung, für die Klaus Heinrich ein tiefes Verständnis empfand.

Papa redete an und entließ; so war er's gewohnt. Er hielt Sprechcour zu Beginn des Hofballs und zum Schluß des Diners, mit dem der Winter begann. Er ging mit Mama durch die Zimmer und Säle, in denen die Hofrangklassen versammelt waren, ging durch den Marmorsaal und die Schönen Zimmer, durch die Bildergalerie, den Rittersaal, den Saal der zwölf Monate, den Audienzsaal und Tanzsaal, ging nicht nur in einer bestimmten Richtung, sondern auch auf einer bestimmten Bahn, die der eilfertige Herr von Bühl ihm freihielt, und richtete Worte an Herren und Damen. An wen er sich wandte, der bog in Verbeugung aus, ließ einen Abstand von blankem Parkett zwischen sich und Papa und antwortete maßvoll und glücklich bewegt. Dann grüßte Papa über den Abstand hinweg, aus der Sicherheit sorgfältiger Vorschriften, die die Bewegungen der anderen beschränkten und seine Haltung begünstigten, grüßte lächelnd und leicht und wandte sich weiter. Lächelnd und leicht... Gewiß, gewiß, Klaus Heinrich verstand sie wohl, die Ratlosigkeit, die einen Augenblick Papas Miene verstörte, wenn man ungestüm genug war, ihn geradeswegs anzureden, – verstand sie und fühlte sie ängstlich mit! Irgend etwas, ein Zartes, Gefährdetes, war dann verletzt, worin so sehr unser Wesen beruhte, daß wir hilflos standen, wenn man es roh durchbrach. Und es war dennoch dies selbe Etwas, was unsere Augen matt machte und uns so tiefe Furchen der Langenweile grub...

Klaus Heinrich stand und sah, – er sah seine Mutter und ihre Schönheit, die weit und breit berühmt und gepriesen war. Er sah sie aufrecht en robe de cérémonie, vor ihrem großen, von Kerzen erhellten Spiegel; denn zuweilen, bei Festlichkeiten, durfte er anwesend sein, wenn der Hoffriseur und die Kammerfrauen die letzte Hand an ihre Toilette legten. Auch Herr von Knobelsdorff war anwesend, wenn Mama mit Juwelen aus dem Kronschatz geschmückt wurde, hielt Aufsicht und notierte die Steine, die zur Verwendung gelangten. Die Fältchen an seinen Augen spielten, und er brachte Mama mit drolligen Redewendungen zum Lachen, so daß sich die wundervollen kleinen Gruben in ihren weichen Wangen bildeten. Aber es war ein Lachen voll Kunst und Gnade, und sie sah in den Spiegel dabei, als übte sie sich.

Einiges slawische Blut floß in ihren Adern, wie man sagte, und daher hatten ihre tiefblauen Augen einen so süßen Glanz, wie die Nacht ihres duftenden Haares so schwarz. Klaus Heinrich war ihr ähnlich, hörte er sagen, insofern auch er stahlblaue Augen zu dunkeln Haaren hatte, während Albrecht und Ditlind blond waren, wie Papa gewesen war, bevor er ergraute. Aber er war weit entfernt, schön zu sein, seiner breiten Wangenknochen und vor allem seiner linken Hand wegen, die Mama ihn anhielt, auf geschickte Art zu verbergen, in der Seitentasche seiner Jacke, auf dem Rücken, oder vorn in der Brust, – ihn anhielt, gerade dann, wenn er aus zärtlichem Antriebe sie mit beiden Armen umschlingen wollte. Ihr Blick war kalt, wenn sie ihn aufforderte, auf seine Hand zu achten.

Er sah sie wie auf dem Bilde im Marmorsaal: in schillernder Seidenrobe mit Spitzenhang und hohen Handschuhen, die unter den gepufften Ärmeln nur einen Streifen ihres elfenbeinfarbenen Oberarmes sehen ließen, ein Diadem in der Nacht ihres Haares, hoch aufgerichtet die herrliche Gestalt, ein Lächeln kühler Vollkommenheit um die wunderbar herben Lippen, – und hinter ihr schlug ein Pfau mit metallisch blau blinkendem Hals sein hoffärtiges Rad. So weich war ihr Gesicht, aber die Schönheit machte es streng, und man konnte wohl sehen, daß auch ihr Herz streng war und auf nichts als ihre Schönheit bedacht. Sie schlief viel am Tage, wenn Ball oder Cercle bevorstand, und aß nur Eidotter, um sich nicht zu beschweren. Dann strahlte sie abends an Papas

Arm auf der vorgeschriebenen Bahn durch die Säle, – graue Würdenträger erröteten, wenn sie ihrer Ansprache teilhaftig wurden, und der »Eilbote« schrieb, daß Ihre Königliche Hoheit nicht nur nach ihrem erhabenen Rang die Königin des Festes gewesen sei. Ja, sie wirkte Glück, indem sie sich zeigte, bei Hofe sowohl wie draußen in den Straßen oder nachmittags im Stadtgarten, zu Pferd oder zu Wagen, – und die Wangen der Leute färbten sich höher. Blumen und Lebehochs und alle Herzen flogen ihr zu, und die »Hoch« riefen, meinten sich selbst damit, wie man deutlich sah, und riefen freudig aus, daß sie selbst hoch lebten und an hohe Dinge glaubten in diesem Augenblick. Aber Klaus Heinrich wußte wohl, daß Mama lange, sorgfältige Stunden an ihrer Schönheit gearbeitet hatte, daß ihr Lächeln und Grüßen voller Übung und Absicht war und daß ihr eigenes Herz nicht hochschlug, keineswegs, für nichts und für niemanden.

Liebte sie irgendwen, zum Beispiel ihn selbst, Klaus Heinrich, der ihr doch ähnlich war? Ach, doch, das tat sie wohl dennoch, so weit sie Zeit dazu hatte und dann selbst, wenn sie ihn mit kühlen Worten an seine Hand erinnerte. Aber es schien, daß sie Ausdruck und Zeichen ihrer Zärtlichkeit für solche Gelegenheiten sparte, wo Zuschauer zugegen waren, die sich daran erbauen konnten. Klaus Heinrich und Ditlind kamen nicht oft mit ihrer Mutter in Berührung, zumal sie nicht wie seit einiger Zeit Albrecht, der Thronfolger, an der elterlichen Tafel teilnahmen, sondern mit Madame aus der Schweiz gesondert speisten; und wenn sie, was einmal die Woche geschah, in Mamas Wohnräume zu Besuch berufen wurden, so verlief solch Beisammensein ohne Gefühlswallungen unter gelassenen Fragen und artigen Antworten, während es sich im ganzen darum handelte, wie man auf ansprechende Art mit einer Teetasse voll Milch in einem Fauteuil säße. Aber bei den Konzerten, die jeden zweiten Donnerstag unter dem Namen »Donnerstage der Großherzogin« im Marmorsaal stattfanden und so angeordnet waren, daß die Hofgesellschaft an kleinen Tischen mit goldenen Beinen und roten Sammetdecken saß, während der Kammersänger Schramm vom Hoftheater mit Musikbegleitung so mächtig sang, daß die Adern auf seiner kahlen Stirne schwollen, – bei den Konzerten durften Klaus Heinrich und Ditlind zuweilen festlich gekleidet eine Nummer und Pause lang im Saale sein, und dann zeigte Mama, daß sie sie lieb habe, zeigte es ihnen und allen so innig und ausdrucksvoll, daß kein Zweifel blieb. Sie nahm sie zu sich an den Tisch, dem sie vorsaß, und hieß sie mit glücklichem Lächeln, sich zu ihren Seiten zu stellen, lehnte sich ihre Wangen an Schulter und Brust, sah ihnen mit weichem, beseeltem Blick in die Augen und küßte sie beide auf Stirn und Mund. Aber die Damen neigten die Köpfe zur Seite und blinzelten rasch mit verklärter Miene, indes die Herren langsam nickten und sich in die Schnurrbärte bissen, um auf männliche Art ihre Ergriffenheit zu bemeistern... Ja, das war schön, und die Kinder fühlten sich beteiligt an dieser Wirkung, die alles übertraf, was Kammersänger Schramm mit seinen seligsten Tönen erzielte, und schmiegten sich stolz an Mama. Denn Klaus Heinrich wenigstens sah ein, daß es uns dem Wesen der Dinge gemäß nicht anstand, einfach zu fühlen und damit glücklich zu sein, sondern daß es uns zukam, unsere Zärtlichkeit im Saale anschaulich zu machen und auszustellen, damit die Herzen der Gäste schwöllen.

Zuweilen bekamen auch die Leute draußen in Stadt und Park zu sehen, daß Mama uns lieb hatte. Denn während Albrecht am frühen Morgen mit dem Großherzog ausfuhr oder ritt – obgleich er so schlecht zu Pferde saß – so hatten Klaus Heinrich und Ditlind von Zeit zu Zeit und abwechselnd Mama auf ihren Spazierfahrten zu begleiten, die im Frühjahr und Herbst nachmittags um die Promenadezeit stattfanden, in Gegenwart der Freifrau von Schulenburg-Tressen. Klaus Heinrich war ein wenig erregt und fieberhaft vor diesen Spazierfahrten, mit denen schlechterdings kein Vergnügen, sondern im Gegenteil viel Mühe und Anstrengung verbunden war. Denn gleich, wenn zwischen den präsentierenden Grenadieren der offene Wagen das Löwenportal am Albrechtsplatze verließ, so stand viel Volks dort versammelt, das die Ausfahrt erwartet hatte, Männer, Frauen und Kinder, die riefen und gierig schauten; und es galt, sich zusammenzunehmen und anmutig standzuhalten, zu lächeln, die linke Hand zu verbergen und so mit dem Hute zu grüßen, daß es Freude im Volke hervorrief. Das ging so fort auf der Fahrt durch die Stadt und im Grünen. Die anderen Fuhrwerke mußten wohl Abstand wahren von unserem, die Schutzmänner hielten darauf. Jedoch die Fußgänger standen am Wegessaum, die Damen ließen sich knicksend nieder, die Herren hielten den Hut am Schenkel und blickten von unten mit Augen voll Andacht und dringlicher Neugier, – und dies war Klaus Heinrichs Einsicht: daß alle da waren, um eben da zu sein und zu schauen, indes er da war, um sich zu zeigen und geschaut zu werden; und das war das weitaus Schwerere. Er hielt seine linke Hand in der Paletottasche und lächelte, wie Mama es wünschte, während er fühlte, daß seine Wangen in Hitze standen. Aber der »Eilbote« schrieb, daß die Wangen unseres kleinen Herzogs wie Rosen gewesen seien vor Wohlbefinden.

Klaus Heinrich war dreizehn Jahre alt, als er an dem einsamen Perlmuttertischchen inmitten des kalten Silbersaales stand und das Eigentliche zu ergründen suchte, um das es sich für ihn handelte. Und wie er die Erscheinungen innig durchdrang: den leeren, zerschlissenen Stolz der Gemächer, der über Zweck und Behagen war, die Symmetrie der weißen Kerzen, in welcher ein hoher und angespannter Dienst, eine beherrschte Entsagung ausgedrückt schien, die kurze Verstörung auf seines Vaters Gesicht, wenn man ihn freihin ansprach, die kühl und streng gepflegte Schönheit seiner Mutter, die sich lächelnd der Begeisterung darstellte, die andachtsvollen und dringlich neugierigen Blicke der Leute draußen – da ergriff ihn eine Ahnung, eine ungefähre und wortlose Erkenntnis dessen, was seine Angelegenheit war. Aber zur selben Zeit kam ihn ein Grauen an, ein Schauder vor dieser Art von Bestimmung, eine Angst vor seinem »hohen Beruf«, so stark, daß er sich wandte und beide Hände vor seine Augen warf, beide, die kleine runzlige linke auch, und an dem einsamen Tischchen niedersank und weinte, weinte vor Mitleid mit sich und seinem Herzen, bis man kam und zu Gott emporblickte und die Hände zusammenschlug und fragte und ihn wegführte... Er gab an, daß er Furcht gehabt, und das war die Wahrheit.

Er hatte nichts gewußt, nichts begriffen, nichts geahnt von der Schwierigkeit und Strenge des Lebens, das ihm vorgeschrieben war; er war lustig gewesen, hatte sich sorglos fahren lassen und viel Anlaß zum Entsetzen gegeben. Aber früh mehrten sich die Eindrücke, die es ihm unmöglich machten, sich der wahren Sachlage zu verschließen. In der nördlichen Vorstadt, unweit des Quellengartens, war eine neue Straße entstanden; man eröffnete ihm, daß sie auf Magistratsbeschluß den Namen »Klaus Heinrich-Straße« erhalten habe. Gelegentlich einer Ausfahrt sprach seine Mutter mit ihm beim Kunsthändler vor; es galt einen Einkauf. Der Lakai wartete am Schlage, Publikum sammelte sich an, der Kunsthändler eiferte beglückt, – das war nichts Neues. Aber Klaus Heinrich bemerkte zum erstenmal seine Photographie im Schaufenster. Sie hing neben denen von Künstlern und großen Männern, hochgestirnten Männern, deren Augen aus einer berühmten Einsamkeit blickten.

Man war im ganzen zufrieden mit ihm. Er nahm zu an Haltung, und ein gefaßter Anstand kam in sein Wesen, unter dem Druck seiner Berufenheit. Aber das Seltsame war, daß zu gleicher Zeit sein Verlangen wuchs: diese schweifende Wißbegier, die zu befriedigen Schulrat Dröge der Mann nicht war, und die ihn getrieben hatte, mit den Lakaien zu plaudern. Er tat das nicht mehr; es führte zu nichts. Sie lächelten »Du Reiner, du Feiner«, sie bestärkten ihn durch eben dieses Lächeln in der dunklen Vermutung, daß seine Welt der symmetrisch aufgesteckten Kerzen in einem unwissenden Gegensatz zur übrigen Welt dort draußen stehe, aber sie halfen ihm garnicht. Er sah sich um auf den Spazierfahrten, auf den Gängen, die er mit Ditlind und der Madame aus der Schweiz, gefolgt von einem Lakaien, durch den Stadtgarten unternahm. Er fühlte: wenn alle einig gegen ihn waren, um zu schauen, indes er einzeln und herausgehoben war, um geschaut zu werden, so war er also ohne Teil an ihrem Treiben und Sein. Er begriff ahnungsweise, daß sie mutmaßlich nicht immer so waren, wie er sie sah, wenn sie standen und grüßten mit frommen Augen, daß wohl seine Reinheit und Feinheit es sein mußte, die ihre Augen fromm machte, und daß es ihnen ging, wie den Kindern, wenn sie von Märchenprinzen hörten und so eine Verschönerung der Gedanken und Erhebung über den Wochentag erfuhren. Aber er wußte nicht, wie sie unverschönt und unerhoben am Wochentage blickten und waren, – sein »hoher Beruf« enthielt es ihm vor, und es war wohl also ein gefährlicher und ungehöriger Wunsch, sein Herz berühren zu lassen von Dingen, die seine Hoheit ihm vorenthielt. Er wünschte es dennoch, wünschte es aus einer Eifersucht und jener schweifenden Wißbegier, die ihn zuweilen trieb, Forschungszüge in die unbewohnten Gegenden des Alten Schlosses zu unternehmen, mit Ditlind, seiner Schwester, wenn es sich machen ließ.

Sie nannten es »Stöbern«, und der Reiz des »Stöberns« war groß; denn es war schwer, mit dem Grundriß und Aufbau des Alten Schlosses vertraut zu werden, und jedesmal, wenn sie weit genug ins Entlegene vordrangen, fanden sie Stuben, Gelasse und öde Säle auf, die sie noch nie betreten hatten, oder doch seltsame Umwege zu bekannten Räumen. Aber einmal bei solchem Streifen hatten sie eine Begegnung, stieß ihnen ein Abenteuer zu, das, äußerlich unscheinbar, Klaus Heinrichs Seele doch mächtig ergriff und belehrte.

Gelegenheit bot sich. Während Madame aus der Schweiz sich in Urlaub zum Nachmittagsgottesdienst befand, hatten sie bei der Großherzogin in Gesellschaft zweier Ehrendamen ihre Milch aus Teetassen getrunken, waren entlassen und angewiesen worden, Hand in Hand in die unfernen Kinderzimmer zu ihren Beschäftigungen zurückzukehren. Er bedürfe keines Geleites; Klaus Heinrich sei groß genug, Ditlinden zu führen. Das war er; und auf dem Korridor sagte er: »Ja, Ditlind, wir wollen nun allerdings in die Kinderzimmer zurückkehren, aber es ist nicht nötig, weißt du, daß wir es auf dem kürzesten, langweiligsten Wege tun. Wir wollen zuerst ein bißchen stöbern. Wenn man eine Treppe höher steigt und den Gang verfolgt, bis die Gewölbe anfangen, so ist da hinten ein Saal mit Pfeilern. Und wenn man von dem Saal mit den Pfeilern die Wendeltreppe hinaufklettert, die hinter der einen Tür ist, dann kommt man in ein Zimmer mit hölzerner Decke, wo eine Menge sonderbare Sachen herumliegen. Aber was hinter diesem Zimmer kommt, das weiß ich noch nicht, und das wollen wir auskundschaften. Nun gehen wir also.«

»Ja, gehen wir«, sagte Ditlinde, »aber nicht zu weit, Klaus Heinrich, und nicht, wo es zu staubig ist, denn auf meinem Kleide sieht man alles.«

Sie trug ein Kleidchen aus dunkelrotem Sammet, mit Atlas von derselben Farbe besetzt. Sie hatte damals Grübchen in den Ellenbogen und goldblankes Haar, das sich in Locken gleich Widderhörnern um ihre Ohren legte. Später wurde sie aschblond und mager. Auch sie hatte die breiten, ein wenig zu hoch sitzenden Wangenknochen ihres Vaters und Volkes, aber sie waren zart gebildet, so daß sie der Feinheit ihres herzförmigen Gesichtchens keinen Abbruch taten. Aber bei ihm waren sie kräftig und ausgeprägt, so daß sie seine stahlfarbenen Augen ein wenig zu bedrängen, zu verengern und ihren Schnitt in die Länge zu ziehen schienen. Sein dunkles Haar war seitwärts glatt gescheitelt, an den Schläfen mit Genauigkeit rechtwinklig beschnitten und schräg aus der Stirn hinweggebürstet. Er trug eine offene Jacke mit hoch geschlossener Weste und weißem Fallkragen. In seiner Rechten hielt er Ditlindens Händchen, aber sein linker Arm hing dünn und zu kurz mit seiner bräunlichen, runzligen und unentwickelten Hand von der Schulter hinab. Er war froh, sie sorglos hängen lassen zu dürfen und nicht geschickt verbergen zu müssen; denn niemand war da, der schaute und verschönt und erhoben sein wollte, und er selbst durfte schauen und forschen für sein eigenes Herz.

So gingen sie und stöberten wie sie Lust hatten. Ruhe herrschte in den Korridoren, und sie sahen kaum von fern einen Lakaien. Sie stiegen eine Treppe höher und verfolgten den Gang, bis die Gewölbe begannen und sie also in dem Teil des Schlosses waren, der aus den Zeiten Johanns des Gewalttätigen und Heinrichs des Bußfertigen stammte, wie Klaus Heinrich wußte und erklärte. Sie kamen in den Saal mit den Pfeilern, und Klaus Heinrich pfiff dort mehrere Töne schnell nacheinander, weil die ersten noch hallten, wenn der letzte kam, und so ein heller Akkord unter den Kreuzbogen schwebte. Sie kletterten tastend und manchmal auf Händen und Füßen die steinerne Wendeltreppe hinan, die hinter einer der schweren Türen mündete, und kamen in das Zimmer mit der hölzernen Decke, wo sich mehrere seltsame Gegenstände befanden. Es gab dort einige täppisch große, zerbrochene Flinten mit dick verrosteten Schlössern, die wohl zu schlecht fürs Museum gewesen waren, und einen Thronsessel außer Dienst mit zerrissenem rotem Sammetpolster, kurzen, weit geschwungenen Löwenbeinen und schwebenden Kinderchen oberhalb der Rückenlehne, die eine Krone trugen. Dann aber war da ein arg verbogenes und verstaubtes, käfigartiges und gräßlich anmutendes Ding, das sie lange und sehr beschäftigte. Trog sie nicht alles, so war es eine Rattenfalle, denn man erkannte die eiserne Spitze, woran der Speck zu befestigen war, und furchtbar zu denken, wie hinter dem großen und widrig bissigen Tier die Klapptür niedergefallen war... Ja, das nahm Zeit in Anspruch, und als sie sich von der Falle aufrichteten, waren ihre Gesichter erhitzt, und ihre Kleider starrten von Rost und Staub. Klaus Heinrich klopfte sie beide ab, aber das machte nicht vieles gut, denn seine Hände waren ebenfalls grau. Und plötzlich sahen sie, daß die Dämmerung vorgeschritten war. Sie mußten rasch umkehren, Ditlinde bestand ängstlich darauf; es war zu spät geworden, noch weiter vorzudringen.

»Das ist unendlich schade«, sagte Klaus Heinrich. »Wer weiß, was wir noch entdeckt hätten und wann wir wieder Gelegenheit zum Stöbern bekommen, Ditlinde!« Aber er folgte der Schwester doch, und sie sputeten sich, die Wendeltreppe wieder zurückzulegen, durchquerten den Pfeilersaal, und traten hinaus in den Bogengang, um eilig und Hand in Hand den Heimweg aufzunehmen.

So wanderten sie eine Strecke; aber Klaus Heinrich schüttelte den Kopf, denn ihm schien, als sei dies der Weg nicht, den sie

gekommen waren. Sie wanderten weiter; aber mehrere Anzeichen bewiesen, daß sie die Richtung verfehlt hatten. Diese steinerne Bank mit den Greifenköpfen war hier vorhin nicht gestanden. Dies spitze Fenster ging auf den westlichen, tiefer gelegenen Stadtteil statt auf den inneren Hof mit dem Rosenstock. Sie gingen irr, es half nichts, das fortzuleugnen; sie hatten vielleicht den Saal mit den Pfeilern durch einen falschen Ausgang verlassen und hatten sich jedenfalls gründlich verlaufen.

Sie gingen ein Stückchen zurück, aber ihre Unruhe litt den Rückschritt nicht lange, und so machten sie wiederum Kehrt, und zogen es vor, bei dem einmal eingeschlagenen Weg aufs Geratewohl zu beharren. Sie gingen in dumpfer, eingeschlossener Luft, und große, ungestört ausgearbeitete Spinngewebe breiteten sich in den Winkeln aus; sie gingen in Sorge, und Ditlinde zumal war reuevoll und dem Weinen nah. Man werde ihr Ausbleiben bemerken, sie traurig ansehen, vielleicht gar dem Großherzog Meldung machen; sie würden niemals den Weg finden, vergessen werden und Hungers sterben. Und wo eine Rattenfalle sei, Klaus Heinrich, da seien auch Ratten ... Klaus Heinrich tröstete sie. Es gelte einzig, die Stelle zu finden, wo an der Wand die Harnische und gekreuzten Fahnen hingen; von diesem Punkte an sei er der Richtung sicher. Und plötzlich – sie hatten eben ein Knie des Wandelganges zurückgelassen – plötzlich geschah etwas. Sie schraken zusammen.

Was sie hörten, war mehr, als der Widerhall ihrer eigenen Schritte; es waren andere, fremde, schwerer, als ihre, sie kamen ihnen bald rasch, bald zögernd entgegen und waren von einem Schnaufen und Brummen begleitet, das ihnen das Blut erstarren ließ. Ditlind machte Miene, davonzulaufen vor Schrecken; aber Klaus Heinrich gab ihre Hand nicht frei, und sie standen mit weiten Augen und ließen kommen, was kam.

Es war ein Mann, der im Halbdunkel sichtbar wurde, und ruhig betrachtet war seine Erscheinung nicht grauenerregend. Er war gedrungen von Körperbau und gekleidet wie ein Veteran im Festzuge. Er trug einen Gehrock von altfränkischem Schnitt, einen wollenen Schal um den Hals und eine Medaille auf der

Brust. Er hielt in der einen Hand einen geschweiften Zylinderhut und in der anderen die beinerne Krücke seines knotig gerollten Regenschirms, den er im Gehen taktmäßig auf die Fliesen stieß. Sein spärliches graues Haar war von dem einen Ohr aufwärts in verklebten Strähnen über seinen Schädel gestrichen. Er hatte bogenförmige, schwarze Augenbrauen und einen gelblich-weißen Bart, der ihm wuchs wie dem Großherzog, schwere Oberlider und blaue, wässrige Augen mit Säcken aus welker Haut darunter; er hatte die landesüblichen Wangenknochen, und die Falten seines geröteten Gesichtes waren wie Risse. Ganz nahe herangekommen, schien er die Geschwister zu erkennen, denn er stellte sich gegen die Außenwand des Ganges, machte gleichsam Front und fing an, eine Anzahl Verbeugungen auszuführen, dergestalt, daß er seinen ganzen Körper von den Fußballen an mehrmals kurz und ruckhaft nach vorn fallen ließ, wobei er seinem Mund einen biederen Ausdruck gab und seinen Zylinderhut, die Öffnung nach oben, vor sich hielt. Klaus Heinrich gedachte, mit einer Kopfneigung an ihm vorüberzugehen, aber betroffen blieb er dennoch stehn, denn der Veteran begann zu sprechen.

»Um Vergebung!« stieß er tief und plötzlich hervor und fuhr dann gemächlicher fort: »Suche ausdrücklich um Vergebung nach bei den jungen Herrschaften! Aber würden die jungen Herrschaften es wohl für ungut nehmen, wenn ich Ihnen die Bitte unterbreitete, mir gefälligst den nächsten Weg nach dem nächsten Ausgang bekanntzugeben? Es braucht nicht gerade das Albrechtstor zu sein, – gar nicht mal nötig, daß es das Albrechtstor ist. Aber irgendein Ausgang aus dem Schloß, wenn ich so frei sein darf, das Ersuchen an die jungen Herrschaften zu richten ...«

Klaus Heinrich hatte seine linke Hand in die Hüfte gestemmt, weit hinten, so daß sie fast schon im Rücken saß, und sah zu Boden. Man hatte einfach das Wort an ihn gerichtet, hatte ihn geradeswegs und in unbehilflicher Form zur Rede gestellt; er dachte an seinen Vater und zog die Brauen zusammen. Er arbeitete hastig an der Frage, wie er sich in dieser fehlerhaften und

unordentlichen Lage zu verhalten habe. Albrecht hätte seinen kleinen Mund gemacht, hätte mit seiner kurzen, gerundeten Unterlippe ein wenig an der oberen gesogen und wäre schweigend weitergegangen, – soviel war sicher. Aber warum stöberte man, wenn man an dem ersten ernsthaften Abenteuer steif und gekränkt vorübergehen wollte? Und der Mann war rechtschaffen und führte sicher nichts Böses im Schilde, das sah Klaus Heinrich, als er sich zwang, die Augen aufzuschlagen. Er sagte einfach: »Gehen Sie mit uns, das ist das Beste. Ich will Ihnen gerne zeigen, wo Sie abbiegen müssen, damit Sie zu einem Ausgang kommen.« Und sie gingen.

»Danke!« sagte der Mann. »Danke aufrichtig für alle Freundlichkeit! Hätte wahrhaftigen Gott nicht gedacht, daß ich eines Tages nochmal mit den jungen Herrschaften im Alten Schloß herumspazieren würde. Aber so geht es, und nach all meinem Ärger... denn ich hab' mich geärgert, mächtig geärgert, das bleibt wahr und bestehen... nach all meinem Ärger hab' ich nun doch noch diese Ehre und dieses Vergnügen.«

Klaus Heinrich wünschte sehr, zu fragen, was der Grund von soviel Ärger gewesen sei; aber der Veteran fuhr schon fort (und stapfte taktmäßig dabei seinen Regenschirm auf die Fliesen): »Und ich hab' die jungen Herrschaften auch gleich erkannt, trotzdem es ein bißchen dunkel ist hier in den Gängen, denn ich hab' sie doch manches liebe Mal in der Kalesche gesehn und mich immer gefreut, denn ich hab' selbst so'n Paar Würmer zu Haus, will sagen, meine sind Würmer, meine... und der Junge heißt auch Klaus Heinrich.«

»Gerade wie ich?« sagte Klaus Heinrich aus unmittelbarem Vergnügen... »Das ist ein hübscher Zufall!«

»Nö, Zufall? Nach I h n e n!« sagte der Mann. »Das ist denn doch wohl kein Zufall nicht, wo er doch ausgesprochen nach Ihnen so heißt, denn er ist ein paar Monat jünger, als Sie, und da gibt es viele in Stadt und Land, die auch so heißen, und alle nach Ihnen. Nö, Zufall kann man doch das wohl nicht nennen...«

Klaus Heinrich verbarg seine Hand und schwieg.

»Ja, gleich erkannt«, sagte der Mann. »Und hab' mir gedacht:

Gottlob, dacht' ich, und das nenn' ich Glück im Unglück, und die werden dir aus der Falle helfen, worein du alter Tölpel getappt bist, und kannst wohl lachen, dacht' ich, denn hier ist schon mancher herumgestolpert, den die Kujone auf den Leim geführt haben und der's so gut nicht getroffen hat...«

Kujone? dachte Klaus Heinrich... Und auf den Leim? Er blickte starr geradeaus, er wagte nicht, zu fragen. Eine Furcht, eine Hoffnung kam ihn an... Er sagte ganz leise: »Man hat Sie... auf den Leim geführt?«

»An der Nase!« sagte der Veteran. »An der Nase haben sie mich geführt, die Halunken, und das mit Glanz! Aber das kann ich den jungen Herrschaften sagen, so jung Sie sind, aber das wird Ihnen gut tun, zu wissen, daß es eine große Verderbnis ist hier mit den Leuten. Da kommt man und liefert mit allem Respekt seine Arbeit ein... Ja, Gott soll mich bewahren!« rief er plötzlich und schlug sich mit seinem Hut vor die Stirn. »Ich hab' mich den Herrschaften wohl noch nicht mal präsentiert und bekanntgegeben? – Hinnerke!« sagte er. »Schuhmachermeister Hinnerke, Hoflieferant, gedient und ausgezeichnet.« Und er wies mit dem Zeigefinger seiner großen, rauhen und gelblich gefleckten Hand auf die Medaille an seiner Brust. »Die Sache ist so, daß Königliche Hoheit der Herr Papa die Gnade gehabt hat, ein Paar Stiefel bei mir zu bestellen, Schaftstiefel, Reitstiefel, mit Sporenkäppchen und in Lackleder von prima Qualität. Die mach' ich denn, ich hab' sie ganz allein gemacht mit aller Akkuratesse, und heut' sind sie fertig und blitzten nur so. Sollst selbst gehen, sag' ich zu mir... ich hab' einen Jungen, der austrägt, aber ich sage zu mir: Sollst selbst gehen, es ist für den Herrn Großherzog. Und zieh' mich denn an und nehm' meine Stiefel und gehe aufs Schloß. ›Schön!‹ sagen gleich unten die Lakaien und wollen sie mir abnehmen. ›Nein!‹ sag' ich, denn ich trau' ihnen nicht. Ich hab' meine Aufträge und meinen Hoftitel für mein Renommee, will ich den Herrschaften sagen, und nicht, weil ich die Kammerlakaien bezahle. Aber die Burschen sind verwöhnt mit Trinkgeldern von den Lieferanten und wollen bloß was von mir für die Besorgung. ›Nein‹, sag' ich, denn ich bin nicht für Durchstecherei und schleichendes Wesen, ›ich will sie persönlich einliefern, und wenn ich sie nicht dem Herrn Großherzog selber geben kann, so will ich sie Herrn Kammerdiener Prahl geben.‹ Sie giften sich, aber sie sagen: ›Dann müssen Sie da hinauf gehen!‹ Und ich gehe da hinauf. Da oben sind wieder welche, und sagen ›Schön!‹ und wollen die Stiefel besorgen, aber ich verlange nach Prahl und bleibe dabei. Sie sagen: ›Er trinkt Kaffee‹, aber ich bin fest und sage, dann will ich warten, bis er ausgetrunken hat. Und indem ich das sage, wer kommt vorbei in seinen Schnallenschuhen? Kammerdiener Prahl. Und sieht mich denn, und ich gebe ihm die Stiefel mit ein paar angemessenen Worten, und er sagt ›Schön!‹ und sagt noch eigens: ›Hübsch sind sie!‹ und nickt mir zu und trägt sie weg. Nu bin ich ruhig, denn Prahl, auf den is Verlaß, und nu will ich gehen. ›Hö!‹ ruft Einer. ›Herr Hinnerke! Sie gehen ja falsch!‹ ›Verdammt!‹ sag' ich, und kehre um und gehe nach der andern Seite. Aber das war das Dümmste, was ich tun konnte, denn sie hatten mich in den April geschickt, und ich gehe, wohin ich nicht will. Ich gehe ein Stück und treffe wieder so Einen und frage ihn nach dem Albrechtstor. Aber er merkt gleich, was los ist und sagt: ›Dann gehen Sie man erst die Treppe hinauf und dann immer nach links und dann wieder hinunter, dann schneiden Sie ein großes Stück ab!‹ Und ich habe Vertrauen zu seiner Freundschaft und tue, wie er sagt und verbiestere mich mehr und mehr und komme aus aller Kontenanz. Da merke ich, daß es nicht meine Schuld ist, sondern die von den Spitzbuben, und mir fällt ein, daß ich gehört habe, daß sie das oft so machen mit Lieferanten, die ihnen kein Trinkgeld geben, und lassen sie herumirren, daß sie schwitzen. Und der Ärger macht mich blind und dumm, und komme in Gegenden, wo keine Seele mehr atmet und weiß nicht ein und nicht aus und graule mich ordentlich. Und schließlich treff ich die jungen Herrschaften. Ja, so ist es mir gegangen mit meinen Stiefeln!« schloß Schuster Hinnerke und wischte sich die Stirn mit dem Handrücken.

Klaus Heinrich preßte Ditlindens Hand. Sein Herz pochte so stark, daß er ganz und gar vergaß, seine linke zu verbergen. Das war es. Das war etwas davon, ein wenig, ein Zug! Sicher, das war von den Dingen, die sein »hoher Beruf« ihm vorenthielt, war von dem Treiben der Leute, wie sie unverschönt und am Alltag waren! Die Lakaien... Er schwieg, er fand kein einziges Wort.

»Da schweigen sie nun«, sagte der Schuster, »die jungen Herrschaften!« Und seine biedere Stimme war ganz bewegt. »Ich hätte es ihnen wohl gar nicht erzählen sollen, weil es ihre Sache nicht ist, so was Schlechtes zu erfahren. Aber dann denk' ich doch wieder«, sagte er, legte den Kopf auf die Seite und schnippte mit den Fingern in der Luft, »daß es nicht schaden kann, daß es ihnen gar nicht schaden kann für künftig und späterhin...«

»Die Lakaien...« sagte Klaus Heinrich und nahm einen Anlauf... »Die sind wohl schlimm? Ich kann es mir lebhaft vorstellen...«

»Schlimm?« sagte der Schuster. »Nichtswürdig sind sie. Das ist das Wort für sie. Wissen Sie, wozu sie fähig sind? Sie halten die Waren zurück, wenn sie nicht genug Trinkgeld bekommen, halten sie zurück, wenn der Lieferant sie in aller Pünktlichkeit zur bestimmten Zeit übersendet, und geben sie mit großer Verspätung ab, damit den Lieferanten die Schuld trifft, und er dasteht als pflichtvergessen in den Augen der höchsten Herrschaften und ihm die Aufträge entzogen werden. Das tun sie ohne Skrupeln, und es ist ganz bekannt in der Stadt...«

»Ja, das ist arg!« sagte Klaus Heinrich. Er lauschte, lauschte. Er wußte noch kaum, wie sehr erschüttert er war. »Sie tun wohl noch mehr?« sagte er... »Ich glaube bestimmt, daß sie noch mehr tun in dieser Art.«

»Und ob!« sagte der Mann und lachte. »Nein, die lassen es nicht fehlen, will ich den jungen Herrschaften sagen, die betätigen sich in mancher Hinsicht. Da ist zum Beispiel der Spaß mit dem Türenöffnen... Das machen sie so. Jemand wird zur Audienz zugelassen beim Herrn Papa, unserm gnädigsten Großherzog, und nehmen Sie an, daß er ein Neuling ist und noch nie bei Hofe war. Und kommt denn im Frack und hat Frost und

Hitze, denn es ist ja natürlich keine Kleinigkeit, zum erstenmal vor der Königlichen Hoheit zu stehen. Und die Lakaien lächeln über ihn, weil sie hier zu Hause sind, und bugsieren ihn ins Vorzimmer, und er weiß nicht, wie ihm geschieht, und vergißt denn auch richtig, den Lakaien Trinkgeld zu geben. Aber dann kommt sein Augenblick, und der Herr Adjutant sagt seinen Namen, und die Lakaien machen die Flügeltür auf und lassen ihn in das Zimmer hinein, wo der Herr Großherzog warten. Da steht denn der Neuling und macht Reverenz und sagt seine Antworten, und der Herr Großherzog in seiner Güte gibt ihm die Hand, und nu is er entlassen und geht rückwärts und denkt, die Flügeltür soll hinter ihm aufgehen, wie man es ihm bestimmt versprochen hat. Aber sie geht nicht auf, sag' ich den jungen Herrschaften, denn die Lakaien sind giftig auf ihn, weil sie kein Trinkgeld bekommen haben, und rühren keinen Finger da draußen. Aber er darf sich nicht umdrehen, das darf er beileibe nicht, weil er dem Herrn Großherzog seinen Rücken nicht zeigen darf, das wäre ein großer Verstoß und eine Beleidigung für den hohen Herrn. Und sucht denn hinter sich mit der Hand nach dem Türgriff und findet ihn nicht und kriegt das Zappeln und springt an der Tür herum und hat er schließlich durch Gottes Erbarmen den Griff, so is es 'ne altmod'sche Klinke, und er versteht sich nich drauf und fingert und renkt sich den Arm aus und rackert sich ab und verneigt sich zwischendurch aus Verzweiflung, bis der gnädigste Herr ihn womöglich zuletzt mit eigener Hand hinauslassen muß. Ja, das ist das mit dem Türöffnen! Aber das ist noch garnichts, und nun will ich den jungen Herrschaften...«

Sie hatten im Sprechen und Lauschen des Weges kaum acht gehabt, hatten Treppen zurückgelegt und befanden sich im Erdgeschoß, unweit des Albrechtstores. Eiermann, ein Kammerlakai der Großherzogin, kam ihnen entgegen. Er trug einen violetten Frack und Backenbartstreifen. Er war ausgesandt, Ihre großherzoglichen Hoheiten zu suchen. Er schüttelte schon von weitem in lebhaftem Bedauern den Kopf und machte einen trichterförmigen Mund dazu. Aber als er den Schuster Hinnerke gewahrte, der mit den Kindern ging und seinen Regenschirm vor sich herstieß, versagten alle Muskeln seines Gesichtes, und es ward schlaff und dumm.

Es blieb kaum Zeit zu Dank und Abschied, so rasch wußte Eiermann den Meister von den Kindern zu trennen und zu entfernen. Und unter schlimmen Ankündigungen geleitete er Ihre Großherzoglichen Hoheiten in deren Zimmer hinauf, zu Madame aus der Schweiz.

Man blickte zu Gott empor und schlug die Hände zusammen bezüglich ihres Ausbleibens und des Zustandes ihrer Kleider. Das Schlimmste geschah: Man »sah sie traurig an«. Aber Klaus Heinrich brachte nur das Notdürftigste an Zerknirschung zustande. Er dachte: Die Lakaien... »Du Reiner, du Feiner«, lächelten sie, denn sie nahmen Geld und ließen die Lieferanten auf den Korridoren irren, wenn sie keines bekamen, hielten die Waren zurück, damit den Lieferanten die Schuld träfe, und öffneten nicht die Flügeltür, so daß der Audienzhabende zappeln mußte. Das war im Schloß, und wie mochte es draußen sein? Draußen unter den Leuten, die so fromm und fremd auf ihn schauten, wenn er grüßend vorüberfuhr?... Aber wie unterfing sich der Mann, es ihm zu sagen? Nicht ein einziges Mal hatte er ihn Großherzogliche Hoheit genannt, hatte ihm Gewalt angetan und seine Reinheit und Feinheit gröblich verletzt. Und warum war es gleichwohl so seltsam süß, das von den Lakaien zu hören? Warum schlug sein Herz mit solcher entsetzten Freude, da etwas von den wilden und frechen Dingen es berührte, deren seine Hoheit nicht teilhaft war?

Doktor Überbein

Klaus Heinrich verlebte drei Knabenjahre gemeinsam mit Altersgenossen aus dem Hof- und Landadel der Monarchie in einem Internat, einer Art erlauchten Konvikts, das Hausminister von Knobelsdorff seinethalben auf Jagdschloß »Fasanerie« begründet und eingerichtet hatte.

Seit hundert Jahren im Kronbesitz, gab Schloß »Fasanerie« dem ersten Aufenthaltspunkt einer von der Residenz gen Nord-Westen führenden Staatsbahnlinie seinen Namen und hatte ihn seinerseits von einem unweit in Wiese und Busch gelegenen »zahmen« Fasanengehege, das die Liebhaberei eines früheren Landesherrn gewesen war. Das Schloß, ein einstöckiges, kastenartiges Landhaus mit einem von Blitzableitern überragten Schindeldach, stand mit Remise und Stallgebäude hart am Saume ausgebreiteter Nadelwaldungen. Eine Reihe bejahrter Linden in Front, blickte es über ein weites, in fernem, blauendem Bogen vom Walde umgrenztes und von Pfaden durchkreuztes Wiesengelände hin, auf dem sich gewalzte Spielplätze und Hürden zum Hindernisreiten abzeichneten. Dem Schlosse schräg gegenüber war ein Wirtshaus, ein Bier- und Kaffeegarten mit hohen Bäumen gelegen, den ein bedächtiger Mann namens Stavenüter in Pacht hatte und der an Sommersonntagen von Ausflüglern, besonders Radfahrern, aus der Hauptstadt bevölkert war. Den Zöglingen der »Fasanerie« war der Besuch des Wirtsgartens nur unter Aufsicht eines Lehrers erlaubt.

Es waren ihrer fünf, außer Klaus Heinrich: ein Trümmerhauff, ein Gumplach, ein Platow, ein Prenzlau und ein Wehrzahn. Sie wurden in der Gegend »die Fasanen« genannt. Ein ziemlich ausgedienter Landauer aus dem Hofbestande, ein Gig, ein Schlitten und einige Reitpferde standen ihnen zur Verfügung, und wenn zur Winterszeit ein Teil der Wiesen überschwemmt und gefroren war, so bot sich Gelegenheit zum Schlittschuhlaufen. Es gab einen Koch, zwei Kammermädchen, einen Kutscher und zwei

Lakaien auf Schloß »Fasanerie«, von denen der eine zur Not gleichfalls zu fahren verstand.

Gymnasialprofessor Kürtchen, ein kleiner, mißtrauischer und reizbarer Junggeselle von komödiantischen Formen und einer altfränkischen Ritterlichkeit, leitete das Konvikt. Er trug einen gestutzten, ergrauten Schnurrbart, eine Goldbrille vor seinen unruhigen braunen Augen und im Freien stets einen in den Nakken gerückten Zylinderhut. Er ging mit vorgestrecktem Unterleib, indem er seine kleinen Fäuste nach Art eines Dauerläufers zu beiden Seiten seines Bäuchleins hielt. Er behandelte Klaus Heinrich mit einem selbstgefälligen Takt, war aber voller Verdacht gegen den Adelshochmut seiner übrigen Zöglinge und geriet in die Wut eines Katers, wenn er Geringschätzung seines Bürgertums witterte. Auf Spaziergängen liebte er es, wenn Leute in der Nähe waren, stehen zu bleiben, seine Schüler in dichter Gruppe um sich zu versammeln und ihnen, mit dem Stock im Sande zeichnend, irgend etwas zu demonstrieren. Frau Amelung, eine stark nach Hoffmannstropfen duftende Hauptmannswitwe, welche die Schlüssel der Anstalt führte, nannte er »gnädige Dame« und wußte sich etwas mit dieser Art Kenntnis des feinen Tones.

Ein noch jugendlicher Hilfslehrer mit Doktorgrad stand dem Professor Kürtchen zur Seite, – ein aufgeräumter, tätigkeitsfroher und redegewandt schwadronierender, dabei schwärmerisch gesinnter Mensch, der Klaus Heinrichs Denkart und Selbstempfindung vielleicht mehr, als gut war, beeinflußte. Auch ein Turnmeister, namens Zotte, war gewonnen worden. Nebenbei bemerkt hieß der Hilfslehrer Überbein, mit Vornamen Raoul. Was sonst an Lehrern noch nötig war, kam jeden Tag mit der Eisenbahn aus der Hauptstadt.

Klaus Heinrich bemerkte mit Einverständnis, daß in sachlicher Beziehung die Ansprüche, die man an ihn stellte, sich rasch verminderten. Schulrat Dröges faltiger Zeigefinger haftete nicht mehr an den Zeilen, er hatte das Seine getan; und während der Unterrichtsstunden sowohl wie bei Korrektur der schriftlichen Arbeiten nahm Professor Kürtchen ausgiebig Gelegenheit, seinen Takt zu erweisen. Ganz kurze Zeit nach Begründung des Internates bat er eines Tages – es war nach dem Gabelfrühstück in dem hochfenstrigen Speisesaal zu ebener Erde – Klaus Heinrich zu sich hinauf in sein Studierzimmer und äußerte wörtlich: »Es ist gegen das allgemeine Interesse, daß Großherzogliche Hoheit während unserer gemeinsamen wissenschaftlichen Übungen zur Beantwortung von Fragen herangezogen werden, die Ihnen im Augenblick unwillkommen sind. Andererseits ist es wünschenswert, daß Großherzogliche Hoheit sich stets durch Handerheben zur Antwort melden. Ich bitte Großherzogliche Hoheit daher, zu meiner Orientierung, bei unwillkommenen Fragen den Arm in ganzer Länge auszustrecken, bei solchen aber, zu deren Lösung aufgefordert zu werden Ihnen angenehm wäre, ihn nur halbwegs und im rechten Winkel zu erheben.« Was Doktor Überbein betraf, so erfüllte er den Schulsaal mit einer schallenden Gesprächigkeit, deren Frohsinn das Gegenständliche unter sich ließ, ohne es aus den Augen zu lassen. Er hatte mit Klaus Heinrich keinerlei Vereinbarung getroffen, sondern befragte ihn, wann es ihm einfiel, mit freier Freundlichkeit, ohne daß eine Verlegenheit daraus entstand. Und Klaus Heinrichs wenig sachdienliche Antworten schienen Doktor Überbein zu entzücken, ihn zu einer heiteren Begeisterung hinzureißen. »Ohoho!« rief er und legte lachend den Kopf hintüber ... »O Klaus Heinrich! O Prinzenblut! O Eure Ahnungslosigkeit! Des Lebens rauhe Problematik fand Sie unvorbereitet! Nun denn, mir umgetriebenem Manne steht es an, sie zu entwirren.« Und er gab selbst die Antwort; rief keinen anderen mehr auf, wenn Klaus Heinrich falsch geantwortet hatte. – Die Unterrichtsweise der übrigen Lehrer trug einen anspruchslos vortragenden Charakter. Und Turnlehrer Zotte hatte von hoher Stelle die Weisung, die körperlichen Exerzitien mit aller Rücksicht auf Klaus Heinrichs linke Hand zu leiten, – so zwar, daß nicht einmal des Prinzen eigene oder der andern Knaben Aufmerksamkeit unnötigerweise auf den kleinen Fehler gelenkt werde. Die Leibesübungen beschränkten sich also auf Laufspiele, und in der Reitstunde, die gleichfalls Herr Zotte erteilte, war alle Verwegenheit ausgeschlossen.

Klaus Heinrichs Verhältnis zu den fünf Kameraden war nicht innig zu nennen, es wollte zu eigentlicher Vertrautheit nicht gedeihen. Er stand für sich, war niemals einer von ihnen, ging schlechterdings in ihrer Anzahl nicht auf. Sie waren fünf, und er war einer; der Prinz, die Fünfe und die Lehrer, das war die Anstalt. – Mehreres stand einer unbefangenen Freundschaft entgegen. Die Fünf waren Klaus Heinrichs wegen da, sie waren zur Gefährtschaft mit ihm befohlen, sie wurden in der Stunde nicht mehr gefragt, wenn er falsch geantwortet hatte, sie hatten sich bei Ritt und Spiel seiner Körperbeschaffenheit anzupassen. Sie fanden sich auf den Vorzug der Lebensgemeinschaft mit ihm bis zum Überdruß hingewiesen. Ein paar von ihnen, die jungen von Gumplach, von Platow und von Wehrzahn, minder begüterte Landjunker, standen die ganze Zeit unter dem Eindruck des beglückten Stolzes, den ihre Eltern an den Tag gelegt hatten, als die Einladung des Hausministeriums ihnen zugegangen war, der Glückwünsche, die man ihnen von allen Seiten dargebracht hatte. Graf Prenzlau andererseits, jener Dicke, Rothaarige, Sommersprossige mit der atemlosen Sprechweise und dem Vornamen Bogumil, war ein Sproß der reichsten und adligsten Grundbesitzerfamilie des Landes, verwöhnt und voll Selbstgefühl. Er wußte genau, daß die Seinen die Aufforderung des Barons von Knobelsdorff nicht wohl hatten ausschlagen können, daß sie ihnen aber durchaus keine Himmelsgnade bedeutet hatte, und daß er, Graf Bogumil, auf den Gütern seines Vaters weit besser und standesgemäßer hätte leben können, als auf Schloß »Fasanerie«. Er fand die Reitpferde schlecht, den Landauer schäbig, den Gig in der Bauart veraltet; er murrte heimlich über das Essen. Dagobert Graf Trümmerhauff, ein windhundähnlicher und feiner Knabe, dessen Rede ein Säuseln war, hielt zu ihm in allen Stücken.

Sie hatten ein Wort miteinander, das voll von dem Ausdruck ihres mäklichen und aristokratischen Wesens war, und das sie mit einer schneidenden Kehlstimme gern und häufig verwandten: »Schweinerei«. Es war eine Schweinerei, sich lose Kragen ans Hemd zu knüpfen. Es war eine Schweinerei, im gewöhnlichen Sacco-Anzug Lawn-Tennis zu spielen. Aber Klaus Heinrich fühlte sich nicht zur Pflege dieses Wortes geboren. Er hatte bisher überhaupt nicht gewußt, daß es Hemden mit angenähten Kragen gab und daß man soviele Anzüge auf einmal besitzen könne wie Bogumil Prenzlau. Er hätte gern »Schweinerei« gesagt, aber ihm fiel ein, daß er zur selben Stunde gestopfte Strümpfe trug. Er fand sich unelegant neben Prenzlau und plump im Vergleich mit Trümmerhauff. Trümmerhauff war edel wie ein Tier. Er hatte eine lange, spitze Nase mit messerscharfem Rücken und weiten, vibrierenden, dünnwandigen Nüstern, bläuliche Adern an seinen zarten Schläfen und winzige Ohren ohne Läppchen. Aus seinen weiten, farbigen Manschetten, die mit goldenen Kettenknöpfen geschlossen waren, kamen erlesene Damenhände mit gewölbten Nägeln hervor, und das Gelenk der einen war mit einem goldenen Armband geschmückt. Er säuselte mit halbgeschlossenen Augen... Nein, es war klar, daß Klaus Heinrich mit Trümmerhauff an Vornehmheit nicht wetteifern konnte. Seine rechte Hand war ziemlich breit, er hatte Backenknochen wie alles Volk, und geradezu stämmig kam er sich vor an Dagoberts Seite. Wohl möglich, daß Albrecht es besser verstanden hätte, mit den Fasanen »Schweinerei« zu sagen. Er seinerseits war kein Aristokrat, war keiner, deutliche Tatsachen sprachen dagegen. Wie war es mit seinem Namen? Klaus Heinrich, so hießen die Schustersöhne im Land, und Herrn Stavenüters Kinder dort drüben, die die Finger zum Schneuzen gebrauchten, wurden wie er, wie seine Eltern, sein Bruder genannt. Aber die Adligen hießen Bogumil und Dagobert... Klaus Heinrich stand einzeln und allein unter den Fünfen.

Er schloß dennoch eine Freundschaft auf Schloß »Fasanerie«, und es war die mit Doktor Überbein, dem Hilfslehrer. Raoul Überbein war kein schöner Mann. Er hatte einen roten Bart und eine grünlich-weiße Gesichtsfarbe zu wasserblauen Augen, spärliches rotes Haar und überaus häßliche, abstehende und nach oben spitz zulaufende Ohren. Aber seine Hände waren klein und zart. Er benutzte ausschließlich weiße Kravatten, was seiner Erscheinung etwas Festliches verlieh, obgleich seine Garderobe dürftig war. Er trug im Freien einen Lodenmantel und beim Reiten – denn Doktor Überbein ritt, und zwar vortrefflich – einen strapazierten Gehrock, dessen Schöße er mit Sicherheitsnadeln umlegte, enge, geknöpfte Hosen und einen hohen Hut.

Worin bestand der Zauber, den er auf Klaus Heinrich ausübte? Dieser Zauber war mehrfach zusammengesetzt. Man lebte noch nicht lange miteinander, als unter den »Fasanen« das Gerücht in Umlauf kam, der Hilfslehrer habe vor Jahr und Tag mit genauer Not ein Kind aus einem Moor oder Sumpf gezogen und befinde sich im Besitz der Rettungsmedaille. Das war ein Eindruck. Später erfuhr man noch mehr aus Doktor Überbeins Leben, und auch Klaus Heinrich erfuhr davon. Es hieß, er sei dunkler Herkunft, sei vaterlos. Seine Mutter sei eine Schauspielerin gewesen, die ihn gegen Entgelt von armen Leuten an Kindesstatt habe annehmen lassen, und ehemals habe er Hunger gelitten, woher die grünliche Färbung seines Gesichtes rühre. Das waren Dinge, die sich der Einsicht, ja dem Nachdenken verschlossen, wilde, unzugängliche Dinge, auf welche übrigens Doktor Überbein zuweilen selber anspielte, zum Beispiel, wenn die adeligen Knaben, denen sein dunkler Ursprung im Sinne saß, sich etwa anmaßend und unziemlich gegen ihn betrugen. »Nesthäkchen und Muttersöhnchen!« sagte er dann in lautem Unmut. »Ich lasse mir lange genug den Wind um die Nase wehen, um Bescheidenheit von euch Herrchen verlangen zu dürfen!« – Auch dies, daß Doktor Überbein sich den Wind hatte um die Nase wehen lassen, verfehlte nicht seine Wirkung auf Klaus Heinrich. Aber das eigentlich Reizvolle an des Doktors Person war die Art seines direkten Verhaltens gegen Klaus Heinrich, der Ton, in dem er vom ersten Tage an mit ihm verkehrte, und der ihn von allen anderen Menschen strikt unterschied. Er wußte nichts von der steifen Verschlossenheit der Lakaien, von Madames bleichem Entsetzen, von Schulrat Dröges sachlichen Verbeugungen oder von Professor Kürtchens selbstgefälliger Rücksichtnahme; er wußte gar nichts von dem fremden, frommen und dennoch zudringlichen Wesen, mit dem die Leute draußen auf Klaus Heinrich blickten. Während der ersten Tage nach Zusammentritt des Konviktes verhielt er sich schweigsam, beschränkte sich auf Beobachtung. Dann aber näherte er sich dem Prinzen mit einem lächelnden und lauten Freimut, einer frischen väterlichen Kameradschaftlichkeit, wie Klaus Heinrich sie niemals gekannt hatte. Sie verstörte ihn anfangs, er blickte erschreckt in des Doktors grünliches Gesicht. Aber diese Verwirrung wirkte auf jenen nicht zurück, schüchterte ihn keineswegs ein; sie bestärkte ihn in seiner herzlich schwadronierenden Unbefangenheit, und nicht lange, so war Klaus Heinrich erwärmt und gewonnen. Denn in Doktor Überbeins Art lag nichts Gemeines, nichts Niederreißendes, nicht einmal etwas Absichtliches und Erzieherisches. Es lag darin die Überlegenheit eines Mannes, der sich den Wind hatte um die Nase wehen lassen, und zugleich eine zarte und freie Huldigung für Klaus Heinrichs anderes Sein und Wesen; Liebe und Anerkennung lag darin, nebst dem fröhlichen Antrag eines Bündnisses zwischen ihren beiden Wesensarten. Er nannte ihn ein paarmal »Hoheit«, dann einfach »Prinz«, dann ganz einfach »Klaus Heinrich«. Und dabei blieb es.

Sie hielten die Tete, der Doktor auf seinem breiten Schecken links von Klaus Heinrich auf seinem gutgesinnten Fuchs, wenn die »Fasanen« spazieren ritten, – trabten im Schnee oder Blätterfall, durch Frühjahrsschmelze oder Sommersbrüten den Waldsaum entlang, über Land, durch die Dörfer, und Doktor Überbein erzählte von seinem Leben. Raoul Überbein, wie das klang, nicht wahr? Geschmackvoll war wesentlich anders! Ja, Überbein war der Name seiner Adoptiveltern gewesen, armer, alternder Leutchen aus der unteren Bankbeamtensphäre, und er führte ihn nach Recht und Spruch. Aber daß er Raoul genannt werde, darin hatte die einzige Bestimmung und Vorschrift seiner Frau Mutter bestanden, als sie die Abfindungssumme nebst seiner fatalen kleinen Person den Leutchen eingehändigt hatte, – eine sentimentale Bestimmung offenbar, eine Bestimmung der Pietät. Sehr möglich wenigstens, daß sein rechter und eigentlicher Vater Raoul geheißen hatte, und hoffentlich hatte sein

Nachname in schönem Einklang damit gestanden. Übrigens war es eine ziemlich leichtsinnige Handlungsweise seiner Pflegeeltern gewesen, ein Kind anzunehmen, denn »ein gewisser« Schmalhans war Küchenmeister gewesen bei Überbeins, und wahrscheinlich hatten sie nur aus einer dringenden Notlage nach der Abfindungssumme gegriffen. Nur die dürftigste Schulbildung war dem Knaben zuteil geworden, aber er hatte sich die Freiheit genommen, zu zeigen, wer er war, hatte sich ein bißchen hervorgetan, und da er gern Lehrer werden wollte, so waren ihm aus einem öffentlichen Fonds die Mittel zur Seminarausbildung bewilligt worden. Nun, er hatte das Seminar absolviert, nicht ohne Auszeichnung übrigens, denn es war ihm drauf angekommen, und dann hatte man ihn als Volksschullehrer angestellt, mit einem kolossalen Gehalt, wovon er noch hie und da aus Erkenntlichkeit seine ehrlichen Pflegeeltern unterstützt hatte, bis sie beinahe gleichzeitig gestorben waren. Wohl ihnen! Da hatte er gestanden, allein in der Welt, ein Malheur von Geburt und arm wie ein Spatz und von Gott begabt mit einer grünlichen Fratze nebst Hundsohren, um sich einzuschmeicheln. Freundliche Bedingungen, nicht wahr? Aber solche Bedingungen, das waren die guten Bedingungen, – ein für allemal, so verhielt es sich. Eine elende Jugend, Einsamkeit und Ausgeschlossenheit vom Glücke, von der Bummelei des Glücks, ein ausschließliches und strenges Auf die Leistung gestellt sein, – man setzte kein Fett an dabei, man ward innerlich sehnig, man kannte kein Behagen und überflügelte diesen und jenen. Welche Begünstigung der Fähigkeiten, wenn man kalt und klar auf sie angewiesen war! Welch Vorteil vor denen, die »es nicht nötig«, in dem Grade »nicht nötig hatten«! Vor den Leuten, die sich des Morgens eine Zigarre anzündeten... Zu jener Zeit, am Krankenbett eines seiner ungewaschenen kleinen Schüler, in einer Stube, wo es nicht gerade nach Frühlingsblüten roch, hatte Raoul Überbein die Bekanntschaft eines jungen Mannes gemacht, – etliche Jahre älter, als er, aber in ähnlicher Lage und ebenfalls ein Malheur von Geburt, insofern er ein Jude war. Klaus Heinrich kannte ihn, – doch, man konnte sagen, daß er ihn bei intimer Gelegenheit kennen gelernt hatte. Sammet war sein Name, Medicinae Doctor; er war durch Zufall auf der Grimmburg zugegen gewesen, als Klaus Heinrich geboren wurde, und hatte sich ein paar Jahre danach in der Hauptstadt als Kinderarzt aufgetan. Nun, das war Überbeins Freund, war es heute noch, und damals hatten sie manches gute Gespräch über Schicksal und Strammheit miteinander gehabt. Verdammt noch mal, sie hatten sich den Wind um die Nase wehen lassen, einer wie der andere. Überbein angehend, so dachte er mit ernster Freude an die Zeit zurück, da er Volksschullehrer gewesen war. Seine Tätigkeit hatte sich nicht ganz und gar auf das Klassenzimmer beschränkt, er hatte sich den Spaß gemacht, sich auch persönlich und menschlich ein bißchen um seine kleinen Strolche zu kümmern, ihnen in ihr Heim, ihr zuweilen nicht sehr idyllisches Familienleben nachzugehen, und dabei verfehlte man nicht, allerlei Einblicke zu tun. Wahrhaftig, wenn er vordem des Lebens schmallippiges Antlitz noch nicht gekannt hatte, so hatte er damals Gelegenheit gehabt, hineinzusehen. Übrigens hatte er nicht aufgehört, für sich selbst zu arbeiten, hatte fetten Bürgerkindern Privatstunden erteilt und sich den Leibgurt enger gezogen, um sich Bücher kaufen zu können, – hatte die langen, stillen und freien Nächte benutzt, um zu studieren. Und eines Tages hatte er mit außerordentlicher Genehmigung die Staatsprüfung abgelegt, hatte nebenbei promoviert und war zur Lateinschule übergegangen. Eigentlich hatte es ihm leid getan, seine kleinen Strolche zu verlassen; aber so war sein Weg gewesen. Und dann hatte es sich gefügt, daß man ihn zum Hilfslehrer auf Schloß »Fasanerie« erkoren hatte, wiewohl er doch ein Malheur von Geburt war...

So erzählte Doktor Überbein, und Klaus Heinrich wurde von Freundschaft erfüllt, während er ihm zuhörte. Er teilte seine Geringschätzung derer, die »es nicht nötig hatten« und sich des Morgens eine Zigarre anzündeten, Furcht und Freude bewegten ihn bei dem, was Überbein in seiner lustig bramarbasierenden Art über den »Wind«, die »Einblicke« und über des Lebens schmallippiges Antlitz verlauten ließ, und mit einer persönlichen Teilnahme verfolgte er seine glücklose und tapfere Laufbahn von der Abfindungssumme bis zur Anstellung als Gymnasiallehrer. Ihm war, als sei er auf irgendeine allgemeine Weise befähigt, sich an einem Gespräch über Schicksal und Strammheit zu beteiligen. Er fühlte eine Weichheit, das Erlebnis seiner eigenen fünfzehn Jahre geriet in Bewegung, ein Drang nach eigener Mitteilung und Hingabe kam ihn an, und er versuchte, auch seinerseits von sich zu erzählen. Aber das Merkwürdige war, daß Doktor Überbein dem Einhalt tat, sich solcher Absicht aufs entschiedenste widersetzte. »Nein, nein, Klaus Heinrich«, sagte er, »halt und Punktum. Nur keine Unmittelbarkeiten, wenn ich bitten darf! Nicht als ob ich nicht wüßte, daß Sie mir allerlei zu erzählen hätten... Ich habe es gewußt, als ich Ihnen einen halben Tag lang zugeschaut hatte. Aber Sie mißverstehen mich völlig, wenn Sie glauben, daß ich Sie dazu verleiten möchte, an meinem Halse zu weinen. Erstens würden Sie es über kurz oder lang bereuen. Aber zweitens kommen Ihnen die Freuden des traulichen Geständnisses überhaupt nicht zu... Sehen Sie, ich darf schwatzen. Was bin ich? Ein Hilfslehrer. Kein ganz alltäglicher, meinetwegen, aber doch nichts darüber hinaus. Ein sehr bestimmbares Einzelwesen. Aber Sie? Was sind Sie? Das ist schwieriger... Sagen wir: ein Inbegriff, eine Art Ideal. Ein Gefäß. Eine sinnbildliche Existenz, Klaus Heinrich, und damit eine formale Existenz. Aber Form und Unmittelbarkeit, – wissen Sie noch nicht, daß sich das ausschließt? Es schließt sich aus. Sie haben kein Recht auf unmittelbare Vertraulichkeit, und wenn Sie's versuchten damit, so würden Sie selber erfahren, daß sie Ihnen nicht taugt, würden sie als unzulänglich und abgeschmackt erfinden. Ich muß Sie zur Haltung ermahnen, Klaus Heinrich...«

Klaus Heinrich salutierte lächelnd mit der Reitpeitsche. Und lächelnd ritten sie weiter.

Ein ander Mal sagte Doktor Überbein beiläufig: »Die Popularität ist keine sehr gründliche, aber eine großartige und umfassende Art der Vertraulichkeit.« Mehr sagte er nicht hierüber.

Zuweilen im Sommer, in der großen Unterrichtspause am

Vormittag, saßen sie miteinander in dem leeren Wirtsgarten, – promenierten in irgendwelchem Gespräch über das Wiesenland, auf dem die »Fasanen« sich tummelten, und improvisierten einen Aufenthalt mit Limonade in Herrn Stavenüters Anwesen. Herr Stavenüter wischte freudig den rohen Tisch und brachte persönlich die Limonade. Man mußte den Glaskugel-Pfropfen durch den Flaschenhals stoßen. »Reine Ware!« sagte Herr Stavenüter. »Das Bekömmlichste von Allem. Kein Gesudel, Großherzogliche Hoheit und Sie, Herr Doktor, sondern gezuckerte Natursäfte und mit dem besten Gewissen zu empfehlen!« Dann hieß er seine Kinder singen, dem Besuch zu Ehren. Sie waren zu dritt, zwei Mädchen und ein Knabe, und konnten dreistimmig singen. Sie standen in einiger Entfernung unter dem grünen Blätterdach der Kastanienbäume und sangen Volkslieder, indem sie sich mit den Fingern schneuzten. Einmal sangen sie ein Lied mit dem Anfang: »Menschen, Menschen sind wir alle«, und Doktor Überbein gab durch Zwischenbemerkungen sein Mißfallen an dieser Nummer des Programms zu erkennen. »Ein faules Lied«, sagte er und beugte sich seitwärts zu Klaus Heinrich. »So recht ein ordinäres Lied. Ein bequemes Lied, Klaus Heinrich, es muß Ihnen nicht sehr zusagen.« Später, als die Kinder nicht mehr sangen, kam er nochmals auf dieses Lied zurück und bezeichnete es geradezu als »schlampig«. »Wir sind alle, alle Menschen«, wiederholte er, – »Gott erbarme sich, ja, zweifelsohne. Aber vielleicht darf man demgegenüber daran erinnern, daß die Bemerkenswerteren unter uns immerhin die sein mögen, die Veranlassung geben, diese Wahrheit besonders zu betonen... Sehen Sie«, sagte er, indem er sich zurücklehnte, ein Bein über das andere schlug und seinen roten Bart von unten, von der Kehle aus streichelte, »sehen Sie, Klaus Heinrich, ein Mann von etwelchem geistigen Bedürfnis wird sich nicht enthalten können, in dieser platten Welt das Außerordentliche zu suchen und es zu lieben, wo und wie es irgend erscheint, – er muß sich ärgern an solchem schlampigen Lied, an solcher schafsgemütlichen Wegleugnung des Sonderfalles, des hohen und des elenden und desjenigen, der beides zugleich ist... Rede ich fürs Haus?

Unsinn! Ich bin nur ein Hilfslehrer. Aber Gott mag wissen, was mir im Blute spukt, – ich finde keine Genugtuung darin, zu betonen, daß wir im Grunde alle nur Hilfslehrer sind. Ich liebe das Ungewöhnliche in jeder Gestalt und in jedem Sinne, ich liebe die mit der Würde der Ausnahme im Herzen, die Gezeichneten, die als Fremdlinge Kenntlichen, all die, bei deren Anblick das Volk dumme Gesichter macht, – ich wünsche ihnen die Liebe zu ihrem Schicksal und ich wünsche nicht, daß sie sich's mit der liederlichen und lauwarmen Wahrheit bequem machen, die wir da eben dreistimmig zu hören bekommen haben... Warum bin ich Ihr Lehrer geworden, Klaus Heinrich? Ich bin ein Zigeuner, ein strebsamer meinetwegen, aber doch ein geborener Zigeuner. Meine Vorbestimmtheit zum Fürstenknecht ist nicht sonderlich einleuchtend. Warum bin ich mit aufrichtigem Vergnügen dem Rufe gefolgt, als er an mich erging, in Ansehung meiner Strebsamkeit und obwohl ich doch ein Malheur von Geburt bin? Weil ich in Ihrer Daseinsform, Klaus Heinrich, die sichtbarste, ausdrücklichste, bestgehütete Form des Außerordentlichen auf Erden sehe. Ich bin Ihr Lehrer geworden, weil ich Ihr Schicksal in Ihnen lebendig erhalten möchte. Abgeschlossenheit, Etikette, Verpflichtung, Strammheit, Haltung, Form, – wer darin lebt, sollte kein Recht auf Verachtung haben? Er sollte sich auf Menschlichkeit und Gemütlichkeit verweisen lassen? Nein, kommen Sie, wir wollen gehen, Klaus Heinrich, wenn es Ihnen angenehm ist. Es sind taktlose Bälge, diese kleinen Stavenüters.« – Klaus Heinrich lachte; er schenkte den Kindern ein wenig von seinem Taschengeld, und sie gingen.

»Ja, ja«, sagte Doktor Überbein auf einem gemeinschaftlichen Waldspaziergang zu Klaus Heinrich – es hatte sich einiger Abstand zwischen ihnen und den fünf »Fasanen« hergestellt – »heutzutage muß das Verehrungsbedürfnis des Geistes sich bescheiden. Wo ist Größe? Ja Prosit! Aber von aller eigentlichen Größe und Sendung abgesehen, so gibt es immer noch das, was ich Hoheit nenne, erlesene und schwermütig isolierte Lebensformen, denen man sich gefälligst mit der zartesten Teilnahme zu nahen hat. Übrigens ist die Größe stark, sie trägt Kanonenstiefel, sie hat die Ritterdienste des Geistes nicht nötig. Aber die Hoheit ist rührend, – sie ist, hol' mich der Teufel, das Rührendste, was es auf Erden gibt.«

Einigemal im Jahr fuhr die »Fasanerie« in die Residenz, um den Aufführungen klassischer Opern und Dramen im Großherzoglichen Hoftheater beizuwohnen; besonders Klaus Heinrichs Geburtstag wurde mit solchem Theaterbesuch begangen. Er saß dann in ruhiger Haltung auf seinem geschweiften Armstuhl an der Plüschbrüstung einer rot ausgeschlagenen Proszeniums-Hofloge, deren Dach auf den Köpfen zweier weiblicher Skulpturen mit gekreuzten Händen und leeren, strengen Gesichtern ruhte, und sah seinen Kollegen, den Prinzen zu, deren Schicksal sich auf der Bühne erfüllte, während er zugleich den Operngläsern standhielt, die sich von Zeit zu Zeit, auch während des Spiels, aus dem Publikum auf ihn richteten. Professor Kürtchen saß zu seiner Linken und Doktor Überbein mit den »Fasanen« in einer Nebenloge. Einst hörte man so die »Zauberflöte«, und auf dem Heimweg nach Station »Fasanerie«, in dem Abteil erster Klasse, brachte Doktor Überbein das ganze Konvikt zum Lachen, indem er nachahmte, wie Sänger sprechen, wenn ihre Rolle sie nötigt, in den Prosa-Dialog überzugehen. »Er ist ein Prinz!« sagte er salbungsvoll und entgegnete sich selbst in einem ziehenden und singenden Pastorenton: »Er ist mehr als das; er ist ein Mensch!« Selbst Professor Kürtchen amüsierte sich so sehr, daß er meckerte. Aber am nächsten Tage, gelegentlich einer Privat-Repetition in Klaus Heinrichs Bücherzimmer mit dem runden Mahagoni-Tisch, der geweißten Decke und dem griechischen Torso auf dem Kachelofen, wiederholte Doktor Überbein seine Parodie und sagte dann: »Großer Gott, das war einmal neu zu seiner Zeit, war eine Botschaft, eine verblüffende Wahrheit!... Es gibt Paradoxe, die so lange auf dem Kopfe gestanden haben, daß man sie auf die Füße stellen muß, um wieder etwas leidlich Verwegenes daraus zu machen. ›Er ist ein Mensch... Er ist mehr als das‹, – das ist nachgerade kühner, es ist schöner, es ist sogar wahrer... Das Umgekehrte ist bloße Humanität; aber ich bin von Herzen nicht sehr für Humanität, ich rede mit dem größten Vergnügen wegwerfend davon. Man muß in irgendeinem Sinne zu denen gehören, von welchen das Volk spricht: ›Es sind schließlich auch Menschen‹ – oder man ist langweilig wie ein Hilfslehrer. Ich kann den allgemeinen, gemütlichen Ausgleich von Konflikten und Distanzen nicht aufrichtig wünschen, Gott helfe mir, so bin ich veranlagt, und die Figur des principe uomo ist mir, deutlich gesagt, ein Greuel. Ich hoffe nicht, daß sie Ihnen sonderlich zusagt, Klaus Heinrich?... Sehen Sie, es hat zu allen Zeiten Fürsten und Außerordentliche gegeben, die ihr Dasein der Ausnahme mit Leichtigkeit führten, einfältig unbewußt ihrer Würde oder sie derb verleugnend und fähig, mit den Bürgern in Hemdärmeln Kegel zu schieben, ohne eine qualvolle Verzerrung ihres Innersten zu erfahren. Aber sie sind wenig beträchtlich, wie zuletzt alles unbeträchtlich ist, was des Geistes ermangelt. Denn der Geist, Klaus Heinrich, der Geist ist der Hofmeister, der unerbittlich auf Würde dringt, ja die Würde erst eigentlich schafft, er ist der Erzfeind und vornehme Gegner aller humanen Gemütlichkeit. ›Mehr, als das?‹ Nein! Repräsentieren, für viele stehen, indem man sich darstellt, der erhöhte und zuchtvolle Ausdruck einer Menge sein, – Repräsentieren ist selbstverständlich mehr und höher, als einfach Sein, Klaus Heinrich, – darum nennt man Sie Hoheit...«

So räsonierte Doktor Überbein, laut, herzlich und wortgewandt, und was er sagte, beeinflußte Klaus Heinrichs Denkart und Selbstempfindung vielleicht mehr, als gut war. Der Prinz war damals fünfzehn, sechzehn Jahre alt und also recht wohl fähig, solcherlei Ideen – wenn auch nicht wirklich aufzufassen, doch nach ihrem Wesensgehalt gleichsam aufzusaugen. Das Entscheidende war, daß Doktor Überbeins Lehren und Expektorationen durch seine Persönlichkeit so ungemein unterstützt wurden. Wenn Schulrat Dröge, der sich gegen die Lakaien verneigte, Klaus Heinrich an seinen »hohen Beruf« gemahnt hatte, so war das nicht mehr, als eine übernommene Redensart gewesen, mit dem Zweck, seinen sachlichen Forderungen Nachdruck zu verleihen und eigentlich ohne inneren Sinn. Aber wenn Doktor Überbein, der ein Malheur von Geburt war, wie er sagte, und ein grünliches Gesicht hatte, weil er ehemals Hunger gelitten, wenn dieser Mann, der ein Kind aus einem Moor oder Sumpf gezogen, Einblicke getan und sich in jeder Weise den Wind hatte um die Nase wehen lassen, wenn er, der sich nicht nur nicht vor den Lakaien verbeugte, sondern sie gelegentlich sogar mit schallender Stimme anschrie, und der Klaus Heinrich selbst am dritten Tage, ohne um Erlaubnis zu fragen, ganz unumwunden bei Vornamen genannt hatte, – wenn er mit einem väterlichen Lächeln erklärte, daß Klaus Heinrich »auf der Menschheit Höhen wandle« (diese Wendung gebrauchte er gern), so war das etwas Freies und neu Empfundenes, was sozusagen Widerklang in der Tiefe hatte. Lauschte Klaus Heinrich den lauten und aufgeräumten Erzählungen des Doktors von seinem Leben, von »des Lebens schmallippigem Antlitz«, so war ihm zumute wie ehemals, wenn er mit Ditlind, seiner Schwester, gestöbert hatte; und daß Der, welcher so zu erzählen wußte, daß dieser »umgetriebene Mann«, wie er sich selber nannte, sich nicht fremd und fromm gegen ihn verhielt, wie die anderen, sondern ihn, unbeschadet einer freien und freudigen Huldigung, als Kameraden im Schicksal und in der Strammheit behandelte, das erwärmte Klaus Heinrichs Herz zu unaussprechlicher Dankbarkeit und machte den Zauber aus, der ihn dem Hilfslehrer auf immer verband...

Kurz nach seinem sechzehnten Geburtstag (Albrecht, der Erbgroßherzog, befand sich schon damals seiner Gesundheit wegen im Süden), ward der Prinz gemeinsam mit den fünf »Fasanen« in der Hofkirche eingesegnet, – der »Eilbote« brachte den Bericht, ohne eine Sensation daraus zu machen. Oberkirchenratspräsident D. Wislizenus kontrapunktierte mit einem Bibelmotiv, das wiederum der Großherzog ausgewählt hatte, und Klaus Heinrich ward bei dieser Gelegenheit zum Leutnant ernannt, obgleich er von militärischen Angelegenheiten auch nicht das Geringste verstand... Alle Sachlichkeit entwich mehr und mehr aus seinem Dasein. Und so war denn auch der zeremonielle Vorgang der Einsegnung ohne einschneidende Bedeutung, und der Prinz kehrte gleich danach ruhig nach Schloß »Fasanerie« zurück, um sein Leben im Kreise der Lehrer und Mitzöglinge ohne Veränderung fortzuführen.

Erst ein Jahr später verließ er sein altmodisch schlichtes Schülerzimmer mit dem Torso auf dem Kachelofen, – das Konvikt löste sich auf, und während die fünf adeligen Genossen ins Kadettenkorps übertraten, nahm Klaus Heinrich wieder im Alten Schlosse Wohnung, um, einer Vereinbarung gemäß, die Herr von Knobelsdorff mit dem Großherzog getroffen hatte, ein Jahr lang die oberste Gymnasialklasse in der Residenz zu besuchen. Das war eine wohlerwogene und populäre Maßregel, die aber in sachlicher Hinsicht nicht vieles änderte. Professor Kürtchen war auf seinen Posten an der öffentlichen Lehranstalt zurückgekehrt, er unterrichtete Klaus Heinrich nach wie vor in mehreren Fächern und war in der Klasse noch eifriger als im Internat darauf bedacht, seinen Takt zu bekunden. Auch erwies sich, daß er von jener Übereinkunft, welche die beiden Arten des Prinzen, sich zur Antwort zu melden, betraf, die übrigen Lehrer in Kenntnis gesetzt hatte. Doktor Überbein angehend, der gleichfalls an das Gymnasium zurückgekehrt war, so war er in seiner ungewöhnlichen Laufbahn noch nicht so weit vorgerückt, um in der obersten Klasse zu unterrichten. Aber auf Klaus Heinrichs lebhaften, ja inständigen Wunsch, den er dem Großherzog ohne direkte Anrede und sozusagen auf dem Dienstwege, durch den wohlwollenden Herrn von Knobelsdorff, unterbreitet hatte, war der Hilfslehrer zum Repetenten und Leiter der häuslichen Studien bestellt worden, kam täglich aufs Schloß, schrie die Lakaien an und hatte auch jetzt Gelegenheit, mit seinen burschikosen und schwärmerischen Reden auf den Prinzen zu wirken.

Vielleicht war es zu einem Teil diesem fortdauernden Einfluß zuzuschreiben, wenn Klaus Heinrichs Beziehungen zu den jungen Leuten, mit denen er die zerschnitzte Schulbank teilte, noch lockerer und entfernter blieben, als sein Verhältnis zu den Fünfen auf Schloß »Fasanerie«, und wenn so der populäre Zweck dieses Jahres verfehlt wurde. Die Pausen, die zur Sommers- und Winterszeit von allen Schülern auf dem geräumigen, mit Fliesen ausgelegten Vorhofe verbracht wurden, boten Gelegenheit zur

Pflege der Kameradschaft. Allein diese Pausen, der großen Menge zur Erholung bestimmt, brachten für Klaus Heinrich erst die eigentliche, seinem Leben eigentümliche Anstrengung mit sich. Er war selbstverständlich, wenigstens im ersten Viertel des Jahres, auf dem Schulhofe der Gegenstand allgemeinen Schauens, – nichts Leichtes für ihn, in Ansehung der Tatsache, daß hier die Umgebung ihm jede äußere Erhöhung und Stütze versagte und er sich auf demselben Pflaster mit denen zu bewegen hatte, die einig gegen ihn waren, um zu schauen. Die kleinen Jungen, voll kindlicher Verantwortungslosigkeit, verharrten ganz nahe in selbstvergessenen Stellungen und gafften, indes die größeren mit erweiterten Augen um ihn schweiften und von der Seite oder von unten blickten... Das ließ im Laufe der Zeit wohl ein wenig nach, aber auch dann – mochte nun wer immer schuld daran sein, Klaus Heinrich oder die Menge – auch später wollte die Kameradschaft so rechte Fortschritte nicht machen. Man sah den Prinzen zur Rechten des Direktors oder des Lehrers, welcher die Aufsicht führte, gefolgt und umstrichen von Neugierigen, auf dem Hofe hin und her spazieren. Man sah ihn auch wohl, am Standort seiner Klasse, mit seinen Mitschülern plaudern. Ein liebenswürdiger Anblick! Er lehnte dort, halb sitzend, an dem schrägen Vorsprung der glasierten Ziegelmauer, die Füße gekreuzt, die linke Hand weit hinten in die Hüfte gestemmt, die fünfzehn Insassen der Oberprima in losem Halbkreise vor sich. Es waren nur fünfzehn dieses Jahr, denn die letzten Versetzungen waren unter dem Gesichtspunkte vorgenommen worden, daß keine Elemente in die Selekta vorrückten, die ihrer Herkunft oder Persönlichkeit nach ungeeignet waren, mit Klaus Heinrich ein Jahr lang auf Du und Du zu stehen. Denn das Du war Vorschrift. Klaus Heinrich sprach mit einem von ihnen, der ein wenig aus dem Halbkreise hervor, ihm nahe getreten war und ihm unter kurzen kleinen Verbeugungen antwortete. Beide lächelten; man lächelte stets, wenn man mit Klaus Heinrich sprach. Er fragte zum Beispiel: »Hast du den deutschen Aufsatz für nächsten Dienstag schon fertig?«

»Nein, Prinz Klaus Heinrich, noch nicht ganz, ich habe den Schluß noch nicht.«

»Es ist ein schwieriges Thema. Ich weiß noch gar nicht, was ich schreiben soll.«

»O, Sie werden... du wirst schon wissen!«

»Nein, es ist schwer. – Du hast ja eine Eins in der arithmetischen Klassenarbeit?«

»Ja, Prinz Klaus Heinrich, ich habe Glück gehabt.«

»Nein, das ist Verdienst. Ich werde nie etwas davon verstehen!«

Bewegung der Heiterkeit und des Beifalls im Halbkreise. Klaus Heinrich wandte sich an einen anderen Mitschüler, und der erste trat schnell zurück. Jedem war fühlbar, daß es sich bei alldem nicht um den Aufsatz noch um die arithmetische Arbeit handelte, sondern um das Gespräch als Vorgang und Handlung, um Haltung und Ton, das Vor- und Zurücktreten, die glückliche Abwicklung einer zarten, kühlen und über die Dinge erhabenen Angelegenheit. Vielleicht rührte von diesem Bewußtsein das Lächeln auf den Gesichtern her.

Zuweilen, wenn er den losen Halbkreis vor sich hatte, sagte Klaus Heinrich etwas wie: »Professor Nicolovius sieht fast wie ein Uhu aus.«

Dann war der Jubel groß unter den Kameraden. Sie spannten ab auf dies Zeichen, sie schlugen über die Stränge, sie machten »Ho, ho, ho!« im Chor ihrer soeben männlich gewordenen Stimmen, und einer erklärte bei solcher Gelegenheit, Klaus Heinrich sei ein »famoses Haus«. Aber Klaus Heinrich sagte nicht oft solche Dinge, sagte sie nur dann, wenn er das Lächeln auf den Gesichtern erlahmen und schal werden, einen Überdruß, ja, eine Ungeduld sich der Mienen bemächtigen sah, sagte sie zur Erfrischung und blickte halb neugierig, halb erschrocken in den kurzen Übermut, den er damit entfesselte.

Anselm Schickedanz war es *nicht* gewesen, der ihn ein »famoses Haus« genannt hatte, und doch hatte Klaus Heinrich gerade seinetwegen den Vergleich zwischen Professor Nicolovius und einem Uhu gezogen. Anselm Schickedanz hatte zwar ebenfalls gelacht über diesen freien Scherz, aber nicht eigentlich in beifälligem Sinne, sondern mit einer Betonung, welche ausdrückte: »Du lieber Gott!« Er war ein Brauner mit schmalen Hüften, der auf der ganzen Schule im Ruf eines verfluchten Kerles stand. Der Ton war vorzüglich dieses Jahr in der obersten Gymnasialklasse. Die Verpflichtung, die für alle darin lag, den Klassendienst zusammen mit Klaus Heinrich zu tun, war den jungen Leuten von verschiedenen Seiten hinlänglich zum Bewußtsein gebracht worden, und Klaus Heinrich war nicht derjenige, der sie veranlaßt hätte, diese Verpflichtung außer acht zu lassen. Aber daß Anselm Schickedanz ein verfluchter Kerl sei, das war ihm dennoch wiederholt zu Ohren gekommen, und wenn Klaus Heinrich ihn ansah, so war er mit einer Art Freudigkeit bereit, es aufs Hörensagen zu glauben, obgleich es ihm dunkel und verschlossen war, wie jener zu seinem Ruhm gelangt sein mochte. Unter der Hand erkundigte er sich mehrmals, klopfte an wie von ungefähr und suchte bei einem oder dem anderen etwas über Schickedanzens Verfluchtheit in Erfahrung zu bringen. Er erfuhr nichts Bestimmtes. Aber die Antworten, gehässige und lobpreisende, erfüllten ihn mit der Ahnung einer tollen Liebenswürdigkeit, einer unerlaubt herrlichen Menschlichkeit, die hier für alle Augen vorhanden sei, außer für seine, – und diese Ahnung war wie ein Schmerz. Jemand sagte in Hinsicht auf Anselm Schickedanz geradezu und verfiel unversehens in die verbotene Anrede: »Ja, Hoheit, den sollten Sie sehen, wenn Sie nicht dabei sind!«

Nie würde Klaus Heinrich ihn sehen, wenn er nicht dabei war, nie ihm nahe kommen, niemals ihn kennen lernen. Er betrachtete ihn verstohlen, wenn jener mit den anderen im Halbkreise vor ihm stand, lächelnd und zusammengenommen wie Alle. Man nahm sich zusammen Klaus Heinrich gegenüber, sein eigenes Wesen war schuld daran, er wußte es wohl, und nie würde er sehen, wie Schickedanz war, sich benahm, wenn er sich behaglich gehen ließ. Das war wie Eifersucht, war wie ein leise brennendes Bedauern...

In diese Zeit fiel ein peinliches, ja anstößiges Vorkommnis, wovon dem großherzoglichen Paare nichts bekannt wurde, weil Doktor Überbein reinen Mund darüber hielt, und worüber auch sonst in der Residenz fast nichts verlautbarte, weil alle, die daran Teil und Schuld gehabt, offenbar aus einer Art Schamgefühl, später Stillschweigen darüber beobachteten. Gemeint sind die Ungehörigkeiten, die sich gelegentlich der Anwesenheit des Prinzen Klaus Heinrich bei dem diesjährigen Bürgerball ereigneten, und an denen hauptsächlich ein Fräulein Unschlitt, Tochter des vermögenden Seifensieders, beteiligt war.

Der Bürgerball war eine stehende Veranstaltung im gesellschaftlichen Leben der Hauptstadt, eine offizielle und dabei zwanglose Festlichkeit, die, von der Stadt gegeben, jeden Winter im Gasthof »Zum Bürgergarten«, einem großen, noch kürzlich erweiterten und erneuerten Etablissement in der südlichen Vorstadt, abgehalten wurde und den bürgerlichen Kreisen Gelegenheit bot, mit dem Hofe gesellige Fühlung zu gewinnen. Man wußte, daß Johann Albrecht III. dieser zivilen und wenig starren Veranstaltung, zu der er im schwarzen Leibrock erschien, um die Polonaise mit der Frau Bürgermeisterin zu eröffnen, niemals Geschmack abgewonnen hatte, und daß er sich möglichst früh davon zurückzuziehen pflegte. Desto angenehmer berührte es, daß sein zweiter Sohn, obwohl noch nicht verpflichtet dazu, schon dieses Jahr auf dem Balle erschien – und zwar, wie man erfuhr, auf sein eigenes dringliches Verlangen. Der Prinz hatte, so hörte man, Exzellenz von Knobelsdorff zum Übermittler seines sehnsüchtigen Wunsches an die Großherzogin gemacht, und diese wieder hatte ihm bei ihrem Gemahl die Erlaubnis erwirkt...

Das Fest nahm äußerlich durchaus den hergebrachten Verlauf. Die höchsten Herrschaften, Prinzessin Katharina in gefärbtem Seidenkleid und Kapothütchen, begleitet von ihren rotköpfigen Kindern, Prinz Lambert nebst seiner hübschen Gemahlin, zuletzt Johann Albrecht und Dorothea mit dem Prinzen Klaus Heinrich fuhren am »Bürgergarten« vor, im Vestibüle begrüßt von Stadtverordneten, an deren Fräcken langbebänderte Rosetten hafteten. Mehrere Minister, Adjutanten in Zivil, zahlreiche

Herren und Damen des Hofes, die Spitzen der Gesellschaft, auch Gutsbesitzer aus der Umgegend waren zugegen. Im großen, weißen Hauptsaal nahm das großherzogliche Paar zunächst eine Reihe von Vorstellungen entgegen und eröffnete dann zu den Klängen der Musik, die droben auf der geschweiften Empore einsetzte, Johann Albrecht mit der Bürgermeisterin, Dorothea mit dem Bürgermeister, im Umzuge den Ball. Hierauf, während die Polonaise sich in Rundtanz auflöste, das Vergnügen um sich griff, die Wangen sich erhitzten, erregte Beziehungen, süße, schmachtende, schmerzliche, überall in dem warmen Menschendunst des Festes sich herstellten, standen die höchsten Herrschaften, wie höchste Herrschaften bei solchen Gelegenheiten zu stehen pflegen: ausgeschlossen und gnädig lächelnd an der oberen Schmalseite des Saales unterhalb der Empore. Von Zeit zu Zeit zog Johann Albrecht einen Herrn von Ansehen, Dorothea eine Dame ins Gespräch. Die Angeredeten traten rasch und gesammelt herzu und zurück, sie hielten Abstand in halber Verbeugung und mit schiefem Kopfe, nickten, schüttelten, lachten in dieser Haltung zu den Fragen und Bemerkungen, die an sie ergingen, – antworteten eifervoll, ganz an den Augenblick hingegeben, mit jähen und zuvorkommenden Übergängen von inniger Heiterkeit zu tiefstem Ernst, mit einer Leidenschaftlichkeit des Wesens, die zweifellos ihrem Alltag fremd war, und offenbar in einem gesteigerten Zustande. Neugierige, noch hochatmend vom Tanze, standen im Halbkreise umher und schauten diesen sachlich wesenlosen Unterredungen mit einem sonderbar angestrengten Gesichtsausdruck zu, der dadurch zustande kam, daß sie mit emporgezogenen Brauen lächelten.

Viel Aufmerksamkeit war auf Klaus Heinrich gerichtet. Er hielt sich, zusammen mit zwei rotköpfigen Vettern, die schon dem Heere angehörten, heut' aber ebenfalls das Bürgerkleid trugen, ein wenig im Rücken seiner Eltern, auf einem Beine ruhend, die linke Hand weit hinten in die Hüfte gestützt, dem Publikum sein rechtes Halbprofil zugewandt. Ein Reporter des »Eilboten«, der zum Feste abgeordnet war, machte sich in einem Winkel Notizen über ihn. Man sah, wie der Prinz mit der weiß behandschuhten Rechten seinen Lehrer grüßte, den Doktor Überbein, der mit seinem roten Bart und seinem grünlichen Gesicht das Spalier der Zuschauer entlang kam, und wie er ihm sogar ein großes Stück in den Saal hinaus entgegenging. Der Doktor, große Emailleknöpfe im Vorhemd, verbeugte sich zunächst, als Klaus Heinrich ihm die Hand reichte, begann aber dann sofort, in seiner freien und väterlichen Art auf ihn einzureden. Der Prinz schien abzuwehren, mit einem unruhigen Lachen übrigens. Aber dann verstand eine ganze Anzahl Personen, daß Doktor Überbein ausrief: »Nein, Unsinn, Klaus Heinrich, – wozu haben Sie es gelernt?! Wozu hat Madame aus der Schweiz es Ihnen im zartesten Alter beigebracht?! Ich begreife nicht, warum Sie zu Balle gehen, wenn Sie nicht tanzen wollen?! Eins, zwei, drei, nun wird Bekanntschaft gemacht!« Und unter fortwährenden Witzreden stellte er dem Prinzen vier, fünf junge Mädchen vor, die er ohne weiteres aufgriff und an der Hand herbeiführte. Sie tauchten und stiegen wieder empor, eine nach der andern, in der schleifenden Wellenbewegung des Hofknickses, setzten die Zähne auf die Unterlippe und gaben sich Mühe. Klaus Heinrich stand mit zusammengezogenen Absätzen. Er sagte: »Ich freue mich... Ich freue mich sehr...«

Zu einer sagte er sogar: »Es ist ein lustiger Ball, nicht wahr, gnädiges Fräulein?«

»Ja, Großherzogliche Hoheit, wir haben viel Spaß –«, antwortete sie mit hoher, zwitschernder Stimme. Sie war ein hochgewachsenes, wenn auch etwas knochiges Bürgermädchen, in weißen Mull gekleidet, mit einer blonden, gewellten, unterpolsterten Scheitelfrisur über dem schönen Gesicht, einer goldenen Kette um den entblößten Hals, an dem die Schlüsselbeine stark hervortraten, und großen, weißen Händen in Halbhandschuhen. Sie fügte hinzu: »Jetzt kommt die Quadrille. Wollen Großherzogliche Hoheit nicht mittanzen?«

»Ich weiß nicht...« sagte er. »Ich weiß wirklich nicht...«

Er sah sich um. Wirklich kam geometrische Ordnung in das Getriebe des Saales. Linien zogen sich, Karrees bildeten sich, man trat an, man rief nach einem Gegenüber. Noch schwieg die Musik.

Klaus Heinrich erkundigte sich bei seinen Vettern. Ja, sie nahmen teil am Lancier, sie hielten ihre glücklichen Partnerinnen schon an den Händen.

Man sah, wie Klaus Heinrich von hinten an den roten Damastsessel seiner Mutter herantrat und lebhafte, gedämpfte Worte an sie richtete, – sah, wie sie mit herrlicher Nackenwendung die Frage an ihren Gatten weitergab und wie der Großherzog nickte. Und dann erregte es einiges Lächeln, mit welchem jugendlichen Ungestüm der Prinz davonstürzte, um den Beginn des Reigens nicht zu versäumen.

Der Referent des »Eilboten«, das Notizbuch in der einen und das Crayon in der anderen Hand, spähte aus seinem Winkel mit seitwärts geneigtem Oberkörper durch den Saal, um festzustellen, wen der Prinz engagieren werde. Es war die Blonde, Hochgewachsene, mit den Schlüsselbeinen und den großen weißen Händen, Fräulein Unschlitt, die Tochter des Seifensieders. Sie stand noch an der Stelle, wo Klaus Heinrich sie verlassen hatte.

»Sind Sie noch da?« fragte er atemlos ... »Darf ich Sie auffordern? Kommen Sie!«

Die Karrees waren komplett. Sie irrten ein Weilchen umher und fanden keine Unterkunft. Ein Herr mit bebänderter Rosette eilte herbei, ergriff ein paar junger Leute bei den Schultern und veranlaßte sie, ihren Platz unter dem Kronleuchter zu räumen, damit Seine Großherzogliche Hoheit mit Fräulein Unschlitt antreten könne. Die Musik hatte gezögert, nun setzte sie ein, das Schreiten und Komplimentieren begann, und Klaus Heinrich drehte sich mit den andern.

Die Türen zu den Nebenräumen standen geöffnet. In einem von ihnen sah man das Büfett mit Blumenvasen, Punschterrinen und Schüsseln voll bunter Brötchen. Der Tanz zog sich bis dort hinein; zwei Vierecke machten ihre Pas' im Büfettzimmer. In den anderen waren weißgedeckte Tische aufgeschlagen, die noch leer standen.

Klaus Heinrich schritt vorwärts und rückwärts, er lächelte in

Angesichte, streckte seine Hand aus und empfing Hände, empfing immer wieder die große weiße Hand seiner Partnerin, legte seinen rechten Arm um die weiche Mulltaille des Mädchens und drehte sich mit ihr auf dem Fleck, indem er die linke Hand, die ebenfalls einen kleinen Handschuh trug, in die Hüfte stemmte. Man sprach und lachte im Drehen und Schreiten. Er beging Fehler, erinnerte sich nicht, brachte Verwirrung in die Figuren und stand ratlos, wohin er gehöre. »Sie müssen mich zurechtweisen!« sagte er im Gewirr. »Ich störe ja alles! Geben Sie mir nur Rippenstöße!« Und man faßte allmählich Mut und wies ihn zurecht, kommandierte ihn lachend dahin und dorthin, legte sogar Hand an und schob ihn ein wenig, wenn es nötig war. Das schöne Mädchen mit den Schlüsselbeinen übernahm es hauptsächlich, ihn zu schieben.

Die Stimmung hob sich mit jeder Tour. Die Bewegungen wurden freier, die Zurufe kecker. Man fing an, mit den Füßen zu stampfen und schwang beim Vorwärts und Rückwärts, während man einander an den Händen hielt, die Arme wie Schaukeln. Auch Klaus Heinrich stampfte, zuerst nur andeutungsweise, dann aber kräftiger. Und was das Schaukeln der Arme betraf, so sorgte das schöne Mädchen dafür, wenn sie miteinander avancierten. Auch machte sie jedesmal, wenn sie ihm entgegentanzte, einen übertriebenen Kratzfuß vor ihm, was die Munterkeit sehr verstärkte.

Im Büfettzimmer herrschte ein Prusten und Kichern, daß alles neidisch hinübersah. Jemand war dort mitten im Tanz aus dem Karree entwischt, hatte im Sprung vom Büfett ein belegtes Brötchen stibitzt und kaute nun stolz beim Schlenkern und Stampfen, zum Gelächter der andern.

»Die sind frech!« sagte das schöne Mädchen. »Die mopsen sich nicht!« Und es ließ ihr keine Ruhe. Ehe man sich's versah, war sie ausgebrochen, war leicht und geschickt zwischen den Linien dahingeflogen, hatte dort drüben ein Brötchen erwischt und war zurück.

Klaus Heinrich war es, der am begeistertsten applaudierte. Es ging nicht gut mit seiner linken Hand, und so half er nach, indem er mit der rechten auf den Oberschenkel schlug und sich neigte vor Lachen. Dann ward er stiller und ein wenig bleich. Er kämpfte mit sich... Die Quadrille näherte sich ihrem Ende. Was er tun wollte, mußte er schleunig tun. Schon waren die Englischen Ketten an der Reihe.

Und als es fast schon zu spät war, da tat er, um was er gekämpft hatte. Er lief davon, lief hastig zwischen den Tanzenden hindurch, indem er mit halber Stimme um Entschuldigung bat, wenn er jemanden anstieß, erreichte das Büfett, ergriff ein Brötchen, stürzte zurück, fuhr gleitend in sein Karree hinein... Das war nicht alles. Er führte das Brötchen – es war mit Ei und Sardellen belegt – gegen die Lippen seiner Partnerin, des Mädchens mit den großen weißen Händen, – sie beugte ein wenig die Kniee, biß zu, biß, ohne die Hände zu gebrauchen, wohl die Hälfte ab... und zurückgeworfenen Kopfes schob er sich den Rest in den Mund!

Der Übermut des Vierecks löste sich auf in der Großen Kette, die eben begann. Rings um den Saal ging kreuzweise und verschlungen ein Händereichen und gewundenes Wandern. Es stockte, die Strömungen tauschten die Richtung, und noch einmal ging es herum, mit Lachen und Plaudern, mit Verirrungen, Verwirrungen und hastig geglätteten Tumulten.

Klaus Heinrich drückte die Hände, die er empfing, ohne zu wissen, wem sie gehörten. Er lächelte mit bewegter Brust. Sein glatt gescheiteltes Haar hatte sich gelockert, und etwas davon fiel in die Stirn; sein Hemdeinsatz buckelte sich ein wenig aus der Weste hervor, und in seinem Gesicht, seinen erhitzten Augen war jene weiche, ja gerührte Begeisterung, die zuweilen der Ausdruck des Glückes ist. Mehrmals sagte er im Schreiten und Händereichen: »Wir haben viel Spaß gehabt! Wir haben so viel Spaß gehabt!« Er begegnete seinen Vettern, und auch zu ihnen sagte er: »Wir haben so viel Spaß gehabt, – wir da drüben!«

Dann gab es ein Händeklatschen und Wiedersehen: man war am Ziel; Klaus Heinrich stand wieder Aug' in Aug' vor dem schönen Mädchen mit den Schlüsselbeinen; und da der Takt wechselte, legte er abermals seinen Arm um ihre weiche Taille, und sie tanzten im Trubel.

Klaus Heinrich führte nicht gut und stieß nicht selten mit anderen Paaren zusammen, weil er die linke Hand in die Hüfte gestemmt hielt; aber er brachte seine Dame schlecht und recht bis zum Eingang des Büfettzimmers, wo sie Halt machten und sich mit Ananasbowle erfrischten, die von Aufwärtern dargereicht wurde. Gleich am Eingang saßen sie, auf zwei Sammet-Taburetts, tranken und plauderten von der Quadrille, vom Bürgerball, von anderen geselligen Veranstaltungen, an denen das schöne Mädchen diesen Winter schon teilgenommen...

Um diese Zeit trat ein Herr des Gefolges, Major von Platow, Flügeladjutant des Großherzogs, vor Klaus Heinrich hin, verbeugte sich und bat um die Erlaubnis, melden zu dürfen, daß Ihre Königlichen Hoheiten nun aufbrächen. Er sei beauftragt... Aber Klaus Heinrich gab in so beweglicher Weise den Wunsch zu erkennen, noch bleiben zu dürfen, daß der Adjutant nicht auf seinem Auftrag bestehen mochte. Der Prinz tat Ausrufe eines fast empörten Bedauerns und war offenbar von dem Ansinnen, jetzt nach Hause zu fahren, aufs schmerzlichste berührt. »Wir haben so viel Spaß!« sagte er, stand auf und ergriff den Major sogar ein wenig am Arm. »Lieber Herr von Platow, bitte, verwenden Sie sich für mich! Sprechen Sie mit Exzellenz von Knobelsdorff, tun Sie, was Sie wollen – aber jetzt fahren, wo wir so viel Spaß miteinander haben –! Ich bin sicher, daß auch meine Vettern noch bleiben...« Der Major blickte das schöne Mädchen mit den großen weißen Händen an, die ihm zulächelte; auch er lächelte und versprach dann, sein Möglichstes zu tun. Dieser kleine Auftritt ereignete sich, während schon im Entree des »Bürgergartens« der Großherzog und die Großherzogin sich von den Stadtverordneten verabschiedeten. Gleich darauf begann im ersten Stockwerk der Tanz aufs neue.

Das Fest war auf seiner Höhe. Alles Offizielle war abgetan, und man setzte die Gemütlichkeit in ihre Rechte ein. Die weißgedeckten Tische in den Nebenräumen waren besetzt von Familien, die Bowle tranken und soupierten. Jugend strömte ab und zu, ließ sich erhitzt und unruhevoll auf den Rändern der Stühle nieder, um ein paar Bissen zu essen, ein Glas zu trinken und sich wieder ins Vergnügen zu stürzen. Im Erdgeschoß gab es eine altdeutsche Bierstube, die von gesetzteren Herren stark besucht war. Der große Tanzsaal und der Büfettraum wurden nun ganz von der tanzlustigen Jugend in Besitz gehalten. Der Büfettraum war von fünfzehn oder achtzehn jungen Leuten angefüllt, Töchtern und Söhnen der Stadt, darunter Klaus Heinrich. Es war eine Art Privatball dort. Man tanzte zu den Klängen der Musik, die aus dem Hauptsaal hereinscholl.

Vorübergehend wurde der Doktor Überbein hier gesehen, des Prinzen Studienlehrer, der eine kurze Unterredung mit seinem Schüler hatte. Man hörte ihn, die Taschenuhr in der Hand, des Herrn von Knobelsdorff erwähnen, hörte ihn sagen, daß er sich drunten in der Bierstube aufhalte und wiederkommen werde, den Prinzen abzuholen. Dann ging er. Die Uhr war halb elf.

Und während er unten saß und bei einem Kruge Bier mit Bekannten konversierte, eine Stunde nur noch, anderthalb, nicht mehr, trugen sich im Büfettraum die anstößigen Vorgänge zu, jene eigentlich unbegreiflichen Ausschreitungen, denen er dann, leider zu spät, ein Ende machte.

Die Bowle, die getrunken wurde, war leicht, sie enthielt mehr kohlensaures Wasser als Champagner, und wenn die jungen Leute das innere Gleichgewicht verloren hatten, so war eher der Tanzrausch daran schuld als der Geist des Weines. Aber bei des Prinzen Charakter und der gutbürgerlichen Herkunft der übrigen Gesellschaft genügte das nicht zur Erklärung dessen, was geschah. Hier wirkte, auf beiden Seiten, ein anderer, eigenartiger Rausch... Das Seltsame war, daß Klaus Heinrich die einzelnen Stadien dieses Rausches genau verfolgte und dennoch unfähig oder ohne Willen war, ihn abzuschütteln.

Er war glücklich. Er fühlte auf seinen Wangen dieselbe Hitze brennen, die er auf den Gesichtern der anderen sah, und sein Blick, verdunkelt von einer weichen Verwirrung, flog umher, umfaßte begeistert eine Gestalt nach der anderen und sagte:

»Wir!« Auch sein Mund sagte es, sagte mit innerlich seliger Stimme lauter Sätzchen, in denen ein Wir enthalten war. »Wir wollen uns setzen, wir wollen wieder tanzen, wir wollen trinken, wir machen zwei Karrees aus...« Besonders zu dem Mädchen mit den Schlüsselbeinen sagte Klaus Heinrich Dinge mit »Wir«. Er hatte seiner linken Hand vollständig vergessen, sie hing hinab, er fühlte sich nicht gehemmt von ihr in der Freude und dachte nicht daran, sie zu verbergen. Manche sahen erst jetzt, wie es eigentlich damit stand und blickten neugierig oder mit einer unbewußten Grimasse auf den dünnen und zu kurzen Arm im Frackärmel, auf den kleinen, schon etwas schmutzigen, weißen Glacéhandschuh, der die Hand bekleidete. Aber da Klaus Heinrich so ganz außer Sorge darum war, so faßte man auch in dieser Beziehung Mut, und es kam vor, daß jemand beim Rund- oder Reigentanz unbekümmert die mißgebildete Hand ergriff...

Er zog sie nicht zurück. Er fühlte sich getragen, mehr noch, umhergeworfen von Wohlwollen, einem starken, ausgelassenen Wohlwollen, das wuchs, sich an sich selbst erhitzte, das immer rücksichtsloser auf ihn eindrang, sich immer derber und atemnäher seiner bemächtigte, ihn triumphierend auf die Schultern nahm. Was ging vor? Das war schwer zu bestimmen, schwer festzuhalten. Worte lagen in der Luft, abgerissene Rufe, unausgesprochen, aber ausgedrückt in den Mienen, der Haltung, in dem, was getan und gesagt ward. »Er soll nur einmal...!« »Herunter, herunter, herunter mit ihm...!« »Angefaßt, immer angefaßt...!« Ein kleines Mädchen mit Stülpnase, das ihn bei der Damenwahl zum Galopp aufforderte, sagte ohne ersichtlichen Zusammenhang ganz deutlich »Ach was!«, als es sich anschickte, mit ihm davonzujagen.

Er sah eine Lust in aller Augen glimmen und sah, daß es ihre Lust war, ihn zu sich hinabzuziehen, ihn bei sich unten zu haben. In sein Glück, seinen Traum, mit ihnen, unter ihnen, einer von ihnen zu sein, drang es von Zeit zu Zeit wie eine kalte, stechende Wahrnehmung, daß er sich täuschte, daß das warme, herrliche »Wir« ihn trog, daß er dennoch nicht aufging in ihnen, sondern

Mittelpunkt und Gegenstand blieb, doch anders, als sonst, und im Argen. Es waren Feinde gewissermaßen, er sah es in der Zerstörungslust ihrer Augen. Er hörte wie von fern, mit einem seltsam heißen Erschrecken, wie das schöne Mädchen mit den großen weißen Händen ihn einfach bei Namen rief, – und er fühlte wohl, daß es in anderem Sinne geschah, als wenn Doktor Überbein ihn so nannte. Sie hatte Recht und Erlaubnis dazu, auf gewisse Weise, aber hütete denn niemand hier seine Würde, wenn er es nicht selber tat? Ihm war, als rissen sie an seinen Kleidern, und zuweilen brach es wild und höhnisch hervor aus dem Übermut. Ein langer, blonder, junger Mensch mit Zwicker, mit dem er beim Tanzen zusammenstieß, rief laut, daß alle es hörten: »Muß das sein?« Und es lag Bosheit darin, wie das schöne junge Mädchen, ihren Arm in seinem, sich mit ihm herumwirbelte, lange und mit bloßgelegten Zähnen, bis zum äußersten Schwindel. Er blickte, indes sie wirbelten, mit schwimmenden Augen auf die Schlüsselbeine, die sich, überspannt von der weißen, ein wenig körnigen Haut, an ihrem Halse abzeichneten...

Sie stürzten. Sie hatten es zu toll getrieben und fielen hin, als sie versuchten, den Wirbel zum Stehen zu bringen; und über sie stolperte ein zweites Paar, nicht ganz von selbst übrigens, gestoßen vielmehr von dem langen jungen Menschen mit Zwicker. Es gab ein Drunter und Drüber am Boden, und über sich im Zimmer hörte Klaus Heinrich den Chor, den er vom Schulhof kannte, wenn er zur Erfrischung einen freien Scherz versucht hatte, ein »Ho, ho, ho!«, nur böser hier und entzügelter...

Als kurz nach Mitternacht, mit einiger Verspätung leider, Doktor Überbein auf der Schwelle des Büfettzimmers erschien, bot sich ihm folgender Anblick. Sein junger Schüler saß allein auf dem grünen Plüschsofa an der linken Seitenwand, in derangiertem Frackanzug und auf allerlei Weise geschmückt. Eine Menge Blumen, die vorher in zwei chinesischen Vasen das Büfett geziert hatten, staken in dem Ausschnitt seiner Weste, zwischen den Knöpfen seines Hemdeinsatzes, ja selbst in seinem Stehkragen; um seinen Hals lag die goldene Kette, die dem Mädchen mit den Schlüsselbeinen gehörte; und auf seinem Kopf balancierte als Hut der flache, metallene Deckel einer Bowle. Er murmelte: »Was tun Sie... Was tun Sie...«, indes die Tanzgesellschaft, sich im Halbkreise an den Händen haltend, mit halb unterdrücktem Jubeln, Kichern, Prusten und Ho, ho, ho, vor ihm nach rechts und links einen Reigen vollführte.

In Doktor Überbeins grünlichem Gesicht entstand, unterhalb der Augen, eine Röte, die sich völlig sonderbar und unwahrscheinlich ausnahm. »Schluß! Schluß!« rief er mit seiner schallenden Stimme, und in der plötzlich eingetretenen Stille, Bestürzung, Ernüchterung ging er mit langen Schritten auf den Prinzen zu, entfernte mit zwei, drei Griffen die Blumen, warf die Kette, den Deckel beiseite, verneigte sich dann und sagte mit ernster Miene: »Darf ich Großherzogliche Hoheit nun bitten...«

»Ich war ein Esel, ein Esel!« wiederholte er draußen.

Klaus Heinrich verließ in seiner Begleitung den Bürgerball.

Dies war das peinliche Vorkommnis, das in Klaus Heinrichs Schuljahr fiel. Wie gesagt, sprach keiner der Beteiligten davon – auch dem Prinzen gegenüber berührte Doktor Überbein es in Jahren nicht wieder –, und da niemand der Sache Worte lieh, so blieb sie körperlos und verschwamm, wenigstens scheinbar, sofort in Vergessen.

Der Bürgerball war im Januar gewesen. Fastnachtsdienstag, mit dem Hofball, und die große Cour im Alten Schloß, mit welcher die gesellige Jahreszeit sich endigte, – regelmäßige Festlichkeiten, denen Klaus Heinrich noch fernblieb – lagen zurück. Dann kam Ostern und mit ihm der Abschluß des Gymnasialjahrs: Klaus Heinrichs Maturitätsexamen, jene schöne Förmlichkeit, bei der auf seiten der Professoren die Frage: »Nichtwahr, Großherzogliche Hoheit?« so oftmals wiederkehrte, und bei welcher der Prinz seinen hervorragenden Platz in angenehmer Haltung ausfüllte. Das war kein tiefer Einschnitt; Klaus Heinrich verblieb noch in der Residenz. Aber nach Pfingsten rückte sein achtzehnter Geburtstag heran und zugleich ein Komplex von feierlichen Handlungen, mit denen ein ernster Wendepunkt seines Lebens begangen wurde, und die ihm Tage lang einen hohen und angespannten Dienst auferlegten.

Er ward volljährig, ward mündig gesprochen. Zum erstenmal wieder, seit seiner Taufe, war er Mittelpunkt jeder Aufmerksamkeit und Träger der Hauptrolle bei einer großen Zeremonie; aber während er sich damals still, verantwortungslos und duldend der Form hatte überlassen dürfen, die um ihn waltete, ihn trug, oblag es ihm heute, inmitten ihrer bindenden Vorschriften und streng geschwungenen Linien, umwallt von dem Faltenwurf ihrer bedeutenden Gebräuche, zu Wohlgefallen und Erhebung der Schauenden sich in Haltung und schöner Zucht, doch mit scheinbarer Leichtigkeit darzustellen.

Übrigens ist nicht nur bildlicher Weise von einem Faltenwurf die Rede, denn der Prinz trug einen Purpurmantel bei dieser Gelegenheit, ein verschossenes und theatralisches Garderobestück, das schon seinem Vater und Großvater bei ihrer Mündigsprechung gedient hatte und trotz tagelanger Lüftung nicht frei von Kampferduft war. Der Purpurmantel hatte ehemals zur Ordenstracht der Ritter vom Grimmburger Greifen gehört, war aber nun nicht anders mehr, denn als Zeremonienkleid für volljährig werdende Prinzen noch in Gebrauch. Albrecht, der Erbgroßherzog, hatte das Familienexemplar niemals getragen. Da sein Wiegenfest in den Winter fiel, verbrachte er es stets im Süden, an einem Ort mit warmer und trockener Luft, wohin er auch diesen Herbst sich wieder zu wenden gedachte, und da zur Zeit seines achtzehnten Geburtstages sein Befinden ihm nicht die Reise in die Heimat gestattet hatte, so hatte man sich beschieden, ihn in seiner Abwesenheit amtlich mündig zu sprechen, und auf den höfischen Festakt Verzicht zu leisten...

Was Klaus Heinrich betraf, so herrschte, besonders auch unter den Vertretern der Öffentlichkeit, nur eine Stimme, daß der Mantel ihn vortrefflich kleide, und er selbst empfand ihn, trotz der Behinderung, die er seinen Bewegungen auferlegte, als Wohltat, da er es ihm erleichterte, seine linke Hand zu verbergen. Zwischen dem Himmelbett und den bauchigen Schränken seines Schlafzimmers, das im zweiten Stockwerk gegen den Hof mit dem Rosenstock gelegen war, bereitete er sich zur Repräsentation, umständlich und genau, mit Hilfe des Kammerlakaien

Neumann, eines stillen und akkuraten Menschen, der ihm kürzlich als Garderobier und persönlicher Diener zugeteilt worden war. Neumann war vom Friseur-Gewerbe ausgegangen und hauptsächlich in der Richtung seines ursprünglichen Berufes von jener leidenschaftlichen Gewissenhaftigkeit, jenem ungenügsamen Wissen um das Ideal erfüllt, aus welchem das höhere Können erwächst. Er barbierte nicht wie irgendeiner, er beruhigte sich nicht dabei, daß keine Bartstoppel stehen blieb; er barbierte so, daß jeder Schatten des Bartes, jede Erinnerung daran ausgetilgt wurde, und stellte, ohne die Haut zu verletzen, ihre vollkommene Weichheit und Glätte wieder her. Er beschnitt Klaus Heinrichs Haar genau rechtwinklig über den Ohren und ordnete es mit all dem Fleiß, den seiner Einsicht nach diese Vorbereitung zum zeremoniellen Auftreten erforderte. Er wußte den Scheitel zu ziehen, daß er über dem linken Auge ansetzte und schräg über den Kopf hin durch den Wirbel lief, damit dort oben weder Strähne noch Härchen sich erhöben; wußte das Haar auf der rechten Seite zu einem festen Hügel aus der Stirn zurückzubürsten, dem kein Hut oder Helm etwas anhaben konnte. Dann preßte Klaus Heinrich mit seinem Beistand sich sorgfältig in die Leibgrenadier-Leutnantsuniform, deren hoher, betreßter Kragen und fester Sitz eine beherrschte Haltung begünstigte, legte das zitronengelbe Seidenband, die flache goldene Kette des Hausordens an und begab sich hinunter in die Bildergalerie, wo die Mitglieder der engeren Familie und auswärtige Verwandte des großherzoglichen Paares harrten. Die Hofstaaten warteten im anstoßenden Rittersaal; und dort war es, wo Johann Albrecht selbst seinen Sohn mit dem roten Mantel bekleidete.

Herr von Bühl zu Bühl hatte einen Zug zusammengestellt, den zeremoniellen Zug, in welchem man sich vom Rittersaal in den Thronsaal begab, – er hatte ihn nicht wenig Kopfzerbrechen gekostet. Die Zusammensetzung des Hofes erschwerte eine eindrucksvolle Anordnung, und namentlich beklagte Herr von Bühl sich über den Mangel an Oberhofämtern, der bei solchen Gelegenheiten aufs empfindlichste hervorträte. Neuerdings unterstand Herrn von Bühl auch der Marstall, und er fühlte sich seinen sämtlichen Ämtern gewachsen. Aber er fragte jedermann, woher er einen würdigen Vorantritt nehmen solle, da die obersten Chargen einzig und allein durch den Oberhofjägermeister von Stieglitz und den Intendanten der Großherzoglichen Schauspiele, einen fußleidenden General, vertreten seien.

Während er als Oberhofmarschall, Oberzeremonienmeister und Hausmarschall, in seinem gestickten Kleide und seinem braunen Toupee, mit Orden bedeckt wie ein Ballkönig und den goldenen Zwicker auf der Nase, schwänzelnd und seinen hohen Stab vor sich hinsetzend hinter den Kadetten schritt, die als Pagen kostümiert, den Scheitel über dem linken Auge, den Zug eröffneten, überdachte er sorgenvoll, was hinter ihm kam. Ein paar Kammerherren – nicht viele, denn man brauchte ihrer noch am Ende des Zuges –, den Federhut unterm Arm und den Schlüssel an der hinteren Taillennaht, folgten ihm in seidenen Strümpfen auf dem Fuße. Herr von Stieglitz und die hinkende Schauspiel-Exzellenz schritten danach dem Prinzen Klaus Heinrich voraus, der, in seinem Mantel zwischen dem hohen Elternpaar, gefolgt von seinen Geschwistern Albrecht und Ditlind, den eigentlichen Kern des Zuges bildete. Im Rücken der höchsten Herrschaften hielt sich zunächst, mit spielenden Augenfältchen, der Hausminister und Konseilpräsident von Knobelsdorff. Eine kleine Gruppe von Adjutanten und Palastdamen schloß sich an: General Graf Schmettern und Major von Platow, ein Graf Trümmerhauff, Vetter des Hof-Finanz-Direktors, als militärischer Begleiter des Erbgroßherzogs und die Damen der Großherzogin unter der Führung der kurz atmenden Freifrau von Schulenburg-Tressen. Dann folgten, geleitet und gefolgt von Adjutanten, Kammerherren und Hofdamen, Prinzessin Katharina mit ihrer rotköpfigen Nachkommenschaft, Prinz Lambert mit seiner zierlichen Gemahlin und die auswärtigen Verwandten oder ihre Vertreter. Pagen beschlossen den Zug.

So ging es gemessenen Schrittes vom Rittersaal durch die Schönen Zimmer, den Saal der zwölf Monate und den Marmorsaal in den Thronsaal. Lakaien, rötlich-goldene Fangschnüre auf ihren braunen Galafräcken, standen paarweise und theatralisch an den geöffneten Flügeltüren. Durch die weiten Fenster fiel überall heiter und rücksichtslos die Juni-Vormittagssonne herein.

Klaus Heinrich sah sich um bei diesem Ehrengange zwischen seinen Eltern durch die umschnörkelte Öde, den schadhaften Prunk der Repräsentationsräume, denen die Verklärung künstlichen Lichtes fehlte. Der helle Tag beschien fröhlich und nüchtern ihren Verfall. Die großen Lustres an ihren mit Stoff umkleideten Stangen ließen, für diesen Tag ihrer Hüllen entledigt, dichte Haine von flammenlosen Kerzen emporstarren; aber überall fehlten Prismen, waren Kristallgirlanden zerrissen in ihren Kronen, so daß sie einen angefressenen und zahnlückigen Eindruck machten. Der seidene, damastene Bezug der Staatsmöbel, die steif geschwungen, weitarmig und in eintöniger Anordnung an den Wänden paradierten, war fadenscheinig, die Vergoldung ihrer Gestelle abgestoßen; große blinde Flecken unterbrachen die Lichtfelder der hohen, von Wandkandelabern flankierten Spiegel, und der Faltensturz der Vorhänge, entfärbt zum Teil und verblichen an den gerafften Stellen, ließ da und dort den Tag durch Mottenlöcher scheinen. Mehrfach hatten sich die vergoldeten, versilberten Leisten der Tapetenfelder gelöst und standen verwahrlost ab von der Wand, ja, in dem Silbersaal der Schönen Zimmer, wo der Großherzog feierliche Gruppenempfänge vorzunehmen pflegte und in dessen Mitte ein Perlmuttertischchen mit silbernem, baumstumpfartigem Fuße stand, war einfach ein Stück des Silberstuckes vom Plafond heruntergefallen, und eine große, weiße gipserne Lücke war nun dort oben zu sehen...

Aber warum schien es bei alledem, als ob diese Räume dennoch dem nüchternen, lachenden Tageslicht standhielten, ihm stolz und abweisend Widerpart boten? Klaus Heinrich betrachtete von der Seite seinen Vater... Der Zustand der Gemächer schien ihn nicht zu beirren. Von jeher kaum mittelgroß, war der Großherzog mit den Jahren fast klein geworden. Aber er schritt herrisch zurückgeworfenen Hauptes, das zitronengelbe Ordensband über der Generalsuniform, die er heute, obgleich er ohne militärische Neigungen war, angelegt hatte; unter der hohen und kahlen Stirn, den ergrauten Brauen blickten seine Augen, blau und matt umschattet, mit müdem Hochmut ins Weite, und von dem spitzgedrehten weißen Schnurrbärtchen liefen die beiden, tief durch die altersgelbe Haut schürfenden Furchen mit einem verächtlichen Ausdruck in den Backenbart hinab... Nein, der klare Tag konnte den Sälen nichts anhaben; die Schadhaftigkeit tat ihrer Würde nicht nur keinen Abbruch, sondern erhöhte sie sogar gewissermaßen. In ihrer hohen Unbehaglichkeit, ihrer szenenmäßigen Symmetrie, ihrer seltsam dumpfigen Bühnen- oder Kirchenatmosphäre standen sie fremd und mit kaltem Verzicht der luftigen und warm durchsonnten Welt da draußen entgegen – strenge Stätten eines darstellerischen Kultes, an denen Klaus Heinrich heute zum erstenmal feierlichen Dienst tat...

Zwischen dem Lakaienpaar hindurch, das mit einem Ausdruck von Unerbittlichkeit die Lippen zusammenpreßte und die Augen schloß, hielt man Einzug in die weißgoldene Weite des Thronsaales. Andächtige Übungen, ein Sinken und Wogen, Scharren, Beugen und Salutieren fing an und setzte sich fort durch den Saal, wie man an der Front der Festgäste vorüberzog. Es waren Diplomaten mit ihren Damen, Hof- und Landadel, das Offizierskorps der Residenz, die Minister, unter denen man die gezwungen zuversichtliche Miene des neuen Finanzministers Dr. Krippenreuther gewahrte, die Ritter des Großen Ordens vom Grimmburger Greifen, die Präsidenten des Landtags, allerlei Würdenträger. Aber hoch oben in der kleinen Loge, die an der Entreeseite über dem großen Spiegel gelegen war, bemerkte man die Vertreter der Presse, die emsig notierend einander über die Schultern blickten... Vor dem Thronbaldachin, einem ebenmäßig gerafften Sammetarrangement, von Straußenfedern gekrönt und mit Goldborten eingefaßt, die der Auffrischung bedurft hätten, teilte sich der Zug wie bei einer Polonaise, führte genau vorgeschriebene Evolutionen aus. Die Edelknaben, die Kammerherren schwenkten nach rechts und links, Herr von

Bühl ging mit dem Throne zugekehrtem Antlitz und erhobenem Stabe rückwärts und blieb inmitten des Saales stehen. Das großherzogliche Paar und seine Kinder stiegen die gerundeten, rot ausgeschlagenen Stufen hinan zu den weit ausladenden und vergoldeten Theaterstühlen, die dort oben standen. Die übrigen Mitglieder des Hauses ordneten sich mit den auswärtigen Hoheiten zu beiden Seiten des Thrones, hinter ihnen stellte sich das Gefolge, die Ehrendamen, die diensttuenden Kavaliere auf, und Pagen besetzten die Stufen. Auf einen Handwink Johann Albrechts eilte Herr von Knobelsdorff, der vorerst gegenüber dem Throne Posten gefaßt hatte, mit lächelnden Augen und in einer bestimmten Bogenlinie auf das mit Sammet behangene Tischchen zu, das seitwärts vor den Stufen stand, und begann an der Hand von mehreren Dokumenten mit den amtlichen Formalitäten.

Klaus Heinrich ward für mündig erklärt und damit für fähig und berechtigt, wenn die Not es erheischte, die Krone zu tragen. Aller Augen waren auf ihn gerichtet an dieser Stelle – und auf Albrechts, seines älteren Bruders, königliche Hoheit, der neben ihm stand. Der Erbgroßherzog trug die Rittmeisteruniform des Husarenregimentes, dem er dem Namen nach angehörte. Aus seinem mit Silber betreßten Kragen ragte unmilitärisch weit der weiße Zivil-Stehkragen hervor, und darauf ruhte sein feiner, kluger und kränklicher Kopf mit dem langen Schädel und den schmalen Schläfen, dem strohblonden, noch formlosen Bart auf der Oberlippe und den blauen, einsam blickenden Augen, die den Tod gesehen hatten... Kein Reiterkopf eben, aber so schlank und unnahbar adelig, daß der Klaus Heinrichs mit seinen volkstümlichen Backenknochen fast plump dagegen erschien. Der Erbgroßherzog machte seinen kleinen Mund, während alle ihn ansahen, schob ein wenig seine kurze, gerundete Unterlippe empor, indem er leicht damit an der oberen sog.

Sämtliche Orden des Landes wurden dem volljährig gewordenen Prinzen verliehen, auch das Albrechtskreuz und der Große Orden vom Grimmburger Greifen, abgesehen vom Hausorden zur Beständigkeit, dessen Insignien er seit seinem zehnten Geburtstage besaß. Und dann fand große Gratulation statt, in Form einer Defiliercour, geleitet von dem schwänzelnden Herrn von Bühl, – woran sich das Gala-Frühstück im Marmorsaal und im Saal der zwölf Monate schloß ...

Während der nächsten Tage wurden die auswärtigen Fürstlichkeiten unterhalten. In Hollerbrunn ward ein Gartenfest abgehalten, mit Feuerwerk und Tanz für die höfische Jugend im Park. Feierliche Lustfahrten mit Pagen durch das sommerliche Land nach Monbrillant, nach Jägerpreis, nach der Ruine Haderstein wurden unternommen, und das Volk, dieser untersetzte Schlag mit den grübelnden Augen und den zu hoch sitzenden Wangenknochen, gratulierte, indem es an den Wegen stand und Lebehochs ausbrachte auf sich selbst und seine Repräsentanten. In der Residenz hing Klaus Heinrichs Photographie in den Fenstern der Kunsthändler, und der »Eilbote« brachte sogar gedruckt ein Bildnis von ihm, eine populäre und seltsam idealisierte Zeichnung, die den Prinzen im Purpurmantel darstellte. Aber dann kam nochmals ein großer Tag: Klaus Heinrichs formelle Einstellung ins Heer, in das Regiment der Leibgrenadiere ward vorgenommen.

Das ging so zu. Das Regiment, dem die Ehre zuteil werden sollte, Klaus Heinrich zu seinen Offizieren zu zählen, war auf dem Albrechtsplatz in offenem Viereck aufgestellt. Viele Federbüsche wehten in der Mitte; die Prinzen des Hauses, die Generäle waren anwesend. Das Publikum, schwärzlich gegen das bunte Tableau, staute sich hinter den Absperrungslinien. Photographische Apparate waren an mehreren Stellen auf den Ort der Handlung gerichtet. Die Großherzogin sah mit den Prinzessinnen und ihren Damen von den Fenstern des Alten Schlosses dem Schauspiele zu.

Klaus Heinrich, als Leutnant gekleidet, meldete sich zunächst in aller Form beim Großherzog im Schloß. Ernst, ohne an ein Lächeln zu denken, trat er vor seinen Vater hin, um ihm mit geschlossenen Beinen dienstlich kundzumachen, daß er zur Stelle sei. Der Großherzog dankte ihm kurz, gleichfalls ohne ein Lächeln, und begab sich dann auch seinerseits, gefolgt von seinen Adjutanten, in großer Uniform und mit flatterndem Federbusch auf den Platz hinab. Klaus Heinrich trat vor die gesenkte Fahne, ein gesticktes, vergilbtes und halb zerfetztes Seidentuch, und leistete den Eid. Der Großherzog hielt in abgerissenen Sätzen und mit einer scharfen Kommandostimme, deren er sich eigens zu diesem Zweck bediente, eine Ansprache, worin er seinen Sohn »Eure Großherzogliche Hoheit« anredete, und drückte dem Prinzen öffentlich die Hand. Der Oberst der Leibgrenadiere brachte mit rotem Gesicht ein Hoch auf den Großherzog aus, in das die Gäste, das Regiment und das Publikum einstimmten. Eine Parade schloß sich an, und das Ganze endigte mit einem militärischen Frühstück im Schloß.

Dieser schöne Akt auf dem Albrechtsplatze war ohne praktische Bedeutung, er trug seinen Wert in sich selbst. Klaus Heinrich trat nun keineswegs den Frontdienst an, sondern begab sich noch am selben Tage mit seinen Eltern und Geschwistern nach Hollerbrunn, um dort, in den kühlen, altfränkischen Zimmern am Fluß, zwischen den mauerähnlichen Hecken des Parks, den Sommer zu verbringen und dann, im Herbst, die Universität zu beziehen. Denn so entsprach es dem vorgezeichneten Plane seines Lebens: Im Herbste bezog er auf ein Jahr die Universität, nicht die der Residenz, sondern die zweite des Landes, und zwar in Begleitung Doktor Überbeins, seines Studienlehrers.

Die Berufung dieses jungen Gelehrten zum Mentor war wiederum auf einen besonderen, lebhaft vertretenen Wunsch des Prinzen zurückzuführen, und gerade was die Persönlichkeit des Gouverneurs und älteren Kameraden betraf, den Klaus Heinrich während dieses Jahres studentischer Freiheit an seiner Seite sehen sollte, so glaubte man an maßgebender Stelle seine ausgesprochene Willensmeinung berücksichtigen zu müssen. Gleichwohl sprach manches gegen diese Wahl; sie war unpopulär, wurde wenigstens in weiteren Kreisen laut oder leise mißbilligt.

Raoul Überbein war nicht beliebt in der Residenz. Seine Rettungsmedaille und seine ganze beängstigende Strebsamkeit in Ehren, aber dieser Mann war kein angenehmer Mitbürger, kein liebenswürdiger Kollege, kein einwandfreier Beamter. Die

Wohlwollendsten sahen in ihm einen Sonderling von verbissener und unselig rastloser Gemütsart, der keinen Sonntag, keinen Feierabend, kein Ausspannen kannte und es nicht verstand, nach erfüllter Berufspflicht ein Mensch unter Menschen zu sein. Dieser natürliche Sohn einer Abenteurerin hatte sich mittellos aus den Tiefen der Gesellschaft, aus einer dunklen und aussichtslosen Jugend mit zäher Willenskraft zum Volksschullehrer, zum akademischen Würdenträger, zum Gymnasialdozenten emporgearbeitet, hatte es erlebt – »erreicht«, wie manche sagten, – daß er ins Fasanerie-Konvikt als Lehrer eines großherzoglichen Prinzen berufen wurde; und dennoch gelangte er zu keiner Ruhe, keinem Genügen, keinem behaglichen Genuß des Lebens... Aber das Leben, wie irgendein guter Kopf ganz zutreffend im Hinblick auf Doktor Überbein bemerkte, das Leben geht in Beruf und Leistung nicht auf, es hat seine rein menschlichen Anforderungen und Pflichten, die außer acht zu lassen eine schwerere Sünde bedeutet, als etwa eine gewisse Jovialität gegen sich und andere auf dem Gebiete der Arbeit, und eine harmonische Persönlichkeit darf jedenfalls nur genannt werden, wer jedem Teile, dem Beruf und der Menschlichkeit, dem Leben und der Leistung das Seine zu geben versteht. Überbeins Mangel an kollegialem Empfinden mußte gegen ihn einnehmen. Er mied jede gesellige Gemeinschaft mit seinen Amtsgenossen, und sein freundschaftlicher Verkehr beschränkte sich auf die Person eines Herrn aus anderer wissenschaftlicher Sparte, eines Arztes und Kinderspezialisten mit dem unsympathischen Namen Sammet, der übrigens großen Zulauf hatte, und mit dem Überbein vielleicht in gewissen Charakterzügen übereinstimmte. Aber höchst selten – und auch dann nur gleichsam aus Gnade – fand er sich etwa an dem Stammtisch ein, der die Gymnasiallehrer nach des Tages Müh' und Last zu einem Glase Bier, einem Kartenspiel, einem zwanglosen Gedankenaustausch über öffentliche und persönliche Fragen um sich vereinigte, – sondern er verbrachte seine Abende und, wie man von seiner Wirtin wußte, auch einen großen Teil der Nacht mit wissenschaftlicher Arbeit in seinem Studierzimmer, – während seine Gesichtsfarbe beständig grünlicher wurde und die Überspannung ihm in den Augen zu lesen war. Die Behörde hatte sich kurz nach seiner Rückkehr von Schloß Fasanerie veranlaßt gesehen, ihn zum Oberlehrer zu ernennen. Was wollte er noch werden? Direktor? Hochschulprofessor? Unterrichtsminister? Fest stand, daß sich in der Maß- und Friedlosigkeit seines Strebens Unbescheidenheit und Überheblichkeit verbarg – oder vielmehr nicht verbarg. Sein Gehaben, seine laute, scharf schwadronierende Redeweise ärgerte, reizte, erbitterte. Er wahrte gegen ältere und ihm übergeordnete Mitglieder des Lehrkörpers den Ton nicht, der ihm zukam. Er benahm sich väterlich gegen jedermann, vom Direktor bis zum geringsten Hilfslehrer, und seine Art, von sich selbst als von einem Manne zu reden, der »sich den Wind hatte um die Nase wehen lassen«, von »Schicksal und Strammheit« zu rodomontieren und dabei seine wohlwollende Geringschätzung all derer an den Tag zu legen, die »es nicht nötig hatten« und »sich des Morgens eine Zigarre anzündeten«, war zweifellos dünkelhaft. Seine Schüler hingen an ihm, er erzielte ausgezeichnete Ergebnisse mit ihnen, das traf zu. Aber im übrigen besaß der Doktor viele Feinde in der Stadt, mehr, als er sich träumen ließ, und das Bedenken, sein Einfluß auf den Prinzen möchte kein wünschenswerter sein, trat sogar in einem Teil der Presse zutage...

Jedenfalls erhielt Überbein Urlaub von der Lateinschule, besuchte zunächst allein, als Quartiermacher, das berühmte Studentenstädtchen, in dessen Mauern Klaus Heinrich das Jahr seiner Burschenherrlichkeit verbringen sollte, und wurde bei seiner Rückkehr von dem Minister des Großherzoglichen Hauses, Exzellenz von Knobelsdorff, in Audienz empfangen, um die üblichen Instruktionen entgegenzunehmen. Ihr Inhalt war, das nahezu wichtigste Ergebnis dieses Jahres habe darin zu bestehen, daß auf dem gemeinsamen Boden akademischer Ungebundenheit zwischen dem Fürstensohn und der studentischen Jugend eine kameradschaftliche Überlieferung geschaffen werde und zwar aus allgemeinem dynastischen Interesse, – feststehende Redewendungen, die von Herrn von Knobelsdorff ziemlich obenhin vorgebracht wurden, und die Doktor Überbein mit stummer Verbeugung entgegennahm, indem er seinen Mund mitsamt dem roten Bart ein wenig seitwärts zog. Dann erfolgte Klaus Heinrichs Abreise, mit seinem Mentor, einem Dogcart und einiger Dienerschaft, auf die Universität.

Ein schönes, vom Reize musischer Freiheit umwobenes Jahr in den Augen des Publikums und im Spiegel der öffentlichen Berichterstattung, – doch ohne sachliches Schwergewicht in jeder Beziehung. Befürchtungen, die etwa dahin gegangen waren, Doktor Überbein möchte verfehlter- und mißverständlicherweise den Prinzen mit allzuschwerfälligen Ansprüchen in gegenständlich wissenschaftlicher Richtung behelligen, wurden zerstreut. Im Gegenteil wurde deutlich, daß der Doktor zwischen seiner eigenen ernsten und der hohen Daseinsform seines Schülers wohl zu unterscheiden wisse. Andererseits blieb es (gleichviel, ob durch Schuld des Mentors oder des Prinzen selbst) auch in bezug auf die Instruktion, auf Ungebundenheit und zwanglose Kameradschaft bei einer maßvollen und rein sinnbildlichen Andeutung, so daß als das Wesentliche und Eigentliche dieses Jahres weder das eine noch das andere, weder die Wissenschaft noch die Ungebundenheit gelten konnte. Das Wesentliche und Eigentliche war vielmehr, wie es schien, das Jahr an sich selbst, als Brauch und schöne Umständlichkeit, der sich Klaus Heinrich in angemessener Haltung unterzog, wie er sich den darstellerischen Übungen an seinem letzten Geburtstag unterzogen hatte, – nur jetzt nicht mit einem Purpurmantel, sondern zuweilen mit einer farbigen Studentenmütze, einem sogenannten Stürmer angetan, in deren Schmuck ihn der »Eilbote« seinem Leserkreise alsbald im Bilde vorführte.

Was das Studium betraf, so vollzog sich die Immatrikulation ohne besondere Feierlichkeit, doch nicht ohne einen Hinweis auf die Ehre, welche der Hochschule durch Klaus Heinrichs Aufnahme zuteil werde; und die Vorlesungen, denen er beiwohnte, begannen mit dem Anruf: »Großherzogliche Hoheit!« Von der hübschen, grünumwachsenen Villa, die das Hofmarschallamt seines Vaters ihm in einer vornehmen und nicht zu teuren Gartenstraße gemietet hatte, fuhr er, einen Diener hinter sich, vom Straßenpublikum bemerkt und begrüßt, auf seinem Dogcart zu den Vorlesungen, und er saß dort in dem Bewußtsein, daß alle diese Gegenständlichkeit für seinen hohen Beruf unwesentlich und unnötig sei, doch mit einer Miene höflicher Aufmerksamkeit. Liebenswürdige Anekdoten liefen um und erhoben die Herzen: wie der Prinz seine Teilnahme zu bekunden wisse. Gegen Ende eines Kollegiums über Naturkunde (denn Klaus Heinrich besuchte »des Überblicks wegen« auch solche Kollegien) hatte der Professor, zur Anschauung, eine Metallkugel mit Wasser gefüllt und angekündigt, das Wasser werde, zum Gefrieren gebracht, infolge der Ausdehnung die Metallhülle sprengen; das nächste Mal werde er die Bruchstücke vorzeigen. In diesem letzteren Punkte nun hatte er, wahrscheinlich aus Vergeßlichkeit, sein Wort nicht gehalten; man hatte im nächsten Kolleg die zersprungene Kugel nicht zu sehen bekommen. Da aber hatte Klaus Heinrich sich nach dem Ausfall des Experimentes erkundigt. Wie irgendeiner hatte er sich am Schluß der Vorlesung unter die Studenten gemischt, die den Professor interpellierend umstanden, und hatte an diesen in aller Schlichtheit die Worte gerichtet: »Ist die Bombe geplatzt?« – worauf der Professor, zunächst ganz unfähig, sich zurechtzufinden, ihm schließlich in freudiger Überraschung, ja Bewegung, seinen Dank für das gütige Interesse zum Ausdruck gebracht hatte...

Klaus Heinrich war Gast einer Studenten-Korporation – nur Gast, denn er durfte nicht fechten – und wohnte ein und das andere Mal, den Stürmer auf dem Kopf, ihren förmlichen Trinksitzungen bei. Aber da diejenigen, die über ihn wachten, wohl wußten, daß der abgespannte und blödselige Zustand, den der Genuß geistiger Getränke zur Folge hat, sich ganz und garnicht mit seinem hohen Beruf vertrug, so durfte er auch nicht ernstlich trinken, und man war gehalten, auch in dieser Hinsicht seiner Hoheit Rechnung zu tragen. Die rauhen Bräuche wurden auf ein sinniges Ungefähr beschränkt, der Verkehrston war vortrefflich wie einst in der obersten Gymnasialklasse, alte Lieder von frischer Poesie erklangen, und es waren im ganzen Gala-

und Paradesitzungen, verklärte Abbilder ihrer Alltäglichkeit. Das »Du« war Vereinbarung zwischen Klaus Heinrich und den Korpsbrüdern, als Ausdruck und Grundlage zwangloser Gemeinschaft. Aber die allgemeine Beobachtung war, daß es grundfalsch und gewaltsam klang, wie man es auch damit versuchte, und daß man jeden Augenblick, ohne es zu wollen, in die Anrede zurückfiel, in welcher seiner Hoheit Erwähnung geschah.

Dies war die Wirkung seines Wesens, dieser freundlich und streng gefaßten, von keiner sachlichen Beteiligung jemals aufgelösten Haltung, die übrigens in dem Benehmen der Personen, mit denen der Prinz in Berührung kam, zuweilen ganz seltsame, ja komische Phänomene zeitigte. So zog er eines Abends, in einer Soiree, die einer seiner Professoren veranstaltete, einen Herrn ins Gespräch, – einen korpulenten Mann schon vorgerückten Alters, Justizrat seinem Titel nach, der übrigens unbeschadet seiner gesellschaftlichen Geltung im Geruche eines großen Lüderjahns und unzüchtigen alten Sünders stand. Das Gespräch, dessen Gegenstand gleichgültig ist und auch kaum festzustellen gewesen wäre, dauerte, da sich nicht gleich eine Ablösung fand, ziemlich lange. Und plötzlich, mitten in der Unterhaltung mit dem Prinzen, pfiff der Justizrat, – flötete mit seinen dicken Lippen eine jener sinnlos trällernden Tonfolgen, wie man sie von sich gibt, wenn man in bedrängter Lage sorglose Unbefangenheit heucheln möchte, worauf er durch Räuspern und Husten die lächerliche Ungehörigkeit zu vertuschen suchte... Klaus Heinrich war solcher Erscheinungen gewohnt und ging mit zarter Nachsicht darüber hinweg. Er trat vielleicht in einen Laden, um auf eigene Faust irgendeinen Einkauf zu machen, und sein Eintritt hatte etwas wie eine kleine Panik zur Folge. Er tat seine Forderung, verlangte einen Knopf, dessen er bedurfte; aber das Ladenfräulein verstand ihn nicht, sie blickte verwirrt, ihre Geisteskräfte waren nur schwer auf den Knopf hinzulenken, waren ersichtlich von etwas Anderem, Außer- und Übersachlichem auf das Äußerste in Anspruch genommen, – sie ließ Mehreres hinfallen, warf in offenbarer Ratlosigkeit die

Schachteln durcheinander, und Klaus Heinrich hatte Mühe, sie freundlich zu beschwichtigen.

So war, wie gesagt, seines Wesens Wirkung, und vielfach in der Stadt wurde es als Hochmut und tadelnswerte Menschenverachtung gedeutet. Andere freilich leugneten den Hochmut, und Doktor Überbein, mit dem man bei irgendeiner geselligen Gelegenheit darüber diskutierte, warf die Frage auf, ob – »jederlei Veranlassung zur Menschenverachtung bereitwillig zugegeben« – bei einer Entfernung von aller menschlichen Wirklichkeit, wie sie in diesem Falle bestehe, Verachtung eigentlich möglich sei. Ja, während man dies noch bedachte, stellte er in seiner unwidersprechlich schwadronierenden Weise die Behauptung hin, daß der Prinz die Menschen nicht nur nicht verachte, sondern sie sogar alle, auch die minderwertigsten, dermaßen respektiere, für voll nehme, ernst nehme, gut nehme, daß das arme überschätzte und überanstrengte Alltagsmenschenkind nur so schwitze...

Die Gesellschaft der Universitätsstadt hatte keine Zeit, sich hierüber schlüssig zu werden. Das Studienjahr war um, ehe man sich's versah, und Klaus Heinrich reiste ab, kehrte dem Programm seines Lebens gemäß in die väterliche Residenz zurück, um dort, trotz seines linken Armes, ein weiteres Jahr lang in vollem Ernst militärischen Dienst zu leisten. Er stand sechs Monate bei den Garde-Dragonern und befehligte die Herstellung von acht Schritt Distanz zu Lanzenübungen sowie die Bildung viereckiger Formationen, als ob es seine Sache gewesen wäre, wechselte dann die Waffe und trat, um auch in den Infanteriedienst Einblick zu tun, zu den Leibgrenadieren über. Er zog sogar auf die Schloßwache und kommandierte die Ablösung, – ein Vorgang, dem viel Publikum beiwohnte. Er kam, den Stern auf der Brust, im Geschwindschritt aus der Wachtstube, stellte sich mit gezogenem Säbel an den Flügel der Kompagnie und gab nicht ganz richtige Kommandos, was aber nicht schadete, da die braven Soldaten dennoch die richtigen Bewegungen ausführten. Auch saß er im Kasino an der Seite des Obersten beim Liebesmahl, und verhinderte durch seine Anwesenheit, daß die Herren ihre Uniformkragen öffneten und sich nach Tische dem Glücksspiel überließen. Aber hierauf, nun zwanzigjährig, trat er eine »Bildungsreise« an, – nicht mehr in Gesellschaft des Doktors Überbein, sondern in der eines militärischen Begleiters und Reisemarschalls, des Garde-Hauptmanns von Braunbart-Schellendorf, eines blonden Kavaliers, der bestimmt war, Klaus Heinrichs Adjutant zu bleiben, und dem durch diese Reise Gelegenheit gegeben wurde, Intimität und Einfluß zu gewinnen.

Klaus Heinrich sah nicht viel auf der Bildungsreise, die ihn weit herumführte und vom »Eilboten« eifrig verfolgt wurde. Er besuchte die Höfe, stellte sich den Souveränen vor, fuhr mit Herrn von Braunbart zu Galatafeln und erhielt bei seiner Abreise einen hohen Orden des Landes verliehen. Er nahm die Sehenswürdigkeiten in Augenschein, die Herr von Braunbart (der gleichfalls mehrere Orden erhielt) für ihn auswählte, und der »Eilbote« meldete von Zeit zu Zeit, daß der Prinz sich über ein Bild, ein Museum, ein Bauwerk gegen den führenden Direktor oder Konservator höchst anerkennend geäußert habe. Er reiste gesondert, geschützt und getragen von der ritterlichen Fürsorge des Herrn von Braunbart, der die Kasse führte, und dessen frommer Eifer verhütete, daß Klaus Heinrich am Ende der Fahrt auch nur imstande gewesen wäre, einen Koffer aufzugeben.

Zwei Worte, nicht mehr, mögen einem Zwischenspiel gewidmet sein, welches eine Großstadt des weiteren Vaterlandes zum Schauplatz hatte und durch Herrn von Braunbart mit aller gebotenen Sorgfalt in die Wege geleitet wurde. Herr von Braunbart besaß in dieser Stadt einen Kameraden, welcher, adelig, Rittmeister und Junggeselle, von seiner Seite mit einer jungen Dame aus der Theaterwelt, einer freundwilligen und dabei zuverlässigen Persönlichkeit, aufs engste verbunden war. Indem man, gemäß brieflicher Vereinbarung zwischen Herrn von Braunbart und seinem Kameraden, Klaus Heinrich mit dem Fräulein – und zwar in deren zweckdienlich ausgestattetem Heim – zusammenführte und die Bekanntschaft unter vier Augen sich hinlänglich vertiefen ließ, wurde auf gewissenhafte Art ein ausdrücklich vorgesehenes Bildungsziel der Reise erreicht, ohne daß es sich auch in diesem Falle für Klaus Heinrich um mehr, als um eine beifällige Kenntnisnahme gehandelt hätte. Das verdiente Fräulein erhielt eine Erinnerungsgabe, und Herrn von Braunbarts Freund ward gelegentlich dekoriert. Nichts mehr hierüber. –

Klaus Heinrich bereiste auch die schönen Länder des Südens, inkognito, unter einem Decknamen von romanhaftem Adelsklang. Da saß er denn wohl, allein vielleicht auf eine Viertelstunde, gekleidet in ein Zivil von zurückhaltender Vornehmheit, unter anderen Fremden auf einer weißen Restaurationsterrasse über einem dunkelblauen See, und es mochte geschehen, daß man von einem anderen Tisch aus ihn beobachtete, ihn nach der Art Reisender einzuschätzen und gesellschaftlich unterzubringen versuchte. Was mochte er sein, dieser still und gefaßt blickende junge Mann? Man ging die bürgerlichen Sphären durch, paßte ihn versuchsweise in die kaufmännische, die militärische, die studentische ein. Aber es wollte nicht stimmen, nirgends so recht und ganz. – Man fühlte die Hoheit, aber niemand erriet sie.

Albrecht II.

Großherzog Johann Albrecht starb an einer furchtbaren Krankheit, die etwas Nacktes und Abstraktes hatte und eigentlich mit keinem anderen Namen, als eben dem des Todes zu bezeichnen war. Es schien, als ob der Tod, seines Besitzrechtes sicher, in diesem Falle jede Maske und Erscheinung verschmähe und unmittelbar als er selbst, als die Auflösung an und für sich auf den Plan trete. Es handelte sich im wesentlichen um eine Zersetzung des Blutes, hervorgerufen durch innere Eiterungen, und eine tiefgreifende Operation, die von dem Direktor der Universitätsklinik, einem namhaften Chirurgen, vorgenommen wurde, konnte den fressenden Gang der Vernichtung nicht einmal verlangsamen. Es ging schnell zum Ende, und zwar um so schneller, als Johann Albrecht dem Tode wenig Widerstand leistete. Er gab Zeichen eines grenzenlosen Überdrusses und äußerte sich seinen Angehörigen und sogar den behandelnden Ärzten gegenüber wiederholt dahin, daß er »des Ganzen« – also wohl seines fürstlichen Daseins, seiner hohen und zur Schau gestellten Lebensführung – sterbensmüde sei. Seine Wangenzüge, diese beiden Furchen des Hochmuts und der Langenweile, prägten sich in seinen letzten Tagen auf entsetzlich übertriebene, wahrhaft groteske und grimassenhafte Weise aus, um sich erst im Tode wieder ein wenig zu glätten…

Des Großherzogs letzte Krankheit fiel in den Winter. Erbgroßherzog Albrecht, von seinem warmen und trockenen Aufenthaltsort abberufen, geriet in ein nasses Schneewetter, das seine Gesundheit schwer bedrohte. Sein Bruder Klaus Heinrich unterbrach seine Bildungsreise, die sich übrigens ohnedies ihrem Abschluß näherte, und kehrte mit Herrn von Braunbart-Schellendorf in großen Tagereisen aus den schönen Ländern des Südens in die Residenz zurück. Außer den beiden Prinzen-Söhnen weilten die Großherzogin Dorothea, die Prinzessinnen Katharina und Ditlinde, Prinz Lambert – ohne seine zierliche Gemahlin –, die behandelnden Ärzte und Kammerdiener Prahl am Sterbelager, während im Nebenzimmer die Hofstaaten und die Minister dienstlich versammelt waren. Wenn man den Beteuerungen der Dienerschaft glauben durfte, so hatte sich in diesen Wochen und Tagen das spukhafte Lärmen in der »Eulenkammer« außerordentlich verstärkt. Es sollte ein Rumpeln und schütterndes Poltern sein, das periodisch wiederkehrte und außerhalb des Gemaches nicht zu vernehmen war.

Johann Albrechts letzte Hoheitshandlung bestand darin, daß er dem Professor, der mit großer Meisterschaft die nutzlose Operation vorgenommen hatte, eigenhändig seine Ernennung zum Geheimrat überreichte. Er war furchtbar erschöpft, war »des Ganzen« müde, und sein Bewußtsein war auch in lichteren Augenblicken durchaus nicht mehr klar; aber er nahm den Akt mit aller Sorgfalt vor und machte eine Zeremonie daraus. Er ließ sich ein wenig aufrichten, verbesserte, die wächserne Hand schirmend über den Augen, die zufällige Aufstellung der Anwesenden, hieß seine Söhne sich zu beiden Seiten des Himmelbettes stellen, – und während sein Geist bereits vagierte, sich auf unbekannten Abwegen befand, ordnete er mit mechanischer Kunst seine Miene zum Gnadenlächeln, um dem Professor, der nach einiger Abwesenheit ins Zimmer zurückkehrte, das Diplom einzuhändigen...

Ganz gegen das Ende, als die Zerstörung schon das Gehirn ergriffen hatte, machte der Großherzog einen Wunsch deutlich, der, kaum verstanden, auch eiligst erfüllt wurde, obgleich seine Erfüllung nichts bessern konnte. In dem Murmeln des Kranken kehrten gewisse Worte, scheinbar zusammenhangslos, beständig wieder. Er nannte mehrere Stoffe, Seide, Atlas und Brokat, erwähnte des Prinzen Klaus Heinrich, brauchte einen medizinischen Fachausdruck und ließ etwas von einem Orden, dem Albrechtskreuz dritter Klasse mit der Krone vernehmen. Zwischendurch fing man ganz allgemeine Wendungen auf, die sich wahrscheinlich auf des Sterbenden fürstlichen Beruf bezogen und wie »außerordentliche Verpflichtung« und »bequeme Mehrzahl« lauteten; dann wiederholten sich die Stoffbezeichnungen, zu denen sich schließlich, mit stärkerer Stimme, das Wort »Sammet« gesellte. Und da begriff man, daß der Großherzog den Doktor Sammet zur Behandlung heranzuziehen wünsche, jenen Arzt, der vor zwanzig Jahren bei Klaus Heinrichs Geburt zufällig auf der Grimmburg zugegen gewesen war und nun seit langem in der Hauptstadt praktizierte. Der Doktor war freilich ein Kinderarzt, aber man berief ihn doch, und er kam: ziemlich ergraut bereits an den Schläfen, mit sorglos hängendem Schnurrbart, auf den seine Nase allzu flach abfiel, sauber rasiert übrigens und ein wenig wund davon an den Wangen. Seitwärts geneigten Kopfes, eine Hand an der Uhrkette und den Ellenbogen dicht am Oberkörper, prüfte er die Sachlage und begann sogleich, sich in tätiger Sanftmut um den hohen Kranken zu bemühen, worüber dieser in unzweideutiger Weise seine Befriedigung kundgab. So geschah es, daß Doktor Sammet dem Großherzog die letzten Injektionen verabfolgen, ihm mit stützender Hand den schweren Übergang erleichtern, vor den übrigen Ärzten ihm als Todeshelfer beistehen durfte, – eine Auszeichnung, die bei jenen Herren wohl einige stille Gereiztheit weckte, andererseits aber zur Folge hatte, daß der Doktor kurze Zeit danach, als der wichtige Posten vakant ward, zum Direktor und Chefarzt des Dorotheen-Kinderspitals ernannt wurde, in welcher Eigenschaft er später an der Entwicklung gewisser Dinge nicht ohne Anteil war.

So starb denn Johann Albrecht der Dritte, tat seinen letzten Seufzer in einer Winternacht, und das Alte Schloß war feierlich erleuchtet, während er verschied. Die strengen Furchen der Langenweile glätteten sich in seinem Gesicht, und jeder eigenen Anspannung überhoben, durfte er sich der Form überlassen, die zum letztenmal um ihn waltete, ihn trug, seine wächserne Hülle noch einmal zum Mittelpunkt und Gegenstand ihrer darstellerischen Bräuche machte... Herr von Bühl zu Bühl führte in voller Rüstigkeit die Oberleitung der Funeralien, die in Gegenwart vieler fürstlichen Gäste begangen wurden. Die düsteren Umständlichkeiten, diese unterschiedlichen Aufbahrungen und Überführungen, Leichenparaden, Einsegnungen und Gedächtnisfeiern am Katafalk, nahmen Tage in Anspruch, und acht Stunden lang war Johann Albrechts Leiche, inmitten einer Ehrenwache, die aus zwei Obersten, zwei Oberstleutnants, zwei Feldwebeln, zwei Wachtmeistern, zwei Unteroffizieren und zwei Kammerherren bestand, dem Publikum zur Besichtigung ausgestellt. Dann endlich kam der Augenblick, da der Zinksarg aus der Altarnische der Hofkirche, wo er zwischen umflorten Kandelabern und mannshohen Kerzen paradiert hatte, von acht Lakaien in die Vorhalle gebracht, von acht Förstern in den Mahagoni-Sarg gestellt, von acht Leibgrenadieren zum sechsfach bespannten und finster aufgeputzten Leichenwagen getragen wurde, der sich unter Kanonenschüssen und Glockengeläut nach dem Mausoleum in Bewegung setzte. Schwer von Nässe hingen die Fahnen von der Mitte ihrer Stangen herab. Obgleich es früh am Nachmittag war, brannten die Gaslaternen in den Straßen, die der Leichenkondukt zurückzulegen hatte. Zwischen traurigen Dekorationen war die Büste Johann Albrechts in den Schaufenstern ausgestellt, und die überall feilgebotenen Postkarten mit dem Bilde des dahingeschiedenen Repräsentanten wurden eifrig begehrt. Hinter den aufgereihten Truppen, den Turner- und Kriegervereinen, die die Ehrengasse freihielten, stand das Volk auf den Zehenspitzen im Schneebrei und blickte entblößten Hauptes auf den langsam vorüberziehenden Sarg, dem kranztragende Lakaien, Hofbeamte, die Träger der Insignien und der Hofprediger D. Wislizenus voranschritten und dessen silbergestickte Decke Oberhofmarschall von Bühl, Oberhofjägermeister von Stieglitz, Generaladjutant Graf Schmettern und Hausminister von Knobelsdorff an den Zipfeln hielten. Aber zur Seite seines Bruders Klaus Heinrich, gleich hinter dem Leibpferd, das dem Leichenwagen nachgeführt wurde, und an der Spitze der übrigen Leidtragenden schritt Großherzog Albrecht der Zweite. Sein Kostüm, der hochragende, steife Federbusch vorn an seinem Pelz-Tschako, die Lack-Stulpenstiefel unter dem hellen, faltigen Husaren-Überrock mit dem Trauerflor, stand ihm schlecht. Er schritt behindert unter den Blicken der Menge, und seine Schulterblätter, ein wenig schief stehend von Natur, verzogen sich im Gehen auf linkisch nervöse Art. Widerwille gegen den Zwang, bei dieser funebren Schaustellung als Erster mitwirken zu müssen, war in seinem blassen Gesicht zu lesen. Er blickte nicht auf im Schreiten und sog mit seiner kurzen, gerundeten Unterlippe an der oberen...

Diese Miene behielt er bei während der Kurialien des Regierungsantrittes, die übrigens mit aller Schonung vollzogen wurden. Der Großherzog unterzeichnete im Silbersaal der Schönen Zimmer vor den versammelten Ministern die Eidesurkunde und verlas im Thronsaal, vor dem geschwungenen Theatersessel unter dem Baldachin stehend, die Thronrede, die Herr von Knobelsdorff angefertigt hatte. Die wirtschaftliche Lage des Landes wurde darin mit Ernst und Zartsinn gestreift und die schöne Einhelligkeit gepriesen, die trotz aller Schwierigkeiten zwischen dem Fürsten und dem Lande herrsche, – bei welcher Stelle ein höherer Funktionär, der wahrscheinlich mit seinem Avancement nicht zufrieden war, seinem Nachbarn zugeflüstert haben sollte, die Einhelligkeit bestehe darin, daß der Fürst ebenso verschuldet sei wie das Land, – ein scharfes Wort, das vielfach weitergetragen wurde und sogar in die gehässig gesinnte Presse gelangte... Schließlich brachte der Präsident des Landtags ein Hoch auf den Großherzog aus, ein Gottesdienst in der Hofkirche fand statt, und dabei hatte es sein Bewenden. Albrecht unterschrieb noch eine Verordnung, kraft welcher eine Reihe von Geld- und Gefängnisstrafen, die für harmlosere Straftaten, hauptsächlich Forstfrevels halber, verhängt worden waren, in Gnaden erlassen wurden. Der feierliche Umzug durch die Stadt und die Begrüßung im Rathause unterblieben ganz, da der Großherzog sich allzu ermüdet fühlte. – Er wurde, Rittmeister bisher seiner militärischen Charge nach, gelegentlich seiner Thronbesteigung sofort zum Obersten à la suite seines Husarenregimentes befördert, legte die Uniform aber fast niemals an und hielt sich seine soldatische Umgebung so fern als möglich. Er nahm, vielleicht aus Pietät, keinerlei Personalwechsel vor, nicht unter den Hofchargen und auch nicht unter den Ministern.

Das Publikum sah ihn selten. Seine stolze und schamhafte Abneigung, sich zu zeigen, sich vorzuführen, sich grüßen zu lassen, trat vom ersten Tage an in einem Grade hervor, der die Öffentlichkeit betrübte. Er erschien niemals in der großen Loge des Hoftheaters. Er beteiligte sich niemals an dem Korso im Stadtgarten. Wenn er im Alten Schloß residierte, so ließ er sich in geschlossenem Wagen in eine entlegene und menschenleere Gegend der Anlagen führen, wo er ausstieg, um sich ein wenig Bewegung zu machen; und im Sommer zu Hollerbrunn trat er nur ausnahmsweise aus den Heckengängen des Parkes hervor.

Wurde das Volk seiner ansichtig, am Albrechtstor etwa, wenn er, gehüllt in den schweren Pelz, den schon sein Vater getragen hatte und auf dessen dickem Kragen nun sein zartes Haupt ruhte, sein Coupee bestieg, so richteten sich schüchterne Blicke auf ihn, und die Rufe blieben zag und ohne das rechte Zutrauen. Denn die geringen Leute fühlten wohl, daß sie diesen Fürsten nicht hochleben lassen und sich selbst damit meinen konnten. Sie sahen ihn an und erkannten sich nicht in ihm wieder, dessen reine Vornehmheit kein Merkmal ihres besonderen Schlages trug. Sie waren es anders gewohnt. Stand nicht auf dem Albrechtsplatz noch heutigen Tages ein Dienstmann, der mit seinen zu hoch sitzenden Wangenknochen und seinem grauen Backenbart auf derbe und niedrige Art genau aussah, wie der verstorbene Großherzog ausgesehen hatte? Und traf man nicht des Prinzen Klaus Heinrich Züge auf dieselbe Weise im niederen Volke wieder? Es war nicht so mit seinem Bruder. Das Volk fand in ihm nicht sein erhöhtes Wunschbild, in dessen Anblick es hoch leben und seiner selbst hätte froh werden können. Seine Hoheit – seine unzweifelhafte Hoheit! – war ein Adel von allgemeiner Natur, überheimatlich und ohne das trauliche Gepräge der Echtheit. Auch wußte er das; und das Bewußtsein seiner Hoheit zusammen mit dem seines Mangels an volkstümlicher Echtheit, das mochte wohl seine Scheu und seinen Hochmut ausmachen. Schon damals fing er an, die Repräsentation nach Möglichkeit auf den Prinzen Klaus Heinrich zu übertragen. Er schickte ihn zur Brunnenenthüllung nach Immenstadt und zum historischen Stadtfest nach Butterburg. Ja, seine Verachtung jeder Darstellung seiner fürstlichen Person ging so weit, daß Herr von Knobelsdorff ihn nur mit Mühe und Not überredete, den feierlichen Empfang der Präsidenten der beiden Kammern im Thronsaale selber abzuhalten und nicht auch diese Schauhandlung »aus Gesundheitsrücksichten«, wie er beabsichtigte, an seinen jüngeren Bruder abzutreten.

Albrecht der Zweite lebte recht einsam im Alten Schloß; der Gang der Dinge brachte das mit sich. Erstens hielt seit dem Tode Johann Albrechts Prinz Klaus Heinrich selbständig Hof. Das war eine Forderung der Etikette, und so hatte man ihm die »Eremitage« zum Wohnsitz ersehen, jenes Empire-Schlößchen am Rande der nördlichen Vorstadt, das so verschwiegen und anmutig-streng, aber lange unbewohnt und vernachlässigt, inmitten seines wuchernden Parkes, der in den Stadtgarten überging, zu seinem kleinen, von Schlamm starrenden Teich hinüberblickte. Schon um die Zeit, da Albrecht mündig geworden war, hatte man der »Eremitage« die notwendigste Auffrischung zuteil werden lassen und sie der Form halber zum Erbgroßherzoglichen Palais bestimmt; aber da Albrecht sich immer von seinem warmen und trockenen Aufenthaltsort im Sommer direkt nach Hollerbrunn begeben hatte, so hatte er niemals von seiner Residenz Gebrauch gemacht...

Klaus Heinrich wohnte dort ohne überschwenglichen Aufwand mit einem Hofchef, der dem Haushalte vorstand, einem Freiherrn von Schulenburg-Tressen, Neffen der Oberhofmeisterin. Außer dem Kammerdiener Neumann hatte er noch zwei Lakaien zur täglichen Aufwartung; den Jäger, dessen er zu zeremoniellen Ausfahrten bedurfte, lieh ihm der Großherzogliche Hof. Ein Kutscher und ein paar Knechte in roten Westen versahen Remise und Stall, deren Bestand sich auf eine Chaise, ein Coupee, einen Dogcart, zwei Reit- und zwei Wagenpferde belief. Ein Gärtner besorgte mit Hilfe zweier Burschen den Park und den Garten; und eine Köchin nebst ihrer Küchenmagd sowie zwei Zimmermädchen bildeten das weibliche Personal auf Schloß »Eremitage«. Hofmarschall von Schulenburgs Sache war es, für seinen jungen Herrn mit der Apanage hauszuhalten, die der Landtag nach Albrechts Thronbesteigung dem Bruder des Großherzogs in einer bedenkenvollen Sitzung bewilligt hatte. Sie betrug fünfzigtausend Mark. Denn die Summe von achtzigtausend, welche ursprünglich gefordert worden, hatte keinerlei Aussicht gehabt, im Landtage durchzugehen, und so hatte man in Klaus Heinrichs Namen beizeiten einen weisen und großmütigen Verzicht getan, der im Lande den besten Eindruck gemacht hatte. – Jeden Winter ließ Herr von Schulenburg das Eis des Teiches veräußern. Zweimal im Sommer ließ er die Wiesen des Parkes mähen und das Heu verkaufen. Nach dem Mähen sahen die Wiesenflächen fast aus wie englischer Rasen.

Ferner residierte Dorothea, die Großherzogin-Mutter, nicht mehr im Alten Schloß, und mit ihrer Zurückgezogenheit hatte es eine traurige und unheimliche Bewandtnis. Auch von dieser Fürstin nämlich, die der gereiste und bewanderte Herr von Knobelsdorff gelegentlich als eine der schönsten Frauen bezeichnet hatte, die er je gesehen, auch von ihr, deren festlicher Anblick Glück, Herzenserhebung und Lebehochs bewirkt hatte, wann immer sie sich den sehnsüchtigen Blicken bedrückter Alltagsmenschen dargestellt, auch von ihr hatte die Zeit ihren Tribut gefordert. Dorothea war gealtert, ihre kühl und streng gepflegte, berühmte, bejubelte Vollkommenheit war während der letzten Jahre so schnell und unaufhaltsam verwelkt, daß die Frau in ihrem Innern nicht Schritt mit dieser Wandlung zu halten vermochte. Nichts, keine Kunst, kein Mittel, auch die lästigen und widerlichen nicht, mit denen sie den Verfall bekämpft, hatte zu hindern vermocht, daß der süße Glanz ihrer tiefblauen Augen erlosch, daß Ringe von schlaffer, gelblicher Haut sich darunter bildeten, daß die wundervollen kleinen Gruben in ihren Wangen sich zu Furchen höhlten und ihr stolzer und herber Mund nun so scharf und mager erschien. Da aber ihr Herz streng gewesen war, wie ihre Schönheit, und auf nichts als diese Schönheit bedacht, da ihre Schönheit ihre Seele gewesen war und sie nichts gewollt und geliebt hatte, als die erhebende Wirkung dieser Schönheit, während ihr eigenes Herz nicht hochschlug, keineswegs, für nichts und für niemanden, so war sie nun ratlos und sehr verarmt, konnte innerlich den Übergang zu dem neuen Zustand nicht finden und nahm Schaden an ihrem Gemüte. Generalarzt Eschrich äußerte noch etwas von seelischer Erschütterung infolge eines ungewöhnlich raschen Rückbildungsprozesses und hatte zweifellos auf seine Art recht mit dieser Deutung. Die traurige Tatsache war jedenfalls, daß Dorothea schon während der letzten Lebensjahre ihres Gemahles Merkmale tiefer geistiger Trübung und Verstörung gezeigt hatte. Sie ward helligkeitsscheu, ordnete an, daß bei den Donnerstag-Konzerten im Marmorsaal alle Lichter rot umkleidet wurden, und bekam Zufälle, als sie nicht durchzusetzen vermochte, daß diese Maßregel auch auf alle übrigen Festlichkeiten, den Hofball, den intimen Ball, das Diner, die große Cour ausgedehnt werde, da die Sonnenuntergangsstimmung im Marmorsaal ohnedies viel Anlaß zum Gespött gegeben hatte. Sie verbrachte ganze Tage vor ihren Spiegeln, und man beobachtete, wie sie diejenigen mit den Händen liebkoste, die aus irgendeinem Grunde ihre Erscheinung in günstigerem Lichte widergaben. Dann wieder ließ sie alle Spiegel aus ihren Zimmern entfernen, ja, die in die Wände eingelassenen verkleiden, legte sich ins Bett und rief nach dem Tode. Eines Tages fand Freifrau von Schulenburg sie völlig zerstört und entzündet vom Weinen im Saal der zwölf Monate vor dem großen Porträt, das sie auf der Höhe ihrer Schönheit darstellte... Gleichzeitig begann eine krankhafte Menschenfurcht ihrer Herr zu werden, und für Hof und Volk war es eine Pein, zu bemerken, wie die Haltung dieser ehemaligen Göttin an Sicherheit verlor, ihr Auftreten seltsam linkisch wurde und ein elender Ausdruck ihren Blick befing. Schließlich verbarg sie sich ganz, und bei dem letzten Hofball, dem er angewohnt, hatte Johann Albrecht statt seiner »unpäßlichen« Gemahlin seine Schwester Katharina geführt. Sein Tod war insofern eine Erlösung für Dorothea, als er sie aller Repräsentationspflichten enthob. Sie wählte als Witwensitz Schloß Segenhaus, ein klösterlich anmutendes altes Jagdschloß, das, anderthalb Stunden Wagenfahrt von der Residenz entfernt, inmitten seines ernsten Parkes lag und von einem frommen Jagdherrn mit religiösen und weidmännischen Emblemen in seltsamem Durcheinander geschmückt war. Dort lebte sie, verdüstert und wunderlich, und Ausflügler konnten manchmal von weitem beobachten, wie sie an der Seite der Freifrau von Schulenburg-Tressen im Park promenierte und mit gnädiger Neigung die Alleebäume zu beiden Seiten grüßte...

Was aber endlich Prinzessin Ditlinde betraf, so hatte sie sich, zwanzigjährig, ein Jahr nach dem Tode ihres Vaters, vermählt. Sie reichte ihre Hand einem Fürsten aus mediatisiertem Hause, dem Prinzen Philipp zu Ried-Hohenried, einem nicht mehr jugendlichen, aber wohl erhaltenen, kunstsinnigen, kleinen Herrn von vorgeschrittenen Anschauungen, der sich längere Zeit artig um sie bemüht, seine Sache ganz persönlich betrieben und der Prinzessin bei einem Wohltätigkeitsfest auf gut bürgerliche Art Herz und Hand angetragen hatte. Daß diese Verbindung im Lande stürmischen Jubel hervorrief, kann nicht gesagt werden. Sie ward mit Gelassenheit hingenommen, sie enttäuschte wohl gar stolzere Hoffnungen, die man im stillen für Johann Albrechts Tochter gehegt hatte, und die Krittler fanden, wenn man diese Heirat nicht geradezu unebenbürtig nennen müsse, so sei das alles. Daran war richtig, daß Ditlinde sich unzweifelhaft aus ihrer Hoheitssphäre in eine ungebundenere und zivilere Lebensgegend hinabließ, als sie – übrigens völlig unbeeinflußt von außen und aus freier Neigung – dem Fürsten ihre Hand reichte. Dieser Standesherr war nicht nur ein Liebhaber und Sammler von Ölgemälden, sondern auch Geschäftsmann und Gewerbetreibender in großem Maßstabe. Das Dynastengeschlecht war seit hundert Jahren der Landeshoheit entkleidet, aber Philipp war der erste seines Hauses, der seinen Privatstand wirtschaftlich ungezwungen zu nützen sich entschlossen hatte. Nachdem er seine Jugend auf Reisen verbracht, hatte er nach einer Tätigkeit ausgeschaut, die ihm innere Befriedigung gewähren, vor allem aber (was nötig geworden) seine Einkünfte vermehren würde. So ward er zum Unternehmer, errichtete Meiereien, Bierbrauereien, eine Zuckerfabrik, mehrere Sägemühlen auf seinen Gütern und fing namentlich an, die ausgebreiteten Torflager, die dazu gehörten, planmäßig auszubeuten. Da er all diesen Betrieben mit Sachkenntnis und umsichtigem Geschäftsgeiste vorstand, so begannen sie bald in Flor zu kommen und warfen Summen ab, die, wenn ihr Ursprung nicht sehr fürstlich war, ihm jedenfalls eine fürstliche Lebensführung erst eigentlich ermöglichten. Andrerseits mußte man den Krittlern die Frage vorlegen, was für einer Partie sie sich nüchternerweise für die Prinzessin hatten versehen können. Ditlinde, die ihrem Gatten beinahe nichts mitbrachte, als einen unerschöpflichen Schatz von Leibwäsche, darunter viele Dutzende gänzlich veralteter und unnützer Gegenstände, wie Nachthauben und Halstücher, die aber ehrwürdiger Überlieferung nach zur Brautausstattung gehörten, – sie gelangte durch diese Heirat in behaglich reiche und heitere Verhältnisse, wie sie sie von Hause aus schlechterdings nicht gewohnt gewesen war: wobei die Empfindungen ihres Herzens noch nicht einmal in Anschlag gebracht sind. Auch tat sie den Schritt ins Privatleben mit offenbarer Genugtuung und Entschlossenheit und behielt von den Äußerlichkeiten der Hoheit nichts als den Titel bei. Sie blieb in freundschaftlichem Verkehr mit ihren Damen, nahm aber dem Verhältnis alles Dienstliche und vermied es, ihrem Hauswesen den Charakter eines Hofes zu geben. Das mochte wundernehmen, bei einer Grimmburgerin überhaupt und bei Ditlinden im besonderen, mußte aber doch wohl ihren Bedürfnissen entsprechen. Das Paar verbrachte den Sommer auf den fürstlichen Landgütern, den Winter in der Residenz in dem schönen Palais an der Albrechtsstraße, das Philipp zu Ried erworben hatte; und hier war es, nicht im Alten Schloß, wo die großherzoglichen Geschwister – Klaus Heinrich und Ditlind, zuweilen auch Albrecht – sich dann und wann zu vertraulicher Aussprache zusammenfanden.

So geschah es, daß eines Tages zu Anfang Herbst, nicht ganz zwei Jahre nach dem Tode Johann Albrechts, der »Eilbote«, wohlunterrichtet wie er war, noch in seiner Abendausgabe die Nachricht brachte, heute nachmittag hätten Seine Königliche

Hoheit der Großherzog und Seine Großherzogliche Hoheit Prinz Klaus Heinrich bei Ihrer Großherzoglichen Hoheit der Fürstin zu Ried-Hohenried den Tee genommen. Nur diese Notiz. Es waren aber an jenem Nachmittag zwischen den Geschwistern mehrere für die Zukunft belangreiche Dinge besprochen worden.

Klaus Heinrich verließ gegen fünf Uhr die Eremitage. Da sonniges Wetter herrschte, hatte er die Chaise bestellt, und das offene, braunlackierte Gefährt, blank gewaschen, wenn auch nicht sehr neu und modisch von Ansehen, näherte sich dreiviertel fünf Uhr, vom Stalle kommend, der mit seinem gepflasterten Hof am rechten Flügel der Wirtschaftsgebäude gelegen war, im Schritt auf dem breiten Kiesweg dem Schlößchen. Die Wirtschaftsgebäude, ockerfarbene, altväterische Erdgeschoß-Baulichkeiten, bildeten mit dem weißen und schlichten Herrenhause (wenn auch in einiger Entfernung davon) einen ziemlich langen Trakt, dessen in regelmäßigen Abständen mit Lorbeerbäumen gezierte Front dem schlammigen Teich und dem öffentlichen Teile des Parkes zugewandt war. Der vordere Teil des Besitzes nämlich, der in den Stadtgarten überging, war dem Verkehr, Fußgängern und leichtem Fuhrwerk, geöffnet, und eingefriedigt nur der ein wenig ansteigende Blumengarten, auf dessen Höhe das Schloß lag, sowie der rückwärts gelegene und arg verwilderte Parkgrund, der durch Hecke und Zaun gegen wüste, mit Schutt bedeckte Vorstadtwiesen abgegrenzt war. – Der Wagen also fuhr auf dem Wege zwischen Teich und Wirtschaftsgebäude hin, lenkte durch die hohe, mit zwei ehemals vergoldeten Laternen geschmückte Gartenpforte, legte die Auffahrt zurück und wartete vor der kleinen, steifen, von Lorbeerbäumen flankierten Terrasse, die zum Gartenzimmer emporführte.

Klaus Heinrich kam wenige Minuten vor fünf Uhr heraus. Er trug wie gewöhnlich die festsitzende Uniform eines Oberleutnants der Leibgrenadiere und hatte den Säbelgriff über den Arm gehängt. Neumann, in violettem Frack, dessen Ärmel zu kurz waren, lief vor ihm die Stufen hinab und verpackte mit seinen roten Barbierhänden den zusammengelegten grauen Mantel seines Herrn im Wagen. Dann, während der Kutscher, die Hand am Rosettenhut, sich ein wenig seitwärts vom Bock neigte, ordnete der Kammerdiener die leichte Wagendecke über Klaus Heinrichs Knieen und trat mit stummer Verbeugung zurück. Die Pferde zogen an.

Draußen vor der Gartenpforte hatten sich einige Spaziergänger aufgestellt. Sie grüßten, führten, mit emporgezogenen Brauen lächelnd, ihre Hüte tief hinab, und Klaus Heinrich dankte ihnen, indem er seine weiß bekleidete Rechte an den Mützenschirm legte und mehrmals lebhaft den Kopf neigte.

Es ging am Rande unbebauten Geländes eine Birkenallee entlang, deren Laub schon vergilbte, und dann durch die Vorstadt, zwischen ärmlichen Wohnungen hin, auf ungepflasterten Straßen, wo Volkskinder einen Augenblick Tonnenreifen und Kreisel ruhen ließen, um dem Gefährt mit grüblerischen Augen nachzusehen. Einige schrieen Hoch und liefen, den Kopf gegen Klaus Heinrich gewandt, ein Stückchen neben den Rädern her. Übrigens hätte der Wagen auch den Weg über den Quellengarten nehmen können; aber der durch die Vorstadt war kürzer, und die Zeit drängte. Ditlinde war von empfindlicher Ordnungsliebe und leicht gereizt, wenn man durch Unpünktlichkeit den Gang ihres Hauswesens störte.

Dort war das Dorotheen-Kinderspital, das Überbeins Freund Doktor Sammet leitete; Klaus Heinrich fuhr daran vorüber. Und dann verließ sein Wagen die volkstümliche Gegend und gelangte in die Gartenstraße, eine stattliche, mit Bäumen bepflanzte Avenue, an welcher die Häuser und Villen begüterter Bürger lagen, und deren Trambahnlinie den Quellengarten mit dem Zentrum der Stadt verband. Hier herrschte ziemlich lebhafter Verkehr, und Klaus Heinrich war angestrengt beschäftigt, die Grüße zu erwidern, die man ihm darbrachte. Zivilisten zogen die Hüte und blickten von unten, Offiziere, zu Pferd und zu Fuß, erwiesen Honneur, Schutzmänner machten Front, und Klaus Heinrich in seiner Wagenecke führte die Hand zum Mützenschirm und dankte nach beiden Seiten mit jenem von Jugend auf geübten Nicken und Lächeln, das bestimmt war, die Leute in ihrer Teilnahme an seiner festlichen Persönlichkeit zu bestärken... Er hatte eine ganz eigentümliche Art, im Wagen zu sitzen, – nicht träg und bequem in den Kissen zu lehnen, sondern beim Fahren auf ähnliche Weise beteiligt zu sein, wie beim Reiten, indem er, die Hände auf dem Säbelgriff gekreuzt und einen Fuß etwas vorgestellt, die Unebenheiten des Bodens gleichsam »nahm«, sich tätig den Bewegungen des schlecht federnden Wagens anpaßte...

Die Chaise fuhr über den Albrechtsplatz, ließ das Alte Schloß mit der präsentierenden Doppelwache zur Rechten liegen, verfolgte die Albrechtsstraße in der Richtung gegen die Kaserne der Leibgrenadiere und rollte zur Linken in den Hof des Fürstlich Riedschen Palais. Es war ein Bau von intimen Verhältnissen, im Zopfstil errichtet, mit einem geschwungenen Giebel über dem Hauptportal, umschnörkelten Œils-de-bœuf im Zwischengeschoß, hohen Balkonfenstern in der Bel-étage und einer zierlichen cour d'honneur, die von den beiden nur einstöckigen Seitenflügeln gebildet wurde und gegen die Straße durch ein gebogenes Gatter abgeschlossen war, auf dessen Pfeilern steinerne Putten spielten. Aber die innere Ausstattung des Schlosses war im Gegensatz zu dem geschichtlichen Stil seines Äußeren durchaus in einem neuzeitlichen und behaglich bürgerlichen Geschmack gehalten.

Ditlinde empfing ihren Bruder in einem großen Salon des ersten Stockwerks mit mehreren Gruppen geschweifter Causeusen in blaßgrüner Seide, dessen hinteres Viertel, durch schlanke Pfeiler gegen den Hauptteil abgegrenzt, ganz und gar mit Palmen, Blumenstöcken in Metallkübeln und farbig prangenden Blumentischen angefüllt war.

»Guten Tag, Klaus Heinrich«, sagte die Fürstin. Sie war zart und schlank, und üppig war nur ihr aschblondes Haar, das sich ehemals gleich goldenen Widderhörnern um ihre Ohren gelegt hatte und nun in dicken Flechten über ihrem herzförmigen Antlitz mit den Grimmburger Wangenknochen lastete. Sie trug ein Hauskleid aus weichem, blaugrauem Stoff mit einem spitz ausgeschnittenen, brusttuchartigen weißen Spitzenkragen, der am

Gürtel mit einer altmodischen ovalen Brosche zusammengehalten war. Die feine Haut ihres Gesichtes ließ da und dort, an den Schläfen, auf der Stirn, in den Winkeln ihrer sanft und kühl blikkenden blauen Augen, bläuliche Adern und Schatten durchscheinen. Es fing an, sichtbar zu werden, daß sie guter Hoffnung war.

»Guten Tag, Ditlinde, mit deinen Blumen!« antwortete Klaus Heinrich, indem er sich mit zusammengezogenen Absätzen über ihre kleine, weiße, ein wenig zu breite Hand beugte. »Wie es duftet bei dir! Und da drinnen ist auch alles voll, wie ich sehe.«

»Ja«, sagte sie, »die Blumen hab' ich nun einmal gern. Ich habe mir immer gewünscht, unter recht vielen Blumen wohnen zu können, lebenden, duftenden Blumen, die ich warten könnte, – so etwas wie ein heimlicher Herzenswunsch war es, Klaus Heinrich, und eigentlich könnt' ich sagen, daß ich mich dazu verheiratet habe, denn im Alten Schloß, da gab's keine Blumen, wie du weißt... Das Alte Schloß und Blumen! Da hätten wir lange stöbern können, meine ich. Rattenfallen und solches Zeug, jawohl. Und genau besehen war das Ganze wie eine abgeschaffte Rattenfalle, so staubig und schrecklich... bewahre...«

»Aber der Rosenstock, Ditlinde.«

»Ja, großer Gott, – ein Rosenstock. Und der steht im Reisebuch, weil seine Rosen nach Moder duften! Und dann steht da, daß sie eines Tages ganz natürlich und gut duften sollen, wie andere Rosen. Aber das kann ich mir gar nicht denken.«

»Du wirst nun bald«, sagte er und sah sie lächelnd an, »etwas noch Besseres zu warten haben, kleine Ditlinde, als deine Blumen.«

»Ja«, sagte sie und errötete rasch und schwach, »ja, Klaus Heinrich, das kann ich mir nun freilich auch nicht denken. Und doch wird es sein, wenn es Gott gefällt. Aber komm herein. Wir wollen nun wieder einmal beieinander sitzen...«

Das Zimmer, auf dessen Schwelle sie geplaudert hatten, war klein im Verhältnis zu seiner Höhe, mit einem graublauen Teppich versehen, und ausgestattet mit anmutig geformten und silbergrau lackierten Möbeln, deren Sitze blasse Seidenbezüge zeigten. Ein Lustre aus milchigem Porzellan hing von dem weiß umschnörkelten Mittelpunkt der Decke herab, und die Wände waren mit Ölbildern von verschiedener Größe geschmückt, Erwerbungen des Fürsten Philipp, lichterfüllten Studien im neuen Geschmack, die weiße Ziegen in der Sonne, Federvieh in der Sonne, besonnte Wiesen und bäuerliche Menschen mit blinzelnden, von der Sonne gesprenkelten Gesichtern zur Anschauung brachten. Der dünnbeinige Damen-Sekretär beim weißverhangenen Fenster war bedeckt mit hundert peinlich geordneten Sächelchen, Nippes, Schreibutensilien und mehreren zierlichen Notizblocks – denn die Fürstin war gewohnt, sich über alle ihre Pflichten und Absichten sorgfältige und übersichtliche Notizen zu machen – vorm Tintenfaß lag offen ein Wirtschaftsbuch, daran Ditlinde augenscheinlich soeben gearbeitet hatte, und neben dem Schreibtisch war an der Wand ein kleiner, mit seidenen Schleifen verzierter Abreißkalender befestigt, unter dessen gedruckter Tagesangabe der Bleistiftvermerk zu lesen war: »5 Uhr: meine Brüder.« Gegenüber der weißen Flügeltür zum Empfangssalon war zwischen der Sofabank und einem Halbkreis von Stühlen der ovale Tisch mit zartem Damast und einem blauseidenen Läufer gedeckt; das blumige Teegeschirr, ein Aufsatz mit Konfekt, längliche Schalen mit Zuckergebäck und winzigen Butterbrötchen waren in ebenmäßiger Anordnung darauf verteilt, und seitwärts dampfte auf einem Glastischchen über seiner Spiritusflamme der silberne Teekessel. Aber überall, in den Vasen auf dem Schreibtisch, dem Teetisch, dem Spiegeltisch, dem Glasschrank voll Porzellanfiguretten, dem Tischchen neben der weißen Chaiselongue waren Blumen, und ein Blumentisch voller Topfgewächse stand zum Überfluß auch hier vor dem Fenster.

Dies Zimmer, abseits und im Winkel zu der Flucht der Empfangsräume gelegen, war Ditlindens Kabinett, ihr Boudoir, der Raum, in dem sie ganz enge Nachmittagsempfänge gab und eigenhändig den Tee zu bereiten pflegte. Klaus Heinrich sah ihr zu, wie sie die Kanne mit heißem Wasser spülte und mit einem silbernen Löffelchen Tee hineinschüttete.

»Und Albrecht... wird er kommen?« fragte er mit unwillkürlich gedämpfter Stimme...

»Ich hoffe es«, sagte sie, indem sie sich aufmerksam über die kristallene Teebüchse beugte, wie um nichts zu verschütten (und auch er vermied es, sie anzusehen). »Ich habe ihn natürlich gebeten, Klaus Heinrich, aber du weißt, er kann sich nicht binden. Es hängt von seinem Befinden ab, ob er kommt... Ich mache nun erst einmal unsern Tee, denn Albrecht bekommt seine Milch... Übrigens kann es sein, daß auch Jettchen heute ein bißchen vorspricht. Es wird dich freuen, sie wiederzusehen. Das lebhafte Ding weiß immer so viel zu erzählen...«

Mit »Jettchen« war ein Fräulein von Isenschnibbe gemeint, der Fürstin vertraute Dame und Freundin. Sie standen seit Kindestagen auf du und du.

»Und immer gerüstet?« sagte Ditlinde, indem sie den gefüllten Teetopf auf den Untersatz stellte und ihren Bruder betrachtete... »Immer in Uniform, Klaus Heinrich?«

Er stand mit geschlossenen Absätzen und rieb seine linke Hand, die an Kälte litt, in der Höhe der Brust mit der Rechten.

»Ja, Ditlinde, ich habe es gern so, es ist mir lieber. Es sitzt so fest, weißt du, und man ist angezogen. Außerdem ist es billiger, denn eine ordentliche Zivilgarderobe läuft, glaube ich, schrecklich ins Geld, und Schulenburg klagt ohnedies beständig, daß alles so teuer wird. So komm' ich mit zwei, drei Röcken aus und kann mich mit Ehren sogar bei meinen reichen Verwandten sehen lassen...«

»Reiche Verwandte!« lachte Ditlinde. »Ja, damit hat es noch gute Weile, Klaus Heinrich!«

Sie setzten sich an den Teetisch, Ditlinde auf die Sofabank, Klaus Heinrich auf einen Stuhl gegenüber dem Fenster.

»Reiche Verwandte!« wiederholte sie, und man sah, wie der Gegenstand sie erwärmte. »Nein, weit gefehlt, wie sollten wir reich sein, wo doch das Barvermögen gering ist und alles in den Unternehmungen steckt, Klaus Heinrich. Und die sind jung und im Werden, sind allesamt noch im Wachstum begriffen, wie mein guter Philipp sagt, und werden wohl erst unsern Nachkommen die vollen Früchte tragen. Aber es geht vorwärts, so viel ist wahr, und ich halte Ordnung in der Wirtschaft...«

»Ja, das tust du, Ditlinde, Ordnung hältst du!«

»... halte Ordnung und schreibe alles auf und passe auf die Leute, und bei allem Aufwand, den man der Welt schuldet, bringt man alljährlich was Ansehnliches auf die Seite und denkt an die Kinder. Und mein guter Philipp... Er läßt dich grüßen, Klaus Heinrich, ich vergaß das, er bedauert herzlich, heute nicht anwesend sein zu können... Da sind wir nun kaum von Hohenried zurück, und er ist schon wieder unterwegs, in Geschäften, auf den Gütern, – so klein und zart von Natur wie er ist, aber wenn es um seinen Torf und seine Sägemühlen geht, so bekommt er rote Backen, und er sagt selbst, daß er viel gesünder geworden ist, seitdem er so viel zu tun hat...«

»Sagt er das?« fragte Klaus Heinrich, und in seine Augen kam etwas Trübes, während er geradeaus über den Blumentisch hin auf das helle Fenster blickte... »Ja, ich kann es mir ganz gut denken, daß es gewissermaßen anregend wirken muß, so recht tüchtig beschäftigt zu sein. Bei mir im Park sind nun auch wieder die Wiesen gemäht, zum zweitenmal dieses Jahr, und es macht mir Spaß, zu sehen, wie das Heu zu regelrechten Hügeln aufgebaut wird, mit einem Stock mitten durch, daß es aussieht wie ein Lager von kleinen Indianerhütten, oder so ähnlich, und dann wird Schulenburg es verkaufen. Aber das ist natürlich nicht zu vergleichen...«

»Ach, du!« sagte Ditlinde und drückte das Kinn auf die Brust. »Mit dir ist es doch etwas anderes, Klaus Heinrich! Der Nächste am Thron! Du bist doch zu anderen Dingen berufen, sollte ich denken. Bewahre! Freu' du dich deiner Beliebtheit bei den Leuten...«

Sie schwiegen eine Weile.

»Und du, Ditlinde«, sagte er dann, »nicht wahr, dir geht es ebenfalls gut und besser, als früher, da müßt' ich mich täuschen. Ich sage nicht, daß du rote Backen bekommen hast, wie Philipp von seinem Torf; ein bißchen durchsichtig warst du ja immer und bist du geblieben. Aber du hast einen frischen Ausdruck, wie? Ich habe noch nie gefragt, seit du verheiratet bist, aber ich glaube, man kann getrost sein in Hinsicht auf dich.«

Sie saß in friedlicher Haltung, die Arme leicht unter der Brust verschränkt.

»Ja«, sagte sie, »mir ist wohl, Klaus Heinrich, du hast recht gesehen, und das wäre Undank, wollt' ich mich nicht zu meinem Glücke bekennen. Siehst du, ich weiß sehr gut, daß manche Leute im Land enttäuscht sind von meiner Heirat und sagen, ich hätte mich vertan und sei hinabgestiegen und was noch alles. Und solche Leute sind garnicht weit zu suchen, denn Bruder Albrecht, das weißt du so gut wie ich, im Herzen verachtet er meinen guten Philipp und mich dazu und kann ihn nicht leiden und nennt ihn bei sich einen Händler und Bürgersmann. Aber das kann mich nicht kümmern, denn ich habe es gewollt und habe Philipps Hand genommen – ergriffen würd' ich sagen, wenn es nicht so wild klänge – habe sie genommen, weil sie warm und gut war und sich bot, mich aus dem Alten Schlosse herauszuführen. Denn wenn ich daran zurückdenke, an das Alte Schloß und das Leben darin, wie ich es ohne den guten Philipp wohl immer fortgeführt hätte, dann graust mir, Klaus Heinrich, und ich fühle, daß ich es nicht ertragen hätte und wirr und wunderlich geworden wäre, wie die arme Mama. Ich bin ein bißchen zart von Natur, wie du weißt, ich wäre ganz einfach zugrunde gegangen, in soviel Öde und Traurigkeit, und als der gute Philipp kam, da dacht' ich: das ist deine Rettung. Und wenn die Leute sagen, daß ich eine schlechte Prinzessin bin, weil ich gewissermaßen abgedankt habe und hierher geflüchtet bin, wo es ein bißchen wärmer und freundlicher ist, und wenn sie sagen, daß es mir an Würdegefühl oder Hoheitsbewußtsein, oder wie sie es nennen, gebricht, dann sind sie dumm und unwissend, Klaus Heinrich, denn ich habe zu viel, ich habe im Gegenteile zu viel davon, das ist die Sache, sonst hätte das Alte Schloß mir nicht solche Angst gemacht, und das sollte Albrecht verstehen können, denn er hat auch zu viel davon auf seine Art, – wir Grimmburger haben alle zu viel davon, und darum sieht es zuweilen aus, als hätten wir zu wenig. Und manchmal, wenn

Philipp unterwegs ist, so wie jetzt, und ich hier sitze, unter meinen Blumen und Philipps Bildern mit all ihrer Sonne – nur gut, daß es gemalte Sonne ist, denn bewahre! sonst müßte man Schutzvorkehrungen treffen – und alles ist ordentlich und nett und ich denke an das Bessere, wie du es nennst, das ich nun bald zu warten haben werde, dann komme ich mir vor wie die kleine Meernixe in dem Märchen, das Madame aus der Schweiz uns vorlas, wenn du dich erinnerst, – die eines Menschen Frau wurde und Beine erhielt statt ihres Fischschwanzes... Ich weiß nicht, ob du mich verstehst...«

»O ja, Ditlinde, doch, ich verstehe dich ausgezeichnet. Und ich bin herzlich froh, daß alles sich so gut und glücklich für dich gefügt hat. Denn es ist gefährlich, will ich dir sagen, es ist meiner Erfahrung nach schwer für uns, auf eine angemessene Art glücklich zu werden. Man gerät so bald auf Irrwege und wird mißverstanden, denn das Schlimme ist, daß eigentlich niemand unsere Würde hütet, wenn wir es nicht selber tun, und dann artet alles so leicht in Schimpf und Schande aus... Aber wo ist der richtige Weg? Du hast ihn gefunden. Mich haben sie auch neulich in den Zeitungen verlobt gesagt, mit unserer Cousine Griseldis. Das war ein Versuchsballon, wie sie es nennen, und es scheint ihnen wohl an der Zeit. Aber Griseldis ist ein törichtes Mädchen und halbtot vor Bleichsucht und sagt immer nur ›Jä‹, soweit ich sie kenne. Ich denke gar nicht an sie, und Knobelsdorff, Gott sei Dank, auch nicht. Die Nachricht ist ja auch gleich als unbegründet bezeichnet worden... Jetzt kommt Albrecht!« sagte er und stand auf.

Man hatte draußen gehüstelt. Ein Diener in olivengrüner Livree öffnete mit einer raschen, festen und lautlosen Bewegung seiner beiden Arme die Flügeltür und meldete mit gesenkter Stimme: »Seine Königliche Hoheit der Herr Großherzog.«

Dann trat er in Verbeugung zur Seite. Albrecht kam durch den großen Salon.

Er hatte die hundert Schritte vom Alten Schlosse hierher in geschlossenem Wagen, den Jäger auf dem Bocke, zurückgelegt. Er war in Zivil wie fast immer, trug einen geschlossenen Gehrock mit kleinen Atlasaufschlägen und Lackstiefel an seinen schmalen Füßen. Seit seiner Thronbesteigung hatte er sich einen Spitzbart wachsen lassen. Sein kurz geschnittenes blondes Haar trat in zwei Buchten von seinen feinen, eingedrückten Schläfen zurück. Sein Gang war ein linkisches und dennoch unbeschreiblich vornehmes Stolzieren, wobei seine Schulterblätter sich auf befangene Art verzogen. Er trug den Kopf zurückgelehnt und schob seine kurze, gerundete Unterlippe empor, indem er leicht damit an der oberen sog.

Die Fürstin ging ihm bis zur Schwelle entgegen. Da er die Bewegung des Handkusses scheute, so reichte er ihr einfach mit einem leisen, fast geflüsterten Grußwort die Hand, – seine magere, kalte Hand von seltsam empfindlichem Ausdruck, die er dicht an der Brust ausstreckte, ohne auch nur den Unterarm vom Körper zu lösen. Dann begrüßte er auf dieselbe Art seinen Bruder Klaus Heinrich, der ihn mit geschlossenen Absätzen vor seinem Stuhle erwartet hatte, – und sagte nichts mehr.

Ditlinde redete. »Das ist liebenswürdig, Albrecht, daß du kommst. Es geht dir also gut? Du siehst vorzüglich aus. Philipp läßt dir sein Bedauern ausdrücken, heute abwesend sein zu müssen. Bitte, nimm Platz, wo es dir am besten gefällt, zum Beispiel hier, mir gegenüber. Der Stuhl ist ziemlich bequem, du hast ihn das letzte Mal auch gehabt. Ich habe einstweilen unseren Tee gemacht. Du bekommst sogleich deine Milch...«

»Danke«, sagte er leise. »Ich muß um Entschuldigung bitten... ich habe mich verspätet. Du weißt, wenn der Weg am kürzesten ist... Und dann muß ich nachmittags liegen... Wir werden unter uns bleiben?«

»Ganz unter uns, Albrecht. Höchstens, daß Jettchen Isenschnibbe ein bißchen vorspricht, wenn es dir nicht unangenehm ist...«

»Ah?«

»Aber ich kann mich ebensogut verleugnen lassen.«

»O, bitte...«

Man servierte die heiße Milch. Albrecht umfaßte das hohe, dicke, gebuckelte Glas mit beiden Händen.

»Ah, etwas Wärme«, sagte er. »Wie es schon kalt ist hierzulande. Und den ganzen Sommer habe ich in Hollerbrunn gefroren. Ihr habt noch nicht geheizt? Ich habe schon heizen lassen. Andererseits leide ich unter dem Ofengeruch. Alle Öfen riechen. Von Bühl verspricht mir jeden Herbst die Zentralheizung für das Alte Schloß. Aber es scheint nicht tunlich.«

»Armer Albrecht«, sagte Ditlinde. »Um diese Jahreszeit warst du schon immer im Süden, solange Papa noch lebte. Du mußt Sehnsucht haben.«

»Dein Mitgefühl ehrt dich, meine gute Ditlinde«, antwortete er, immer sehr leise und ein wenig lispelnd. »Aber wir müssen einsehen, daß ich nicht abkömmlich bin. Ich muß bekanntlich das Land regieren, dazu bin ich da. Heute habe ich die gnädigste Entschließung gefaßt, zu gestatten, daß irgendein Staatsbürger – es tut mir leid, seinen Namen vergessen zu haben – einen fremden Orden annimmt und trägt. Ferner habe ich ein Telegramm an die Jahresversammlung der Gartenbaugesellschaft abgehen lassen, worin ich das Ehrenpräsidium dieser Gesellschaft annehme und mein Wort verpfände, ihre Bestrebungen auf alle Weise zu fördern, – ohne daß ich freilich wüßte, was ich außer dem Telegramm noch zur Förderung beitragen soll, denn die Herren besorgen ihre Angelegenheiten ganz gut allein. Außerdem habe ich geruht, die Wahl eines gewissen braven Mannes zum Bürgermeister meiner guten Stadt Siebenberge zu bestätigen, – wobei sich fragen ließe, ob dieser Untertan durch meine Bestätigung ein besserer Bürgermeister wird, als er ohne sie sein würde...«

»Nun ja, Albrecht, das sind Kleinigkeiten!« sagte Ditlinde. »Ich bin überzeugt, daß dir wichtigere Geschäfte vorgelegen haben...«

»O, unbedingt. Ich habe meinen Minister für Finanzen und Landwirtschaft bei mir gesehen. Es war an der Zeit. Doktor Krippenreuther hätte es mir bitter übel genommen, wenn ich ihn nicht wieder einmal befohlen hätte. Er ist summarisch verfahren und hat mir zur Übersicht über mehrere untereinander verwandte Gegenstände auf einmal Vortrag gehalten, über die

Ernte, über die neuen Grundsätze für die Aufstellung des Budgets, über die Steuerreform, mit der er beschäftigt ist. Die Ernte soll schlecht gewesen sein. Die Bauern sind von Mißwuchs und Wetterschäden betroffen worden, und darum sind nicht nur sie, sondern auch Krippenreuther übel daran, denn die Steuerkraft des Landes, sagt er, ist wieder einmal beeinträchtigt. Außerdem hat es leider in einem und dem anderen Silberbergwerk Katastrophen gegeben. Die Betriebe stehen, sagt Krippenreuther, sie sind erträgnislos, und die Wiederherstellung wird große Summen verschlingen. Ich habe das alles mit einer passenden Miene angehört und getan, was ich tun konnte, indem ich meinem Kummer über soviel Mißgeschick Ausdruck gab. Hierauf habe ich die Frage erörtern hören, ob die Kosten der notwendigen Neubauten für die Rentämter und für die Behörden der Forst- und Zoll- und Steuerverwaltung auf den ordentlichen oder den außerordentlichen Etat zu setzen sind, habe mehreres von Progressionsskala und Kapitalrentensteuer und Wandergewerbssteuer und Entlastung der notleidenden Landwirtschaft und Belastung der Städte aufgefangen und hatte im ganzen den Eindruck, daß Krippenreuther seine Sache verstünde. Ich selbst verstehe natürlich so gut wie gar nichts davon, was Krippenreuther auch weiß und billigt, und so habe ich denn ›Ja, ja‹ und ›Freilich wohl‹ und ›Ich danke Ihnen‹ gesagt und habe alles gehen lassen so gut es kann.«

»Du sprichst so bitter, Albrecht.«

»Nein, ich will euch etwas sagen, was mir heute während Krippenreuthers Vortrag eingefallen ist. Hier in der Stadt lebt ein Mann, ein kleiner Rentner mit einer Warzennase. Jedes Kind kennt ihn und ruft Juchhe, wenn es ihn sieht, er heißt Fimmelgottlieb, denn er ist nicht ganz bei Troste, einen Nachnamen hat er schon lange nicht mehr. Er ist überall dabei, wo etwas los ist, obgleich seine Narrheit ihn außerhalb aller ernsthaften Beziehungen stellt, hat eine Rose im Knopfloch und trägt seinen Hut auf der Spitze seines Spazierstockes herum. Ein paarmal am Tage, um die Zeit, wenn ein Zug abfahren soll, geht er auf den Bahnhof, beklopft die Räder, inspiziert das Gepäck und macht sich wichtig. Wenn dann der Mann mit der roten Mütze das Zeichen gibt, winkt Fimmelgottlieb dem Lokomotivführer mit der Hand, und der Zug geht ab. Aber Fimmelgottlieb bildet sich ein, daß der Zug auf sein Winken hin abgeht. Das bin ich. Ich winke, und der Zug geht ab. Aber er ginge auch ohne mich ab, und daß ich winke, ist nichts, als Affentheater. Ich habe es satt...«

Die Geschwister schwiegen. Ditlinde sah bekümmert in ihren Schoß, und Klaus Heinrich blickte, indem er an seinem kleinen bogenförmigen Schnurrbart zupfte, zwischen ihr und dem Großherzog hindurch auf das helle Fenster.

»Ich kann dir ganz gut folgen, Albrecht«, sagte er nach einer Weile, »obgleich es ja recht hart von dir ist, daß du dich und uns mit Fimmelgottlieb vergleichst. Siehst du, ich verstehe natürlich auch nichts von Progressionsskala und Wandergewerbssteuer und Torfstecherei, und da gibt es noch so vieles, wovon ich nichts verstehe, – alles, was man sich vorstellt, wenn man sagt: das Elend in der Welt, – Hunger und Not, nichtwahr, und Kampf ums Dasein, wie man es nennt, und Krieg und Krankenhausgraus und alles das. Ich habe nichts davon gesehen und gespürt, ausgenommen den Tod selbst, als Papa starb, und das war auch wohl nicht der Tod, wie er sein kann, denn es war eher erbaulich, und das ganze Schloß war erleuchtet. Und zuweilen schäme ich mich, daß ich mir niemals den Wind habe um die Nase wehen lassen. Aber dann sage ich mir auch wieder, daß ich es nicht bequem habe, gar nicht bequem, obgleich ich doch auf der Menschheit Höhen wandle, wie die Leute es ausdrücken, oder gerade deshalb, und daß ich auf meine Art des Lebens Strenge, sein schmallippiges Antlitz, wenn du mir die Redensart erlauben willst, vielleicht besser kenne, als mancher, der sich auf Progressionsskala oder sonst irgendein einzelnes Gebiet versteht. Und darauf kommt es an, Albrecht, daß man es nicht bequem hat, – darauf kommt alles an, wenn ich dir das erwidern darf, und damit ist man gerechtfertigt. Und da die Leute Juchhe rufen, wenn sie mich sehen, so müssen sie doch wohl wissen, warum, und mein Leben muß irgendeinen Sinn haben, obgleich

ich außerhalb aller ernsthaften Beziehungen stehe, wie du so ausgezeichnet sagtest. Und deines erst recht. Du winkst zwar nur zu dem, was geschieht, aber die Leute wollen doch, daß du winkst, und wenn du ihr Wollen und Wünschen nicht wirklich regierst, so drückst du es doch aus und stellst es vor und machst es anschaulich, und das ist vielleicht nicht so wenig...«

Albrecht saß am Tische ohne sich anzulehnen. Er hielt seine mageren Hände von seltsam empfindlichem Ausdruck auf der Tischkante vor dem hohen, zur Hälfte geleerten Glase Milch gekreuzt und die Lider gesenkt, indem er mit der Unterlippe an der oberen sog. Er antwortete leise: »Ich wundere mich nicht, daß ein so beliebter Prinz wie du mit seinem Lose einverstanden ist. Ich für mein Teil lehne es ab, irgend jemand anders auszudrücken und vorzustellen als mich selbst, – ich lehne es ab, sage ich, und ich stelle dir frei, zu denken, daß mir die Trauben zu hoch hängen. Die Wahrheit ist, daß mir am Juchhe der Leute so wenig liegt, als nur einer Seele daran liegen kann. Ich meine nicht meinen Körper. Man ist schwach, – irgend etwas in einem dehnt sich bei Applaus und krümmt sich bei kaltem Schweigen. Aber mit meiner Vernunft stehe ich über aller Beliebtheit und Unbeliebtheit. Ich weiß, was die Volkstümlichkeit wäre, wenn sie käme. Ein Irrtum über meine Person. Und damit zuckt man die Achseln bei dem Gedanken an das Händeklatschen fremder Leute. Einem anderen – dir – mag das hinter sich gefühlte Volk Hochgefühl verschaffen. Mir verzeih', daß ich zu vernünftig für solche geheimnisvollen Glücksgefühle bin – und zu reinlichkeitsliebend auch wohl, wenn du mir den Ausdruck nachsehen willst. Diese Art Glück riecht nicht gut, wie mir scheint. Auf jeden Fall bin ich dem Volke fremd. Ich gebe ihm nichts, – was könnte es mir geben? Mit dir... o, das ist etwas anderes. Hunderttausende, die dir gleichen, danken dir dafür, daß sie sich in dir wiedererkennen. Du könntest wohl lachen, wenn du wolltest. Die Gefahr besteht für dich höchstens darin, daß du allzu wohlig in deiner Volkstümlichkeit untertauchst und endlich dennoch bequemen Sinnes wirst, obgleich du das heut von der Hand weist...«

»Nein, Albrecht, ich glaube das nicht. Ich glaube nicht, daß ich diese Gefahr laufe.«

»Desto besser werden wir einander verstehen. Ich bevorzuge im ganzen nicht die starken Ausdrücke. Aber die Popularität ist eine Schweinerei.«

»Sonderbar, Albrecht. Sonderbar, daß du das Wort gebrauchst. Die Fasanen gebrauchten es immer, meine Mitzöglinge, die jungen Adeligen, weißt du, auf Schloß ›Fasanerie‹. Ich weiß, was du bist. Du bist ein Aristokrat, das ist die Sache.«

»Du meinst? Du irrst dich. Ich bin kein Aristokrat, ich bin das Gegenteil, aus Vernunft und aus Geschmack. Du wirst zulassen müssen, daß ich das Juchhe der Menge nicht aus Dünkel verschmähe, sondern aus Neigung zur Menschlichkeit und zur Güte. Es ist ein erbärmliches Ding um menschliche Hoheit, und mir scheint, daß alle Menschen das einsehen müßten, daß alle sich menschlich und gütig gegeneinander verhalten und einander nicht erniedrigen und beschämen sollten. Ohne Scham den Hokuspokus der Hoheit mit sich treiben zu lassen, dazu muß wohl eine dicke Haut gehören. Ich bin ein bißchen zart von Natur, ich fühle mich der Lächerlichkeit meiner Lage nicht gewachsen. Jeder Lakai, der sich an der Tür aufpflanzt und mir zumutet, an ihm vorüberzugehen, ohne ihn mehr zu beachten, mehr zu achten, als den Türpfosten, setzt mich in Verlegenheit. Das ist meine Art von Volksfreundlichkeit...«

»Ja, Albrecht, das ist wahr. Es ist manchmal gar nicht leicht, mit guter Miene an so einem Gesellen vorüberzugehen. Die Lakaien! Wenn man nicht wüßte, daß es Kujone sind! Saubere Dinge weiß man von ihnen...«

»Was für Dinge?«

»O, man tut immerhin seine Einblicke...«

»Bewahre!« sagte Ditlinde. »Davon wollen wir nichts wissen. Ihr sprecht von so allgemeinen Fragen, und ich hatte gedacht, daß wir heute Nachmittag ein paar Punkte besprechen wollten, die ich mir aufgeschrieben habe... Willst du so freundlich sein, Klaus Heinrich, mir den Notizblock in blauem Leder dort auf dem Schreibtisch zu reichen?... Ich danke dir sehr. Hier habe ich alles, was ich mir merken muß, sowohl was den Hausstand, als was andere Dinge betrifft. Wie das wohltut, alles so schwarz auf weiß übersehen zu können! Mein Kopf ist entschieden schwach, er kann nichts beisammenhalten, und wenn ich nicht Ordnung hielte und mir alles notierte, so müßte ich am Leben verzweifeln. Erstens, Albrecht, und eh' ich's vergesse, so wollte ich dich aufmerksam machen, daß du bei der Cour am ersten November Tante Katharina führen mußt, – unmöglich kannst du umhin. Ich trete zurück, ich war es beim letzten Hofball, und Tante Katharina würde schrecklich verstimmt... Habe ich deine Einwilligung? Gut, dann streiche ich diesen Punkt... Zweitens, Klaus Heinrich, wollte ich dich bitten, beim Waisenkinder-Bazar im Rathaus am fünfzehnten ein wenig acte de présence zu machen. Ich habe das Protektorat, und du siehst, ich nehme es ernst. Du brauchst nichts zu kaufen... einen Taschenkamm... Kurz, nur, daß du dich zehn Minuten lang zeigst. Es ist für die Waisenkinder... Willst du kommen? Siehst du, so kann ich wieder etwas durchstreichen. Drittens...«

Aber die Fürstin wurde unterbrochen. Fräulein von Isenschnibbe, die Hofdame, ließ sich melden und trippelte augenblicklich durch den großen Salon herein, wobei ihre Federboa sich im Luftzuge sträubte und der Rand ihres enormen Federhutes auf und nieder wippte. Aus ihren Kleidern strömte der Geruch der frischen Luft von draußen. Sie war klein, aschblond, spitznäsig und so kurzsichtig, daß sie die Sterne nicht sehen konnte. An klaren Abenden stand sie auf ihrem Balkon und betrachtete den gestirnten Himmel durch ihr Opernglas, um zu schwärmen. Sie trug zwei scharfe Zwicker übereinander und streckte mit gekniffenen Augen spähend den Hals vor, indem sie knickste.

»Gott, Großherzogliche Hoheit«, sagte sie, »ich wußte nicht, ich störe, ich dringe ein, ich bitte untertänigst um Entschuldigung!«

Die Brüder hatten sich erhoben, und das Fräulein sank verschämt vor ihnen nieder. Da Albrecht seine Hand dicht an der

Brust ausstreckte, ohne auch nur den Unterarm vom Körper zu lösen, so war ihr Arm fast senkrecht ausgestreckt, als der Knicks, den sie vor ihm ausführte, seinen tiefsten Punkt erreicht hatte.

»Gutes Jettchen«, sagte Ditlinde, »wie du sprichst! Du bist erwartet und willkommen. Und meine Brüder wissen, daß wir du zueinander sagen. Also nichts von Großherzoglicher Hoheit, wenn ich bitten darf. Wir sind nicht im Alten Schloß. Sitz nieder und sei gemütlich. Willst du Tee? Er ist noch heiß. Und hier sind gezuckerte Früchte. Ich weiß, du ißt sie gern.«

»Ja, tausend Dank, Ditlinde, die esse ich für mein Leben gern!« Und Fräulein von Isenschnibbe nahm mit dem Rücken gegen das Fenster, Klaus Heinrich gegenüber, an der Schmalseite des Teetisches Platz, streifte einen Handschuh ab und begann, spähend vorgebeugt, mit der silbernen Zange Süßigkeiten auf ihren Teller zu legen. Ihre kleine Brust atmete rasch und beklommen vor freudiger Erregung.

»Neuigkeiten weiß ich«, sagte sie, unfähig, länger an sich zu halten... »Neuigkeiten... mehr, als in meinen Pompadour gehen! Das heißt... im Grunde ist es nur eine, nur eine, – aber die hat das Maß, die kann sich sehen lassen, und es ist ganz sicher, ich habe es aus bester Quelle, du weißt, daß ich zuverlässig bin, Ditlinde, noch heute Abend wird es im ›Eilboten‹ stehn, und morgen wird die ganze Stadt davon sprechen.«

»Ja, Jettchen«, sagte die Fürstin, »das muß man zugeben, du kommst niemals mit leeren Händen. Aber nun sind wir gespannt, nun sage deine Neuigkeit.«

»Gut also. Ich bitte, Luft holen zu dürfen. Weißt du, Ditlinde, wissen Königliche Hoheit, wissen Großherzogliche Hoheit, wer kommt, wer in den Quellengarten kommt, wer auf sechs oder acht Wochen zum Kurgebrauch in den ›Quellenhof‹ zieht, um das Wasser zu trinken?«

»Nein«, sagte Ditlinde. »Aber du weißt es, gutes Jettchen?«

»Spoelmann«, sagte Fräulein von Isenschnibbe. »Spoelmann«, sagte sie, lehnte sich zurück und machte Miene, mit den Fingerspitzen auf den Tischrand zu schlagen, tat aber der

Bewegung ihrer Hand dicht über dem blauseidenen Läufer Einhalt.

Die Geschwister blickten einander zweifelnd an.

»Spoelmann?« fragte Ditlinde... »Besinne dich, Jettchen: der richtige Spoelmann?«

»Der richtige!« Des Fräuleins Stimme brach sich vor unterdrücktem Jubel. »Der richtige, Ditlinde! Denn es gibt ja nur einen, oder doch nur einen, den man kennt, und der ist es, den sie im ›Quellenhof‹ erwarten, – der große Spoelmann, der Riesen-Spoelmann, der ungeheure Samuel N. Spoelmann aus Amerika!«

»Aber Kind, wie käme wohl der hierher?«

»Nun, verzeih' mir die Antwort, Ditlinde, aber wie du fragst! Er kommt natürlich über den Ozean, auf seiner Jacht oder auf einem großen Dampfer, das weiß ich noch nicht, – wie es ihm gefällt. Er geht in die Ferien, er macht eine Europareise und zwar zu dem ausgesprochenen Zweck, im Quellengarten das Wasser zu trinken.«

»Aber ist er denn krank?«

»Gewiß, Ditlinde. Alle diese Leute sind krank, es muß wohl dazu gehören.«

»Das ist sonderbar«, sagte Klaus Heinrich.

»Ja, Großherzogliche Hoheit, es ist auffallend. Seine Art von Dasein muß es wohl mit sich bringen. Denn es ist gewiß ein anstrengendes Dasein und keineswegs bequem und muß den Körper wohl rascher aufreiben, als ein gewöhnliches Menschenleben tut. Die meisten haben es mit dem Magen zu tun. Aber Spoelmann hat ja ein Steinleiden, wie man weiß.«

»Ein Steinleiden also...«

»Gewiß, Ditlinde, du hast es natürlich schon gehört und nur wieder vergessen. Er hat den Nierenstein, wenn ich mir das häßliche Wort erlauben darf, – ein schweres, quälendes Leiden, und sicher hat er nicht den geringsten Genuß von seinen wahnwitzigen Reichtümern...«

»Aber wie in aller Welt ist er auf unser Wasser verfallen?«

»So, Ditlinde. Ganz einfach. Das Wasser ist doch gut, es ist vortrefflich, zumal die Ditlindenquelle mit ihrem Lithium, oder wie es heißt, ist ausgezeichnet gegen Gicht und Stein, und nur noch nicht nach Gebühr bekannt und geschätzt in der Welt. Aber ein Mann wie Spoelmann, das läßt sich denken, ein solcher Mann ist erhaben über Namen und Marktgeschrei und geht nach seinem eigenen Kopfe. Und so hat er denn unser Wasser entdeckt – oder sein Leibarzt hat es ihm empfohlen, das mag sein – und hat es in Flaschen bezogen, und es hat ihm wohlgetan, und nun mag er denken, daß es ihm an Ort und Stelle getrunken noch besser anschlagen muß.«

Alle schwiegen.

»Großer Gott, Albrecht«, sagte Ditlinde endlich, »wie man nun immer über Spoelmann und seinesgleichen denken mag – und ich denke vorsichtig über ihn, dessen kannst du versichert sein –, aber glaubst du nicht, daß der Besuch dieses Menschen dem Quellengarten zu großem Nutzen gereichen kann?«

Der Großherzog wendete den Kopf mit seinem feinen und steifen Lächeln.

»Fragen wir Fräulein von Isenschnibbe«, antwortete er. »Sie hat zweifellos auch diese Seite der Sache bereits ins Auge gefaßt.«

»Da Königliche Hoheit befehlen... Zu gewaltigem Nutzen! Zu unermeßlichem, ganz unberechenbarem Nutzen, – das liegt auf der Hand! Die Direktion ist selig, sie ist imstande und bekränzt das Füllhaus, illuminiert den ›Quellenhof‹! Welche Empfehlung! Welche Anziehung für die Fremden! Wollen Königliche Hoheit doch erwägen... Dieser Mann ist eine Sehenswürdigkeit! Großherzogliche Hoheit sprachen eben von ›seinesgleichen‹, – aber er hat nicht seinesgleichen, kaum, höchstens ein paar. Das ist ein Leviathan, ein Vogel Roch! Wie sollte man nicht weither kommen, um ein Wesen zu sehen, das täglich so gegen eine halbe Million zu verzehren hat!«

»Bewahre!« sagte Ditlinde erschüttert. »Und mein guter Philipp, der sich mit seinen Torfstichen plagt...«

»Die Sache fängt damit an«, fuhr das Fräulein fort, »daß seit ein paar Tagen in der Wandelhalle da draußen zwei Amerikaner herumlaufen. Wer sind sie? Es stellt sich heraus, daß es Journalisten sind, Abgeordnete zweier großer Neuyorker Zeitungen. Sie sind dem Leviathan vorangereist und telegraphieren ihren Blättern vorläufig Schilderungen der Örtlichkeit. Wenn er da ist, werden sie über jeden Schritt telegraphieren, den er tut, – gerade wie der ›Eilbote‹ und der ›Staatsanzeiger‹ über Euere Königliche Hoheit berichten ...«

Albrecht verbeugte sich dankend, mit niedergeschlagenen Augen und indem er die Unterlippe emporschob.

»Er hat die Fürstenzimmer im ›Quellenhof‹ mit Beschlag belegt«, sagte Jettchen, »als vorläufige Unterkunft.«

»Für sich allein?« fragte Ditlinde ...

»O nein, Ditlinde, du kannst denken, daß er nicht allein kommt. Ich weiß noch nichts Näheres über seine Umgebung und Dienerschaft, aber fest steht, daß seine Tochter und sein Leibarzt ihn begleiten.«

»Du sagst immer ›Leibarzt‹, Jettchen, das ärgert mich. Und dann die Journalisten. Und obendrein die Fürstenzimmer. Er ist doch kein König.«

»Ein Eisenbahnkönig, soviel ich weiß«, bemerkte Albrecht leise und mit niedergeschlagenen Augen.

»Nicht nur Eisenbahnkönig, Königliche Hoheit, und nicht einmal in der Hauptsache, nach allem, was ich höre. Da gibt es drüben in Amerika diese großen Handelsgesellschaften, die man Trusts nennt, wie Königliche Hoheit wissen, der Stahltrust zum Beispiel, der Zuckertrust, der Petroleumtrust und dann noch der Kohlen- und Fleisch- und Tabaktrust und wie sie heißen. Und bei fast all diesen Trusts hat Samuel N. Spoelmann seine Hand im Spiel und ist Großaktionär und Hauptkontrolleur, – so nennt man es, ich habe es gelesen – und sein Geschäft muß also wohl sein, was man bei uns eine Gemischte Warenhandlung nennt.«

»Ein sauberes Geschäft«, sagte Ditlinde, »ein sauberes Geschäft wird es sein! Denn daß man durch ehrliche Arbeit ein Leviathan und Vogel Roch werden kann, das wirst du mir nicht einreden, gutes Jettchen. Ich bin überzeugt, daß das Blut der

Witwen und Waisen an seinen Reichtümern klebt. Wie denkst du, Albrecht?«

»Ich wünsche es, Ditlinde, ich wünsche es, dir und deinem Gatten zum Trost.«

»Wenn es so ist«, erzählte das Fräulein, »so trifft doch Spoelmann – unseren Samuel N. Spoelmann – nur geringe Verantwortung, denn er ist eigentlich nichts als ein Erbe und soll sogar nie so besondere Lust zu den Geschäften gehabt haben. Wer eigentlich das Ganze gemacht hat, das war sein Vater, – ich habe alles gelesen und kann sagen, daß ich in großen Zügen Bescheid weiß. Sein Vater, das war ein Deutscher, – gar nichts, ein Abenteurer, der über See ging und Goldgräber wurde. Und hatte Glück und gewann sich durch Goldfunde ein kleines Vermögen – oder auch schon ein ziemlich großes – und fing zu spekulieren an, in Petroleum und Stahl und Eisenbahnen und dann in allem Möglichen und wurde immer reicher und reicher. Und als er starb, da war eigentlich alles schon im Gang, und sein Sohn Samuel, der die Vogel Roch-Firma erbte, der hatte so gut wie nichts mehr zu tun, als die fürchterlichen Dividenden einzustreichen und noch immer reicher und reicher zu werden, bis es kaum noch zu sagen war. So ist es vor sich gegangen.«

»Und eine Tochter hat er, Jettchen? Was ist denn das für ein Ding?«

»Jawohl, Ditlinde, seine Frau ist tot, aber er hat eine Tochter, Miss Spoelmann, und die bringt er mit. Ein sonderbares Mädchen, nach allem, was ich gelesen habe. Er selbst ist ja schon ein sujet mixte, denn sein Vater holte sich seine Frau aus dem Süden – kreolisches Blut, eine Person mit deutschem Vater und eingeborener Mutter. Aber Samuel heiratete dann wieder eine Deutsch-Amerikanerin mit halbenglischem Blut, und deren Tochter ist nun Miss Spoelmann.«

»Bewahre, Jettchen, das ist ja ein buntes Geschöpf!«

»Das magst du wohl sagen, Ditlinde. Und sie ist gelehrt, habe ich gehört, sie studiert wie ein Mann und zwar Algebra und so scharfsinnige Dinge...«

»Nun, das kann mich auch nicht mehr für sie einnehmen.«

»Aber nun kommt das Stärkste, Ditlinde, denn Miss Spoelmann hat eine Gesellschaftsdame, und diese Gesellschaftsdame ist eine Gräfin, eine ganz richtige Gräfin, die ihr Gesellschaftsdienste leistet.«

»Bewahre!« sagte Ditlinde. »Schämt sie sich nicht? Nein, Jettchen, mein Entschluß ist gefaßt. Ich werde mich nicht um Spoelmann kümmern. Ich werde ihn hier in Frieden seinen Brunnen trinken lassen und ihn mit seiner Gräfin und seiner algebraischen Tochter wieder abziehen lassen, ohne mich nach ihm umzusehen. Auf mich macht er keinen Eindruck mit seinem Sündenreichtum. Wie denkst du, Klaus Heinrich?«

Klaus Heinrich blickte über des Fräuleins Kopf hinweg auf das helle Fenster.

»Eindruck?« sagte er... »Nein, Reichtum macht mir keinen Eindruck, glaube ich, – ich meine, was man so Reichtum nennt. Aber mich dünkt, es kommt darauf an... es kommt, wie mir scheint, auf den Maßstab an. Wir haben ja auch ein paar reiche Leute hier in der Stadt... Seifensieder Unschlitt soll eine Million haben... Ich sehe ihn manchmal in seinem Wagen... Er ist recht dick und gewöhnlich. Aber wenn einer ganz krank und einsam ist vor lauter Reichtum... Ich weiß nicht...«

»Ein unheimlicher Mann jedenfalls«, sagte Ditlinde. Und allmählich beruhigte sich das Gespräch über Spoelmann. Man sprach über Familienangelegenheiten, über das Gut »Hohenried«, über die bevorstehende Saison. Gegen sieben Uhr schickte der Großherzog nach seinem Wagen. Man erhob sich, man verabschiedete sich, denn auch Prinz Klaus Heinrich brach auf. Aber in der Vorhalle, während die Brüder sich ihre Mäntel anlegen ließen, sagte Albrecht: »Ich wäre dir verbunden, Klaus Heinrich, wenn du deinen Kutscher nach Hause schicktest und mir noch eine Viertelstunde das Vergnügen deiner Gesellschaft gönntest. Ich habe noch eine Sache von einiger Wichtigkeit mit dir zu besprechen... Ich könnte dich zur Eremitage begleiten, aber die Abendluft ist mir nicht zuträglich...«

Klaus Heinrich antwortete mit geschlossenen Absätzen: »Nein, Albrecht, wo denkst du hin! Ich fahre mit dir ins Schloß, wenn es dir angenehm ist. Ich bin selbstverständlich zu deiner Verfügung.«

Dies war die Einleitung zu einer bemerkenswerten Unterredung zwischen den jungen Fürsten, deren Ergebnis wenige Tage darauf im »Staatsanzeiger« veröffentlicht und allgemein mit Beifall aufgenommen wurde.

Der Prinz begleitete den Großherzog ins Schloß, durch das Albrechtstor, über steinerne, breitgeländrige Treppen, durch Korridore, wo offene Gasflammen brannten, und schweigende Vorzimmer, zwischen Lakaien hindurch in Albrechts »Kabinett«, wo der alte Prahl die beiden bronzenen Petroleumlampen auf dem Kaminsims angezündet hatte. Albrecht hatte das Arbeitszimmer seines Vaters übernommen, – es war immer das Arbeitszimmer der regierenden Herren gewesen und lag im ersten Stockwerk zwischen einem Adjutantenzimmer und dem im täglichen Gebrauch befindlichen Speisesaal, gegen den Albrechtsplatz, den die Fürsten von ihrem Schreibtisch aus stets überblickt und überwacht hatten. Es war ein außerordentlich unwohnlicher und widerspruchsvoller Raum, ein kleiner Saal mit einer zersprungenen Deckenmalerei, rotseidener, in vergoldete Leisten gefaßter Tapete und drei bis zum Fußboden reichenden Fenstern, durch die es empfindlich zog und vor denen jetzt die weinroten, mit Krepinen geschmückten Vorhänge geschlossen waren. Es hatte einen falschen Kamin im Geschmack des französischen Kaiserreichs, davor ein Halbkreis von kleinen modernen gesteppten Plüschsesseln ohne Armlehnen angeordnet war, und einen überaus häßlich ornamentierten weißen Kachelofen, in dem stark geheizt war. Zwei große gesteppte Sofas standen an den Seitenwänden einander gegenüber, und vor das eine war ein viereckiger Büchertisch mit roter Plüschdecke gerückt. Zwischen den Fenstern ragten zwei deckenhohe und schmale, in Gold gerahmte Spiegel mit weißen Marmorkonsolen empor, von denen die rechte eine ziemlich lüsterne Alabastergruppe, die linke eine Wasserkaraffe und Medizingläser trug. Der Schreibsekretär, ein altes Möbelstück aus Palisanderholz mit Rolldeckel und Messingbeschlägen, stand frei auf dem roten Teppich im Raum. Aus einem Winkel, von einem Pfeilertischchen herab, blickte eine Antike mit toten Augen ins Zimmer.

»Was ich dir vorzuschlagen habe«, sagte Albrecht – er stand am Schreibtisch und hantierte unbewußt mit einem Papiermesser, einem spielzeughaften und albernen Ding in Form eines Kavalleriesäbels – »steht in gewisser Beziehung zu unserem Gespräch von heute Nachmittag... Ich schicke voraus, daß ich die Angelegenheit diesen Sommer in Hollerbrunn mit Knobelsdorff durchgesprochen habe. Er ist einverstanden, und wenn auch du es bist, woran ich nicht zweifle, so kann ich meine Absicht sogleich verwirklichen.«

»Bitte, Albrecht, laß hören«, sagte Klaus Heinrich, der in aufmerksamer und militärischer Haltung am Sofatische stand.

»Mein Befinden«, fuhr der Großherzog fort, »läßt in letzter Zeit mehr und mehr zu wünschen übrig.«

»Das tut mir leid, Albrecht! Du hast dich also in Hollerbrunn gar nicht erholt?«

»Danke. Nein. Es geht mir schlecht, und meine Gesundheit zeigt sich den Anforderungen, die man an mich stellt, immer weniger gewachsen. Wenn ich sage ›Anforderungen‹, so meine ich in erster Linie die Pflichten festlicher und repräsentativer Natur, die mit meiner Stellung verbunden sind, – und hier ist der Berührungspunkt mit der Unterhaltung, die wir vorhin bei Ditlinde führten. Die Ausübung dieser Pflichten mag beglücken, wo ein Kontakt mit dem Volke, eine Verwandtschaft, ein Gleichschlag der Herzen vorhanden ist. Mir ist sie eine Qual, und die Falschheit meiner Rolle ermüdet mich in einem Grade, daß ich darauf bedacht sein muß, Gegenmaßregeln zu treffen. Ich bin hierin – soweit das Körperliche in Frage kommt – im Einverständnis mit meinen Ärzten, die mein Vorhaben durchaus unterstützen... Höre mich also an. Ich bin unverheiratet, ich hege, wie ich dich versichern kann, nicht die Absicht, jemals eine Ehe einzugehen, ich werde keine Kinder haben. Du bist Thronfolger aus angeborenem Recht des Agnaten, du bist es noch mehr im Bewußtsein des Volkes, das dich liebt...«

»Ach, Albrecht, du sprichst immer von meiner Beliebtheit... Ich glaube gar nicht daran. Von weitem vielleicht... So ist es bei uns. Wir sind immer nur von weitem beliebt.«

»Du bist zu bescheiden. Höre weiter. Du hattest schon bisher zuweilen die Güte, mir diese und jene meiner repräsentativen Pflichten abzunehmen. Ich möchte, daß du sie mir alle abnähmest, ganz, auf immer.«

»Du denkst an Abdikation, Albrecht?!« fragte Klaus Heinrich erschrocken...

»Ich darf nicht daran denken. Glaube mir, daß ich gern daran dächte. Aber man würde mir's verwehren. Woran ich denke, ist nicht einmal Regentschaft, sondern nur Stellvertretung – vielleicht erinnerst du dich aus irgendeinem Kolleg dieser staatsrechtlichen Unterscheidungen – eine dauernde und amtlich festgelegte Stellvertretung in allen repräsentativen Funktionen, begründet durch die Schonungsbedürftigkeit meiner Gesundheit. Wie ist deine Meinung?«

»Ich stehe dir zu Befehl, Albrecht. Aber ich sehe noch nicht ganz klar. Wie weit soll die Stellvertretung gehen?«

»O, möglichst weit. Ich möchte, daß sie sich auf alle Gelegenheiten erstreckte, bei denen ein persönliches Auftreten in der Öffentlichkeit von mir gefordert wird. Knobelsdorff verlangt, daß ich die Eröffnung und den Schluß des Landtags nur, wenn ich bettlägrig bin, nur von Fall zu Fall an dich abtrete. Stellen wir das also dahin. Aber im übrigen würde dir meine Vertretung bei allen feierlichen Handlungen zufallen, die Reisen, die Besuche der Städte, die Eröffnung von öffentlichen Festlichkeiten, die Eröffnung des Bürgerballes...«

»Auch die?«

»Warum nicht auch die. Wir haben hier ferner die wöchentlichen Freiaudienzen, – eine sinnige Sitte ohne Zweifel, aber sie bringt mich um. Du würdest die Audienzen an meiner Stelle abhalten. Ich zähle nicht weiter auf. Du nimmst meinen Vorschlag an?«

»Ich stehe dir zu Befehl.«

»Dann hör' mich zu Ende. Für alle Fälle, in denen du an meiner Stelle repräsentierst, teile ich dir meine Adjutanten zu. Es ist ferner wohl nötig, daß man dein militärisches Avancement beschleunigt. Du bist Oberleutnant? Du wirst zum Hauptmann ernannt werden, – oder gleich zum Major à la suite deines Regiments... Ich werde das veranlassen. Drittens aber wünsche ich unserem Arrangement den nötigen Nachdruck zu geben, deine Stellung an meiner Seite gebührend zu kennzeichnen, indem ich dir den Titel ›Königliche Hoheit‹ verleihe. Es waren Formalitäten zu erledigen... Knobelsdorff ist schon fertig damit. Ich werde meine Entschlüsse in die Form zweier Schreiben an dich und an meinen Staatsminister kleiden. Knobelsdorff hat sie übrigens beide schon entworfen... Du nimmst an?«

»Was soll ich sagen, Albrecht. Du bist Papas ältester Sohn, und ich habe immer zu dir emporgeblickt, weil ich immer gefühlt und gewußt habe, daß du der Vornehmere und Höhere bist von uns beiden und ich nur ein Plebejer bin, im Vergleich mit dir. Aber wenn du mich würdigst, an deiner Seite zu stehen und deinen Titel zu führen und dich vorm Volk zu vertreten, obgleich ich mich gar nicht so präsentabel finde und diese Hemmung hier habe, mit meiner linken Hand, die ich immer verstecken muß, – dann danke ich dir und stehe dir zu Befehl.«

»So darf ich dich bitten, mich jetzt zu verlassen. Ich bin ruhebedürftig.«

Sie gingen einander, der eine vom Schreibtisch, der andere vom Büchertisch, auf dem Teppich bis zur Mitte des Zimmers entgegen. Der Großherzog reichte seinem Bruder die Hand, – seine magere, kalte Hand, die er dicht an der Brust ausstreckte, ohne auch nur den Unterarm vom Körper zu lösen. Klaus Heinrich zog die Absätze zusammen und verbeugte sich, als er die Hand empfing, und Albrecht neigte zum Abschied seinen schmalen Kopf mit dem blonden Spitzbart, indem er mit seiner kurzen, gerundeten Unterlippe leicht an der oberen sog. Klaus Heinrich kehrte nach Schloß »Eremitage« zurück.

Sowohl der »Staatsanzeiger« als der »Eilbote« veröffentlichten acht Tage später die beiden Handschreiben, welche die höchsten Entschließungen zum Inhalt hatten: dasjenige mit der

Anrede »Mein lieber Staatsminister Dr. Freiherr von Knobelsdorff!« und jenes andere, das mit »Durchlauchtigster Fürst, freundlich lieber Bruder!« begann und »Euerer Königlichen Hoheit von Herzen anhänglicher Bruder Albrecht« unterzeichnet war.

Der hohe Beruf

Hier ist die Lebensführung und Berufsübung Klaus Heinrichs, geschildert in ihrer Eigentümlichkeit.

Er stieg irgendwo aus seinem Wagen, schritt mit übergeworfenem Mantel durch eine kurze Gasse hochrufenden Volkes über ein Trottoir, das mit einem roten Läufer bedeckt war, durch eine von Lorbeerbäumen flankierte Haustür, über der man einen Baldachin errichtet hatte, eine Treppe hinan, die leuchtertragende Diener paarweise besetzt hielten... Er ging nach einem Festessen, mit Orden bedeckt bis zu den Hüften, die Fransenepaulettes eines Majors auf seinen schmalen Schultern, mit Gefolge den gotischen Korridor eines Rathauses entlang. Zwei Diener liefen vor ihm her und öffneten ihm eifrig eine alte, in ihren Bleifassungen schütternde Fensterscheibe. Denn unten auf dem kleinen Marktplatz stand zusammengekeilt und Kopf an Kopf das Volk, eine schräge Fläche aufwärts gewandter Gesichter, von qualmigem Fackellicht dunkel überglüht. Sie riefen und sangen, und er stand am offenen Fenster und verneigte sich, stellte sich eine Weile der Begeisterung dar und grüßte dankend...

Ohne rechten Alltag war sein Leben und ohne rechte Wirklichkeit; es setzte sich aus lauter hochgespannten Augenblicken zusammen. Wohin er kam, da war Feier- und Ehrentag, da verherrlichte das Volk sich selber im Feste, da verklärte sich das graue Leben und ward Poesie. Der Hungerleider wurde zum schlichten Mann, die Spelunke zur friedlichen Hütte, schmutzige Gassenkinder wurden zu züchtigen kleinen Mädchen und Buben im Sonntagsstaat, das Haar mit Wasser geglättet, ein Gedicht auf der Lippe, und der dumpfe Bürger wurde in Gehrock und Zylinder sein selber mit Rührung bewußt. Aber nicht er nur, Klaus Heinrich, sah die Welt in diesem Lichte, sondern sie selbst sah sich so, für die Dauer seiner Anwesenheit. Eine seltsame Unechtheit und Scheinbarkeit herrschte auf den Stätten seiner Berufsübung, eine ebenmäßige, bestandlose Ausstattung, eine falsche und herzerhebende Verkleidung der Wirklichkeit aus Pappe und vergoldetem Holz, aus Kranzgewinden, Lampions, Draperien und Fahnentüchern war hingezaubert für eine schöne Stunde, und er selbst stand im Mittelpunkte des Schaugepränges auf einem Teppich, der den nackten Erdboden bedeckte, zwischen zweifarbig bemalten Masten, um die sich Girlanden schlangen, stand mit geschlossenen Absätzen im Dufte des Lacks und der Tannenreiser und stemmte lächelnd seine linke Hand in die Hüfte.

Er legte den Grundstein eines neuen Rathauses. Die Bürgerschaft hatte durch gewisse Finanzmanöver die erforderliche Geldsumme aufgebracht, und ein gelernter Architekt aus der Hauptstadt war mit dem Bau beauftragt worden. Aber Klaus Heinrich nahm die Grundsteinlegung vor. Er fuhr unter dem Jubel der Bevölkerung vor der prächtigen Baracke an, die man am Bauplatz errichtet hatte, stieg mit leichten und beherrschten Bewegungen aus dem offenen Wagen auf den gewalzten, mit feinem gelbem Sande bedeckten Erdboden hinab und schritt ganz allein auf die amtlichen Herren in Frack und weißer Binde zu, die ihn am Eingang erwarteten. Er ließ sich den Architekten vorstellen und führte mit ihm, angesichts des Publikums und unter dem starren Lächeln der Umstehenden, fünf Minuten lang ein Gespräch von hoher Allgemeinheit über die Vorzüge der verschiedenen Baustile, worauf er eine gewisse, während des Gespräches innerlich vorbereitete Wendung machte und über Läufer und Bretterstufen zu seinem Sessel am Rande der Mitteltribüne geleitet wurde. Er saß dort, angetan mit Kette und Stern, einen Fuß vorgestellt, die weißbekleideten Hände auf dem Säbelgriff gekreuzt, den Helm neben sich am Boden, der Festversammlung sichtbar von allen Seiten, und hörte in gefaßter Haltung die Rede des Bürgermeisters an. Hierauf, als die Bitte an ihn erging, erhob er sich, stieg ohne merkliche Vorsicht, ohne auf seine Füße zu blicken, die Stufen zu jener Vertiefung hinab, wo sich der Grundstein befand, und tat mit einem kleinen Hammer drei langsame Schläge auf den Sandsteinblock, wozu er in der tiefen Stille mit seiner etwas scharfen Stimme ein Sprüchlein sprach, das Herr von Knobelsdorff ihm aufgesetzt hatte. Schulkinder sangen in hellem Chor. Und Klaus Heinrich hielt Abfahrt.

Er schritt beim Landeskriegerfest die Front der Veteranen ab. Ein Greis schrie mit einer Stimme, die vom Pulverrauch heiser schien: »Stillgestanden! Hut ab! Augen rechts!« Und sie standen, Medaillen und Kreuze an ihren Röcken, den rauhen Zylinder am Schenkel, und blickten mit blutunterlaufenen Hundeaugen auf ihn, der freundlich musternd vorüberging und bei diesem und jenem mit der Frage verweilte, wo er gedient, wo er im Feuer gestanden... Er nahm teil am Turnerfest, schenkte dem Wetturnen der Gauvereine seine Gegenwart und ließ sich die Sieger vorführen, um sie »in ein Gespräch zu ziehen«. Die kühnen und wohlgebauten jungen Männer standen linkisch vor ihm, nachdem sie soeben noch die gewaltigsten Taten vollbracht, und Klaus Heinrich verwendete rasch hintereinander ein paar Fachausdrücke, deren er sich von Herrn Zotte her erinnerte und die er mit großer Geläufigkeit aussprach, indem er seine linke Hand verbarg.

Er fuhr zum Fünfhausener Fischertage, er wohnte auf seiner mit rotem Stoff ausgeschlagenen Ehrentribüne den Pferderennen bei Grimmburg an und nahm die Preisverteilung vor. Er führte auch das Ehrenpräsidium und Protektorat beim Bundesschützenfest; er besuchte das Preisschießen der großherzoglich privilegierten Schützengesellschaft. Er »sprach«, wie es im Berichte des »Eilboten« hieß, »dem Willkommtrunke wacker zu«, indem er nämlich den silbernen Pokal einen Augenblick lang an die Lippen hielt und ihn dann mit geschlossenen Absätzen gegen die Schützen hob. Er gab hierauf mehrere Schüsse auf die Ehrenscheibe ab, von denen in den Berichten nicht gesagt war, wohin sie getroffen hatten, pflog später mit drei aufeinander folgenden Männern ein und dieselbe Unterredung über die Vorzüge des Schützenwesens, die im »Eilboten« als »gemütliche Aussprache« gekennzeichnet war, und verabschiedete sich endlich mit einem herzlichen »Gut Glück!«, das unbeschreiblichen Jubel hervorrief. Diese Grußformel hatte ihm Generaladjutant von Hühnemann, nachdem er Erkundigungen eingezogen, im letzten Augenblick zugeflüstert; denn natürlich hätte es störend gewirkt, hätte die schöne Täuschung der Sachkenntnis und ernsten Vorliebe aufgehoben, wenn Klaus Heinrich zu den Schützen »Glück auf!« und zu Bergleuten etwa »Gut Heil!« gesagt hätte.

Überhaupt bedurfte er zu seiner Berufsübung gewisser sachlicher Kenntnisse, die er sich von Fall zu Fall verschaffte, um sie im rechten Augenblick und in ansprechender Form zu verwenden. Sie betrafen vorwiegend die auf den verschiedenen Gebieten menschlicher Tätigkeit gebräuchlichen Kunstausdrücke sowie geschichtliche Daten, und vor einer Repräsentationsfahrt machte Klaus Heinrich daheim in Schloß »Eremitage« mit Hilfe von Druckschriften und mündlichen Vorträgen die nötigen Studien. Als er im Namen des Großherzogs, »meines gnädigsten Herrn Bruders«, die Enthüllung des Johann Albrechts-Standbildes zu Knüppelsdorf vollzog, hielt er auf dem Festplatze, gleich nach dem Vortrage des Vereins »Geradsinnliederkranz«, eine Rede, in der alles untergebracht war, was er sich über Knüppelsdorf notiert hatte, und die allerseits den schönen Eindruck hervorrief, als habe er sich Zeit seines Lebens vornehmlich mit den historischen Schicksalen dieses Mittelpunktes beschäftigt. Erstens war Knüppelsdorf eine Stadt, und Klaus Heinrich erwähnte das dreimal, zum Stolze der Einwohnerschaft. Ferner sagte er, daß die Stadt Knüppelsdorf, wie ihre geschichtliche Vergangenheit bezeuge, mit dem Hause Grimmburg seit vielen Jahrhunderten treu verbunden sei. Träte doch bekanntlich, sagte er, schon im vierzehnten Jahrhundert Landgraf Heinrich XV., der Rutensteiner, als Gönner Knüppelsdorfs besonders hervor. Dieser, der Rutensteiner, habe in dem auf dem nahen Rutensteine erbauten Schloß residiert, dessen »trotzige Türme und feste Mauern zum Schutze Knüppelsdorfs weit hinaus ins Land gegrüßt« hätten. Dann erinnerte er daran, wie durch Erbfolge und Heirat Knüppelsdorf endlich an den Zweig der Familie gekommen sei, dem sein Bruder und er selbst angehörten. Schwere Stürme hätten im Verlaufe der Zeiten über Knüppelsdorf dahingebraust, Kriegsjahre, Feuersbrünste und Pestilenzen hätten es heimgesucht, doch immer habe es sich wieder emporgerafft und in allen Lagen treu zum angestammten Fürstenhause gehalten. Dieselbe Gesinnung aber zeige auch das heutige Knüppelsdorf, indem es dem Andenken seines, Klaus Heinrichs, hochseligen Herrn Vaters ein Denkmal errichte, und mit besonderer Freude werde er seinem gnädigen Herrn Bruder über den glänzenden und herzlichen Empfang Bericht erstatten, den er hier als höchstsein Stellvertreter gefunden habe... Die Hülle fiel, der Verein »Geradsinnliederkranz« tat noch einmal sein Bestes. Und Klaus Heinrich stand lächelnd, mit einem Gefühle der Ausgeleertheit unter seinem Theaterzelt, froh in der Sicherheit, daß niemand ihn weiter fragen dürfe. Denn er hätte nun kein Sterbenswörtchen mehr über Knüppelsdorf zu sagen gewußt.

Wie ermüdend sein Leben war, wie anstrengend! Zuweilen schien es ihm, als habe er beständig mit großem Aufgebot an Spannkraft etwas aufrecht zu erhalten, was eigentlich nicht, oder doch nur unter günstigen Bedingungen, aufrecht zu erhalten war. Zuweilen erschien sein Beruf ihm traurig und arm, obgleich er ihn liebte und jede Repräsentationsfahrt gern unternahm.

Er fuhr über Land zu einer Ackerbauausstellung, fuhr in seiner schlecht federnden Chaise von Schloß »Eremitage« zum Bahnhof, wo zu seiner Verabschiedung der Regierungspräsident, der Polizeipräsident und der Vorstand der Bahn am Salonwagen standen. Er fuhr anderthalb Stunden, indem er mit den großherzoglichen Adjutanten, die ihm zugeteilt waren, und dem Referenten für Landwirtschaft, Ministerialrat Heckepfeng, einem strengen und ehrfurchtsvollen Herrn, der ihn ebenfalls begleitete, nicht ohne Mühe ein Gespräch unterhielt. Dann fuhr er in den Bahnhof des Städtchens ein, welches das Landwirtschaftsfest veranstaltete. Der Bürgermeister, eine Kette über dem Frack, erwartete ihn an der Spitze von sechs oder sieben anderen dienstlichen Persönlichkeiten. Die Station war mit vielen Tannenbäumchen und Laubschnüren geschmückt. Im Hintergrunde standen die Gipsbüsten Albrechts und Klaus Heinrichs im Grünen. Das Publikum hinter der Absperrung rief dreimal Hoch. Die Glocken läuteten.

Der Bürgermeister hieß Klaus Heinrich mit einer Ansprache willkommen. Er bringe ihm Dank dar, sagte er und schüttelte dabei seinen Zylinderhut mit der Hand, in der er ihn hielt, den Dank der Stadt für alles, was Klaus Heinrichs Bruder und er selbst ihr Gutes erwiesen, und innige Wünsche für eine weitere segenvolle Regierung. Auch wiederholte er die Bitte, der Prinz möge das Werk, das unter seinem Protektorat so wohl gediehen sei, nun krönen und die landwirtschaftliche Ausstellung gnädigst eröffnen.

Dieser Bürgermeister führte den Titel Ökonomierat, was man Klaus Heinrich bedeutet hatte und weshalb er ihn in seiner Antwort dreimal so anredete. Er sagte, er freue sich, zu hören, daß das Werk der Landwirtschaftsausstellung unter seinem Protektorate so wohl gediehen sei. (Er hatte eigentlich vergessen, daß er das Protektorat über die Ausstellung führte.) Er sei gekommen, um heute das Letzte für das große Werk zu tun, indem er die Ausstellung eröffnete. Dann erkundigte er sich nach vier Dingen: nach den wirtschaftlichen Verhältnissen der Stadt, der Zunahme der Bevölkerung in den letzten Jahren, nach dem Arbeitsmarkt (obgleich er nicht ganz genau wußte, was eigentlich der Arbeitsmarkt sei) und nach den Lebensmittelpreisen. Hörte er, daß die Lebensmittel teuer seien, so nahm er diese Mitteilung »ernst« entgegen, und das mußte selbstverständlich alles sein. Niemand erwartete mehr von ihm, und allgemein wirkte es tröstlich, daß er die Mitteilung von den hohen Preisen sehr ernst entgegengenommen habe.

Dann stellte der Bürgermeister ihm die städtischen Würdenträger vor: den Oberamtsrichter, einen adeligen Gutsbesitzer aus der Nähe, den Pastor, die beiden Ärzte, einen Expeditor, und Klaus Heinrich richtete an jeden eine Frage, indem er sich während der Antwort überlegte, was er zu dem Nächsten sagen sollte. Es waren außerdem noch der Landestierarzt und der Landesinspektor für Tierzucht zugegen. Endlich bestieg man Fuhrwerke, um unter den Zurufen der Einwohner zwischen einem Spalier von Schulkindern, Feuerwehrleuten und Fahnenvereinen durch die geschmückte Stadt zur Festwiese zu fahren, – nicht ohne am Tore noch einmal von weißgekleideten Jungfrauen mit Kränzen auf den Köpfen angehalten zu werden, von denen eine, die Tochter des Bürgermeisters, dem Prinzen einen Blumenstrauß mit weißer Atlasmanschette in den Wagen reichte und zur immerwährenden Erinnerung an diesen Augenblick eine jener hübschen und preiswerten Preziosen eingehändigt erhielt, die Klaus Heinrich auf seinen Reisen mit sich führte, eine, sie wußte selbst nicht warum, in Sammet gebettete Busennadel, die man im »Eilboten« als goldenes, mit Edelsteinen besetztes Geschmeide wiederfand.

Zelte, Pavillons und Baracken waren auf der Wiese errichtet. An langen Reihen von Stangen, die untereinander mit Girlanden verbunden waren, flatterten bunte Wimpel. Auf einer hölzernen, mit Fahnentüchern behangenen Tribüne, zwischen Draperieen, Festons und zweifarbigen Flaggenstangen, verlas Klaus Heinrich die kurze Eröffnungsrede. Und dann begann der Rundgang.

Da war an niedrige Querbäume das Hornvieh gefesselt, Reinzucht, Prachtexemplare mit glatten, gewölbten, scheckigen Leibern, numerierte Schilder an den breiten Stirnen. Da stampften und schnoben die Pferde, schwere Ackergäule mit gebogenen Schnauzen und Haarbüscheln oberhalb der Hufen, sowie feine, unruhige Reittiere. Da waren die nackten, kurzbeinigen Schweine, und zwar sowohl Land- als Edelschweine in großer Auswahl. Sie ließen ihre Bäuche hängen und wühlten grunzend mit ihren rosigen Rüsseln im Boden, während das Geblök der wolligen Schafe, ein verworrener Chor von Baß- und Kinderstimmen, die Luft erfüllte. Da war die lärmvolle Geflügelausstellung, beschickt mit allen Arten von Hühnern, vom großen Brahmaputra bis zum Goldlack-Zwerghühnchen, mit Enten und allerlei Tauben, mit Futtermitteln und Eiern in frischem und künstlich erhaltenem Zustande. Da war die Ausstellung von Feldprodukten mit allem Korn, mit Runkeln und Klee, Kartoffeln, Erbsen und Flachs. Da waren Auslesen von frischem und eingemachtem Gemüse, von rohem und konserviertem Obst, von Beerenfrüchten, Marmeladen und Säften. Aber endlich war da die Ausstellung landwirtschaftlicher Gerätschaften und Maschinen, vorgeführt von mehreren technischen Firmen, versehen mit allem, was zur Bestellung des Ackers dient, vom handlichen Pflug bis zu den großen, schwarzen, geschornsteinten Motoren, bei denen es aussah wie in einem Elefantenstall, vom einfachsten und begreiflichsten Gegenstande bis zu solchen, die aus einem Gewirr von Rädern, Ketten, Kolben, Walzen, Armen und Zähnen bestanden, – eine Welt, eine ganze beschämende Welt sinnreicher Nützlichkeit.

Klaus Heinrich sah alles an, er schritt, den Säbelgriff überm Unterarm, die Reihen der Tiere, Käfige, Säcke, Bottiche, Gläser und Utensilien ab. Der Herr zu seiner Rechten wies ihn mit der Hand im weißen Glacéhandschuh auf das Einzelne hin, indem er sich diese und jene Erläuterung gestattete, und Klaus Heinrich tat, was seines Berufes war. Er äußerte sich in Worten vollster Anerkennung über alles, was er sah, er blieb von Zeit zu Zeit stehen und zog die Aussteller der Tiere ins Gespräch, erkundigte sich in leutseliger Weise nach ihren Verhältnissen und stellte Fragen, die die ländlichen Männer beantworteten, indem sie sich hinter den Ohren kratzten. Und im Gehen dankte er nach beiden Seiten für die Huldigungen der Bevölkerung, die seinen Weg besetzt hielt.

Namentlich am Ausgang des Festplatzes, dort, wo die Wagen warteten, hatte das Volk sich angesammelt, um seiner Abfahrt zuzuschauen. Ein Weg war ihm freigehalten, eine gerade Gasse bis zum Schlag seines Landauers, und er schritt lebhaft hindurch, die Hand am Helm und immerfort nickend, – allein und formvoll geschieden von all diesen Menschen, die ihrem Urbilde, ihrer echten Art zujubelten, indem sie ihn feierten, und deren Leben, Arbeit und Tüchtigkeit er festlich darstellte, ohne Teil daran zu haben.

Mit einem leichten und freien Schritte bestieg er den Wagen, ließ sich kunstreich nieder, so daß er sofort eine anmutige und vollkommene Haltung gewann, an der nichts mehr zu verbessern war, und fuhr grüßend zum »Gesellschaftshause«, wo das Frühstück eingenommen wurde. Der Bezirksamtmann brachte dabei – und zwar nach dem zweiten Gange – einen Trinkspruch auf den Großherzog und den Prinzen aus, worauf Klaus Heinrich sich unverzüglich erhob, um auf das Wohl des Bezirks und der Stadt zu trinken. Nach dem Festessen jedoch zog er sich in die Zimmer zurück, die der Bürgermeister ihm in seiner Amtswohnung eingeräumt hatte, und legte sich auf eine Stunde ins Bett; denn seine Berufsübung erschöpfte ihn in seltsamem Maße, und nachmittags sollte er nicht nur in dieser Stadt die Kirche, die Schule, verschiedene Betriebe, besonders das Käselager der Gebrüder Behnke, besichtigen und sich über alles höchst befriedigt aussprechen, sondern auch noch seine Reise eine Strecke fortsetzen und eine Unglücksstätte, ein abgebranntes Dorf besuchen, um der Behörde seines Bruders Mitgefühl und sein eigenes auszudrücken und die Heimgesuchten zu erquicken durch seine hohe Gegenwart...

Aber daheim auf Schloß »Eremitage«, zurückgekehrt in seine enthaltsam möblierten Empirestuben, las er die Zeitungsberichte über seine Fahrten. Dann erschien Geheimrat Schustermann vom Preßbureau, das dem Ministerium des Inneren unterstand, in der Eremitage und brachte die Ausschnitte aus den Zeitungen, die reinlich auf weiße Bogen geklebt, datiert und mit dem Namen des Blattes versehen waren. Und Klaus Heinrich las von seiner persönlichen Wirkung, las über seines Wesens Anmut und Hoheit, las, daß er seine Sache gut gemacht und sich die Herzen von Jung und Alt im Sturm gewonnen –, daß er den Sinn des Volkes vom Alltag erhoben und zur Liebe und Freude hingerissen habe.

Und dann erteilte er die Freiaudienzen im Alten Schloß, wie es vereinbart war.

Die Sitte der Freiaudienzen war von einem wohlmeinenden Vorgänger Albrechts II. geschaffen worden, und man hielt fest daran. Einmal in der Woche war Albrecht, war an seiner Statt Klaus Heinrich für jedermann zu sprechen. Ob der Bittsteller von Rang war oder nicht, seine Angelegenheit Tragweite besaß oder in einer persönlichen Sorge und Beschwerde bestand, – eine Anmeldung bei Herrn von Bühl oder nur beim diensttuenden Adjutanten genügte, und dem Manne ward Gelegenheit, seine Sache an höchster Stelle vorzubringen. Eine schöne, menschenfreundliche Einrichtung! Denn so brauchte der Bittsteller nicht den Weg des schriftlichen Gesuches zu beschreiten, in der traurigen Voraussicht, daß sein Schriftsatz auf immer in den Kanzleien verschwinden werde, sondern hatte die glückliche Gewähr, daß sein Anliegen ganz unmittelbar zur höchsten Stelle gelange. Eingeräumt mußte werden, daß die höchste Stelle – Klaus Heinrich zu dieser Zeit – natürlich nicht in der Lage war, den Fall zu übersehen, ihn ernstlich zu prüfen und eine Entscheidung darüber zu treffen, sondern daß er die Sache dennoch an die Kanzleien weitergab, woselbst sie »verschwand«. Allein der Nutzen war gleichwohl groß, wenn auch nicht in dem Sinne grober Zweckdienlichkeit. Der Bürger, der Bittsteller kam bei Herrn von Bühl mit der Bitte ein, empfangen zu werden, und ein Tag, eine Stunde wurde ihm bestimmt. Er sah sie in freudiger Beklommenheit herannahen, er arbeitete im Geist an den Sätzen, in welchen er seine Angelegenheit vortragen würde, er ließ seinen Leibrock, seinen Seidenhut bügeln, legte ein gutes Hemd zurecht und bereitete sich auf alle Weise. Aber schon diese festlichen Vorkehrungen waren geeignet, die Gedanken des Mannes von dem erstrebten, derb sachlichen Vorteil abzulenken und ihm den Empfang selbst als die Hauptsache, als den eigentlichen Gegenstand seiner angeregten Erwartung erscheinen zu lassen. Die Stunde kam, und der Bürger nahm, was er niemals tat, eine Droschke, um seine blanken Stiefel nicht zu verunreinigen. Er fuhr zwischen den Löwen des Albrechtstores hindurch, und die Wache sowohl wie der große Türsteher gaben ihm freien Durchgang. Er stieg aus im Schloßhof am Säulenumgang vor dem verwitterten Portal und ward von einem Lakaien in braunem Frack und sandfarbenen Gamaschen sogleich zur Linken in ein Vorzimmer zu ebener Erde eingelassen, in dessen einem Winkel sich ein Gestell mit Standarten befand und wo eine Anzahl anderer Supplikanten kaum flüsternd und in andächtig gespanntem Zustande ihres Empfanges harrten. Der Adjutant, die Liste der Gemeldeten in der Hand, ging ab und zu und nahm denjenigen, der zunächst an der Reihe war, beiseite, um ihm mit gedämpfter Stimme Verhaltungsmaßregeln zu erteilen. Aber im Nebenzimmer, »Freiaudienz-Zimmer« genannt, stand Klaus Heinrich im Waffenrock mit silbernem Kragen und mehreren Sternen an einem runden Tischchen mit drei goldenen Beinen und empfing. Major von Platow unterrichtete ihn oberflächlich über die Person der einzelnen Bittsteller, bat den Mann herein und kehrte in den Pausen zurück, um den Prinzen kurz auf den Nächstfolgenden vorzubereiten. Und der Bürger trat ein; das Blut im Kopfe und ein wenig schwitzend stand er vor Klaus Heinrich. Man hatte ihm eingeschärft, daß er sich Seiner Königlichen Hoheit nicht allzusehr nähern, sondern in einiger Entfernung stehen bleiben, daß er nicht sprechen solle, bevor er gefragt sei, und auch dann nicht alles auf einmal herausschwatzen, sondern karg antworten, um dem Prinzen Stoff zu Fragen übrigzulassen; daß er sich schließlich rückwärts und ohne dem Prinzen die Kehrseite zuzuwenden, entfernen möge. Und darauf, nicht gegen diese Vorschriften zu verstoßen, sondern an seinem Teil dazu beizutragen, daß das Gespräch einen schönen, glatten und harmonischen Verlauf nähme, nur hierauf war alles Trachten des Bürgers gerichtet. Klaus Heinrich befragte ihn, wie er die Veteranen, die Schützen, die Turner, die Landleute und die Abgebrannten zu befragen gewöhnt war, lächelnd, die linke Hand weit hinten in die Hüfte gestemmt; und unwillkürlich lächelte auch der Bürger, – wobei ihm auf irgendeine Weise zumute war, als erhöbe er sich mit diesem Lächeln über alles, was ihn sonst befangen hielt. Dieser gemeine Mann, dessen Sinn sonst am Boden haftete, der außer dem handgreiflich Nützlichen nichts, wohl nicht einmal die alltägliche Höflichkeit in Bedacht nahm und auch hierher um einer Sache willen gekommen war, – er erfuhr in seiner Seele, daß es etwas Höheres gäbe, als seine Sache und die Sache überhaupt, und erhoben, gereinigt, mit blindem Blick und noch immer das Lächeln auf seinem geröteten Antlitz, ging er von dannen.

So erteilte Klaus Heinrich Freiaudienzen und so übte er seinen hohen Beruf. Er lebte auf »Eremitage« in seiner kleinen Flucht von Empirestuben, die so streng und dürftig, mit kühlem Verzicht auf Behagen und Traulichkeit eingerichtet waren. Verblichene Seide bespannte dort oberhalb der weißen Täfelung die Wände, an den schmucklosen Decken hingen Kristallkronen, geradlinige Sofas, ohne Tische zumeist, und dünnbeinige Etageren mit Säulenstutzuhren standen an den Wänden, Stuhlpaare, weiß lackiert, mit ovalen Rückenlehnen und dünnen Seidenbezügen flankierten die weißlackierten Flügeltüren, und in den Winkeln standen weißlackierte Gueridons, die vasenähnliche Armleuchter trugen. So sah es aus bei Klaus Heinrich, und er war einverstanden mit dieser Umgebung.

Er lebte innerlich still, ohne Begeisterung oder Glaubenseifer in öffentlichen Streitfragen. Er eröffnete als Vertreter seines Bruders den Landtag, nahm aber keinen Anteil an den Vorgängen dortselbst und vermied jedes Ja und Nein im Zwiespalt der Parteien, – unentschieden und ohne Überzeugungswärme wie einer, dessen Angelegenheit höher ist, als alles Parteiwesen. Jeder sah ein, daß seine Stellung ihm Zurückhaltung auferlegte, aber viele empfanden, daß der Mangel an Teilnahme auf eine befremdende und lähmende Weise in seinem Wesen ausgeprägt sei. Viele, die mit ihm in Berührung kamen, bezeichneten ihn denn auch als »kalt«; und wenn Doktor Überbein diese »Kälte« mit lauten Redensarten leugnete, so war zu bezweifeln, ob der einseitige und ungemütliche Mann befähigt war, in dieser Frage ein Urteil zu fällen. Natürlich kam es vor, daß Klaus Heinrichs Blick sich mit solchen kreuzte, die ihn überhaupt nicht anerkannten, frechen, höhnischen, gehässig erstaunten Blicken, die seine ganze Leistung und Anstrengung verachteten und nicht kannten. Aber auch bei gutwilligen, fromm gearteten Leuten, die sein Leben zu achten und zu ehren sich bereit zeigten, bemerkte er zuweilen nach kurzer Zeit eine gewisse Erschöpftheit, ja Gereiztheit, wie als ob sie im Luftkreis seines Wesens nicht lange zu atmen vermöchten; und das betrübte Klaus Heinrich, ohne daß er es abzustellen gewußt hätte.

Er hatte gar nichts zu tun im täglichen Leben; ob ihm ein Gruß gelang, ein gnädiges Wort, eine gewinnende und doch würdevolle Handbewegung, war wichtig und entscheidend. Einst kehrte er in Mütze und Mantel von einem Spazierritt zurück, ritt langsam auf seinem braunen Pferde Florian durch die Birkenallee, die am Rande unbebauten Geländes entlang auf Park und Schloß »Eremitage« zuführte, und vor ihm her ging ein schäbig gekleideter junger Mensch mit einer Pudelmütze und einem lächerlichen Schopf im Nacken, zu kurzen Ärmeln und Hosen und außerordentlich großen Füßen, die er einwärts setzte. Es mochte ein Realschüler oder dergleichen sein, denn er trug ein Reißbrett unter dem Arm, worauf mit Stiften eine große Zeichnung, ein ausgerechnetes Liniengewirr in roter und schwarzer Tinte, eine Projektion oder ähnliches, befestigt war. Klaus Heinrich hielt lange sein Pferd hinter dem jungen Menschen und betrachtete die rot und schwarze Projektion auf dem Reißbrett. – Zuweilen dachte er, daß es gut sein müsse, einen ordentlichen Nachnamen zu haben, Doktor Fischer zu heißen und einem ernsten Beruf nachzugehen.

Er repräsentierte bei den Hoffestlichkeiten, dem großen und kleinen Ball, dem Diner, den Konzerten und der großen Cour. Er ging auch mit seinen rotköpfigen Vettern, den Herren des Gefolges, im Herbst auf die Hofjagden, der Sitte wegen und obwohl sein linker Arm ihm das Schießen beschwerlich machte. Oft sah man ihn abends im Hoftheater, in seiner rot ausgeschlagenen Proszeniumloge, zwischen den beiden weiblichen Skulpturen mit den gekreuzten Händen und den leeren, strengen eGeichtern. Denn das Theater unterhielt ihn, er liebte es, den Schauspielern zuzusehen, zu beobachten, wie sie sich gaben, auf- und abtraten, ihre Rolle durchführten. Meistens fand er sie schlecht, unzart in ihren Mitteln zu gefallen und ungeübt in der feineren Vortäuschung des Natürlichen und Kunstlosen. Übrigens war er geneigt, den niederen und volkstümlichen Gegenden der Szene vor den hohen und feierlichen den Vorzug zu geben. In der Residenz wirkte am »Singspieltheater« eine Soubrette namens Mizzi Meyer, die in den Zeitungen und im

Munde des Publikums nicht anders als »unsere« Meyer hieß und zwar auf Grund ihrer schrankenlosen Beliebtheit bei Groß und Klein. Sie war nicht schön, kaum hübsch, sie sang mit kreischender Stimme, und streng genommen, waren ihr keine besonderen Gaben zuzusprechen. Dennoch brauchte sie nur die Bühne zu betreten, um Stürme der Zustimmung, des Beifalls, der Aufmunterung zu entfesseln. Denn diese blonde und gedrungene Person mit ihren blauen Augen, ihren breiten, ein wenig zu hoch sitzenden Wangenknochen, ihrer gesunden, lustigen oder auch gern ein wenig rührseligen Art war Fleisch vom Fleische des Volkes und Blut von dem seinen. Solange sie, geschmückt, geschminkt und von allen Seiten beleuchtet, der Menge gegenüber auf den Brettern stand, war sie in der Tat die Verklärung des Volkes selbst, – ja, das Volk beklatschte sich selber, indem es sie beklatschte, und darin ganz allein beruhte Mizzi Meyers Macht über die Gemüter. – Klaus Heinrich besuchte gern mit Herrn von Braunbart-Schellendorf das »Singspieltheater«, wenn Mizzi Meyer sang, und beteiligte sich lebhaft am Beifall.

Eines Tages hatte er eine Begegnung, die ihm einerseits zu denken gab, andererseits ihn auch wieder enttäuschte. Es war die mit Herrn Martini, Axel Martini, demselben, der die beiden von Sachverständigen viel gerühmten Poesiebücher »Evoë!« und »Das heilige Leben« verfaßt hatte. Das Zusammentreffen kam auf folgende Weise zustande.

In der Residenz lebte ein begüterter alter Herr, Oberregierungsrat seinem Titel nach, der, seit er sich aus dem Staatsdienst in den Ruhestand zurückgezogen, sein Leben der Förderung der schönen Künste, insbesondere der Dichtkunst, gewidmet hatte. Er war der Begründer jener Einrichtung, die man unter dem Namen des »Maikampfes« kannte, – eines alljährlich zur Lenzzeit sich wiederholenden poetischen Turniers, zu dem der Oberregierungsrat durch Rundschreiben und Anschläge die Dichter und Dichterinnen des Vaterlandes ermutigte. Preise waren ausgesetzt für das zärtlichste Liebeslied, das innigste religiöse Gedicht, den feurigsten patriotischen Sang, für die trefflichsten lyrischen Leistungen zum Preise der Musik, des Waldes, des Frühlings, der Lebenslust, – und diese Preise bestanden außer Geldgewinnen in sinnigen und wertvollen Andenken, wie goldenen Federn, goldenen Busennadeln in Leier- und Blumenform und dergleichen mehr. Auch die Stadtobrigkeit der Residenz hatte einen Preis gestiftet, und der Großherzog spendete einen silbernen Pokal als Belohnung für das unbedingt vorzüglichste unter allen eingesandten Gedichten. Der Schöpfer des »Maikampfes« selbst, der die erste Sichtung des stets gewaltigen Stoffes besorgte, nahm im Bunde mit zwei Universitätsprofessoren und den Feuilletonredakteuren des »Eilboten« und der »Volkszeitung« das Amt des Preisrichters wahr. Die gekrönten und die lobend erwähnten Beiträge wurden regelmäßig als Jahrbuch auf Kosten des Oberregierungsrates gedruckt und herausgegeben.

Dieses Jahr nun hatte sich Axel Martini am »Maikampf« beteiligt und war als Sieger daraus hervorgegangen. Das Gedicht, das er vorgelegt hatte, ein begeistertes Loblied auf die Lebenslust oder vielmehr ein überaus stürmischer Ausbruch der Lebenslust selbst, ein hinreißender Hymnus auf des Lebens Schönheit und Furchtbarkeit, war im Stile seiner beiden Bücher gehalten und hatte Zwietracht ins Richterkollegium getragen. Der Oberregierungsrat selbst und der Professor für Philologie hatten es mit einer anerkennenden Erwähnung abspeisen wollen; denn sie fänden es maßlos im Ausdruck, roh in seiner Leidenschaft und stellenweise unumwunden anstößig. Aber der Professor für Literaturgeschichte zusammen mit den Redakteuren hatten sie überstimmt, nicht nur in Hinsicht darauf, daß Martinis Beitrag das beste Gedicht an die Lebenslust darstelle, sondern auch bezüglich seines unbedingten Vorranges, und schließlich hatten sich auch die beiden Gegner dem Eindruck dieses schäumenden und betäubenden Wortsturzes nicht entziehen können.

Axel Martini hatte also dreihundert Mark, eine goldene Busennadel in Leierform und obendrein den silbernen Pokal des Großherzogs erhalten, und sein Gedicht war im Jahrbuch an erster Stelle mit einer zeichnerischen Umrahmung von der Künstlerhand des Professors von Lindemann abgedruckt worden. Es kam aber hinzu, daß der Sitte gemäß der Sieger (oder die Siegerin) im »Maikampf« vom Großherzog in Audienz empfangen wurde; und da Albrecht gerade unpäßlich war, so fiel auch dieser Empfang seinem Bruder zu.

Klaus Heinrich fürchtete sich ein wenig vor Herrn Martini.

»Gott, Doktor Überbein«, sagte er bei einer kurzen Begegnung mit seinem Lehrer, »was soll ich mit ihm anfangen? Er ist gewiß ein wilder, unverschämter Mensch.«

Aber Doktor Überbein antwortete: »I, bewahre, Klaus Heinrich, keine Besorgnis! Er ist ein ganz artiges Männchen. Ich kenne ihn, ich hospitiere ein bißchen in seinen Kreisen. Sie werden ausgezeichnet mit ihm fertig werden.«

So empfing denn Klaus Heinrich den Dichter der Lebenslust, empfing ihn auf »Eremitage«, um der Sache einen möglichst privaten Charakter zu geben. »Im gelben Zimmer«, sagte er, »lieber Braunbart. Das ist in solchen Fällen das präsentabelste.« Es standen drei schöne Stühle in diesem Zimmer, die wohl das einzig Wertvolle unter dem Mobiliar des Schlößchens waren, schwere Empirefauteuils in Mahagoni, mit schneckenförmig aufgerollten Armlehnen und gelben Tuchbezügen, auf welche blau grüne Leiern gestickt waren. Klaus Heinrich stellte sich nicht zur Audienz auf bei dieser Gelegenheit, sondern wartete, in einiger Unruhe, nebenan, bis Axel Martini seinerseits sieben oder acht Minuten lang im gelben Zimmer gewartet hatte. Dann trat er lebhaft, fast eilig ein und schritt auf den Dichter zu, der sich tief verbeugte.

»Es macht mir großes Vergnügen, Sie kennen zu lernen«, sagte er, »lieber Herr... Herr Doktor, nicht wahr?«

»Nein, Königliche Hoheit«, erwiderte Axel Martini mit asthmatischer Stimme, »nicht Doktor. Ich bin unbetitelt.«

»O, Verzeihung... ich nahm an... Setzen wir uns, lieber Herr Martini. Ich bin, wie gesagt, sehr erfreut, Sie zu Ihrem großen Erfolge beglückwünschen zu können...«

Herrn Martinis Mundwinkel machten eine zuckende Bewegung nach unten. Er ließ sich an dem unbedeckten Tische, um dessen Platte eine Goldleiste lief, auf dem Rande eines der Mahagoniarmstühle nieder und kreuzte seine Füße, die in zersprungenen Lackstiefeln steckten. Er war im Frack und trug gelbliche Glacéhandschuhe. Sein Halskragen war an den Ecken schadhaft. Er hatte ein wenig glotzende Augen, magere Wangen und einen dunkelblonden Schnurrbart, der gestutzt war wie eine Hecke. Sein Haupthaar war an den Schläfen schon stark ergraut, obgleich er dem Jahrbuch des Maikampfes zufolge nicht mehr als dreißig Jahre zählte, und unterhalb der Augen glomm ihm eine Röte, die nicht auf Wohlsein deutete. Er antwortete auf Klaus Heinrichs Glückwunsch: »Königliche Hoheit sind sehr gütig. Es war ja kein schwerer Sieg. Es war vielleicht nicht taktvoll von mir, mich an dieser Konkurrenz zu beteiligen.«

Das verstand Klaus Heinrich nicht; aber er sagte: »Ich habe Ihr Gedicht wiederholt mit großem Genuß gelesen. Es scheint mir überaus gelungen, sowohl was das Versmaß als auch was die Reime betrifft. Und dann bringt es die Lebenslust vorzüglich zum Ausdruck.«

Herr Martini verbeugte sich im Sitzen.

»Ihre Fertigkeit«, fuhr Klaus Heinrich fort, »muß Ihnen großes Vergnügen gewähren, – die schönste Erholung... Welches ist Ihr Beruf, Herr Martini?«

Herr Martini deutete an, daß er nicht verstehe, beschrieb gleichsam mit dem Oberkörper ein Fragezeichen.

»Ich meine, Ihr Hauptberuf. Sind Sie im Staatsdienst?«

»Nein, Königliche Hoheit. Ich habe keinen Beruf. Ich beschäftige mich mit Poesie, ausschließlich...«

»Gar keinen... O, ich verstehe. Eine so ungewöhnliche Begabung ist es wert, daß man ihr alle Kräfte widmet.«

»Das weiß ich nicht, Königliche Hoheit. Ob sie es wert ist, weiß ich nicht. Ich muß gestehen, daß ich gar nicht die Wahl hatte. Ich habe mich von jeher zu jeder anderen menschlichen Tätigkeit vollkommen unfähig gefühlt. Mir scheint, daß diese zweifellose und unbedingte Unfähigkeit zu allem anderen der einzige Beweis und Prüfstein des Berufes zur Poesie ist, ja, daß man in der Poesie eigentlich keinen Beruf, sondern eben nur den Ausdruck und die Zuflucht dieser Unfähigkeit zu sehen hat.«

Herr Martini hatte die Eigentümlichkeit, beim Sprechen Tränen in die Augen zu bekommen, ähnlich wie ein Mensch, der aus der Kälte in ein warmes Zimmer tritt und sich nun schmelzen und hinströmen läßt.

»Das ist eine eigenartige Auffassung«, sagte Klaus Heinrich.

»Doch nicht, Königliche Hoheit. Ich bitte um Verzeihung. Nein, garnicht eigenartig. Diese Auffassung ist vielfach akzeptiert. Ich sage nichts Neues.«

»Und seit wann leben Sie ausschließlich der Poesie, Herr Martini? Sie haben vorher studiert?«

»Nicht regelrecht, Königliche Hoheit. Nein, die Unfähigkeit, der ich vorhin erwähnte, begann bei mir sehr früh, sich zu zeigen. Ich wurde mit der Schule nicht fertig. Ich verließ sie, ohne es bis zur Abgangsprüfung gebracht zu haben. Ich ging auf die Universität mit dem Versprechen, die Prüfung nachträglich abzulegen, aber es wurde dann nichts daraus. Und als mein erster Gedichtband sehr bemerkt worden war, da schickte es sich auch schließlich nicht mehr, wenn ich so sagen darf.«

»Nein, nein... Aber waren Ihre Eltern denn einverstanden mit Ihrer Laufbahn?«

»O nein, Königliche Hoheit! Ich darf zur Ehre meiner Eltern versichern, daß sie durchaus nicht einverstanden damit waren. Ich bin aus guter Familie; mein Vater war Oberstaatsanwalt. Jetzt ist er tot, aber er war Oberstaatsanwalt. Er billigte natürlich meine Laufbahn so wenig, daß er mir bis zu seinem Tode jede Unterstützung verweigerte. Ich lebte zerfallen mit ihm, obgleich ich ihn seiner Strenge wegen außerordentlich hoch achtete.«

»O, Sie haben es also schwer gehabt, Herr Martini, haben sich durchschlagen müssen. Ich kann es mir denken, daß Sie sich den Wind um die Nase haben wehen lassen!«

»Nicht so, Königliche Hoheit! Nein, das wäre schlimm gewesen, ich hätte es nicht ertragen. Meine Gesundheit ist zart, – ich darf nicht sagen ›leider‹, denn ich bin überzeugt, daß mein Talent mit meiner Körperschwäche unzertrennlich zusammenhängt. Hunger und rauhe Winde hätten weder mein Körper noch mein Talent überstanden und haben sie auch nicht zu überstehen gehabt. Meine Mutter war schwach genug, mich hinter dem Rücken meines Vaters mit den Mitteln zum Leben zu versehen, bescheidenen, aber hinlänglichen Mitteln. Ihr danke ich es, daß sich mein Talent unter leidlich milden Bedingungen entwickeln konnte.«

»Der Erfolg hat gezeigt, lieber Herr Martini, daß es die richtigen Bedingungen waren... Obgleich es ja schwer ist, zu sagen, welches wohl die eigentlich guten Bedingungen sind. Lassen Sie mich annehmen, Ihre Frau Mutter hätte sich ebenso streng verhalten wie Ihr Vater und Sie wären allein auf der Welt gewesen und ganz auf sich selbst gestellt und völlig auf Ihre Fähigkeiten angewiesen... Meinen Sie nicht, daß Ihnen das gewissermaßen von Nutzen gewesen wäre? Daß Sie Einblicke hätten tun können, um diesen Ausdruck zu wählen, die Ihnen nun entgangen sind?«

»Ach, Königliche Hoheit, meinesgleichen tut Einblicke genug, auch ohne wirklich dem Hunger ausgesetzt zu sein; und die Auffassung ist ziemlich allgemein akzeptiert, daß es nicht sowohl der wirkliche Hunger, als vielmehr der Hunger nach dem Wirklichen ist... he, he... was das Talent benötigt.«

Herr Martini hatte ein wenig lachen müssen über sein Wortspiel. Er führte nun rasch die eine gelblich bekleidete Hand vor seinen Mund mit dem heckenartigen Schnurrbart und verbesserte sein Lachen, stellte es gleichsam richtig durch ein Hüsteln. Klaus Heinrich sah ihm in freundlicher Erwartung zu.

»Wenn Königliche Hoheit mir erlauben wollen... Es ist eine weit verbreitete Anschauung, daß die Entbehrung der Wirklichkeit für meinesgleichen der Nährboden alles Talentes, die Quelle aller Begeisterung, ja recht eigentlich unser einflüsternder Genius ist. Der Lebensgenuß ist uns verwehrt, streng verwehrt, wir machen uns kein Hehl daraus, – und zwar ist dabei unter Lebensgenuß nicht nur das Glück, sondern auch die Sorge, auch die Leidenschaft, kurz jede ernsthaftere Verbindung mit dem Leben zu verstehen. Die Darstellung des Lebens nimmt durchaus alle Kräfte in Anspruch, zumal wenn diese Kräfte nicht eben überreichlich bemessen sind«, – und Herr Martini hüstelte, wobei seine Schultern mehrmals nach vorn zusammengezogen wurden. »Die Entsagung«, fügte er hinzu, »ist unser Pakt mit der Muse, auf ihr beruht unsere Kraft, unsere Würde, und das Leben ist unser verbotener Garten, unsere große Versuchung, der wir zuweilen, aber niemals zu unserem Heil, unterliegen.«

Wieder hatten sich beim fließenden Sprechen Herrn Martinis Augen mit Tränen gefüllt. Er suchte sie durch ein Blinzeln zu vertreiben.

»Jeder von uns«, sagte er noch, »kennt solche Verirrungen und Entgleisungen, solche begehrlichen Ausflüge in die Festsäle des Lebens. Aber wir kehren gedemütigt und Übelkeit im Herzen von dort in unsere Abgeschlossenheit zurück.«

Herr Martini schwieg. Es geschah ihm, daß sein Blick, unter emporgezogenen Brauen, vorübergehend starr wurde, einen Atemzug lang sich im Leeren verlor, wobei sein Mund einen säuerlichen Ausdruck annahm und seine Wangen, über denen die ungesunde Röte glomm, noch magerer schienen als sonst. Das war nur eine Sekunde; dann wechselte er die Haltung und machte seine Augen wieder frei.

»Aber Ihr Gedicht«, sagte Klaus Heinrich, nicht ohne Dringlichkeit. »Ihr Preisgedicht an die Lebenslust, Herr Martini!... Ich bin Ihnen aufrichtig verbunden für Ihre Ausführungen. Wollen Sie mir aber sagen... Ihr Gedicht, – ich habe es aufmerksam gelesen. Es handelt einerseits von Elend und Schrecknissen, von des Lebens Bosheit und Grausamkeit, wenn ich mich recht erinnere, und andererseits von dem Vergnügen am Wein und an schönen Frauen, nicht wahr...«

Herr Martini lächelte; hierauf rieb er sich mit Daumen und Mittelfinger die Mundwinkel, um das Lächeln zu vertreiben.

»Das alles«, sagte Klaus Heinrich, »ist in der Ichform abgefaßt, in der ersten Person, nicht wahr? Und doch beruht es nicht auf eigenen Einblicken? Sie haben nichts davon wirklich erlebt?«

»Sehr wenig, Königliche Hoheit. Lediglich ganz kleine Andeutungen davon. Nein, die Sache ist umgekehrt die, daß, wenn ich der Mann wäre, das alles zu erleben, ich nicht nur nicht solche Gedichte schreiben, sondern auch meine jetzige Existenz von Grund aus verachten würde. Ich habe einen Freund, sein Name ist Weber; ein begüterter junger Mann, der lebt, der sein Leben genießt. Sein Lieblingsvergnügen besteht darin, in seinem Automobil mit toller Geschwindigkeit über Land zu sausen und dabei von Straßen und Äckern Bauerndirnen aufzulesen, mit denen er unterwegs – aber das gehört nicht hierher. Kurz, dieser junge Mann lacht, wenn er mich nur von weitem sieht, so komisch findet er mich und meine Tätigkeit. Was aber mich betrifft, so begreife ich seine Heiterkeit vollkommen und beneide ihn. Ich darf sagen, daß ich ihn auch ein wenig verachte, aber doch nicht so aufrichtig, als ich ihn beneide und bewundere...«

»Sie bewundern ihn?«

»Jawohl, Königliche Hoheit. Ich kann unmöglich umhin, das zu tun. Er gibt aus, er verschwendet, er läßt beständig in der unbekümmertsten und hochherzigsten Weise draufgehen – während es mein Teil ist, zu sparen, ängstlich und geizig zusammenzuhalten, und zwar aus hygienischen Gründen. Denn die Hygiene ist es ja, was mir und meinesgleichen in erster Linie nottut, – sie ist unsere ganze Moral. Aber nichts ist unhygienischer als das Leben...«

»Sie werden also den Pokal des Großherzogs wohl niemals leeren, Herr Martini?«

»Wein daraus trinken? Nein, Königliche Hoheit. Obgleich es eine schöne Geste sein müßte. Aber ich trinke keinen Wein. Auch gehe ich um zehn Uhr zu Bette und lebe in jeder Weise vorsichtig. Sonst hätte ich niemals den Pokal gewonnen.«

»Es muß wohl so sein, Herr Martini. Man macht sich aus der Ferne wohl unrichtige Vorstellungen von dem Leben eines Dichters.«

»Begreiflicherweise, Königliche Hoheit. Aber es ist im ganzen kein sehr herrliches Leben, wie ich versichern kann, besonders da wir ja nicht zu jeder Stunde Dichter sind. Damit von Zeit zu Zeit so ein Gedicht zustandekomme, – wer glaubt wohl, wieviel Faulenzerei und Langeweile und grämlicher Müßiggang dazu nötig ist. Eine Postkarte an den Zigarrenlieferanten ist oft die Leistung eines Tages. Man schläft viel, man lungert mit dumpfem Kopfe umher. Ja, es ist nicht selten ein Hundeleben...«

Jemand pochte ganz leise von außen an die weißlackierte Tür. Es war Neumanns Zeichen, daß es hohe Zeit für Klaus Heinrich sei, sich umkleiden und frisch instand setzen zu lassen. Denn es war Cercle-Konzert heut Abend im Alten Schloß.

Klaus Heinrich stand auf. »Ich habe mich verplaudert«, sagte er; denn das war die Wendung, deren er sich in solchen Augenblicken bediente. Und dann verabschiedete er Herrn Martini, wünschte ihm guten Erfolg in seiner poetischen Laufbahn und begleitete den ehrerbietigen Rückzug des Dichters mit Lächeln und jener ein wenig theatralischen, gnädig grüßenden Handbewegung von oben nach unten, die nicht immer gleichmäßig schön gelang, aber in der er es zu hoher Vollendung gebracht hatte.

Dies war des Prinzen Unterredung mit Axel Martini, dem Verfasser von »Evoë!« und »Das heilige Leben«. Sie machte ihm Gedanken, hörte bei ihrem Abschluß nicht auf ihn zu beschäftigen. Noch während er sich von Neumann den Scheitel erneuern und den blinkenden Galarock mit den Sternen anlegen ließ, noch während des Cercle-Konzertes bei Hofe, ja mehrere Tage noch nachher dachte er darüber nach und suchte des Dichters Äußerungen mit den übrigen Erfahrungen in Zusammenhang zu bringen, die das Leben ihm gewährt hatte.

Dieser Herr Martini, der, während ihm die ungesunde Röte über den Wangenhöhlen glomm, beständig rief: »Wie ist das Leben so stark und schön!«, jedoch um zehn Uhr vorsichtig zu Bette ging, sich aus hygienischen Gründen, wie er sagte, dem Leben verschloß und jede ernsthafte Verbindung mit demselben mied, – dieser Dichter mit seinem schadhaften Kragen, seinen tränenden Augen und seinem Neid auf den jungen Weber, der mit Bauernmädchen über Land sauste: er weckte geteilte Empfindungen, es war schwer, eine feste Meinung über ihn zu gewinnen. Klaus Heinrich gab dem Ausdruck, als er seiner Schwester von der Begegnung erzählte, indem er sagte: »Er hat es nicht bequem und nicht leicht, das sieht man wohl, und das muß ja gewiß für ihn einnehmen. Aber ich weiß doch nicht, ob ich mich freuen kann, ihn kennen gelernt zu haben, denn er hat etwas Abschreckendes, Ditlinde, ja, er ist bei all dem entschieden ein bißchen widerlich.«

Fräulein von Isenschnibbe war gut unterrichtet gewesen. Noch an dem Abend des Tages, an welchem sie der Fürstin zu Ried die große Neuigkeit überbracht hatte, veröffentlichte der »Eilbote« die Kunde von Samuel Spoelmanns, des weltberühmten Spoelmann, bevorstehender Ankunft, und anderthalb Wochen später, zu Anfang Oktober (war der Oktober des Jahres, in welchem Großherzog Albrecht sein zweiunddreißigstes, Prinz Klaus Heinrich sein sechsundzwanzigstes Lebensjahr angetreten hatte) – kaum also, daß die öffentliche Neugier Zeit gehabt, einen rechten Höhepunkt zu erreichen – vollzog sich diese Ankunft, ward schlichte Wirklichkeit an einem herbstlich bedeckten, ganz unscheinbaren Wochentage, der sich gleichwohl der Zukunft als ein unendlich denkwürdiges Datum erweisen sollte.

Die Spoelmanns trafen mit Extrazug ein, – darauf beschränkte sich vorderhand die Herrlichkeit ihres Auftretens; denn daß die »Fürstenzimmer« des Hotels Quellenhof durchaus nicht von blendender Pracht waren, wußte jedermann. Müßiges Publikum, überwacht von einem kleinen Gendarmerieaufgebot, hatte sich hinter der Perronsperre eingefunden; Vertreter der Presse waren zugegen. Aber wer Außerordentliches gewärtigt hatte, wurde enttäuscht. Spoelmann wäre fast gar nicht erkannt worden, so wenig überwältigend war er. Längere Zeit hielt man seinen Leibarzt für ihn, Doktor Watercloose – so, sagte man, hieß er –, einen langen Amerikaner, welcher, den Hut im Nakken, seinen Mund zwischen dem weißen, geschorenen Backenbart beständig mild lächelnd in die Breite zog und die Augen dabei schloß. Erst im letzten Augenblick ward bekannt, daß vielmehr der Kleine, Rasierte im mißfarbenen Paletot, – Der, welcher im Gegenteil den Hut tief in die Stirn gedrückt trug, der eigentliche Spoelmann sei, und die Zuschauer waren einig darin, daß ihm nichts anzumerken sei. Fabelhafte Dinge waren über ihn in Umlauf gewesen. Durch irgendeinen Spaßvogel war das

Gerücht verbreitet und auch gewissermaßen geglaubt worden, Spoelmann habe lauter goldene Vorderzähne und in jeden dieser goldenen Vorderzähne sei in der Mitte ein Brillant eingelassen. Aber obgleich die Wahrheit oder Unwahrheit dieser Behauptung nicht gleich zu prüfen war – denn Spoelmann ließ seine Zähne nicht sehen, er lachte nicht, sondern schien vielmehr ärgerlich und durch seine Krankheit gereizt –, so glaubte angesichts seiner Person sogleich kein Mensch mehr daran. Was aber Miss Spoelmann, seine Tochter, betraf, so hatte sie den Kragen ihrer Pelzjacke, in deren Taschen sie ihre Hände verbarg, hoch emporgeschlagen, so daß überhaupt fast nichts von ihr zu sehen war als ein paar unverhältnismäßig großer braunschwarzer Augen, die über die Menschenansammlung hin eine ernste, fließende, aber nicht allgemein verständliche Sprache führten. An ihrer Seite befand sich die Persönlichkeit, die man als ihre Gesellschaftsdame, die Gräfin Löwenjoul, erkannte, eine Frau von fünfunddreißig Jahren, schlicht gekleidet und beide Spoelmanns an Körperlänge überragend, die ihren kleinen Kopf mit dem spärlichen glatten Scheitel nachdenklich schief trug und mit einer gewissen starren Sanftmut vor sich hinblickte. Das meiste Aufsehen erregte ohne Frage ein schottischer Schäferhund, der von einem Diener mit stillem Sklavengesicht an der Leine geführt wurde, – ein ungewöhnlich schönes, aber, wie es schien, entsetzlich aufgeregtes Tier, das bebend und tänzelnd die Bahnhofshalle mit seinem exaltierten Gebell erfüllte.

Man sagte, daß ein paar Spoelmannsche Dienstboten männlichen und weiblichen Geschlechts schon einige Stunden früher im »Quellenhof« eingetroffen seien. Jedenfalls blieb es dem Diener mit dem Hunde allein überlassen, das Gepäck zu besorgen; und während er es besorgte, fuhr seine Herrschaft in zwei gemeinen Droschken – Herr Spoelmann mit Doktor Watercloose, Miss Spoelmann mit ihrer Gräfin – zum Quellengarten hinaus. Dort stiegen sie ab und dort führten sie anderthalb Monate lang ein Leben, das mit geringeren Mitteln, als den ihren, zu bestreiten gewesen wäre.

Sie hatten Glück, das Wetter war gut, es war ein blauer

Herbst, eine lange Reihe von sonnigen Tagen zog sich von dem Oktober in den November, und Miss Spoelmann ritt täglich – das war der einzige Luxus, den sie trieb – mit ihrer Ehrendame spazieren, auf Pferden übrigens, die sie im Tattersall wochenweise gemietet hatten. Herr Spoelmann ritt nicht, obgleich der »Eilbote« mit deutlichem Hinblick auf ihn eine Notiz seines medizinischen Mitarbeiters veröffentlichte, wonach das Reiten bei Steinleiden infolge der Erschütterung lindernd wirke und den Abgang der Steine befördere. Aber durch das Hotelpersonal wurde bekannt, daß der berühmte Mann in seinen vier Wänden ein künstliches Reiten betrieb, mit Hilfe einer Maschine, eines feststehenden Velozipeds, dessen Sattel durch das Treten der Pedale in schütternde Bewegung versetzt wurde.

Mit Eifer trank er das Heilwasser, die Ditlinden-Quelle, auf die er große Stücke zu halten schien. In aller Frühe erschien er täglich im Füllhause, begleitet von seiner Tochter, die übrigens ganz gesund war und nur zur Gesellschaft mittrank, und bewegte sich dann in seinem mißfarbenen Paletot und den Hut in der Stirn durch den Kurgarten und die Wandelhalle, indem er das Wasser aus dem bläulichen Glasbecher durch eine gläserne Röhre zu sich nahm, – aus der Ferne beobachtet von den beiden amerikanischen Zeitungskorrespondenten, die gehalten waren, ihren Blättern täglich tausend Worte über Spoelmanns Ferienaufenthalt zu telegraphieren und also danach trachten mußten, Stoff zu gewinnen.

Sonst sah man ihn wenig. Sein Leiden – Nierenkoliken, wie man sagte, höchst schmerzhafte Anfälle – schien ihn oft an das Zimmer, wenn nicht ans Bett zu fesseln, und während Miss Spoelmann mit der Gräfin Löwenjoul zwei oder dreimal im Hoftheater erschien (wobei sie ein schwarzes Sammetkleid und um die kindlichen Schultern ein indisches Seidentuch von wundervollem Gold-Gelb trug, auch mit ihrem perlblassen Gesichtchen und ihren großen, schwarzen und fließend redenden Augen sehr fesselnd wirkte), wurde ihr Vater niemals bei ihr in der Loge gesehen. Er unternahm zwar in ihrer Begleitung ein paar Streifzüge durch die Residenz, um kleine Einkäufe zu machen, die Stadt in Augenschein zu nehmen und einige innere Sehenswürdigkeiten zu besuchen; er spazierte auch wohl mit ihr durch den Stadtgarten und besichtigte dort zweimal Schloß Delphinenort, – das zweitemal allein, wobei er in seinem Interesse so weit ging, mit einem gewöhnlichen gelben Meterstabe, den er aus seinem mißfarbenen Paletot hervorzog, Messungen an den Wänden vorzunehmen... Aber nicht einmal im Speisesaal des »Quellenhofes« wurde man seines Anblicks teilhaftig; denn entweder, weil er auf schmale, fast fleischlose Kost gesetzt war oder aus anderen Gründen, speiste er mit den Seinen ausschließlich in seinen Zimmern, und die Neugier des Publikums erhielt im ganzen recht wenig Nahrung.

So kam es, daß Spoelmanns Ankunft dem Quellengarten vorderhand nicht in dem Maße zum Nutzen gereichte, wie Fräulein von Isenschnibbe und mit ihr viele Leute erwartet hatten. Der Flaschenversand nahm zu, das war festzustellen; er stieg sehr rasch fast um die Hälfte seiner bisherigen Ziffer und hielt sich dauernd auf dieser Höhe. Aber der Fremdenzuzug steigerte sich nicht wesentlich; die Gäste, die eintrafen, um sich an dem Anblick dieser ungeheuerlichen Existenz zu weiden, reisten bald befriedigt oder enttäuscht wieder ab, und zudem waren es großenteils nicht die besten Elemente, die von seiner Gegenwart angelockt wurden. Sonderbare Köpfe tauchten in den Straßen auf, unfrisierte und wildäugige Köpfe, – Erfinder, Plänemacher, verbohrte Menschheitsbeglücker, die Spoelmann für ihre fixen Ideen zu gewinnen hofften. Aber der Milliardär verhielt sich durchaus ablehnend gegen diese Leute, ja, einen von ihnen, der sich im Stadtgarten an ihn machen wollte, schrie er, kirschbraun vor Jähzorn, dermaßen an, daß der Wirrkopf sich eilig trollte, und mehrfach wurde versichert, daß die Flut von Bettelbriefen, die täglich für ihn einströmte – Briefe, die oft mit Marken beklebt waren, wie die Beamten des großherzoglichen Postbureaus sie niemals zu Gesichte bekommen – geradeswegs in einen Papierkorb von seltenem Umfang geleitet werde.

Spoelmann schien sich alle geschäftlichen Mitteilungen verbeten zu haben, schien entschlossen, seine Ferien gründlich zu genießen und während dieser Europareise ausschließlich seiner Gesundheit – oder Krankheit – zu leben. Der »Eilbote«, dessen Zuträger sich beeilt hatten, mit den amerikanischen Berufsgenossen Freundschaft zu schließen, wußte zu erzählen, daß ein zuverlässiger Mann, ein chief manager, wie es hieß, Herrn Spoelmann drüben vertrat. Er erzählte ferner, daß seine Yacht, ein prunkvoll eingerichtetes Schiff, den gewaltigen Mann in Venedig erwarte, und daß er sich nach beendeter Trinkkur zunächst mit den Seinen nach Süden zu wenden beabsichtige. Er erzählte auch – und kam damit einem drängenden öffentlichen Bedürfnis nach – von der abenteuerlichen Entstehung des Spoelmannschen Besitzstandes, von dem Urbeginn im Lande Victoria, wohin sein Vater von irgendeinem deutschen Kontorsessel aus gekommen war, ganz jung und arm und ausgestattet allein mit einer Picke, einer Schaufel und einem zinnernen Teller. Dort hatte er anfänglich als Gehilfe eines Goldgräbers gearbeitet, als Tagelöhner, im Schweiße seines Angesichts. Und dann war das Glück gekommen. Einem Manne, einem kleinen Grubenbesitzer, war es so schlecht gegangen, daß er nicht einmal mehr seine Tomaten und sein trocknes Brot zum Mittagessen hatte kaufen können, und in der größten Not hatte er seine Grube veräußern müssen. Spoelmann der Ältere hatte sie gekauft, hatte sein Alles auf eine Karte gesetzt und für sein ganzes Erspartes, bestehend aus fünf Pfund Sterling, dies Stückchen Alluvialfeld, »Paradiesfeld« genannt, nicht größer als vierzig Quadratfuß, käuflich erworben. Und tags darauf hatte er anderthalb Handbreit unter der Oberfläche einen Klumpen Reingold, den zehntgrößten Klumpen der Welt, den »Paradise Nugget« von neunhundertachtzig Unzen und fünftausend Pfund wert, zutage gefördert...

Das war, erzählte der »Eilbote«, der Anfang gewesen. Mit dem Erlös seines Fundes war Spoelmanns Vater nach Süd-Amerika übergesiedelt, ins Land Bolivia, und als Goldwäscher, Amalgam-Mühlenbesitzer und Bergwerksunternehmer hatte er fortgefahren, das gelbe Metall ohne Umwege den Flüssen, dem Schoß des Gesteins zu entreißen. Damals und dort hatte Spoelmann der Ältere sich vermählt, – und der »Eilbote« ließ eine Bemerkung darüber einfließen, daß er es trotzigerweise und ohne Rücksicht auf dortzuland herrschende Vorurteile getan habe. So aber hatte er sein Kapital verdoppelt und auf unerhörte Art hatte er mit seinem Pfunde zu wuchern verstanden. Er war gen Norden gewandert, nach Philadelphia im Staate Pennsylvanien. Das war in den fünfziger Jahren gewesen, der Zeit lebhaften Aufschwungs im Eisenbahnbau, und Spoelmann hatte seine Geschäfte mit einer Anlage in Aktien der Baltimore- und Ohio-Bahn begonnen. Er hatte ferner im Westen des Staates ein Kokskohlenlager bewirtschaftet, dessen Erträge bedeutend gewesen waren. Aber dann hatte er zu jener Gruppe gottbegnadeter junger Leute gehört, welche für einige tausend Pfund die berühmte Blockhead-Farm erwarben, – jenes Landgütchen, das mit seiner Steinölquelle binnen kurzem das Hundert- und Aberhundertfache seines Kaufpreises wert war... Dies Unternehmen hatte Spoelmann den Älteren reich gemacht, aber er hatte sich keineswegs zur Ruhe begeben, sondern unablässig die Kunst geübt, mit Geld mehr Geld und endlich überschwenglich viel Geld hervorzubringen. Er hatte Stahlwerke geschaffen, hatte Gesellschaften gebildet, die im größten Maßstabe die Umwandlung des Eisens in Stahl, den Bau von Eisenbahnbrücken betrieben. Er hatte die Mehrzahl der Aktien von vier oder fünf großen Eisenbahn-Kompanien an sich gebracht und war in vorgerückten Jahren Präsident, Vizepräsident, Bevollmächtigter oder Direktor dieser Gesellschaften gewesen. Bei der Begründung des Stahltrusts, so erzählte der »Eilbote«, war er dieser Vereinigung beigetreten, mit einem Aktienbesitz, der ihm allein schon eine jährliche Einnahme von zwölf Millionen Dollars gewährleistete. Aber ebenso war er Hauptaktionär und Aufsichtsrat des Petroleum-Zusammenschlusses gewesen, hatte gleichzeitig kraft seines Anteilbesitzes über drei oder vier der anderen Treuhand-Gesellschaften Vorherrschaft geübt. Und bei seinem Tode hatte sein Vermögen, berechnet im Münzfuß von hierzulande, eine runde Milliarde betragen.

Samuel, sein einziger Sohn, erzeugt in jener zeitig geschlossenen und auf irgendeine Weise vorurteilswidrigen Ehe, war sein einziger Erbe gewesen, – und der »Eilbote«, feinsinnig wie er war, schaltete eine Betrachtung darüber ein, wie doch etwas Wehmütiges in der Vorstellung liege, daß jemand so ohne eigenes Zutun und gleichsam ohne Verschulden sich durch Geburt in einer solchen Lebenslage finde. Samuel hatte den Palast in der Fünften Avenue von Neuyork, die Schlösser auf dem Lande und alle Aktien, Treuhandscheine und Gewinnanteile seines Vaters geerbt; er erbte auch die abenteuerliche Vereinzelung des Lebens, zu der jener emporgestiegen war, seinen Weltruhm und den Haß der benachteiligten Menge gegen die aufgehäufte Macht des Geldes, – all den Haß, zu dessen Besänftigung er jährlich die gewaltigen Schenkungen an Kollegien, Konservatorien, Bibliotheken, Wohltätigkeitsanstalten und jene Universität verteilte, die sein Vater gegründet hatte und die seinen Namen führte.

Samuel Spoelmann trug ohne Verschulden den Haß der Benachteiligten, der »Eilbote« versicherte es. Er war früh in die Geschäfte eingeführt worden, hatte schon während der letzten Lebensjahre seines Vaters allein die schwindelerregende Besitzmasse des Hauses verwaltet. Aber es war allgemein bekannt, daß sein Herz niemals so recht und ganz bei den Transaktionen gewesen war. Seine eigentliche Neigung hatte sonderbarerweise vielmehr von jeher der Musik und zwar der Orgelmusik gehört, – und diese Mitteilung des »Eilboten« war nachzuprüfen, denn in der Tat hielt sich Mister Spoelmann auch im »Quellenhof« ein kleines Pfeifenspiel, dessen Bälge er von einem Hausknecht des Hotels bedienen ließ, und jeden Tag konnte man ihn vom Kurgarten aus eine Stunde darauf musizieren hören.

Aus Liebe und ganz ohne geschäftliche Rücksichten, erzählte der »Eilbote«, hatte er sich vermählt, – mit einem armen und schönen Mädchen, halb deutsch, halb angelsächsisch ihrer Abkunft nach. Sie war gestorben; aber sie hatte ihm eine Tochter zurückgelassen, dies merkwürdige Blutgemisch von einem Mädchen, das wir nun ebenfalls in unseren Mauern zu Gast hatten und das zur Zeit neunzehn Jahre alt war. Sie hieß Imma, – ein kerndeutscher Name, wie der »Eilbote« hinzufügte, nichts weiter, als eine ältere Form von »Emma«: und leicht war denn auch zu bemerken, daß, wenn auch englische Brocken mit unterliefen, die tägliche Umgangssprache im Hause Spoelmann das Deutsche geblieben war. Wie innig übrigens Vater und Tochter einander zu lieben schienen! Jeden Morgen, wenn man sich rechtzeitig in den Quellengarten begab, konnte man beobachten, wie Fräulein Spoelmann, die ein wenig später als ihr Vater im Füllhause einzutreffen pflegte, seinen Kopf zwischen beide Hände nahm und, während er sie zärtlich auf den Rücken klopfte, ihn zum Morgengruß auf Mund und Wangen küßte. Dann gingen sie Arm in Arm durch die Wandelhalle und sogen an ihren Glasröhren...

So plauderte das wohlunterrichtete Blatt und nährte die öffentliche Neugier. Es berichtete auch genau über die Besuche, die Miss Imma mit ihrer Gesellschafterin liebenswürdigerweise mehreren städtischen Wohltätigkeitsanstalten abstattete. Gestern hatte sie die Volksküche eingehend besichtigt. Sie hatte heute einen aufmerksamen Rundgang durch das Greisinnenspital zum Heiligen Geist gemacht. Und nebenbei hatte sie zweimal dem zahlentheoretischen Kollegium des Geheimrats Klinghammer in der Universität beigewohnt, – hatte als Student unter Studenten auf der Holzbank gesessen und mit ihrem Füllfederhalter eifrig nachgeschrieben, denn bekanntlich war sie ein gelehrtes Mädchen und oblag dem Studium der Algebra. Ja, das war fesselnd zu lesen und ergab reichen Gesprächsstoff. Wer aber ganz ohne Zutun des »Eilboten« von sich reden machte, das war erstens der Hund, jener edle, schwarzweiße Collie-Hund, den Spoelmanns mitgebracht hatten, und zweitens auf andere Art, die Gesellschaftsdame, Gräfin Löwenjoul.

Den Hund angehend, der Perceval hieß (was englisch auszusprechen war) und meistens Percy gerufen wurde, so war dieses Tier von einer Erregbarkeit, einer Leidenschaft des Wesens, die jeder Beschreibung spottete. Innerhalb des Hotels gab er keinen Grund zu Klagen, sondern lag in vornehmen Posen auf einem kleinen Teppich vor den Spoelmannschen Gemächern. Aber bei jedem Ausgang unterlag er Anfällen von Kopflosigkeit, die allgemeines Aufsehen und Befremden, ja, mehr als einmal wirkliche Verkehrsstörungen hervorriefen. In weitem Abstande gefolgt von einem Schwarm einheimischer Hunde, gemeiner Köter, die, durch sein Benehmen in Aufruhr versetzt, mit schimpfendem Gekläff hinter ihm drein preschten und um die er sich übrigens nicht im geringsten kümmerte, flog er, die Nase mit Schaum bespritzt und mit wild klagendem Gebell, durch die Straßen, führte wütende Kreiseltänze vor den Tramwagen auf, brachte Droschkenpferde zu Fall und stürzte zweimal den Kuchenstand der Witwe Klaaßen am Rathaus mit solcher Heftigkeit über den Haufen, daß das süße Gebäck über den halben Marktplatz rollte. Da aber bei solchen Unglücksfällen Herr Spoelmann oder seine Tochter sofort mit mehr als angemessenen Entschädigungen einsprangen; da sich auch zeigte, daß Percevals Zustände im Grunde ungefährlicher Natur waren, daß er nichts weniger als bissig und rauflustig, sondern im Gegenteil unnahbar und eben nur außer sich war, so wandte sich ihm rasch die Neigung der Bevölkerung zu, und namentlich den Kindern waren seine Ausgänge eine Quelle des Vergnügens.

Die Gräfin Löwenjoul ihrerseits gab auf stillere, aber nicht weniger sonderbare Weise Anlaß zum Gerede. Anfänglich, als ihre Person und Stellung in der Stadt noch unbekannt war, hatte sie sich das Gehänsel der Gassenjugend zugezogen, indem sie, allein gehend, mit sanfter und tiefsinniger Miene zu sich selber gesprochen und diese Selbstgespräche mit lebhaftem und übrigens durchaus anmutigem und elegantem Gebärdenspiel begleitet hatte. Aber den Kindern, die ihr nachgerufen und sie am Kleide gezupft hatten, war sie mit solcher Milde und Güte begegnet, hatte so liebreich und würdevoll zu ihnen gesprochen, daß die Verfolger beschämt und verwirrt von ihr abgelassen hatten; und später, als man sie kannte, verhinderte der Respekt vor ihrem Verhältnis zu den berühmten Gästen, daß man sie belästigte. Unter der Hand jedoch waren unverständliche Anekdoten über sie in Umlauf. Ein Mann erzählte, die Gräfin habe ihm ein Goldstück eingehändigt mit dem Auftrage, eine bestimmte alte Frau, die ihr irgendwelche unziemliche Anträge gemacht haben sollte, zu ohrfeigen. Der Mann hatte das Goldstück eingesteckt, ohne sich indessen seines Auftrages zu entledigen. Ferner wurde für wahr berichtet, daß die Löwenjoul den Posten vor der Kaserne der Leibfüsiliere angeredet und zu ihm gesagt habe, er müsse die Frau des Feldwebels von der und der Kompanie ihrer sittlichen Verfehlungen halber sogleich verhaften. Auch habe sie dem Obersten dieses Regimentes einen Brief geschrieben, des Inhalts, daß innerhalb der Kaserne allerlei geheimnisvolle und unaussprechliche Greuel im Schwange seien. Gott wußte, was für eine Bewandtnis es damit hatte. Manche leiteten unmittelbar daraus ab, daß es der Gräfin im Kopfe fehle. Jedenfalls hatte man keine Zeit, der Sache auf den Grund zu kommen, denn unversehens waren sechs Wochen dahin, und Samuel N. Spoelmann, der Milliardär, reiste ab.

Er reiste ab, nachdem er sich von dem Professor von Lindemann hatte malen lassen, das teuere Bildnis jedoch dem Besitzer des Hotels »Quellenhof« zum Andenken geschenkt hatte, reiste ab mit seiner Tochter, der Löwenjoul und Doktor Watercloose, mit Perceval, dem Stubenveloziped und seiner Dienerschaft, reiste mit Sonderzug gen Süden, um an der Riviera, wohin ihm die beiden Neuyorker Zeitungsmänner vorausgeeilt waren, den Winter zu verbringen und dann über den Ozean heimzukehren. Alles war zu Ende. Der »Eilbote« rief Herrn Spoelmann ein aufrichtiges Lebewohl nach und gab dem Wunsche Ausdruck, daß die Kur ihm wohl anschlagen möge. Damit schien dieser merkwürdige Zwischenfall beschlossen und abgetan. Der Tag forderte sein Recht. Man begann, Herrn Spoelmann zu vergessen.

Der Winter verging. Es war der Winter, in welchem die Fürstin zu Ried-Hohenried, Großherzogliche Hoheit, mit einem Töchterchen niederkam. Auch der Frühling ging ins Land, und Seine Königliche Hoheit Großherzog Albrecht begab sich gewohntermaßen nach Hollerbrunn. Da aber tauchte im Publikum und in der Presse ein Gerücht auf, das von ruhig denkenden Leuten anfangs mit Achselzucken aufgenommen wurde, das aber Gestalt annahm, sich festsetzte, sich in ganz bestimmte Einzelangaben kleidete und endlich als wirkliche und kernhafte Nachricht zur Herrschaft über das tägliche Gespräch gelangte.

Was ging vor? – Ein großherzogliches Schloß sollte verkauft werden. – Das war Unsinn. Welches Schloß? – Delphinenort. Schloß Delphinenort im nördlichen Stadtgarten. – Das war Narrengeschwätz. Verkauft? An wen? – An Spoelmann. – Lächerlich. Was sollte er damit anfangen? – Es wiederherstellen und bewohnen. – Sehr einfach. Aber vielleicht hatte unser Landtag ein wenig in solche Angelegenheit dreinzureden. – Den Landtag kümmerte das garnicht. Hatte etwa der Staat eine Unterhaltungspflicht an Schloß Delphinenort? Dann hätte es hoffentlich besser ausgesehen um das schöne Ding. Und also hatte der Landtag nicht dreinzureden. – Die Verhandlungen waren wohl ungemein weit vorgeschritten? – Allerdings. Denn sie waren abgeschlossen. – Ei, und so war man denn natürlich wohl gar in der Lage, den genauen Kaufpreis zu nennen? – Aufzuwarten. Der Kaufpreis betrug zwei Millionen auf Heller und Pfennig. – Unmöglich! Ein Kronbesitz! – Kronbesitz hin und her. Handelte es sich um die Grimmburg? Ums Alte Schloß? Es handelte sich um ein Lustschloß, ein ewig unbenütztes, aus Geldmangel rettungslos verkommendes Lustschloß. – Und Spoelmann beabsichtigte also, jedes Jahr wiederzukommen und einige Wochen in Delphinenort zu wohnen? – Nein. Denn er beabsichtigte vielmehr, ganz und gar zu uns überzusiedeln. Er war Amerikas müde, wollte Amerika den Rücken kehren, und sein erster Aufenthalt bei uns war nichts als eine Auskundschaftung gewesen. Er war krank, er wollte sich von den Geschäften zurückziehen. Er war in seinem Herzen immer ein Deutscher geblieben. Der Vater war ausgewandert, und der Sohn wollte heimkehren. Er wollte an der gemessenen Lebensführung, den geistigen Darbietungen unserer Hauptstadt teilnehmen und in unmittelbarer Nähe der Ditlindenquelle den Rest seiner Tage verbringen!

Verblüffung, Getümmel und endlose Disputationen. Aber die öffentliche Meinung ging, mit Ausnahme der Stimmen einiger weniger Griesgrame, nach kurzem Schwanken in Begeisterung für den Verkaufsplan auf, und sicher hätte ohne diese allgemeine Zustimmung die Sache überhaupt gar weit nicht gedeihen können. Hausminister von Knobelsdorff war es gewesen, der eine erste behutsame Verlautbarung des Spoelmannschen Angebots in die Tagespresse gespielt hatte. Er hatte abgewartet, hatte den Volkswillen sich entscheiden lassen. Und nach der ersten Verwirrung hatten starke Gründe in Fülle sich eingefunden, die für das Projekt sprachen. Die Geschäftswelt brach in Beifall aus bei dem Gedanken, den gewaltigen Abnehmer dauernd am Platze zu sehen. Die Schöngeister zeigten sich entzückt über die Aussicht, daß Schloß Delphinenort wiederhergestellt und erhalten –, daß dieses edle Bauwerk so unvorhergesehener-, ja abenteuerlicherweise wieder zu Ehren und Jugend gelangen sollte. Aber die staatswirtschaftlich Denkenden führten Ziffern ins Feld, die, wie im Lande die Dinge lagen, tiefe Erschütterung hervorrufen mußten. Wenn Samuel N. Spoelmann sich bei uns niederließ, so wurde er Steuersubjekt, so war er gehalten, bei uns sein Einkommen zu versteuern. Vielleicht fand man es der Mühe wert, sich die Bedeutung dieser Tatsache ein wenig klar zu machen? Es würde Herrn Spoelmann überlassen bleiben, sich einzuschätzen; aber nach allem, was man w u ß t e – mit annähernder Genauigkeit wußte – würde dieser Einwohner eine Steuerquelle von zwei Millionen und einer halben alljährlich darstellen: wobei allein die Staatssteuern und noch nicht einmal die Gemeindesteuern in Rechnung gezogen waren. Kam das in Betracht für uns oder nicht? Und zwar richtete man diese Frage ganz unmittelbar an den Herrn Finanzminister Dr. Krippenreuther. Wenn dieser Beamte nicht alles tat, um die Einwilligung der höchsten Person zu dem Verkaufe zu erlangen, so handelte er pflichtvergessen. Denn es war ein Gebot der Vaterlandsliebe, auf Spoelmanns Anerbieten einzugehen, damit er sich so recht nach Gefallen bei uns einrichten konnte, und alle Bedenken erschienen nichtig gegenüber diesem ernsten Gebot.

So hatte Exzellenz von Knobelsdorff beim Großherzog Vortrag gehabt. Er hatte seinem Herrn über die öffentliche Stimmung berichtet; hatte hinzugefügt, daß zwei Millionen ein Preis seien, der den sachlichen Wert des Schlosses in seinem jetzigen Zustand beträchtlich übertreffe; hatte angemerkt, daß diese Einkunft für die Hof-Finanz-Direktion eine wahre Labsal bedeuten würde; und hatte schließlich etwas von der Zentralheizung für das Alte Schloß einfließen lassen, die, wenn der Verkauf zustande käme, nicht länger ein Ding der Unmöglichkeit sein werde. Kurz, der unbefangene alte Herr hatte seinen ganzen Einfluß für den Verkauf eingesetzt und dem Großherzog nahegelegt, die Sache vor einen Familienrat zu bringen. Albrecht hatte leicht mit der Unterlippe an der oberen gesogen und den Familienrat einberufen. Derselbe war im Rittersaal zusammengetreten, und es hatte Tee und Biskuits dazu gegeben. Nur zwei weibliche Mitglieder, die Prinzessinnen Katharina und Ditlinde, waren gegen den Verkauf gewesen, und zwar aus Gründen der Würde. »Man wird dich mißverstehen, Albrecht!« hatte Ditlinde gesagt. »Man wird es dir als Mangel an Hoheitsbewußtsein auslegen, und das ist nicht richtig, denn du hast im Gegenteil zuviel davon, du bist so stolz, Albrecht, daß dir alles ganz einerlei ist. Aber ich sage nein. Ich wünsche nicht, daß in einem von deinen Schlössern ein Vogel Roch wohnt, das ist nicht schicklich, und es genügt ja, daß er einen Leibarzt hat und die Fürstenzimmer vom Quellenhof in Anspruch nahm. Der Eilbote sagt immer, daß er ein Steuersubjekt ist, aber in meinen Augen ist er ganz einfach ein Subjekt und weiter nichts. Welcher Ansicht bist du, Klaus Heinrich?« – Aber Klaus Heinrich stimmte für den Verkauf. Erstens erhalte Albrecht die Zentralheizung, und dann sei Spoelmann nicht irgendeiner, er sei nicht Seifensieder Unschlitt, er sei ein Sonderfall, und es sei keine Schande, ihm Delphinenort zu überlassen. Schließlich hatte Albrecht mit niedergeschlagenen Augen erklärt, der ganze Familienrat sei im Grunde »Affentheater«. Das Volk habe längst entschieden, seine Minister drängen auf den Verkauf, und es bleibe ihm gar nichts anderes übrig, als wieder einmal auf den Bahnhof zu gehen und zu winken.

Der Familienrat hatte im Frühling getagt. Von nun an hatten die Verkaufsverhandlungen, die zwischen Spoelmann einerseits und dem Oberhofmarschall Herrn von Bühl zu Bühl andererseits geführt wurden, raschen Fortgang genommen, und der Sommer war noch nicht weit vorgeschritten, als Schloß Delphinenort mit Park und Nebengebäuden Herrn Spoelmanns rechtmäßiges Eigentum war.

Da begann ein Gewimmel und eine Geschäftigkeit um das Schloß und in seinem Innern, daß täglich viele Leute in den nördlichen Teil des Stadtgartens gelockt wurden. Delphinenort ward ausgebessert, ward innerlich umgebaut zu einem Teil und zwar mit außerordentlichem Aufgebot an Arbeitskräften. Denn schnell, schnell mußte es gehen, das war Spoelmanns Wille, und kaum fünf Monate hatte er Frist gegeben, bis daß alles zu seinem Einzug bereit sein mußte. So wuchs mit Windeseile ein Holzgerüst mit Treppen und Plattformen um das schadhafte Prachtgebäude empor, ausländische Arbeiter bevölkerten es von oben bis unten, und ein Architekt kam mit Vollmachten über den Ozean herbei, um die Oberleitung des Ganzen zu übernehmen. Aber der Aufgabe größter Teil fiel doch unserem heimischen Handwerksfleiße zu, und die Steinmetzen und Dachdecker, die Schreiner, Vergolder, Tapezierer, Glaser, Parkettleger der Residenz, die Gartenkünstler und Werkmeister für Heizungsanlagen und Beleuchtungswesen hatten harte, ergiebige Arbeit diesen Sommer und Herbst. Wenn Seine Königliche Hoheit Klaus Heinrich auf »Eremitage« die Fenster geöffnet hielt, so drang der Schall des Treibens dort drüben bis in seine Empirestuben, und mehrmals ließ er sich, vom Publikum ehrerbietig begrüßt, in seiner Chaise an Schloß Delphinenort vorüberfahren, um sich von den Fortschritten des Erneuerungswerkes zu überzeugen. Das Gärtnerhäuschen ward aufgefrischt, die Ställe und Remisen, die den Spoelmannschen Wagen- und Automobilpark aufnehmen sollten, wurden erweitert; und was wurde im Oktober nicht alles ausgeladen an Möbeln und Teppichen, an Kisten und Kasten mit Stoffen und Hausrat vor Schloß Delphinenort, während sich unter den Umstehenden die Kunde verbreitete, daß dort drinnen kundige Hände geschäftig seien, Spoelmanns über das Weltmeer dahergesandte kostbare Orgel mit elektrischem

Triebwerk aufzurichten. Spannung herrschte, ob wohl der Parkgrund, der zum Schlosse gehörte und so prächtig gesäubert und hergerichtet wurde, gegen den Stadtgarten durch Mauer oder Zaun werde abgeschlossen werden. Aber nichts dergleichen geschah. Der Besitz sollte zugänglich bleiben, die Bewegungsfreiheit der Hauptstädter im Grünen nicht eingeschränkt werden, – so wollte es Spoelmann. Bis dicht an das Schloß, bis an die beschnittenen Hecken, die das große viereckige Wasserbassin einsäumten, sollten die sonntäglichen Spaziergänger Zutritt haben, – und das verfehlte nicht, den besten Eindruck in der Bevölkerung zu machen, ja, der »Eilbote« veröffentlichte einen besonderen Artikel darüber, worin er Herrn Spoelmann für seine freisinnige Maßnahme pries.

Und siehe da: als wieder die Blätter fielen, genau ein Jahr nach seiner ersten Ankunft, traf Samuel Spoelmann zum zweitenmal auf unserem Bahnhof ein. Diesmal war die Beteiligung des Publikums an dem Ereignis weit größer, als voriges Jahr, und es ist verbürgt, daß, als Herr Spoelmann in dem bekannten mißfarbenen Paletot und den Hut in der Stirn seinen Salonwagen verließ, lebhafte Hochrufe aus der Menge der Zuschauer erschollen, – Kundgebungen, über die Herr Spoelmann sich übrigens eher zu ärgern schien und für die statt seiner Doktor Watercloose dankte, indem er seinen Mund mild lächelnd in die Breite zog und die Augen schloß. Auch als Miss Spoelmann ausstieg, wurde ein Hoch ausgebracht, und ein paar Spaßvögel riefen sogar Hurra, als Percy, der Colliehund, bebend, tänzelnd und vollständig außer sich auf dem Bahnsteig erschien. Außer dem Arzt und der Gräfin Löwenjoul befanden sich zwei noch unbekannte Personen in der Begleitung der Herrschaften, zwei rasierte und entschlossen blickende Herren in auffallend weiten Paletots. Es waren Herrn Spoelmanns Sekretäre, die Herren Phlebs und Slippers, wie der »Eilbote« in seinem Bericht bemerkte.

Damals war Delphinenort noch bei weitem nicht fertig, und Spoelmanns bezogen zunächst das erste Stockwerk des Residenz-Hotels, woselbst ein großer, bauchiger und stolzer Mann in Schwarz, der Spoelmannsche Haushofmeister oder butler, der vor ihnen eingetroffen war, für sie Quartier gemacht und eigenhändig das Stubenveloziped aufgestellt hatte. Täglich, während Miss Imma mit ihrer Gräfin und Percy spazieren ritt oder Wohltätigkeitsanstalten besichtigte, weilte Herr Spoelmann in seinem Hause, um die Arbeiten zu überwachen und Anordnungen zu treffen; und als das Jahr sich zu Ende neigte, ganz kurz nachdem der erste Schnee gefallen war, da wurde es Wahrheit, da zogen Spoelmanns in Schloß Delphinenort ein. Zwei Automobile (man hatte sie kürzlich anlangen sehen, – herrliche Fahrzeuge, von Riesenkräften mit zart metallischem Rauschen dahingetrieben) trugen die sechs Personen – denn in dem zweiten saßen die Herren Phlebs und Slippers – gelenkt von in Leder gekleideten Chauffeurs, neben denen mit verschränkten Armen Bediente in schneeweißen Pelzmänteln saßen, in wenigen Minuten vom Residenz-Hotel durch den Stadtgarten, und als die Wagen die stattliche Kastanienallee durchflogen, die in die Auffahrt mündete, da hingen an den hohen Lampenträgern, welche an allen vier Ecken des großen Brunnenbassins aufgerichtet waren, die Knaben des Volks und schwenkten schreiend ihre Mützen...

So wurden Samuel Spoelmann und die Seinen bei uns ansässig, und seine Gegenwart wurde zu einer lieben Gewohnheit. Man sah und kannte seine weißgoldenen Bedienten in der Stadt, wie man die braungoldenen großherzoglichen Lakaien sah und kannte; der in bordeauxroten Plüsch gekleidete Neger, der als Türhüter vor dem Portal von Delphinenort Wache hielt, war bald eine volkstümliche Gestalt; und wenn man am Schlosse vorüberspazierte und das gedämpfte Brausen von Herrn Spoelmanns Orgelspiel aus dem Innern hervordrang, so hob man den Finger und sagte: »Horch, er spielt. Er hat also wohl keine Koliken im Augenblick.« Täglich sah man Miss Imma an der Seite der Gräfin Löwenjoul, gefolgt von einem Reitknecht und umlärmt von dem rasenden Percy, spazieren reiten oder ein prächtiges Four in hand-Gespann eigenhändig durch den Stadtgarten lenken, – wobei der Bediente, der auf dem Rücksitz des leichten Wagens saß, sich von Zeit zu Zeit erhob, aus einem Lederfutteral eine lange silberne Trompete zog und mit hellem Schall das Nahen des Gefährtes verkündete; und wenn man früh aufstand, konnte man jeden Morgen Vater und Tochter in einem dunkelrot lackierten Coupee oder bei schönem Wetter zu Fuße sich durch den Parkgrund von Schloß »Eremitage« zum Quellengarten begeben sehen, um den Brunnen zu trinken. Was Imma betraf, so nahm sie, wie erwähnt, ihre Besichtigungen der städtischen Wohltätigkeitsanstalten wieder auf, schien aber darüber ihre Wissenschaft nicht zu vernachlässigen, denn seit dem Beginne des Studienhalbjahres besuchte sie regelmäßig die Vorlesungen des Geheimrats Klinghammer in der Universität, – saß täglich in einem schwarzen Kleid mit weißem Umlegekragen und Manschetten unter den jungen Leuten im Hörsaal und führte mit hochaufgesetztem und eingedrücktem Zeigefinger – dies war ihre Schreibart – die Füllfeder über die Seiten ihres Kollegheftes. Spoelmanns lebten zurückgezogen, sie pflogen keinen Verkehr in der Stadt, was ja sowohl in Herrn Spoelmanns Krankheit als auch in seiner gesellschaftlichen Einsamkeit seine Erklärung fand. Welcher Gesellschaftsgruppe hätte er sich anschließen sollen? Niemand mutete ihm zu, etwa mit Seifensieder Unschlitt oder Bankdirektor Wolfsmilch auf vertrauten Fuß zu treten. Wohl aber näherte man sich ihm bald mit Ansprüchen an seine Mildtätigkeit und wurde nicht abgewiesen. Denn Herr Spoelmann, der, wie man wußte, vor seiner Abreise von Amerika der Behörde für den öffentlichen Unterricht in den Vereinigten Staaten eine gewaltige Summe Dollars überwiesen, auch die bindende Versicherung abgegeben hatte, seine jährlichen Zuwendungen an die Spoelmann-Universität und die übrigen Bildungsinstitute keineswegs einzustellen, – er zeichnete bald nach seinem Einzuge in »Delphinenort« zehntausend Mark zugunsten des Dorotheen-Kinderhospitals, für das gerade gesammelt wurde: eine Handlungsweise, deren Hochherzigkeit der »Eilbote« und die übrige Presse in warmen Worten zu würdigen wußte. Ja, obwohl Spoelmanns gesellschaftlich abgeschlossen lebten, so eignete ihrem Dasein bei uns doch von der ersten Stunde an eine gewisse Öffentlichkeit, und mindestens im örtlichen Teil der Tagesblätter wurde ihr Wandel mit nicht geringerer Aufmerksamkeit verfolgt, als der der Mitglieder des großherzoglichen Hauses. Das Publikum wurde unterrichtet davon, wenn Miss Imma mit der Gräfin und den Herren Phlebs und Slippers eine Partie Tennis im Park von »Delphinenort« gespielt hatte, es war auf dem Laufenden darüber, wann sie das Hoftheater besucht hatte, wann auch ihr Vater dabei gewesen war, um anderthalb Aufzüge einer Oper anzuhören; und wenn Herr Spoelmann der Neugier auswich, wenn er während der Theaterpause niemals seine Loge verließ und sich fast niemals zu Fuß in den Straßen blicken ließ, so war er doch offenbar nicht ohne Sinn für die darstellerischen Verpflichtungen, die ein außerordentliches Dasein auferlegt, und gab der Schaulust das ihre. Bekanntlich war der Park von »Delphinenort« nicht gegen den Stadtgarten abgeteilt. Keine Mauer trennte das Schloß von der Welt. Von der Rückseite zumal konnte man über die Rasenflächen bis dicht an den Fuß der breiten gedeckten Terrasse vordringen, die dort errichtet war, und war man keck, so konnte man durch die große Glastür geradeswegs in den hohen, weißgoldenen Gartensalon blicken, woselbst Herr Spoelmann mit den Seinen um fünf Uhr den Tee nahm. Ja, als die schöne Jahreszeit eintrat, da wurde die Teestunde draußen auf der Terrasse abgehalten, und wie auf einer Bühne saßen Herr und Fräulein Spoelmann, die Löwenjoul und Doktor Watercloose in neuartig geformten Korbstühlen und tranken öffentlich Tee. Denn am Sonntag wenigstens fehlte es niemals an Publikum, das aus einiger ehrerbietiger Entfernung das Schauspiel genoß. Man zeigte einander den großen silbernen Teekessel, der, was man noch niemals gesehen, elektrisch geheizt wurde, und die wundersamen Livreen der beiden Bedienten, die die Tassen und Konfitüren darreichten: weiße, hochgeschlossene und goldbetreßte Fräcke, die an den Kragen, den Ärmeln, den Säumen mit Schwan besetzt waren. Man horchte auf das englisch-deutsche Gespräch und verfolgte mit offenen Mündern jede Bewegung der merkwürdigen Familie dort oben. Dann ging man hinüber vors Hauptportal, um dem bordeauxroten Plüschmohren ein paar Scherze im Volksdialekt zuzurufen, die jener mit weißem Grinsen beantwortete...

Klaus Heinrich sah Imma Spoelmann zum erstenmal an einem heiteren Wintertage, mittags um zwölf. Damit ist nicht gesagt, daß er sie nicht vorher schon manches Mal, im Theater, auf der Straße, im Stadtpark, erblickt hätte. Aber das ist etwas anderes. Er sah sie zum erstenmal um diese Mittagsstunde und zwar unter lebhaften Umständen.

Er hatte bis halb zwölf Uhr im Alten Schlosse »Freiaudienzen« erteilt und war nach ihrer Beendigung nicht sofort nach Schloß »Eremitage« zurückgekehrt, sondern hatte seinem Kutscher Befehl gesandt, mit dem Coupee in einem der Höfe zu warten, indes er mit den diensttuenden Offizieren des Leibgrenadier-Regiments auf der Hauptwache eine Zigarette rauchen wollte. Da er die Uniform dieses Regimentes trug, dem auch sein persönlicher Adjutant angehörte, so gab er sich Mühe, den Schein einer gewissen Kameradschaft mit den Offizieren zu wahren, speiste zuweilen in ihrem Kasino und leistete ihnen von Zeit zu Zeit eine halbe Stunde auf der Hauptwache Gesellschaft, obgleich er dunkel vermutete, daß er eher störend wirke, indem er die Herren davon abhielt, Karten zu spielen und unanständige Geschichten zu erzählen. Er stand also, den gewölbten Silberstern des Großen Ordens vom Grimmburger Greifen auf dem Waffenrock, die linke Hand weit hinten in die Hüfte gestemmt, mit Herrn von Braunbart-Schellendorf, der den Besuch rechtzeitig angekündigt hatte, in der Offizierswachtstube, die zu ebener Erde des Schlosses, ganz nahe beim Albrechtstor gelegen war, – unterhielt ein nichtssagendes Gespräch mit zwei oder drei der Herren in der Mitte des Dienstraumes, während eine weitere Gruppe von Offizieren an dem tiefgelegenen Fenster plauderte. Weil draußen so warm die Sonne schien, hatte man das Fenster geöffnet, und von der Kaserne her näherte sich die Albrechtsstraße herauf zu Musik und Paukenschlag der Marschschritt der aufziehenden Ablösung. Es schlug zwölf von der Hofkirche. Man hörte draußen den Unteroffizier mit heiserer Stimme sein »Angetreten!« in die Mannschaftsstube rufen, hörte das Getrappel der zu ihren Gewehren eilenden Grenadiere. Publikum versammelte sich auf dem Platze. Der Leutnant, der das Kommando zu führen hatte, gürtete hurtig den Säbel um, schlug vor Klaus Heinrich die Absätze zusammen und ging hinaus. Da plötzlich rief Leutnant von Sturmhahn, der aus dem Fenster geblickt hatte, mit jener ein wenig falschen Unmittelbarkeit, die zum Ton zwischen Klaus Heinrich und den Offizieren gehörte: »Teufel auch, wollen Königliche Hoheit was Feines sehen? Da kommt die Spoelmann vorbei, mit ihrer Algebra unterm Arm...« Klaus Heinrich trat an das Fenster. Miss Imma kam zu Fuß und allein von rechts auf dem Bürgersteig daher. Beide Hände in ihrem großen, mappenartigen Muff, dessen lang hinabhängende Decke mit Schwänzchen besetzt war, hielt sie mit einem Unterarm ihr Kollegienheft an sich gedrückt. Sie trug eine lange Jacke aus glänzendem Schwarzfuchspelz und eine Mütze aus dem gleichen Rauchwerk auf ihrem dunklen, fremdartigen Köpfchen. Sie kam von »Delphinenort«, offenbar, und sputete sich, die Universität zu erreichen. Sie gelangte vor die Hauptwache in dem Augenblick, als die Ablösungsmannschaft, gegenüber der Wachtmannschaft, die in zwei Gliedern und Gewehr bei Fuß die Höhe des Bürgersteiges besetzt hielt, im Rinnstein aufmarschierte. Sie mußte unbedingt umkehren, das Musikkorps und die Zuschauermenge umgehen, ja, wenn sie den offenen Platz mit seiner Trambahn vermeiden wollte, auf dem ringsherum führenden Fußsteig einen ziemlich weiten Bogen beschreiben – oder das Ende der militärischen Verrichtung erwarten. Sie machte zu keinem von beidem Miene. Sie schickte sich an, auf dem Bürgersteige vorm Schloß zwischen den Gliedern hindurchzugehen. Der Unteroffizier mit der heiseren Stimme sprang vor. »Kein Durchgang!« schrie er und hielt den Kolben seines Gewehrs vor sie hin. »Kein Durchgang! Umkehren! Abwarten!« Da aber wurde Miss Spoelmann zornig. »Was fällt Ihnen ein!« rief sie. »Ich habe Eile!!« Aber diese Worte besagten wenig im Vergleich mit dem Nachdruck aufrichtigster, leidenschaftlichster, unwiderstehlichster Entrüstung, mit dem sie hervorgestoßen wurden. Wie klein und seltsam sie war! Die blonden Soldaten, unter denen sie stand, überragten sie wohl um doppelte Haupteslänge. Ihr Gesichtchen war so bleich wie Wachs in dieser Minute, ihre schwarzen Brauen bildeten über der Nasenwurzel eine schwere und ausdrucksvolle Zornesfalte, die Löcher ihres unbestimmt gebildeten Näschens waren kreisrund geöffnet, und ihre Augen, tiefschwarz vor Erregung und übergroß, führten eine dermaßen eindringliche, hinreißend fließende Sprache, daß keine Einrede möglich schien. »Was fällt Ihnen ein!« rief sie. »Ich habe Eile!!« Und dabei schob sie mit der Linken den Kolben mitsamt dem verdutzten Unteroffizier beiseite und ging mitten zwischen den Gliedern hindurch, – ging geradeaus ihres Weges, bog linker Hand in die Universitätsstraße und entschwand den Blicken.

»Verdammt!« rief Leutnant von Sturmhahn. »Da sind wir schön angekommen!« Die Offiziere am Fenster lachten. Auch draußen unter den Zuschauern herrschte viel Heiterkeit, die übrigens unbedingt beifällig klang. Klaus Heinrich stimmte in die allgemeine Fröhlichkeit ein. Die Ablösung vollzog sich unter Kommandos und abgerissenen Marschklängen. Klaus Heinrich kehrte nach »Eremitage« zurück.

Er frühstückte ganz allein, unternahm nachmittags einen Spazierritt auf seinem braunen Pferde Florian und verbrachte den Abend in großem Kreise beim Finanzminister Dr. Krippenreuther. Mehreren Personen erzählte er mit heiter bewegter Stimme den Auftritt vor der Schloßwache, und sie zeigten sich hingerissen von seiner Erzählung, obgleich die Geschichte sofort die Runde gemacht hatte und allgemein bekannt war. Am nächsten Tage mußte er verreisen, da sein Bruder ihn mit seiner Vertretung bei der Feier zur Einweihung der neuen Stadthalle in der Nachbarstadt beauftragt hatte. Aus irgendwelchen Gründen fuhr er ungern, verließ er nur mit Widerstreben die Residenz. Ihm schien es so, als ob er eine wichtige, freudige, auch wohl beunruhigende Angelegenheit zurückließe, die eigentlich aufs dringlichste seine Anwesenheit erforderte. Dennoch war sein hoher Beruf wohl das Wichtigere. Aber während er fest und glänzend gekleidet auf seinem Ehrenstuhl in der Stadthalle saß und der Bürgermeister die Festrede hielt, war Klaus Heinrich nicht ausschließlich darauf bedacht, wie er sich den Blicken der Menge darstelle, sondern vielmehr in seinem Innern mit jener neuen und dringlichen Angelegenheit beschäftigt. Vorübergehend dachte er auch an eine Person, deren flüchtige Bekanntschaft er vor langen Jahren einmal gemacht, an Fräulein Unschlitt, die Tochter des Seifensieders, – eine Erinnerung, die in gewissem Zusammenhang mit der dringlichen Angelegenheit stand.

Imma Spoelmann schob zornig den heiseren Unteroffizier beiseite, – ging ganz allein, ihre Algebra unterm Arm, durch die Gasse der großen, blonden Grenadiere. Wie perlblaß ihr Gesichtchen war, gegen das schwarze Haar unter der Pelzmütze, und wie ihre Augen redeten! Niemand glich ihr. Ihr Vater war krank vor Reichtum und hatte einfach ein Schloß aus dem Kronbesitz erworben. Wie war das noch, was der »Eilbote« über seinen unverschuldeten Weltruhm und die »abenteuerliche Vereinzelung seines Lebens« gesagt hatte? Er trage den Haß der benachteiligten Menge, – so ähnlich hatte der Artikel sich ausgedrückt. Übrigens waren ihre Nasenlöcher kreisrund gewesen vor Entrüstung. Niemand glich ihr, niemand weit und breit. Sie war ein Sonderfall. Und wie, wenn sie damals auf dem Bürgerball gewesen wäre? So hätte er eine Gefährtin gehabt, hätte sich nicht verirrt, und der Abend hätte nicht in Schimpf und Schande geendet. »Herunter, herunter, herunter mit ihm!« O pfui! Laß das noch einmal sehen, wie sie so schwarzbleich und fremdartig durch die Gasse der blonden Soldaten ging.

Diese Gedanken waren es, die Klaus Heinrich während der nächsten Tage bei sich bewegte, – nur diese drei, vier Vorstellungen. Und eigentlich war es zum Erstaunen, wie reichlich er damit auskam, ohne nach anderen zu verlangen. Aber alles in allem schien es ihm mehr als wünschenswert, daß er sehr bald und womöglich noch heute das perlblasse Gesichtchen wiedersähe.

Abends fuhr er ins Hoftheater, wo man die Oper »Zauberflöte« spielte. Und als er von seiner Loge aus Fräulein Spoelmann neben der Gräfin Löwenjoul vorn auf der ersten Galerie gewahrte, erschrak er bis zum Grund seines Herzens. Während des

Spiels konnte er sie aus dem Dunkel durch sein Glas betrachten, da das Licht von der Bühne auf sie fiel. Sie ließ ihr Köpfchen in der schmalen, ungeschmückten Hand ruhen, indem sie unbekümmert den bloßen Arm auf die Sammetbrüstung stützte, und sah nicht mehr entrüstet aus. Sie trug ein Kleid aus seegrüner, glänzender Seide mit lichtem Überwurf, in den farbige Blumensträuße gestickt waren, und um Hals und Brust eine lange Kette aus lauter blitzenden Diamanten. Eigentlich war sie nicht so klein, wie es scheinen mochte, fand Klaus Heinrich, als sie am Aktschluß aufstand. Nein, es lag an dem kindlichen Gepräge ihres Köpfchens und der Schmalheit ihrer bräunlichen Schultern, daß sie so wie ein kleines Mädchen erschien. Ihre Arme waren wohl ausgebildet, und man konnte sehen, daß sie Sport trieb und Pferde zügelte. Aber vorm Handgelenk wurde auch der Arm wie der eines Kindes.

Als die Dialogstelle gesprochen wurde: »Er ist ein Prinz. Er ist mehr, als das«, spürte Klaus Heinrich den Wunsch, mit Doktor Überbein zu plaudern. Doktor Überbein sprach zufällig am nächsten Tage auf »Eremitage« vor: in schwarzem Gehrock mit weißer Krawatte, wie immer, wenn er Klaus Heinrich besuchte. Klaus Heinrich fragte ihn, ob er die Geschichte von der Hauptwache schon gehört habe? Ja, antwortete Doktor Überbein, die habe er mehrfach gehört. Aber wenn Klaus Heinrich sie ihm noch einmal erzählen wolle... »Nein, wenn Sie sie kennen«, sagte Klaus Heinrich enttäuscht. Dann kam Doktor Überbein auf etwas völlig anderes: Er fing an, von Operngläsern zu sprechen und betonte, daß das Opernglas doch eine ausgezeichnete Erfindung sei. Es bringe nahe, was leider fern sei, nicht wahr? es schlage Brücken zu angenehmen Zielen. Was Klaus Heinrich meine? Klaus Heinrich war geneigt, dem halb und halb zuzustimmen. Und er solle ja gestern Abend, wie man erzähle, recht ausgiebig von dieser schönen Erfindung Gebrauch gemacht haben, sagte der Doktor. Das konnte Klaus Heinrich nicht verstehen. Da sagte Doktor Überbein: »Nein, hören Sie mal, Klaus Heinrich, so geht das nicht. Sie werden angestarrt, und die kleine Imma wird angestarrt, das genügt. Wenn nun aber Sie auch noch die kleine Imma anstarren, so ist das zuviel. Das müssen Sie doch einsehen?«

»Ach, Doktor Überbein, ich habe nicht daran gedacht.«

»Sie pflegen aber doch sonst an so was zu denken.«

»Mir ist seit einigen Tagen so neuartig zumute«, sagte Klaus Heinrich.

Doktor Überbein lehnte sich zurück, ergriff seinen roten Bart in der Nähe der Gurgel und nickte langsam mit Kopf und Oberkörper.

»So? Ist Ihnen?« fragte er. Und fuhr dann fort, zu nicken.

Klaus Heinrich sagte: »Sie glauben nicht, wie ungern ich neulich zur Einweihung der Stadthalle gefahren bin. Und morgen muß ich die Rekrutenvereidigung bei den Leibgrenadieren vornehmen. Und dann kommt das Hausordens-Kapitel. Das ist mir sehr zuwider. Ich habe gar keine Lust, zu repräsentieren. Ich habe gar keine Lust zu meinem sogenannten hohen Beruf.«

»Das höre ich ungern!« sagte Doktor Überbein scharf.

»Ja, ich konnte mir denken, daß Sie böse werden würden, Doktor Überbein. Sie nennen es gewiß eine Schlamperei. Und dann werden Sie gewiß von ›Schicksal und Strammheit‹ reden, wie ich Sie kenne. Aber gestern in der Oper habe ich bei einer bestimmten Stelle an Sie gedacht und mich gefragt, ob Sie eigentlich so ganz recht hätten in manchen Punkten...«

»Hören Sie, Klaus Heinrich, wenn ich mich nicht irre, so habe ich Euere Königliche Hoheit schon einmal sozusagen bei den Ohren wieder zu sich selber gebracht...«

»Das war etwas anderes, Doktor Überbein! Ach, wenn Sie doch einsähen, daß das etwas ganz und gar anderes war! Das war im ›Bürgergarten‹, aber der liegt so weit zurück, und ich habe keinerlei Verlangen danach. Denn sie ist ja selbst... Sehen Sie, Sie haben mir früher manchmal erklärt, was Sie unter ›Hoheit‹ verstünden, und daß sie rührend sei, und daß man sich ihr mit zarter Teilnahme zu nahen habe, wie Sie sich ausdrückten. Finden Sie denn nicht, daß die, von der wir reden, daß sie rührend ist und daß man teil an ihr nehmen muß?«

»Vielleicht«, sagte Doktor Überbein. »Vielleicht.«

»Sie sagten oft, daß man die Sonderfälle nicht wegleugnen dürfe, das sei eine Schlamperei und eine liederliche Gemütlichkeit. Finden Sie denn nicht, daß sie auch ein Sonderfall ist, die von der wir reden?«

Doktor Überbein schwieg.

»Und nun sollte ich wohl gar«, sagte er plötzlich mit schallender Stimme, »wenn es möglich wäre, dazu helfen, daß aus zwei Sonderfällen so etwas wie ein Allerweltsfall werde?«

Hierauf ging er. Er sagte, daß er zu seiner Arbeit zurückkehren müsse, wobei er das Wort »Arbeit« scharf betonte, und bat, sich zurückziehen zu dürfen. Er verabschiedete sich seltsam zeremoniös und unväterlich.

Klaus Heinrich sah ihn wohl zehn oder zwölf Tage nicht. Er lud ihn einmal zum Frühstück ein, aber Doktor Überbein ließ um gnädigste Entschuldigung bitten, seine Arbeit nähme ihn augenblicklich gar zu sehr in Anspruch. Schließlich kam er von selbst. Er war aufgeräumt und sah übrigens grüner aus, als je. Er schwadronierte von diesem und jenem und kam dann auf Spoelmanns zu sprechen, indem er zur Decke blickte und sich bei der Gurgel ergriff. Alles was recht sei, sagte er, aber es sei ganz auffallend viel Sympathie für Samuel Spoelmann vorhanden, man spüre es überall in der Stadt, wie beliebt er sei. Erstens natürlich als Steuersubjekt, aber auch sonst. Man habe einfach Sinn für ihn, in allen Schichten, für sein Orgelspiel und seinen mißfarbenen Paletot und seine Nierenkoliken. Jeder Schusterjunge sei stolz auf ihn, und wenn er nicht so unzugänglich und verdrießlich wäre, würde man es ihm schon zu fühlen geben. Die Zehntausend-Mark-Spende für das Dorotheen-Spital habe natürlich den besten Eindruck gemacht. Sein Freund Sammet habe ihm, Überbein, erzählt, daß mit Hilfe dieser Schenkung umfassende Verbesserungen im Spital vorgenommen seien. Und übrigens, was ihm da einfalle! Die kleine Imma wolle ja morgen Vormittag die Verbesserungen in Augenschein nehmen, habe Sammet erzählt. Sie habe einen von ihren Schwanverbrämten geschickt und angefragt, ob sie morgen willkommen sei. Eigentlich gehe sie ja das Kinderelend den Teufel etwas an, meinte Überbein, aber sie wolle vielleicht was lernen. Morgen Vormittag um elf, wenn ihn sein Gedächtnis nicht täusche. Dann sprach er von etwas anderem. Beim Weggehen sagte er noch: »Der Großherzog sollte sich mal ein bißchen um das Dorotheen-Spital kümmern, Klaus Heinrich, man erwartet das. Eine segensreiche Anstalt. Kurzum, jemand müßte vorfahren. Das hohe Interesse bekunden. Ohne vorgreifen zu wollen... Und damit Gott befohlen.«

Aber er kehrte noch einmal zurück, und in seinem grünlichen Gesicht war, unterhalb der Augen, eine Röte entstanden, die sich völlig unwahrscheinlich darin ausnahm. »Sollte ich«, sagte er laut, »Sie jemals wieder mit einem Bowlendeckel auf dem Kopfe treffen, Klaus Heinrich, so lasse ich Sie sitzen.« Dann kniff er die Lippen zusammen und ging schnell hinaus.

Am nächsten Vormittag gegen elf Uhr fuhr Klaus Heinrich, von Schloß »Eremitage« kommend, mit Herrn von Braunbart-Schellendorf, seinem Adjutanten, durch die beschneite Birkenallee, auf holperigen Vorstadtstraßen zwischen ärmlichen Wohnungen hin und hielt vor dem schlichten weißen Hause, über dessen Eingang in breiten schwarzen Lettern »Dorotheen-Kinderspital« zu lesen war. Sein Besuch war gemeldet. Der Chefarzt der Anstalt, im Frack und angetan mit dem Albrechtskreuz dritter Klasse, erwartete ihn mit zwei jüngeren Ärzten und dem Korps der Diakonissinnen in der Vorhalle. Der Prinz und sein Begleiter trugen Helm und Pelzmantel. Klaus Heinrich sagte: »Ich erneuere zum zweitenmal eine alte Bekanntschaft, lieber Herr Doktor. Sie waren anwesend, als ich zur Welt kam. Und dann standen Sie am Sterbebett meines Vaters. Auch sind Sie ja ein Freund meines Lehrers Überbein. Ich freue mich sehr.«

Doktor Sammet, in tätiger Sanftmut ergraut, verbeugte sich seitwärts geneigten Kopfes, eine Hand an der Uhrkette und den Ellenbogen dicht am Oberkörper. Er stellte dem Prinzen die beiden jüngeren Ärzte und die Schwester-Oberin vor und sagte dann: »Ich muß Euerer Königlichen Hoheit anzeigen, daß der gnädige Besuch Euerer Königlichen Hoheit mit einem anderen Besuch zusammentrifft. Ja. Wir erwarten Fräulein Spoelmann.

Ihr Vater hat unsere Anstalt in so großartiger Weise gefördert... Wir konnten die Vereinbarung nicht wohl noch rückgängig machen. Die Schwester-Oberin wird das Fräulein führen.«

Klaus Heinrich nahm freundlich von diesem Zusammentreffen Kenntnis. Er tat hierauf eine Äußerung über die Tracht der Diakonissinnen, die er kleidsam nannte, und erklärte dann, daß er begierig sei, einen Einblick in die segensreiche Anstalt zu tun. Man begann den Rundgang. Die Oberin blieb mit drei Schwestern in der Vorhalle zurück.

Alle Wände im Haus waren weiß getüncht, waren waschbar. Ja. Die Kräne der Wasserleitungen waren sehr groß; man bewegte sie mit dem Ellenbogen, aus Reinlichkeitsrücksichten. Und Spülstrahlapparate waren angebracht, für die Milchflaschen. Man ging durch den Empfangsraum, der leer war bis auf ein paar Betten außer Dienst und die Fahrräder der Ärzte. Im Ordinationszimmer, nebenan, war außer dem Schreibtisch und dem Gestell mit den weißen Mänteln der Ärzte noch eine Art Wickeltisch mit Wachstuchkissen, ein Operationstisch, ein Schrank mit Nährmitteln und eine muldenförmige Kinderwaage zu sehen. Klaus Heinrich verweilte bei den Nährmitteln, ließ sich die Zusammensetzung der Präparate erklären. Doktor Sammet dachte bei sich, daß, wenn man den Rundgang mit dieser Gründlichkeit fortsetzen wolle, empfindlich viel Zeit verloren gehen werde.

Plötzlich gab es ein Geräusch auf der Straße. Ein Automobil fuhr tutend an und bremste vorm Hause. Es wurde Hoch gerufen, man hörte es deutlich im Ordinationszimmer, wenn es auch wohl nur Kinder waren, die riefen. Klaus Heinrich kümmerte sich nicht sehr um diese Vorgänge. Er betrachtete eine Büchse mit Milchzucker, die übrigens nicht viel Merkwürdiges bot. »Scheinbar kommt Besuch«, sagte er. »O, richtig, Sie sagten ja, daß welcher kommen werde. Gehen wir weiter?«

Man begab sich in die Küche, die Milchküche, den großen, mit Kacheln ausgelegten Raum für Milchmischung, den Aufbewahrungsort für Vollmilch, Schleime und Buttermilch. Die täglichen Quanten standen auf reinlichen weißen Tischen in kleinen Flaschen beisammen. Es herrschte ein säuerlich fader Geruch.

Klaus Heinrich wandte auch diesem Raum seine volle Aufmerksamkeit zu. Er ging so weit, von der Buttermilch zu kosten und fand sie vorzüglich. Wie müßten nicht die Kinder gedeihen, betonte er, bei einer solchen Buttermilch. Während dieser Musterung öffnete sich die Tür, und Miss Spoelmann kam zwischen der Schwester-Oberin und der Gräfin Löwenjoul herein, gefolgt von den drei Diakonissinnen.

Heute bestanden Jacke, Mütze und Muff, die sie trug, aus dem herrlichsten Zobel, und der Muff hing an einer goldenen, mit farbigen Edelsteinen besetzten Kette. Übrigens zeigte ihr schwarzes Haar die Neigung, ihr in glatten Strähnen in die Stirn zu fallen. Sie überflog den Raum mit einem großen Blick: ihre Augen waren wirklich ganz ungebührlich groß im Verhältnis zu ihrem Gesichtchen; sie beherrschten es wie bei einem Kätzchen, – nur daß sie schwarz waren wie Glanzkohle und diese fließende Sprache führten ... Die Gräfin Löwenjoul, ein Federhütchen auf ihrem kleinen Kopf und übrigens schlicht, knapp und nicht ohne Vornehmheit gekleidet, wie immer, lächelte abwesend.

»Die Milchküche«, sagte die Schwester-Oberin, »hier wird die Milch gekocht für die Kinder.«

»Etwas Ähnliches ließ sich vermuten«, entgegnete Fräulein Spoelmann. Sie sagte es äußerst rasch und obenhin, ohne englischen Einschlag übrigens, mit vorgeschobenen Lippen und einem kleinen, hochmütigen Hin- und Herwenden des Köpfchens. Ihre Stimme war doppelt; sie bestand aus einer tiefen und einer hohen, mit einem Bruch in der Mitte.

Die Schwester-Oberin war ganz betreten. »Ja«, sagte sie, »man sieht es gleich.« Und eine kleine, schmerzliche Verzerrung war in ihrem Gesicht zu bemerken.

Die Sachlage war nicht einfach. Doktor Sammet suchte in Klaus Heinrichs Miene nach Befehlen; allein da Klaus Heinrich wohl gewohnt war, innerhalb feststehender Formen Dienst zu tun, nicht aber, neuartige und verwirrte Umstände zu ordnen, so entstand eine Ratlosigkeit. Herr von Braunbart war im Begriffe, vermittelnd einzutreten, und Fräulein Spoelmann, auf der anderen Seite, schickte sich an, die Milchküche wieder zu verlassen, als der Prinz mit der Rechten eine kleine verbindende Bewegung zwischen sich und dem jungen Mädchen vollführte. Dies war das Zeichen für Doktor Sammet, auf Imma Spoelmann zuzutreten.

»Doktor Sammet. Ja.« Er bitte um die Ehre, das gnädige Fräulein Seiner Königlichen Hoheit vorstellen zu dürfen... »Fräulein Spoelmann, Königliche Hoheit, Mister Spoelmanns Tochter, dem das Spital so viel verdankt.«

Mit geschlossenen Absätzen reichte Klaus Heinrich ihr die Hand im weißen Militärhandschuh, und indem sie ihr schmales, mit braunem Rehleder bekleidetes Händchen hineinlegte, gab sie der Bewegung des Händedrucks eine waagerechte Richtung, machte ein englisches shake-hand daraus, wobei sie gleichzeitig mit spröder Pagen-Anmut etwas wie einen Hofknicks andeutete, ohne ihre großen Augensterne von Klaus Heinrichs Gesicht zu wenden. Er sagte etwas sehr Gutes, nämlich: »Sie machen also auch dem Spital einen Besuch, gnädiges Fräulein?«

Und rasch wie vorhin, mit vorgeschobenen Lippen und dem kleinen hochmütigen Hin und Her des Kopfes, antwortete sie mit ihrer gebrochenen Stimme: »Man kann nicht leugnen, daß manches für diese Annahme spricht.«

Unwillkürlich hob Herr von Braunbart abwehrend die Hand, Doktor Sammet blickte still auf seine Uhrkette nieder, und einem der jungen Ärzte entschlüpfte ein kurzer Laut durch die Nase, der nicht am Platze war. Man sah jetzt in Klaus Heinrichs Gesicht die kleine schmerzliche Verzerrung. Er sagte: »Natürlich... Da Sie ja gekommen sind... so werde ich also die Anstalt zusammen mit dem gnädigen Fräulein besichtigen können... Herr Hauptmann von Braunbart, mein Adjutant«, fügte er rasch hinzu, da er seine Bemerkung einer Antwort gleich der letzten würdig fand. Sie sagte dagegen: »Frau Gräfin Löwenjoul.«

Die Gräfin verbeugte sich vornehm, – mit einem rätselhaften Lächeln übrigens, einem Seitenblick ins Ungewisse, der etwas seltsam Lockendes hatte. Als sie sich aber wieder aufrichtete und ihren so wunderlich entwichenen Blick zu Klaus Heinrich zurückkehren ließ, der in gefaßter und militärisch gesammelter Haltung vor ihr stand, da verschwand das Lächeln von ihrem Gesicht, ein Ausdruck von Ernüchterung und Gram ergriff von ihren Zügen Besitz, und in derselben Sekunde war es, als ob in ihren ein wenig verschwollenen grauen Augen etwas wie Haß gegen Klaus Heinrich aufzuckte... Das war nur eine flüchtige Erscheinung. Klaus Heinrich fand nicht Zeit, darauf acht zu haben, und vergaß es alsbald. Die beiden jungen Ärzte gelangten zur Vorstellung vor Imma Spoelmann. Und dann stimmte Klaus Heinrich dafür, daß man den Rundgang wieder aufnähme.

Es ging die Treppe hinauf, ins erste Stockwerk: Klaus Heinrich und Imma Spoelmann voraus, geleitet von Doktor Sammet, dann die Gräfin Löwenjoul mit Herrn von Braunbart und endlich die jungen Ärzte. Hier waren die größeren Kinder, – ja; im Alter bis zu vierzehn Jahren. Ein Vorraum mit Wäscheschränken trennte die Säle für Mädchen und Knaben. In weißen Gitterbettchen, mit einem Namensschild zu Häupten und einem Klapprahmen am Fußende, der Tabellen mit Fieber- und Gewichtskurven zeigte, – gewartet von Schwestern in weißen Hauben, umgeben von Ordnung und Reinlichkeit, lagen die kranken Kinder, und Husten erfüllte den Raum, während Klaus Heinrich und Imma Spoelmann zwischen den Reihen dahinschritten.

Er hielt sich aus Höflichkeit zu ihrer Linken und lächelte, wie er es tat, wenn er durch Ausstellungen geführt wurde, die Fronten von Veteranen, Turnern und Ehrenkompanien musterte. Aber immer, wenn er den Kopf nach rechts wandte, gewahrte er, daß Imma Spoelmann ihn betrachtete, – begegnete er ihrem großen schwarzen Blick, der prüfend, mit glänzend ernster Frage auf ihn gerichtet war. Das war so seltsam, daß Klaus Heinrich nie etwas Seltsameres erlebt zu haben glaubte, als ihre Art, so ohne Rücksicht auf ihn und alle, ganz unverhohlen und frei, ganz unbesorgt, ob jemand acht darauf habe, mit ihren großen

Augen ihn zu betrachten. Wenn Doktor Sammet an einem Bettchen verweilte, um den Fall zu erklären, wie bei dem kleinen Mädchen, dessen gebrochenes, weiß verpacktes Bein ganz senkrecht emporgebunden war, so hörte Fräulein Spoelmann ihm aufmerksam zu, man sah es wohl; aber während sie lauschte, blickte sie nicht auf den Redenden, sondern ihre Augen gingen zwischen Klaus Heinrich und dem Kinde, das schmal und still, mit auf der Brust gekreuzten Händen aus seiner Rückenlage zu ihnen emporblickte, – zwischen dem Prinzen und diesem kleinen Leidensfall, der ihnen gemeinsam erklärt wurde, hin und her, als beaufsichtige sie Klaus Heinrichs Teilnahme oder als suche sie die Wirkung von Doktor Sammets Worten in seiner Miene zu lesen, – man wußte nicht recht, warum es geschah. Ja, namentlich war es so bei dem Knaben mit dem Schuß durch den Arm und bei dem, der aus dem Wasser gezogen worden: zwei traurigen Fällen, wie Doktor Sammet bemerkte. »Eine Verbandschere, Schwester«, sagte er, und zeigte ihnen die Doppelwunde am Oberarm des Knaben, den Eintritt und Austritt einer Revolverkugel. »Die Wunde«, sagte Doktor Sammet gedämpft zu seinen Gästen, indem er dem Bettchen den Rücken zuwandte, »die Wunde hat ihm sein eigener Vater beigebracht, ja. Es ist gut abgelaufen bei diesem Einen. Der Mann hat seine Frau und drei seiner Kinder und sich selbst mit einem Revolver erschossen. Er hat fehlgeschossen bei diesem Knaben...« Klaus Heinrich sah auf die Doppelwunde. »Warum tat das der Mann?« fragte er scheu, und Doktor Sammet antwortete: »In der Verzweiflung, Königliche Hoheit; es war Schande und Not, was ihn dazu veranlaßte. Ja.« Er sagte nichts weiter; nur dies Allgemeinste, – ebenso wie bei dem Kleinen, der aus dem Wasser gezogen war, einem zehnjährigen Knaben. »Er schnauft«, sagte Doktor Sammet. »Er hat noch Wasser in seiner Lunge. Man hat ihn heute früh aus dem Fluß gefischt, – ja. Übrigens ist es wenig wahrscheinlich, daß er so recht eigentlich in das Wasser gefallen ist. Mehrere Anzeichen sprechen dagegen. Er war von Hause entflohen. Ja.« Er schwieg. Und wieder fand Klaus Heinrich, daß Fräulein Spoelmann ihn anblickte, groß, schwarz und glänzend ernst, – mit ihrem Blick, der den seinen suchte, ihn dringlich aufzufordern schien, gemeinsam mit ihr die »traurigen Fälle« zu durchdenken, Doktor Sammets Andeutungen im Geist zu vervollständigen, bis zu den schrecklichen Wahrheiten vorzudringen, die durch diese zwei kranken Kinderkörper zusammengefaßt und dargestellt wurden... Ein kleines Mädchen weinte bitterlich, als der dampfende und zischende Inhalierapparat zusammen mit einem Pappdeckel voll bunter Bilder an ihr Bettchen gestellt wurde. Fräulein Spoelmann beugte sich zu der Kleinen nieder. »Es tut nicht weh«, sagte sie und ahmte die Kindersprache nach; »kein bißchen. Du mußt nicht weinen.« Und als sie sich wieder aufrichtete, fügte sie rasch hinzu und rümpfte die Lippen: »Es steht zu vermuten, daß sie nicht sowohl über den Apparat, als über die Bilder weint.« Alle lachten. Der eine der jungen Assistenten hob den Pappdeckel empor und lachte noch lauter, als er die Bilder betrachtete. Man ging hinüber ins Laboratorium. Klaus Heinrich dachte im Gehen darüber nach, wie seltsam Fräulein Spoelmann spottete. »Es steht zu vermuten«, hatte sie gesagt und »nicht sowohl«. Es war gewesen, als ob sie sich nicht nur über die Bilder, sondern auch über die ausgesuchten und scharfen Redensarten lustig machte, die sie mit rascher Gewandtheit benutzte. Und das war wohl der unumschränkteste Spott, der sich denken ließ...

Das Laboratorium war der größte Raum des Hauses. Gläser, Retorten, Trichter und Chemikalien standen auf den Borden, und es standen Präparate in Spiritus darauf, die Doktor Sammet seinen Gästen in ruhigen und festen Worten erklärte. Ein Kind war auf unerklärliche Weise erstickt: Hier war sein Kehlkopf, mit pilzartigen Wucherungen statt der Stimmbänder. Ja. Dies hier im Glase war eine krankhaft erweiterte Kinderniere; und dies waren entartete Knochen. Klaus Heinrich und Fräulein Spoelmann sahen alles an, sie blickten zusammen in die Gläser, die Doktor Sammet gegen das Fenster hielt, und ihre Augen waren andächtig, während um ihre Münder derselbe kleine Zug von Widerstand lag. Sie blickten auch nacheinander in das Mikroskop, betrachteten, mit einem Auge über die Linse gebeugt, eine böse Ausscheidung, eine blau gefärbte, auf ein Glasplättchen gestrichene Materie, die neben den großen Flecken ganz kleine Punkte zeigte: das waren Bazillen. Klaus Heinrich wollte Fräulein Spoelmann zuerst an das Mikroskop treten lassen, aber sie wehrte ab, indem sie die Brauen emporzog und einen Mund machte, als wollte sie mit übertriebener Betonung »O, unter keiner Bedingung!« sagen. Da nahm er denn den Vortritt, denn er fand, daß es wirklich einerlei sei, wer zuerst etwas so Ernstes und Furchtbares wie Bazillen in Augenschein nahm. Und hierauf wurden sie hinaufgeführt, in den zweiten Stock, zu den Säuglingen.

Sie lachten beide über das vielstimmige Geschrei, das ihnen schon auf der Treppe entgegenscholl. Und dann gingen sie mit ihrem Gefolge im Saal zwischen den Bettchen dahin, beugten sich nebeneinander über die kahlköpfigen Geschöpfe, die mit geballten Fäustchen schliefen oder aus allen Kräften schreiend ihre nackten Gaumen zeigten, – hielten sich die Ohren zu und lachten aufs neue. In einer Art Ofen, darin eine gleichmäßige Wärme erzeugt wurde, lag eine Frühgeburt. Und Doktor Sammet zeigte den hohen Gästen ein grausig leichenhaftes Armenkind mit häßlichen, großen Händen, diesem Abzeichen einer niederen und harten Geburt... Er nahm ein schreiendes Kind aus dem Bettchen, und es verstummte sofort. Sachkundig stützte er den haltlosen Kopf in seine hohle Hand und wies das rote, blinzelnde, mit kurzen Bewegungen sich dehnende Wesen den Beiden vor, – Klaus Heinrich und Imma Spoelmann, die nebeneinander standen und auf den Säugling niederblickten. Klaus Heinrich sah mit geschlossenen Absätzen zu, wie Doktor Sammet das Kind in das Bettchen zurücklegte; und als er sich wandte, traf er auf Imma Spoelmanns glänzend forschende Augen, wie er es erwartet hatte.

Zuletzt traten sie an eines der drei Fenster des Saales und blickten hinaus über die ärmliche Vorstadtgegend, hinunter auf die Straße, wo, umlagert von Kindern, der braune Hofwagen und Immas prachtvolles, dunkelrot lackiertes Automobil hintereinander hielten. Der Spoelmannsche Chauffeur, unförmig in seinem Zottenpelz, saß tief zurückgelehnt, eine Hand am Steuer des gewaltigen Fahrzeugs und sah zu, wie sein Kamerad, der weiße Bediente, dort vorn am Coupee ein Geplauder mit Klaus Heinrichs Kutscher in Gang zu halten suchte.

»Die Nachbarn«, sagte Doktor Sammet, der mit einer Hand die weiße Tüllgardine zurückhielt, »sind zugleich die Eltern unserer Pfleglinge. Sonnabends spät ziehen die betrunkenen Väter johlend vorüber. Ja.«

Sie standen und lauschten; aber Doktor Sammet sagte nichts mehr von den Vätern, und so brachen sie auf, denn nun hatten sie alles gesehen.

Der Zug, Klaus Heinrich und Imma voran, bewegte sich die Treppen hinunter, und in der Vorhalle war auch das Schwesternkorps wieder versammelt. Es wurde Abschied genommen, mit Absatzklappen und Honneurs, mit Verbeugungen und Knicksen. Klaus Heinrich, in förmlicher Haltung vor Doktor Sammet, der ihm mit seitwärts geneigtem Kopfe und die Hand an der Uhrkette zuhörte, äußerte sich in einer feststehenden Redewendung höchst beifällig über das Gesehene, während er fühlte, daß Imma Spoelmann ihre großen Augen dabei auf ihm ruhen ließ. Er geleitete mit Herrn von Braunbart die Damen zum Automobil, als die Verabschiedung von den Ärzten und den Schwestern beendet war. Während sie, zwischen Kindern und Frauen, die Kinder auf den Armen hielten, das Trottoir überschritten und noch an dem breiten Trittbrett des Automobils unterhielten sich Klaus Heinrich und Fräulein Spoelmann wie folgt.

»Es war mir eine große Freude, mit dem gnädigen Fräulein zusammenzutreffen«, sagte er.

Sie antwortete hierauf nichts, sondern schob nur die Lippen vor, indem sie ein wenig den Kopf hin und her wandte.

»Es war eine fesselnde Besichtigung«, sagte er wieder. »Man tat allerlei Einblicke.«

Sie sah ihn an, groß und schwarz. Dann sagte sie rasch und obenhin, mit ihrer gebrochenen Stimme: »O ja, bis zu einem gewissen Grade...«

Er verfiel auf die Frage: »Ich hoffe, es gefällt Ihnen auf Schloß Delphinenort, gnädiges Fräulein?« Worauf sie mit vorgeschobenen Lippen erwiderte: »O, warum nicht. Es ist ja eine ganz schickliche Unterkunft...«

»Gefällt es Ihnen besser dort, als in Neuyork?« fragte er. Und sie antwortete: »Ebensogut. Es ist ziemlich gleich. Es ist ziemlich überall dasselbe.«

Das war alles. Klaus Heinrich und, einen Schritt hinter ihm, Herr von Braunbart standen, die Hand am Helm, als der Chauffeur ankurbelte und das Automobil sich unter Erschütterungen in Bewegung setzte.

Es versteht sich, daß diese Begegnung nicht lange eine innere Angelegenheit des Dorotheen-Spitales blieb, vielmehr noch am selben Tage in aller Munde war. Der »Eilbote« veröffentlichte unter zart poetischer Überschrift eine ausführliche Schilderung des Zusammentreffens, die, ohne in den Einzelheiten streng den Tatsachen zu entsprechen, die Gemüter doch mächtig gefangen nahm, ja Kundgebungen einer so lebhaften Wißbegierde des Publikums hervorrief, daß das wachsame Blatt sich veranlaßt sah, auf weitere Annäherungen zwischen den Häusern Grimmburg und Spoelmann fortan ein Auge zu haben. Es war nicht viel, was es melden konnte. Es vermerkte ein paarmal, daß Seine Königliche Hoheit Prinz Klaus Heinrich, nach Schluß der Hoftheater-Vorstellung den Wandelgang der ersten Galerie durchschreitend, einen Augenblick vor der Spoelmannschen Loge Halt gemacht habe, um die Damen zu begrüßen. Und in seinem Bericht über den kostümierten Wohltätigkeits-Bazar, der Mitte Januar im großen Rathaussaale stattfand – einer eleganten Veranstaltung, an der sich auf inständige Einladung durch das Komitee Miss Spoelmann als Verkäuferin beteiligte – nahm keinen geringen Raum die Beschreibung jener Szene ein, wie Prinz Klaus Heinrich bei dem Rundgang des Hofes vor der Bude angehalten habe, in der Fräulein Spoelmann schaltete, wie er einen Gegenstand, eine Vase, ein Kunstglas (denn Fräulein Spoelmann verkaufte Porzellan und Kunstgläser) von ihr erworben und sich wohl acht oder zehn Minuten lang plaudernd vor dem Verkaufsstande verweilt habe. Von dem Inhalt des Gespräches verlautbarte nichts. Dennoch war es durchaus nicht ohne Ergebnis verlaufen.

Der Hof (mit Ausnahme Albrechts) war gegen Mittag im Rathaussaale erschienen. Als Klaus Heinrich, das erstandene Kunstglas in Seidenpapier auf den Knien, in seinem Coupee nach Eremitage zurückkehrte, hatte er sich in Delphinenort angesagt, hatte er die Absicht kundgetan, sich das Schloß in seinem neuen Zustande einmal anzusehen und bei dieser Gelegenheit Herrn Spoelmanns Sammlung von Kunstgläsern in Augenschein zu nehmen. Denn unter Miss Spoelmanns Waren hatten sich drei oder vier alte Gläser befunden, die ihr Vater selbst aus seiner Kollektion für den Bazar gestiftet hatte, und eines davon hatte Klaus Heinrich gekauft.

Er sah sich wieder in dem Halbkreis von Menschen, die ihnen zusahen, – allein vor Imma Spoelmann und getrennt von ihr durch den Budentisch mit seinen Kelchen, Karaffen, seinen weißen und farbigen Porzellangruppen. Er sah sie in dem roten Phantasiegewande, das, aus einem Stück gearbeitet, ihre wohlausgebildete und dennoch kindliche Gestalt umschloß, indem es ihre bräunlichen Schultern und ihre Arme freiließ, die rund und fest waren und dennoch vor dem Handgelenk wie die eines Kindes wurden. Er sah den goldenen Schmuck, halb Kranz und halb Diadem, in der Schwärze ihres aufgelösten Haares, das eine Neigung zeigte, ihr in glatten Strähnen in die Stirn zu fallen, ihre übergroßen und schwarzen, glänzend fragenden Augen in dem perlblassen Gesichtchen, ihren vollen und weichen Mund, den sie mit verwöhnter Geringschätzung vorschob, wenn sie sprach, – und um sie herum in dem großen, gewölbten Raum war Tannengeruch und wirrer Lärm, Musik, Gongschläge, Gelächter und Marktschreierei gewesen.

Er hatte das Kunstglas, den alten, edlen Kelch mit seinem Schmuck von silbernem Blattwerk bewundert, den sie ihm zum Kaufe angeboten, und sie hatte gesagt, daß er aus ihres Vaters Sammlung stamme. – So herrlicher Dinge besitze also ihr Vater eine ganze Menge? – Allerdings. Und glaublicherweise seien es nicht eben die besten Nummern, die ihr Vater für den Bazar gestiftet habe. Sie stehe nicht an, zu erklären, daß er viel schönere Gläser habe. – Die wünschte Klaus Heinrich wohl sehen zu dürfen! – Nun, das würde sich gelegentlich ja unschwer ermöglichen lassen, hatte Fräulein Spoelmann mit ihrer gebrochenen Stimme geantwortet, indem sie die Lippen vorgeschoben und ihr Köpfchen ein wenig hin und her gewandt hatte. Ihr Vater, hatte sie gemeint, werde durchaus nicht dawider sein, die Früchte seines Sammelfleißes wieder einmal einem verständnisvollen Beschauer vorzuführen. Um die Teestunde seien Spoelmanns immer zu Hause.

Sie hatte die Sache sehr bürgerlich genommen, hatte aus der Ansage eine Einladung gemacht und im leichtesten Tone gesprochen. Schließlich, auf Klaus Heinrichs Frage, welchen Tag man in Aussicht nehmen solle, hatte sie geantwortet: »Welchen Sie wollen, Prinz. Wir werden uns jederzeit unsäglich glücklich schätzen...«

»Unsäglich glücklich schätzen« – so sprach sie, so scharfzüngig und spöttisch übertrieben, daß es fast weh tat und man nur mühsam gute Miene machte. Wie sie die arme Schwester Oberin verwirrt und verletzt hatte, neulich im Spital! Aber bei alledem war etwas Kindliches in ihrer Sprechweise, ja, gewisse Laute kamen heraus wie Kinder sie bilden, – nicht nur das eine Mal, als sie das kleine Mädchen über den Dampfapparat getröstet hatte. Und so große Augen hatte sie gemacht, als von den Vätern die Rede gewesen und den traurigen Fällen...

Am nächsten Tage nahm Klaus Heinrich seinen Tee auf Schloß Delphinenort, – am nächstfolgenden, den Tag darauf. Gelegentlich, hatte Imma Spoelmann gesagt, möge er kommen. Aber der nächstfolgende Tag war ihm gelegen, und da ihm die Sache dringlich schien, so fand er es nicht angebracht, sie auf die lange Bank zu schieben.

Gegen fünf Uhr – es war schon dunkel – trug ihn sein Coupee über die aufgeweichten Fahrwege des Stadtgartens, der kahl und menschenleer lag, – schon war es Spoelmannscher Besitz, wo er rollte – Bogenlampen erhellten den Park, das große viereckige

Brunnenbassin schimmerte trüb zwischen den Bäumen, dahinter erhob sich das weißliche Schloß mit dem Säulenaufbau seines Portals, seiner geräumigen Doppelrampe, die, zwischen seinen Flügeln eingelagert, in flachem Aufstieg zur Beletage emporführte, seinen hohen, in kleine Scheiben geteilten Fenstern, seinen römischen Büsten in den Nischen, – und als Klaus Heinrich durch die Auffahrtsallee von mächtigen Kastanien fuhr, da sah er zu Füßen der Rampe den bordeauxroten Plüschmohren stehen und mit aufgestütztem Stabe Ausschau halten...

Klaus Heinrich beschritt eine steinerne, hell erleuchtete und lind durchwärmte Halle mit goldig schimmerndem Mosaikfußboden und weißen Götterbildern in der Runde, schritt geradeaus, der marmornen, breitgeländrigen und mit rotem Teppich belegten Freitreppe zu, auf welcher, mit zurückgezogenen Schultern und hängenden Armen, bauchig und stolz, im Schmuck seines rasierten Doppelkinns, der Spoelmannsche Haushofmeister herniederstieg, um den Gast zu empfangen. Er geleitete ihn in den oberen, mit Bilderteppichen umkleideten und mit einem Marmorkamin geschmückten Vorsaal, wo ein paar weißgoldene und schwanverbrämte Bediente des Prinzen Mütze und Mantel in Empfang nahmen, während der Haushofmeister in eigener Person seiner Herrschaft Meldung zu machen ging... Zwischen dem Dienerpaar hindurch, das einen Teppich beiseite raffte, schritt Klaus Heinrich zwei oder drei Stufen hinab.

Pflanzengeruch umfing ihn, und er hörte das sanfte Plätschern fallenden Wassers; in dem Augenblick aber, da hinter ihm der Teppich sich schloß, brach ein Gebell aus, so jäh und toll, daß Klaus Heinrich, einen Augenblick halb betäubt, zu Füßen der Stufen Halt machte. Perceval, der Collie-Hund, hatte sich ihm entgegengeworfen, und nichts glich seiner maßlosen Raserei. Er geiferte, er litt, er wußte nicht, wie sich gebärden vor wütender Zerrissenheit seines Innern, er wand sich, peitschte mit dem Schweif seine Flanken, stemmte die Vorderfüße gegen den Boden und schwang sich in blinder Leidenschaft um sich selber, indem er in Lärm und Tobsucht vergehen zu wollen schien. Eine

Stimme – es war nicht Immas Stimme – rief ihn zurück, und Klaus Heinrich sah sich in einem Wintergarten, einem von schlanken marmornen Säulen gestützten gläsernen Gewölbe, dessen Boden mit großen, quadratischen, spiegelnden Marmorfliesen belegt war. Palmen aller Art erfüllten es, deren Schäfte und Fächer sich manchmal bis dicht unter die gläserne Decke erhoben. Ein beetartiges Blumenparterre, bestehend aus zahllosen, gleich den Steinen eines Mosaiks aneinander gesetzten Blumentöpfen, breitete sich im starken Mondlicht der Bogenlampen aus und erfüllte die Luft mit Wohlgeruch. Aus einem schöngemeißelten Brunnen rieselten silberne Quellen in ein marmornes Becken, und Enten von seltsam künstlich gefiederter Art schwammen auf der durchleuchteten Wasserfläche. Ein steinerner Wandelgang mit Pfeilern und Nischen nahm den Hintergrund ein.

Es war die Gräfin Löwenjoul, die dem Eintretenden entgegenkam und sich lächelnd verneigte.

»Königliche Hoheit wollen verzeihen«, sagte sie. »Unser Percy ist so heftig. Und dann ist er jetzt so wenig an Besuch gewöhnt. Aber er tut niemandem Böses. Darf ich Königliche Hoheit bitten... Fräulein Spoelmann wird sogleich zurückkehren. Sie war eben noch hier. Sie wurde abgerufen. Ihr Vater schickte nach ihr. Mister Spoelmann wird hocherfreut sein...«

Damit führte sie Klaus Heinrich zu einer Anordnung von Korbstühlen, die, mit gestickten Leinwandkissen ausgestattet, vor einer Palmengruppe standen. Sie sprach lebhaft und kräftigen Tons, den kleinen Kopf mit dem spärlichen aschblonden Scheitel zur Seite geneigt und lächelnd ihre weißen Zähne zeigend. Ihre Gestalt war entschieden vornehm in dem eng anschließenden braunen Kleid, das sie trug, und wie sie mit munterem Händereiben Klaus Heinrich zu den Stühlen geleitete, hatte sie die frischen und eleganten Bewegungen der Offiziersfrau. Nur in ihren Augen, deren Lider sie blinzelnd zusammenzog, war etwas wie Tücke oder Mißtrauen, etwas Unverständliches. Sie nahmen Platz, einander gegenüber an dem runden Gartentischchen, auf dem ein paar Bücher lagen. Perceval, erschöpft von dem Anfall, den er erlitten, nahm auf dem schmalen, blaßfarbigen und perlmutterartig schimmernden Teppich, darauf die Möbel standen, eine schneckenförmige Ruhestellung ein. Sein schwarzseidiges Fell war weiß an Pfoten, Brust und Schnauze. Er hatte eine weiße Halskrause, goldene Augen und einen Scheitel den ganzen Rücken entlang. Klaus Heinrich begann ein Gespräch um des Gespräches willen, eine förmliche Unterhaltung mit Scheingegenstand, wie er es nicht anders kannte.

»Ich wünschte wohl, Gräfin, daß ich nicht gar zu ungelegen käme. Ich bin glücklich, mich wenigstens nicht als ganz unberechtigter Eindringling zu fühlen. Ich weiß nicht, ob Fräulein Spoelmann Ihnen erzählt hat... Sie hatte die Güte, mich zu einem Besuch zu ermutigen. Es handelte sich um die schönen Gläser, die Herr Spoelmann so freigebig war, für den gestrigen Bazar zu stiften. Fräulein Spoelmann meinte, daß ihr Vater nichts dagegen haben werde, mir seine Sammlung einmal zu zeigen. Da bin ich nun...«

Die Gräfin ließ es dahingestellt, ob Imma ihr von der Verabredung erzählt habe. Sie sagte: »Dies ist die Teestunde des Hauses, Königliche Hoheit. Wie könnten Königliche Hoheit ungelegen kommen? Selbst wenn, was ich nicht hoffen will, Mister Spoelmann durch sein Befinden verhindert wäre, zu erscheinen...«

»O, er ist leidend?« Eigentlich wünschte Klaus Heinrich ein wenig, daß Herr Spoelmann verhindert sein möge. Er sah der Bekanntschaft mit unbestimmter Besorgnis entgegen.

»Er war heute leidend, Königliche Hoheit. Er hatte leider Fieber, Schüttelfrost und sogar eine kleine Ohnmachtsanwandlung. Vormittags war Doktor Watercloose lange bei ihm. Er hat eine Morphiumeinspritzung vorgenommen. Es handelt sich darum, ob nicht doch einmal eine Operation nötig werden wird.«

»Das tut mir leid«, sagte Klaus Heinrich aufrichtig. »Eine Operation. Das ist schrecklich.« Und hierauf antwortete die Gräfin mit abirrenden Augen: »O ja. Aber es gibt Schrecklicheres im Leben, – viele Dinge, die viel schrecklicher sind, als dies.«

»Zweifellos«, sagte Klaus Heinrich. »Ich glaube es wohl.« Er fühlte seine Einbildungskraft auf allgemeine und ungewisse Art angeregt durch die Andeutung der Gräfin.

Sie sah ihn an, mit seitwärts geneigtem Kopfe, und ein Ausdruck von Geringschätzung war in ihrem Gesicht. Dann entwichen ihre ein wenig verschwollenen grauen Augen zur Seite, man wußte nicht, wohin, mit jenem geheimnisvollen Lächeln, das Klaus Heinrich schon kannte und das etwas seltsam Lockendes hatte.

Er empfand die Notwendigkeit, das Gespräch wieder aufzunehmen.

»Leben Sie schon lange im Hause Spoelmann, Gräfin?« fragte er.

»Ziemlich lange«, antwortete sie, und man sah ihr an, daß sie zu rechnen versuchte. »Ziemlich. Ich habe so vieles durchlebt, so viele Erfahrungen gemacht, daß ich es auf den Tag genau natürlich nicht sagen kann. Aber kurz nach der Wohltat war es, – bald nachdem mir die Wohltat zuteil geworden.«

»Die Wohltat?« fragte Klaus Heinrich.

»Allerdings«, sagte sie mit Bestimmtheit und sogar ein wenig gereizt. »Denn die Wohltat geschah ja an mir, als es der Erfahrungen zu viele geworden waren und der Bogen hätte springen müssen, um mich dieses Vergleiches zu bedienen. Sie sind so jung«, fuhr sie fort, indem sie nachlässigerweise vergaß, ihn mit seinem Titel anzureden, »so unwissend in betreff des Elends und der Verworfenheit der Welt, daß Sie sich keinen Begriff davon machen können, was ich habe erdulden müssen. In Amerika hatte ich einen Prozeß, zu dem viele Generäle erscheinen mußten. Dinge kamen an den Tag, denen mein Humor nicht gewachsen war. Sämtliche Kasernen habe ich putzen müssen, ohne daß es mir gelungen wäre, alle liederlichen Weiber hinauszubefördern. Sie versteckten sich in den Schränken, einige auch unter der Diele, und so kommt es, daß sie fortfahren, mich nachts über Gebühr zu martern. Ich würde mich ungesäumt auf meine Schlösser in Burgund zurückziehen, wenn es nicht von oben hineinregnete. Das wußten Spoelmanns, und darum war es so sehr entgegenkommend von ihnen, mich vorläufig bei sich aufzunehmen, wobei es meine einzige Aufgabe ist, die vollkommen unwissende Imma vor der Welt zu warnen. Nur leidet selbstverständlich meine Gesundheit darunter, daß die Weiber sich nachts auf meine Brust setzen und mich zwingen, ihren unanständigen Fratzen zuzusehen. Und dies ist der Grund, weshalb ich bitte, mich einfach Frau Meier zu nennen«, sagte sie flüsternd, indem sie sich vorbeugte und mit ihrer Hand Klaus Heinrichs Arm berührte. »Die Wände haben Ohren, und es ist unbedingt erforderlich, daß ich mein notgedrungen angenommenes Inkognito wahre, um mich vor den Nachstellungen der lasterhaften Geschöpfe zu schützen. Nicht wahr, Sie gehen auf meine Bitte ein. Nehmen Sie es doch als einen Scherz... als eine Spielerei, die niemandem weh tut... Warum nicht...«

Sie verstummte.

Klaus Heinrich saß aufrecht und ohne irgendwelche Lässigkeit auf seinem Korbstuhl ihr gegenüber und sah sie an. Er hatte, bevor er seine geradlinigen Stuben verließ, unter Beihilfe seines Kammerdieners Neumann mit all der Sorgfalt Toilette gemacht, die sein den Blicken ausgesetztes Dasein erheischte. Sein Scheitel lief über dem linken Auge ansetzend, schräg über den Kopf hin genau durch den Wirbel, so daß dort oben weder Strähne noch Härchen sich erheben konnten, und rechts war sein Haar in einem festen Hügel aus der Stirn zurückgebürstet. In seinem Interimsuniformrock, dessen hoher Kragen und fester Sitz eine beherrschte Haltung begünstigte, saß er, den silbern geflochtenen Achselschmuck eines Majors auf seinen schmalen Schultern, leicht angelehnt, doch ohne sich bequeme Abspannung zu erlauben, geordnet, gesammelt, den einen Fuß ein wenig vor dem anderen, und bedeckte seine linke Hand auf dem Säbelgriff mit der rechten. Sein junges Gesicht war ein wenig müde von der Unsachlichkeit, der Einsamkeit, Strenge und Schwierigkeit seines Lebens; allein mit einem freundlichen, klaren und unbedingt gefaßten Ausdruck blickte er in das der Gräfin.

Sie verstummte. Ernüchterung und Gram ergriffen von ihren

Zügen Besitz, und während es war, als ob in ihren übernächtigen grauen Augen etwas wie Haß gegen Klaus Heinrich aufzuckte, verfärbte sie sich auf eine ganz besondere und selten beobachtete Weise, indem nämlich die eine Hälfte ihres Gesichtes rot, die andere blaß wurde. Mit gesenkten Lidern antwortete sie: »Ich bin seit drei Jahren im Hause Spoelmann, Königliche Hoheit.«

Perceval schnellte empor. In einem tänzelnden, federnden, wedelnden Trabe begab er sich seiner Herrin entgegen – denn Imma Spoelmann war eingetreten – richtete sich würdevoll auf und setzte ihr grüßend die Vorderpfoten auf die Brust. Sein Rachen war weit geöffnet, und zwischen seinen prachtvollen weißen Zähnen hing blutrot die Zunge hervor. Er glich einem Wappentier, wie er so aufrecht vor ihr stand.

Sie war wunderbar gekleidet: in ein Hausgewand aus ziegelfarbener Rohseide und mit offen herniederhängenden Ärmeln, dessen ganzes Bruststück aus einer schweren Goldstickerei bestand. An einer Perlenkette lag ein großer, eiförmiger Edelstein auf ihrem bloßen Halse, dessen Haut die Farbe angerauchten Meerschaums hatte. Ihr blauschwarzes, seitwärts gescheiteltes und schlicht geknotetes Haar zeigte eine Neigung, ihr in glatten Strähnen in Stirn und Schläfen zu fallen. Während sie Percevals Greifenkopf mit ihren beiden schmucklosen, schmalen und schönen Kinderhänden umfaßt hielt, sagte sie in sein Gesicht hinein: »So... so... guten Tag, mein Freund. Welch ein Wiedersehen. Wir waren von Sehnsucht erfüllt, wir beiden, wir haben alle Qualen der Trennung ausgekostet. Guten Tag. Du magst nun immerhin dein Lager wieder aufsuchen.« Und indem sie seine Füße von der Goldstickerei auf ihrer Brust löste und zur Seite trat, machte sie, daß er sich auf seine vier Beine niederließ.

»O, Prinz«, sagte sie. »Willkommen in Delphinenort. Sie verabscheuen den Wortbruch, wie ich sehe. Ich setze mich zu Ihnen. Wir werden benachrichtigt, wenn wir Tee trinken können... Es ist zweifellos gegen alle Vorschrift, daß ich habe warten lassen. Aber mein Vater schickte nach mir, – und dann hatten Sie ja Unterhaltung solange...« Ihre glänzenden Augen gingen ein wenig zweifelnd zwischen Klaus Heinrich und der Gräfin hin und her.

»Doch«, sagte er, »die hatte ich.« Und dann stellte er eine Frage nach Mister Spoelmanns Befinden, die leidlich zufriedenstellend beantwortet wurde. Herr Spoelmann werde beim Tee das Vergnügen haben, Klaus Heinrichs Bekanntschaft zu machen, er lasse sich entschuldigen bis dahin... Was das für ein hübsches Paar Pferde sei, das Klaus Heinrich vor seinem Coupee habe? Und nun sprachen sie von ihren Pferden, von Klaus Heinrichs gutmütigem Braunen Florian, aus dem Hollerbrunner Hofgestüt, von Fräulein Spoelmanns arabischer Milchschimmelstute, namens Fatme, die Herr Spoelmann von einem Fürsten aus dem Morgenlande zum Geschenk erhalten hatte, von ihren geschwinden ungarischen Füchsen, die sie als Four in hand-Gespann benutzte... »Kennen Sie die Umgegend?« fragte Klaus Heinrich. »Waren Sie beim Hofjäger? Im Fasanerie-Garten? Es gibt hübsche Ausflüge.« Nein, Fräulein Spoelmann war hervorragend ungeschickt im Auffinden von neuen Wegen, und die Gräfin, – nun sie war ihrer ganzen Natur nach nicht unternehmungslustig. So ritten sie immer dieselben Wege im Stadtgarten. Das sei vielleicht langweilig, aber Fräulein Spoelmann sei im ganzen nicht mit Abwechslung und Abenteuern verwöhnt. Da sagte er denn, daß sie einmal zusammen reiten müßten, bei schönem Wetter, zum Hofjäger oder nach Schloß Fasanerie, worauf sie mit vorgeschobenen Lippen antwortete, daß man dergleichen ja immerhin in vorläufige Aussicht nehmen könne. Dann kam der Haushofmeister und meldete ernst, daß der Teetisch bereit sei.

Sie gingen durch die Teppichhalle mit dem Marmorkamin, geführt von dem pomphaft schreitenden Butler, begleitet von dem tänzelnden Percy, gefolgt von der Gräfin Löwenjoul.

»Hat die Gräfin vorhin ein bißchen geschwatzt?« fragte Imma im Gehen, ohne ihre Stimme sonderlich in acht zu nehmen.

Klaus Heinrich erschrak und blickte zu Boden. »Aber sie kann uns ja hören!« sagte er leise.

»Nein, sie hört uns nicht«, antwortete Imma. »Ich verstehe

mich auf ihr Gesicht. Wenn sie den Kopf so schräg hält und mit den Augen blinzelt, so ist sie abwesend und tief in ihren Gedanken. Sie hat wohl ein bißchen geschwatzt, vorhin?«

»Vorübergehend«, sagte Klaus Heinrich. »Ich hatte den Eindruck, daß die Frau Gräfin sich zeitweise gehen ließ.«

»Es ist ihr viel Schlimmes widerfahren.« Und Imma sah ihn an, so groß und dunkel forschend, wie sie es im Dorotheenspital auf Schritt und Tritt getan hatte. »Ich erzähle es ein andermal. Es ist eine Geschichte.«

»Ja«, sagte er. »Ein andermal. Das nächstemal. Vielleicht unterwegs.«

»Unterwegs?«

»Ja, unterwegs zum Hofjäger oder zur Fasanerie.«

»O, ich vergaß Ihre Gewissenhaftigkeit, Prinz, was Verabredungen betrifft. Gut, also unterwegs. Hier geht es hinunter.«

Sie befanden sich an der Rückseite des Schlosses. Von einer mit großen Gemälden behangenen Galerie, die sie durchquerten, leiteten teppichbelegte Stufen in den weißgoldenen Gartensalon hinab, hinter dessen hoher Glastür die Terrasse lag. Alles, der große Kristallüster, der von der Mitte der hohen, weiß verschnörkelten Decke herabhing; die ebenmäßig aufgestellten Armstühle mit goldenen Rahmen und Wirkbildbezügen; die schwer herabfallenden, weißseidenen Vorhänge; die feierliche Stutzuhr und die Vasen und goldenen Leuchter auf der weiß marmornen Kaminplatte vor dem hohen Wandspiegel; die mächtigen, löwenfüßigen, vergoldeten Kandelaber, die zu beiden Seiten der Eingangsstufen emporragten: alles erinnerte Klaus Heinrich an das Alte Schloß, an die Repräsentationsräume, in denen er von Kind auf Dienst zu tun gewohnt war, – nur daß die Kerzen hier Scheinkerzen waren, mit goldig strahlenden Glühlampen an Stelle des Dochtes, und daß alles neu war und glänzend instand bei Spoelmanns auf Schloß Delphinenort. Ein schwanverbrämter Bedienter legte in einem Winkel des Zimmers die letzte Hand an den Teetisch; Klaus Heinrich betrachtete den elektrisch geheizten Kessel, von dem er im »Eilboten« gelesen hatte.

»Hat man Herrn Spoelmann benachrichtigt?« fragte die Tochter des Hauses... Der Butler verneigte sich. »Dann soll nichts uns hindern«, sagte sie in ihrer raschen und spöttisch redegewandten Art, »unsere Plätze einzunehmen und ohne ihn zu beginnen. Kommen Sie, Gräfin! Ich würde Ihnen empfehlen, Prinz, sich Ihrer Waffen zu entledigen, falls nicht Gründe, die sich meiner Einsicht entziehen, dagegen sprechen...«

»Danke«, sagte Klaus Heinrich. »Nein, es spricht gar nichts dagegen.« Und es schmerzte ihn, daß er zu ungeübten Geistes war, um eine behendere Antwort zu finden.

Der Bediente nahm seinen Säbel in Empfang und trug ihn durch die Galerie davon. Sie saßen am Teetisch nieder, unter Beistand des Butlers, der die Lehnen der Stühle hielt, die Stühle unter sie schob. Dann zog er sich auf die Höhe der Stufen zurück, wo er in schmuckhafter Weise stehen blieb.

»Sie müssen wissen, Prinz«, sagte Fräulein Spoelmann, die das Wasser aufgoß, »daß mein Vater keinen Tee trinkt, den ich nicht selbst bereitet habe. Er mißtraut jedem Tee, der fertig in Tassen herumgereicht wird. Das ist bei uns verpönt. Sie müssen sich dem anbequemen.«

»O, es ist schöner so«, sagte Klaus Heinrich, »viel behaglicher und ungezwungener so am Familientisch...« Er brach ab und bedachte, warum bei diesen Worten ein gehässiger Seitenblick aus den Augen der Gräfin Löwenjoul ihn getroffen hatte. »Und Ihr Studium«, fragte er, »gnädiges Fräulein? Darf ich mich erkundigen? Mathematik, wie ich weiß. Es strengt Sie nicht an? Ist es nicht furchtbar hart für den Kopf?«

»Gar nicht«, sagte sie. »Ich weiß nichts Hübscheres. Man spielt in den Lüften, sozusagen, oder schon außerhalb der Luft, in staubfreier Gegend jedenfalls. Man hat es so kühl wie in den Adirondacks...«

»Wie wo?«

»Den Adirondacks. Das ist Geographie, mein Prinz. Ein Bergwald drüben mit hübschen Seen. Wir haben ein Landhaus dort, für den Mai. Im Sommer waren wir immer am Meer.«

»Auf jeden Fall«, sagte er, »kann ich für Ihren Eifer in den

Studien Zeugnis ablegen. Sie lassen sich nicht gern hindern, pünktlich in die Vorlesung zu kommen. Ich habe noch nie gefragt, ob Sie eigentlich neulich zur Zeit gekommen sind.«

»Neulich?«

»Ja, vor einigen Wochen. Nach dem Hindernis an der Hauptwache.«

»Großer Gott, Prinz, nun fangen auch Sie davon an. Diese Geschichte scheint im Palast wie in der Hütte verbreitet zu sein. Hätte ich gewußt, welch Aufhebens man davon machen würde, so wäre ich lieber dreimal um den ganzen Schloßplatz gegangen. Sogar in der Zeitung hat es gestanden, wie man mir sagt. Und nun hält natürlich die ganze Stadt mich für einen Teufel an Wildheit und Jähzorn. Aber ich bin das friedfertigste Geschöpf von der Welt und lasse mich nur nicht gern kommandieren. Bin ich ein Teufel, Gräfin? Ich verlange bündige Antwort.«

»Nein, Sie sind gut«, sagte die Gräfin Löwenjoul.

»Nun, – gut, das ist wiederum zu viel gesagt, das geht zu weit nach der anderen Seite, Gräfin...«

»Nein«, sagte Klaus Heinrich, »nein, nicht zu weit. Ich glaube der Gräfin ganz fest...«

»Viel Ehre. Wie ist die Kunde von dem Abenteuer denn eigentlich zu Euerer Hoheit gedrungen? Durch die Zeitung?«

»Ich war Augenzeuge«, sagte Klaus Heinrich.

»Augenzeuge?«

»Ja, gnädiges Fräulein. Ich stand zufällig am Fenster der Offizierswachtstube und habe alles von Anfang bis zu Ende mit angesehen.«

Fräulein Spoelmann errötete. Es war kein Zweifel, daß die perlblasse Haut ihres fremdartigen Gesichtchens sich dunkler färbte.

»Nun, Prinz, ich nehme an«, sagte sie, »daß Sie im Augenblick nichts Besseres zu tun hatten.«

»Besseres?« rief er. »Aber es war ja so schön zu sehen! Ich gebe Ihnen mein Wort, gnädiges Fräulein, daß ich nie in meinem Leben...«

Perceval, der mit anmutig gekreuzten Vorderpfoten neben

Fräulein Spoelmann lag, erhob das Haupt mit angespannt gesammelter Miene und schlug mit dem Schweif den Teppich. Im selben Augenblick setzte der Butler sich in Bewegung. Er lief, so schnell die Schwere seines Leibes es gestattete, die Stufen hinab zu der hohen Seitentür, die sich dem Teetisch gegenüber befand, und raffte heftig die weißseidene Portiere, indem er sein Doppelkinn mit machtvollem Ausdruck in die Lüfte erhob. Samuel Spoelmann, der Milliardär, trat ein.

Er war zierlich gebaut und von eigenartiger Physiognomie. Aus seinem glatt rasierten Gesicht mit den hitzigen Wangen sprang die Nase ungewöhnlich waagerecht hervor, und darüber lagen nahe beieinander seine kleinen Rundaugen, die von metallisch unbestimmtem Blauschwarz waren, wie bei kleinen Kindern und Tieren, und zerstreut und ärgerlich blickten. Der obere Teil seines Schädels war kahl, aber am Hinterkopf und an den Schläfen besaß Herr Spoelmann reichliches graues Haar, das auf eine bei uns nicht übliche Art gehalten war. Er trug es weder kurz noch lang, sondern hochaufliegend, voll, nur im Nacken abgeschnitten und um die Ohren rasiert. Sein Mund war klein und fein geschnitten. Gekleidet in einen schwarzen Schoßrock mit sammtener Weste, auf der eine lange, dünne, altmodische Uhrkette lag, und weiche Lederschuhe an seinen kurzen Füßchen, näherte er sich mit mißmutigem und beschäftigtem Gesichtsausdruck rasch dem Teetisch; aber seine Miene erhellte sich, sie gewann Weichheit und Freude, sobald er seiner Tochter ansichtig wurde. Imma war ihm entgegengegangen.

»Guten Tag, verehrungswürdiges Väterchen«, sagte sie; und ihre bräunlichen Kinderarme, von denen die offenen ziegelfarbenen Ärmel niederhingen, um seinen Nacken schlingend, küßte sie ihn auf die Glatze, die er ihr darbot, indem er den Kopf neigte.

»Dir dürfte nicht unbekannt sein«, fuhr sie fort, »daß Prinz Klaus Heinrich heute mit uns den Tee nimmt?«

»Nein, freut mich, freut mich«, sagte Herr Spoelmann gleichsam eilig und mit knarrender Stimme. »Bitte, sich nicht stören zu lassen!« sagte er ebenso. Und indem er mit dem Prinzen, der in geschlossener Haltung am Tische stand, einen Händedruck tauschte (Herrn Spoelmanns Hand war mager und von der ungestärkten weißen Manschette halb bedeckt), nickte er mehrmals irgendwohin nach der Seite. Dies war seine Art, Klaus Heinrich zu begrüßen. Er war fremd, krank und ein Sonderling an Reichtum. Er war entschuldigt und alles Weiteren entbunden – Klaus Heinrich sah es ein und bemühte sich redlich, seine innere Verstörung zu überwinden. »... Sind ja zu Hause hier, gewissermaßen«, sagte Herr Spoelmann noch, indem er die Anrede verschluckte, und vorübergehend erschien ein boshafter Ausdruck um seine rasierten Lippen. Dann veranlaßte er durch sein Beispiel alle, sich wieder zu setzen. Es war der Stuhl zwischen Imma und Klaus Heinrich, der Gräfin und der Verandatür gegenüber, den der Butler unter ihn schob.

Da Herr Spoelmann keine Miene machte, sein Säumen zu entschuldigen, sagte Klaus Heinrich: »Ich höre mit Bedauern, daß Sie heute zu leiden hatten, Herr Spoelmann. Ich hoffe, es geht Ihnen besser?«

»Danke, besser, aber nicht gut«, antwortete Herr Spoelmann knarrend. »Wieviel Löffel hast du genommen?« fragte er seine Tochter. Er meinte damit, wieviel Tee sie in die Kanne geschüttet habe.

Sie hatte seine Tasse gefüllt und sie ihm gereicht.

»Vier«, sagte sie. »Für jeden einen. Niemand soll sagen, daß ich mein greises Väterchen dem Mangel aussetze.«

»Ach was«, antwortete Herr Spoelmann. »Ich bin nicht greis. Man sollte dir die Zunge stutzen.« Und er nahm aus einer silbernen Büchse eine Art Zwieback, die eigens für ihn da zu sein schien, zerbrach das Gebäck und tauchte es ärgerlich in den goldfarbenen Tee, den er wie seine Tochter ohne Sahne und Zucker trank.

Klaus Heinrich begann von neuem: »Ich sehe mit großer Spannung der Besichtigung Ihrer Sammlung entgegen, Herr Spoelmann.«

»Richtig«, antwortete Herr Spoelmann. »Wollen meine Gläser ansehen. Sind Liebhaber? Vielleicht auch Sammler?«

»Nein«, sagte Klaus Heinrich, »zum Sammeln bin ich bei aller Vorliebe noch nicht gekommen.«

»Keine Zeit?« fragte Herr Spoelmann... »Ist der Offiziersdienst so zeitraubend?«

Klaus Heinrich antwortete: »Ich tue nicht mehr Dienst, Herr Spoelmann. Ich bin à la suite meines Regiments gestellt. Ich trage die Uniform, das ist alles.«

»Ach so, zum Schein«, sagte Herr Spoelmann knarrend. »Was tun denn den ganzen Tag?«

Klaus Heinrich hatte aufgehört, Tee zu trinken, hatte alles von sich geschoben bei diesem Gespräch, das seine ganze Aufmerksamkeit erforderte. Aufrecht saß er da und verantwortete sich, während er fühlte, daß Imma Spoelmanns Blick groß, schwarz und forschend auf ihm ruhte.

»Ich habe Pflichten bei Hofe, bei den Festen und den Zeremonien. Ich habe auch auf militärischem Gebiet zu repräsentieren, bei Rekrutenvereidigungen und Fahnenweihen. Dann muß ich Empfänge abhalten, in Vertretung meines Bruders, des Großherzogs. Und dann gibt es kleine dienstliche Reisen, in die Ortschaften des Landes, zu Enthüllungen und Einweihungen und anderen öffentlichen Feierlichkeiten.«

»Ach so«, sagte Herr Spoelmann. »Zeremonien, Feierlichkeiten. So für die Gaffer. Na, dafür fehlt mir jedes Verständnis. Ich sage Ihnen once for all, daß ich nichts halte von Ihrem Beruf. That's my standpoint, sir.«

»Ich verstehe vollkommen«, sagte Klaus Heinrich. Er hielt sich aufrecht in seinem Majorsrock und lächelte schmerzlich.

»Nun, es will ja wohl auch das geübt sein«, fuhr Herr Spoelmann ein wenig sanfter fort, »geübt und gelernt, wie es scheint. Ich für meine Person werde meiner Lebtage nicht aufhören, mich zu ärgern, wenn ich das Wundertier abgeben muß...«

»Ich will hoffen«, sagte Klaus Heinrich, »daß unsere Bevölkerung es nicht an Rücksicht fehlen läßt...«

»Danke, es geht«, antwortete Herr Spoelmann. »Die Leute sind wenigstens gutmütig hier; es steht ihnen nicht gerade die Mordlust in den Augen geschrieben, wenn sie glotzen.«

»Überhaupt würde ich mich freuen, zu hören, Herr Spoelmann«, – und Klaus Heinrich fühlte sich besser, seit das Gespräch sich gewandt hatte und das Fragen an ihm war – »daß es Ihnen trotz den ungewohnten Verhältnissen dauernd bei uns gefällt.«

»Danke«, sagte Herr Spoelmann, »ich bin at ease. Und das Wasser ist ja nun mal das einzige, das mir ein bißchen hilft.«

»Es ist Ihnen nicht schwer geworden, Amerika zu verlassen?«

Ein Blick streifte Klaus Heinrich, ein rascher und mißtrauischer, ja scheuer Blick von unten, den Klaus Heinrich nicht zu deuten wußte.

»Nein«, sagte Herr Spoelmann, scharf und knarrend. Das war alles, was er auf die Frage antwortete, ob ihm der Abschied von Amerika nicht schwer geworden sei.

Eine Pause trat ein. Die Gräfin Löwenjoul hielt ihren kleinen, glatt gescheitelten Kopf zur Seite geneigt und lächelte abwesend und madonnenhaft. Fräulein Spoelmann betrachtete Klaus Heinrich unverwandt aus großen, schwarzglänzenden Augen, als prüfe sie die Wirkung, die ihres Vaters wunderliche Schroffheit auf den Gast hervorbringe, – ja, Klaus Heinrich hatte den Eindruck, daß sie mit Ruhe und Verständnis seines Aufbruchs und Abschiedes auf Nimmerwiederkehren gewärtig sei. Er begegnete ihrem Blick und blieb. Herr Spoelmann seinerseits zog eine goldene Dose hervor und entnahm ihr eine breite Zigarette, die, nachdem er sie angezündet, einen köstlichen Duft verbreitete.

»Mögen rauchen?« fragte er dann... Und da Klaus Heinrich fand, daß es nicht mehr darauf ankomme, so bediente auch er sich, nach Herrn Spoelmann, aus der dargebotenen Dose.

Es war dann, bevor man zur Besichtigung der Gläser schritt, noch von verschiedenen Gegenständen die Rede – hauptsächlich zwischen Klaus Heinrich und Fräulein Spoelmann, denn die Gräfin war mit ihren Gedanken nicht gegenwärtig, und Herr Spoelmann warf nur dann und wann ein knarrendes Wort dazwischen –: vom hiesigen Hoftheater, von dem großen Schiff, auf welchem Spoelmanns die Reise nach Europa zurückgelegt.

Nein, nicht ihre Yacht hatten sie dazu benutzt. Die hatte hauptsächlich dazu gedient, Herrn Spoelmann bei Sommershitze, wenn Imma und die Gräfin in Newport waren und ihn die Geschäfte an die Stadt fesselten, am Abend aufs Meer hinauszufahren, wo selbst er auf Deck die Nächte verbracht hatte. Jetzt lag sie wieder in Venedig. Aber über den Ozean hatte ein Riesendampfer sie gebracht, ein schwimmendes Hotel mit Konzertsälen und Sportplätzen. Fünf Stockwerke, sagte Fräulein Spoelmann, habe er gehabt. »Von unten an gerechnet?« fragte Klaus Heinrich. Und sie antwortete unverzüglich: »Allerdings. Von oben hatte er sechs.« Er ließ sich verwirren, verstand garnichts mehr und merkte lange nicht, daß er verspottet wurde. Dann suchte er, sich zu erklären, seine einfältige Frage zu rechtfertigen, darzutun, daß er gemeint habe, ob sie alles mitrechne, auch die Räume unter Wasser, sozusagen die Kellerräume, – kurz, zu beweisen, daß es ihm keineswegs an Scharfsinn fehle, und stimmte schließlich in die Heiterkeit ein, die das Ergebnis dieses Unternehmens war. Was das Hofschauspiel betraf, so fand Fräulein Spoelmann, indem sie die Lippen rümpfte und ihr Köpfchen hin und her wandte, daß der Vertreterin des naiven Faches eine Kur in Marienbad, verbunden mit einem Kursus im Tanz- und Anstandsunterricht nicht warm genug empfohlen werden könne, während dem Heldendarsteller zu bedeuten sei, daß man sich eines Organs von dem Wohllaut des seinen selbst im Privatleben nur mit äußerster Zurückhaltung bedienen sollte... unbeschadet ihrer, des Fräuleins Spoelmann hoher Achtung vor dem in Rede stehenden Kunstinstitut.

Klaus Heinrich lachte und staunte, ein kleines Weh im Herzen über so viel Behendigkeit. Wie gut sie sprach, wie scharf und blinkend sie die Worte fügte! Man plauderte auch von Stücken, von Opern und Schauspielen, die diesen Winter in Szene gegangen, und Imma Spoelmann widersprach dem Urteil Klaus Heinrichs, widersprach ihm auf jeden Fall, gerade als schiene es ihr schimpflich, nicht zu widersprechen, setzte ihn matt im Handumdrehen mit der lustigen Übermacht ihrer Zunge, und ihre großen schwarzen Augen in dem perlblassen Gesichtchen schimmerten vor Freude am guten Wort, während Herr Spoelmann, schräg zurückgelehnt, die breite Zigarette zwischen den rasierten Lippen und blinzelnd vor ihrem Rauch, seine Tochter mit zärtlichem Wohlgefallen betrachtete.

Mehr als einmal empfand Klaus Heinrich in seinem Gesicht die kleine schmerzliche Verzerrung, die er damals in dem der guten Schwester Oberin gesehen, und dennoch glaubte er deutlich zu erkennen, daß es nicht Imma Spoelmanns Meinung war, zu verletzen, daß sie den andern nicht als gedemütigt betrachtete, wenn er ihr nicht Widerpart zu halten vermochte, daß sie vielmehr seine armen Antworten gelten ließ, als sei sie der Ansicht, daß er die Wehr des Witzes nicht nötig habe, – nur sie. Aber wie das und warum? Er mußte an Überbein denken, bei manchen von ihren Scharfzüngigkeiten, an den wortgewandt rodomontierenden Doktor Überbein, der ein Malheur von Geburt war und unter Bedingungen aufgewachsen, die er die guten nannte. Eine elende Jugend, Einsamkeit und Ausgeschlossenheit vom Glücke, von der Bummelei des Glücks, – man setzte kein Fett an dabei, man kannte kein Behagen und sah sich scharf und klar auf seine Fähigkeiten angewiesen, was sicher ein Vorteil vor denen war, die »es nicht nötig hatten«. Aber Imma Spoelmann saß weich in ihrem rotgoldenen Kleide am Tische im Saal, in lässiger Haltung, mit launisch verwöhnten Mienen, saß in üppiger Sicherheit, während ihre Rede scharf ging wie dort, wo es gilt, wo Helligkeit, Härte und wachsamer Witz zum Leben geboten sind. Warum doch? Klaus Heinrich bemühte sich innig, das zu ergründen, während man über Ozeandampfer und Theaterstücke sprach. Aufrecht, in unbedingt beherrschter Haltung und ohne sich bequeme Abspannung zu erlauben, saß er am Tisch, indem er seine linke Hand verbarg, und manchmal traf ihn ein schief gehässiger Blick aus den Augen der Gräfin Löwenjoul.

Ein Diener erschien und überreichte Herrn Spoelmann auf silberner Platte ein Telegramm. Herr Spoelmann riß es ärgerlich auf, durchlas es blinzelnd, den Rest einer Zigarette im Mundwinkel, und warf es auf die Platte zurück mit der kurzen Anordnung: »Mister Phlebs.« Hierauf zündete er sich verdrießlich eine neue Zigarette an. Fräulein Spoelmann sagte: »Das ist, trotz gemessener ärztlicher Vorschrift, die fünfte Zigarette, die du heute nachmittag rauchst. Ich verhehle dir nicht, daß die zügellose Leidenschaft, mit der du dich dem Laster überläßt, deinen grauen Haaren nicht wohlansteht.«

Man sah, daß Herr Spoelmann zu lachen versuchte, und dann sah man, daß es ihm nicht gelang, daß er den starken und scharfen Klang der gehörten Worte nicht ertrug und das Blut ihm zu Kopfe fuhr.

»Schweig!« knarrte er bitterböse. »Du denkst immer, daß im Scherze alles zu sagen erlaubt ist. Aber ich verbitte mir deine Keckheiten, du Schwätzerin!«

Klaus Heinrich blickte erschüttert auf Imma, die groß und erschreckt in ihres Vaters jähzorniges Antlitz sah und dann traurig das dunkle Köpfchen senkte. Gewiß, sie hatte nichts Böses gemeint, hatte sich ergötzt an den düster großen und fremden Worten, die sie spöttisch handhabte, hatte Heiterkeit zu erregen erwartet und war nun zufällig so übel angelaufen. »Väterchen, aber kleines Väterchen!« sagte sie bittend, und ging hin, Herrn Spoelmann die hitzige Wange zu streicheln. »Ach was«, murrte er noch, »du bist auch nicht größer.« Aber dann ließ er sich schmeicheln, bot ihr die Glatze zum Kusse dar und gab sich zufrieden. Klaus Heinrich erinnerte an die Gläser, als der Friede hergestellt war, und so verließ man den Teetisch und begab sich hinüber in den anstoßenden Sammlungssaal, mit Ausnahme der Gräfin Löwenjoul, die sich mit tiefer Verbeugung zurückzog. Herr Spoelmann selbst ließ nebenan die elektrischen Kerzen der Lüster erglühen.

Schöne Schränke im Geschmacke des ganzen Schlosses, bauchig und mit gewölbten Glastüren, umstanden abwechselnd mit seidenen Prunkstühlen das ganze Gemach, und sie enthielten Herrn Spoelmanns Kunstgläser-Sammlung. Ja, das war offenbar die lückenloseste Sammlung beider Welten, und das Glas, das Klaus Heinrich erworben, war freilich nur ein bescheidenes Beispielchen daraus. Sie begann in einem Winkel des Saales mit den frühesten Luxuserzeugnissen des Gewerbezweiges, mit heidnisch bemalten Funden aus den Kulturen der Urzeit, setzte sich fort über die Kunstprodukte des Morgen- und Abendlandes und aller Zeitabschnitte, wies umkränzte, verschnörkelte und reichgestaltige Vasen und Kelche aus den Bläsereien Venedigs und kostbare Stücke aus böhmischen Hütten auf, deutsche Humpen, bilderreiche Zunft- und Kurfürstengläser, untermischt mit fratzenhaften Tiergestaltungen und Scherzgebilden, große Kristallpokale, die an das Glück von Edenhall im Liede erinnerten und in deren Schliffen das Licht sich prunkend brach, Rubingläser, die glühten gleich dem heiligen Gral, und edelste Beispiele endlich für den neuesten Aufschwung der Kunst, überzarte Glasblüten auf unendlich gebrechlichen Stielen und Ziergläser im modischen Formengeschmack, die mittelst des Dampfes verflüchtigter Edelmetalle mit schillerndem Farbenschmelz überzogen waren. Zu dritt und gefolgt von Perceval, der ebenfalls zuschaute, ging man langsam auf Teppichen um den Saal, und Herr Spoelmann erklärte mit knarrender Stimme die Herkunft einzelner Stücke, indem er sie mit seiner mageren, von der ungestärkten Manschette halbbedeckten Hand behutsam von den Sammetborden nahm und gegen das Glühlicht hielt.

Klaus Heinrich hatte Übung im Besichtigen, in Erkundigungen und höchst anerkennenden Äußerungen, und darum war er imstande, zu gleicher Zeit über Imma Spoelmanns Redeweise nachzudenken, ihre seltsame Redeweise, die ihn schmerzlich beschäftigte. Was sie nicht alles sagte mit ihren vorgeschobenen Lippen! Was für Worte sie leichthin im Munde führte! »Leidenschaft«, »Laster«, wie kam sie dazu, sie zu beherrschen und sich ihrer so keck zu bedienen? Hatte die Gräfin Löwenjoul, die auf verwirrte Art ebenfalls von solchen Dingen redete und offenbar schreckliche Einblicke getan hatte, sie nicht als vollkommen unwissend bezeichnet? Das war zweifellos zutreffend, denn war sie nicht ein Sonderfall von Geburt, wie er, aufgewachsen in Reinheit und Feinheit, ausgeschlossen von dem Treiben der Leute und unteilhaft der wilden Dinge, die im wirklichen Leben jenen düster großen Wörtern entsprachen? Aber der Wörter hatte sie sich bemächtigt und führte sie in geschliffener Rede daher, indem sie sich darüber lustig machte. Ja, so war es: dies scharfe und süße Geschöpf in seinem rotgoldenen Kleide, es lebte in Redensarten, es kannte vom Leben nicht mehr, als die Worte, es spielte mit den ernstesten und furchtbarsten wie mit bunten Steinen und begriff nicht, wenn es Ärgernis damit erregte! – Klaus Heinrichs Herz war voller Mitgefühl, während er dies bedachte.

Es war fast sieben Uhr, als er bat, nach seinem Wagen zu schikken, – etwas beunruhigt über sein langes Verweilen in Hinsicht auf den Hof und das Publikum. Sein Aufbruch rief einen neuen, furchtbaren Anfall Percevals, des Colliehundes, hervor. Jede Veränderung oder Unterbrechung eines Zustandes schien das edle Tier um sein seelisches Gleichgewicht zu bringen. Bebend, mit rasendem Gebell und jeder Beschwichtigung unzugänglich, stürmte er durch die Gemächer, die Vorhalle und die Treppe auf und nieder, so daß die Abschiedsworte im Lärm erstarben. Der Butler erwies dem Prinzen die Honneurs bis hinunter in den Flur mit den Götterbildern. Herr Spoelmann begleitete ihn keineswegs. Fräulein Spoelmann machte den Satz verständlich: »Ich halte mich versichert, daß der Aufenthalt im Schoße unserer Familie Sie mit Entzücken erfüllt hat, Prinz.« Und es war ungewiß, ob ihr Spott der Redensart »im Schoße unserer Familie« oder der Sache selber galt. Jedenfalls wußte Klaus Heinrich ihr fast nichts zu erwidern. In einen Winkel seines Coupees gelehnt, ein wenig wund und zerschlagen, aber auch erfrischt von der ungewohnten Behandlung, die ihm widerfahren, fuhr er heim, durch den dunklen Stadtgarten nach Eremitage, kehrte zurück in seine enthaltsamen Empire-Stuben, woselbst er mit den Herren von Schulenburg-Tressen und Braunbart-Schellendorf zu Abend speiste. Am folgenden Tag las er den Vermerk des »Eilboten«. Er lautete einfach dahin, daß gestern Seine Königliche Hoheit Prinz Klaus Heinrich auf Schloß Delphinenort den Tee genommen und die berühmte Kunstgläser-Sammlung des Herrn Spoelmann in Augenschein genommen habe.

Und Klaus Heinrich fuhr fort, sein unsachliches Leben zu führen und seinen hohen Beruf zu üben. Er sprach seine gnädigen Worte, vollführte seine Handbewegungen, repräsentierte bei

Hofe und auf dem Ballfest beim Konseilpräsidenten, erteilte Freiaudienzen, frühstückte in der Offiziersspeiseanstalt der Leibgrenadiere, zeigte sich im Hoftheater und schenkte dieser und jener Ortschaft des Landes seine festliche Anwesenheit. Lächelnd und mit geschlossenen Absätzen waltete er der Form und tat in unbedingt gefaßter Haltung seine schwierige Pflicht, obwohl er zu dieser Zeit über so manches nachzudenken hatte: über den hitzigen Herrn Spoelmann, die verwirrte Gräfin Löwenjoul, den tollen Percy und namentlich auch über Imma, die Tochter des Hauses. Manche Frage, die sein erster Besuch in »Delphinenort« ihm aufgegeben, war er jetzt noch nicht zu beantworten in der Lage, sondern erhielt die Lösung erst im weiteren Laufe des Verkehrs mit dem Hause Spoelmann, den er unter angespannter und schließlich fieberhafter Teilnahme der Öffentlichkeit aufrecht erhielt, und der seine nächste Fortsetzung damit fand, daß der Prinz eines Tages in aller Morgenfrühe zum Erstaunen der Herrschaft, der Dienerschaft und seiner selbst, ja, gewissermaßen willenlos und wie vom Schicksal ergriffen, allein und zu Pferd auf »Delphinenort« erschien, um das Fräulein, das er obendrein in seinen mathematischen Studien störte, zu einem Spazierritt abzuholen.

Die Macht des Winters war früh gebrochen in diesem auf immer denkwürdigen Jahr. Nachdem der Januar mild vergangen, setzte schon Mitte Februar mit Vogelsang, Sonnengold und süßen Lüften ein Vorfrühling ein, und als Klaus Heinrich am Morgen des ersten von diesen hoffnungsvollen Tagen auf Schloß Eremitage in seinem alten und geräumigen Mahagonibett erwachte, von dessen einem Pfosten die kugelförmige Bekrönung abgebrochen und verlorengegangen war, fühlte er sich wie von starker Hand berührt und unwiderstehlich zu frischen Taten aufgefordert.

Er zog die Klingel nach Neumann (denn es gab nur Klingelzüge auf Eremitage) und erteilte Weisung, daß binnen einer Stunde Florian gesattelt sein möge. Ob auch für den Lakaien ein Pferd bereitgemacht werden solle. Nein, nicht nötig; Klaus Heinrich erklärte, allein reiten zu wollen. Dann gab er sich zur morgendlichen Herstellung in Neumanns gewissenhafte Hände, frühstückte drunten im Gartenzimmer mit Ungeduld und stieg am Fuße der kleinen Terrasse zu Pferde. Die gespornten Reitstiefel in den Steigbügeln, in der braun behandschuhten Rechten die gelbledernen Zügel und die Linke unter dem offenen Mantel in die Hüfte gestemmt, ritt er im Schritt durch den zarten Morgen, indem er über sich im noch nackten Gezweig die Vögel suchte, deren Zwitschern er hörte. Er ritt durch den öffentlichen Teil seines Parks, durch den Stadtgarten und den Grund von »Delphinenort«. Halb zehn Uhr kam er an. Die Überraschung war groß.

Am Hauptportal übergab er Florian einem englischen Stallknecht. Der Butler, der in Hausstandsgeschäften quer durch die Halle mit dem Mosaikfußboden kam, stand still und entgeistert, als er Klaus Heinrich gewahrte. Auf die Frage, die der Prinz mit heller und gleichsam übermütiger Stimme nach den Damen tat, antwortete er überhaupt nicht, sondern wandte sich ratlos der Marmortreppe zu, blickte stumm von Klaus Heinrich hinauf zu ihrer Höhe; denn dort stand Herr Spoelmann.

Wie es schien, so hatte er kürzlich sein Frühstück beendet und befand sich in behaglicher Laune. Er hielt die Hände in die Hosentaschen versenkt, wobei er den Hausflaus, den er trug, von der Sammetweste zurückraffte, und der bläuliche Rauch der Zigarette zwischen seinen Lippen machte ihn blinzeln. »Na, junger Prinz?« sagte er und schaute hinunter...

Klaus Heinrich eilte salutierend auf dem roten Läufer die Stufen hinan. Ihm war, als ob nur durch Schnelligkeit und sozusagen im Sturm das Ungeheuerliche der Lage zu bewältigen sei.

»Sie werden erstaunt sein, Herr Spoelmann«, sagte er, – »zu dieser Stunde...« Er war außer Atem und erschrak sehr darüber: so wenig war er dieses Zustandes gewohnt.

Herr Spoelmann antwortete ihm durch Miene und Schultergebärde, daß er sich zu fassen wisse, immerhin aber auf eine Erklärung begierig sei.

»Es handelt sich um eine Verabredung...« sagte Klaus Heinrich. Er stand zwei Stufen unter dem Milliardär und sprach zu ihm hinauf. »Eine Verabredung zum Spazierritt zwischen Fräulein Imma und mir... Ich habe versprochen, den Damen die Fasanerie oder den Hofjäger zu zeigen... Fräulein Imma kennt fast nichts von der Umgegend, wie sie mir gesagt hat. Am ersten schönen Tage war vereinbart... Nun ist es so schön heute... Es ist natürlich Ihre Zustimmung erforderlich...«

Herr Spoelmann hob die Schultern und machte einen Mund dazu, als wollte er sagen: »Zustimmung – wieso?«

»Meine Tochter ist erwachsen«, sagte er. »Ich pflege ihr nicht dreinzureden. Reitet sie, so reitet sie. Aber ich glaube, sie hat keine Zeit. Müssen sich selbst erkundigen. Da drinnen sitzt sie.« Und Herr Spoelmann wies, indem er beiseite trat, mit dem Kinn nach der Teppichtür, durch die Klaus Heinrich schon einmal geschritten war.

»Danke!« sagte Klaus Heinrich. »Ja, dann gehe ich selbst.« Und er erstieg vollends die Treppe, schlug mit entschlossener Bewegung den gewirkten Vorhang auseinander und stieg die Stufen hinab in den durchsonnten, von Pflanzenduft erfüllten Wintergarten.

Vor dem rieselnden Brunnen und dem Wasserbecken mit den künstlich gefiederten Enten saß Imma Spoelmann, indem sie dem Eintretenden fast völlig den Rücken zuwandte, über ein Tischchen gebeugt. Ihr Haar war aufgelöst. Blauschwarz und glänzend floß es zu beiden Seiten von ihrem Scheitel hinab, verhüllte ihren Oberkörper und ließ nichts erkennen, als einen Schatten von dem stumpfen und kindlichen Viertelsprofil ihres Gesichtchens, das bleich wie Elfenbein gegen die Finsternis des Haares erschien. So eingehüllt gab sie sich ihren Studien hin, bearbeitete die Aufzeichnungen eines neben ihr liegenden Kollegheftes, indem sie die Lippen auf den schmalen Rücken ihrer Linken gesenkt hielt und mit durchgedrücktem Zeigefinger den Füllfederhalter führte.

Auch die Gräfin war anwesend, ebenfalls mit Schreiben beschäftigt. Sie saß in einiger Entfernung unter der Palmengruppe, wo Klaus Heinrich zuerst mit ihr geplaudert, und schrieb aufrecht, mit zur Seite geneigtem Kopfe, auf Briefbogen, von denen ein Häuflein, dicht bekritzelt, neben ihr lag. Das Klirren von Klaus Heinrichs Sporen ließ sie aufsehen. Sie blickte ihn zwei Sekunden lang, den langen, spindelförmigen Federhalter in der Hand, mit gekniffenen Augen an; dann erhob sie sich zur Verbeugung. »Imma«, sagte sie. »Seine Königliche Hoheit Prinz Klaus Heinrich ist da.«

Fräulein Spoelmann wandte sich rasch auf ihrem Korbsessel, schüttelte ihr Haar zurück und sah den Eindringling mit großen, erschrockenen Augen an, ohne zu sprechen, bis Klaus Heinrich mit militärischem Gruß den Damen einen Guten Morgen geboten hatte. Dann sagte sie mit ihrer gebrochenen Stimme: »Auch Ihnen Guten Morgen, Prinz. Sie kommen aber zu spät zum ersten Frühstück. Wir sind längst fertig.«

Klaus Heinrich lachte.

»Nun, es ist gut«, sagte er, »daß beide Teile gefrühstückt haben. Denn so können wir ja ungesäumt reiten.«

»Reiten?«

»Ja, unserer Verabredung gemäß.«

»Unserer Verabredung?«

»Nein, Sie dürfen das nicht vergessen haben!« sagte er bittend. »Habe ich nicht versprochen, Ihnen die Umgegend zu zeigen? Wollten wir nicht zusammen reiten, bei schönem Wetter? Nun, der Tag ist herrlich. Sehen Sie hinaus...«

»Der Tag ist nicht übel«, sagte sie, »aber Sie finde ich stürmisch, Prinz. Ich kann mich erinnern, daß etwas von Reiten in Aussicht genommen wurde, – aber doch nicht in so nahe? Wie wäre es denn wenigstens mit einer kleinen Benachrichtigung, einer Anfrage gewesen, wenn Euere Hoheit das Wort genehmigen? Sie werden mir einräumen, daß ich so nicht wohl in die Umgegend reiten kann.«

Und sie stand auf, um ihr Morgenkleid zu zeigen, das aus einem taillenlosen Fluß von schillernder Seide und einem offenen, grünsamtenen Jäckchen bestand.

»Nein«, sagte er, »leider, das können Sie leider nicht. Aber ich warte hier, während die Damen sich umkleiden. Es ist ja früh...«

»Ausnehmend früh. Aber zweitens ging ich eben ein wenig meiner harmlosen Beschäftigung nach, wie Sie sahen. Ich habe um elf Uhr Kolleg.«

»Nein«, rief er, »heute dürfen Sie keine Algebra treiben, Fräulein Imma, oder im luftleeren Raume spielen, wie Sie es nennen! Sehen Sie doch die Sonne!... Darf ich...?« Und er trat zum Tischchen und nahm das Kollegheft zur Hand.

Was er sah, war sinnverwirrend. In einer krausen, kindlich dick aufgetragenen Schrift, die Imma Spoelmanns besondere Federhaltung erkennen ließ, bedeckte ein phantastischer Hokuspokus, ein Hexensabbat verschränkter Runen die Seiten. Griechische Schriftzeichen waren mit lateinischen und mit Ziffern in verschiedener Höhe verkoppelt, mit Kreuzen und Strichen durchsetzt, ober- und unterhalb waagrechter Linien bruchartig aufgereiht, durch andere Linien zeltartig überdacht, durch Doppelstrichelchen gleichgewertet, durch runde Klammern zusammengefaßt, durch eckige Klammern zu großen Formelmassen vereinigt. Einzelne Buchstaben, wie Schildwachen vorgeschoben, waren rechts oberhalb der umklammerten Gruppen ausgesetzt. Kabbalistische Male, vollständig unverständlich dem Laiensinn, umfaßten mit ihren Armen Buchstaben und Zahlen, während Zahlenbrüche ihnen voranstanden und Zahlen und Buchstaben ihnen zu Häuptern und Füßen schwebten. Sonderbare Silben, Abkürzungen geheimnisvoller Worte waren überall eingestreut, und zwischen den nekromantischen Kolonnen standen geschriebene Sätze und Bemerkungen in täglicher Sprache, deren Sinn gleichwohl so hoch über allen menschlichen Dingen war, daß man sie lesen konnte, ohne mehr davon zu verstehen, als von einem Zaubergemurmel.

Klaus Heinrich sah auf zu der kleinen Gestalt, die in schillerndem Kleide, behangen von den schwarzen Gardinen ihres Haares, neben ihm stand und in deren fremdartigem Köpfchen dies alles Sinn und hohes, spielendes Leben hatte. Er sagte: »Und über diesen gottlosen Künsten wollen Sie den schönen Vormittag versäumen?«

Sie blickte ihn eine Weile befremdet, mit großen, redenden

Augen an. Dann erwiderte sie mit vorgeschobenen Lippen: »Es scheint, daß Euere Hoheit sich schadlos halten will für den Mangel an Verständnis, der hier neulich in Hinsicht auf Ihren eigenen Beruf zum Ausdruck kam.«

»Nein«, sagte er, »nein, nicht so! Ich gebe Ihnen mein Wort, daß ich Ihrem Studium die höchste Ehrfurcht entgegenbringe. Es ängstigt mich, das gebe ich zu, ich habe niemals etwas davon begriffen. Und auch das gebe ich zu, daß ich es heute ein wenig verabscheue, weil es uns soll hindern dürfen, zu reiten...«

»O, ich bin es nicht allein, die Sie aus ihrer Tätigkeit reißen, Prinz! Da ist drittens die Gräfin. Sie schrieb. Sie zeichnet ihre Lebenserinnerungen auf, nicht für die Welt, aber für den engeren Gebrauch, und ich will mich verbürgen, daß ein Werk daraus wird, woraus sowohl Sie, Prinz, wie ich, viel Neues werden lernen können.«

»Ich bin dessen ganz sicher. Aber ebenso sicher bin ich, daß die Frau Gräfin nicht fähig ist, Ihnen, Fräulein Imma, eine Bitte abzuschlagen.«

»Und mein Vater? Wir sind beim vierten Bedenken. Sie kennen den Tigersinn meines Vaters. Wird er seine Einwilligung geben?«

»Er hat sie gegeben. Reiten Sie, so reiten Sie. Das sind seine Worte...«

»Sie haben sich seiner im voraus versichert? Nun fange ich an, Ihre Umsicht zu bewundern, Prinz. Sie sind wie ein Feldherr vorgegangen, obgleich Sie nicht wirklich Soldat sind, sondern nur zum Schein, wie Sie uns neulich erzählten. Aber es ist noch ein fünfter Gegengrund da, und der ist ausschlaggebend. Es wird regnen.«

»Nein, das ist hinfällig, was Sie da sagen. Der Himmel strahlt...«

»Es wird regnen. Die Luft ist viel zu weich. Ich habe es festgestellt, als wir vorm Frühstück im Quellengarten waren. Kommen Sie zum Barometer, wenn Sie mir nicht glauben. In der Halle hängt er...«

Wirklich traten sie hinaus in die Teppichhalle, wo neben dem

Marmorkamin ein großes Wetterglas hing. Auch die Gräfin schloß sich an. Klaus Heinrich sagte: »Er ist gestiegen.«

»Euere Hoheit belieben sich zu irren«, antwortete Fräulein Spoelmann. »Die Parallaxe täuscht Sie.«

»Das verstehe ich nicht.«

»Die Parallaxe führt Sie irre.«

»Ich weiß nicht, was das ist, Fräulein Imma. Es ist wie mit den Adirondacks. Ich habe nicht viel gelernt, das hängt mit meiner Art von Dasein zusammen. Sie müssen Nachsicht haben.«

»O, ich bitte um gnädigste Entschuldigung. Ich hätte mich erinnern müssen, daß man volkstümlich mit Euerer Hoheit zu reden hat. Sie stehen schief vor dem Zeiger, darum scheint er Ihnen gestiegen. Wenn Sie sich entschließen würden, genau davor zu treten, so würden Sie sehen, daß der schwarze keineswegs über den goldenen hinausgegangen, sondern sogar ein bißchen zurückgewichen ist.«

»Ich glaube wahrhaftig, Sie haben recht«, sagte Klaus Heinrich betrübt. »Und also ist der Luftdruck doch höher, als ich dachte!«

»Er ist niedriger, als Sie dachten.«

»Wenn das Quecksilber gefallen ist?«

»Das Quecksilber fällt bei niedrigem Druck und nicht bei hohem, Königliche Hoheit.«

»Nun verstehe ich gar nichts mehr.«

»Ich glaube, Prinz, Sie übertreiben Ihre Unwissenheit in scherzhafter Weise, um die Grenzen derselben zu verwischen. Aber da der Luftdruck so hoch ist, daß das Quecksilber fällt, was freilich auf eine schwere Verirrung der Natur deutet, so wollen wir denn reiten, Gräfin, – was meinen Sie? Ich will es nicht verantworten, den Prinzen wieder heimzuschicken, da er einmal gekommen ist. Er möge sich da drinnen gedulden, bis wir fertig sind...«

Als Imma Spoelmann und die Gräfin in den Wintergarten zurückkehrten, waren sie zum Reiten gekleidet, Imma in ein geschlossenes schwarzes Wollkleid mit Brusttaschen und einem Dreispitz aus schwarzem Filz dazu, die Gräfin in schwarzes Tuch mit einem gestärkten Herren-Vorhemd und hohem Hut. Sie gingen miteinander die Treppe hinunter, durch die Mosaikhalle und traten ins Freie hinaus, wo zwischen dem Säulenportal und dem großen Bassin zwei Stallknechte mit den Pferden warteten. Sie saßen aber noch nicht im Sattel, als mit einem hohen und jaulenden Geheul, das der Ausdruck seiner äußersten Leidenschaft war, Perceval, der Colliehund, geifernd und an wütender Schnellkraft einer Windsbraut gleich, aus dem Schlosse brauste und um die Pferde, die unruhig die Köpfe warfen, einen tobenden Drehtanz zu vollführen begann.

»Da haben wir's«, sagte Imma im Lärm und klopfte der scheuenden Fatme den Hals. »Es war ihm nicht zu verheimlichen. Im letzten Augenblick hat er alles entdeckt. Nun kommt er mit und zwar nicht ohne Aufhebens von der Sache zu machen. Stehen wir ab von unserem Beginnen, Prinz?«

Aber obgleich Klaus Heinrich verstand, daß man ebensogut den Bedienten mit der silbernen Drommete sich hätte können voranreiten lassen, damit er durch sein Getön die Teilnahme der Öffentlichkeit an diesem Ausritt erzwinge, so sagte er doch trotzig und froh, daß Perceval nur mitkommen möge; er gehöre dazu und müsse auch seinerseits die Umgegend kennen lernen.

»Wohin nun also?« fragte Imma, als es im Schritt durch die breite Kastanien-Zufahrt ging. Sie ritt zwischen Klaus Heinrich und der Gräfin. Perceval lärmte voran. Der englische Reitknecht, mit Rosettenhut und gelben Stulpen, folgte in gemessener Entfernung.

»Der Hofjäger ist hübsch«, antwortete Klaus Heinrich, »aber zur Fasanerie ist es ein bißchen weiter, und wir haben ja Zeit bis zum Frühstück. Ich würde den Damen das Schloß gern zeigen. Ich habe da als Knabe drei Jahre verlebt. Es war ein Konvikt, wissen Sie, mit Lehrern und Mitschülern. Ich habe dort meinen Freund Überbein kennen gelernt, Doktor Überbein, meinen liebsten Lehrer.«

»Sie haben einen Freund?« fragte Fräulein Spoelmann gewissermaßen erstaunt und sah ihn an. »Von dem müssen Sie mir einmal erzählen«, fügte sie hinzu. »Und auf Schloß Fasanerie sind Sie erzogen worden? Dann müssen wir es sehen, denn das ist offenbar auch Ihre Überzeugung. Trab!« sagte sie, da man in einen erdigen Reitweg eingelenkt war. »Da liegt Ihre Einsiedelei, mein Prinz... Entenfutter ist auf Ihrem Teich in hinlänglichen Mengen vorhanden... Ich denke, wir lassen den Quellengarten hübsch seitwärts liegen, wenn es sich machen läßt.«

Klaus Heinrich war es zufrieden, und so verließen sie die Parkgegend und trabten querfeldein, um die Landstraße zu gewinnen, die in nordwestlicher Richtung zu dem gesetzten Ziele führte. Im Stadtgarten waren sie von einigen Spaziergängern begrüßt und bestaunt worden, wofür Klaus Heinrich, die Hand am Mützenschirme, Imma Spoelmann mit ernsthaften und ein wenig befangenen Neigungen ihres schwarzbleichen Köpfchens im Dreispitz gedankt hatte. Nun waren sie im Freien und brauchten keiner Begegnungen mehr gewärtig zu sein. Auf der Chaussee zog dann und wann ein bäuerliches Fuhrwerk dahin oder ein Radfahrer arbeitete sich gebückt des Weges. Aber sie hielten sich zu seiten der Straße im Wiesengelände, wo es sich sanfter und freier ritt. Perceval tänzelte rückwärts vor den Pferden her, beständig in Unrast und fiebriger Erwartung, beständig in drehender, trippelnder, wedelnder Bewegung, – sein Atem flog, seine Zunge hing lang aus dem geifernden Rachen, und manchmal löste die unvernünftige Qual seiner Nerven sich in kurzen, seufzerartigen Schreien. Später toste er im Weiten, verfolgte mit aufgerichteten Ohren, in hohen und kurzen Sprüngen irgendein Lebewesen am Boden und setzte in wilder Jagd einem flüchtigen Hasen nach, während sein ausgelassenes Gebell unter dem offenen Himmel verhallte.

Man sprach von Fatme, die Klaus Heinrich zum erstenmal aus solcher Nähe sah und herzlich bewunderte. Auf ihrem langen, muskulösen Hals trug Fatme hoffärtig nickend einen kleinen Kopf mit feurig schielenden Augen; sie hatte die zierlichen Beine des arabischen Typs und einen wallenden Silberschweif. Weiß wie der Mondstrahl, war sie weiß gesattelt und gegürtet und mit weißem Leder gezäumt. Florian, ein etwas schläfriger Brauner mit kurzem Rücken, gestutzter Mähne und gelben Fesselbinden, erschien hausbacken wie ein Esel neben der vornehmen Fremden, obgleich er sorgfältig gehalten war. Die Gräfin Löwenjoul ritt eine große Falbe namens Isabeau. Sie saß vortrefflich zu Pferde, unterstützt von ihrer hohen und straffen Gestalt; aber ihren kleinen Kopf im Herrenhut hielt sie zur Seite geneigt und ihre Lider waren zwinkernd zusammengezogen. Klaus Heinrich richtete hinter Fräulein Spoelmanns Rücken das Wort an sie, indem er sich im Sattel rückwärts bog; aber sie antwortete nicht, fuhr vielmehr fort, mit halb geschlossenen Augen und einem madonnenhaften Ausdruck kurz vor sich hinzublikken, und Imma sagte: »Lassen wir die Gräfin, Prinz, sie ist zerstreut.«

»Ich will nicht hoffen«, sagte er, »daß die Frau Gräfin sich uns widerwillig angeschlossen hat.« Und er war aufrichtig bestürzt, als Imma Spoelmann gelassen antwortete: »Die Wahrheit zu sagen, das könnte sein.«

»Ihrer Aufzeichnungen wegen?« fragte er.

»Ach, die Aufzeichnungen. Die sind so dringlich nicht und mehr ein Zeitvertreib, – obgleich ich mir unter der Hand manches Lehrreiche davon verspreche. Aber ich will Ihnen nicht verschweigen, Prinz, daß die Gräfin nicht sonderlich gut auf Sie zu sprechen ist. Sie hat sich mir gegenüber in diesem Sinne geäußert. Sie seien hart und streng, sagte sie, und hätten erkältend auf sie gewirkt.«

Klaus Heinrich war errötet.

»Ich weiß wohl«, sagte er leise, indem er auf seine Zügel niederblickte, »daß ich nicht erwärmend wirke, Fräulein Imma, oder doch höchstens von weitem... Auch das hängt mit meiner Art von Dasein zusammen, wie ich sagte. Aber ich bin mir nicht bewußt, gegen die Gräfin hart und streng gewesen zu sein.«

»Nicht mit Worten wahrscheinlich«, erwiderte sie. »Aber Sie haben ihr nicht erlaubt, sich ein bißchen gehen zu lassen, haben ihr nicht die Wohltat gegönnt, ein wenig zu schwatzen, – darum ist sie Ihnen gram, – und ich weiß auch wohl, wie Sie das gemacht haben, wie Sie es der Armen schwer gemacht und sie erkältet haben, – sehr wohl«, wiederholte sie und wandte sich ab.

Klaus Heinrich schwieg. Er hielt seine linke Hand in die Hüfte gestemmt, und seine Augen waren müde.

»Sie wissen es?« sagte er dann. »Und also wirke ich wohl auch auf Sie erkältend, Fräulein Imma?«

»Ich ermahne Sie«, antwortete sie, ohne sich zu besinnen, mit ihrer gebrochenen Stimme und wandte mit vorgeschobenen Lippen ihr Köpfchen hin und her, »die Wirkung, die Sie auf mich ausüben, auf keine Weise zu überschätzen, Prinz.« Und plötzlich ließ sie Fatme zum Galopp ansetzen und flog in solcher Geschwindigkeit über das Blachfeld dahin und der dunklen Masse des fernen Kiefernwaldes entgegen, daß weder die Gräfin noch Klaus Heinrich sich bei ihr zu halten vermochten. Erst am Rande des Gehölzes, durch welches auch die Landstraße lief, machte sie Halt und wandte ihr Tier, um den Nachsetzenden mit spöttischer Miene entgegenzusehen.

Gräfin Löwenjoul auf der großen Isabeau war die Erste, die sich zu der Flüchtigen fand. Dann kam Florian, schnaubend und tief verdutzt über die ungewohnte Zumutung. Man lachte und atmete rasch, während man in den hallenden Wald hineinritt. Die Gräfin war wach geworden und plauderte lebhaft, mit frischen, vornehmen Bewegungen und ihre weißen Zähne zeigend. Scherzend redete sie auf Perceval hinab, dessen Inneres durch den Gewaltritt aufs neue zerrissen war und der sich wütend vor den Pferden zwischen den Stämmen drehte.

»Königliche Hoheit«, sagte sie, »sollten ihn springen sehen … voltigieren … Er nimmt Gräben und Bäche von sechs Meter Breite und zwar mit einer Schönheit und Leichtigkeit, daß es entzückend ist. Aber nur eigenwillig, wohlgemerkt, und aus freien Stücken, denn eher, glaube ich, ließe er sich totschlagen, als daß er sich irgendwelcher Dressur unterzöge und befohlene Kunststücke ausführte. Er hat, möchte ich sagen, die Dressur und Zucht in sich selbst, von Geburt und wenn er ungebärdig ist, so ist er doch niemals roh. Das ist ein Freiherr, ein Edelmann, wohlgeboren und vom strengsten Charakter. O, er ist stolz, er scheint wohl toll, aber er weiß sich zu beherrschen. Niemand hat ihn im Schmerze je schreien hören, sei es bei Verletzungen oder bei Züchtigungen. Auch nimmt er nur Nahrung, wenn er Hunger hat, und verschmäht im anderen Falle die leckersten Bissen. Morgens erhält er Rahm... man muß ihn nähren. Er verzehrt sich von innen, er ist mager unter seinem seidenen Fell, daß man alle Rippen fühlt, und man muß leider gewärtigen, daß er nicht alt werden, sondern frühzeitig der Schwindsucht zum Opfer fallen wird... Das Gesindel verfolgt ihn, es drängt sich an ihn und hat es auf ihn abgesehen auf allen Gassen; aber wild und ohne sich gemein zu machen entspringt er, und nur wenn man zu Feindseligkeiten übergeht, so teilt er mit seinen prächtigen Zähnen Bisse aus, an die der Pöbel sich erinnern mag. Soviel Ritterlichkeit im Bunde mit soviel Reinheit ist liebenswert.«

Imma stimmte dem zu mit Worten, die das Wirklichste und zweifellos Ernsteste waren, was Klaus Heinrich bisher aus ihrem Munde vernommen.

»Ja«, sagte sie, »Percy, du bist mein guter Freund, ich werde immer zu dir halten. Jemand, ein Kundiger, hat ihn für geisteskrank erklärt, das komme bei edlen Hunden nicht selten vor, und hat uns geraten, ihn töten zu lassen, weil er unmöglich sei und uns jeden Tag zur Verzweiflung bringen werde. Aber ich lasse mir meinen Percy nicht nehmen. Er ist unmöglich, ja, und manches Mal schwer zu ertragen; aber bei alledem ist er rührend und brav und hat meine volle Zuneigung.«

Hierauf sprach auch die Gräfin noch dies und das über des Collies Natur, aber es wurde bald wirr und sonderbar, was sie sagte, ging in ein Selbstgespräch mit lebhaftem und elegantem Gestenspiel über; und nachdem sie zuletzt einen gekniffenen Blick zu Klaus Heinrich hinübergesandt, verfiel sie aufs neue in Abwesenheit.

Klaus Heinrich fühlte sich froh und getröstet, sei es durch den scharfen Ritt – bei dem er sich übrigens weidlich hatte zusammennehmen müssen, da er zwar gut und ansprechend zu Pferde saß, aber eigentlich, schon seiner linken Hand wegen, kein sehr sicherer Reiter war –, sei es aus anderem Grunde. Als sie das Nadelgehölz verlassen hatten und auf der stillen Landstraße zwischen Wiesen und gefurchten Äckern hin und dann und wann an einem Bauerngehöft, einer ländlichen Wirtschaft vorüber, im Schritt der nächsten Waldung entgegenritten, fragte er gedämpft: »Wollen Sie nicht Ihr Versprechen einlösen und mir von der Gräfin erzählen, Fräulein Imma? Wie ist sie Ihre Gesellschaftsdame geworden?«

»Sie ist meine Freundin«, antwortete sie, »und in gewisser Weise auch meine Lehrerin, obgleich sie erst zu uns kam, als ich schon erwachsen war. Das war vor drei Jahren, in Neuyork, und die Gräfin war damals in schrecklicher Lebenslage. Sie war am Verhungern«, sagte Imma Spoelmann, und indem sie es sagte, richtete sie ihre großen, schwarzen Augen mit einem forschenden und entsetzten Ausdruck auf Klaus Heinrich.

»Wirklich am Verhungern?« fragte er und erwiderte ihren Blick... »Bitte, erzählen Sie weiter!«

»Ja, das sagte ich auch, damals, als sie zu uns kam, und obgleich ich natürlich wohl sah, daß ihr Verstand nicht in Ordnung war, so machte sie doch so großen Eindruck auf mich, daß ich meinen Vater veranlaßte, sie mir zur Gesellschaft zu geben.«

»Wie kam sie nach Amerika? – Ist sie Gräfin von Geburt?« fragte Klaus Heinrich...

»Nicht Gräfin, aber von Adel und in guten und sanften Verhältnissen aufgewachsen, behütet und geschützt vor allen Winden, wie sie mir erzählte, schon weil sie von Kind auf innerlich zart und verletzlich und schonungsbedürftig gewesen sei. Aber dann ging sie ihre Ehe ein mit dem Grafen Löwenjoul, Offizier, Reiterhauptmann, – und das war ein etwas eigenartiger Aristokrat, ihren Erzählungen nach, – nicht ganz mustergültig, um mich gelinde auszudrücken.«

»Wie mag er gewesen sein...« fragte Klaus Heinrich.

»Ja, Prinz, genau kann ich es Ihnen nicht sagen. Sie müssen in Erwägung ziehen, daß die Gräfin eine etwas dunkle Art zu erzählen hat. Aber ihren Andeutungen nach zu urteilen, muß er ein so wilder und schamloser Mensch gewesen sein, wie man es sich nur schwerlich vorzustellen vermag, so ein Wüstling, wissen Sie...«

»Ja, ich weiß«, sagte Klaus Heinrich; »was man einen Bruder Liederlich nennt, einen lockeren Zeisig oder Lebemann, von dieser Art.«

»Gut, sagen wir Lebemann, – aber in der ausschweifendsten und grenzenlosesten Bedeutung, denn nach den Andeutungen der Gräfin zu schließen, gibt es überhaupt keine Grenzen in dieser Richtung...«

»Nein, den Eindruck habe ich auch«, sagte Klaus Heinrich. »Ich habe mehrere Leute dieses Schlages gekannt, – verfluchte Kerle, wie man wohl sagt. Von einem ist mir zu Ohren gekommen, daß er in seinem Automobil, und zwar in voller Fahrt, Liebesverhältnisse anzuknüpfen pflegt.«

»Haben Sie das von Ihrem Freunde Überbein?«

»Nein, von anderer Seite. Überbein würde es nicht für passend halten, mich solche Einblicke tun zu lassen.«

»Dann muß er ein unnützer Freund sein, Prinz.«

»Wenn ich Ihnen mehr von ihm erzähle, Fräulein Imma, so werden Sie ihn schätzen lernen. Aber bitte, fahren Sie fort!«

»Nun, ich weiß nicht, ob Löwenjoul es machte wie Ihr Lebemann. Jedenfalls trieb er es arg...«

»Ich kann mir denken, daß er spielte und trank.«

»Allerdings, das ist anzunehmen. Und außerdem knüpfte er natürlich auch Liebesverhältnisse an, wie Sie sagen, betrog die Gräfin mit lasterhaften Weibern, von denen es überall sehr viele gibt, – anfangs hinter ihrem Rücken und dann nicht einmal mehr hinter ihrem Rücken, sondern frech und offen und ohne Mitleid mit ihrem Kummer.«

»Sagen Sie mir aber: warum war sie die Ehe mit ihm eingegangen?«

»Das hatte sie gegen den Willen ihrer Eltern getan, weil sie verliebt in ihn war, wie sie mir sagte. Denn erstens war er ein schöner Mann, als sie ihn kennen lernte, – später verkam er auch äußerlich. Aber zweitens ging ihm der Ruf eines Lebemannes voraus, und das muß, ihren Äußerungen nach, eine gewisse, unwiderstehliche Anziehung auf sie ausgeübt haben, denn obgleich sie so behütet und geschützt gewesen war, ist sie in dem Entschlusse, das Leben mit ihm zu teilen, nicht zu erschüttern gewesen. Wenn man darüber nachdenkt, so kann man es verstehen.«

»Ja«, sagte er, »ich kann es verstehen. Sie wollte gleichsam stöbern, wollte alles kennen lernen. Und da wehte ihr nun tüchtig der Wind um die Nase.«

»So kann man sagen. Wiewohl der Ausdruck mir etwas zu lustig scheint für das, was sie kennen lernte. Ihr Mann mißhandelte sie.«

»Wollen Sie sagen, daß er sie schlug?»

»Ja, er mißhandelte sie körperlich. Aber nun kommt etwas, Prinz, wovon auch Sie noch nicht gehört haben werden. Sie hat mir zu verstehen gegeben, daß er sie nicht nur im Zorn mißhandelte, nicht nur in Wut und Streit, sondern auch ohne solche Veranlassung, lediglich zu seinem Vergnügen, das heißt dergestalt, daß die Mißhandlungen abscheulichen Liebkosungen gleichkamen.«

Klaus Heinrich schwieg. Sie waren beide sehr ernst. Endlich fragte er: »Hatte die Gräfin Kinder?«

»Ja, zwei. Sie starben ganz früh, beide in den ersten Wochen, und das ist wohl das Schwerste gewesen, was die Gräfin erlebte. Ihren Andeutungen zufolge ist es nämlich die Schuld der lasterhaften Weiber gewesen, mit denen ihr Mann sie betrog, daß die Kinder gleich wieder sterben mußten.«

Sie schwiegen wieder, mit grübelnden Augen.

»Nebenbei«, fuhr Imma Spoelmann fort, »vergeudete er im Spiel und mit den Weibern ihre Mitgift, die ansehnlich gewesen war, und nach dem Tode ihrer Eltern auch ihr ganzes Erbe. Verwandte von ihr halfen ihm noch einmal aus, als er nahe daran war, seiner Schulden wegen den Dienst quittieren zu müssen. Aber dann kam eine Geschichte, etwas ganz Ausschreitendes und Anstößiges, worein er verwickelt war und was ihn vollends aus dem Sattel hob.«

»Was mag das gewesen sein?« fragte Klaus Heinrich.

»Ich kann es Ihnen nicht mit Bestimmtheit sagen, Prinz. Aber nach allem, was die Gräfin darüber verlauten läßt, war es ein Ärgernis der äußersten Art, – wir kamen ja schon überein, daß es überhaupt keine Grenzen gibt in dieser Richtung.«

»Und da ging er nach Amerika?«

»Erraten, Prinz. Ich kann nicht umhin, Ihren Scharfsinn zu bewundern.«

»Ach, Fräulein Imma, erzählen Sie weiter! Ich habe nie so etwas gehört, wie die Geschichte der Gräfin...«

»Das hatte ich auch nicht; und darum können Sie sich denken, welchen Eindruck sie auf mich machte, als sie zu uns kam. Graf Löwenjoul also, dem die Polizei auf den Fersen war, ward flüchtig nach Amerika, unter Hinterlassung bedeutender Schulden natürlich. Und die Gräfin begleitete ihn.«

»Sie ging mit ihm? Warum?«

»Weil sie ihm immer noch anhing, trotz allem, – sie tut es heute noch – und weil sie auf alle Fälle an seinem Leben teilhaben wollte. Er aber nahm sie wohl mit, weil er eher auf Unterstützung von seiten ihrer Verwandten zu rechnen hatte, solange sie bei ihm war. Die Verwandten schickten ihnen denn auch einmal noch eine Summe Geldes über den Ozean, aber dann nie mehr, – sie zogen endgültig die Hand von ihnen; und als Graf Löwenjoul sah, daß seine Frau ihm nichts mehr nütze war, da verließ er sie dennoch, – ließ sie vollständig allein im Elend zurück und machte sich fort.«

»Ich wußte es«, sagte Klaus Heinrich, »ich habe es mir gedacht. So geht es zu.« Imma Spoelmann aber fuhr fort: »Da saß sie denn nun, von allen Mitteln entblößt und ohne Hilfe, und da sie nicht gelernt hatte, sich ihren Unterhalt zu verdienen, so war sie ohne Erbarmen der Not und dem Hunger überantwortet. Nun soll aber das Leben dort drüben noch um vieles härter und schnöder sein als hier bei Ihnen, und andererseits ist in Betracht zu ziehen, wie zart und verletzlich sie immer gewesen und wie schonungslos ihr viele Jahre hindurch mitgespielt worden war. Kurzum, sie war den Eindrücken, die sie fortwährend vom Leben empfing, in keiner Weise gewachsen. Und da geschah die Wohltat an ihr.«

»Ja! Welche Wohltat? Sie hat auch zu mir davon gesprochen. Was war es mit der Wohltat, Fräulein Imma?«

»Die Wohltat bestand darin, daß sich ihr Geist verwirrte, daß im äußersten Jammer etwas in ihr übersprang – diesen Ausdruck hat sie mir gegenüber verwendet – daß sie sich nicht mehr mit klarem und nüchternem Verstande aufrecht zu halten und dem Leben Widerpart zu leisten brauchte, sondern sozusagen die Erlaubnis erhielt, sich gehen zu lassen, sich einige Abspannung zu gönnen und ein bißchen zu schwatzen. Mit einem Worte, die Wohltat war, daß sie wunderlich wurde.«

»Ich hatte allerdings den Eindruck«, sagte Klaus Heinrich, »daß die Frau Gräfin sich gehen ließ, als sie schwatzte.«

»So verhält es sich, Prinz. Sie weiß es ganz gut, wenn sie schwatzt, und lächelt wohl zwischendurch oder läßt einfließen, daß sie ja niemandem weh damit tue. Die Wunderlichkeit ist eine wohltuende Verwirrung, deren sie gewissermaßen Herr ist und die sie sich erlaubt. Es ist, wenn Sie wollen, ein Mangel an...«

»An Haltung«, sagte Klaus Heinrich und blickte auf seine Zügel nieder.

»Gut, an Haltung«, wiederholte sie und sah ihn an. »Es scheint, daß besagter Mangel nicht Ihre Billigung findet, Prinz.«

»Ich bin allerdings der Meinung«, antwortete er leise, »daß es nicht erlaubt ist, sich gehen zu lassen und es sich bequem zu machen, sondern daß es unter allen Umständen geboten ist, Haltung zu wahren.«

»Euere Hoheit«, erwiderte sie, »bekunden eine löbliche Sittenstrenge.« Dann schob sie die Lippen vor und indem sie ihr schwarzbleiches Köpfchen im Dreispitz hin und her wandte, fügte sie mit ihrer gebrochenen Stimme hinzu: »Jetzt werde ich Euerer Hoheit etwas sagen, und ich bitte, es wohl zu beachten. Wenn Euere Erhabenheit nicht gesonnen sind, ein wenig Mitleid und Nachsicht und Milde zu üben, so werde ich mich des Vergnügens Ihrer erlauchten Gesellschaft ein für allemal entschlagen müssen.«

Er senkte den Kopf, und sie ritten eine Weile schweigend.

»Wollen Sie nicht weiter erzählen, wie die Gräfin zu Ihnen kam«, fragte er endlich.

»Nein, das will ich nicht«, sagte sie und blickte geradeaus. Aber da er so herzlich bat, beendete sie ihre Erzählung und sagte: »Nun, das war einfach genug. Die Gräfin kam und meldete sich in der Fünften Avenue, da sie gehört hatte, daß man eine deutsche Gesellschaftsdame für mich suchte. Und obgleich sich noch fünfzig andere Damen meldeten, so fiel doch meine Wahl – denn ich hatte zu wählen – sofort auf sie, so sehr war ich nach unserer ersten Unterredung für sie eingenommen. Sie war wunderlich, das sah ich wohl; aber sie war es lediglich aus überguter Kenntnis des Elends und der Schlechtigkeit, das ging aus jedem ihrer Worte hervor, und was mich betrifft, so war ich von jeher ein wenig allein und abgesondert gewesen und vollständig ununterrichtet geblieben, wenn ich von meinen Universitätsstudien absehe...«

»Nicht wahr, Sie waren von jeher ein wenig allein und abgesondert!« wiederholte Klaus Heinrich und Freude klang aus seiner Stimme.

»So sagte ich. Es war ein einigermaßen langweiliges und einfältiges Leben, das ich führte und eigentlich noch führe, denn es hat sich ja nicht vieles geändert und ist im ganzen überall dasselbe. Es gab Gesellschaften mit Kunststernen und Bälle, und manchmal ging es sehr rasch im geschlossenen Automobil zum Opernhaus, woselbst ich in einer der kleinen flachen Logen über dem Parterre saß, um so recht in ganzer Figur gesehen werden zu können, for show, wie man drüben sagt. Das brachte meine Stellung so mit sich.«

»For show?«

»Ja, for show, das ist die Verpflichtung, sich zur Schau zu stellen, keine Mauern gegen die Leute zu ziehen, sondern sie in die Gärten und über den Rasen und auf die Terrasse sehen zu lassen, wo man sitzt und Tee trinkt. Meinem Vater, Mister Spoelmann, war es im höchsten Grade zuwider. Aber unsere Stellung brachte es mit sich.«

»Und wie lebten Sie sonst, Fräulein Imma?«

»Nun, im Frühjahr ging man in die Adirondacks auf das Schloß und im Sommer auf das Schloß in Newport an der See. Es fanden natürlich Gartenpartien und Blumenkorsos und Tennisturniere statt, und man ritt spazieren und fuhr Four in hand oder im Automobil, und die Leute blieben stehen und gafften, weil man Samuel Spoelmanns Tochter war. Und manche schimpften auch hinter mir drein.«

»Sie schimpften?!«

»Ja, sie hatten wohl ihre Beweggründe dazu. Jedenfalls war es ein etwas vorgeschobenes und der Erörterung ausgesetztes Dasein, das wir führten.«

»Und zwischendurch«, sagte er, »spielten Sie in den Lüften, nicht wahr, oder schon außerhalb der Luft, in staubfreier Gegend...«

»So tat ich. Euere Hoheit erfreuen sich eines überaus offenen Kopfes. Aber nach alldem können Sie sich nun denken, wie außerordentlich willkommen mir die Gräfin war, als sie sich in der Fünften Avenue vorstellte. Sie äußert sich nicht eben sehr deutlich, sondern vielmehr auf geheimnisvolle Weise, und die Grenze, wo sie zu schwatzen beginnt, ist nicht immer ganz klar ersichtlich. Aber das scheint mir eben recht und lehrreich, denn es gibt eine gute Vorstellung von der Grenzenlosigkeit des Elends und der Schlechtigkeit in der Welt. Nicht wahr, Sie beneiden mich um die Gräfin?«

»Nun, beneiden... Sie scheinen anzunehmen, Fräulein Imma, daß ich niemals irgendeinen Einblick getan habe.«

»Haben Sie Einblicke getan?«

»Vielleicht doch den einen oder anderen. Zum Beispiel sind mir von unseren Lakaien Dinge zu Ohren gekommen, von denen Sie sich schwerlich etwas träumen lassen.«

»Sind die Lakaien so schlimm?«

»Schlimm? Nichtswürdig sind sie, das ist das Wort für sie.

Erstens treiben sie Durchstecherei und schleichendes Wesen und lassen sich von den Lieferanten bezahlen ... «

»Nun, Prinz, das ist vergleichsweise harmlos.«

»Ja, ja, mit den Einblicken der Gräfin kann es sich wohl nicht messen ... «

Sie fielen in Trab, verließen beim Wegweiser die gemächlich steigende und fallende Landstraße, die sie zwischen Nadelwäldern hin verfolgt hatten, und lenkten in den sandigen, ein wenig hohlen und auf seinen erhöhten Rändern von Brombeersträuchern eingefaßten Richtweg ein, der in das buschige Wiesengelände von Schloß Fasanerie mündete. Klaus Heinrich war zu Hause in diesem Gebiet; er streckte den Arm darüber hin, den rechten, um seinen Begleiterinnen alles zu zeigen, obgleich nicht viel Sehenswürdiges vorhanden war. Dort lag das Schloß, verschlossen und stumm, mit seinem Schindeldach und seinen Blitzableitern am Rande des Waldes. Dort abseits war das Fasanengehege, nach welchem das Ganze seinen Namen hatte, und hier Stavenüters Wirtsgarten, wo er zuweilen mit Raoul Überbein gesessen hatte. Über den feuchten Wiesen schien mild die Vorfrühlingssonne und tauchte die fernen umgrenzenden Wälder in zarten Schmelz.

Sie hielten nebeneinander auf ihren Tieren vorm Wirtsgarten, und Imma Spoelmann prüfte das Schloß mit den Augen, dies nüchterne Landhaus, das Schloß Fasanerie benannt war.

»Von sinnverwirrendem Prunk«, sagte sie mit gerümpften Lippen, »scheint Ihre Jugend nicht umgeben gewesen zu sein.«

»Nein«, lachte er, »an dem Schloß ist nichts zu sehen. Innen ist es wie außen. Kein Vergleich mit Delphinenort, selbst bevor Sie es wieder herstellten ... «

»Nun wollen wir einkehren«, sagte sie. »Nicht wahr, Gräfin, auf einem Ausflug muß man einkehren. Abgesessen, Prinz! Ich habe Durst und will sehen, was Ihr Stavenüter zu trinken hat.«

Da stand Herr Stavenüter, in grüner Latzschürze und die Hosen in Schmierstiefeln, verbeugte sich, indem er sein gesticktes Käppchen mit beiden Händen an die Brust drückte, und lachte vor Bewegung, so daß man sein vollständig nacktes Zahnfleisch sah.

»Königliche Hoheit!« sagte er, Glück in der Stimme, »tun Königliche Hoheit mir auch einmal wieder die Ehre an? Und das gnädige Fräulein!« setzte er mit andächtiger Stimme hinzu; denn er kannte Samuel Spoelmanns Tochter sehr wohl und hatte so eifrig wie einer im Großherzogtum die Zeitungsnotizen gelesen, die Prinz Klaus Heinrichs und Immas Namen zusammen nannten. Er war der Gräfin beim Absteigen behilflich, da Klaus Heinrich, zuerst aus dem Sattel, sich dem Fräulein widmete, und rief nach einem Knecht, der zusammen mit dem Spoelmannschen Livrierten die Pferde besorgte. Aber hierauf hielt Klaus Heinrich Begrüßung und Empfang, wie er es gewohnt war. In geschlossener Haltung richtete er einige formelhafte Fragen an den dienernden Herrn Stavenüter, erkundigte sich auf gewinnende Art nach seiner Gesundheit, nach dem Stande seiner Geschäfte und nahm die Antworten mit dem lebhaften Kopfnicken scheinbar sachlicher Beteiligung entgegen. Imma Spoelmann, ihre Reitgerte mit beiden Händen hin und herbiegend, sah diesem kunstreichen und kalten Auftritt mit ernsten und glänzend forschenden Augen zu. »Ich erlaube mir, in Erinnerung zu bringen, daß ich Durst leide«, sagte sie endlich scharf und verstimmt, und so trat man denn in den Garten und beratschlagte, ob man das Wirtszimmer aufsuchen müsse. Es sei noch zu feucht unter den Bäumen, meinte Klaus Heinrich; aber Imma bestand darauf, im Freien zu sitzen, und wählte selber einen der schmalen und langen Trinktische mit Bänken zu beiden Seiten, den Herr Stavenüter mit einem weißen Tuche zu decken sich beeilte.

»Limonade!« sagte er. »Das ist das Beste für den Durst und reine Ware! Kein Gesudel, Königliche Hoheit und Sie, meine Damen, sondern gezuckerte Natursäfte und das Bekömmlichste von allem!«

Man mußte den Glaskugelpfropfen durch den Flaschenhals stoßen; und während die hohen Gäste das Getränk kosteten, verweilte Herr Stavenüter sich noch ein wenig am Tische, um ihnen mit Plaudern aufzuwarten. Er war längst Witwer, und seine drei Kinder, die ehemals hier unter den Blättern das Lied vom gemeinsamen Menschentum gesungen und sich dabei mit den Fingern geschneuzt hatten, waren nun ebenfalls außer Hause, der Sohn als Soldat in der Stadt und von den Töchtern die eine verheiratet mit einem benachbarten Ökonomen, die andere als Magd in städtischem Hause, weil es sie zum Höheren gezogen hatte. So schaltete Herr Stavenüter allein in dieser Abgeschiedenheit und zwar in dreifacher Eigenschaft, als Pächter der Schloßwirtschaft, Kastellan und Fasanenmeister, zufrieden mit seinem Lose. Bald, wenn die Witterung sich ferner so anließ, kam wieder die Zeit der Radfahrer und Spaziergänger, die Sonntags den Garten füllten. Dann blühte das Geschäft. Und ob die hohen Herrschaften denn nicht vielleicht die Fasanerie in Augenschein nehmen wollten?

Ja, das wollten sie, später, und so zog Herr Stavenüter sich vorläufig mit Anstand zurück, nachdem er eine Schale mit Milch für Perceval neben den Tisch gestellt.

Der Collie war unterwegs in sumpfiges Wasser geraten und sah aus wie der Teufel. Seine Beine waren dünn vor Nässe – und die weißen Teile seines zerzausten Felles beschmutzt. Sein geifernd geöffnetes Maul, mit dem er die Erde nach Feldmäusen durchwühlt, war geschwärzt bis in den Schlund, und schwarzrot, an der Spitze sich dreieckig verbreiternd, hing seine triefende Greifenzunge daraus hervor. Hastig erquickte er sich aus der Schale und ließ sich hierauf mit flackernd arbeitenden Flanken neben seiner Herrin zu Boden fallen, flach auf die Seite, den Kopf mit ruhelechzendem Ausdruck zurückgeworfen.

Klaus Heinrich nannte es unverantwortbar, daß Imma hier nach dem Ritt so ohne Umhüllung sich der trügerischen Frühlingsluft preisgäbe. »Nehmen Sie meinen Mantel!« sagte er. »Bei Gott, ich brauche ihn nicht. Mir ist warm, und mein Rock ist über der Brust wattiert!« Sie wollte nichts wissen von seinem Vorschlag; aber da er fortfuhr, sie inständig zu bitten, so willigte sie ein und ließ sich seinen grauen Militärmantel mit den Schulterabzeichen eines Majors um die Schultern legen. So eingehüllt stützte sie ihr schwarzbleiches, mit dem Dreispitz bedecktes

Köpfchen in die hohle Hand und sah ihm zu, wie er den Arm nach dem Schlosse ausstreckte und von dem Leben erzählte, das er hier einst geführt.

Dort zu ebener Erde, wo man die hohen Fenster sah, war das Speisezimmer gewesen, dort der Schulsaal und dort oben Klaus Heinrichs Zimmer mit dem Gipstorso auf dem Kachelofen. Und er berichtete von Professor Kürtchen und seinem taktvollen Meldesystem beim Unterricht, von der Hauptmännin Amelung, den adeligen »Fasanen«, die alles für »Schweinerei« erklärt hatten, und namentlich von Raoul Überbein, seinem Freunde, auf welchen zurückzukommen Imma Spoelmann ihn mehrmals ermunterte.

Er sprach von des Doktors dunkler Herkunft und von der Abfindungssumme; von dem Kinde im Moor oder Sumpf und der Rettungsmedaille; von Überbeins tapferer und ehrgeiziger Laufbahn, zurückgelegt unter jenen harten und streng auf die Leistung weisenden Bedingungen, die er die guten zu nennen pflegte, und von seinem Bündnis mit Doktor Sammet, den Imma kannte. Er schilderte sein wenig einnehmendes Äußeres und begründete mit frohen Worten die Neigung, die ihn dennoch von Anbeginn zu diesem Lehrer gezogen, indem er sein Verhalten gegen ihn, Klaus Heinrich, beschrieb, – diese väterliche und herzlich schwadronierende Kameradschaftlichkeit, die sich von dem Gehaben aller übrigen Leute so strikt unterschieden hatte, – ließ auch, so gut es ihm gelingen wollte, dies und das von Überbeins Lebensaspekten einfließen und gab schließlich seinem Kummer darüber Ausdruck, daß der Doktor bei seinen Mitbürgern sich keiner wahren Beliebtheit zu erfreuen scheine.

»Das glaube ich«, sagte Imma.

Er war erstaunt und fragte, warum sie es glaube.

»Weil ich gewiß bin«, antwortete sie und wandte ihr Köpfchen hin und her, »daß dieser Überbein mit all seinen aufgeräumten Redereien ein unseliger Mensch ist. Er steht wohl da und prahlt; aber er hat gar keinen Rückhalt, Prinz, und darum wird er ein schlechtes Ende nehmen.«

Klaus Heinrich blieb eine Weile bestürzt und nachdenklich

über diese Worte. Dann wandte er sich der Gräfin zu, die lächelnd aus einer Abwesenheit zu sich kam, und sagte ihr eine Artigkeit über ihre Reitkunst, wofür sie mit frischen und ritterlichen Worten dankte. Er äußerte, man merke wohl, daß sie beizeiten auf einem Pferderücken zu sitzen gelernt habe, und sie bestätigte, daß allerdings die Stunden in der Reitbahn einen wesentlichen Bestandteil ihrer Erziehung ausgemacht hätten. Sie sprach klar und munter; aber allmählich, fast unmerklich, schweifte sie vom gangbaren Wege ab, erzählte etwas Sonderbares von kühnen Ritten, die sie als Leutnant im letzten Feldzuge ausgeführt und kam völlig unvermutet auf die unbeschreiblich liederliche Frau eines Feldwebels bei den Leibgrenadieren zu sprechen, die diese Nacht in ihrem Zimmer gewesen, ihr in der erbarmungslosesten Weise die Brust zerkratzt und Reden dazu geführt habe, welche wiederzugeben sie ablehnen müsse. Klaus Heinrich fragte leise, ob denn nicht Tür und Fenster verschlossen gewesen wären. »Allerdings, aber die Scheibe ist ja da!« antwortete sie hastig. Und da sie bei dieser Entgegnung auf der einen Seite ihres Gesichtes blaß, auf der anderen rot wurde, so willigte er nickend und mit sanften Worten darein. Ja, indem er die Augen niederschlug, bot er ihr an, sie einstweilen ein wenig »Frau Meier« zu nennen, ein Vorschlag, den sie mit Eifer und Eile annahm, nicht ohne ein vertrauliches Lächeln übrigens, einen Seitenblick ins Ungewisse, der etwas seltsam Lockendes hatte. Sie brachen auf zur Besichtigung der Fasanerie, nachdem Klaus Heinrich seinen Mantel zurückerhalten; und als sie den Garten verließen, sagte Imma Spoelmann: »So war es recht, Prinz. Sie machen Fortschritte.« Ein Lob, das ihm die Wangen färbte, ja, ihm ohne Vergleich mehr Freude bereitete, als der schönste Zeitungsbericht über die erhebende Wirkung seiner festlichen Person, den Geheimrat Schustermann ihm hätte vorlegen können.

Herr Stavenüter geleitete seine Gäste in das von Palisaden umfriedigte Gehege, wo in Wiese und Busch die sechs oder sieben Fasanenfamilien ein versorgtes und bürgerliches Leben führten, und sie sahen dem Benehmen der bunten, rotäugigen und steifgeschwänzten Vögel zu, besichtigten das Bruthäuschen und wohnten einer Fütterung bei, die Herr Stavenüter am Fuß einer schönen, einzeln stehenden Fichte zu ihrem Vergnügen vornahm, worauf Klaus Heinrich ihm seine vollste Anerkennung des Gesehenen zum Ausdruck brachte. Imma Spoelmann betrachtete ihn mit großen und dunkel forschenden Augen bei Erledigung dieser Förmlichkeit. Dann stieg man vorm Wirtsgarten zu Pferde und trat, während Perceval sich vor den Pferden mit rasendem Geheul um sich selber schwang, den Heimweg an.

Auf diesem Heimwege aber sollte Klaus Heinrich gesprächsweise noch einen nicht unbedeutsamen Fingerzeig über Imma Spoelmanns Natur und Charakter erhalten, eine mittelbare Erläuterung gewisser Seiten ihrer Persönlichkeit, die ihm Stoff zu anhaltendem Nachdenken gab.

Bald nämlich, nachdem man den brombeerbewachsenen Hohlweg verlassen hatte und wieder auf der sanft gewellten Landstraße dahinritt, kam Klaus Heinrich auf einen Punkt zurück, der bei seinem ersten Besuch auf »Delphinenort« in der Unterhaltung am Teetisch seltsam kurz berührt worden war und nicht aufgehört hatte, ihn unbestimmt zu beunruhigen.

»Lassen Sie mich übrigens«, sagte er, »eine Frage tun, Fräulein Imma. Sie brauchen sie nicht zu beantworten, wenn es Ihnen nicht gefällig ist.«

»Wir werden sehen«, antwortete sie.

»Vor vier Wochen«, fing er an, »als ich zum erstenmal das Vergnügen hatte, mit Herrn Spoelmann, Ihrem Vater zu plaudern, richtete ich eine Frage an ihn, die er so kurz und abbrechend beantwortete, daß ich fürchten muß, einen Mißgriff oder falschen Schritt damit getan zu haben.«

»Was fragten Sie?«

»Ich fragte, ob es ihm nicht schwer geworden sei, Amerika zu verlassen.«

»Ja, sehen Sie, Prinz, das war nun wieder so recht eine Frage, die Ihnen ähnlich sieht, eine ausgemachte Prinzenfrage. Wären Sie auf dem Gebiete der Denklehre ein wenig beschlagener, so hätten Sie sich wohl stillschweigend mit dem Vernunftschluß begnügt, daß, wenn mein Vater Amerika nicht leicht und gern verlassen hätte, er es schlechterdings überhaupt nicht verlassen hätte.«

»Das mag wahr sein, Fräulein Imma, verzeihen Sie, ich denke nicht sehr genau. Aber wenn ich mit meiner Frage mich keines andern Fehltritts als nur eines Denkfehlers schuldig gemacht habe, so will ich wahrhaftig zufrieden sein. Können Sie mich soweit beruhigen?«

»Nun denn, Prinz, nein, nicht einmal so weit«, sagte sie und sah ihn plötzlich mit ihren großen, schwarzglänzenden Augen an.

»Sehen Sie? Sehen Sie? Aber was für eine Bewandtnis hat es damit, Fräulein Imma? Lassen Sie mich nun wissen, was hier zu wissen ist. Sie sind es unserer Freundschaft schuldig!«

»Sind wir Freunde?«

»Ich dachte«, sagte er bittend...

»Nun, nun, Geduld! Ich wußte es nicht. Ich lasse mich gern belehren. Um aber auf meinen Vater zurückzukommen, so hat er sich in der Tat über Ihre Frage geärgert, – er ärgert sich leicht und hatte Gelegenheit, sich ungewöhnliche Übung in dieser Gemütsbewegung zu erwerben. Die Sache ist die, daß die öffentliche Stimmung und Meinung uns nicht sonderlich günstig war, in Amerika. Umtriebe sind da im Gange... ich bemerke, daß ich über die Einzelheiten nicht unterrichtet bin, aber eine eifrige politische Tätigkeit findet statt zu dem Zwecke, die große Menge, wissen Sie, die vielen Leute, die es nicht getroffen hat, gegen uns aufzuwiegeln, und daraus sind gesetzliche Anfeindungen und beständige Widerwärtigkeiten entstanden, die meinem Vater das Leben dort drüben verleidet haben. Sie wissen wohl, Prinz, daß nicht er es war, der unsere Lage geschaffen hat, sondern mein garstiger Großvater mit seinem Paradise-Nugget und seiner Blockhead-Farm. Mein Vater kann gar nichts dafür, er hat sein Schicksal geerbt und hat nicht leicht daran getragen, denn er ist eher scheu und zart von Natur und hätte am liebsten immer nur Orgel gespielt und Gläser gesammelt, ja, ich glaube, daß der Haß, in dem wir schließlich infolge der Umtriebe lebten, so daß zuweilen das Volk hinter mir drein schimpfte, wenn ich im Automobil vorüberfuhr, –

daß der Haß ihm ganz eigentlich seine Nierensteine eingebracht hat, das ist sehr möglich.«

»Ich bin Ihrem Herrn Vater von Herzen zugetan«, sagte Klaus Heinrich mit Nachdruck.

»Das möchte ich mir ausgebeten haben, Prinz, im Falle, daß wir Freunde sein wollen. Aber dann kam noch ein anderes hinzu, das alles verschärfte und unsere Stellung dort drüben ein wenig schwierig machte, und das hing mit unserer Abstammung zusammen.«

»Mit Ihrer Abstammung?«

»Ja, Prinz, wir sind keine adeligen Fasanen, wir stammen leider weder von Washington noch von den ersten Einwanderern ab...«

»Nein, denn Sie sind ja Deutsche.«

»O ja, aber da ist trotzdem nicht alles in Ordnung. Haben Sie doch die Herablassung, mich einmal genau zu betrachten. Finden Sie es etwa ehrenhaft, so blauschwarzes, strähniges Haar zu haben, das immer fällt, wohin es nicht soll?«

»Gott weiß, daß Sie wunderschönes Haar haben, Fräulein Imma!« sagte Klaus Heinrich. »Auch ist mir wohlbekannt, daß Sie zum Teile südlicher Abstammung sind, denn Ihr Herr Großvater hat sich ja in Bolivia vermählt oder in dieser Gegend, wie ich gelesen habe.«

»Das tat er. Aber hier liegt der Haken, Prinz. Ich bin eine Quinterone.«

»Was sind Sie?«

»Eine Quinterone.«

»Das gehört zu den Adirondacks und der Parallaxe, Fräulein Imma. Ich weiß nicht, was es ist. Ich sagte Ihnen ja schon, daß ich nicht viel gelernt habe.«

»Nun, das war so. Mein Großvater, unbedenklich wie er in allen Stücken war, heiratete dort unten eine Dame mit indianischem Blut.«

»Mit indianischem!«

»Jawohl. Besagte Dame nämlich stammte im dritten Gliede von Indianern ab, sie war die Tochter eines Weißen und einer

Halbindianerin und also Terzerone, wie man es nennt, – o, sie soll erstaunlich schön gewesen sein! – und sie wurde meine Großmutter. Die Enkel solcher Großmütter aber werden Quinteronen genannt. So liegen die Dinge.«

»Ja, das ist merkwürdig. Aber sagten Sie nicht, daß es auf das Verhalten der Leute Ihnen gegenüber von Einfluß gewesen sei?«

»Ach, Prinz, Sie wissen gar nichts. Sie müssen aber wissen, daß indianisches Blut dort drüben einen schweren Makel bedeutet, – einen solchen Makel, daß Freundschaften und Liebesbündnisse mit Schimpf und Schande auseinandergehen, wenn eine derartige Abstammung des einen Teiles ans Licht der Sonnen kommt. Nun steht es ja so arg nicht mit uns, denn bei Quarteronen, – in Gottes Namen, da ist der Schade nicht mehr so groß, und ein Quinterone gehört im ganzen schon fast zu den Makellosen. Aber mit uns, die wir so sehr dem Gerede ausgesetzt waren, war es natürlich etwas anderes, und mehrmals, wenn hinter mir drein geschimpft wurde, habe ich zu hören bekommen, daß ich eine Farbige sei. Kurz, es blieb eine Beeinträchtigung, eine Erschwerung, und sonderte uns selbst von den Wenigen ab, die sich übrigens ungefähr in der gleichen Lebenslage befanden, – blieb immer etwas, was zu verstecken oder zu vertreten war. Mein Großvater hatte es vertreten, er war der Mann dazu und hatte gewußt, was er tat; auch war er ja reinen Bluts, und nur seine schöne Frau trug den Makel. Aber mein Vater war ihr Sohn, und ärgerlich und leicht gereizt wie er ist, hat er es von Jugend auf nur schwer ertragen, bestaunt und gehaßt und verachtet zu gleicher Zeit zu sein, halb Weltwunder und halb infam, wie er zu sagen pflegte, und hatte Amerika in jeder Beziehung satt. Das ist die Geschichte, Prinz«, sagte Imma Spoelmann, »und nun wissen Sie es, warum mein Vater sich ärgerte über Ihre scharfsinnige Frage.«

Klaus Heinrich sagte ihr Dank für die Aufklärung, ja, noch vor dem Portal von »Delphinenort«, als er sich – es war Lunchzeit geworden –, die Hand an der Mütze, von den Damen verabschiedete, wiederholte er seinen Dank für das, was sie ihm gesagt, und ritt dann schrittweise heim, um über die Ergebnisse dieses Vormittags nachzudenken.

Imma Spoelmann saß weich in ihrem rotgoldenen Kleide am Tische im Saal, in lässiger Haltung, mit launisch verwöhnten Mienen, saß in üppiger Sicherheit, während ihre Rede scharf ging wie dort, wo es gilt, wo Helligkeit, Härte und wachsamer Witz zum Leben geboten sind. Warum doch? Klaus Heinrich begriff es nun, und Tag für Tag war er beschäftigt, es besser in seinem Herzen zu begreifen. Bestaunt, gehaßt und verachtet zu gleicher Zeit, halb Weltwunder und halb infam, so hatte sie gelebt, und das hatte die Dornen in ihre Rede gebracht, jene Schärfe und spöttische Helligkeit, die Abwehr war, wenn sie Angriff schien, und die eine schmerzliche Verzerrung auf den Gesichtern derer hervorrief, welche die Wehr des Witzes nicht nötig gehabt hatten. Sie hatte ihn zu Mitleid und Milde angehalten gegenüber der armen Gräfin, wenn sie sich gehen ließ; aber ihr selbst tat Mitleid und Milderung not, weil sie einsam war und es schwer hatte, – gleich ihm. Eine Erinnerung beschäftigte ihn zu gleicher Zeit mit diesen Erwägungen, eine alte, peinvolle Erinnerung, die den Büfettraum des »Bürgergartens« zum Schauplatz hatte und mit einem Bowlendeckel endigte... »Kleine Schwester!« sagte er bei sich selbst, indem er sich hastig ab davon wandte. »Kleine Schwester!« – Hauptsächlich aber sann er darauf, wie das Zusammensein mit Imma Spoelmann in kürzester Frist zu erneuern sei.

Das geschah bald und wiederholt, unter verschiedenen Umständen. Der Februar ging zu Ende, es kamen der ahnungsvolle März, der wetterwendische April, der zärtliche Mai. Und all diese Zeit verkehrte Klaus Heinrich auf Schloß Delphinenort, wohl wöchentlich einmal, vormittags oder nachmittags und eigentlich beständig in dem unverantwortlichen Zustande, in welchem er an jenem Februarmorgen bei Spoelmanns erschienen war, willenlos sozusagen, und wie vom Schicksal ergriffen. Die benachbarte Lage der Schlösser begünstigte den Verkehr, die kurze Parkstrecke von »Eremitage« nach »Delphinenort« war zu Pferd oder mit dem Dogcart ohne bedeutendes Aufsehen zurückzulegen; und wenn bei vorschreitender Jahreszeit infolge größerer Belebtheit der Umgebung es schwerer und schwerer wurde, ohne Aufmerken des Publikums miteinander spazieren zu reiten, so ist des Prinzen innere Verfassung während dieses Zeitabschnittes als eine vollkommene Gleichgültigkeit und blinde Rücksichtslosigkeit in bezug auf die Welt, auf Hof, Stadt und Land zu denken. Die Teilnahme der Öffentlichkeit begann erst später, in seinem Sinnen und Trachten eine – dann freilich wichtige und beglückende Rolle zu spielen.

Er hatte nach dem ersten Ritt sich nicht von den Damen verabschiedet, ohne einen neuen Ausflug ins Auge zu fassen, wogegen Imma Spoelmann, indem sie mit vorgeschobenen Lippen ihr Köpfchen hin und hergewandt, nichts Ernstliches einzuwenden gehabt hatte. So kehrte er wieder, und man ritt zum »Hofjäger«, einer am nördlichen Rande des Stadtgartens gelegenen Waldwirtschaft, kehrte er abermals wieder, und man ritt zu einem dritten Ausflugsziel, das ebenfalls ohne Berührung der Stadt zu erreichen war. Dann, als der Frühling die Residenzler ins Freie lockte und die Wirtsgärten sich füllten, bevorzugte man einen abgelegenen und eigenartigen Weg, der eigentlich kein Weg, sondern ein Damm oder Wiesenrand mit blumiger Böschung war, der zur Seite eines geschwind strömenden Wasserarmes sich langhin in nördlicher Richtung erstreckte. Man gelangte am ungestörtesten dahin, indem man die Rückseite des Parkes von Schloß »Eremitage« entlang und über die Flußaue am Rande des nördlichen Stadtgartens bis zur Höhe des »Hofjägers« ritt, dann aber nicht – bei der Schleuse – auf der hölzernen Brücke den Flußarm überschritt, sondern diesseits seinem Laufe folgte. Rechts blieb das Gehöft der Wirtschaft zurück, und Mittelholz zog sich hin soweit sie kamen. Links dehnten sich Wiesen aus, die weiß und bunt waren von Schierling und Pustblumen, von Butter- und Glockenblumen, Klee, Margeriten und auch Vergißmeinnicht; der Kirchturm eines Dorfes ragte zwischen Äckern hervor, und fern lief die Landstraße mit ihrem Verkehr, vor dem sie in Sicherheit waren. Später aber traten auch linker Hand Weiden und Haselnußstauden der Böschung nahe, die Aussicht verhindernd, und nun ritten sie vollends geschützt und abgeschieden, zu zweien meistens und gefolgt von der Gräfin, weil der Weg schmal war, ritten plaudernd und schweigend, während Perceval mit angezogenen Vorderbeinen hin und her über das Wasser setzte oder drunten ein Bad nahm und mit hastigem Schlappen seinen Durst stillte. Sie kehrten auf demselben Wege zurück, auf dem sie gekommen.

Wenn aber vermöge des niedrigen Luftdrucks das Quecksilber fiel, wenn es folglich regnete und Klaus Heinrich dennoch ein Wiedersehen mit Imma Spoelmann für notwendig erachtete, so stellte er sich auf seinem Dogcart um die Teestunde in Delphinenort ein, und man blieb im Schlosse. Nur zwei- oder dreimal erschien auch Herr Spoelmann am Teetisch. Sein Leiden nahm zu in dieser Zeit, und manchen Tag war er genötigt, mit warmen Breiumschlägen im Bette zu liegen. Kam er, so sagte er: »Na, junger Prinz«, tauchte mit seiner mageren, von der weichen Manschette halb bedeckten Hand einen Krankenzwieback in seinen Tee, warf hier und da ein knarrendes Wort in die Unterhaltung ein und bot schließlich dem Gast seine goldene Zigarettendose dar, worauf er mit Doktor Watercloose, der stumm und lächelnd am Tische gesessen hatte, den Gartensaal wieder verließ. Übrigens geschah es auch bei sonnigem Wetter, daß man es vorzog, sich auf den Park zu beschränken und auf dem wohlgeebneten und von einem Netz durchquerten Platze unterhalb der Terrasse sich mit Ballspiel zu unterhalten. Ja, einmal wurde sogar eine rasche Fahrt in einem der Spoelmannschen Automobile weit über Schloß Fasanerie hinaus unternommen.

Eines Tages fragte Klaus Heinrich: »Ist es wahr, Fräulein Imma, was ich gelesen habe, daß Ihr Herr Vater täglich so entsetzlich viele Briefe und Bittgesuche bekommt?«

Da erzählte sie ihm von den Kollekten und Subskriptionslisten, die ohne Unterlaß in »Delphinenort« einliefen und auch nach Möglichkeit Berücksichtigung fänden, von den Stößen von Bettelschreiben aus Europa und Amerika, die mit jeder Post eingeliefert, durch die Herren Phlebs und Slippers gesichtet und Herrn Spoelmann in einer Auswahl vorgelegt würden. Zuweilen, sagte sie, mache sie sich das Vergnügen, die Stöße durchzusehen und die Adressen zu lesen, denn diese seien nicht selten phantastischer Art. Die bedürftigen oder spekulativen Absender nämlich suchten einander schon auf den Umschlägen in Kurialien und Wohldienerei zu überbieten, und alle erdenklichen Titulaturen und Rangesbezeichnungen seien in seltsamen Mischungen auf den Briefen zu finden. Ein Bittsteller aber habe kürzlich jeden Wettbewerb geschlagen, indem er seinem Schreiben die Aufschrift gegeben habe: »Seiner Königlichen Hoheit Herrn Samuel Spoelmann«. Übrigens habe er nicht mehr erhalten, als die anderen...

Ein andermal kam er mit gesenkter Stimme auf die »Eulenkammer« im Alten Schlosse zu sprechen und vertraute ihr an, daß neuerdings wieder Lärm darin beobachtet worden sei, was auf entscheidende Ereignisse in seiner, Klaus Heinrichs, Familie deute. Da lachte Imma Spoelmann und klärte ihn wissenschaftlich auf, indem sie mit vorgeschobenen Lippen ihr Köpfchen hin und herwandte, wie sie ihn über die Geheimnisse des Barometers aufgeklärt hatte. Das sei Unsinn, sagte sie, und es möge sich etwa so verhalten, daß ein Teil der Polterkammer ellipsoidenartig geformt sei, und eine zweite Ellipsoidenfläche von ähnlicher Krümmung und mit einer Lärmquelle im Brennpunkt sich irgendwo draußen befände, woher es dann komme, daß innerhalb des Spukzimmers Rumoren hörbar sei, das in der nächsten Umgebung nicht vernommen werden könne. Klaus Heinrich war ziemlich niedergeschlagen über diese Auslegung und wollte von dem allgemeinen Glauben an den Zusammenhang zwischen dem Gepolter und den Schicksalen seines Hauses nur ungern lassen.

So unterhielten sie sich, und auch die Gräfin nahm teil, auf verständige und auch auf verwirrte Art, da Klaus Heinrich sich redlich Mühe gab, sie nicht durch sein Wesen zu ernüchtern und zu erkälten, sondern sie »Frau Meier« nannte, sobald sie dessen zu ihrer Sicherheit vor den Nachstellungen der lasterhaften Weiber zu bedürfen glaubte. Er erzählte den Damen von seinem unsachlichen Leben, von den schönen Trinksitzungen der Korpsbrüder, den militärischen Liebesmählern und seiner Bildungsreise, von seinen Angehörigen, seiner ehemals so herrlichen Mutter, die er dann und wann in »Segenhaus« besuchte, wo sie traurigen Hof hielt, von Albrecht und Ditlind; Imma Spoelmann erwiderte mit einigen Nachträgen über ihre prachtvolle und sonderbare Jugend, und die Gräfin ließ manchmal ein dunkles Wort über die Schrecken und Geheimnisse des Lebens einfließen, worauf die beiden mit ernsten, ja andächtigen Mienen horchten.

Eine Art Spiel trieben sie gern: es war das Erraten von Daseinsformen, das ungefähre Einschätzen der Menschen, die sie etwa sahen, in die Abteilungen der bürgerlichen Welt, soweit ihre Wissenschaft reichte, – eine fremde und begierige Beobachtung der Passanten aus der Entfernung, vom Pferde herab oder von der Spoelmannschen Terrasse. Was für junge Leute mochten wohl diese sein? Was mochten sie treiben? Wohin gehören? Es waren wohl keine Handelsschüler, sondern vielleicht der Technik Beflissene oder angehende Forstmänner, gewissen Merkmalen nach, auch wohl von der landwirtschaftlichen Hochschule, ein wenig rauhe, aber tüchtige Burschen jedenfalls, die ihren redlichen Weg schon machen würden. Aber die Kleine, Unordentliche, die hier vorüberschlenderte, war wohl so etwas wie eine Fabrikarbeiterin oder Nähmamsell. Solche Mädchen pflegten einen Liebhaber aus ähnlicher Sphäre zu haben, der sie Sonntags in einen Kaffeegarten führte. Und sie teilten einander mit, was sie sonst etwa noch von den Leuten wußten, sprachen mit Anerkennung davon und fühlten sich mehr als durch Laufen und Ballschlagen erwärmt durch diesen Zeitvertreib.

Was die rasche Automobilfahrt betraf, so erklärte Imma Spoelmann im Laufe derselben, daß sie Klaus Heinrich eigentlich nur dazu eingeladen habe, um ihm den Chauffeur zu zeigen, der sie fuhr, einen jungen, in braunes Leder gehüllten Amerikaner, von dem sie behauptete, daß er dem Prinzen ähnlich sehe. Klaus Heinrich versetzte lachend, daß die Rückenansicht des Fahrers ihn nicht befähige, hierüber zu urteilen, und forderte die Gräfin auf, ihre Stimme abzugeben. Diese, nachdem sie die Ähnlichkeit eine Zeitlang mit höfischer Entrüstung geleugnet, ließ sich, von Imma gedrängt, schließlich mit einem gekniffenen Seitenblick auf Klaus Heinrich herbei, sie zu bejahen. Dann erzählte Fräulein

Spoelmann, der ernste, nüchterne und geschickte junge Mann sei ursprünglich im persönlichen Dienste ihres Vaters gestanden, den er täglich von der Fünften Avenue zum Broadway und andere Wege gefahren habe. Herr Spoelmann aber habe auf außerordentliche Fahrgeschwindigkeit, die fast der eines Eilzuges gleichgekommen sei, gehalten, und der ungeheueren Anspannung, die solcherweise bei dem Getümmel von Neuyork von dem Wagenlenker gefordert worden, sei dieser auf die Dauer nicht gewachsen gewesen. Zwar habe sich niemals ein Unfall ereignet; der junge Mann habe durchgehalten und mit gewaltiger Aufmerksamkeit seine todesgefährliche Pflicht getan. Endlich aber sei es wiederholt geschehen, daß man ihn am Ziele der Fahrt ohnmächtig vom Sitz habe heben müssen, und da habe es sich gezeigt, in welcher übermäßigen Anstrengung er täglich gelebt habe. Um ihn nicht entlassen zu müssen, habe Herr Spoelmann ihn zum Leibchauffeur seiner Tochter ernannt, welchen leichteren Dienst er auch an dem neuen Aufenthaltsort zu versehen fortfahre. Die Ähnlichkeit zwischen Klaus Heinrich und ihm habe Imma festgestellt, als sie den Prinzen zum ersten Male gesehen. Es sei natürlich keine Ähnlichkeit der Züge, wohl aber eine solche des Ausdrucks. Die Gräfin habe sie zugegeben... Klaus Heinrich sagte, daß er durchaus nichts gegen die Ähnlichkeit einzuwenden habe, da der heldenmütige junge Mann seine volle Sympathie besitze. Sie sprachen dann noch mehreres von dem schweren und angespannten Dasein eines Chauffeurs, ohne daß die Gräfin Löwenjoul sich weiter an diesem Gespräche beteiligte. Sie schwatzte nicht auf dieser Fahrt, sondern sagte später mit frischen Bewegungen einige richtige und klare Dinge.

Übrigens schien Herrn Spoelmanns Schnelligkeitsbedürfnis in gewissem Grade auf seine Tochter übergegangen zu sein, denn jenen ausgelassenen Galopp des ersten gemeinsamen Ausfluges wiederholte sie bei jeder neuen Gelegenheit; und da Klaus Heinrich, durch ihren Spott erhitzt, dem verstörten und von Mißbilligung erfüllten Florian das Äußerste zumutete, um nicht zurückzubleiben, so erhielten diese Gewaltritte jedesmal einen kampfartigen Charakter, wurden zu Wettrennen, die Imma

Spoelmann stets auf unvermutete und launenhafte Weise vom Zaune brach. Mehrere dieser Kämpfe entspannen sich an jener einsamen, am Wasser hinlaufenden Wiesenböschung, und einer besonders war langwierig und erbittert. Er schloß sich an ein kurzes Gespräch über Klaus Heinrichs Popularität, das von Imma Spoelmann ebenso unvermittelt eröffnet wie abgebrochen wurde. Sie fragte plötzlich: »Habe ich recht gehört, Prinz, daß Sie so ungemein beliebt sind bei der Bevölkerung? Daß alle Herzen Ihnen zuschlagen?«

Er antwortete: »Man sagt so. Irgendwelche Eigenschaften, die keine Vorzüge zu sein brauchen, mögen der Grund sein. Übrigens weiß ich durchaus nicht, ob ich es glauben oder mich gar darüber freuen soll. Ich zweifle, ob es für mich spräche. Mein Bruder, der Großherzog, meint geradezu, die Popularität sei eine Schweinerei.«

»Ja, der Großherzog muß ein stolzer Mann sein; ich achte ihn sehr. Da stehen Sie dann im Dunst, und alles liebt Sie... go on!« rief sie plötzlich, ein scharfer Schlag mit der weißledernen Gerte traf Fatme, die aufzuckte, und die Jagd begann.

Sie dauerte lange. Noch nie hatten sie den Wasserlauf so weithin verfolgt. Links hatte sich längst die Aussicht geschlossen. Erdklumpen und Grasbüschel stoben unter den Hufen auf. Die Gräfin war bald zurückgeblieben. Als sie endlich die Pferde zügelten, zitterte Florian, der sein Letztes getan hatte, und sie selbst waren bleich und atmeten schwer. Der Rückweg verlief schweigsam. –

Am Nachmittag vor seinem diesjährigen Geburtstag sah Klaus Heinrich Raoul Überbein bei sich auf »Eremitage«. Der Doktor kam, um seine Gratulation darzubringen, da er morgen durch Arbeit verhindert sein würde. Sie gingen auf den Kieswegen im rückwärtigen Teil des Parkes umher, der Oberlehrer in Gehrock und weißer Binde, Klaus Heinrich in seiner Litewka. Das Gras stand reif zur Mahd unter der schrägen Nachmittagssonne, die Linden blühten. In einem Winkel, dicht an der Hecke, die den Grund von unschönen Vorstadtwiesen trennte, war ein kleiner, morscher Borkentempel gelegen.

Klaus Heinrich sprach von seinem Verkehr auf »Delphinenort«, da dieser Gegenstand ihm am nächsten lag; er erzählte anschaulich davon, ohne dem Doktor tatsächliche Neuigkeiten mitteilen zu können, denn dieser zeigte sich auf dem Laufenden. Woher er das sei? – O, aus verschiedenen Quellen. Überbein habe nichts vor anderen voraus. – Und also kümmere man sich in der Residenz um diese Dinge? – »Nein, behüte, Klaus Heinrich, niemand denkt daran. Weder an die Ritte, noch an die Teevisiten, noch an die Automobilfahrt. Dergleichen vermag natürlich keine Zunge in Bewegung zu setzen.« – »Aber wir sind so vorsichtig!« – »Wir ist prächtig, Klaus Heinrich, und das mit der Vorsicht auch. Übrigens läßt Exzellenz von Knobelsdorff sich genau über Ihre Taten Bericht erstatten.« – »Knobelsdorff?« – »Knobelsdorff.« Klaus Heinrich schwieg. – »Und wie stellt sich Baron Knobelsdorff zu den Berichten?« fragte er dann. – Nun, der alte Herr habe ja noch nicht Veranlassung genommen, in die Entwickelung der Dinge einzugreifen. – Aber die Öffentlichkeit? Die Leute? – Ja, die Leute hielten natürlich den Atem an. – »Und Sie, Sie selbst, lieber Doktor Überbein?!« – »Ich warte auf den Bowlendeckel«, erwiderte der Doktor.

»Nein!« rief Klaus Heinrich mit freudiger Stimme. »Nein, es wird nichts aus dem Bowlendeckel, Doktor Überbein, denn ich bin glücklich, glücklich, was da auch kommen möge, – verstehen Sie das? Sie haben mich gelehrt, daß das Glück nicht meine Sache sei und haben mich bei den Ohren wieder zu mir selbst gebracht, als ich es dennoch damit versuchte, und ich war Ihnen unaussprechlich dankbar dafür, denn es war schrecklich, schrecklich, und ich vergesse es nicht. Aber dies hier ist kein Ausflug in den Tanzsaal des Bürgergartens, wovon man gedemütigt und Übelkeit im Herzen zurückkehrt, es ist keine Verirrung und Entgleisung und Erniedrigung. Sehen Sie denn nicht, daß die, von der wir reden, daß sie weder in den Bürgergarten gehört, noch zu den adeligen Fasanen, noch irgendwohin sonst in der Welt, als zu mir, – daß sie eine Prinzessin ist, Doktor Überbein, und meinesgleichen, und daß also von Bowlendeckeln gar nicht die Rede sein kann? Sie haben mich gelehrt, daß es liederlich sei, zu behaupten, daß wir alle nur Menschen seien, und innerlich hoffnungslos für mich so zu tun, als ob es so sei, und ein verbotenes Glück, das mit Schande enden müsse. Aber dies hier ist nicht das liederliche und verbotene Glück. Es ist zum ersten Male das erlaubte und innerlich hoffnungsvolle und glückselige Glück, Doktor Überbein, dem ich mich guten Muts überlassen darf, was da auch kommen mag...«

»Adieu, Prinz Klaus Heinrich«, sagte Doktor Überbein, ohne übrigens schon aufzubrechen. Vielmehr fuhr er fort, die Hände auf dem Rücken und den roten Bart auf die Brust gesenkt, an Klaus Heinrichs linker Seite dahinzuwandeln.

»Nein«, sagte Klaus Heinrich. »Nein, nicht adieu, Doktor Überbein, – das ist es ja eben! Ich will Ihr Freund bleiben, der Sie es immer so schwer gehabt haben und so stolz auf Schicksal und Strammheit halten und mich ebenfalls stolz machten dadurch, daß Sie mich als Kameraden behandelten. Ich will nun, wo ich das Glück gefunden habe, nicht bequemen Sinnes werden, sondern Ihnen treu bleiben und mir und meinem hohen Beruf...«

»Wird nicht gegeben«, sagte Doktor Überbein auf lateinisch und schüttelte seinen häßlichen Kopf mit den abstehenden, spitz zulaufenden Ohren.

»Doch, Doktor Überbein, ich bin nun ganz sicher, daß es das gibt, beides zusammen. Und Sie, Sie sollten nicht so kaltsinnig und abweisend neben mir hergehen, wo ich so glücklich bin und obendrein der Vorabend meines Geburtstags ist. Sagen Sie mir... Sie haben so viele Einblicke getan und sich in jeder Weise den Wind um die Nase wehen lassen, – aber haben Sie denn niemals Erfahrungen gemacht in dieser Richtung... Sie wissen schon... Sind Sie gar niemals ergriffen worden, wie ich es nun bin?«

»Hm«, sagte Doktor Überbein und kniff die Lippen zusammen, daß sein roter Bart sich hob und Muskelballen sich an seinen Wangen bildeten. »Das könnte wohl dennoch so unter der Hand sich einmal ereignet haben.«

»Sehen Sie? Sehen Sie? Und nun erzählen Sie mir's, Doktor Überbein! Heute müssen Sie mir's erzählen!«

Und da es eine ernste und still besonnte, auch vom Dufte der Lindenblüten erfüllte Stunde war, so gab Raoul Überbein Auskunft über einen Zwischenfall seiner Laufbahn, dessen er in früheren Berichten niemals erwähnt hatte und der gleichwohl vielleicht von entscheidender Bedeutung für sein Leben gewesen war. Er hatte sich abgespielt zu jener frühen Zeit, als Überbein die kleinen Strolche unterrichtet und nebenbei für sich selbst gearbeitet, sich den Leibgurt enger gezogen und fetten Bürgerkindern Privatstunden erteilt hatte, um sich Bücher kaufen zu können. Immer die Hände auf dem Rücken und den Bart auf der Brust, erzählte der Doktor in kurzangebundenem und scharfem Tone davon, indem er zwischen den einzelnen Sätzen fest die Lippen zusammenpreßte.

Damals hatte das Schicksal ihn unaussprechlich fest mit einem Weibe verbunden, einer schönen, weißen Frau, welche die Gattin eines edelsinnigen und achtenswerten Mannes und Mutter dreier Kinder war. Er war als Präzeptor der Kinder in das Haus gekommen, war aber später häufiger Tischgast und Hausfreund geworden, und auch mit dem Manne hatte er herzliche Empfindungen getauscht. Das zwischen dem jungen Lehrer und der weißen Frau war lange unbewußt und länger noch stumm und unterhalb aller Worte geblieben; aber es war im Schweigen erstarkt und übermächtig geworden, und in einer Abendstunde, als der Gatte sich in Geschäften verweilt hatte, einer heißen, süßen, gefährlichen Stunde, da war es in Flammen ausgebrochen und hätte sie fast betäubt. So hatte denn nun ihr Verlangen geschrien nach dem Glück, dem gewaltigen Glück ihrer Vereinigung; allein hie und da, bemerkte Doktor Überbein, kamen in der Welt anständige Handlungen vor. Sie waren sich zu schade gewesen, sagte er, um den gemeinen und lächerlichen Weg des Betruges einzuschlagen, und vor den arglosen Gatten »hinzutreten«, wie man wohl sagt, und sein Leben zu zerstören, indem sie mit dem Rechte der Leidenschaft die Freiheit von ihm forderten, war gleichfalls nicht ganz nach ihrem Geschmack gewesen. Kurz, um der Kinder, um des guten und edlen Mannes willen, den sie hochschätzten, hatten sie Verzicht geleistet und einander entsagt. Ja, dergleichen kam vor, aber es war natürlich erforderlich, ein bißchen die Zähne zusammenzubeißen. Überbein kam noch immer zuweilen in das Haus der weißen Frau. Er speiste dort zu Abend, wenn seine Zeit es erlaubte, spielte eine Partie Kasino mit den Freunden, küßte der Hausfrau die Hand und sagte gute Nacht!... Aber nachdem er dies erzählt hatte, sagte er das letzte, sagte es noch kürzer und schärfer, als das vorige, während sich noch öfter die Muskelballen an seinen Mundwinkeln bildeten. Damals nämlich, als er und die weiße Frau Verzicht geleistet hatten, damals hatte Überbein dem Glücke, der »Bummelei des Glücks«, wie er es seitdem nannte, endgültig und auf immer Valet gesagt. Da er die weiße Frau nicht gewinnen konnte oder wollte, hatte er sich zugeschworen, ihr Ehre zu machen und dem, was ihn mit ihr verband, indem er es weit brachte und sich groß machte auf dem Felde der Arbeit, – hatte sein Leben auf die Leistung gestellt, auf sie allein, und war geworden, wie er war. – Das war das Geheimnis, war wenigstens ein Beitrag zur Lösung des Rätsels von Überbeins Ungemütlichkeit, Überheblichkeit und Streberei. Klaus Heinrich sah mit Bangen, wie außerordentlich grün sein Gesicht war, als er sich mit tiefer Verbeugung verabschiedete und dabei sagte: »Grüßen Sie die kleine Imma, Klaus Heinrich!«

Am nächsten Morgen nahm der Prinz im gelben Zimmer die Glückwünsche des Schloßpersonals und später diejenigen der Herren von Braunbart-Schellendorf und von Schulenburg-Tressen entgegen. Im Laufe des Vormittags fuhren die Mitglieder des Großherzoglichen Hauses zur Gratulation auf »Eremitage« vor, und um ein Uhr begab sich Klaus Heinrich in seiner Chaise zum Familienfrühstück bei dem Fürsten und der Fürstin zu Ried-Hohenried, unterwegs vom Publikum ungewöhnlich beifällig begrüßt. Die Grimmburger waren vollzählig versammelt in dem zierlichen Palais an der Albrechtsstraße. Auch der Großherzog kam im Gehrock, grüßte alle mit dem schmalen Haupt, indem er mit der Unterlippe leicht an der oberen sog, und trank Milch mit Mineralwasser vermischt zu den Speisen. Fast unmittelbar nach beendetem Frühstück zog er sich zurück. Prinz Lambert war ohne seine Gemahlin erschienen. Der alte Ballettfreund war gefärbt, ausgehöhlt, schlottricht und besaß eine Grabesstimme. Er wurde von den Verwandten bis zu einem gewissen Grade übersehen.

Unter Tafel drehte sich das Gespräch eine Weile um höfische Angelegenheiten, dann um das Gedeihen der kleinen Prinzessin Philippine und später fast ausschließlich um die großgewerblichen Unternehmungen des Fürsten Philipp. Der zarte kleine Herr erzählte von seinen Brauereien, Fabriken und Mühlen und namentlich von seinen Torfstechereien, er schilderte Verbesserungen in den Betrieben, sprach in Ziffern von Anlagen und Erträgnissen, und seine Wangen röteten sich, während die Verwandten seiner Frau ihm mit neugierigen, wohlwollenden oder spöttischen Mienen lauschten.

Als in dem großen Blumensalon der Kaffee genommen wurde, trat die Fürstin mit ihrem vergoldeten Täßchen an ihren Bruder heran und sagte: »Du hast uns aber vernachlässigt in letzter Zeit, Klaus Heinrich.«

Ditlindens herzförmiges Gesicht mit den Grimmburger Wangenknochen war nicht ganz so durchsichtig mehr, es hatte ein wenig mehr Farbe gewonnen seit der Geburt ihres Töchterchens, und ihr Haupt schien weniger schwer an der Last ihrer aschblonden Flechten zu tragen.

»Habe ich euch vernachlässigt?« sagte er. »Ja, verzeih, Ditlinde, es mag wohl sein. Aber ich war so sehr in Anspruch genommen, und dann wußte ich ja, daß auch du es bist, denn nun hast du ja nicht mehr nur deine Blumen zu warten.«

»Ja, die Blumen sind aus der Herrschaft verdrängt, sie machen mir nicht viele Gedanken mehr. Es ist nun ein schöneres Leben und Blühen, das mir zu schaffen macht, und ich glaube, ich habe so rote Backen davon bekommen, wie mein guter Philipp von seinem Torf (von dem er während des ganzen Frühstücks gesprochen hat, was ich nicht loben will, aber es ist seine Leidenschaft). Und da ich so wohl beschäftigt und ausgefüllt war, so bin ich dir auch nicht gram gewesen, daß du dich nicht sehen ließest und deine eigenen Wege gingst, wenn sie mir auch ein bißchen verwunderlich waren...«

»Kennst du denn meine Wege, Ditlind?«

»Ja, leider nicht von dir. Aber Jettchen Isenschnibbe hat mich auf dem Laufenden gehalten – du weißt, sie ist stets unterrichtet – und anfangs war ich heftig erschrocken, das leugne ich nicht. Aber schließlich wohnen sie ja auf ›Delphinenort‹, und er hat einen Leibarzt, und Philipp meint auch, in ihrer Art seien sie ebenbürtig. Ich glaube, ich habe mich früher absprechend über sie geäußert, Klaus Heinrich, habe etwas von ›Vogel Roch‹ gesagt, wenn ich mich recht erinnere, und einen Scherz mit dem Worte ›Steuersubjekt‹ gemacht. Aber wenn du die Leute deiner Freundschaft wert achtest, so habe ich mich eben geirrt und nehme diese Äußerungen natürlich zurück und will versuchen, fortan anders über sie zu denken, das verspreche ich dir... Du hast immer gern gestöbert«, fuhr sie fort, als er ihr lächelnd die Hand geküßt hatte, »und ich mußte mit, und mein Kleid (weißt du noch? das rotsamtne), das hatte die Kosten zu tragen. Nun stöberst du allein, und Gott gebe, daß du nichts Häßliches dabei erfährst, Klaus Heinrich.«

»Ach, Ditlind, ich glaube eigentlich, daß es immer schön ist, was man erfährt, ob gut, ob schlimm. Aber es ist gut, was ich erfahre...«

Um halb fünf Uhr verließ der Prinz aufs neue Schloß »Eremitage«, und zwar auf seinem Dogcart, den er selbst kutschierte, Rücken an Rücken mit einem Lakaien. Es war warm, und Klaus Heinrich trug weiße Beinkleider zum zweireihigen Überrock. Nach beiden Seiten grüßend fuhr er abermals zur Stadt, genauer zum Alten Schloß, ließ aber das Albrechtstor liegen und nahm seine Einfahrt in den Komplex durch einen Nebentorweg, legte zwei Höfe zurück und hielt in demjenigen mit dem Rosenstock.

Alles war still und steinern hier; die Treppentürme mit ihren schrägen Fenstern, schmiedeeisernen Balustraden und schönen Skulpturen ragten in den Ecken empor, und in Licht und Schatten stand das verschiedenartige Bauwerk umher, teils grau und verwittert, teils neueren Ansehens, mit Giebeln und kastenartigen Ausladungen, mit offenen Loggien, Einblicken durch weite Bogenfenster in gewölbte Hallen und gedrungenen Säulengängen. In der Mitte aber, in seinem umgitterten Beet, stand der Rosenstock und blühte, so sehr hatte das Jahr ihn begünstigt.

Klaus Heinrich gab die Zügel dem Diener, ging hin und betrachtete die dunkelroten Rosen. Sie waren außerordentlich schön, – voll und sammetähnlich, edel gebildet und wahre Kunstwerke der Natur. Mehrere waren schon ganz erschlossen.

»Bitte, rufen Sie Hesekiel«, sagte Klaus Heinrich zu einem schnurrbärtigen Türhüter, der, die Hand am Dreispitz, herangetreten war.

Hesekiel kam, der Hüter des Rosenstocks. Es war ein Greis von siebzig Jahren, in einer Gärtnerschürze, mit Triefaugen und gebeugtem Rücken.

»Haben Sie eine Schere bei sich, Hesekiel?« sagte Klaus Heinrich laut. »Ich möchte eine Rose haben.« Und Hesekiel zog eine Gartenschere aus der beutelartigen Tasche seiner Schürze.

»Die hier«, sagte Klaus Heinrich; »das ist die schönste.« Und mit zitternden Händen durchschnitt der Alte den dornigen Stengel.

»Ich will sie besprengen, Königliche Hoheit«, sagte er und begab sich mit schlürfenden Schritten in einen Winkel des Hofes zum Wasserhahn. Schimmernde Tropfen hafteten, als er zurückkehrte, auf den Blättern der Rose, wie auf dem Gefieder von Wasservögeln.

»Danke, Hesekiel«, sagte Klaus Heinrich und nahm die Rose. »Immer bei Kräften? Hier!« Und er gab dem Greise ein Geldstück und bestieg den Dogcart, fuhr, die Rose neben sich auf dem Sitz, über die Höfe und kehrte nach der Meinung aller, die ihn sahen, vom Alten Schloß, wo er wahrscheinlich eine Unterredung mit dem Großherzog gehabt hatte, nach »Eremitage« zurück.

Er fuhr aber von dort durch den Stadtgarten nach »Delphinenort«. Der Himmel hatte sich verdunkelt, große Tropfen fielen schon auf die Blätter nieder, und in der Ferne donnerte es.

Die Damen saßen beim Tee, als Klaus Heinrich, von dem bauchigen Butler geführt, in der Galerie erschien und die Stufen zum Gartensalon hinabschritt. Herr Spoelmann war, wie gewöhnlich in letzter Zeit, nicht anwesend. Er lag mit Breiumschlägen. Perceval, der in schneckenförmiger Pose neben Immas Stuhle lag, schlug mehrmals grüßend mit dem Schweif auf den Teppich. Die Vergoldung der Möbel war stumpf, denn hinter der Glastür lag der Park im Wetterschatten.

Klaus Heinrich tauschte einen Händedruck mit der Tochter des Hauses und küßte der Gräfin die Hand, indem er sie gleichzeitig sanft aus der höfischen Verbeugung emporhob, in die sie ihrer Gewohnheit nach versunken war. »Da ist es nun Sommer«, sagte er zu Imma Spoelmann und bot ihr die Rose. Er hatte ihr noch niemals Blumen gebracht.

»Welche Ritterlichkeit!« sagte sie. »Danke, Prinz! Und sie ist schön!« fuhr sie in aufrichtiger Bewunderung fort (während sie sonst nie etwas lobte) und umfing das herrliche Blumenhaupt, dessen tauige Blätter an den Rändern köstlich gerollt waren, mit ihren schmalen und schmucklosen Händen. »Gibt es so schöne Rosen hier? Woher haben Sie sie?« Und sie neigte durstig ihr schwarzbleiches Köpfchen darüber.

Ihre Augen waren voller Schrecken, als sie es wieder hob.

»Sie duftet nicht!« sagte sie, und ein Ausdruck von Ekel erschien um ihren Mund. »Warten Sie... Doch, sie riecht nach Moder!« sagte sie. »Was bringen Sie mir, Prinz?« Und ihre übergroßen schwarzen Augen in dem perlblassen Gesichtchen schienen vor fragendem Entsetzen zu glühen.

»Ja«, sagte er, »verzeihen Sie, das ist unsere Art von Rosen. Sie ist von dem Stock in einem der Höfe des Alten Schlosses. Haben Sie niemals davon gehört? Es hat seine Bewandtnis damit. Das Volk sagt, daß sie eines Tages aufs lieblichste zu duften beginnen werden.«

Sie schien ihm nicht zuzuhören. »Es ist, als hätte sie keine Seele«, sagte sie und betrachtete die Rose. »Aber sie ist vollkommen schön, das muß man ihr lassen... Nun, das ist ein fragwürdiges Naturspiel, Prinz. Aber haben Sie jedenfalls Dank für Ihre

Aufmerksamkeit. Und wenn sie aus dem Schloß Ihrer Väter stammt, so muß man ihr Reverenz erweisen.«

Sie stellte die Rose in ein Wasserglas neben ihr Gedeck. Ein Schwanverbrämter brachte dem Prinzen Tasse und Teller. Und sie plauderten beim Tee über den verwunschenen Rosenstock und dann über gewohnte Gegenstände, über das Hoftheater, über ihre Pferde, über allerlei nichtige Streitfragen, in welchen Imma Spoelmann ihm widersprach, geschliffene Redensarten in Anführungsstrichen daherführte, indem sie sich über sie lustig machte, ihn matt setzte in erlesener Schriftrede, die sie mit ihrer gebrochenen Stimme hervorsprudelte, während sie launisch ihr Köpfchen dabei drehte. Später wurde ein gewichtiger, in weißes Papier verpackter Ballen gebracht, eine Sendung des Buchbinders für Fräulein Spoelmann, enthaltend eine Anzahl von Werken, die sie in schöne und dauerhafte Gewänder hatte kleiden lassen. Sie öffnete das Paket, und alle drei sahen nach, ob der Handwerker gute Arbeit getan habe.

Es waren fast lauter gelehrte Bücher, entweder solche, die inwendig so zauberhaft aussahen wie Imma Spoelmanns Kollegheft, oder solche, die sich mit wissenschaftlicher Seelenkunde, scharfsinnigen Zergliederungen der inneren Vorgänge befaßten; und sie waren aufs kostbarste ausgestattet, mit Pergament und gepreßtem Leder, mit Golddruck, aus gesuchten Papieren und seidenen Bandzeichen. Imma Spoelmann zeigte sich leidlich zufrieden mit der Lieferung, aber Klaus Heinrich, der niemals so reiche Bände gesehen hatte, war des Lobes voll.

»Nun werden sie also aufgestellt?« fragte er... »Zu den anderen oben? Sie haben wohl viele Bücher? Und sind alle so schön wie diese? Lassen Sie mich zusehen, wie Sie sie einreihen! Ich kann nicht fahren, das Wetter steht immer noch da und droht meinen weißen Hosen. Ich weiß überhaupt nicht, wie Sie wohnen auf Delphinenort, ich war nie in Ihrem Studio. Wollen Sie mir Ihre Bücher zeigen?«

»Das hängt von der Gräfin ab«, sagte sie und war damit beschäftigt, die neuen Bände aufeinander zu stapeln. »Gräfin, der

Prinz wünscht meine Bücher zu sehen. Darf ich Sie bitten, sich hierzu zu äußern?«

Gräfin Löwenjoul saß in Abwesenheit. Den kleinen Kopf zur Schulter geneigt, betrachtete sie Klaus Heinrich mit einem scharf gekniffenen, ja boshaften Blick und ließ dann ihre Augen zu Imma Spoelmann hinübergleiten, während ihre Miene sich veränderte und ein weicher, mitleidiger und besorgter Ausdruck davon Besitz ergriff. Lächelnd kam sie zu sich und nestelte eine kleine Uhr aus ihrem braunen, enganschließenden Kleide hervor.

»Um sieben Uhr«, sagte sie frisch, »erwartet Mister Spoelmann Sie, Imma, damit Sie ihm vorlesen. Sie haben eine halbe Stunde, um den Wunsch Seiner Königlichen Hoheit zu erfüllen.«

»Nun, so kommen Sie, Prinz, und besichtigen Sie mein Studio!« sagte Imma. »Auch mögen Sie sich immerhin an der Überführung der Bücher beteiligen, sofern Ihre Hoheit es zuläßt. Ich nehme die Hälfte...«

Aber Klaus Heinrich nahm alle Bücher. Er umfaßte sie mit beiden Armen, obgleich der linke ihm wenig nütze war, und der Stapel reichte ihm über das Kinn. So, rückwärts gebeugt und behutsam, um nichts zu verlieren, folgte er der führenden Imma hinüber in den nach der Auffahrtsallee gelegenen Flügel, in dessen Hauptgeschoß die Wohnungen Fräulein Spoelmanns und der Gräfin Löwenjoul lagen.

In dem großen und wohnlichen Zimmer, das sie durch eine schwere Tür betraten, ließ er seine Last auf die sechseckige Platte eines Ebenholztisches nieder, der vor einem massigen, mit golddurchwirktem Stoff überkleideten Sofa stand. Imma Spoelmanns Studio war nicht in dem geschichtlichen Stile des Schlosses, sondern in neuerem Geschmack und übrigens ohne alle Zierlichkeit, vielmehr mit großzügigem, herrenhaftem und zweckmäßigem Luxus hergerichtet. Mit edlem Holze getäfelt bis hoch hinauf und geschmückt mit alten Tonwaren, die rings unter der Decke auf den Gesimsen schimmerten, war es ausgestattet mit morgenländischen Teppichen, einem Kamin mit schwarz marmornem Mantel, auf dessen Platte schön geformte Vasen und eine goldene Stutzuhr standen, breiten, bordierten Sammetstühlen und Vorhängen aus dem gewirkten Stoff des Sofabezuges. Der geräumige Schreibtisch stand vor dem Bogenfenster, welches die Aussicht auf das große Brunnenbassin vorm Schlosse bot. Eine Wand war mit Büchern bedeckt, aber die Hauptbibliothek befand sich in dem anstoßenden, kleineren und ebenfalls mit Teppichen belegten Raum, in den eine offene Schiebetür Einblick gewährte und dessen Wände durchaus und bis zur Decke hinauf mit Bücherborden umstellt waren.

»Nun, Prinz, dies ist meine Eremitage«, sagte Imma Spoelmann. »Sie gefällt Ihnen, wie ich hoffe?«

»Doch, sie ist herrlich«, sagte er. Übrigens sah er sich gar nicht um, sondern blickte unverwandt auf sie, die bei dem sechseckigen Tisch an dem Seitenpolster des Sofas lehnte. Sie trug eines ihrer schönen Hauskleider, ein sommerliches heute, aus einem blütenweißen, gefälteten Stoff, mit offenen Ärmeln und einer gelben Stickerei auf der Brust. Die Haut ihrer Arme und ihres Halses erschien bräunlich wie angerauchter Meerschaum gegen die Weiße des Kleides; ihre übergroßen und glänzend ernsten Augen in dem seltsamen Kindergesichtchen redeten eine fließende und unaufhaltsame Sprache, und eine glatte Strähne ihres blauschwarzen Haares fiel seitwärts in ihre Stirn. Sie hatte Klaus Heinrichs Rose in der Hand.

»Doch, sie ist herrlich«, sagte er, der vor ihr stand, und wußte nicht, was er meinte. Seine blauen Augen, von den volkstümlichen Wangenknochen bedrängt, waren trüb wie von Schmerz. »Sie haben so viele Bücher«, fügte er hinzu, »wie meine Schwester Ditlinde Blumen hat.«

»Hat die Fürstin so viele Blumen?«

»Ja, aber neuerdings sind sie ihr weniger wert.«

»Nun wollen wir einräumen«, sagte sie und griff nach den Büchern.

»Nein, warten Sie«, sagte er mit schwerer Brust. »Ich habe Ihnen so viel zu sagen, und unsere Zeit ist so kurz. Sie müssen wissen, daß heute mein Geburtstag ist, – darum kam ich, und brachte Ihnen die Rose.«

»O«, sagte sie, »das ist bemerkenswert! Es ist Ihr Geburtstag heute? Nun, ich bin sicher, daß Sie alle Glückwünsche mit dem Ihnen eigenen Anstand entgegengenommen haben. Nehmen Sie auch den meinen! Es war hübsch, daß Sie mir heute die Rose brachten, obgleich sie ihr Bedenkliches hat...« Und sie versuchte noch einmal mit furchtsamem Ausdruck den Moderduft. »Wie alt werden Sie heute, Prinz?«

»Siebenundzwanzig«, antwortete er. »Vor siebenundzwanzig Jahren wurde ich auf der Grimmburg geboren. Ich habe es immer recht streng und einsam seitdem gehabt.«

Sie schwieg. Und plötzlich sah er, wie ihr Blick, unter leicht verfinsterten Brauen, an seiner Seite suchte, – ja, obwohl er, seiner Übung nach, ein wenig schräg vor ihr stand und ihr die rechte Schulter zuwandte, konnte er nicht verhindern, daß ihre Augen sich mit stillem Forschen auf seinen linken Arm, auf die Hand hefteten, die er weit rückwärts in die Hüfte gestemmt hatte.

»Haben Sie das da seit Ihrer Geburt?« fragte sie leise.

Er erbleichte. Aber mit einem Laut, der wie ein Laut der Erlösung klang, sank er vor ihr nieder, indem er die seltsame Gestalt mit beiden Armen umschlang. Da lag er, in seinen weißen Hosen und seinem blau und roten Rock mit den Majorsraupen auf den schmalen Schultern.

»Kleine Schwester...«, sagte er. »Kleine Schwester...«

Sie antwortete mit vorgeschobenen Lippen: »Haltung, Prinz. Ich bin der Meinung, daß es nicht erlaubt ist, sich gehen zu lassen, sondern daß man unter allen Umständen Haltung bewahren muß.«

Aber hingegeben und mit blinden Augen das Gesicht zu ihr emporgewandt, sagte er nichts als: »Imma... kleine Imma...«

Da nahm sie seine Hand, die linke, verkümmerte, das Gebrechen, die Hemmung bei seinem hohen Beruf, die er von Jugend auf mit Kunst und Wachsinn zu verbergen gewöhnt war, – nahm sie und küßte sie.

Ernste Gerüchte liefen über den Gesundheitszustand des Finanzministers Doktor Krippenreuther im Lande um. Man sprach von nervöser Zerrüttung, von einem fortschreitenden Magenübel, auf welches in der Tat die schlaffen und gelben Gesichtszüge Herrn Krippenreuthers zu schließen berechtigten... Was ist Größe! Der Tagelöhner, der fahrende Strolch beneidete diesen gequälten Würdenträger nicht um seinen Titel, seine Gnadenketten, seinen Rang bei Hofe, sein hervorragendes Amt, zu dem er zähe emporgestrebt war, um sich darin aufzureiben. Sein Rücktritt war wiederholt als unmittelbar bevorstehend gemeldet worden, – einzig und allein dem Widerwillen des Großherzogs gegen neue Gesichter sowie der Erwägung, daß ein Personenwechsel zurzeit nichts bessern könne, sei es, sagte man, zuzuschreiben, daß dieser Rücktritt noch nicht zur Tatsache geworden war. Doktor Krippenreuther hatte seinen Sommerurlaub in einem Höhenkurort verbracht; aber falls er dort oben einige Erholung gefunden, so wurden nach seiner Heimkehr die gesammelten Kräfte rasch wieder verzehrt, denn gleich zu Beginn der parlamentarischen Jahreszeit gab es Zwietracht zwischen dem Minister und der Budgetkommission, – schwere Mißhelligkeiten, die gewiß nicht in einem Mangel an Geschmeidigkeit seinerseits, sondern in den Verhältnissen, der heillosen Sachlage begründet waren.

Mitte September eröffnete Albrecht II. unter den hergebrachten Gebräuchen im Alten Schlosse den Landtag. Eine Anrufung Gottes durch den Hofprediger D. Wislizenus in der Schloßkirche war der Zeremonie voraufgegangen; dann begab sich der Großherzog, begleitet von dem Prinzen Klaus Heinrich, in feierlichem Zuge zum Thronsaal, woselbst die Mitglieder der beiden Kammern, die Minister, die Hofchargen und viele andere Herren in Uniform und Bürgerkleid die fürstlichen Brüder mit einem dreifachen Hoch begrüßten, aufgefordert dazu durch den Präsidenten der Ersten Kammer, einen Grafen Prenzlau.

Albrecht hatte dringend gewünscht, seine Rolle bei der förmlichen Handlung an seinen Bruder abzutreten, und nur auf inständige Gegenvorstellungen des Herrn von Knobelsdorff schritt er im Zuge hinter den als Pagen verkleideten Kadetten her. Er schämte sich seiner verschnürten Husarenjacke, seiner prallen Hosen und dieses ganzen Hokuspokus in dem Grade, daß Ärger und Verlegenheit ihm unzweideutig vom Gesichte zu lesen waren. Seine Schulterblätter waren nervös verzogen, als er die Stufen zum Thron emporstieg. Dann stand er vor dem Theaterstuhl unter dem schadhaften Baldachin und sog an der Oberlippe. Auf dem weißen Stehkragen, der weit aus dem silbernen Husarenkragen hervorragte, ruhte sein schmaler, spitzbärtiger, unmilitärischer Kopf und seine blauen, einsam blickenden Augen sahen niemanden. Das Klirren der Sporen des Flügeladjutanten, der ihm die Handschrift der Thronrede überreichte, klang durch den Saal, in welchem sich Stille verbreitet hatte. Und leise, ein wenig lispelnd und mehrmals von plötzlicher Heiserkeit unterbrochen, verlas der Großherzog, was man ihm aufgesetzt hatte.

Es war das schonungsvollste Schriftstück, das je zu Gehör gekommen, und setzte jeder niederschlagenden Tatsache äußerer Natur einen dem Volke innewohnenden sittlichen Vorzug entgegen. Es fing damit an, die im Lande vorhandene Tüchtigkeit zu preisen und räumte dann ein, daß gleichwohl nicht auf allen Gebieten des Erwerbslebens ein eigentlicher Aufschwung zu verzeichnen sei, so daß die Einnahmequellen nicht durchweg die wünschenswerte Ergiebigkeit aufwiesen. Es vermerkte mit Genugtuung, wie der Sinn für das Gemeinwohl und wirtschaftlicher Opfermut sich mehr und mehr in der Bevölkerung ausbreiteten und erklärte dann ohne Schönfärberei, daß »trotz überaus begrüßenswerter Erhöhung der Steuereingänge infolge Zuzugs steuerkräftiger Fremder« – (womit Herr Spoelmann gemeint war) – an eine Herabsetzung der Ansprüche an den eben gewürdigten Opfermut nicht wohl habe gedacht werden können. Selbst ohnedies, hieß es weiter, hätten sich im Etatsentwurf nicht alle finanzpolitischen Ziele erreichen lassen, und wenn es zunächst noch nicht gelungen sei, die Schuldentilgung auf das angestrebte Maß zu bringen, so sehe die Regierung doch in der Fortsetzung einer maßvollen Anlehenspolitik den besten Ausweg aus den rechnerischen Verwickelungen. Auf jeden Fall fühle sie sich – die Regierung – in aller Ungunst der Verhältnisse von dem Vertrauen des Volkes getragen, jenem Glauben an die Zukunft, der ein so schönes Erbteil unseres Stammes sei ... Und sobald als tunlich verließ die Thronrede das mißliche Gebiet des Geldwirtschaftlichen, um sich minder heiklen Gegenständen, dem Kirchen-, Schul- und Rechtswesen zuzuwenden. Staatsminister von Knobelsdorff erklärte im Namen des Monarchen den Landtag für eröffnet. Und die Hochrufe, die Albrecht begleiteten, als er den Saal verließ, hatten einen trotzig verzweifelten Nachdruck.

Da die Witterung noch sommerlich war, kehrte er sofort nach Hollerbrunn zurück, von wo er notgedrungen zur Stadt gekommen war. Er hatte das Seine getan, und was übrigblieb, war Sache Herrn Krippenreuthers und des Landtags. Es kam, wie gesagt, sogleich zu Streitigkeiten, und zwar wegen mehrerer Punkte auf einmal: der Vermögenssteuer, der Fleischsteuer und des Beamtengehaltstarifs.

Da nämlich die Volksvertretung für nichts in der Welt zur Bewilligung neuer Steuern zu bewegen gewesen wäre, so war Doktor Krippenreuthers grübelnder Geist darauf verfallen, die bisher gebräuchlich gewesenen Ertragssteuern in eine Vermögenssteuer umzuwandeln, die, den Steuerfuß auf dreizehneinhalb vom Hundert angesetzt, einen Mehrertrag von rund einer Million ergeben würde. Wie bitter notwendig, ja wie unzulänglich ein solcher Mehrertrag war, erhellte denn auch aus dem Hauptvoranschlag für das neue Etatsjahr, welcher, der Übernahme neuer Lasten auf die Staatskasse ungeachtet, mit einem Fehlbetrag abschloß, der das Herz jedes wirtschaftlich Einsichtigen mußte erbeben machen. Da aber klar war, daß fast allein die Städte durch die Vermögenssteuer würden belastet werden, so kehrte sich gegen den Steuerfuß von dreizehneinhalb die volle Entrüstung der städtischen Vertreter, und zum mindesten forderten sie als Entgelt die Abschaffung der Fleischsteuer, die sie volksfeindlich und vorsündflutlich nannten. Hinzu kam, daß die Kommission mit Unnachgiebigkeit auf der längst versprochenen und immer hinausgeschobenen Aufbesserung der Beamtenbesoldungen bestand, – wobei nicht zu leugnen war, daß die Gehälter der Verwaltungsbeamten, Geistlichen und Lehrer des Großherzogtums in der Tat zum Erbarmen aufforderten. Allein Dr. Krippenreuther konnte nicht Gold machen – »ich habe nicht Gold machen gelernt«, sagte er wörtlich – und so wenig er sich in der Lage sah, auf die Fleischsteuer zu verzichten, so wenig wußte er Rat gegen den Notstand der Beamten. Ihm blieb nichts übrig, als auf seine dreizehneinhalb vom Hundert zu trotzen, obwohl er am besten wußte, daß man durch ihre Bewilligung nicht wesentlich würde gefördert sein. Denn die Lage war ernst, und schwermütige Geister gaben ihr trübere Bezeichnungen.

Über die Ernteergebnisse der letzten Jahre enthielt die »Zeitschrift des Großherzoglichen Statistischen Bureaus« erschrekkende Angaben. Die Landwirtschaft hatte eine Reihe von Mißjahren zu verzeichnen; Wetterunbilden, Hagel, Dürre und übermäßiger Regen hatten die Bauern getroffen; ein außerordentlich schneearmer und kalter Winter hatte die Saaten erfrieren gemacht; und die Krittler behaupteten, wenn auch ziemlich unbewiesenerweise, daß die Fällungen bereits das Klima beeinträchtigt hätten. Jedenfalls war laut zahlenmäßiger Nachweisung der Gesamtertrag an Körnern im beunruhigendsten Grade zurückgegangen. Die Beschaffenheit des Strohs, das übrigens in ungenügenden Mengen vorhanden war, ließ der amtlichen Redewendung nach zu wünschen übrig; die Ziffern der Kartoffelernte standen weit hinter dem Durchschnittsertrag von Jahrzehnten zurück, zu schweigen davon, daß nicht weniger als zehn vom Hundert dieser Feldfrüchte erkrankt waren; den künstlichen Futterbau angehend, so zählten die letzten beiden Jahre, sowohl in bezug auf die Menge als auch auf die Beschaffenheit des Ertrages an Klee und Luzerne zu den ungünstigsten der ganzen Erhebungsperiode, und weder mit der Ernte an Winterraps noch mit derjenigen an Heu und Grummet stand es besser. Der

Niedergang der landwirtschaftlichen Verhältnisse fand krassen Ausdruck in der Zunahme der Zwangsveräußerungen, deren Ziffer in diesem Berichtsjahr entsetzlich emporschnellte. Aber der Mißwuchs zog Steuerausfälle nach sich, die, wenn sie anderswo schmerzlich empfunden worden wären, bei uns verhängnisvoll wirken mußten.

Die Forsten? Es war nichts daraus erwirtschaftet worden. Ein Unheil kam zum andern; Schädlinge, Nonnen hatten die Wälder mehrmals heimgesucht, – und daran, daß durch die Überhauungen der Wald überhaupt in seinem Kapitalwerte erschüttert war, braucht nicht erinnert zu werden.

Die Silberbergwerke? Sie waren lange erträgnislos gewesen. Zerstörende Naturmächte hatten den Betrieb unterbrochen, und da die Wiederherstellung große Kosten verursacht haben würde, auch die Ergebnisse niemals so recht den Aufwendungen hatten entsprechen wollen, so hatte man sich genötigt gesehen, die vorläufige Auflassung der Werke zu verfügen, obgleich dadurch viele Arbeiter brotlos gemacht und ganze Gegenden geschädigt wurden.

Genug! Wie es in dieser Zeit der Prüfung um die ordentlichen Einnahmen des Staates stand, ist hiermit gekennzeichnet. Die schleichende Krise, das von einem Wirtschaftsjahr in das andere geschleppte Defizit war durch Notstand, durch die Feindseligkeit der Elemente und Steuerausfall brennend, war schreiend geworden, und bei der ratlosen Umschau nach Heilmitteln, – nach Linderungsmitteln offenbarte sich dem blödesten Blick der ganze Jammer unserer Finanzgebarung. An die Bewilligung neuer Abgaben war nicht einmal zu denken. Steueruntüchtig von Natur, war das Land in diesem Augenblick erschöpft, seine Steuerkraft erlahmt, und die Krittler behaupteten, daß auf dem Lande der Anblick unterernährter Gestalten immer häufiger werde, woran erstens die empörenden Verzehrungssteuern und zweitens die unmittelbaren Steuerlasten die Schuld trügen, welche bekanntlich den Viehbesitzer zwängen, alle Vollmilch zu Gelde zu machen. Was aber jenes andere, minder sittliche, doch verlockend bequeme Hilfsmittel gegen Geldmangel betrifft, welches die Finanzwissenschaft kennt, nämlich die Anleihe, so war die Stunde gekommen, wo eine mißbräuchliche und leichtfertige Ausnutzung dieses Mittels sich bitter zu rächen begann.

Nachdem man die Schuldentilgung eine Weile auf ungeschickte und verlustbringende Weise betrieben, hatte man sie unter Albrecht II. so gut wie ganz unterlassen, hatte die klaffenden Löcher im Etat mit neuen Anleihen und Schatzscheinen notdürftig gestopft und sah sich erbleichend einer schwebenden und kurzfristigen fundierten Schuld gegenüber, deren Höhe zur Kopfzahl der Einwohnerschaft in skandalösem Verhältnis stand. Dr. Krippenreuther war nicht vor den Praktiken zurückgeschreckt, die in solchem Falle dem Staat zu Gebote stehen. Er hatte sich hoher Kapitalverbindlichkeiten entschlagen, hatte zur Zwangskonversion gegriffen und, nicht ohne gleichzeitige Herabsetzung des Zinsfußes, kurzfristige Schulden über die Köpfe der Gläubiger hinweg in ewige Rentenschulden umgewandelt. Aber die Renten wollten gezahlt sein, und während diese Zahlungsverpflichtungen unsere Volkswirtschaft unerträglich belasteten, wurde, durch den Tiefstand des Kurses, bei jeder neuen Ausgabe von Schuldverschreibungen der Kapitalerlös für die Staatskasse geringer. Mehr noch: die wirtschaftliche Krise im Großherzogtum bewirkte, daß die auswärtigen Gläubiger ihre Forderungen hastig zu veräußern suchten, was wiederum Kurssturz und verstärkten Geldabfluß zur Folge hatte, und Bankbrüche in der Geschäftswelt waren an der Tagesordnung.

Mit einem Worte: unser Kredit war erschüttert, unsere Papiere standen tief unter dem Nennwerte, und wenn der Landtag eine neue Anleihe vielleicht auch lieber als neue Steuern bewilligt hätte, so waren die Bedingungen, die dem Lande auferlegt worden wären, doch solcher Art, daß die Begebung schwierig, wenn nicht unmöglich erschien. Denn zu allem Unglück kam dies, daß man gerade damals unter dem Druck jener allgemeinen wirtschaftlichen Mißstimmung, jener Geldteuerung stand, die noch in jedermanns Erinnerung ist.

Was tun, um festen Boden zu gewinnen? Wohin sich wenden, um den Geldhunger zu stillen, der uns verzehrte? Die Veräußerung der zurzeit erträgnislosen Silberbergwerke und die Verwendung des Erlöses zur Tilgung hochverzinslicher Schulden war längst erwogen worden. Jedoch durch den Verkauf, der, wie die Dinge lagen, notwendig ungünstig ausfallen mußte, wäre nicht nur das in den Werken angelegte Kapital fast ganz verloren gegangen, sondern der Staat hätte sich auch der Gewinne begeben, die dennoch vielleicht über kurz oder lang einmal daraus würden zu erlangen sein, – und schließlich war nicht von heute auf morgen ein Käufer zu finden. Einen Augenblick – es war ein Augenblick seelischer Hinfälligkeit – kam selbst der Verkauf von Staatsforsten in Betracht. Aber hier darf gesagt werden, daß immerhin genug gesunder Sinn im Lande vorhanden war, um zu verhindern, daß unsere Wälder der Privatindustrie überantwortet würden.

Um nichts zu verschweigen: noch andere Verkaufsgerüchte kamen auf, Gerüchte, die darauf schließen ließen, daß die Verlegenheit nicht vor Stätten Halt mache, welche das ehrerbietige Volk sich gern als allen Unbilden der Zeit entrückt gedacht hätte. Der »Eilbote«, nicht gewohnt, seinem Zartgefühl eine Information zu opfern, brachte zuerst die Nachricht, daß zwei im offenen Lande gelegene Schlösser des Großherzogs, »Zeitvertreib« und »Favorita«, dem Verkauf unterstellt seien. In Erwägung, daß beide Besitztümer für Wohnzwecke der allerhöchsten Familie nicht mehr in Betracht kämen und jährlich steigende Zuschüsse erforderten, habe die Verwaltung der Kronfideikommißgüter die zuständigen Stellen angewiesen, die Veräußerung in die Wege zu leiten. Was bedeutete das? Offenbar stand es anders damit, als mit dem Verkauf von »Delphinenort«, der die Folge eines ganz außerordentlichen und überaus günstigen Angebots und außerdem eine Handlung der Staatsklugheit gewesen war. Leute, die abgehärtet genug waren, um Dinge namhaft zu machen, vor deren Nennung ein feineres Empfinden zurückbebt, sprachen es aus, daß die Hoffinanzdirektion von unruhig gewordenen Gläubigern rücksichtlos bedrängt werde und, wenn sie solche Verkäufe empfehle, einem unerbittlichen Zwang unterliege.

Wohin war es gekommen? In welche Hände würden die Schlösser gelangen? Gerade die Bestgesinnten, die so fragten, waren geneigt, eine weitere Nachricht, die von überklugen Alleswissern ausgesprengt wurde, als tröstlich zu empfinden und zu glauben: Daß nämlich abermals niemand anders als Samuel Spoelmann der Käufer sei, – eine völlig grundlose und aus der Luft entstandene Meldung, die aber erkennen läßt, welche Rolle in der Vorstellungswelt des Volkes der einsame und leidende kleine Mann spielte, der sich in seiner Mitte fürstlich niedergelassen hatte.

Dort hauste er, mit seinem Leibarzt, seiner elektrisch betriebenen Orgel und seiner Gläsersammlung, hinter den Säulen, den Bogenfenstern und gemetzten Laubgewinden des Lustschlosses, das sein Wink aus dem Verfalle hatte erstehen lassen. Man sah ihn fast nie; er lag mit Breiumschlägen. Aber man sah seine Tochter, dies fremdartige, mit launischem Mienenspiel auf königlicher Höhe lebende Wesen, das eine Gräfin zur Gesellschaft hatte, der Algebra oblag und frei und zornig mitten durch die Wachtmannschaft gegangen war, – man sah sie, und an ihrer Seite sah man zuweilen den Prinzen Klaus Heinrich.

Es war eine von Raoul Überbeins starken Redensarten gewesen, als er erklärt hatte, daß das Publikum bei diesem Anblick »den Atem anhalte«; aber in der Sache hatte er recht, und man kann sagen, daß niemals die Bevölkerung unserer Residenz – und zwar in ihrer ganzen Zusammensetzung – einen gesellschaftlichen oder öffentlichen Vorgang mit so leidenschaftlichem, so alles andere hintansetzendem Eifer verfolgt hatte, wie Klaus Heinrichs Verkehr auf »Delphinenort«. Der Prinz selbst handelte bis zu einem gewissen Punkte – nämlich bis zu einer gewissen Unterredung mit Seiner Exzellenz dem Staatsminister von Knobelsdorff – blind, ohne Rücksicht auf die Mitwelt und inneren Trieben gehorchend; aber sein Lehrer konnte ihn mit Fug ob der Meinung, als könnten seine Schritte der Welt verborgen bleiben, in seiner väterlichen Art verspotten, denn sei es nun, daß die beiderseitige Dienerschaft nicht reinen Mund hielt oder daß unmittelbare Beobachtungen von seiten des Publikums vorlagen, jedenfalls war Klaus Heinrich niemals mit Fräulein Spoelmann zusammengetroffen, niemals seit jener ersten Begegnung im Dorotheenspital, ohne daß es bemerkt und besprochen worden wäre. Bemerkt? Nein, erspäht, eräugt und gierig aufgegriffen! Besprochen? Vielmehr mit Sturzbächen von Gerede überschüttet! Dieser Verkehr bildete den Gesprächsgegenstand der Hofgesellschaft, der Salons, der Wohn- und Schlafzimmer, der Barbierstuben, Wirtshäuser, Handwerkstätten und Gesindekammern, der Droschkenkutscher an den Haltestellen und der Mägde unter den Haustoren, er beschäftigte gleichermaßen die männlichen und weiblichen Köpfe, wenn auch natürlich mit den Abweichungen, die in der unterschiedlichen Betrachtungsweise der Geschlechter begründet liegen, die unerhört einmütige Teilnahme daran wirkte ausgleichend, zusammenfassend, sie überbrückte die gesellschaftlichen Klüfte, und es konnte geschehen, daß der Trambahnschaffner sich auf der Plattform an den feingekleideten Fahrgast mit der Frage wandte, ob er schon wisse, daß gestern nachmittag der Prinz wieder eine Stunde auf »Delphinenort« gewesen sei.

Aber das sowohl an und für sich Bemerkenswerte wie auch für die Zukunft Entscheidende bei alldem war, daß man keinen Augenblick den Eindruck gewann, als läge ein Ärgernis in der Luft und als handle es sich bei all der Zungenbewegung um die gemeine Lust an anstößigen Vorgängen in hohen Sphären, – sondern daß vom ersten Anbeginn, bevor noch irgendein Hintergedanke aufzukommen Zeit gehabt hatte, die tausendstimmige Erörterung bei aller Erregtheit durchaus im Sinne der Billigung und des Einverständnisses geführt wurde, ja, daß der Prinz, wenn er früher darauf verfallen wäre, sich nach der öffentlichen Meinung umzutun, sogleich die glückliche Gewißheit von der unbedingten Volkstümlichkeit seines Handelns erhalten hätte. Als er nämlich, seinem Lehrer gegenüber, Fräulein Spoelmann eine »Prinzessin« genannt hatte, da hatte er, wie es ihm übrigens wohl anstand, genau im Geiste des Volkes gesprochen, – jenes Volkes, das überall das Ungemeine und Traumhafte mit dichterischem Sinn zu erfassen weiß. Ja, für das Volk war das schwarzbleiche, kostbare und eigentümlich liebliche Wesen von schillernder Blutzusammensetzung, das von den Gegenfüßlern zu uns gekommen war, um sein vereinzeltes und beispielloses Leben bei uns zu führen, – für das Volk war es ein Fürsten- oder Feenkind aus Fabelland, eine Prinzessin in des Wortes sonderbarster Bedeutung. Aber alles, sowohl ihr eigenes Gehaben als auch das Verhalten der Welt zu ihr, trug dazu bei, sie auch im gewohnten Sinne des Wortes als Prinzessin erscheinen zu lassen. Wohnte sie nicht mit ihrer gräflichen Ehrendame in einem Schloß, wie es sich gehörte? Fuhr sie nicht in ihrem prachtvollen Kraftwagen oder mit ihrem Viergespann an den mildtätigen Anstalten, dem Blinden-, dem Waisen-, dem Diakonissenhause, der Volksküche und der Milchküche vor, um sie zu allgemeiner Erhebung und eigener Belehrung zu besichtigen, völlig nach fürstlicher Art? Hatte sie nicht sowohl für die Überschwemmten wie für die Abgebrannten aus ihrer »Privatschatulle«, wie der »Eilbote« sich bezeichnend ausdrückte, Unterstützungssummen gespendet, die genau denen des Großherzogs gleichkamen (sie nicht übertrafen, was allgemein beifällig vermerkt wurde)? Berichteten nicht fast jeden Tag die Journale gleich unter den Hofnachrichten über Herrn Spoelmanns wechselnden Gesundheitszustand, – ob die Koliken ihn ans Bett fesselten oder ob er den morgendlichen Besuch des Quellengartens wieder aufgenommen habe? Gehörten die weißen Livreen seiner Bedienten nicht zum hauptstädtischen Straßenbilde wie die braunen der großherzoglichen Lakaien? Ließen nicht die Fremden mit ihren Handbüchern sich nach Delphinenort hinausfahren, um sich in den Anblick der Spoelmannschen Residenz zu versenken, – manche, bevor sie das Alte Schloß gesehen? Waren nicht beide Schlösser, das Alte und Delphinenort, nahezu gleichermaßen Hochsitze und Mittelpunkte der Stadt? In welche Gesellschaft gehörte das aller Gemeinschaft und Gleichartigkeit entrückte Menschenkind, das als Samuel Spoelmanns Tochter geboren war? Wem sollte es sich anschließen, mit wem Verkehr pflegen? Nichts war weniger befremdend, nichts einleuchtender und natürlicher, als Klaus Heinrich an ihrer Seite zu sehen. Und auch alle diejenigen, die des Anblicks nicht wirklich teilhaft geworden waren, genossen ihn im Geiste und vertieften sich darein: die schlanke, festlich vertraute Gestalt des Prinzen neben der Tochter und Erbin des ungeheuerlichen kleinen Fremden, der krank und ärgerlich an einem Vermögen trug, welches sich ungefähr doppelt so hoch belief wie unsere sämtlichen Staatsschulden!

Da geschah es, daß eine Erinnerung, eine wunderliche Wortfügung vom öffentlichen Bewußtsein Besitz ergriff... niemand kann sagen wer zuerst darauf hinwies, darauf zurückwies, – das steht nicht fest. Vielleicht war es eine Frau, vielleicht ein Kind mit gläubigen Augen, dem man es irgendwann zum Einschlafen erzählt, – Gott weiß es. Aber eine gespenstische Gestalt belebte sich in der Einbildungskraft des Volkes: der Schatten eines alten Zigeunerweibes, das grauzottig und krumm, die Augen nach innen gekehrt, seinen Stock durch den Sand führte und dessen Gemurmel aufgezeichnet und von Geschlecht zu Geschlecht überliefert worden war... »Das größte Glück?« Durch einen Fürsten »mit einer Hand« sollte es dem Lande zuteil werden. Mehr werde er, hieß es, mit seiner einen dem Lande geben, als andere mit zweien nicht vermöchten... Mit einer? Aber war alles ganz in Ordnung an Klaus Heinrichs schlanker Festgestalt? War nicht, wenn man sich besann, eine Schwäche, ein Fehler an seiner Person, wovon man, wenn man ihn grüßte, abzusehen gewöhnt war, aus Scheu zum ersten und zweitens, weil er einem mit liebenswerter Kunst erleichterte, davon abzusehen? Man sah ihn im Wagen, wie er über dem Säbelgriff den linken Unterarm mit dem rechten bedeckte. Man sah ihn unter einem Baldachin, auf einer mit Fahnentüchern behangenen Tribüne sich darstellen, ein wenig nach links gewandt, die Linke auf eine gewisse Art in die Hüfte gestützt. Sein linker Arm war zu kurz, die Hand verkümmert, man wußte es und kannte sogar verschiedene Erklärungen für die Entstehung dieses Gebrechens, ohne daß Ehrfurcht und Abstand doch erlaubt hätten, es klar zu sehen oder es auch nur eigentlich zuzugeben. Aber nun sah man es. Niemals wird festgestellt werden können, wer zuerst flüsternd daran erinnerte und es mit der Prophezeiung in Verbindung brachte, – ein Kind, eine Magd oder ein Greis an der Schwelle des Jenseits. Aber was feststeht, ist, daß es im Volke geschah, daß das Volk gewisse Gedanken und Hoffnungen – nicht zuletzt seine Auffassung der Person Fräulein Spoelmanns – den gebildeten Ständen bis hinauf zu den ausschlaggebenden Stellen erst aufdrängte, und von unten her gewaltig eingab: daß der unbefangene, von Vorurteilen nicht gehemmte Glaube des Volkes allem Späteren die breite und feste Grundlage bot. »Mit einer Hand?« fragte es, und »Das größte Glück?« Es sah Klaus Heinrich im Geiste neben Imma Spoelmann die Linke in die Hüfte stützen, und, noch unfähig, zu Ende zu denken, was es dachte, erbebte es bei seinem halben Gedanken.

Damals schwebte alles in der Luft, und niemand dachte etwas zu Ende – auch nicht die nächstbeteiligten und handelnden Personen. Denn zwischen Klaus Heinrich und Imma Spoelmann lagen die Dinge ja sonderbar, und ihr Sinnen konnte – auch seines – vor der Hand auf kein handgreifliches Ziel gerichtet sein. In der Tat hatte jener wortkarge Vorgang am Nachmittag von des Prinzen Geburtstag (als Fräulein Spoelmann ihm ihre Bücher gezeigt hatte) an ihren Beziehungen sehr wenig, ja gar nichts geändert, und wenn auch Klaus Heinrich damals in jenem wallenden und hitzig entzückten Zustand, der jungen Leuten bei solchen Gelegenheiten eigen ist, nach »Eremitage« zurückgekehrt war, wohl gar in der Meinung befangen, daß etwas Entscheidendes sich ereignet habe, so wurde er doch bald belehrt, daß sein Werben um das, was er als sein Glück erkannt hatte, nun erst eigentlich begann. Dieses Werben aber konnte, wie gesagt, noch gar keinen sachlichen Enderfolg, einem bürgerlichen Versprechen oder ähnlichem gelten, – das lag zunächst außerhalb des Bereiches des Denkbaren, und überdies lebte man, um dergleichen ins Auge zu fassen, in allzugroßer Abgeschiedenheit von der praktischen Welt. Ja das, worum Klaus Heinrich fortan mit Blick und Worten bat, war nicht sowohl, daß Fräulein Spoelmann die Empfindungen, die er ihr entgegenbrachte, erwidern, – sondern daß sie sich überhaupt entschließen möge, an die Wirklichkeit und Lebendigkeit dieser Empfindungen zu glauben. Denn das tat sie nicht.

Er ließ zwei Wochen verstreichen, ehe er wieder auf »Delphinenort« vorsprach und lebte während dieser Zeit in seinem Innern von dem, was geschehen. Es schien ihm nicht eilig, dieses Geschehnis durch Neues veralten zu machen, und außerdem nahmen ihn in diesen Tagen mehrere Repräsentationspflichten in Anspruch, unter anderen das Festschießen des Zimmerstutzen-Schützenverbandes, dessen erklärter Schirmherr er war und an dessen Stiftungsfest er sich alljährlich beteiligte, indem er, in grüner Tracht, als lebe und webe er im Schützenwesen, von den Vereinsmitgliedern mit begeistertem Schützengruß empfangen, an den Schießständen vorfuhr, und mit den verklärten Herren des Vorstandes, ganz gegen Appetit, einen Imbiß einnahm, um endlich in anmutig kundiger Haltung mehrere Schüsse in der Richtung verschiedener Scheiben abzugeben. Als er sich hierauf – es war Mitte Juni – wieder um die Teestunde bei Spoelmanns einstellte, verhielt Imma sich äußerst spöttisch, und ihre Ausdrucksweise war ungewöhnlich schriftmäßig und redensartlich. Auch Herr Spoelmann war jenes Mal zugegen, und obgleich seine Anwesenheit das von Klaus Heinrich ersehnte Alleinsein mit der Tochter des Hauses hintanhielt, so half sie dem Prinzen doch auf unerwartete Weise über den Kummer, der Immas Schärfe ihm machte, hinweg; denn Samuel Spoelmann war gütig, fast weich gegen ihn.

Man nahm den Tee auf der Terrasse, in neuartig geformten Korbstühlen sitzend, zart angeweht von den Düften des Blumengartens. Der Schloßherr lag unter einer grünseidenen, mit Papageien durchwebten und mit Pelz gefütterten Decke ausgestreckt am Tische auf einem mit seidenen Kissen ausgestatteten Ruhebett aus Rohrgeflecht. Er war außer Bett, um die linde Luft zu genießen, aber seine Wangen waren heute nicht hitzig, sondern gelblich bleich und seine Äuglein getrübt; sein Kinn war spitz, seine gerade hervorspringende Nase erschien länger als sonst, und seine Stimmung nicht von der gewohnten Ärgerlichkeit, sondern eher wehmütig, was nicht als gutes Zeichen genommen werden konnte. Zu seinen Häupten saß lang und milde lächelnd Doktor Watercloose.

»Na, junger Prinz...« sagte Herr Spoelmann müde, und auf die Frage nach seinem Befinden antwortete er nur mit einem schwachen Knarren. Imma, in schillerndem Hauskleide mit hoher Taille und grünsamtenem Jäckchen, goß Wasser aus dem elektrisch geheizten Kessel in die Kanne. Sie beglückwünschte den Prinzen mit vorgeschobenen Lippen zu seinem persönlichen Erfolge auf der Schützenwiese. Sie habe, sagte sie und wandte ihr Köpfchen hin und her, »aus der Tagespresse mit tiefer Genugtuung Kenntnis davon genommen« und die Schilderung seines Auftretens als Schütze auch der Gräfin vorgelesen. Diese saß gerade aufgerichtet in ihrem engen braunen Kleid am Tische und handhabte ihr Löffelchen mit vornehmen Bewegungen, ohne sich irgendwie gehen zu lassen. Der heute sprach, war Herr Spoelmann. Er tat es, wie gesagt, auf eine sanfte, ja wehmütige Weise, die das Ergebnis seiner Schmerzen war.

Er erzählte einen Vorfall, ein Erlebnis, das um Jahre zurücklag, mit dem er aber offenbar nicht fertig wurde und das ihn in Tagen schlechter Gesundheit immer aufs neue schmerzlich beschäftigte, – erzählte die kurze und einfache Geschichte zweimal hintereinander und kränkte sich beim zweiten Male noch bitterer als beim ersten. Damals hatte er eine seiner Stiftungen machen wollen, – keine vom ersten Range, aber doch eine stattliche, – hatte einer großen menschenfreundlichen Anstalt der Vereinigten Staaten handschriftlich zu wissen gegeben, daß er ihr zur Förderung ihrer guten Bestrebungen eine Million in Eisenbahnpapieren zuzuwenden wünsche, in sicheren Papieren der Südpacifischen Eisenbahngesellschaft, sagte Herr Spoelmann und schlug sich in die flache Hand, um die Papiere anschaulich zu machen. Was aber hatte die menschenfreundliche Anstalt getan? Sie hatte die Schenkung ausgeschlagen, sie zurückgewiesen, die Annahme verweigert – und zwar mit dem ausdrücklichen Hinzufügen, daß sie es vorziehe, auf eine Unterstützung mit fragwürdig und gewalttätig erworbenem Gut Verzicht zu leisten. Das hatte sie getan. Herrn Spoelmanns Lippen zitterten, als er es erzählte, sowohl das erste wie das zweite Mal, und voller Verlangen nach Trost und Mißbilligung sah er sich mit seinen kleinen, nahe beisammen liegenden, metallischen Rundaugen am Teetisch um.

»Das war nicht menschenfreundlich von der menschenfreundlichen Anstalt«, sagte Klaus Heinrich. »Nein, das war es nicht.« Und sein Kopfschütteln war so entschieden, sein Unwille und sein Mitgefühl so deutlich, daß Herr Spoelmann sich ein wenig erheiterte und erklärte, heute sei es hübsch draußen und die Blumen drunten dufteten gut. Ja, er nahm alsbald Gelegenheit, sich dem jungen Gast erkenntlich zu zeigen und ihm sein Wohlwollen auf die ausdrucksvollste Art zu bekunden. Klaus Heinrich nämlich hatte sich bei dem warmen Wetter, das diesen Sommer mit jäh abkühlenden Gewittern und Hagelschlägen wechselte, eine Erkältung zugezogen, sein Hals war geschwollen, er spürte Stechen beim Schlucken, und da sein hoher Beruf und eine gewisse Zärtlichkeit in der Überwachung seiner zur Darstellung bestimmten Person ihn notwendig ein wenig weichlich gemacht hatte, so konnte er nicht umhin, davon zu sprechen und sich über seine Halsschmerzen zu beklagen. »Dann müssen Sie feuchte Umschläge machen«, sagte Herr Spoelmann. »Haben Sie Guttaperchapapier?« Aber Klaus Heinrich hatte keines. Da warf Herr Spoelmann die Papageiendecke von sich, stand auf und ging ins Innere des Schlosses. Er antwortete auf keine Frage, ließ sich nicht aufhalten und ging. Man fragte einander in seiner Abwesenheit, was er im Sinn haben könne, und Doktor Watercloose, wohl in der Befürchtung, daß ein Schmerzensanfall seinen Patienten vertrieben habe, folgte ihm auf dem Fuße. Aber als Herr Spoelmann zurückkehrte, hatte er in der Hand ein Stück Guttaperchapapier, an dessen Vorhandensein von früherher in irgendeiner Schublade er sich erinnert hatte, ein schon etwas brüchiges Stück, das er dem Prinzen einhändigte, indem er ihn ausführlich darüber belehrte, wie er es zu verwenden habe, um Nutzen daraus zu ziehen. Klaus Heinrich dankte ihm freudig, und Herr Spoelmann streckte sich befriedigt wieder aus. Er blieb diesmal da, und als der Tee getrunken war, veranlaßte er sogar einen gemeinsamen Rundgang um den Park, wobei die Anordnung die war, daß Herr Spoelmann in seinen weichen Schuhen zwischen Imma und Klaus Heinrich wandelte, während die Gräfin Löwenjoul mit Doktor Watercloose in einigem Abstande folgten. Als der Prinz für heute Abschied nahm, sagte Imma Spoelmann noch etwas scharf Gesetztes über seinen Hals und die feuchten Umschläge, beschwor ihn mit verstecktem Spotte, sich zu pflegen und seine geheiligte Person doch ja in sorgsame Acht zu nehmen. Aber obgleich Klaus Heinrich ihr nichts Angemessenes zu erwidern wußte – was sie übrigens ja nicht erwartete und verlangte –, so bestieg er doch ziemlich frohgemut seinen Dogcart; denn das Stückchen brüchiger Guttapercha in der rückwärtigen Tasche seines Uniformrockes erschien ihm, ohne daß er sich klare Rechenschaft über diese Auffassung ablegte, als ein Unterpfand glücklicher Zukunft.

Mochte dem nun aber wie immer sein, so blieb es dabei, daß sein Kampf erst eigentlich begann. Es war der Kampf um Imma Spoelmanns Glauben, der Kampf darum, daß sie ihm in dem Grade vertrauen möge, um des Entschlusses fähig zu sein, sich aus der frostigen und reinen Sphäre, darin sie zu spielen gewohnt war, aus dem Reiche der Algebra und der Sprachverspottung mit ihm hinabzuwagen in die fremde Zone, jene wärmere, dunstigere und fruchtbarere, welche er ihr zeigte. Denn ihre Scheu vor diesem Entschlusse war gewaltig groß.

Das nächste Mal war er allein mit ihr, oder so gut wie allein, das heißt zu dritt mit der Gräfin Löwenjoul. Es war ein kühler, bedeckter Morgen nach einer nächtlichen Wetterkrise. Sie ritten die Wiesenböschung entlang, Klaus Heinrich in hohen Stiefeln, die Krücke der Reitpeitsche zwischen die Knöpfe seines grauen Mantels gehängt. Die Schleuse droben bei der hölzernen Brücke war geschlossen, das Bett des Wasserarmes lag leer und steinig. Perceval, dessen erste Lärmwut gestillt war, setzte federnd darüber hin und her oder trabte, nach Hundeart schief laufend, den Pferden voran. Die Gräfin, auf Isabeau, hielt lächelnd ihren kleinen Kopf zur Seite geneigt. Klaus Heinrich sagte: »Ich denke

Tag und Nacht an etwas, was wohl ein Traum gewesen sein muß. Ich liege nachts und höre Florian drüben im Stalle schnauben, so still ist es. Dann denke ich bestimmt, daß es kein Traum war. Aber wenn ich Sie sehe, wie heute und neulich am Teetisch, dann kann ich es doch unmöglich für etwas Besseres halten.«

Sie antwortete: »Das bedarf der Erläuterung, hoher Prinz.«

»Haben Sie mir vor neunzehn Tagen Ihre Bücher gezeigt, Fräulein Imma, – oder nicht?«

»Vor neunzehn Tagen? Da muß ich rechnen. Nein, lassen Sie sehen, es sind achtzehn Tage und ein halber, wenn mich nicht alles täuscht...«

»Sie haben mir also Ihre Bücher gezeigt?«

»Das trifft unbedingt zu, Prinz. Und ich wiege mich in der Hoffnung, daß sie Ihnen gefallen haben.«

»Ach, Imma, Sie müssen nicht so sprechen, nicht jetzt und nicht zu mir! Mir ist so ernst ums Herz, und ich habe Ihnen noch so vieles zu sagen, wozu ich vor neunzehn Tagen nicht gekommen bin, als Sie mir Ihre Bücher zeigten... Ihre vielen Bücher. Ich möchte da anknüpfen, wo wir damals aufgehört haben und das Dazwischenliegende vergessen sein lassen...«

»Um Gottes willen, Prinz, lassen Sie lieber das andere vergessen sein! Worauf kommen Sie zurück! Woran erinnern Sie sich und mich! Ich dächte, Sie hätten Grund, über diese Dinge das tiefste Stillschweigen zu beobachten. Sich in dem Grade gehen zu lassen! In dem Grade die Haltung zu verlieren!...«

»Wenn Sie wüßten, Imma, wie unaussprechlich wohl es mir tat, die Haltung zu verlieren!«

»Ich bedanke mich! Das ist beleidigend, wissen Sie das? Ich bestehe darauf, daß Sie auch mir gegenüber die Haltung wahren, die Sie der ganzen Welt gegenüber an den Tag legen. Ich bin nicht dazu da, daß Sie sich bei mir von ihrem prinzlichen Dasein erholen.«

»Was für ein Mißverständnis, Imma! Aber ich weiß wohl, daß Sie mich mit Absicht mißverstehen und nur im Scherz, und das zeigt mir, daß Sie mir nicht glauben und nicht ernst nehmen, was ich sage...«

»Nein, Prinz, das ist in der Tat zu viel verlangt! Haben Sie mir nicht von Ihrem Leben erzählt? Sie sind zum Schein zur Schule gegangen, Sie sind zum Schein auf der Universität gewesen, Sie haben zum Schein als Soldat gedient und tragen noch immer zum Scheine die Uniform; Sie erteilen zum Scheine Audienzen und spielen zum Schein den Schützen und der Himmel weiß, was noch alles; Sie sind zum Schein auf die Welt gekommen, und nun soll ich Ihnen plötzlich glauben, daß es Ihnen mit irgendetwas ernst ist?«

Während sie dies sagte, traten ihm Tränen in die Augen; so sehr taten ihm ihre Worte weh. Er antwortete leise: »Sie haben recht, Imma, es ist viel Unwahrheit in meinem Leben. Aber ich habe es ja nicht gemacht oder gewählt, müssen Sie bedenken, sondern habe meine Pflicht getan, wie sie mir streng und genau zur Erbauung der Leute vorgeschrieben war. Und nicht genug, daß es schwer war und voller Verbote und Entbehrungen, so soll es sich nun auch rächen, dadurch, daß Sie mir nicht glauben.«

»Sie sind stolz«, sagte sie, »auf Ihren Beruf und Ihr Leben, Prinz, ich weiß das wohl, und ich kann nicht einmal wünschen, daß Sie sich selber die Treue brechen.«

»O«, rief er aus, »lassen Sie das meine Sorge sein, das mit der Treue zu mir und machen Sie sich keineswegs Gedanken darüber! Ich habe Erfahrungen, ich bin mir untreu gewesen und habe das Verbot zu umgehen gesucht, und es hat mit Schande geendet. Aber seit ich Sie kenne, weiß ich, weiß ich zum erstenmal, daß ich zum erstenmal ohne Reue und Schaden daran, was man meinen hohen Beruf nennt, mich gehen lassen darf wie irgendeiner, obwohl Doktor Überbein sagt, und sogar auf lateinisch, daß das nicht gegeben werde...«

»Sehen Sie wohl, was Ihr Freund da gesagt hat!«

»Haben Sie ihn nicht selbst einen unseligen Menschen genannt, der ein schlechtes Ende nehmen werde? Er ist ein edler Charakter, ich schätze ihn hoch und verdanke ihm viele Aufklärungen über mich und die Dinge. Aber in letzter Zeit habe ich oftmals über ihn nachgedacht, und als Sie damals so über ihn geurteilt hatten, da habe ich mich mehrere Stunden lang mit Ihrem Urteil beschäftigt und mußte Ihnen recht geben. Denn ich will Ihnen sagen, Imma, welche Bewandtnis es mit Doktor Überbein hat. Er lebt in Feindschaft mit dem Glücke, – das ist es.«

»Das dünkt mich eine anständige Feindschaft«, sagte Imma Spoelmann.

»Anständig«, antwortete er, »aber unselig, wie Sie selber gesagt haben, und obendrein sündhaft, – denn es ist Sünde gegen etwas, was herrlicher ist, als seine strenge Anständigkeit, das weiß ich nun, und zu dieser Sünde hat er auch mich erziehen wollen, in aller Väterlichkeit. Aber nun bin ich seiner Erziehung entwachsen, in diesem Punkte bin ich es. Ich bin nun selbständig und weiß es besser, und wenn ich Überbein auch nicht überzeugt habe, – Sie werde ich überzeugen, Imma, sei es heut' oder später...«

»Ja, Prinz, das muß ich gestehen! Sie wissen zu überzeugen, Ihr Eifer reißt unwiderstehlich mit sich fort! Neunzehn Tage, sagten Sie nicht so? Ich halte achtzehn und einen halben für richtig, aber das läuft auf dasselbe hinaus. In dieser Zeit haben Sie einmal geruht, auf Delphinenort zu erscheinen... vor vier Tagen...«

Er sah ihr erschrocken ins Gesicht.

»Aber, Imma, Sie müssen Geduld mit mir haben und etwas Nachsicht... Bedenken Sie doch, ich bin noch ungelenk... es ist fremder Boden! Ich weiß nicht, wie es kam... Ich glaube, ich wollte uns Zeit lassen. Und dann traten verschiedene Anforderungen an mich heran...«

»Natürlich, Sie mußten zum Schein nach der Scheibe schießen, ich habe es gelesen. Wie gewöhnlich hatten Sie einen bedeutenden Erfolg zu verzeichnen. Sie standen da kostümiert und ließen sich von einer ganzen Wiese voll Menschen lieben...«

»Halt, Imma, o bitte, keinen Galopp!... Es ist unmöglich, ein Wort zu sprechen... Lieben, sagen Sie. Aber was ist das für eine Liebe? Eine Wiesenliebe, eine ungefähre, oberflächliche Liebe, eine Liebe von weitem, die nichts bedeutet, – eine Liebe in Gala und ganz ohne Vertraulichkeit! Nein, Sie brauchen durchaus nicht böse zu sein, daß ich sie mir gefallen lasse, denn nicht ich habe gut davon, sondern einzig die Leute, die erhoben werden dadurch, und das ist ihr Verlangen. Aber ich habe auch mein Verlangen, Imma, und Sie sind es, an die ich mich damit wende...«

»Womit kann ich Ihnen dienen, Prinz?«

»Ach, Sie wissen es wohl! Es ist Vertrauen, Imma, – könnten Sie nicht ein wenig Vertrauen zu mir haben?«

Sie sah ihn an, und so dunkel dringlich, wie jetzt, hatten ihre übergroßen Augen noch niemals geforscht. Aber wie inständig auch die stumme Bitte war, mit der er an ihr hing, so wandte sie sich doch ab und sagte mit verschlossener Miene: »Nein, Prinz Klaus Heinrich, das kann ich nicht.«

Er stieß einen Laut des Kummers aus, und seine Stimme zitterte, als er fragte: »Und warum können Sie nicht?«

Sie antwortete: »Weil Sie mich daran hindern.«

»Aber wie hindere ich Sie? Bitte, sagen Sie mir's!«

Und immer mit verschlossenem Ausdruck, die Augen auf ihren weißen Zügel gesenkt und leicht geschaukelt vom Schritt ihres Pferdes erwiderte sie: »Durch alles, durch Ihr Verhalten, durch Ihre Art und Weise, durch Ihre ganze erlauchte Persönlichkeit. Wissen Sie wohl noch, wie Sie die arme Gräfin gehindert haben, sich gehen zu lassen, und sie gezwungen haben, klar und nüchtern zu sein, obgleich ihr doch ausdrücklich auf Grund ihrer übermäßigen Erfahrungen die Wohltat der Verwirrung und Wunderlichkeit gewährt worden ist, – und daß ich Ihnen gesagt habe, ich wüßte sehr wohl, wie Sie es angefangen hätten, sie zu ernüchtern? Ja, ich weiß es wohl, denn auch mich hindern Sie, mich gehen zu lassen, auch mich ernüchtern Sie, immerwährend, durch alles, durch Ihre Worte, durch Ihren Blick, durch Ihre Art zu sitzen und zu stehen, und es ist ganz unmöglich, Vertrauen zu Ihnen zu haben. Ich habe Gelegenheit gehabt, Sie im Verkehr mit anderen Leuten zu beobachten, aber ob es nun Doktor Sammet im Dorotheen-Hospital oder Herr Stavenüter im Fasanerie-Garten war, es war immer dasselbe, und immer habe ich Kälte und Angst dabei empfunden. Sie halten sich aufrecht und stellen Fragen, aber nicht aus Teilnahme, es ist Ihnen nicht um den Inhalt der Frage zu tun, nein, um garnichts ist es Ihnen zu tun, und nichts liegt Ihnen am Herzen. Ich habe es oft gesehen, – Sie sprechen, Sie äußern eine Meinung, aber Sie könnten ganz ebensogut eine andere äußern, denn in Wirklichkeit haben Sie keine Meinung und keinen Glauben, und auf nichts kommt es Ihnen an als auf Ihre Prinzenhaltung. Sie sagen zuweilen, Ihr Beruf sei nicht leicht, aber da Sie mich herausgefordert haben, so will ich Ihnen bemerken, daß er Ihnen leichter fallen würde, wenn Sie eine Meinung und einen Glauben hätten, Prinz, – das ist m e i n e Meinung und mein Glaube. Wie könnte man Vertrauen zu Ihnen haben? Nein, es ist nicht Vertrauen, was Sie einflößen, sondern Kälte und Befangenheit, und wenn ich mir auch Mühe gäbe, Ihnen näher zu kommen, so würde mich diese Art von Befangenheit und Unbeholfenheit daran hindern, – jetzt habe ich geantwortet.«

Er hatte ihr mit schmerzlicher Spannung zugehört, hatte mehrmals in ihr bleiches Gesichtchen geblickt, während sie sprach, und dann wieder, wie sie, die Augen auf den Zügel gesenkt.

»Haben Sie Dank, Imma«, antwortete er nun, »daß Sie so ernst gesprochen haben, – denn Sie wissen wohl, daß Sie nicht immer so tun, sondern meistens nur spottweise reden und auf Ihre Art die Dinge so wenig ernst nehmen, wie ich auf die meine.«

»Wie soll man anders, als spöttisch, zu Ihnen reden, Prinz!«

»Und zuweilen sind Sie sogar hart und grausam, wie zum Beispiel gegen die Schwester Oberin im Dorotheen-Spital, die Sie so sehr in Verwirrung setzten.«

»O, ich weiß wohl, daß ich ebenfalls meine Fehler habe und jemanden nötig hätte, der mir hülfe, sie abzulegen.«

»Der will ich sein, Imma, wir wollen einander helfen...«

»Ich glaube nicht, daß wir einander helfen können, Prinz.«

»Doch, wir können es. Haben Sie nicht eben schon ernst und ganz ohne Spott geredet? Was aber mich betrifft, so haben Sie ja schon nicht mehr recht, wenn Sie sagen, daß es mir um garnichts zu tun sei und nichts mir am Herzen liege, denn um Sie, Imma, um Sie ist es mir zu tun, Sie liegen mir am Herzen, und da es mir so unaussprechlich ernst mit dieser Sache ist, so kann es nicht fehlen, daß ich endlich Ihr Vertrauen gewinne. Wüßten Sie, wie gerne ich das gehört habe, was Sie von Mühegeben und Näherkommen sagten! Ja, geben Sie sich ein wenig Mühe und lassen Sie sich niemals mehr von jener Art von Unbeholfenheit, oder was es ist, verwirren, die Sie mir gegenüber so leicht empfinden! Ach, ich weiß ja, weiß es so schrecklich gut, wie sehr ich schuld daran bin! Aber lachen Sie mich aus und sich selbst, wenn ich Ihnen ein solches Gefühl erwecke und halten Sie zu mir! Wollen Sie mir versprechen, daß Sie sich ein wenig Mühe geben werden?«

Aber Imma Spoelmann versprach nichts, sondern bestand nun endlich auf ihrem Galopp, und noch manche Unterredung blieb ohne Ergebnis, wie diese.

Zuweilen, wenn Klaus Heinrich auf »Delphinenort« den Tee genommen hatte, erging man sich im Park, der Prinz, Fräulein Spoelmann, die Gräfin und Perceval. Der edle Collie hielt sich mit gesammelter Miene an Immas Seite und Gräfin Löwenjoul zwei oder drei Schritte hinter den jungen Herrschaften. Denn bald nachdem man die Promenade angetreten, hatte sie sich einen Augenblick verweilt, um mit gekrümmten und gespreizten Fingern an einem Strauche zu nesteln, und den Abstand, welcher sich dadurch hergestellt, hatte sie nicht ganz wieder ausgeglichen. So gingen Klaus Heinrich und Imma vor ihr her und unterhandelten; war aber eine gewisse Runde zurückgelegt, so machten sie Kehrt, so daß sie nun also die Gräfin zwei oder drei Schritte vor sich hatten, und dann unterstützte Klaus Heinrich wohl seine rednerischen Bemühungen, indem er behutsam und ohne hinzublicken Imma Spoelmanns schmale, schmucklose Hand von ihrer Seite nahm und sie mit seinen beiden umfing, auch mit der linken, an die er nicht dachte und die keine Hemmung mehr war, wie beim Repräsentieren, – während er eindringlich fragte, ob sie sich Mühe gäbe und Fortschritte gemacht habe im Vertrauen zu ihm. Nur ungern hörte er etwa, daß sie studiert, der Algebra obgelegen und in den kühlen Gegenden gespielt habe seit dem letzten Zusammensein, und bat sie herzlich, jetzt ihre Bücher beiseite zu lassen, welche sie nur zerstreuen und der Sache abwendig machen könnten, der jetzt alle ihre Gedankenkräfte gewidmet sein müßten. Er sprach auch von sich, von jener Ernüchterung und Befangenheit, die sein Wesen ihrer Aussage nach einflößte, suchte sie zu erklären und so zu entkräften. Er sprach von dem kalten, strengen und armen Dasein, das er bis dahin geführt, schilderte ihr, wie Alle stets dagewesen seien, um eben dazusein und zu schauen, indes es sein hoher Beruf gewesen, sich zu zeigen und geschaut zu werden, was das weitaus Schwerere war, und mühte sich ab, sie recht erkennen zu lassen, daß eine Heilung von dem, wodurch er die arme Gräfin am Schwatzen gehindert habe und sie selbst zu seinem Kummer befremde, – daß seine Heilung allein durch sie, nur eben einzig durch sie zu bewirken und gänzlich in ihre Hand gegeben sei. Sie sah ihn an, ihre übergroßen Augen schimmerten in dunklem Forschen, und man sah wohl, daß sie kämpfte, auch sie. Aber dann schüttelte sie den Kopf oder beendete das Gespräch, indem sie mit vorgeschobenen Lippen eine Redensart anführte, über die sie sich lustig machte, unfähig, das Ja, um das er flehte, diese unbestimmte und, wie die Dinge lagen, eigentlich zu nichts verpflichtende Hingabe über sich zu gewinnen.

Sie hinderte ihn nicht, einmal oder zweimal in der Woche zu kommen, hinderte ihn nicht, zu sprechen, ihr mit Bitten und Beteuerungen anzuliegen und dann und wann ihre Hand zwischen den seinen zu halten. Allein sie duldete nur, sie blieb unbewegt, ihre Entschließungsangst, diese Scheu, ihr kühles und spöttisches Reich zu verlassen und sich zu ihm zu bekennen, schien unüberwindlich, und es fehlte nicht, daß sie erschöpft und verzagt in die Worte ausbrach: »Ach, Prinz, wir hätten einander niemals kennen lernen sollen – das wäre das Beste gewesen! Dann würden Sie nach wie vor geruhig Ihrem hohen Berufe nachgehen, und auch ich hätte meinen Frieden, und keines quälte den andern!« Es kostete Mühe, sie zum Widerruf zu bestimmen, ihr das Zugeständnis abzugewinnen, daß sie es nicht unbedingt bedauere, seine Bekanntschaft gemacht zu haben. Aber auf diese Weise verging die Zeit. Der Sommer neigte sich, frühe Nachtfröste lösten die Blätter noch grün von den Bäumen, Fatmes, Florians und Isabeaus Hufe raschelten im roten und goldenen Laub, wenn man spazieren ritt, der Herbst kam mit Nebeln und herben Düften, – und niemand hätte ein Ende, eine irgend entscheidende Wendung der seltsam schwebenden Sache abzusehen vermocht.

Das Verdienst, die Dinge auf den Boden der Wirklichkeit gestellt, den Geschehnissen die Richtung zu einem glückseligen Ausgang gegeben zu haben, wird immer dem hochgestellten Manne zugesprochen werden müssen, der bis dahin eine weise Zurückhaltung beobachtet hatte, im richtigen Augenblick aber mit behutsam fester Hand in die Ereignisse eingriff. Es war Exzellenz von Knobelsdorff, Minister des Inneren, des Äußeren und des Großherzoglichen Hauses.

Oberlehrer Dr. Überbein hatte recht gehabt mit seiner Behauptung, daß der Konseilpräsident sich über Klaus Heinrichs persönliche und leidenschaftliche Schritte Bericht erstatten lasse. Mehr noch: der alte Herr, wohl bedient durch intelligente und spürgewandte Unterbeamte, befand sich genau auf dem Laufenden über die öffentliche Meinung, über die Rolle, die Samuel Spoelmann und seine Tochter in der Einbildungskraft des Volkes spielten, den königlichen Rang, den sie in seiner Vorstellung einnahmen, über die gewaltige und abergläubige Spannung, mit der die Bevölkerung den Verkehr zwischen den Schlössern »Eremitage« und »Delphinenort« verfolgte, über die Volkstümlichkeit dieses Verkehrs, mit einem Wort, wie sie für jeden, der sehen wollte, nicht nur in der Residenz, sondern im ganzen Lande in Gerede und Gerüchten zu Tage trat. Ein bezeichnender Zwischenfall genügte, um Herrn von Knobelsdorff seiner Sache sicher zu machen.

Anfang Oktober nämlich – der Landtag war seit vierzehn Tagen eröffnet, und die Mißhelligkeiten mit der Budgetkommission waren in vollem Gange – erkrankte Imma Spoelmann und zwar, wie es anfangs hieß, sehr schwer. Es stellte sich heraus, daß das unvorsichtige Fräulein – Gott wußte, in welcher Laune oder Stimmung – auf einem Spazierritt, den sie mit ihrer Ehrendame unternommen, auf ihrer weißen Fatme gegen den heftigen Nordostwind, der ging, einen Dauergalopp von beinahe einer halben Stunde ertrotzt und eine Lungenerweiterung heimgebracht hatte, an der sie schier zu ersticken drohte. Die Nachricht war nach wenigen Stunden in Umlauf. Es hieß, das junge Mädchen schwebe in Lebensgefahr, was, wie sich zum Glücke bald erwies, eine maßlose Übertreibung war. Allein wenn einem Mitgliede des Hauses Grimmburg, wenn dem Großherzog selbst ein ernster Unfall zugestoßen wäre, so hätte die Bestürzung, das allgemeine Mitgefühl nicht größer sein können. Man sprach von nichts anderem. In den geringeren Stadtgegenden, zum Beispiel in der Nähe des Dorotheen-Kinderspitals, standen gegen Abend die Frauen vor ihren Haustüren, preßten die flachen Hände gegen den Busen und keuchten, um einander deutlich zu machen, wie es sei, wenn einem der Atem fehle. Die Abendblätter brachten über den Zustand Fräulein Spoelmanns eingehende und medizinisch sachkundige Mitteilungen, die von Hand zu Hand gereicht, an den Familien- und den Stammtischen verlesen, auf den Trambahnwagen erörtert wurden. Man hatte den Berichterstatter des »Eilboten« per Droschke nach »Delphinenort« jagen sehen, woselbst er in der Vorhalle mit dem Mosaikfußboden von dem Spoelmannschen Butler abgefertigt worden war und englisch mit ihm gesprochen hatte, obgleich es ihm nicht leicht wurde. Übrigens war der Presse der Vorwurf nicht zu ersparen, daß sie die Sache aufbauschte und unnötige Besorgnisse unterhielt. Es konnte schlechterdings von keiner ernsten Gefahr die Rede sein. Sechs Tage Bettruhe unter der Pflege des Spoelmannschen Leibarztes genügten, um die Gefäßerweiterung zu beheben und des Fräuleins Lunge vollständig wieder herzustellen. Aber diese sechs Tage genügten auch, um die Bedeutung, welche die Spoelmanns und insonderheit Fräulein Immas Person in unserer Öffentlichkeit gewonnen hatten, klar zu Tage treten zu lassen. Allmorgendlich fanden sich die

Abgesandten der Journale, Beauftragte der allgemeinen Wißbegier, in der Mosaikhalle von »Delphinenort« zusammen, um den knappen Tagesbericht des Butlers entgegenzunehmen, den sie dann in jener breiten Verarbeitung, welche das Publikum verlangte, in ihren Blättern anrichteten. Man las von duftenden Grüßen und Genesungswünschen, die in »Delphinenort« eingetroffen seien, übersandt von verschiedenen wohltätigen Anstalten, die Imma Spoelmann besucht und mit reichen Stiftungen unterstützt hatte (und Witzbolde merkten an, daß eigentlich die großherzogliche Steuerbehörde Gelegenheit hätte nehmen müssen, auf ähnliche Art ihre Huldigung darzubringen). Man las auch – und ließ die Zeitung sinken, um einander anzublicken – von einer »prachtvollen« Blumenspende, die Prinz Klaus Heinrich nebst seiner Karte habe übermitteln lassen – (während die Wahrheit war, daß der Prinz nicht einmal, sondern täglich, solange Fräulein Spoelmann das Bett hütete, Blumen nach Delphinenort sandte, was aber, um allzu große Erschütterungen zu vermeiden, von den Wissenden verschwiegen wurde). Man las ferner, daß die allbeliebte junge Patientin zum ersten Male das Bett verlassen habe, und endlich wurde gemeldet, daß ihre erste Ausfahrt unmittelbar bevorstehe. Diese Ausfahrt jedoch, die acht Tage nach des Fräuleins Erkrankung an einem sonnigen Herbstvormittag stattfand, sollte zu einer Gefühlsäußerung von seiten der Bevölkerung Veranlassung geben, die von Leuten mit strengem Selbstbewußtsein sogar als zu weitgehend bezeichnet wurde. Um das riesige, olivenfarben lackierte und mit ziegelroten Lederpolstern ausgestattete Spoelmannsche Automobil nämlich, das, mit einem jungen Chauffeur von angelsächsischem Gesichtsschnitt und blasser, gesammelter Miene auf dem Bock, vor dem Hauptportal von »Delphinenort« wartete, hatte sich eine größere Menschenansammlung gebildet, und als Fräulein Spoelmann mit der Gräfin Löwenjoul und gefolgt von einem deckentragenden Lakaien ins Freie trat, brachen tatsächlich, mit Mützenschwenken und Tücherwehen, Hochrufe aus, die sich wiederholten und andauerten, bis das Kraftfahrzeug sich unter dem Tosen der Hupe den Weg durch das Gedränge gebahnt und die Manifestanten im Benzinbrodem zurückgelassen hatte. Zuzugeben ist, daß die Gruppe der Schreier aus jenen nicht sehr würdigen Elementen bestand, die sich bei solchen Gelegenheiten zusammenzufinden pflegen: aus halbwüchsigen Burschen, einigen Frauen mit Marktkörben, ein paar Schulkindern, Gaffern, Tagedieben und Beschäftigungslosen verschiedener Art. Aber was ist das Volk und wie muß es sich zusammensetzen, um maßgebend zu sein? Ferner ist eine Behauptung nicht ganz mit Stillschweigen zu übergehen, die später von höhnischen Charakteren verbreitet wurde und wonach unter der Volksmenge um das Automobil ein im Solde des Herrn Knobelsdorff stehender Agent, Mitglied der geheimen Polizei, sich befunden hätte, der die Hochrufe angestimmt und mit Fleiß unterhalten habe. Man kann das dahinstellen und den Verkleinerern bedeutender Vorgänge ihre Genugtuung gönnen. Geringsten Falles, das heißt, wenn die Angabe jener Leute zutraf, hatte es sich um die mechanische Auslösung von Empfindungen gehandelt, die eben lebendig vorhanden sein mußten, um ausgelöst werden zu können. Jedenfalls verfehlte dieser Auftritt, der natürlich in der Tagespresse ausführlich geschildert wurde, auf niemanden seine Wirkung, und für Personen mit einigem Scharfblick für den Zusammenhang der Dinge unterlag es keinem Zweifel, daß eine weitere Nachricht, die wenige Tage darauf die Gemüter beschäftigte, zu all diesen Erscheinungen und Anzeichen in tiefer Beziehung stehen müsse.

Die Meldung lautete dahin, daß Seine Königliche Hoheit Prinz Klaus Heinrich Seine Exzellenz den Herrn Staatsminister von Knobelsdorff auf Schloß Eremitage in einer Audienz empfangen habe, die ohne Unterbrechung von drei Uhr nachmittags bis sieben Uhr abends gedauert habe. Geschlagene vier Stunden lang! Um was hatte es sich gehandelt? Um den nächsten Hofball doch nicht? Nun, es war unter anderem auch von dem Hofball die Rede gewesen.

Herr von Knobelsdorff hatte seine Bitte um eine vertrauliche Unterredung dem Prinzen gelegentlich der Hofjagd vorgetragen, die am zehnten Oktober bei Schloß »Jägerpreis« in den westlichen Waldungen abgehalten worden und an welcher Klaus Heinrich, gleich seinen rotköpfigen Vettern, in grüner Uniform, Kerbhut und Stulpenstiefeln, behängt mit Feldstecher, Hirschfänger, Jagdmesser, Patronengürtel und Pistolentasche, sich beteiligt hatte. Herr von Braunbart-Schellendorf war zu Rate gezogen und die Besprechung auf die dritte Nachmittagsstunde des zwölften Oktobertages angesetzt worden. Übrigens hatte Klaus Heinrich sich erboten, seinerseits den alten Herrn in dessen Amtswohnung aufzusuchen, aber Herr von Knobelsdorff hatte es vorgezogen, nach »Eremitage« zu kommen, und kam pünktlich, empfangen mit all der Verbindlichkeit und Wärme, die Klaus Heinrich gegenüber dem betagten Ratgeber seines Vaters und Bruders durch die Form als geboten erachtete. Jener nüchterne kleine Salon, in welchem die drei schönen Empire-Fauteuils in Mahagoni mit der bläulichen Lyra-Stickerei auf gelbem Grunde standen, war der Schauplatz der Unterhaltung.

Wiewohl den Siebzig nicht mehr fern, war Exzellenz von Knobelsdorff rüstig in körperlichem wie in geistigem Betracht. Sein Gehrock zeigte nicht eine Greisenfalte, sondern umspannte prall und bestens ausgefüllt den gedrungenen und freundlich gepolsterten Körper eines Mannes von glücklicher Gemütsart. Sein voll erhaltenes, in der Mitte glatt gescheiteltes Haupthaar war von reinem Weiß wie der gestutzte Schnurrbart, sein Kinn durch einen Einschnitt, der als Grübchen gelten konnte, sympathisch gespalten. Die fächerförmig angeordneten Fältchen an seinen äußeren Augenwinkeln trieben ihr Spiel wie vor Zeiten; ja sie hatten mit den Jahren noch kleine Abzweigungen und Nebenlinien erhalten, so, daß dies vielfache und rege Runzelwerk seinen blauen Augen den beständigen Ausdruck launiger Verschlagenheit verlieh. – Klaus Heinrich war Herrn von Knobelsdorff zugetan, ohne daß ein näheres Verhältnis zwischen ihnen bestanden hätte. Der Staatsminister hatte zwar des Prinzen Lebensgang überwacht und geleitet, hatte anfänglich den Schulrat Dröge zu seinem ersten Lehrer bestimmt, dann das Fasanen-Konvikt für ihn ins Leben gerufen, ihn später mit Doktor Überbein auf die Universität geschickt, auch seinen scheinbaren militärischen Dienst geregelt und ihm sogar Schloß »Eremitage« zur Wohnung bestimmt, – aber alles nur mittelbar und bei seltener persönlicher Berührung; ja, wenn Herr von Knobelsdorff in jenen Erziehungsjahren mit Klaus Heinrich zusammengetroffen war, so hatte er sich wohl gar nach des Prinzen Entschließungen und Zukunftsplänen untertänigst erkundigt, als wüßte er nichts davon, und vielleicht war es gerade diese von beiden Seiten standhaft aufrechterhaltene Fiktion, die den Verkehr durchaus in den Schranken des Förmlichen gehalten hatte.

Herr von Knobelsdorff, der in bequemer und dennoch ehrerbietiger Haltung die Führung des Gesprächs übernommen hatte, während Klaus Heinrich die Absichten dieses Besuches zu erraten suchte, plauderte zunächst von der vorgestrigen Hofjagd, tat einen behaglichen Rückblick auf die Strecke und erwähnte dann von ungefähr seines vortrefflichen Kollegen von den Finanzen, Dr. Krippenreuthers, der ebenfalls an dem Jagen teilgenommen und dessen schlechtes Aussehen er beklagte. Herr Krippenreuther habe bei Jägerpreis wahrhaftig nichts als Fehlschüsse getan. »Ja, Sorgen machen die Hand nicht sicher«, bemerkte Herr von Knobelsdorff und legte so dem Prinzen das Stichwort zu einer knappen Kennzeichnung dieser Sorgen in den Mund. Er sprach von dem »nicht unerheblichen« Fehlbetrag des Hauptvoranschlages, von des Ministers Mißhelligkeiten mit der Budget-Kommission, der neuen Vermögenssteuer, dem Steuerfuß von dreizehneinhalb und dem wütenden Widerstande der städtischen Vertreter, von der vorsündflutlichen Fleischsteuer und dem Hungerschrei der Beamten; und Klaus Heinrich, anfänglich befremdet von soviel Sachlichkeit, hörte ihm mit ernstem und eifrigem Kopfnicken zu.

Die beiden Herren, der alte und der junge, saßen nebeneinander auf einer schmächtigen und ein wenig harten Sofabank mit gelbem Tuchbezug und kranzförmigen Messingbeschlägen, die, hinter dem Rundtisch, der schmalen Glastür gegenüberstand, die auf die Terrasse führte und hinter welcher der halbentblätterte Park mit dem Ententeich im Herbstnebel verschwamm. Der niedrige, schlichtweiße Kachelofen, in dem ein Feuer knisterte, verbreitete in dem streng und karg möblierten Zimmer eine linde Wärme, und Klaus Heinrich, nicht völlig imstande, den politischen Ausführungen zu folgen, doch stolz und glücklich, von dem erfahrenen Würdenträger so ernst unterhalten zu werden, fühlte sich mehr und mehr von einer dankbaren, vertrauensvollen Stimmung umfangen. Herr von Knobelsdorff sprach angenehm über die unangenehmsten Dinge, seine Stimme war wohltuend, das Gefüge seiner Rede gewandt und einschmeichelnd, – und plötzlich ward Klaus Heinrich gewahr, daß er das wirtschaftliche Gebiet verlassen hatte und von den Sorgen Doktor Krippenreuthers auf sein eigenes, Klaus Heinrichs, Befinden übergegangen war. Täuschte sich Herr von Knobelsdorff? Seine Augen fingen an, ihn zuweilen im Stiche zu lassen. Aber ihm wollte scheinen, als sei auch das Aussehen Seiner Königlichen Hoheit schon besser, schon frischer, schon heiterer gewesen. Eine Müdigkeit, ein Zug von Kummer sei unverkennbar... Herr von Knobelsdorff fürchte zudringlich zu erscheinen; aber er müsse hoffen, daß diesen Anzeichen keine ernstliche Beschwerde des Körpers oder Gemütes zu Grunde liege?

Klaus Heinrich schaute in den Nebel hinaus. Noch war sein Blick verschlossen; aber obgleich er in unnachlässig gesammelter und gegenwärtiger Haltung wie immer, die Füße gekreuzt, die rechte Hand über der linken, den Oberkörper Herrn von Knobelsdorff zugewandt auf dem harten Sofa saß, so spannte seine innere Haltung sich doch ab in dieser Stunde, und ermattet wie er war von seinen seltsam zarten und ergebnislosen Kämpfen, fehlte nicht viel, daß seine Augen sich mit Tränen gefüllt hätten. Er war so sehr allein und unberaten. Doktor Überbein hielt sich neuerdings fern von »Eremitage« ... Klaus Heinrich sagte noch: »Ach, Exzellenz, das würde zu weit führen.«

Aber Herr von Knobelsdorff antwortete: »Zu weit? Nein, fürchten Königliche Hoheit nicht, allzu ausführlich sein zu müssen. Ich bekenne, daß ich über Euerer Königlichen Hoheit Erlebnisse unterrichteter bin, als ich mir eben den Anschein gab.

Königliche Hoheit werden mir, abgesehen von jenen Feinheiten und Einzelheiten, die das Gerücht nicht aufzunehmen vermag, kaum etwas Neues mitzuteilen haben. Aber wenn es Euerer Königlichen Hoheit wohltun könnte, einem alten Diener, der Sie auf seinen Armen getragen, Ihr Herz auszuschütten... vielleicht, daß ich nicht ganz und gar unfähig wäre, Euerer Königlichen Hoheit mit Rat und Tat zur Seite zu stehen.«

Da geschahs, daß alles in Klaus Heinrichs Brust sich löste und sich als Bekenntnis gewaltig ergoß, daß er Herrn von Knobelsdorff das Ganze erzählte. Er erzählte, wie man erzählt, wenn das Herz einem voll ist und alles auf einmal sich über die Lippen drängt: nicht gerade sehr planmäßig, nicht sehr der Reihe nach und bei Unwesentlichkeiten über Gebühr verweilend, aber höchst eindringlich und mit jener Körperlichkeit, die das Erzeugnis leidenschaftlicher Anschauung ist. Er fing in der Mitte an, sprang unversehens zum Anfang, hastete dem Ende zu (das nicht vorhanden war), überstürzte sich und rannte sich mehr als einmal verzweifelt fest. Aber Herrn von Knobelsdorffs Vorkenntnisse erleichterten ihm die Übersicht, sie setzten ihn instand, durch förderliche Zwischenfragen das Schifflein wieder flott zu machen, – und endlich lag das Bild von Klaus Heinrichs Erlebnissen mit allen seinen Personen und Vorgängen, mit den Gestalten Samuel Spoelmanns, der verwirrten Gräfin Löwenjoul, ja selbst des edlen Collies Perceval und namentlich derjenigen Imma Spoelmanns in all ihrer Schwierigkeit, vollendet und lückenlos zur Beratung vor. Sogar des Stückes Guttapercha-Papier war ausführlich Erwähnung getan, denn Herr von Knobelsdorff schien Gewicht darauf zu legen, und nichts war ausgelassen zwischen jenem so eindrucksvollen Auftritt bei der Ablösung der Schloßwache und den letzten innigen und quälenden Kämpfen zu Pferd und zu Fuß. Klaus Heinrich war stark erhitzt, als er fertig war, und seine stahlblauen, von den volkstümlichen Wangenknochen bedrängten Augen standen in Tränen. Er hatte die Sofabank verlassen, wodurch er Herrn von Knobelsdorff gezwungen hatte, sich ebenfalls zu erheben, und wollte der Wärme wegen durchaus die Glastür zu der kleinen

Veranda öffnen, was aber Herr von Knobelsdorff mit dem Hinweis auf die große Erkältungsgefahr verhinderte. Er richtete die untertänigste Bitte an den Prinzen, sich wieder zu setzen, da Seine Königliche Hoheit sich der Notwendigkeit einer ruhigen Erörterung der Sachlage nicht verschließen könne. Und beide ließen sich wieder auf das wenig schwellende Polster nieder.

Herr von Knobelsdorff überlegte eine Weile, und sein Gesicht war so ernst, wie es, mit seinem gespaltenen Kinn und seinen spielenden Augenfältchen nur immer zu sein vermochte. Sein Schweigen brechend, dankte er zunächst dem Prinzen bewegten Herzens für die hohe Ehre, die er ihm durch sein Vertrauen erwiesen habe. Und unmittelbar im Anschluß hieran war es, daß Herr von Knobelsdorff unter Betonung jedes einzelnen Wortes, die Erklärung abgab: Welche Stellungnahme der Prinz nun auch immer in dieser Angelegenheit von ihm, dem Herrn von Knobelsdorff gewärtigt habe, so sei er, Herr von Knobelsdorff, jedenfalls nicht der Mann, den Wünschen und Hoffnungen des Prinzen entgegen zu sein, vielmehr durchaus gemeint, Seiner Königlichen Hoheit die Wege zu dem ersehnten Ziel nach besten Kräften zu ebnen.

Langes Stillschweigen. Klaus Heinrich blickte Herrn von Knobelsdorff entgeistert in die Augen mit den strahlenartig angeordneten Fältchen. Er hatte also Wünsche und Hoffnungen? Es gab also ein Ziel? Er wußte nicht, was er hörte. Er sagte: »Exzellenz sind so freundlich...«

Da fügte Herr von Knobelsdorff seiner großen Erklärung etwas von einer Bedingung hinzu und sagte: Unter einer Bedingung freilich nur dürfe er, als erster Beamter des Staats, seinen bescheidenen Einfluß im Sinne Seiner Königlichen Hoheit geltend machen...

Unter einer Bedingung?

»Unter der Bedingung, daß Euere Königliche Hoheit nicht in eigennütziger und unbedeutender Weise nur auf Ihr eigenes Glück Bedacht nehmen, sondern, wie Ihr hoher Beruf es von Ihnen fordert, Ihr persönliches Schicksal aus dem Gesichtspunkt des Großen, Ganzen betrachten.«

Klaus Heinrich schwieg, und seine Augen waren schwer von Nachdenken.

»Genehmigen Königliche Hoheit«, fuhr Herr von Knobelsdorff nach einer Pause fort, »daß wir diese delikate und noch ganz unübersehbare Angelegenheit auf eine Weile verlassen und uns allgemeineren Gegenständen zuwenden! Dies ist eine Stunde des Vertrauens und der gegenseitigen Verständigung... ich bitte ehrerbietigst, sie nutzen zu dürfen. Königliche Hoheit sind durch Ihre erhabene Bestimmung dem rauhen Getriebe der Wirklichkeit entrückt, durch schöne Vorkehrungen davon geschieden. Ich werde nicht vergessen, daß dieses Getriebe nicht – oder doch nur mittelbar – Euerer Königlichen Hoheit Sache ist. Dennoch scheint mir der Augenblick gekommen, Euerer Königlichen Hoheit wenigstens ein gewisses Gebiet dieser rauhen Welt, ganz um seiner selbst willen, zu unmittelbarer Anschauung und Einsicht nahe zu bringen. Ich bitte im voraus um gnädigste Verzeihung, wenn ich Euere Königliche Hoheit durch meine Informationen innerlich hart berühren sollte...«

»Bitte, sprechen Sie, Exzellenz!« sagte Klaus Heinrich nicht ohne Bestürzung. Unwillkürlich setzte er sich zurecht, wie man sich im Stuhle des Zahnarztes zurechtsetzt und seine Natur gegen einen schmerzhaften Eingriff sammelt...

»Ungeteilte Aufmerksamkeit ist erforderlich«, sagte Herr von Knobelsdorff beinahe streng. Und nun erfolgte, anknüpfend an die Mißhelligkeiten mit der Budgetkommission, jener Vortrag, jene klare, gründliche und ungeschminkte, mit Ziffern und eingeschobenen Erläuterungen der Grundverhältnisse und Fachausdrücke wohl ausgestattete Belehrung und Unterrichtsstunde über die wirtschaftliche Lage des Landes, des Staates, die dem Prinzen unser ganzes Leidwesen in unerbittlicher Deutlichkeit vor Augen rückte. Selbstverständlich waren diese Dinge ihm nicht vollkommen neu und fremd; vielmehr hatten sie ihm ja, seitdem er repräsentierte, als Anlaß und Stoff zu jenen förmlichen Fragen gedient, die er an Bürgermeister, Ackerbürger, hohe Beamte zu richten pflegte und worauf er Antworten entgegennahm, die um ihrer selbst und nicht um der Dinge willen gegeben wurden, auch wohl von dem Lächeln begleitet waren, das er von klein auf kannte und welches »Du Reiner, Du Feiner!« besagte. Aber noch nie war all das in dieser massigen und nackten Sachlichkeit auf ihn eingedrungen, um in vollem Ernst seine Denkkraft in Anspruch zu nehmen. Herr von Knobelsdorff begnügte sich keineswegs mit Klaus Heinrichs gewohntem, eifrig ermunterndem Nicken; er nahm es genau, er überhörte den jungen Mann, er ließ sich ganze Erläuterungen wiederholen, er hielt ihn unnachsichtig im Banne des Gegenständlichen, und es war wie ein Zeigefinger, der, faltig von trockener Haut, an dem einzelnen Punkte haftete und nicht eher von der Stelle rückte, als bis man den Ausweis wirklichen Verständnisses erbracht hatte.

Herr von Knobelsdorff begann bei den Grundlagen und sprach von dem Lande und seinen wenig entwickelten Verhältnissen in bezug auf Handel und Industrie, von dem Volk, Klaus Heinrichs Volk, diesem sinnigen und biederen, gesunden und rückständigen Menschenschlage. Er sprach von den mangelhaften Staatseinnahmen, den schlecht rentierenden Eisenbahnen, den unzulänglichen Kohlenlagern. Er kam auf die Forst-, Jagd- und Triftverwaltung, er sprach vom Walde, von den Überfällungen, der übermäßigen Streuentnahme, den Krüppelbeständen, der gesunkenen Forstrente. Dann ging er des Näheren auf unsere Geldwirtschaft ein, erörterte die natürliche Steueruntüchtigkeit des Volkes, kennzeichnete die verwahrloste Finanzgebarung früherer Perioden. Und hierauf rückte die Ziffer der Staatsschulden an, die zu wiederholen Herr von Knobelsdorff den Prinzen mehrmals nötigte. Es waren sechshundert Millionen. Der Unterricht erstreckte sich weiter auf das Obligationenwesen, auf Zins- und Rückzahlungsbedingungen, er kehrte zu Doktor Krippenreuthers gegenwärtiger Bedrängnis zurück und schilderte die schwere Ungunst des Augenblicks. An der Hand der »Zeitschrift des Statistischen Bureaus«, die er plötzlich aus der Tasche zog, machte Herr von Knobelsdorff seinen Schüler mit den Ernteergebnissen der letzten Jahre bekannt, zählte die Unbilden auf, die den Mißwuchs gezeitigt hatten, bezeichnete die Steuerausfälle, die er mit sich brachte, und erwähnte sogar der unterernährten Gestalten auf dem Lande. Dann ging er zur Lage des Geldmarktes im großen über, verbreitete sich über die Geldteuerung, die allgemeine wirtschaftliche Verstimmung. Und Klaus Heinrich erfuhr von dem Tiefstand des Kurses, der Unruhe der Gläubiger, dem Geldabfluß, den Bankbrüchen; er sah unsern Kredit erschüttert, unsere Papiere entwertet und begriff vollkommen, daß die Begebung einer neuen Anleihe beinahe unmöglich war.

Die Dämmerung fiel ein, es war weit über fünf Uhr, als Herr von Knobelsdorff seinen volkswirtschaftlichen Vortrag endigte. Um diese Zeit pflegte Klaus Heinrich seinen Tee zu nehmen, aber er dachte nur ganz vorübergehend daran, und von außen wagte niemand eine Unterredung zu stören, deren Wichtigkeit sich in ihrer Zeitdauer zu erkennen gab. Klaus Heinrich lauschte, lauschte. Er wußte noch kaum, wie sehr erschüttert er war. Aber wie unterfing man sich eigentlich, ihm all das zu sagen? Nicht ein einziges Mal hatte man ihn »Königliche Hoheit« genannt, während dieses Unterrichts, hatte ihm gewissermaßen Gewalt angetan und seine Reinheit und Feinheit gröblich verletzt. Und doch war es gut, es erwärmte innerlich, das alles zu hören und sich um der Sache willen darein vertiefen zu müssen... Er vergaß, Licht machen zu lassen, so sehr war seine Aufmerksamkeit in Anspruch genommen.

»Diese Umstände«, schloß Herr von Knobelsdorff, »waren es etwa, die ich im Sinne hatte, als ich Euere Königliche Hoheit aufforderte, Ihr persönliches Wünschen und Trachten stets im Lichte des Allgemeinen zu sehen. Königliche Hoheit werden aus dieser Stunde und dem Inhalt, den ich ihr geben durfte, Nutzen ziehen, ich zweifle nicht daran. Und in dieser Zuversicht lassen Königliche Hoheit mich wieder auf Ihre engeren Angelegenheiten zurückkommen.«

Herr von Knobelsdorff wartete, bis Klaus Heinrich mit der Hand ein Zeichen seiner Zustimmung gegeben hatte, und fuhr dann fort: »Wenn dieser Sache irgendwelche Zukunft beschieden sein soll, so ist es erforderlich, daß sie sich nun zu einer neuen Entwicklungsstufe erhebt. Sie stagniert, sie steht formlos und aussichtslos wie der Nebel draußen. Das ist unleidlich. Man muß ihr Gestalt geben, muß sie verdichten, muß sie auch für die Augen der Welt bestimmter umreißen...«

»Ganz so! Ganz so! Ihr Gestalt geben... sie verdichten... Das ist es! Das ist unbedingt notwendig!« bestätigte Klaus Heinrich außer sich, wobei er neuerdings das Sofa verließ und im Zimmer hin und her zu gehen begann: »Aber wie? Sagen Exzellenz mir um Gottes willen, wie!«

»Der nächste äußere Fortschritt«, sagte Herr von Knobelsdorff und blieb sitzen – so ungewöhnlich war die Stunde –, »muß dieser sein, daß man die Spoelmanns bei Hofe sieht.«

Klaus Heinrich blieb stehen.

»Nie«, sagte er, »niemals, wie ich Herrn Spoelmann kenne, wird er zu bewegen sein, zu Hofe zu gehen!«

»Was nicht ausschließt«, antwortete Herr von Knobelsdorff, »daß sein Fräulein Tochter uns dieses Vergnügen machen wird. Wir sind nicht allzuweit mehr vom Hofball entfernt, – in Ihrer Hand liegt es, Königliche Hoheit, Fräulein Spoelmann zur Teilnahme daran zu bestimmen. Ihre Gesellschaftsdame ist Gräfin... sie soll nicht ohne Eigenheiten sein, aber sie ist Gräfin, und das erleichtert die Sache. Wenn ich Euerer Königlichen Hoheit versichere, daß der Hof es nicht an Entgegenkommen fehlen lassen wird, so spreche ich im Einverständnis mit dem Herrn Oberstzeremonienmeister von Bühl zu Bühl...«

Und nun behandelte das Gespräch noch drei Viertelstunden lang Placementfragen und die zeremoniellen Bedingungen, unter denen die Einführung, die Vorstellung, würde zu vollziehen sein. Unerläßlich blieb die Kartenabgabe bei der Oberhofmeisterin der Prinzessin Katharina, einer verwitweten Gräfin Trümmerhauff, die bei den Festlichkeiten im Alten Schlosse der Damenwelt vorstand. Was aber den Akt der Vorstellung selbst betraf, so hatte Herr von Knobelsdorff Zugeständnisse zu erwirken verstanden, die einen geflissentlichen, ja herausfordernden Charakter trugen. Es gab keinen amerikanischen Geschäftsträger am Orte, – kein Grund dafür, erklärte Herr von Knobelsdorff, die Damen durch den erstbesten Kammerherrn präsentieren zu lassen: nein, der Oberstzeremonienmeister selbst bitte um die Ehre, sie dem Großherzog vorstellen zu dürfen. Wann? An welchem Punkte der vorgeschriebenen Reihenfolge? Nun, zweifellos, ungewöhnliche Umstände erforderten ein Übriges. Zuerst also, an erster Stelle, vor allen Neueingeladenen der verschiedenen Hofrangklassen, – Klaus Heinrich möge das Fräulein dieser außerordentlichen Maßregel versichern. Es werde Gerede geben, Aufsehen bei Hofe und in der Stadt. Aber gleichviel und um so besser. Aufsehen war keineswegs unerwünscht, Aufsehen war nützlich, war notwendig...

Herr von Knobelsdorff ging. Es war so dunkel geworden, als er sich verabschiedete, daß man einander kaum noch sah. Klaus Heinrich, der dessen erst jetzt gewahr wurde, entschuldigte sich in einiger Verwirrung, aber Herr von Knobelsdorff erklärte es für ganz unwesentlich, in welcher Beleuchtung eine solche Unterredung stattfinde. Er nahm Klaus Heinrichs Hand, die dieser ihm bot, und umfaßte sie mit seinen beiden. »Nie«, sagte er warm – und dies waren seine letzten Worte, bevor er sich zurückzog – »nie war das Glück eines Fürsten von dem seines Landes unzertrennlicher. Bei allem, was Euere Königliche Hoheit erwägen und tun, wollen Sie sich gegenwärtig halten, daß Euerer Königlichen Hoheit Glück durch Schicksalsfügung zur Bedingung der öffentlichen Wohlfahrt geworden ist, daß aber auch Euere Königliche Hoheit Ihrerseits in der Wohlfahrt des Landes die unerläßliche Bedingung und Rechtfertigung Ihres Glückes zu erkennen haben.«

Heftig bewegt und noch außerstande, die Gedanken zu ordnen, die ihn tausendfältig bestürmten, blieb Klaus Heinrich in seinen enthaltsamen Empirestuben zurück.

Er verbrachte eine unruhvolle Nacht und machte am nächsten Vormittag trotz unsichtigen und schleimigen Wetters einen einsamen, ausgedehnten Spazierritt. Herr von Knobelsdorff hatte klar und reichlich geredet, hatte Tatsachen gegeben und entgegengenommen; aber zur Verschmelzung, Gestaltung und inneren Verarbeitung dieses vielfachen Rohstoffes hatte er nur kurze, spruchartige Anleitungen gegeben, und es war schwere

Gedankenarbeit, die Klaus Heinrich zu leisten hatte, während er nächtlicherweile wach lag und später, als er auf Florian spazieren ritt.

Nach »Eremitage« zurückgekehrt, tat er etwas Merkwürdiges. Er schrieb mit Bleistift auf ein Blättchen Papier eine Ordre, eine gewisse Bestellung und schickte den Kammerlakaien Neumann damit zur Stadt, zur Akademischen Buchhandlung in der Universitätsstraße. Was Neumann, schwer schleppend, zurückbrachte, war ein Ballen Bücher, die Klaus Heinrich in seinem Arbeitszimmer ausbreiten ließ und mit deren Lektüre er sofort begann.

Es waren Werke von nüchternem und schulbuchmäßigem Aussehen, mit Glanzpapierbacken, unschön geschmückten Lederrücken und rauhem Papier, auf welchem der Inhalt peinlich nach Abschnitten, Hauptabteilungen, Unterabteilungen und Paragraphen angeordnet war. Ihre Titel waren nicht heiter. Es waren Lehr- und Handbücher der Finanzwissenschaft, Ab- und Grundrisse der Staatswirtschaft, systematische Darstellungen der politischen Ökonomie. Und mit diesen Schriften schloß der Prinz sich in seinem Kabinette ein, und gab Weisung, daß er auf keinen Fall gestört zu werden wünsche.

Der Herbst war wässerig, und Klaus Heinrich fühlte sich wenig versucht, die Eremitage zu verlassen. Am Sonnabend fuhr er ins Alte Schloß, um Freiaudienzen zu gewähren; sonst war er diese Woche lang Herr seiner Zeit, und er wußte, Gebrauch davon zu machen. Angetan mit seiner Litewka, saß er in der Wärme des niedrigen Kachelofens an seinem kleinen, altmodischen und wenig benutzten Sekretär und las, die Schläfen in den Händen, in seinen Finanzbüchern. Er las von den Staatsausgaben und worin sie nur immer bestanden, von den Einnahmen und woher sie glücklichen Falles flossen; er durchpflügte das ganze Steuerwesen in allen seinen Kapiteln; er vergrub sich in die Lehre vom Finanzplan und Budget, von der Bilanz, dem Überschuß und namentlich dem Defizit, er verweilte am längsten und gründlichsten bei der Staatsschuld und ihren Arten, bei der Anleihe, dem Verhältnis von Zins und Kapital und der Tilgung, – und zuweilen erhob er den Kopf vom Buche und träumte lächelnd von dem, was er gelesen, als sei es die bunteste Poesie.

Übrigens fand er, daß es nicht schwer war, das alles zu begreifen, wenn man es darauf anlegte. Nein, diese ganze ernste Wirklichkeit, an der er nun teilnahm, dies simple und plumpe Interessengefüge, dies Lehrgebäude platt folgerichtiger Bedürfnisse und Notwendigkeiten, das zahllose gewöhnlich geborene junge Leute in ihre lebenslustigen Köpfe zu nehmen hatten, um ihre Examina darüber abzulegen, – es war bei weitem so schwer nicht beherrschbar, wie er in seiner Höhe geglaubt hatte. Repräsentieren, fand er, war schwerer. Und viel, viel heikler und schwieriger waren seine zarten Kämpfe mit Imma Spoelmann, zu Pferd und zu Fuß. Doch machte es ihn warm und froh, sein Studium, und er fühlte, daß er rote Backen bekam vor Eifer, wie sein Schwager zu Ried-Hohenried von seinem Torf.

Nachdem er so den Tatsachen, die er von Herrn von Knobelsdorff empfangen, eine allgemeine und akademische Grundlage gegeben und auch sonst im Knüpfen von inneren Beziehungen und im Abwägen von Möglichkeiten eine bedeutende Gedankenarbeit verrichtet hatte, stellte er sich wieder um die Teestunde auf »Delphinenort« ein. Die Glühbirnen der löwenfüßigen Schaftkandelaber und der großen Kristall-Lüster brannten im Gartensalon. Die Damen waren allein.

Nach den ersten Fragen und Antworten über Herrn Spoelmanns Befinden und Immas überstandene Unpäßlichkeit – Klaus Heinrich machte ihr lebhafte Vorwürfe über ihr seltsames Ungestüm, worauf sie mit vorgeschobenen Lippen erwiderte, daß sie, soviel ihr bekannt, ihr eigener Herr sei und mit ihrer Gesundheit nach Belieben schalten könne – kam das Gespräch auf den Herbst, auf die nasse Witterung, die das Reiten verbiete, auf die vorgerückte Jahreszeit, den nahen Winter, und Klaus Heinrich erwähnte von ungefähr des Hofballes, wobei es ihm einfiel, zu fragen, ob denn die Damen – wenn leider Herr Spoelmann schon durch seinen Gesundheitsstand verhindert sein würde – nicht Lust hätten, sich diesmal daran zu beteiligen. Als aber Imma erwiderte: Nein, wirklich, die Absicht einer Kränkung liege ihr fern, aber dazu habe sie schlechterdings nicht die geringste Lust, drang er nicht in sie, sondern stellte die Frage vorläufig gelassen zurück.

Was er getrieben habe die letzten Tage? – O, er sei beschäftigt gewesen, er könne sagen, daß es Arbeit die Hülle und Fülle gegeben habe. – Arbeit? Ohne Zweifel meine er die Hofjagd bei »Jägerpreis«. – Nun, die Hofjagd... Nein, er sei wirklichen Studien nachgegangen, die er übrigens keineswegs schon abgeschlossen habe; vielmehr stecke er noch tief in der betreffenden Materie... Und Klaus Heinrich begann, von seinen unschönen Büchern, seinen finanzwissenschaftlichen Einsichten zu erzählen, und mit solcher Freude und Hochachtung sprach er von dieser Disziplin, daß Imma Spoelmann ihn mit großen Augen betrachtete. Als sie ihn aber – was auf fast schüchterne Weise geschah – über den Anlaß und Beweggrund zu seiner Beschäftigung befragte, antwortete er, daß es lebendige, nur allzu brennende Tagesfragen seien, die ihn darauf hingeleitet hätten: Verhältnisse und Umstände, die sich leider für ein heiteres Teegespräch recht wenig eigneten. Diese Redewendung kränkte Imma Spoelmann ganz offenkundig. Auf welche Beobachtungen, fragte sie scharf und wandte ihr Köpfchen hin und her, sich eigentlich seine Überzeugung gründe, daß sie ausschließlich oder auch nur vorzugsweise heiteren Gesprächen zugänglich sei? Und sie befahl ihm mehr, als sie bat, sich gefälligst über die brennenden Tagesfragen zu äußern.

Da zeigte Klaus Heinrich, was er bei Herrn von Knobelsdorff gelernt hatte, und sprach über das Land und die Lage. Er wußte Bescheid in jedem Punkte, worauf der faltige Zeigefinger geruht hatte, er sprach von den natürlichen und den verschuldeten, den allgemeinen und den engeren, den hingeschleppten und den verschärfend hinzugetretenen Übelständen, er betonte namentlich die Ziffer der Staatsschulden und den Druck, den sie auf unsre Volkswirtschaft ausübten – es waren sechshundert Millionen – und vergaß nicht einmal der unterernährten Gestalten auf dem Lande.

Er sprach nicht zusammenhängend; Imma Spoelmann unterbrach ihn mit Fragen und half ihm mit Fragen vorwärts, sie nahm es genau und ließ sich erläutern, was sie nicht gleich verstand. In ihrem offenärmeligen Hauskleid aus ziegelfarbener Rohseide mit breiter Bruststickerei, eine altspanische Ehrenkette um den kindlichen Hals, saß sie, über den Teetisch gebückt, der von Kristall und Silber und köstlichem Porzellane schimmerte, einen Ellenbogen aufgestützt, das Kinn in die schmucklose und zartgliedrige Hand vergraben, und lauschte mit ganzer Seele, indes ihre Augen, so übergroß, so dunkel glänzend, in seiner Miene forschten. Aber während er sprach, von Imma mit Mund und Augen befragt, sich mühte, sich ereiferte und sich ganz seinem Gegenstand hingab, fühlte Gräfin Löwenjoul sich nicht länger zu nüchterner Klarheit angehalten durch seine Gegenwart, sondern ließ sich gehen und erlaubte sich die Wohltat des Irreschwatzens. An allem Elend, erklärte sie mit vornehmen Bewegungen und seltsam gekniffenem Blicke, auch an der Mißernte, der Schuldenlast und der Geldteuerung, seien die schamlosen Weiber schuld, von welchen es überall wimmele und die leider auch den Weg durch den Fußboden zu finden wüßten, wie denn vergangene Nacht die Frau eines Feldwebels aus der Leibfüsilier-Kaserne ihr die Brust zerkratzt und sie mit abscheulichen Gebärden gemartert habe. Hierauf erwähnte sie ihrer Schlösser in Burgund, in die es von oben hineinregnete, und ging so weit, zu erzählen, daß sie einen Feldzug gegen die Türken als Leutnant mitgemacht habe, wobei sie die einzige gewesen sei, die »nicht den Kopf verloren habe«. Imma Spoelmann und Klaus Heinrich gaben ihr hie und da ein gutes Wort, versprachen gern, sie vorderhand Frau Meier zu nennen und ließen sich übrigens von ihren Zwischenreden nicht stören.

Sie hatten beide heiße Gesichter, als Klaus Heinrich alles gesagt hatte, was er wußte, – ja auch auf dem Imma Spoelmanns, sonst von der Blässe der Perlen, war ein Hauch von Röte zu bemerken. Sie schwiegen dann, und auch die Gräfin verstummte, den kleinen Kopf auf die Schulter geneigt, gekniffenen Blickes ins Leere äugend. Klaus Heinrich spielte auf dem blitzend weißen und scharf gefälteten Tischtuch mit dem Stengel einer Orchidee, die in einem Spitzgläschen neben seinem Gedeck gestanden hatte; aber sobald er den Kopf erhob, begegnete er Imma Spoelmanns Augen, die übergroß, flammend und unverwandt, über den Tisch hinweg eine dunkel fließende Sprache führten.

»Es war hübsch heute«, sagte sie mit ihrer gebrochenen Stimme, als er für diesmal Abschied nahm, – und er fühlte, wie ihre schmale zartknochige Hand die seine mit kräftigem Druck umspannte. »Wenn Euere Hoheit wieder einmal unser unwürdiges Haus beehren, sollten Sie mir das eine oder andere von den guten Büchern bringen, die Sie sich angeschafft haben.« – Sie konnte es nicht ganz lassen, zu spotten, aber sie bat ihn um seine Finanzbücher, und er brachte sie ihr.

Er brachte ihr zwei davon, die er für die lehrreichsten und übersichtlichsten hielt, brachte sie einige Tage später in seinem Coupee durch den feuchten Stadtgarten, und sie wußte ihm Dank dafür. Sobald sie den Tee genommen, zogen sie sich in einen Winkel des Salons zurück, woselbst sie, während die Gräfin in Abwesenheit am Teetisch verharrte, in thronartigen Armstühlen an einem vergoldeten Tischchen sitzend, über das erste Blatt eines Lehrbuches, namens »Finanzwissenschaft« gebeugt, ihr gemeinsames Studium begannen. Selbst die Vorworte zur ersten und sechsten Auflage lasen sie mit, abwechselnd mit leiser Stimme jeder einen Satz; denn Imma Spoelmann hielt dafür, daß man methodisch zu Werke gehen und mit dem Anfang beginnen müsse.

Klaus Heinrich, wohl vorbereitet wie er war, machte den Führer durch die Paragraphen, und niemand hätte behender und hellsinniger zu folgen vermocht als Imma.

»Es ist leicht!« sagte sie und sah lachend auf. »Mich nimmt wunder, daß es im Grunde so einfach ist. Algebra ist viel schwerer, Prinz...«

Aber da sie die Sache so gründlich betrieben, kamen sie dennoch nicht weit in einer Nachmittagsstunde und machten ein Zeichen ins Buch, wo sie das nächste Mal fortfahren würden.

Das geschah; und fortan waren des Prinzen Besuche auf »Delphinenort« von dem sachlichsten Inhalt erfüllt. Immer, wenn Herr Spoelmann nicht am Teetisch erschienen war oder, sobald er seinen Krankenzwieback eingetaucht, sich mit Doktor Watercloose zurückgezogen hatte, richteten Imma und Klaus Heinrich sich mit ihren Büchern an dem goldenen Tischchen ein, um sich, Kopf an Kopf, in die Geldwirtschaftskunde zu vertiefen. Aber im Vorwärtsschreiten verglichen sie die abgezogene Lehre mit der Wirklichkeit, wandten, was sie lasen, auf die Verhältnisse des Landes an, wie Klaus Heinrich sie dargelegt hatte, und studierten mit Nutzen, obgleich es nicht selten geschah, daß ihr Forschen von Betrachtungen persönlicher Art unterbrochen wurde.

»Dann kann also die Emission«, sagte Imma, »auf direktem oder indirektem Wege erfolgen, – ja, das leuchtet ein. Entweder der Staat wendet sich geradeswegs an die Kapitalisten und eröffnet die Subskription... Ihre Hand ist doppelt so breit wie meine«, sagte sie; – »sehen Sie, Prinz!« Und nun schauten sie lächelnd und glücklich betroffen von dem einfachen Anblick ihre Hände an, seine rechte und ihre linke, die nebeneinander auf der goldenen Tischplatte lagen. »Oder«, fuhr Imma fort, »die Anleihe wird durch Negotiation begeben, und es ist irgendein großes Bankhaus oder Konsortium von solchen, an das der Staat seine Schuldscheine...« »Warten Sie!« sagte er leise. »Warten Sie, Imma, und beantworten Sie mir eine Frage? Lassen Sie auch die Hauptsache nicht außer acht? Geben Sie sich auch Mühe und machen Sie Fortschritte? Wie ist es mit der Ernüchterung und Befangenheit, liebe kleine Imma? Haben Sie nun ein bißchen Vertrauen zu mir?« Seine Lippen fragten es nahe ihrem Haar, dem ein kostbarer Duft entströmte, und sie hielt ihr schwarzbleiches Kinderköpfchen still dabei über das Buch gebeugt, wenn sie auch seine Frage nicht unumwunden beantwortete. »Aber muß es ein Bankhaus oder Konsortium sein?« überlegte sie. »Es steht nichts davon da, aber mir scheint, daß es das praktischen Falles nicht notwendig zu sein braucht...«

Sie sprach ernsthaft und ohne Anführungszeichen in dieser

Zeit, denn auch sie hatte ja, für ihr Teil, die Gedankenarbeit zu bewältigen, welche Klaus Heinrich nach der Unterredung mit Herrn von Knobelsdorff verrichtet hatte. Und als er einige Wochen später auf seine Frage zurückkam, ob sie nicht Lust habe, den Hofball zu besuchen, und ihr die zeremoniellen Bedingungen mitteilte, die für diesen Fall bewilligt waren, da geschah es, daß sie ihm antwortete, ja, sie habe Lust und wolle morgen mit der Gräfin Löwenjoul bei der verwitweten Gräfin Trümmerhauff vorfahren, um ihre Karten abzugeben.

Dieses Jahr fand der Hofball früher statt als sonst: schon Ende November, – eine Maßnahme, die, wie man hörte, auf Wünsche innerhalb des Großherzoglichen Hauses zurückzuführen war. Herr von Bühl zu Bühl beklagte bitter diese Überstürzung, welche ihn und seine Unterbeamten zwänge, die Vorbereitungen zu der wichtigsten höfischen Festlichkeit über das Knie zu brechen, namentlich die Ausbesserungen, deren die Festräume des Alten Schlosses so dringend bedürftig waren. Aber der Wunsch des betreffenden Mitgliedes der Allerhöchsten Familie hatte die Unterstützung des Herrn von Knobelsdorff gehabt, und der Hofmarschall mußte sich fügen. So aber kam es, daß die Gemüter kaum Zeit hatten, sich auf das, was eigentlich an dem Abend Ereignis war und wogegen der ungewöhnliche Zeitpunkt gleich nichts erschien, genügend vorzubereiten: ja, als der »Eilbote« die Kunde von der Kartenabgabe und Einladung in fetten Lettern verbreitete – nicht ohne in etwas kleinerem Druck, doch in warmen Worten seinem Vergnügen darüber Ausdruck zu geben und Spoelmanns Tochter bei Hofe willkommen zu heißen –, da stand der bedeutende Abend schon vor der Tür, und ehe die Zungen sich recht in Bewegung gesetzt, war alles vollendete Wirklichkeit.

Nie hatte mehr Neid auf den fünfhundert begnadeten Personen geruht, deren Namen auf der Hofball-Liste standen, nie hatte der Bürger am Morgen mit größeren Augen den Bericht des »Eilboten« verschlungen, diese glitzernden Spalten, die alljährlich von einem durch den Trunk entarteten Adeligen abgefaßt wurden und so üppig zu lesen waren, daß man glaubte,

Einblick in das Feenreich zu tun, während in Wahrheit das Ballfest im Alten Schloß ohne Überschwang und selbst nüchtern verlief. Aber der Bericht reichte nur bis zum Souper, mit Einschluß der französischen Speisenfolge, und alles, was später kam, sowie überhaupt alle Zartheiten und Unwägbarkeiten des großen Vorgangs blieben notwendig mündlicher Überlieferung vorbehalten.

Die Damen hatten sich, in einem kolossalen olivenfarbenen Automobil vor dem Albrechtstor anbremsend, ziemlich pünktlich im Alten Schlosse eingefunden, wenn auch so pünktlich nicht, daß Herr von Bühl zu Bühl nicht Zeit gehabt hätte, sich zu ängstigen. Von siebeneinviertel Uhr an war er, in großer Uniform, mit Orden bedeckt bis zum Unterleib, mit spiegelndem braunem Toupee und den goldenen Zwicker auf der Nase, in der Mitte des mit Rüstungen umstellten Rittersaales, woselbst sich das Großherzogliche Haus und der große Dienst versammelten, von einem Fuß auf den andern getreten und hatte mehrmals einen Kammerjunker in den Ballsaal hinübergesandt, um zu erfahren, ob Fräulein Spoelmann noch nicht erschienen sei. Er erwog unerhörte Möglichkeiten. Wenn diese Königin von Saba zu spät kam – und was konnte man nicht von ihr gewärtigen, die mitten durch die Wachtmannschaft geschritten war! – so mußte sich der Eintritt des großherzoglichen Cortege verzögern, so mußte der Hof auf sie warten, denn sie sollte ja nun einmal unbedingt zuerst vorgestellt werden, und es war ein Ding der Unmöglichkeit, daß sie nach dem Großherzog im Ballsaale eintraf... Aber gottlob! eine knappe Minute vor siebeneinhalb Uhr war sie mit ihrer Gräfin gekommen (und die Bewegung war groß gewesen, als die empfangenden Kammerherren sie zunächst den Diplomaten und also vor dem Adel, den Palastdamen, den Ministern, den Generalen, den Kammerpräsidenten und aller Welt in die Hofgesellschaft eingereiht hatten), – Flügeladjutant von Platow hatte den Großherzog aus seinen Zimmern geholt, im Rittersaal hatte Albrecht, als Husar gekleidet, mit niedergeschlagenen Augen die Mitglieder seines Hauses begrüßt, hatte seiner Tante Katharina den Arm geboten, und dann, nachdem Herr von Bühl in der geöffneten Flügeltür dreimal seinen Stab gegen das Parkett gestoßen, hatte sich der Einzug des Hofes in den Ballsaal vollzogen.

Augenzeugen versicherten später, daß die allgemeine Unaufmerksamkeit während des Rundganges der höchsten Herrschaften die Grenze des Anstößigen erreicht habe. Wohin Albrecht mit seiner würdevoll schreitenden Tante gerade gekommen war, da war ohne die rechte Sammlung ein hastiges Neigen und Wogen entstanden, aber sonst waren alle Gesichter nur einem Punkte des Saales zugewandt, alle Augen mit brennender Neugier auf eben diesen Punkt gerichtet gewesen... Die dort stand, hatte Feinde im Saal gehabt, zumindest unter den Frauen, den weiblichen Trümmerhauffs, Prenzlaus, Wehrzahns und Platows, die hier ihre Fächer regten, und scharfe und kalte Damenblicke hatten sie gemustert. Aber war nun ihre Stellung schon zu befestigt, als daß die Kritik sich hervorgewagt hätte, oder hatte ihre Persönlichkeit an und für sich den heimlichen Widerstand überwunden, – nur eine Stimme hatte geherrscht, und es war die gewesen, daß Imma Spoelmann schön sei wie Bergkönigs Töchterlein. Die Residenz wußte am nächsten Morgen ihre Toilette auswendig, der Schreiber im Ministerium, der Dienstmann an der Straßenecke. Es war ein Gewand aus blaßgrünem Chinakrepp gewesen, mit silberner Stickerei und einem Bruststück aus alter Silberspitze von Fabelwert. Ein krönleinartiger Kopfschmuck aus Diamanten hatte farbig in ihrem blauschwarzen Haar gefunkelt, das eine Neigung zeigte, ihr in glatten Strähnen in die Stirn zu fallen, und eine lang herabhängende Kette aus demselben Edelgestein war doppelt und dreifach um ihren bräunlichen Hals geschlungen gewesen. Klein und kindlich, doch von einer wundersam ernsten und klugen Kindlichkeit der Erscheinung, mit ihrem bleichen Gesichtchen und ihren übergroßen und seltsam eindringlich redenden Augen, so hatte sie an ihrem Ehrenplatz zur Seite der Gräfin Löwenjoul gestanden, die braun wie immer, doch diesmal in Atlas, gekleidet gewesen war. Mit einer gewissen spröden Pagenanmut hatte sie, als das Cortege zu ihr gelangt war, die höfische Verbeugung angedeutet, ohne sie auszuführen; aber als Prinz Klaus Heinrich, das zitronengelbe Band und die flache Kette des Hausordens zur Beständigkeit über dem Waffenrock, den Silberstern vom Grimmburger Greifen auf der Brust und jene blutleere Cousine am Arme führend, die nichts als »Jä« zu sagen vermochte, gleich hinter dem Großherzoge an ihr vorübergeschritten war, da hatte sie mit geschlossenen Lippen gelächelt und hatte ihm zugenickt wie ein Kamerad, – wobei es denn doch wie ein Zucken durch die Versammlung gegangen war...

Dann, nach der Begrüßung der Diplomaten durch die höchsten Herrschaften, hatten die Vorstellungen begonnen, – begonnen mit Imma Spoelmann, obgleich sich unter den neueingeladenen Damen zwei Komtessen Hundskeel und ein Freifräulein von Schulenburg-Tressen befunden hatten. Schwänzelnd und mit falschen Zähnen lächelnd hatte Herr von Bühl Spoelmanns Tochter seinem Herrn präsentiert. Und indem er mit der kurzen, gerundeten Unterlippe leicht an der oberen gesogen, hatte Albrecht auf ihre spröde Pagenverneigung niedergeblickt, aus der sie sich erhoben hatte, um aus redenden Augen den leidenden Husarenoberst in seinem stillen Hochmut mit dunklem Forschen zu betrachten. Der Großherzog hatte mehrere Fragen an sie gerichtet, während er es sonst ohne Ausnahme bei einer bewenden ließ, hatte sich nach ihres Vaters Befinden, nach der Wirkung der Ditlindenquelle erkundigt und wie es ihr selbst auf die Dauer bei uns gefalle, worauf sie mit vorgeschobenen Lippen und das schwarzbleiche Köpfchen hin und her wendend mit ihrer gebrochenen Stimme geantwortet hatte. Hierauf, nach einer Pause, welche vielleicht eine Pause des inneren Kampfes gewesen, hatte Albrecht ihr sein Vergnügen zum Ausdruck gebracht, sie bei Hofe zu sehen; und dann hatte auch Gräfin Löwenjoul, mit einem seitwärts entgleitenden Blick, ihre Kniebeugung vollführen dürfen.

Dieser Auftritt, Imma Spoelmann vor Albrecht, blieb lange der Lieblingsgegenstand des Gesprächs, und obgleich er ohne Sonderlichkeiten verlaufen war wie er verlaufen mußte, so sollen sein Reiz und seine Bedeutung nicht geschmälert werden.

Der Höhepunkt des Abends war er nicht. Das war in den Augen vieler die Quadrille d'honneur, für manche auch das Souper, – in Wirklichkeit aber ein geheimes Zwiegespräch zwischen den beiden Hauptpersonen des Stückes, ein kurzer, unbelauschter Wortwechsel, dessen Inhalt und sachlichen Enderfolg die Öffentlichkeit freilich nur zu ahnen vermochte, – der Abschluß gewisser zarter Kämpfe zu Pferd und zu Fuß...

Die Ehrenquadrille angehend, so gab es am nächsten Tage Personen, die behaupteten, Fräulein Spoelmann habe sie mitgetanzt, und zwar an der Seite des Prinzen Klaus Heinrich. Nur der erste Teil dieser Aussage traf zu. Das Fräulein hatte an dem feierlichen Reigen teilgenommen, aber geführt vom englischen Geschäftsträger und dem Prinzen Klaus Heinrich gegenüber. Immerhin war das stark, und noch stärker war, daß die Mehrzahl der Festgäste es nicht einmal als unerhört, sondern im Gegenteil beinahe als selbstverständlich empfunden hatte. Ja, Imma Spoelmanns Stellung war befestigt, die volkstümliche Auffassung ihrer Person – das Volk erfuhr es am nächsten Tage – war herrschend gewesen im Hofballsaal, und übrigens hatte Herr von Knobelsdorff Sorge getragen, daß diese Auffassung mit aller Augenfälligkeit, die er für wünschenswert hielt, zum Ausdruck gelangte. Nicht mit Rücksicht und nicht mit Auszeichnung: nein, zeremoniös war Imma Spoelmann behandelt worden und das mit planmäßiger, absichtsvoller Betonung. Die beiden diensttuenden Zeremonienmeister, Kämmerer ihrem Range nach, hatten ihr mit Auswahl die Tänzer zugeführt, und wenn sie ihren Platz, dicht neben dem flachen, rot ausgeschlagenen Podium, wo die Großherzogliche Familie auf Damastsesseln saß, mit einem Kavalier verlassen hatte, um zu tanzen, so war die Balleitung geschäftig gewesen, wie dies beim Tanz der Prinzessinnen geschah, ihr freien Raum unter dem mittleren Lüster zu schaffen und sie vor jedem Zusammenstoß zu behüten, – was übrigens leichte Arbeit gewesen war, denn ohnedies hatte sich, wenn sie tanzte, ein schützender Kreis von Neugier um sie geschlossen.

Man berichtete, daß, als Prinz Klaus Heinrich Fräulein Spoelmann zum erstenmal aufgefordert habe, ein heftiges Ausatmen, ein förmliches »Zischen« der Erregung im Saale hörbar gewesen sei und daß die Vortänzer zu tun gehabt hätten, den Ball in Gang zu erhalten und zu verhindern, daß alles in gieriger Schaulust die Tanzenden umstehe. Namentlich die Damen hatten das einsame Paar mit einem exaltierten Entzücken begleitet, das, wenn Imma Spoelmanns Stellung nur ein wenig schwächer gewesen wäre, unzweifelhaft die Formen der Wut und der Bosheit gezeigt haben würde. Aber zu sehr hatte jeder einzelne der fünfhundert Festgäste unter dem Druck und Einfluß des öffentlichen Empfindens, jener gewaltigen Eingebung von unten her, gestanden, um dies Schauspiel anders als mit des Volkes Augen betrachten zu können. Der Prinz schien nicht in dem Sinne beraten gewesen zu sein, sich Zwang anzutun. Sein Name – und zwar einfach in der Abkürzung »K. H.«, hatte zweimal, für zwei ganze Tänze, auf Miss Spoelmanns Karte gestanden, und außerdem hatte er noch mehrfach bei ihr hospitiert. Dort hatten sie getanzt, Klaus Heinrich und Spoelmanns Tochter. Ihr bräunlicher Arm hatte auf dem Ordensband aus zitronenfarbener Seide geruht, das über seine Schulter lief, und sein rechter Arm hatte ihre leichte und seltsam kindliche Gestalt umschlungen gehalten, während er den linken nach seiner Gewohnheit beim Tanz in die Hüfte gestützt und nur mit einer Hand seine Dame geführt hatte. Mit einer Hand...

So war die Stunde des Soupers gekommen, und ein weiterer Artikel der zeremoniellen Bedingungen, die Herr von Knobelsdorff für Imma Spoelmanns Hofballbesuch erwirkt hatte, war erschütternd in Kraft getreten. Es war der gewesen, welcher die Sitzordnung bei Tische zum Gegenstand hatte. Während nämlich die große Menge der Festgäste in der Bildergalerie und im Saal der zwölf Monate an langen Tafeln speiste, war für die Großherzogliche Familie, die Diplomaten und die obersten Hofchargen im Silbersaale gedeckt. Feierlich geordnet, wie beim Eintritt in den Ballsaal, begaben sich Albrecht und die Seinen punkt elf Uhr dorthin. Und an den Kammerlakaien vorüber, welche die Türen besetzt hielten und Unbefugten den Zugang wehrten, war am Arme des englischen Geschäftsträgers Imma Spoelmann in den Silbersaal eingezogen, um an der großherzoglichen Tafel teilzunehmen.

Das war ungeheuerlich gewesen – und zugleich, nach allem Voraufgegangenen, von so zwingender Folgerichtigkeit, daß jederlei Verwunderung oder gar Auflehnung des gesunden Sinnes entbehrt haben würde. Heute hatte es einfach gegolten, großen Anzeichen und Erscheinungen innerlich gewachsen zu sein... Aber nach aufgehobener Tafel, als der Großherzog sich zurückgezogen und Prinzessin Griseldis mit einem Kammerherrn den Kotillon eröffnet hatte, war die Erwartung dennoch aufs neue ins Fieberhafte gestiegen, denn die allgemeine Frage war gewesen, ob man dem Prinzen erlaubt habe, der Spoelmann ein Sträußchen zu bringen. Seine Instruktion war offenbar die gewesen, ihr nicht gerade das erste zu bringen. Er hatte zunächst seiner Tante Katharina und einer rothaarigen Cousine je eines überreicht; aber dann war er mit einem Fliedersträußchen aus der Hofgärtnerei vor Imma Spoelmann hingetreten. Im Begriffe, das schöne Gebinde an ihr Näschen zu führen, hatte sie aus unbekannten Gründen mit ängstlicher Miene gezögert, und erst, nachdem er sie durch ein lächelndes Kopfnicken dazu ermutigt, hatte sie sich entschlossen, den Duft zu versuchen. Dann hatten sie, ruhig sprechend, ziemlich lange miteinander getanzt.

Jedoch während dieses Tanzes war es gewesen, daß jener unbelauschte Wortwechsel, jene Unterredung mit greifbar bürgerlichem Inhalt und sachlichem Enderfolg zwischen ihnen stattgefunden hatte... hier ist sie.

»Sind Sie diesmal zufrieden mit den Blumen, Imma, die ich Ihnen bringe?«

»Doch, Prinz, Ihr Flieder ist schön und duftet ordnungsgemäß. Er gefällt mir sehr.«

»Wirklich, Imma? Aber der arme Rosenstock unten im Hof tut mir leid, weil seine Rosen Ihnen mißfallen mit ihrem Moderduft.«

»Ich will nicht sagen, daß sie mir mißfallen, Prinz.«

»Aber sie ernüchtern und erkälten Sie wohl?«

»Ja, das vielleicht.«

»Habe ich Ihnen aber von dem Glauben der Leute erzählt, daß der Rosenstock einmal erlöst werden soll, nämlich an einem Tage der allgemeinen Beglückung, und Rosen hervorbringen soll, die zu ihrer großen Schönheit auch noch mit lieblich natürlichem Duft begabt sein werden?«

»Ja, Prinz, das muß man abwarten.«

»Nein, Imma, man muß helfen und handeln! Sich entschließen muß man und allem Zweifelmut absagen, kleine Imma! Sagen Sie mir... sagen Sie mir heute: Haben Sie nun Vertrauen zu mir?«

»Doch, Prinz, in letzter Zeit habe ich Vertrauen zu Ihnen gefaßt.«

»Sehen Sie!... Gott sei gelobt!... Sagte ich nicht, daß es mir schließlich gelingen müsse?... Und so glauben Sie denn nun, daß es mir ernst ist, wirklicher, ernsthafter Ernst um Sie und um uns?«

»Ja, Prinz, in letzter Zeit glaube ich, daß ich es glauben kann.«

»Endlich, endlich, unschlüssige kleine Imma!... Ach, ich danke Ihnen aus Herzensgrund!... Aber dann haben Sie also Mut und wollen sich zu mir bekennen vor aller Welt, da Sie doch zu mir gehören?«

»Bekennen Sie sich, Königliche Hoheit, zu mir, wenn's gefällig ist.«

»Das will ich, Imma, laut und fest. Aber nur unter einer Bedingung darf ich es, nämlich, daß wir nicht in eigennütziger und unbedeutender Weise nur auf unser eigenes Glück Bedacht nehmen, sondern alles aus dem Gesichtspunkt des Großen, Ganzen betrachten. Denn die öffentliche Wohlfahrt, sehen Sie, und unser Glück, die bedingen sich gegenseitig.«

»Wohlgesprochen, Prinz. Denn ohne unsere Studien über die öffentliche Wohlfahrt würde ich mich schwerlich zum Vertrauen zu Ihnen entschlossen haben.«

»Und ohne Sie, Imma, die Sie mir das Herz so warm gemacht, würde ich schwerlich auf so wirkliche Studien verfallen sein.«

»Also wollen wir denn sehen, was wir ausrichten, jeder an seinem Platze, Prinz. Sie bei den Ihren und ich – bei meinem Vater.«

»Kleine Schwester«, hatte er mit ruhiger Miene gesagt und sie im Tanze ein wenig fester an sich gezogen. »Kleine Braut...«

Und das war in der Tat ein Sonderfall von Verlobungsgespräch gewesen.

Freilich war hiermit nicht alles, ja wenig geschehen, und rückblickend muß man sich sagen, daß, in dem Gesamtaspekt der Verhältnisse nur einen Faktor weg oder anders gedacht, das Ganze damals noch immer Gefahr lief, in nichts zu zerfallen. Welch Glück, fühlt der Chronist sich auszurufen versucht, welch Glück, daß an der Spitze der Geschäfte ein Mann sich befand, welcher der Zeit fest und unerschrocken, ja selbst nicht ohne Schalkhaftigkeit ins Auge blickte und eine Sache nicht einzig deshalb für unmöglich erachtete, weil sie sich bis dahin noch niemals ereignet hatte!

Jener Vortrag, den ungefähr acht Tage nach dem denkwürdigen Hofball Exzellenz von Knobelsdorff seinem Herrn, dem Großherzog Albrecht II. im Alten Schlosse hielt, gehört der Zeitgeschichte an. Tags zuvor hatte der Konseilpräsident einer Sitzung des Staatsministeriums vorgesessen, über welche der »Eilbote« soviel zu melden in die Lage gesetzt worden war, daß Finanzfragen und innere Angelegenheiten der Großherzoglichen Familie zur Beratung gestanden hätten, sowie ferner, daß – und dies fügte das Blatt in gesperrten Lettern hinzu – eine vollkommene Einhelligkeit der Meinungen unter den Ministern erzielt worden sei. So aber befand sich Herr von Knobelsdorff bei jener Audienz seinem jungen Monarchen gegenüber in starker Stellung; denn er hatte nicht nur die wimmelnde Masse des Volks, sondern auch die einmütige Willensmeinung der Staatsregierung im Rücken.

Die Unterredung in Albrechts zugigem Arbeitszimmer nahm fast nicht weniger Zeit in Anspruch, als diejenige in dem kleinen gelben Salon von Schloß »Eremitage«. Es mußte sogar eine Pause eintreten, während welcher dem Großherzog eine Limonade und Herrn von Knobelsdorff ein Glas Portwein nebst Biskuits gereicht wurde. Allein die lange Dauer des Vortrags war lediglich der Großartigkeit des durchzusprechenden Stoffes, nicht etwa dem Widerstande des Monarchen zuzuschreiben; denn Albrecht leistete keinen. In seinem geschlossenen Gehrock, die mageren, empfindlichen Hände im Schoße gekreuzt, das stolze und feine Haupt mit dem Spitzbart und den schmalen Schläfen erhoben und die Lider gesenkt, sog er leicht mit der kurzen, gerundeten Unterlippe an der oberen und begleitete Herrn von Knobelsdorffs Ausführungen von Zeit zu Zeit mit einer gemessenen Kopfneigung, die zugleich Zustimmung und Ablehnung ausdrückte, eine unbeteiligt sachliche Zustimmung unter dem stillen und kalten Vorbehalt seiner durch nichts erreichbaren persönlichen Würde.

Herr von Knobelsdorff begab sich unverzüglich in die Mitte der Dinge und sprach von dem Verkehr des Prinzen Klaus Heinrich auf Schloß »Delphinenort«. Albrecht wußte davon. Selbst in seine Einsamkeit war ein gedämpfter Widerhall der Ereignisse gedrungen, welche die Stadt und das Land in Atem hielten; auch kannte er seinen Bruder Klaus Heinrich, der gestöbert und mit den Lakaien geplaudert hatte, der, als er sich am großen Spieltisch die Stirn gestoßen, geweint hatte aus Mitleid mit seiner Stirn, – und im wesentlichen bedurfte er keiner Belehrung. Lispelnd und mit einem flüchtigen Erröten gab er das Herrn von Knobelsdorff zu verstehen und fügte hinzu, da jener bisher nicht hindernd eingegriffen, sondern ihm die Tochter des Milliardärs sogar zugeführt habe, so schließe er, daß Herr von Knobelsdorff die Unternehmungen des Prinzen begünstige, ohne daß er, der Großherzog, übrigens absähe, wohin das alles führen solle. Die Regierung, antwortete Herr von Knobelsdorff, würde sich in einen schädlichen und entfremdenden Gegensatz zum Willen des Volkes setzen, wenn sie die Absichten des Prinzen durchkreuzte. »So verfolgt mein Bruder bestimmte Absichten?« Lange, versetzte Herr von Knobelsdorff, handelte er planlos und lediglich seinem Herzen zuliebe; aber seitdem er sich mit dem Volke auf dem Boden des Wirklichen gefunden, haben seine

Wünsche praktische Gestalt gewonnen. »Und das alles will also sagen, daß das Publikum die Schritte des Prinzen billigt?« – Daß es sie akklamiert, Königliche Hoheit, daß es die innigsten Hoffnungen darauf setzt!

Und nun entrollte Herr von Knobelsdorff noch einmal das dunkle Bild von der Lage des Landes, von der Not, von der großen, großen Verlegenheit. Wo war Abhilfe und Heilung? Dort war sie, einzig dort, im Stadtpark, in dem zweiten Zentrum der Residenz, an dem Wohnsitz des kränkelnden Geldfürsten, unseres Gastes und Einwohners, dessen Person das Volk mit seinen Träumen umspann, und für den es ein Kleines sein würde, allen unseren Mißhelligkeiten ein Ende zu bereiten. Wenn er zu bestimmen war, sich unserer Staatswirtschaft anzunehmen, so war ihre Gesundung gesichert. Würde er zu bestimmen sein? Aber das Schicksal hatte eine Gefühlsbegegnung zwischen der einzigen Tochter des Gewaltigen und dem Prinzen Klaus Heinrich herbeigeführt! Und dieser weisen und gütigen Fügung sollte man trotzen? Starrer und abgelebter Herkömmlichkeiten wegen sollte man eine Verbindung hintanhalten, die für Land und Volk so ungemessenen Segen in sich schloß? Denn daß sie das tue, war freilich vorauszusetzen, und darin beruhte ihre Rechtfertigung und hohe Gültigkeit. War aber diese Bedingung erfüllt, fand Samuel Spoelmann sich, um es gerade herauszusagen, zur Finanzierung des Staates bereit, so war die Verbindung – da denn das Wort nun gefallen war – nicht nur statthaft, sie war notwendig, sie war die Rettung, das Wohl des Staates verlangte sie, und weit über die Landesgrenzen hinaus, überall dort, wo ein Interesse an der Wiederherstellung unserer Finanzen, an der Vermeidung einer wirtschaftlichen Panik vorhanden war, wurde sie vom Himmel erfleht.

An dieser Stelle tat der Großherzog eine Zwischenfrage, leise, ohne aufzublicken und mit spöttischem Lächeln.

»Und die Thronfolge?« fragte er.

»Das Gesetz«, erwiderte Herr von Knobelsdorff unerschütterlich, »legt es in Euerer Königlichen Hoheit Hand, das dynastische Bedenken zu beseitigen. Standeserhöhung und selbst

Ebenbürtigkeit zu verleihen, gehört auch bei uns zu den Prärogativen des Landesherrn, – und wann wäre je in der Geschichte ein tieferer Anlaß zur Betätigung dieser Vorrechte gegeben gewesen? Diese Verbindung trägt ihre Echtheit in sich, sie ist von langer Hand her im Gemüte des Volkes vorbereitet, und ihre vollkommene staats- und fürstenrechtliche Anerkennung würde dem Volke nicht mehr als eine äußere Bestätigung seines innersten Empfindens bedeuten.«

So kam Herr von Knobelsdorff auf Imma Spoelmanns Popularität zu sprechen, auf die vielsagende Kundgebung gelegentlich ihrer Genesung von leichter Unpäßlichkeit, auf den ebenbürtigen Rang, den dies außerordentliche Wesen in der Phantasie des Volkes einnähme, – und seine Augenfältchen spielten, als er Albrecht an die alte Wahrsagung erinnerte, die im Volke lebte, von dem Prinzen sprach, der mit einer Hand dem Lande mehr geben sollte, als andere mit zweien je vermocht hätten, und beredtsam darlegte, wie die Verbindung zwischen Klaus Heinrich und Spoelmanns Tochter dem Volke als vorgesehene Erfüllung des Orakels und somit als gottgewollt und rechtmäßig erscheine.

Herr von Knobelsdorff sagte noch viel Kluges, Freies und Gutes. Er erwähnte der vierfachen Blutzusammensetzung Imma Spoelmanns – denn außer dem deutschen, portugiesischen und englischen fließe ja, wie man vernähme, auch ein wenig von dem uradligen Blut der Indianer in ihren Adern – und betonte, daß er sich von der belebenden Wirkung, welche die Mischung der Rassen bei alten Geschlechtern hervorzubringen vermöge, für die Dynastie das Beste verspreche. Aber seine bedeutendsten Augenblicke hatte der unbefangene alte Herr, als von den ungeheueren und segensvollen Veränderungen die Rede war, die in den wirtschaftlichen Verhältnissen des Hofes selbst, unseres verschuldeten und bedrängten Hofes, durch die kühne Heirat des Thronfolgers würden hervorgebracht werden. Denn hier war es, wo Albrecht am hochmütigsten an der Oberlippe sog. Der Geldwert sank, die Ausgaben stiegen, sie taten es nach einem wirtschaftlichen Gesetz, das für die Etats der Hofverwaltungen sowohl wie für jeden Privathaushalt seine Gültigkeit hatte, und eine Vermehrung der Einnahmen war unmöglich. Aber es ging nicht an, daß das Vermögen des Landesherrn hinter dem mancher Untertanen zurückstand; es war im monarchischen Sinne unleidlich, daß Seifensieder Unschlitts Wohnhaus schon längst eine Zentralheizung hatte, das Alte Schloß aber noch immer nicht. Abhilfe war nötig, in mehr als einem Fall, und wohl dem Fürstenhause, dem sich eine so großartige Abhilfe bot, wie diese! Man beobachtete in unseren Zeiten, daß alle Schamhaftigkeit von ehedem aus der Behandlung höfischer Geldangelegenheiten entschwand. Jene Selbstentäußerung, mit welcher fürstliche Familien vormals die schwersten Opfer gebracht hatten, um die Öffentlichkeit vor ernüchternden Einblikken in ihre Vermögensverhältnisse zu bewahren, ward nicht mehr angetroffen, und Prozesse, Entmündigungen, fragwürdige Veräußerungen waren an der Tagesordnung. Aber war dieser kleinlichen und bürgerlichen Art von Anpassung nicht das Bündnis mit dem souveränen Reichtum vorzuziehen –, eine Verbindung, welche die Hoheit auf immer hoch über alle wirtschaftlichen Quisquilien erheben und sie in den Stand setzen würde, sich dem Volke mit allen jenen äußeren Zeichen sichtbar zu machen, nach denen es verlangte?

So fragte Herr von Knobelsdorff, und er selbst beantwortete seine Frage mit unumwundener Bejahung. Kurz, so weise und unwiderstehlich war seine Rede, daß er das Alte Schloß nicht verließ, ohne stolz gelispelte Genehmigungen und Ermächtigungen mit fort zu nehmen, die weit genug reichten, um, wenn Fräulein Spoelmann nur irgend das Ihre getan hatte, Abschlüsse sondergleichen zu gewährleisten.

Und so gingen denn nun die Dinge ihren denkwürdigen Gang bis zum seligen Ende. Noch vor Ende Dezember nannte man die Namen derjenigen Personen, die g e s e h e n (nicht etwa nur davon erzählen gehört) hatten, wie eines schneedunklen Vormittags um elf Uhr Oberhofmarschall von Bühl zu Bühl im Pelz, einen Zylinder auf seinem braunen Toupee und den goldenen Zwicker auf der Nase, vor »Delphinenort« aus einem Hofwagen gestiegen und schwänzelnd im Innern des Schlosses verschwunden sei. Anfang Januar gingen in der Stadt Individuen umher, die an Eidesstatt versicherten, daß jener Herr, welcher, wiederum zu einer Vormittagsstunde und gleichfalls in Pelz und Zylinder, an dem grinsenden Plüschmohren vorbei das Portal von »Delphinenort« verlassen und sich mit fiebrigen Augen in eine bereitstehende Droschke geworfen habe, unzweifelhaft unser Finanzminister Dr. Krippenreuther gewesen sei. Und zu gleicher Zeit tauchten in dem halbamtlichen »Eilboten« erste und vorbereitende Vermerke von Gerüchten auf, welche eine bevorstehende Verlobung im Großherzoglichen Hause zum Inhalt hatten, – tastende Verlautbarungen, die, in behutsamer Steigerung deutlicher und deutlicher werdend, endlich die beiden Namen, Klaus Heinrichs und Imma Spoelmanns, in klarem Druck beieinander zeigten... Das war keine neue Zusammenstellung mehr, aber sie schwarz auf weiß zu sehen, wirkte dennoch wie starker Wein.

Äußerst fesselnd war es übrigens, zu beobachten, wie bei den publizistischen Erörterungen, die sich hierauf entspannen, unsere aufgeklärte und freigeistig gesinnte Presse sich zu der volkstümlichen Seite der Sache, nämlich zu der Prophezeiung stellte, die denn doch in zu hohem Grade politische Bedeutung gewonnen hatte, als daß nicht Bildung und Intelligenz genötigt gewesen wären, sich damit auseinanderzusetzen. Weissagerei, Chiromantie und dergleichen Hexenwesen, erklärte der »Eilbote«, seien, soweit das Schicksal des Einzelnen in Frage komme, schlechterdings in das dunkle Gebiet des Aberglaubens zu verweisen, sie gehörten dem grauen Mittelalter an, und nicht genug zu belächeln seien die wahnbefangenen Personen, die, was freilich in den Städten wohl nicht mehr geschähe, sich von geriebenen Beutelschneidern die Groschen aus der Tasche ziehen ließen, um aus der Hand, den Karten oder dem Kaffeesatz sich ihre geringfügige Zukunft deuten, sich gesundbeten, homöopathisch kurieren oder ihr krankes Vieh von eingefahrenen Dämonen befreien zu lassen, – wie als ob nicht bereits der Apostel gefragt habe: »Kümmert sich denn Gott auch um die

Ochsen?« Allein ins Große gerechnet und entscheidende Wendungen im Schicksal ganzer Völker oder Dynastien in Rede gestellt, so laufe einem geschulten und wissenschaftlichen Denken die Vorstellung nicht unbedingt zuwider, daß, da die Zeit nur eine Illusion und in Wahrheit betrachtet alles Geschehen in Ewigkeit feststehend sei, solche im Schoße der Zukunft ruhenden Umwälzungen den Menschengeist im voraus erschüttern und ihm gesichtweise sich offenbaren könnten. Und deß zum Beweise veröffentlichte das eifrige Blatt ein umfangreiches, von einem unserer Hochschulprofessoren gütigst zur Verfügung gestelltes Elaborat, das eine Übersicht aller der Fälle der Menschheitsgeschichte bot, in welchen Orakel und Horoskop, Somnambulismus, Hellseherei, Wahrtraum, Schlafwachen, zweites Gesicht und Inspiration eine Rolle gespielt hatten, – ein überaus dankenswertes Memorandum, das seine Wirkung in gebildeten Kreisen nicht verfehlte.

Man marschierte geschlossen und in tiefem Einverständnis, Presse, Regierung, Hof und Publikum, und sicher hätte der »Eilbote« seine Zunge gehütet, wenn damals seine philosophischen Dienstleistungen noch verfrüht und politisch gefährlich –, wenn, mit einem Wort, die Verhandlungen auf »Delphinenort« nicht bereits weit in günstiger Richtung vorgeschritten gewesen wären. Heute weiß man ziemlich genau, wie diese Verhandlungen sich abwickelten und einen wie schwierigen, ja peinlichen Stand unsere Sachwalter dabei hatten: Der sowohl, dem als Vertrauensperson des Hofes die zarte Mission zugefallen war, des Prinzen Klaus Heinrich Werbung vorzubereiten, wie auch der oberste Betreuer unseres Finanzwesens, der es sich trotz seiner schwer erschütterten Gesundheit nicht nehmen ließ, in eigener Person die Sache des Landes bei Samuel Spoelmann zu führen. Dabei ist erstens Herrn Spoelmanns ärgerliche und reizbare Gemütsart in Rechnung zu ziehen, zweitens aber zu bedenken, daß ja dem ungeheueren kleinen Manne an einem in unserem Sinne glücklichen Abschluß des Handels bei weitem so viel nicht gelegen war, wie uns. Abgesehen von Herrn Spoelmanns Liebe zu seiner Tochter, die ihm ihr Herz geöffnet und ihm ihr schönes Verlangen kundgegeben hatte, sich liebend nützlich zu machen, hatten unsere Mandatare nicht einen Trumpf gegen ihn auszuspielen, und es war schlechterdings nicht an dem, daß Dr. Krippenreuther seine Wünsche als Bedingungen an das hätte knüpfen können, was Herr von Bühl etwa zu bieten hatte. Von dem Prinzen Klaus Heinrich sprach Herr Spoelmann beständig mit der Bezeichnung »der junge Mensch« und bekundete über die Aussicht, seine Tochter einer Königlichen Hoheit zur Frau geben zu sollen, so wenig Ergötzen, daß Dr. Krippenreuther sowohl wie Herr von Bühl mehr als einmal in tödliche Verlegenheit gerieten. »Wenn er irgend etwas gelernt, eine ordentliche Beschäftigung hätte!« knarrte er verdrießlich. »Aber ein junger Mensch, der nichts versteht, als sich hochleben zu lassen...« Wirklich erbost zeigte er sich, als zum ersten Male ein Wort von morganatischer Vermählung fiel. Seine Tochter, erklärte er »once for all«, sei kein Kebsweib und nicht für die linke Seite. Heirate man sie, so heirate man sie... Aber die Interessen der Dynastie und des Landes trafen in diesem Punkte ja völlig mit den seinen zusammen; die Erzielung erbfolgeberechtigter Nachkommenschaft war eine Notwendigkeit, und Herr von Bühl war mit all den Vollmachten ausgestattet, die Herr von Knobelsdorff vom Großherzog zu erwirken verstanden hatte. Was aber die Mission Dr. Krippenreuthers betraf, so war es gewiß nicht die Beredsamkeit ihres Trägers, welche sie glücken ließ, sondern einzig Herrn Spoelmanns Vaterzärtlichkeit, – die Willfährigkeit eines leidenden, überdrüssigen und von seinem Wundertier-Dasein längst paradox gestimmten Vaters gegen seine einzige Tochter und Erbin, die sich schließlich die Staatspapiere, in welchen sie ihr Vermögen anzulegen wünschte, selbst aussuchen mochte.

Und so kamen denn jene Pakten zustande, die vorderhand in tiefe Verschwiegenheit gehüllt blieben und nur schrittweise, erst durch die Ereignisse selbst, ans Sonnenlicht traten, die aber hier in ruhigen Worten zusammengestellt werden mögen.

Die Verlobung Klaus Heinrichs mit Imma Spoelmann ward gebilligt und anerkannt von Samuel Spoelmann, vom Hause

Grimmburg. Zugleich mit der Veröffentlichung des Verlöbnisses im »Staatsanzeiger« würde die Erhebung der Braut zur Gräfin verkündet werden, – unter einem Phantasienamen von romanhaftem Adelsklang, ähnlich dem, welchen Klaus Heinrich auf seiner Studienreise in den schönen Ländern des Südens geführt hatte; und am Tage ihrer Hochzeit war die Gemahlin des Prinzen-Thronfolgers mit der Würde einer Fürstin zu bekleiden. Die beiden Standeserhöhungen waren frei von Stempelsteuer, die viertausendachthundert Mark betragen haben würde, zu vollziehen. Nur vorläufig und zur Gewöhnung der Welt sollte die Ehe zur Linken geschlossen werden; denn an dem Tage, an welchem sich zeigen würde, daß sie mit Nachkommenschaft gesegnet sein sollte, würde Albrecht II., mit Rücksicht auf die unvergleichlichen Umstände, die morganatische Gemahlin seines Bruders für ebenbürtig erklären und ihr den Rang einer Prinzessin des Großherzoglichen Hauses mit dem Titel Königliche Hoheit verleihen. Das neue Mitglied des Herrscherhauses würde auf jede Apanage verzichten. Was das höfische Zeremoniale betraf, so war zum Feste der linkshändigen Vermählung nur eine Sprechcour, zur Feier der Ebenbürtigkeitserklärung jedoch jene höchste und vollkommenste Huldigungsform, die Defiliercour vorgesehen. Samuel Spoelmann aber, von seiner Seite, bewilligte dem Staat eine Anleihe von dreihundertundfünfzig Millionen Mark – und zwar unter Bedingungen so väterlicher Art, daß dieses Darlehen fast alle Merkmale einer Schenkung trug.

Es war Großherzog Albrecht, der den Prinzen-Thronfolger von diesen Abschlüssen in Kenntnis setzte. Wieder stand Klaus Heinrich in dem großen, zugigen Arbeitszimmer unter dem zersprungenen Deckengemälde, vor seinem Bruder, wie einst, als Albrecht ihm die Repräsentationspflichten übertragen hatte, und nahm in dienstlich geschlossener Haltung die großen Mitteilungen entgegen. Er hatte den Waffenrock eines Majors der Gardefüsiliere angelegt zu dieser Audienz, während der Großherzog zu seinem schwarzen Überrock neuerdings Pulswärmer trug, die seine Tante Katharina ihm in dunkelroter Wolle gefertigt hatte, gegen den Zug durch die hohen Fenster des Alten

Schlosses. Als Albrecht geendigt hatte, trat Klaus Heinrich einen Schritt seitwärts, um aufs neue salutierend die Absätze zusammenzuziehen, und sagte: »Ich bitte dich, lieber Albrecht, dir herzlichen und untertänigen Dank zu Füßen legen zu dürfen, in meinem Namen und im Namen des ganzen Landes. Denn letzten Endes bist du es ja, der all diesen Segen ermöglicht, und die verdoppelte Liebe des Volkes wird dir für deine hochherzigen Entschließungen lohnen.«

Er drückte die magere und empfindliche Hand seines Bruders, die dieser dicht an der Brust und ohne auch nur den Unterarm vom Körper zu lösen ihm darreichte. Der Großherzog hatte seine kurze, gerundete Unterlippe emporgeschoben, und seine Lider waren gesenkt. Er antwortete leise und lispelnd: »Ich neige um so weniger dazu, mir über die Liebe des Volkes Illusionen zu machen, als ich, wie du weißt, dieser fragwürdigen Liebe schmerzlos entraten kann. Dabei fällt die Frage kaum ins Gewicht, ob ich sie auch nur verdiene. Ich gehe zur Abfahrtsstunde auf den Bahnhof, um zu winken, – das ist weniger verdienstvoll als albern, aber es ist nun einmal mein Amt. Dein Fall ist freilich ein anderer. Du bist ein Sonntagskind. Alles fügt sich dir wohl... Ich wünsche dir Glück«, sagte er, indem er die Lider von seinen einsam blickenden blauen Augen hob. Und in diesem Augenblick sah man, daß er Klaus Heinrich liebte. »Ich wünsche dir Glück, Klaus Heinrich, – aber nicht allzuviel, und daß du nicht allzu wohlig in der Liebe des Volkes ruhen mögest. Übrigens sagte ich schon, daß alles sich dir zum Besten fügt. Das Mädchen deiner Wahl ist recht fremdartig, recht wenig hausbacken, recht unvolkstümlich zuguterletzt. Sie hat viererlei Blut... ich habe mir sagen lassen, daß sogar indianisches Blut in ihren Adern fließt. Das ist vielleicht gut. Mit einer solchen Gefährtin läufst du vielleicht weniger Gefahr, bequemen Sinnes zu werden.«

»Weder das Glück«, sagte Klaus Heinrich, »noch die Liebe des Volkes wird je bewirken können, daß ich aufhöre, dein Bruder zu sein.«

Er ging, ihm stand noch ein schweres Stündlein bevor, ein

Gespräch mit Herrn Spoelmann unter vier Augen, seine persönliche Werbung um Immas Hand. Da mußte er schlucken, was die Unterhändler geschluckt hatten, denn Samuel Spoelmann zeigte auch nicht die geringste Freude und sagte ihm knarrend viele erfrischende Wahrheiten. Aber dann war auch das bestanden, und der Morgen kam, da die Verlobung im »Staatsanzeiger« prangte. Da löste die lange Spannung sich in unendlichen Jubel; da winkten gesetzte Männer einander mit den Schnupftüchern zu und tauschten Umarmungen auf offenem Markt; da flogen an den Flaggenstangen die Fahnentücher empor...

Aber am nämlichen Tag traf auf Schloß »Eremitage« die Botschaft ein, daß Raoul Überbein sich entleibt habe.

Das war eine nichtswürdige, ja läppische Geschichte, die wiederzugeben nicht lohnen würde, wenn nicht ihr Ende so gräßlich gewesen wäre. Die Schuldfrage scheide hier aus. An des Doktors Grabe bildeten sich zwei Parteien. Erschüttert durch seine Verzweiflungstat, behaupteten die Einen, man habe ihn in den Tod getrieben; die Andern erklärten achselzuckend, daß sein Benehmen unmöglich und hirnverbrannt, seine Maßregelung durchaus geboten gewesen sei. Das stehe dahin. Auf jeden Fall rechtfertigte eigentlich nichts einen tragischen Ausgang; ja, es war für einen Mann von den Gaben Raoul Überbeins eine vollkommen unwürdige Gelegenheit, zugrunde zu gehen... Es folgt die Geschichte.

Zu Ostern vorigen Jahres war der Ordinarius der zweitobersten Klasse unseres humanistischen Gymnasiums, ein herzkranker Mann, auf Grund seines körperlichen Leidens zeitlich quiesziert worden, und trotz Doktor Überbeins verhältnismäßiger Jugend, einzig in Ansehung seines beruflichen Eifers und seiner unleugbar bemerkenswerten Erfolge im mittleren Klassendienst hatte man ihm das vorerst erledigte Ordinariat übertragen. Ein guter Griff, wie sich gezeigt hatte; denn nie waren die Leistungen der Klasse ihren diesjährigen gleichgekommen. Der beurlaubte Professor, übrigens ein beliebter Kollege, war, wohl infolge seines Leidens, das wiederum mit einer an sich sympathischen, in ihrem Übermaß aber bedenklichen Neigung, nämlich derjenigen zum Biere, zusammenhing, ein zwar launenhafter, aber auch fahrlässiger und mattsinniger Herr gewesen, der fünf hatte gerade sein lassen und alljährlich ein recht mangelhaft vorbereitetes Schülermaterial in die Selekta befördert hatte. Ein neuer Geist war mit dem stellvertretenden Ordinarius in die Klasse eingezogen, – und niemanden hatte das wundergenommen. Man kannte seinen unheimlichen Berufseifer, seine einseitige und friedlose Strebsamkeit; man sah voraus, daß er diese Gelegenheit, sich hervorzutun, nicht ungenützt lassen würde, an die er ohne Zweifel ehrsüchtige Hoffnungen knüpfte. Sowohl mit dem Faulenzen also, wie mit der Langenweile hatte es in der Unterprima ein jähes Ende genommen. Dr. Überbeins Ansprüche waren hochgespannt, seine Kunst, auch die Widerwilligsten dafür zu begeistern, war unwiderstehlich gewesen. Die jungen Leute beteten ihn an. Seine überlegene, väterliche und herzlich bramarbasierende Art hielt sie in Atem, rüttelte sie auf, machte es ihnen zur Ehrensache, diesem Lehrer durch Dick und Dünn zu folgen. Er fesselte sie an seine Person, indem er sonntägliche Ausflüge mit ihnen unternahm, bei denen sie Tabak rauchen durften, während er ihre Einbildungskraft durch burschenhaft aufgeräumte Rodomontaden über die Größe und Strenge des offenen Lebens bezauberte. Und am Montag fanden sie sich mit dem umgetriebenen Kameraden von gestern zu froher und leidenschaftlicher Arbeit wieder zusammen.

Drei Viertel des Schuljahres waren so verwichen, da war, vor Weihnachten, die Ankündigung ergangen, daß der beurlaubte Professor, recht leidlich genesen, nach den Freiwochen seine Tätigkeit wieder aufnehmen, sein Amt als Ordinarius der Unterprima wieder antreten werde. Und nun hatte sich gezeigt, wie es um Doktor Überbein stand und was es mit seiner grünen Gesichtsfarbe, seinem aufgeräumten und überlegenen Wesen eigentlich auf sich hatte. Er hatte sich aufgelehnt, war vorstellig geworden, hatte lauten und in der Form nicht unanfechtbaren Einspruch dagegen erhoben, daß ihm, der in drei Vierteljahren mit der Klasse verwachsen war, der Arbeit und Erholung mit ihr geteilt und sie fast bis zum Ziele geführt hatte, nun für das letzte

Quartal das Ordinariat entzogen und dem Beamten, der drei Viertel des Jahres im Ruhestande verbracht, wieder zuerteilt werden sollte. Das war verständlich, begreiflich, war menschlich nachfühlbar. Ohne Zweifel hatte er gehofft, dem Direktor, der das Ordinariat der Selekta innehatte, eine Musterklasse zuzuführen, deren Fortgeschrittenheit und vorzügliche Ausbildung seine Fähigkeit in helles Licht setzen, seine Laufbahn beschleunigen würde, und die Vorstellung mußte ihn schmerzen, einen anderen die Früchte seiner Hingebung ernten zu sehen. Aber wenn sein Unmut entschuldbar gewesen wäre, so war seine Tollheit es nicht: und leider verhielt es sich wirklich so und nicht anders, daß er, als der Direktor seinen Vorstellungen taub blieb, unbedingt toll wurde. Er verlor den Kopf, er verlor alles Gleichgewicht, er setzte Himmel und Hölle in Bewegung, damit dieser Bummler, dieses Bierherz, dieser lieblose Schuster, wie er ohne Rücksicht den beurlaubten Professor bezeichnete, ihm nicht seine Klasse wegnähme, und als er, worüber der Einsame sich nicht hätte wundern dürfen, im Lehrerkollegium keine Unterstützung gefunden hatte, da hatte der unselige Mann sich so weit vergessen, daß er zum Aufwiegler der ihm anvertrauten Schüler geworden war. Wen sie haben wollten, als Klassenlehrer, für das letzte Quartal, hatte er sie vom Katheder herunter gefragt, – ihn oder jenen? Und fanatisiert von seiner bebenden Erregung, hatten sie geschrien, sie wollten ihn. Dann sollten sie gefälligst selbst ihre Sache in die Hand nehmen, Farbe bekennen und geschlossen vorgehen, hatte er gesagt, – und Gott wußte, was er sich in seiner Überreiztheit eigentlich dabei gedacht hatte. Aber als nach den Ferien der zurückgekehrte Ordinarius das Klassenzimmer betreten hatte, da hatten sie ihm Doktor Überbeins Namen entgegengebrüllt, minutenlang – und der Skandal war dagewesen.

Er wurde nicht unnötig aufgebauscht. Die Revoltanten blieben fast straflos, da Doktor Überbein bei der sofort eingeleiteten Untersuchung selbst seine Ansprache zu Protokoll gegeben hatte. Aber auch was ihn selbst, den Doktor betraf, so schien die Behörde durchaus geneigt, ein Auge zuzudrücken. Sein Eifer, seine Fähigkeiten waren geschätzt, gewisse gelehrte Arbeiten, die er von sich gegeben, Früchte seines nächtlichen Fleißes, hatten seinen Namen bekannt gemacht, man hielt auf ihn an höheren Stellen – an Stellen, wohl gemerkt, mit denen er persönlich nicht in Berührung kam und die er also nicht durch sein väterliches Wesen hatte erbittern können –, auch seine Eigenschaft als Erzieher des Prinzen Klaus Heinrich fiel ins Gewicht und kurz, er wurde keineswegs, wie man wohl hätte erwarten können, einfach entlassen. Der großherzogliche Oberschulrat, vor den die Sache gekommen war, erteilte ihm eine ernste Rüge, und Doktor Überbein, der gleich nach dem skandalösen Vorfall seine Lehrtätigkeit eingestellt hatte, wurde vorläufig im Ruhestande belassen. Aber Leute, die es wissen konnten, versicherten später, daß nichts als des Oberlehrers Versetzung an ein anderes Gymnasium vorgesehen gewesen sei, daß man höheren Ortes nichts Besseres gewünscht habe, als Gras über die Sache wachsen zu lassen, und daß man dem Doktor tatsächlich eine bedeutende Zukunft offengehalten habe. Alles hätte gut werden können.

Aber wenn die Behörde sich milde zeigte, so war es die Kollegenschaft, die desto feindseliger gegen Doktor Überbein Stellung nahm. Der »Lehrerverein« bildete unverzüglich ein Ehrengericht, bestimmt, seinem beliebten Mitgliede, dem von den Schülern abgelehnten Ordinarius mit dem Bierherzen, Genugtuung zu verschaffen. Das Erkenntnis, das dem zurückgezogen in seinem möblierten Zimmer lebenden Überbein schriftlich zugestellt wurde, lautete demgemäß. Indem er, lautete es, sich gesträubt habe, dem Kollegen, den er vertreten, das Ordinariat der Unterprima wieder einzuräumen, indem er ferner gegen denselben gewühlt und am Ende sogar die Schüler zur Unbotmäßigkeit gegen ihn aufgereizt habe, habe sich Überbein einer in dem Maße unkollegialen Handlungsweise schuldig gemacht, daß dieselbe nicht nur im intern beruflichen, sondern auch im allgemein bürgerlichen Sinne als unehrenhaft bezeichnet werden müsse. So der Spruch. Die erwartete Folge war, daß Doktor Überbein, der freilich dem »Lehrerverein« stets nur dem Namen nach angehört hatte, seinen Austritt aus dieser Körperschaft erklärte, – und damit hätte es, wie mancher dachte, wohl sein Bewenden haben können.

Aber sei es, daß der abgesonderte Mann nicht Kenntnis von dem Wohlwollen hatte, das man höheren Ortes bei all dem für ihn hegte; daß er seine Lage für aussichtsloser hielt, als sie war; daß er die Untätigkeit nicht ertrug, den vorzeitigen Verlust seiner geliebten Klasse nicht verwand; daß die Redensart von der »Unehrenhaftigkeit« ihm das Blut vergiftet hatte oder daß sein Gemüt den Erschütterungen dieser Zeit überhaupt nicht gewachsen war: fünf Wochen nach Neujahr fanden seine Wirtsleute ihn auf dem dürftigen Teppich seines Zimmers, nicht grüner, als sonst, aber eine Kugel im Herzen.

So endete Raoul Überbein; hierüber strauchelte er; dies war der Anlaß seines Untergangs. Da hatte man es! Das war das Wort, das alle Erörterungen seines kläglichen Zusammenbruches beherrschte. Der friedlose und ungemütliche Mann, der niemals am Stammtisch ein Mensch unter Menschen gewesen war, der hochmütig alle Vertraulichkeit verschmäht, sein Leben kalt und ausschließlich auf die Leistung gestellt und gewähnt hatte, daß er darum alle Welt väterlich behandeln dürfe, – da lag er denn nun; das erstbeste Ungemach, die erste Mißwende auf dem Felde der Leistung hatte ihn elend zu Falle gebracht. Wenige bedauerten, niemand beweinte ihn in der Bürgerschaft, – einen einzigen ausgenommen, den Chefarzt des Dorotheen-Spitals, Überbeins geistesverwandten Freund, – und vielleicht eine weiße Frau, mit der er zuweilen Kasino gespielt hatte. Klaus Heinrich aber bewahrte seinem unglücklichen Lehrer immer ein ehrendes, ja inniges Andenken.

Und Spoelmann finanzierte den Staat. Der Vorgang war groß und klar in seinen Grundzügen; ein Kind hätte ihn verstehen können, – und tatsächlich erklärten ihn glückstrahlende Väter ihren Kindern, während sie sie auf den Knien schaukelten.

Samuel Spoelmann winkte, die Herren Phlebs und Slippers gerieten in Bewegung, und seine gewaltigen Weisungen zuckten unter den Wogen des Ozeans hin zum Festland der westlichen Hemisphäre. Er zog ein Drittel seines Anteils aus dem Zuckertrust, ein Viertel aus dem Petroleumtrust, die Hälfte aus dem Stahltrust zurück; er ließ sich das flüssig gemachte Kapital bei mehreren hiesigen Banken anweisen; und auf einen einzigen Schlag nahm er Herrn Krippenreuther für dreihundertundfünfzig Millionen neuer dreieinhalbprozentiger Staatsobligationen zu pari ab. Das tat Spoelmann.

Wer den Einfluß des Gemütszustandes auf die Organe des Menschen erfahren hat, wird glauben, daß Doktor Krippenreuther aufblühte und binnen kurzem nicht wieder zu erkennen war. Er trug sich aufrecht und frei, sein Gang ward schwebend, die gelbe Farbe verschwand aus seinem Antlitz, es ward weiß und rot, seine Augen blitzten, und so völlig kam in wenigen Monaten sein Magen zu Kräften, daß der Minister, wie man von ihm befreundeter Seite vernahm, sich ungestraft dem Genusse von Blaukraut und Gurkensalat überlassen durfte. Das war eine erfreuliche, doch rein persönliche Folge von Spoelmanns Eingreifen in unser Finanzwesen, die leicht ins Gewicht fiel, im Vergleich mit den Wirkungen, die dieses Eingreifen auf unser Staats- und Wirtschaftsleben ausübte.

Ein Teil der Anleihe wurde der Tilgungskasse zugeführt, und quälende Staatsschulden wurden eingelöst. Aber es hätte dessen kaum bedurft, um uns nach allen Seiten Luft und Kredit zu verschaffen; denn nicht so bald war es, bei aller Verschwiegenheit, mit welcher die Angelegenheit amtlich behandelt wurde, bekannt geworden, daß Samuel Spoelmann den Tatsachen, wenn auch nicht dem Namen nach Staatsbankier geworden sei, als über uns die Himmel sich erhellten und all unsere Not sich in Lust und Wonne verwandelte. Es hatte ein Ende mit den Angstverkäufen von Schuldforderungen, der landesübliche Zinsfuß sank, unsere Verschreibungen waren als Anlagepapiere freudig begehrt, und von heute auf morgen schnellte der Kurs unserer hochverzinslichen Anleihen aus kummervollem Stande weit über pari empor. Der Druck, der jahrzehntelange Alp, war von unserer Volkswirtschaft genommen, mit geschwellter Brust sprach Doktor Krippenreuther im Landtag zugunsten durchgreifender Steuererleichterung, – einstimmig ward sie beschlossen, und unter dem Jubel aller sozial Empfindenden fuhr endlich die vorsündflutliche Fleischsteuer zu Grabe. Eine bedeutende Aufbesserung der Beamtenbesoldungen, der Gehälter für Lehrer, Geistliche und alle Funktionäre in den Staatsbetrieben ward schlanker Hand bewilligt. Es fehlte nicht länger an Mitteln, die wüst liegenden Silberbergwerke wieder in Betrieb zu setzen, vielhundert Arbeiter kamen zu Brot, und unverhofft stieß man auf ertragreiche Schichten. Geld, Geld war vorhanden, die wirtschaftliche Sittlichkeit hob sich, man holzte auf, man ließ dem Wald seinen Streudünger, die Viehbesitzer brauchten nicht mehr all ihre Vollmilch zu verkaufen, sie tranken sie selber, und vergebens hätten die Krittler hinfort auf dem Lande nach unterernährten Gestalten gesucht. Das Volk zeigte sich dankbar gegen sein Herrscherhaus, das so ungemessenen Segen über Land und Leute gebracht. Es kostete Herrn von Knobelsdorff nicht viele Worte, um das Parlament zu einer Erhöhung der Krondotation zu bewegen. Jene Verfügung, welche die Schlösser »Zeitvertreib« und »Favorita« dem Verkauf unterstellte, ward zurückgezogen. Geschickte Werkmeister zogen ins Alte Schloß, um es von oben bis unten mit Dampfdruckheizung zu versehen. Unsere Geschäftsträger bei Spoelmann, die Herren von Bühl und Doktor Krippenreuther, erhielten das Großkreuz des Albrechtsordens in Brillanten, dem Finanzminister ward außerdem der persönliche Adel zuteil, und Herr von Knobelsdorff wurde mit einem lebensgroßen Bildnis des hohen Brautpaares erfreut, – ausgeführt von der greisen Künstlerhand des Professors von Lindemann und in kostbarem Rahmen.

Über die Mitgift, die Imma Spoelmann von ihrem Vater empfangen sollte, erging sich nach der Verlobung das Volk in Phantastereien. Man befand sich im Taumel, man war von einer tollen Sucht besessen, mit wahrhaft astronomischen Ziffern um sich zu werfen. Aber die Mitgift überstieg nicht ein irdisches, wenn auch recht erfreuliches Maß. Sie betrug hundert Millionen.

»Bewahre!« sagte Ditlinde zu Ried-Hohenried, als sie zuerst davon vernahm. »Und mein guter Philipp mit seinem Torf...« Ähnlich dachte wohl mancher; aber den nervösen Zorn, der sich in schlichten Herzen gegen so ungeheuerliche Verhältnisse regen mochte, beruhigte Spoelmanns Tochter, indem sie wohlzutun und mitzuteilen nicht vergaß, sondern gleich am Tage des öffentlichen Verlöbnisses eine Stiftung von fünfhunderttausend Mark errichtete, deren Erträgnisse jedes Jahr in die vier Landeskommissarbezirke zu mildtätigen und gemeinnützigen Zwekken verteilt werden sollten...

In einem der olivenfarbenen Spoelmannschen Automobile mit den ziegelroten Ledersitzen fuhren Klaus Heinrich und Imma und machten Visiten bei den Mitgliedern des Hauses Grimmburg. Ein junger Chauffeur lenkte das prachtvolle Fahrzeug, – derselbe, der nach Immas Aussage einige Ähnlichkeit mit Klaus Heinrich haben sollte; aber seine Anspannung war gering auf diesen Fahrten, denn es war geradezu notwendig, die Riesenkräfte des Wagens soweit wie nur möglich zu fesseln und langsames Zeitmaß zu halten, – so sehr war er allerwege von Huldigungen umdrängt. Ja, da die weiteren Urheber unseres Glücks, da Großherzog Albrecht und Samuel Spoelmann, ein jeder nach seiner Art, sich vor dem Volke verbargen, so häufte es all seine Liebe und Dankbarkeit auf die Häupter des hohen Brautpaares; hinter den geschliffenen Fensterscheiben des Kraftwagens flogen die Mützen der Buben empor, der Jubel von Männern und Frauen drang hell und grölend herein, und Klaus Heinrich, die Hand am Helmschirm, sagte vermahnend: »Du mußt ebenfalls grüßen, Imma, nach deiner Seite, sonst halten sie dich für kalt.« Denn ungeduldig wie er war, nannte er sie du seit seinem Gespräch auf dem Hofball, obgleich sie es ihm, noch ungewohnt der wärmeren Sphären, erschrocken verwies, – und wie leicht ging ihm das Wörtchen vom Munde, das sonst immer falsch und unmöglich gewesen war!

Sie fuhren zur Prinzessin Katharina und wurden mit Würde empfangen. Weiland Großherzog Johann Albrecht, ihr Bruder, sagte die Tante zu ihrem Neffen, würde es nicht erlaubt haben. Aber die Zeiten schritten ja fort, und sie bitte Gott, daß seine Verlobte sich eingewöhnen möge bei Hofe. Sie fuhren zur Fürstin zu Ried-Hohenried, und hier war es Liebe, was sie empfing. Ditlindens Grimmburger Stolz fand Beruhigung in der Sicherheit, daß Leviathans Tochter wohl Prinzessin des Großherzoglichen Hauses und Königliche Hoheit, doch niemals Großherzogliche Prinzessin werden könne, wie sie; im übrigen war sie entzückt darüber, daß Klaus Heinrich sich etwas so Holdes und Kostbares erstöbert hatte, wußte auch bestens, als Gattin Philipps mit seinem Torf, die Vorzüge dieser Heirat zu würdigen, und bot ihrer Schwägerin von Herzen Freundschaft und Schwesterschaft. Sie fuhren auch an der Villa des Prinzen Lambert vor, und während die Gräfin-Braut sich mühte, eine Plauderei mit der zierlichen, aber sehr ungebildeten Freifrau von Rohrdorf in Gang zu halten, beglückwünschte der alte Schürzenjäger seinen Neffen mit Grabesstimme zu der vorurteilslosen Wahl, die er getroffen, und daß er so keck dem Hof und der Hoheit ein Schnippchen geschlagen. »Ich schlage der Hoheit kein Schnippchen, Onkel; auch habe ich nicht in unbedeutender Weise nur auf mein eigenes Glück Bedacht genommen, sondern alles aus dem Gesichtspunkt des Großen, Ganzen betrachtet«, – sagte Klaus Heinrich recht unverbindlich, und dann brachen sie auf und fuhren hinaus nach Schloß »Segenhaus«, wo Dorothea, die arme Großherzogin-Mutter, traurigen Hof hielt. Die weinte, als sie die junge Braut auf die Stirne küßte, und wußte selbst nicht, worüber.

Indessen saß Samuel Spoelmann auf »Delphinenort«, umgeben von Plänen und Möbelentwürfen und seidnen Tapetenmustern und Zeichnungen zu goldenem Speisegerät. Er kam nicht zum Orgelspiel und vergaß seine Nierensteine und bekam fast rote Backen vor lauter Geschäftigkeit; denn wenn er auch noch so geringe Stücke auf den »jungen Menschen« hielt und keine Hoffnung aufkommen ließ, daß man ihn jemals werde bei Hofe zu sehen bekommen, so sollte doch sein Töchterchen Hochzeit machen, und die wollte er einrichten, wie seine Verhältnisse es erlaubten. Die Pläne betrafen das neue Schloß »Eremitage«, denn Klaus Heinrichs Junggesellensitz sollte dem Erdboden gleichgemacht werden und ein neues Schloß an seiner Stelle erstehen, geräumig und hell und ausgestattet, nach Klaus Heinrichs Wunsch, in einer gemischten Stilart aus Empire und Neuzeit, aus kühler Strenge und wohnlichem Behagen. Herr Spoelmann erschien eines Morgens, nachdem er im Quellengarten das Wasser genommen, persönlich in seinem mißfarbenen Paletot auf »Eremitage«, um festzustellen, ob etwa dies oder jenes Möbelstück für die Einrichtung des neuen Schlosses verwendbar sei. »Lassen Sie sehen, junger Prinz, was Sie haben!« sagte er knarrend, und Klaus Heinrich zeigte ihm alles in seinen enthaltsamen Stuben, die mageren Sofas, die steifbeinigen Tische, die weiß lackierten Gueridons in den Ecken. »Das ist Klapperwerk«, sagte Herr Spoelmann abschätzig, »und nichts damit anzufangen.« Einzig drei Armstühle in dem kleinen gelben Salon, aus schwerem Mahagoni, mit schneckenförmig aufgerollten Armlehnen und die gelben Bezüge mit bläulichen Lyren bestickt, fanden Gnade vor seinen Augen. »Die können wir in ein Vorzimmer stellen«, sagte er, und Klaus Heinrich legte Wert darauf, daß von Grimmburger Seite drei Armstühle würden zur Einrichtung beigesteuert werden; denn natürlich wäre es ihm ein wenig peinlich gewesen, wenn Herr Spoelmann für alles und jedes hätte aufkommen müssen.

Aber auch der verwilderte Park und der Blumengarten von »Eremitage« sollten ausgelichtet und neu bestellt werden, und namentlich was den Blumengarten betraf, so war ihm eine besondere Zierde zugedacht, die Klaus Heinrich von seinem Bruder, dem Großherzog, als Hochzeitsgeschenk erbeten hatte. In das große Mittelbeet nämlich, vor der Auffahrt, sollte der Rosenstock aus dem Alten Schlosse verpflanzt werden, und dort, nicht mehr von modrigen Mauern umgeben, sondern in Luft und Sonne und dem fettesten Mergel, der beizubringen wäre, sollte er zusehen, was für Rosen er fortan trieb, – und den Volksmund Lügen strafen, wenn er verstockt und dünkelhaft genug dazu war.

Und als März und April vergangen waren, da kam der Mai und mit ihm das hohe Fest von Klaus Heinrichs und Immas Ehebund. Glorreich und lieblich, mit vergoldeten Wölkchen im reinen Azur, kam der Tag herauf, und Choralmusik vom Turme des Rathauses begrüßte sein Erwachen. Mit allen Zügen, zu Fuß und zu Wagen strömte das Landvolk herein, dieser blonde und gedrungene, gesunde und rückständige Schlag mit blauen, grübelnden Augen und breiten, ein wenig zu hoch sitzenden Wangenknochen, mit der schmucken Landestracht angetan, die Männer in roten Jacken und Stulpenstiefeln und schwarzen, breitkrämpigen Sammethüten, die Frauen in buntgestickten Miedern und dicken, fußfreien Röcken und der schwarzen Riesenschleife als Kopfputz, – und drängten sich mit der städtischen Bevölkerung in der Straßenzeile zwischen dem Quellengarten und dem Alten Schloß, die mit Girlanden und bekränzten Tribünen und weiß bemalten Holzobelisken voll Pflanzenschmuck in eine Einzugsstraße verwandelt worden war. Von früh an wurden die Banner der gewerblichen Verbände, der Schützengilden und Sportvereine durch die Straßen getragen. Die Feuerwehr, in blitzenden Helmen, war auf den Beinen. Man sah die Chargierten der Studentenkorps in aller Pracht und mit ihren Fahnen in offenen Landauern umherfahren. Man sah Gruppen von weißen Ehrenjungfrauen, die Rosenstäbe in den Händen hielten. Die Bureaus und Werkstätten feierten. Die Schulen waren geschlossen. In den Kirchen ward Festgottesdienst gehalten. Und die Morgenausgaben des »Eilboten« sowohl wie des »Staatsanzeigers« enthielten nebst innigen Leitartikeln die Verkündigung einer umfassenden Amnestie, laut welcher vielen zu Freiheitsstrafen verdammten Personen durch vollständigen oder teilweisen Straferlaß vom Großherzog Gnade erwiesen wurde. Sogar der Mörder Gudehus, der zum Tode und dann zu lebenslänglicher Zwangsarbeit verurteilt worden war, wurde auf Wohlverhalten aus dem Zuchthaus beurlaubt. Aber er mußte alsbald wieder in Sicherheit gebracht werden.

Um zwei Uhr war Festessen der Bürgerschaft im Saale des »Museums«, mit Tafelmusik und Huldigungstelegrammen. Aber vorm Tore war Volksbelustigung, mit Schmalzgebackenem und Sultansbrot, mit Festmarkt, Glückshafen und Vogelschießen, Sacklauf und Preisklettern nach Sirupsemmeln für die männliche Jugend. Aber dann kam die Stunde, da Imma Spoelmann von »Delphinenort« zum Alten Schlosse fuhr. Sie tat es im feierlichen Zuge.

Die Fahnen flatterten im Frühlingswind, die armdicken Girlanden rankten sich, mit roten Rosen durchflochten, von einem Holzobelisken zum andern, schwarz staute sich auf den Tribünen, den Dächern, den Bürgersteigen die Menge, und zwischen dem Spalier von Schutzleuten und Feuerwehr, von Gilden, Vereinen, Studenten und Schulkindern kam langsam auf der mit Sand bestreuten Feststraße, umbrandet von Jubel, der Brautzug daher. Zwei Spitzenreiter mit Tressenhüten und Fangschnüren kamen zuerst, geführt von einem schnauzbärtigen Stallmeister im Dreispitz. Eine vierspännige Kutsche dann, worin der großherzogliche Kommissär, Beamter des Hausministeriums und zur Einholung abgeordnet, mit einem Kammerherrn zur Begleitung lehnte. Ein zweiter Vierspänner hierauf, worin man die Gräfin Löwenjoul gewahrte, die scheel und schief auf die beiden Ehrendamen blickte, mit denen sie fuhr, und denen sie wohl in sittlicher Hinsicht mißtraute. Zehn Postillone zu Pferde demnächst, in gelben Hosen und blauen Fräcken, die bliesen: »Wir winden dir den Jungfernkranz«. Zwölf weiße Jungfrauen sodann, die kleine Rosen und Ästchen vom Lebensbaum auf die Straße streuten. Und endlich, gefolgt von fünfzig gewaltig berittenen Handwerksmeistern, der sechsfach bespannte, sehr durchsichtige Brautwagen. Stolz streckte hoch droben auf dem mit weißem Sammet behangenen Bock der rotgesichtige Kutscher im Tressenhut seine Gamaschenbeine, die langen Zügel mit ebenfalls ausgestreckten Armen haltend; Stalldiener in Stulpen führten die Schimmelpaare am Zaum, und zwei Lakaien in großem Staat standen der klirrenden Karosse hintenauf, in deren unzugänglichen Mienen niemand gelesen hätte, daß Durchstecherei und schleichendes Wesen ihrem Alltag nicht fremd waren. Doch hinter Glas und vergoldetem Rahmen saß Imma Spoelmann in Schleier und Kranz, eine alte Palastdame als Ehrendienst an der Seite. Wie Schnee in der Sonne schimmerte ihr Kleid aus geflammtem Seidengewebe, und auf dem Schoße hielt sie den weißen Strauß, den Prinz Klaus Heinrich ihr eine Stunde früher gesandt. Ihr fremdes Kindergesichtchen war bleich wie die Perlen des Meeres, und unter dem Schleier hervor fiel eine glatte Strähne blauschwarzen Haares in ihre Stirn, während ihre Augen, so kohlschwarz und übergroß, über das wimmelnde Volk hin eine fließende Sprache führten. Jedoch was tobte, geiferte, lärmte zur Seite des Kutschenschlages? Es war Perceval, der Colliehund, – so außer sich, wie man ihn noch niemals gesehen! Der Trubel, die Fahrt erregten ihn über das Maß, beraubten ihn aller Besonnenheit, zerrissen sein Inneres ganz und bis zum Vergehen. Er raste, er tanzte, er litt, er schwang sich blind wütend herum im Rausch seiner Nerven, – und beiderseits auf den Tribünen, der Straße, den Dächern überstieg der Jubel sich selbst, als das Volk ihn erkannte...

So zog Imma Spoelmann ins Alte Schloß, und das Summen und Dröhnen der Glocken vermischte sich mit den Hochrufen des Volks und mit Percevals tollem Gebell. Über den Albrechtsplatz ging es im Schritt und durch das Albrechtstor; im Schloßhof schwenkte das berittene Korps der Innungen ab und nahm Parade-Aufstellung, und im Säulenumgang, vor dem verwitterten Portal, empfing Großherzog Albrecht, als Husarenoberst, mit seinem Bruder und den übrigen Prinzen die Braut, bot ihr den Arm und führte sie die grausteinerne Treppe hinauf in die Repräsentationsräume, an deren Türen Galawachen standen und in denen die Hofstaaten versammelt waren. Die Prinzessinnen des Hauses weilten im Rittersaal, und dort war es, wo Herr von Knobelsdorff, im Kreise der Großherzoglichen Familie, die standesamtliche Eheschließung vollzog. Nie, hörte man später, hätten seine Augenfältchen lebhafter gespielt, als während er Klaus Heinrich und Imma Spoelmann von Staates wegen zusammentat. Doch dies geschehen, gab Albrecht II. den Befehl zum Beginn der kirchlichen Feier.

Herr von Bühl zu Bühl hatte das Seine getan, um einen eindrucksvollen Zug zusammenzustellen, – den Brautzug, in welchem man sich über die Treppe Heinrichs des Üppigen und durch einen gedeckten Gang in die Hofkirche begab. Gebückt nachgerade von der Last der Jahre, aber in braunem Toupee und jugendlich schwänzelnd, schritt er, mit Orden bedeckt bis zu den Lenden und seinen hohen Stab vor sich hinsetzend, den Kammerherren voran, die, den Federhut unterm Arm und den Schlüssel an der hinteren Taillennaht, in seidenen Strümpfen daherzogen. Es nahte das junge Paar: in weißem Schimmer die fremdartige Braut und in Leibgrenadier-Uniform, das zitronenfarbene Band schräg über Brust und Rücken, Klaus Heinrich, der Thronfolger. Vier Fräulein aus dem Landadel trugen mit verdutzten Mienen Imma Spoelmanns Schleppe, begleitet von Gräfin Löwenjoul, die mißtrauisch seitwärts äugte; und die Herren von Schulenburg-Tressen und von Braunbart-Schellendorf schritten hinter dem Bräutigam. Oberhofjägermeister von Stieglitz und die hinkende Schauspiel-Exzellenz traten hierauf dem jungen Monarchen voran, der still an der Oberlippe sog, seine Tante Katharina zur Seite und gefolgt vom Hausminister von Knobelsdorff, von den Adjutanten, dem fürstlichen Paare zu Ried-Hohenried und den übrigen Mitgliedern des Hauses. Zum Schluß kamen wieder Kämmerer.

In der Hofkirche, die mit Pflanzen und Draperien ausgestattet war, hatten die geladenen Gäste den Zug erwartet. Es waren Diplomaten mit ihren Damen, Hof- und Landadel, das Offizierskorps der Residenz, die Minister, unter denen man die leuchtende Miene des Herrn von Krippenreuther gewahrte, die Ritter des Großen Ordens vom Grimmburger Greifen, die Präsidenten des Landtags, allerlei Würdenträger. Und da das Oberhofmarschallamt Einladungen in alle Gesellschaftsklassen hatte ergehen lassen, so füllten auch Handeltreibende, Landleute und schlichte Handwerker erhobenen Herzens das Gestühl. Aber vorn am Altar nahmen im Halbkreise auf rotsamtenen Armstühlen die Anverwandten des Bräutigams Platz. Zart und rein schwebte der Gesang des Domchores unter den Wölbungen, und dann sang zum Brausen der Orgel die ganze Gemeinde ein Loblied. Als es verhallte, blieb einzig die wohllautende Stimme des Oberkirchenratspräsidenten D. Wislizenus zurück, der im Silberhaar und den gewölbten Stern auf dem seidigen Talar, vor dem hohen Paare stand und kunstreich predigte. Motivisch arbeitete er und sozusagen auf musikalische Art. Und das Thema, das er handhabte, war der Psalterklang, der da lautet: »Er wird leben, und man wird ihm vom Golde aus Reich Arabien geben.« – Da war kein Auge, das trocken blieb.

Dann vollzog D. Wislizenus die Trauung, und in dem Augenblick, da das Brautpaar die Ringe wechselte, erschallten Trompeten-Fanfaren, und dreimal zwölf Schüsse begannen, über Stadt und Land hinzurollen, abgefeuert von militärischer Seite auf dem Wall der »Zitadelle«. Gleich darauf kanonierte auch die Feuerwehr mit den städtischen Salutgeschützen; aber lange Pausen entstanden zwischen einzelnen Detonationen, was der Bevölkerung unerschöpflichen Stoff zum Gelächter gab.

Als der Segen gesprochen war, ordnete sich aufs neue der Zug, um zurückzukehren in den Rittersaal, wo Haus Grimmburg die Neuvermählten beglückwünschte. Aber dann war die Sprechcour, und Arm in Arm gingen Klaus Heinrich und Imma Spoelmann durch die Schönen Zimmer, wo die Hofstaaten sich aufgestellt hatten, und richteten Ansprachen an Herren und Damen, lächelnd über einen Abstand von blankem Parkett hinweg, und Imma wandte mit vorgeschobenen Lippen ihr Köpfchen hin und her, während sie jemanden ansprach, der in Verbeugung ausbog und maßvolle Antwort gab. Nach beendeter Cour war Zeremonientafel im Marmorsaal und Marschalltafel in dem der zwölf Monate, und es gab vom Teuersten, aus Rücksicht auf die Gewohnheiten von Klaus Heinrichs Gemahlin. Auch Perceval, nun wieder bei Sinnen, war beim Festmahl zugegen und erhielt Braten. Nach dem Souper jedoch bereiteten die Studenten und das Volk dem jungen Paar eine Huldigung mit Ständchen und Fackelzug auf dem Albrechtsplatz. Flackerndes Licht und ungeheuerer Lärm herrschten da draußen.

Lakaien zogen den Vorhang von einem der Fenster im Silbersaal, sie öffneten weit die fast bis zum Boden reichenden Flügel, und Klaus Heinrich und Imma traten an das offene Fenster, wie sie waren, denn draußen war eine laue Frühlingsnacht. Neben ihnen, in edler Haltung und mit bedeutender Miene, saß Perceval, der Colliehund, und blickte hinunter, wie sie.

Sämtliche Musikkorps der Residenz spielten auf dem illuminierten Platze, der vollgepfercht war von Menschen, und die aufwärtsgekehrten Gesichter des Volks waren dunkelrot qualmig beglüht von den Fackeln der Studenten, die am Schlosse vorüberzogen. Jubel brach aus, als die Neuvermählten am Fenster erschienen. Sie grüßten und dankten. Und dann blieben sie noch eine Weile dort stehen, schauend zugleich und sich darstellend. Das Volk sah aber von unten, wie sie im Gespräche die Lippen bewegten. Sie sprachen: »Horch, Imma, wie dankbar sie sind, weil wir ihrer Not und Bedrängnis nicht vergessen haben. So viele Menschen! Da stehen sie und rufen herauf. Viele davon sind sicher Kujone und führen einander auf den Leim und bedürfen dringlich der Erhebung über den Wochentag und seine Sachlichkeit. Aber wenn man dabei sich ihrer Not und Bedrängnis nicht fremd zeigt, so sind sie sehr dankbar.«

»Aber wir sind so dumm und alleine, Prinz, auf der Menschheit Höhen, wie Doktor Überbein immer gesagt haben soll, und wissen garnichts vom Leben!«

»Garnichts, kleine Imma? Aber was ist es denn, was dir endlich Vertrauen zu mir gemacht und mich zu so wirklichen Studien über die öffentliche Wohlfahrt geführt hat? Weiß der garnichts vom Leben, der von der Liebe weiß? Das soll fortan unsre Sache sein: beides, Hoheit und Liebe, – ein strenges Glück.«

Ende

Thomas Mann

Essays

in der Fassung der Erstdrucke

Herausgegeben von
Hermann Kurzke und Stephan Stachorski

Sechs Bände:

I. ***Frühlingssturm***
Essays 1893-1918
Band 10899

II. ***Für das neue Deutschland***
Essays 1919-1925
Band 10900

III. ***Ein Appell an die Vernunft***
Essays 1926-1933
Band 10901

IV. ***Achtung, Europa!***
Essays 1933-1938
Band 10902

V. ***Deutschland und die Deutschen***
Essays 1938-1945
Band 10903

VI. ***Meine Zeit***
Essays 1945-1955. Gesamtregister
Band 10904

Fischer Taschenbuch Verlag

THOMAS MANN
GESAMMELTE WERKE IN EINZELBÄNDEN
FRANKFURTER AUSGABE

Herausgegeben von Peter de Mendelssohn

An die gesittete Welt
Politische Schriften und Reden im Exil
Nachwort von Hanno Helbling. 1986. 938 S. Leinen in Schuber

Bekenntnisse des Hochstaplers Felix Krull
Der Memoiren erster Teil
Nachwort von Hans Wysling. 1985. 452 S. Leinen in Schuber

Betrachtungen eines Unpolitischen
Nachwort von Hanno Helbling. 1983. 614 S. Leinen in Schuber

Buddenbrooks
Verfall einer Familie
Roman. Nachwort von Peter de Mendelssohn
1981. 816 Seiten. Leinen in Schuber

Doktor Faustus
Das Leben des deutschen Tonsetzers Adrian Leverkühn,
erzählt von einem Freunde
Roman. Nachwort von Peter de Mendelssohn
1980. 748 Seiten. Leinen in Schuber

Der Erwählte
Roman. Nachwort von Peter de Mendelssohn
1980. 302 Seiten. Leinen in Schuber

Die Forderung des Tages
Abhandlungen und kleine Aufsätze über Literatur und Kunst.
Nachwort von Helmut Koopmann. 1986. 412 S. Leinen in Schuber

Frühe Erzählungen
Nachwort von Peter de Mendelssohn. 1981. 718 S. Leinen in Schuber

Joseph und seine Brüder
Die Geschichten Jaakobs
Nachwort von Albert von Schirnding. 1983. 424 S. Leinen in Schuber

Joseph und seine Brüder
Der junge Joseph
Nachwort von Albert von Schirnding. 1983. 304 S. Leinen in Schuber

Thomas Mann

Tagebücher

Tagebücher 1918-1921
Herausgegeben von Peter de Mendelssohn
1979. XII, 908 Seiten. Leinen in Schuber

Tagebücher 1933-1934
Herausgegeben von Peter de Mendelssohn
1977. XXII, 818 Seiten. Leinen in Schuber

Tagebücher 1935-1936
Herausgegeben von Peter de Mendelssohn
1978. VIII, 722 Seiten. Leinen in Schuber

Tagebücher 1937-1939
Herausgegeben von Peter de Mendelssohn
1980. X, 990 Seiten. Leinen in Schuber

Tagebücher 1940-1943
Herausgegeben von Peter de Mendelssohn
1982. XII, 1200 Seiten. Leinen in Schuber

Tagebücher 1944-1946
Herausgegeben von Inge Jens
1986. XVI, 914 Seiten. Leinen in Schuber

Tagebücher 1946-1948
Herausgegeben von Inge Jens
1989. XIV, 1042 Seiten. Leinen in Schuber

Tagebücher 1949-1950
Herausgegeben von Inge Jens
1991. XVIII, 780 Seiten. Leinen in Schuber

Tagebücher 1951-1952
Herausgegeben von Inge Jens
1993. XXIV, 928 Seiten. Leinen in Schuber

Tagebücher 1953-1955
Herausgegeben von Inge Jens
1995. XXII, 978 Seiten. Leinen in Schuber

S. Fischer

Thomas Mann

Über mich selbst

Autobiographische Schriften

Band 12389

Umfassen die Jahre von 1875 bis 1955, Thomas Manns Zeit, auch eine wahrhaft schicksalhafte Epoche der deutschen Geschichte, so hatte er doch eine »Abneigung gegen die Autobiographie« als ein geschlossenes, sein Leben nacherzählendes Buch. Er brauchte sie nicht, hat er sich selbst doch derart in all sein Schreiben eingebracht, daß man bei ihm mit gutem Recht von einer Identität von Werk und Person sprechen kann. Darüber hinaus hat er, wenn der Tag und die Stunde es erforderten, bereitwillig Auskunft gegeben über sich selbst, selten als Skizze seines Lebenslaufs, eher in Form eines weitgefächerten Vortrags oder Essays, als Erlebnis- oder Reisebericht, in Vignetten und Episoden von Angehörigen und Freunden, in Beantwortung von Rundfragen über die Voraussetzungen für seine Arbeit, über sein Verhältnis zu Religion, Musik oder zur Psychoanalyse. Thomas Mann verstand sich zeitlebens als kultureller Repräsentant seiner Zeit. Mit seinen Äußerungen über sich selbst gab er beredtes Zeugnis von der geistigen Lebensform seiner Generation.

Fischer Taschenbuch Verlag

Marianne Krüll

Im Netz der Zauberer

Eine andere Geschichte der Familie Mann

Band 11381

»Was für eine sonderbare Familie sind wir! Man wird später Bücher über uns - nicht nur über einzelne von uns - schreiben«, ahnte Klaus Mann bereits 1936. Jetzt, da neben den Werken auch Briefe und Tagebücher von Thomas, Heinrich, Erika und Klaus Mann vorliegen, dazu die Erinnerungen anderer Familienmitglieder, ist dieses »Später« erreicht, um ihre erlebten und Literatur gewordenen Geschichten im Vergleich mit- und zueinander kritisch zu beleuchten. Die Soziologin und Familienforscherin Marianne Krüll folgte in ihrer, auf langjährigen intensiven Forschungen basierenden Biographie der Familie Mann den Fäden des Netzes, in dem sie alle verstrickt waren. Ihr Ausgangspunkt ist der Selbstmord von Klaus Mann, den sie vor dem Hintergrund des Generationen umspannenden Gewebes von Schuld, Verzweiflung, Hoffnungslosigkeit und Tod betrachtet. Sie legt dar, wie Erfolg und Scheitern, Selbstverwirklichung und Selbstvernichtung auf unterschiedlichste Weise von den Mitgliedern dieser Familie gelebt wurden. Mit ihrer – biographische Details und Werkzitate unkonventionell zusammenführenden – Betrachtungsweise entwickelt Marianne Krüll ein faszinierendes Panorama und Psychogramm einer Familie, die für die Literatur des 20. Jahrhunderts von eminent wichtiger Bedeutung war.

Fischer Taschenbuch Verlag

Marcel Reich-Ranicki

Thomas Mann und die Seinen

Band 6951

Marcel Reich-Ranicki gehört zu den besten Kennern der an herausragenden Begabungen und Persönlichkeiten reichen Familie Mann. »Aber so glücklich wir sein müssen, daß es diese einzigartige Familie gibt, so aufschlußreich, so faszinierend ihre Geschichte ist, so wenig brauchen wir (und die Manns) einen Hofberichterstatter.« Von einem solchen freilich ist Reich-Ranicki weit entfernt. »Entmonumentalisierung« heißt vielmehr sein Gebot. Gerade wer über Thomas Mann schreibt, »der, allen Interpreten mißtrauend, die Deutung seines Lebens und seines Werkes schon früh in die eigenen Hände genommen hat«, kann die Aufgabe nur erfüllen, »wenn sie aus der direkten oder indirekten Polemik gegen sein Autoporträt hervorgeht.« Was Reich-Ranicki über Golo Mann schreibt, der sich »nur mit oder gegen, doch nicht ohne Thomas Mann entfalten konnte«, gilt für alle Mitglieder der Familie, in höherem Maße für die Söhne Golo und Klaus, in geringerem für die Tochter Erika, möglicherweise sogar noch für den Bruder Heinrich. In ihm finden wir die zweite charakterliche und künstlerische Autorität, den einzigen Widerpart, mit dem oder gegen den auch Thomas Mann sich nur entfalten konnte. Die Gegensätze und Abhängigkeiten, die Kämpfe und der Zusammenhalt der Familie werden von Reich-Ranicki in biographischen und literaturkritischen Studien, vor allem aber vor dem Hintergrund der Tagebücher und Korrespondenzen untersucht.

Fischer Taschenbuch Verlag